Ich lebte von Liebe und Wein

Das Buch

Der Rokokodichter und Barde Carl Michael Bellman gehört zu den faszinierendsten Persönlichkeiten der nordischen Literatur: ein verarmter Sproß aus vornehmem Hause, der schnell zum ungekrönten König der Stockholmer Kneipenwelt avancierte – und unbestritten als der schwedische Nationaldichter gilt. Wie kein anderer verstand es Bellman, die Atmosphäre der Stockholmer Spelunken mit ihren schrägen Gestalten, die Bedrängnisse, aber auch die ausgelassene Fröhlichkeit seiner Zeit in Reime zu fassen und zu vertonen. Seine Lieder, die von Liebe, Wein und Tod handeln, wurden auf den Straßen seiner Heimatstadt gesungen und erfreuen sich bis heute ungeheurer Popularität. Durch Liedermacher wie Hannes Wader, Klaus Hoffmann und Reinhard Mey wurde Bellman auch in Deutschland einem großen Publikum bekannt.

»Mit unerschöpflicher Phantasie und stilistischer Brillanz beschreibt Ernst Brunner das von Sinneslust getriebene Leben des Rokokodichters und Sängers.« *Bücherschau*

Der Autor

Ernst Brunner, geboren 1950, ist einer der wichtigsten Schriftsteller der schwedischen Gegenwartsliteratur und wurde für seine Lyrik ebenso wie für seine Prosa bereits vielfach ausgezeichnet. Zuletzt erhielt er für *Ich lebte von Liebe und Wein* den Bellman-Preis. Ernst Brunner lebt in Stockholm.

Ernst Brunner

Ich lebte von Liebe und Wein

Roman

Aus dem Schwedischen von
Klaus-Rüdiger Utschick und Ursula Menn-Utschick

List Taschenbuch

Besuchen Sie uns im Internet:
www.list-taschenbuch.de

Mix
Produktgruppe aus vorbildlich bewirtschafteten Wäldern und anderen kontrollierten Herkünften
www.fsc.org Zert.-Nr. GFA-COC-1223
© 1996 Forest Stewardship Council

Dieses Taschenbuch wurde auf FSC-zertifiziertem Papier gedruckt. FSC (Forest Stewardship Council) ist eine nichtstaatliche, gemeinnützige Organisation, die sich für eine ökologische und sozialverantwortliche Nutzung der Wälder unserer Erde einsetzt.

Ungekürzte Ausgabe im List Taschenbuch
List ist ein Verlag der Ullstein Buchverlage GmbH, Berlin.
1. Auflage Mai 2006

Titel der schwedischen Originalausgabe: *Fukta din aska*
(Albert Bonniers Förlag, Stockholm)
Umschlaggestaltung und Konzeption: RME – Roland Eschlbeck und Kornelia Bunkofer
Umschlagmotiv: © akg-images
Gesetzt aus der Minion
Satz: Pinkuin Satz und Datentechnik, Berlin
Papier: Munken Print von Arctic Paper Munkedals AB, Schweden
Druck und Bindearbeiten: Clausen & Bosse, Leck
Printed in Germany
ISBN-13: 978-3-548-60633-0
ISBN-10: 3-548-60633-4

Inhalt

Grau, teurer Freund, ist alle Theorie.
Johann Wolfgang von Goethe

Nur eine seelenlose Person ist objektiv.
Johan G. Broysen

Behütete Kindheit

1740–1750

Am Kachelofen in der blauen Diele waren frischgewaschene weiße Hemdbrüste zum Trocknen aufgehängt, und Schneeflocken wirbelten gegen die Fensterscheiben, als ich das Licht der Welt erblickte, mit kleinen Kinderaugen, die schon schauten, kaum daß sie zu sehen begonnen hatten.

Man schrieb den 4. Februar des Jahres 1740.

Es war ein eiskalter, rauher Schnee, der an diesem frühen Morgen fiel, und in den die Schlitten auf der Hornsgatan violette Spuren zogen. Fichtenholz war an der Hauswand hochgestapelt, und die Fabrikarbeiter, die mit Laternen in den Händen vorbeistapften, beachteten vielleicht nicht den Schrei, den der neugeborene Knabe im ersten Stock tat, sicher jedoch die Reveille-Trompete, die vom Skeppsholmen herübertönte. Während meiner ganzen Kindheit war sie jeden Morgen zu hören, so wie an diesem Tag, als sie mit mir um die Wette lärmte.

Ich wurde im Großen Daurerschen Haus, neben der westlichen Kirchhofsmauer, geboren. Die Magd Caisa wischte mehr als einen Liter Wasser auf, als sie den Fußboden unter den Fenstern trocknete, die mit Eisblumen bedeckt gewesen, aber während der Entbindung aufgetaut waren. Meine blutjunge Mutter Catharina kam zum ersten Male nieder, eingepackt in acht doppelt gelegte Tücher, die in heißen Sud aus Fenchel und Kümmel getaucht waren; in dem Dampf dieser treibenden Kräuter löste sich die Leibesfrucht, die ich war, aus dem Mutterleib.

Im Salon wanderte mein Vater Johan Arendt ruhelos um einen Stuhl herum, seinen Spazierstock in der Hand, in warme Kleidung gehüllt, das Halstuch um die Perücke geknüpft, Pulswärmer über den Handgelenken. Die ganze Nacht hindurch war er draußen im Schnee um den Häuserstock herumgegangen. Die Unruhe hatte ihn die Treppe zum Turm hinaufgetrieben, dann wieder hinunter zu dem gepflasterten Toreingang und zur Backstube. Dort hingen an einem Haken am Herd ein Dutzend erlegte Seidenschwänze und Sperlinge. Neben dem Backofen war ein Kupferkessel eingemauert, in dem Bier gebraut wurde. Der Kessel war so mächtig wie die große Glocke der Kirche Sta. Maria. Vater klopfte an das Metall, verschwand gebückt in der Remise, tauchte wieder auf beim Abtritt, starrte in die Sitzlöcher und murmelte, so als ob er überall nach mir suchte.

Durch die Gnade der Vorsehung begann also die Chronik von Bagatellen und großen Ereignissen, die meine Zeit auf Erden bestimmten.

Ich danke Gott für diese Zeit, wenngleich es eine große, aufrichtige Liebe zum Dasein erfordert, einen so gefährlichen Schritt zu wagen wie jenen, den Mutterschoß zu verlassen.

Völlig entkräftet, ausgehöhlt wie eine rechtschaffene, liebenswerte Mastgans, blieb meine Mutter ans Bett gebunden, wand sich einen Tag lang in den Leintüchern, lehnte sich dann in die weichen Kissen zurück und spähte durch das Fenster auf den Kirchhof hinab, auf die kahle Lindenallee, über die ich an meinem ersten Lebenstag zur Taufe getragen wurde, in weißen Flor und ein Häubchen gekleidet und bis über die Ohren in Großmutter Daurers voluminösem Schwanenfedermuff versunken.

Schneewolken trieben schmutzigbraun über die ärmlichen Häuser auf den Felsen der Insel Södermalm hinweg.

Die Mühlenflügel drehten sich im Wind.

Vom Brunnenhaus am Zaun des Daurerschen Gartens herüber hörte man den Pumpenschwengel knirschen und bummern.

Alles erwachte zum Leben und begann seinen Gang.

Alles nahm seinen Lauf.

Doch zuerst kam die Taufe.

Am Tor, das zur Straße hin geöffnet war, standen die Bediensteten Spalier und verneigten sich: Hausmägde, Hausknechte, zwei Kutscher, eine Köchin, ein Gärtnermeister, Zimmermädchen.

So wurde ich also hinausgetragen, und mir nach folgten meine sechs Paten, die Frauen mit weißgepuderter Haartracht und Rökken aus schwerem Stoff, die Männer mit Lammfellperücke und schwarzem, besticktem Überrock. Eine der Damen war die Frau des Stadtarchitekten Carlberg, einer der Paten war Pharmazeut, ein anderer der Präsident der Schloßkanzlei, Graf Gyllenborg. Die Frau, die ich fortan Großmutter nennen sollte, war eigentlich meine Urgroßmutter, die Mutter von Vaters Mutter, aus adligem Geschlecht und vermögend. Die »Gnädigste« selbst trug mich über die gebohnerte Schwelle unseres Hauses. Nebenan lag der Kirchhof, dessen Steinmauer sozusagen eine niedrigere Verlängerung der Hauswand war; hinter dieser Kirchhofsmauer waren die Missetäter begraben.

An dieser Mauer der Missetäter wurde ich entlanggetragen, vorbei am Ehrencrantzschen Garten, dann wieder an einer Mauer entlang, wo Viktualienbuden standen und Schenken.

Unter dem Kirchenportal machte der Zug halt.

Straßenkinder und Krüppel streckten bettelnd ihre Hände aus:

»Herr, helft einem hilflosen Armen!«

Großmutter wich aus. Taufrituale sind eine ernsthafte Sache. Hier am Portal, bevor die Taufgesellschaft geheiligten Boden betrat, sollte ich meine Dosis persisches Opium bekommen. Ich sollte in die Gemeinschaft der Christen aufgenommen werden, die Kraft der Gnade sollte mich durchdringen, und meine Paten fürchteten ein ungelegenes Kindergeschrei während der Taufzeremonie; das Sakrament würde vielleicht nicht anschlagen, wenn ich schrie.

Die kleine Dosis Opium versetzte mich in einen leichten, behaglichen Rausch. Meine kleinen Augen weiteten sich, bis schließlich die große Glocke sich grünspanfarben in meinen blauen Pupillen zu spiegeln schien. In diesem Augenblick verzog ich meinen Mund und lächelte das erste Lächeln meines Lebens. Das Lächeln wurde unter den Bäumen fortgetragen, unter den beschneiten jungen Linden, die von einem Augenwinkel zum anderen wanderten wie stattliche silberne Kerzenleuchter mit hochgestreckten, flammenden Armen.

Die große Glocke war König Gustaf Adolfs Kriegsbeute aus Riga.

Das Taufbecken trug eine polnische Inschrift, König Karl XII. hatte es huldvoll der Kirche geschenkt als Erinnerung an die Eroberung von Thorn. Im Relief am Grunde des Beckens ruhte das Lamm. Ein Engel trug Trauben an einer Stange.

All dies spielte sich also um meine Wenigkeit herum ab. Ich war in eine ganz besondere Szenerie hineingeboren worden. Dinge, Pflanzen und Menschen waren bewegliche Dekorationen eines besonderen Theaters, in dem sich alles gleichzeitig abspielte.

Jetzt wurde das Gebet gesprochen.

Mein Körper wurde aus dem Schwanenfedermuff hervorgezogen.

Er war sehr klein und lag nun in seinem Taufkleid aus Seidensatin auf einem Kissen aus rotem Samt, bestickt in Gold und Grün. Beine, Arme, Rumpf und Kopf – alles fand Platz darauf wie auf einem schwebenden Polster.

Endlich tauchte Pastor Wollenius die vom Alter gezeichnete, blaugeäderte Hand in die Taufschale und goß Wasser über mich. Großmutter hielt mein Häubchen in der Hand. Das Wasser rann über meinen jämmerlich kleinen, von Haut und Blutgefäßen überzogenen Schädel.

»Ich taufe dich, im Namen Jesu Christi, auf den Namen Carl Michael.«

Die ersten drei Jahre bis zu Großmutters Tod schlief und aß ich bei der Magd Caisa, die ihre Kammer mit unserer langjährigen, treuen Dienerin Anna Berg teilte. Lange wurde ich von einer Amme aus Årsta gestillt, die so arm war, daß sie ihre eigenen Kinder ins Waisenhaus weggegeben hatte. Sie gab reichlich und gute

Milch. Als ihre Zeit abgelaufen war, mußte ich entwöhnt werden. Das Gesicht der Amme wurde mit Asche aus dem Ofen gepudert, die Brüste mit schwarzer Tinte bemalt, die Brustwarzen mit Hühnerexkrementen bestrichen. Sie sah zum Fürchten aus, diese junge Amme aus Årsta, aber Knaben durften nicht verzärtelt werden. Wenn ich erkältet war, wurde ich in eiskaltem Wasser gebadet, wenn ich Bauchweh hatte, bekam ich ein Brechmittel. Wenn ich nachts weinte oder tagsüber schrie, wurde ich mit Brotkrumen gefüttert, die in Branntwein getränkt waren.

Der Daurersche Besitz umfaßte zu dieser Zeit fast das ganze Häusergeviert Rosendal. Das weißverputzte steinerne Herrenhaus war drei Wohngeschosse hoch und besaß ein schwarzes Mansardendach aus Eisenblech. Nach Norden, zur Hornsgatan hin, trug die Fassade das Monogramm des Bauherrn; sie hatte achtzehn stattliche Fenster und ein geschnitztes Eichenportal. Das Treppenhaus war um einen Lichtschacht herumgebaut und ging auf den Hof hinaus, auf eine weitläufige Gartenanlage. Dieses Treppenhaus überragte mit Turm und Spitze die übrigen Häuser, so daß der Hof einem Burghof glich und das Große Daurersche Haus wie ein Schloß aus der Karolinerzeit wirkte.

Die Gartenmauer lief in westlicher Richtung auf den Adolf-Fredriks-Platz zu, wie er später heißen würde. In südlicher Richtung erstreckte sich die Björngårdsbrunnsgatan, dort lag das eine der beiden freistehenden Flügelgebäude des Hauses, es war ebenfalls aus behauenem Stein, hatte aber nur ein Obergeschoß und trug ein schwarzes Dach in der Form eines Zeltes.

In diesem Flügelgebäude wohnte ich mit meiner Familie.

In der Diele befanden sich Sitzbänke und eine Brennholzkiste sowie eine Standuhr mit Spielwerk. An der Wand, unter der Leuchte, stand ein ausgestopfter Kranich mit einem Frosch im Schnabel. Die Küche mit dem offenen Herd und dem Ofen lag in dem schmalen nördlichen Teil, die Mägdekammer im Südosten. Eine Steintreppe führte hinauf ins Obergeschoß, zu einem Korridor, auf den sich zwei Salons öffneten. Vater hatte dort oben sein Arbeitszimmer mit Schreibtisch, Büchern und Konsolen, auf denen Büsten standen. Nach Südwesten hin lag das elterliche Schlafzimmer. Eine antike hölzerne Säule mit einer Tür diente Mutter als Kleiderschrank. In dem Zimmer befanden sich außerdem ein grünglasierter Kachelofen, ein Schreibtisch aus Erlenholz mit einer Marmorplatte, ein vergoldeter Wandspiegel, ein gelber Schrank mit Glasscheiben und das elterliche Bett. Dieses hatte lange Vorhänge, die über der Bettgabel drapiert waren, und stand auf geschnitzten Menschenfüßen.

Das Bett. Ja, Herrgott, dieses Bett!

Hier, hinter diesen Vorhängen, gleichsam hinter einem zugezogenen Bühnenvorhang, wurde meine Mutter einundzwanzigmal schwanger.

Vierzehn Geschwister wurden dort lebend geboren.

Sechs Fehlgeburten mußte sie darin erleiden.

Das Bett stand so nah bei der Kirche, daß die Reflektoren der Wandlampen klirrten, wenn die große Glocke schlug.

Auch mein Kinderzimmer hatte das Fenster zur Straße und wurde vom Dröhnen der Glocke erfüllt. Ich konnte den Geruch des Stalles wahrnehmen, dessen rotgestrichene Wand zwischen unserem Haus und dem Kleinen Daurerschen Haus verlief, wohin wir später umzogen, hinüber zur Sankt Paulsgatan.

Von meinem zweiten Lebensjahr an, als meine Schwester Catharina schon geboren und meine gelbgestrichene Wiege gegen ein Bett mit Vorhängen ausgetauscht worden war, hatte ich sogar ein Fenster zum Kirchhof. Großmutters Gemüsegarten und der Kirchhof sollten die beiden Gärten meiner Kindheit werden. Von der Straße aus schien die Mauer vor den Gräbern unüberwindlich. Den Putz hatte man mit Ziegelmehl vermischt, dadurch hatte er einen dramatisch rötlichen Ton, wie vom Abendrot beleuchtet. Von meiner Kammer aus konnte ich jedoch über die Mauer hinwegblicken, konnte hören, wie dort gegraben wurde. Kühe, die untertags auf der Allmendeweide grasten, wurden an dieser Mauer entlang heimgetrieben. Wenn die Kuhhirten sich bei den Mägden am Brunnenhaus aufhielten, gingen die Kühe durch das Tor bei der Kapelle und weideten auf den Gräbern.

Mein Grossvater, Magister Michael Hermonius, war Pfarrer an der Kirche Sta. Maria. Der Pfarrhof, den er mit Großmutter Catharina bewohnte und zu dem Flügelgebäude, Stall und Schuppen gehörten, lag an Ragvalds Gränd, um einige Grabfelder näher zum Slussen, der Schleuse zwischen dem Mälaren, dem sich nach Westen erstreckenden See, und dem Saltsjön, der Förde zur Ostsee mit ihrem salzigen Wasser. Zu der Zeit, als die österreichische Kaiserin Maria Theresia sich an den leicht zu beeinflussenden ungarischen Adel gewandt und um Hilfe gegen ihren Feind Preußen gebeten hatte, war der Maler Johan Streng damit beschäftigt, ein Ölportrait meines Großvaters zu malen: Pfarrer Michael Hermonius war zum Vertreter des geistlichen Standes im Reichstag gewählt worden. Und nun erklärte Schweden Österreichs Verbündetem Rußland den Krieg.

Das Wirbeln der Werbetrommeln am Södermalmstorg, dem nahen Marktplatz, war bis in den Saal zu vernehmen, wo das Portrait entstand. Ich war zu Besuch und durfte auf einem Eßzimmerstuhl sitzen. Großvater war in seine schwarze Soutane gekleidet, darüber trug er einen offenen Seidenmantel. Er sah zum Fenster hinaus, am Stall und am Brauhaus vorbei, wo die Pferde grasten. Ein Stück weiter, bei einem Grabgewölbe, sah er einen Soldaten mit heruntergelassenen Hosen hocken. Er betrachtete den Soldaten, wollte, daß auch ich ihn anschaute. Die Hosen des Soldaten waren gelb. Der Portraitmaler Streng arbeitete an der hochroten Gesichtsfarbe, malte den Schatten am Doppelkinn.

Großvater zeigte mir, wie der Soldat drückte.

Streng malte ruhig weiter. Im Bücherbord standen Werke der Erbauungsliteratur von Spener und Francke, daneben ein kalbslederner Foliant von Scriver. Nach der Heimkehr Karls XII. aus der Türkei hatte Großvater die Flüchtlinge mit Notproviant versorgt. Nun sollte er die Feldzeichen der Kirche wieder hervorholen. Neue, teure Zeiten drohten, und herabgesetzte Staatsgehälter.

Großvater saß *en face* zu seinem Portraitisten, er trug eine ungepuderte, rundgeschnittene Perücke, deren Locken sein ovales

Gesicht einrahmten. Mit leicht abgewandtem Kopf, doch den Blick auf Streng gerichtet, sagte er:

»Laßt ihn tüchtig scheißen. Bald ist er tot.«

Auf der Hornsgatan zogen schwedische, deutsche, finnische und holländische Soldaten vorbei, die noch nicht gelernt hatten, ihre Waffen zu gebrauchen. Schon seit Tagen hatte ich sie marschieren hören, hatte gesehen, wie sie sich zur Musterung am Södermalmstorg sammelten, lärmend, saufend, Karten spielend. Russische Mitbürger, die in der Stadt arbeiteten, waren schon ausgewiesen worden. Während des Gottesdienstes in der russischen Kirche hatte man das Tor von außen verrammelt, so daß die Betenden nur durch die Fenster ins Freie gelangen konnten, wo der Pöbel sie Steine werfend empfing. Die Ikonostasen hatte man abmontiert, die Heiligenbilder in Holzkisten verstaut. Alles, was wertvoll war, hatte man an Bord des Fluchtschiffes geschafft, das nach Reval auslief, und der Russenhof lag seitdem verlassen da.

Großvaters Nachbarhaus an der Gasse Maria Trappgränd war das Grubbsche Haus, in dem der russische Gesandte, der Verräter Bestuschtschew, gewohnt hatte. Vor Kriegsausbruch war das Haus mit Steinen beworfen worden. Die Schloßkanzlei hatte ein Plakat an der Wand anbringen lassen. Darauf stand, daß eine Belohnung von 1000 Silbertalern ausgesetzt war »für den, der Angaben über die Täter machen kann.«

Dieses Plakat habe ich oft durchbuchstabiert, es blieb auch nach Kriegsende noch lange an der Hauswand hängen. Vater sah sich genötigt, mich mit einer Ohrfeige zurechtzuweisen, als ich eines schönen Tages, aus meinen Kniehosen schlüpfend, das »Sinclairlied« anstimmte, das mit seinen 90 Strophen in aller Munde war. Ich sang mit der Stimme des Dreijährigen:

Da plötzlich in die Türe trat
ein Schwedenkerl, gar blutig,
sein Leib, zerschossen und malad,
doch seine Miene mutig,

sein Angesicht, zersäbelt arg,
zerschlagen und zerschlissen,
die Brust, die kaum sein Herz verbarg,
von Kugeln aufgerissen.

Ich war soeben meinem Korbwagen entwachsen, und während ich gerade zur täglichen Hausandacht umgezogen wurde, sang ich also das nach, was ich die Magd Caisa hatte singen hören – und dann Vaters Ohrfeige. Gern vor der Andacht ein Kirchenlied, belehrte mich Vater, aber nicht ein Lied, das zum Haß aufstachelt! Das Lied erzählte von dem ermordeten schwedischen Major Malcolm Sinclair, der in den Elysischen Gefilden von Karl XII. empfangen wird, und es forderte Rache an Rußland.

Wir wußten alle, welch ein schlimmer Feind des Vaterlandes hier neben uns, in der Gemeinde Sta. Maria, gewohnt hatte. Und alle kannten wir die Geschehnisse, von denen das Lied erzählt. Wie Major Sinclair mit einem Brief vom Großwesir von der türkischen Front in die Heimat zurückreisen sollte, wie er in aller Heimlichkeit mit türkischem Geleit über den Balkan geritten war, wie der russische Gesandte Bestuschtschew durch Spionage hiervon erfahren und seine Regierung darüber unterrichtet hatte. Von dort oben, aus dem ersten Stock des Grubbschen Hauses am nördlichen Kirchhofstor, hatte er die Depesche abgeschickt, wußten die Bewohner des Stadtteils Sta. Maria und deuteten im Vorbeigehen hinauf. Unser Nachbar Bestuschtschew trug also die Schuld daran, daß Sinclair bei Naumburg angehalten, abseits in den Wald geführt, ermordet und ausgeplündert wurde, und schlußendlich daran, daß Schweden Rußland den Krieg erklärte.

Noch mehr ereignete sich in diesen frühen Tagen.

Ständig füllte sich Lager um Lager mit Soldaten.

Vom Strömmen her donnerten die Salutkanonen der Schiffe.

Das bedeutete, daß der Krieg ein kurzer Krieg gewesen war und nun zu Ende ging. Nach mehreren schmachvollen Niederlagen mußte Schweden mit dem Feind Frieden schließen. Zehntausende von Soldaten waren ausgezogen, ein Drittel von ihnen hatte überlebt und füllte nun die Straßen der Stadt. Mein Bruder Johan kam zur Welt, als der Kirchhof in ein Feldlazarett umgewandelt wurde. Gerüchte raunten, daß kaum einer der »Gefallenen« sein Leben im Kampf geopfert habe, sondern vielmehr in Not und Krankheit. Ohne ein einziges Seegefecht hatte die Flotte 7000 Mann verloren. Der Feind hatte Anführer mit Namen wie Cholera, Skorbut, Flecktyphus. Ich sah mit eigenen Augen, wie diese Feldherren über die Kirchhofsmauern hinwegsetzten auf der Jagd nach lebenden Landsknechten, die vor der Kälte in den Grüften, in der Friedhofskapelle, unter dem Ziegeldach der Remise Zuflucht gesucht hatten.

Ich saß im Salon, ein großäugiger Knirps in weißen Seidenschuhen, kauerte am Fenster und schaute ängstlich hinaus. Mutter war bei mir. Sie war nach einem besorgten Blick auf den kleinen Johan in der Wiege auf ihr Sofa zurückgekehrt. Bleich, doch mit einem hingebungsvollen Lächeln hatte sie sich das Häubchen wieder vorgenommen, an dem sie vor der Entbindung gestickt hatte. Ich betrachtete sie. Es stimmte, was Vater gesagt hatte: daß sie nach drei Jahren mit drei Geburten nicht im geringsten an Schönheit verloren hatte. Ihr Gesicht war ganz Zärtlichkeit und Fürsorge. Auch das Zimmer war schön. Der Türsturz war mit einer gemalten Webtapete bekleidet. – Draußen auf der Straße knirschten Schlittenkufen vorbei; später lösten klappernde Wagen und Karren die Schlitten ab, und es wurde wieder wärmer.

Es war Frühling, als Frau Berg die Kanarienvögel in den Brutkäfig setzte.

Ich half dem Gärtner gerade, die Zitronenbäumchen aus der Orangerie herauszutragen, da donnerten die Salutkanonen: Unser neugewählter Thronfolger Adolf Friedrich rollte mit seinem Wagen durch die Ehrenpforte am Hornskroken. Wir Schweden sollten einen deutschen König bekommen. Sein Vater war Christian August von Holstein-Gottorp, seine Mutter Albertina Friederika von Baden-Durlach. Das Große Daurersche Haus hatte alle acht Fenster zur Straße geöffnet. Der Triumphwagen rollte die Hornsgatan entlang, die Menschenmassen begrüßten ihren König jubelnd mit deutschen Hochrufen. Das Kavalleriekorps der Stadt begleitete den Wagen, der jenseits der Straßenkuppe außer Sicht geriet, während im gleichen Augenblick die nachfolgenden Wagen des Hofes am anderen Ende der Straße auftauchten. Ich lehnte mich hinaus. Adolf Friedrich hielt seinen Einzug in einer Tunika, die mit Palmenzweigen bestickt war. Darüber trug er eine goldbestickte Purpurtoga. Er sollte ein Land regieren, dessen König von einem ersten Schlaganfall gelähmt und dessen Heer gedemütigt war, doch er zog ein wie ein heimkehrender Sieger.

Nun begann ein Feiern in der Stadt, hitzig und von Tumulten begleitet. Trompetenstöße schallten aus den Wirtshäusern. Das Kauffahrteischiff, das im Saltsjön vor Anker lag, hißte seine Flaggen und feuerte Böllerschüsse ab. Über vielen erleuchteten Portalen strahlte der Name des Thronfolgers. Als der Freudenrausch verebbte, war Großmutter tot.

Als ich sie zum letzten Male sah, saß sie im Salon mit den türkischen Tapeten. Die »Gnädigste« kaute eine Kaffeebohne und rührte mit ihrer kleinen, weißen Hand den Zucker in ihrer Tasse.

Am nächsten Tag war sie tot.

Der Kiesweg, auf dem man sie forttrug, war von Feigen- und Maulbeerbäumen gesäumt. Buchsbaum säumte die Rabatten, und an den Ecken standen mannshohe Kübel aus blauweißer Delfter Fayence.

»Delfter Fayence«. »Maulbeerbaum«.

So also sah ich die Welt. Ich war noch ein Kind, aber ich verstand, daß manche Menschen die Dinge so sahen und andere wieder anders, und daß dies meine Art war, mit der sinnlichen Wahrnehmung zu spielen.

»Delfter Fayence«. »Maulbeerbaum«. Ich ließ die Wörter auf meiner Zunge zergehen.

Die große Glocke klagte dumpf. Durch das offene Kirchentor brauste Orgelklang, dann volltönende Trauermusik mit Posaunen und verstimmten Pauken. Die irdische Hülle der alten Assessorswitwe wurde im Grabe zur Ruhe gebettet, mit ihrem kurzen Liebesglück und mit all ihren menschlichen Tugenden. Nur die Trauer ihrer Freunde blieb zurück.

Als Grossmutter starb, war meine Mutter schon mit ihrem vierten Kind schwanger. Und Onkel Jacob war zu Besuch. Nach vielen Jahren als Kaufmann in Spanien war er zufällig zu Hause und konnte die Patenschaft übernehmen, als mein kleiner Bruder Johan getauft wurde. Auch konnte Onkel Jacob noch Großmutter zu Grabe tragen, ehe er nach Cadiz zurückkehrte, um dort Konsul zu werden. Ein wunderbar schwacher Charakter, ein Abenteurer.

Ich drehte und wendete die Worte »Konsul in Spanien« in meinem Mund, bis ich sie liebgewann.

Als Vater ihm von meiner Taufe erzählte, legte ich das Wort »Schwanenfedermuff« in meinen Mund und ließ es mir schmekken.

Es wurde mir bald eine liebe Gewohnheit für Zunge und Gaumen, auf leckeren, rhythmischen Wortfolgen herumzukauen.

Da mein Vater durch Großmutters Tod »weniger wohlhabend« wurde, war er gezwungen, beim Umzug ins Kleine Daurersche Haus seine Büchersammlung zu verkaufen. Ich war selbst höchst verwundert, wie sehr es mich entzückte, die Titel der Bücher, welche die Treppe hinuntergetragen wurden, zu kosten. Ganz allein trug ich die 16 dicken Folianten des Geschichtswerks *Theatrum europaeum* hinaus, dabei sagte ich mir die ganze Zeit vor: »Theatrum europaeum«.

Ich war offenbar von Geburt an mit einer großen Begabung ausgestattet, denn dies weckte einige Verwunderung:

»Daß ein solcher Knirps, der noch in gelben Schuhen und Schwanenlederröckchen herumläuft, schon buchstabieren kann!«

Ich trug auch ein Buch von Charles Mouton über das Lautenspiel hinaus, dessen Titelblatt Arion mit dem Saitenspiel darstellte. Erschrocken wand Vater mir das Buch aus der Hand, schnitzte eine neue Gänsefeder zurecht und schrieb auf das Titelblatt seinen Wahlspruch *En Dieu mon espérance*, strich mir nachsichtig über den Kopf und stellte das Buch zurück an seinen Platz im Regal.

Vater war nicht nur Kanzlist im Königlichen Reichskanzlei-Kollegium, sondern auch sehr belesen. Er verkaufte 2040 Bände, von denen er viele von seinem Vater, Johan Arent Bellman, geerbt hatte, der noch viel belesener gewesen war als er und der bis zu seinem Tode Professor für Poesie und lateinische Rhetorik an der Universität Uppsala war; der Tod ereilte ihn, das betonte Vater immer, auf den Tag fünf Monate nach der Niederlage bei Poltava. Da er eine gute Singstimme hatte, wurde Großvater Johan Arent Diskantist bei der Hofkapelle. Mit elf Jahren sang er bei der Krönung von Karl XI.

Ich begriff, daß Poesie und Rhetorik erbaulich waren; aber Musik war über alle Maßen herrlich!

Großvater Johan Arent hatte, wie ich an seinem Portrait, das im großen Saal hing, sehen konnte, eine ebenso auffallend hochgewölbte Stirn wie mein Vater. Diese Stirn war auch mir zu eigen. Das wohlgeformte Gesichtsoval ist bei uns allen dreien zu erkennen, ebenso die aufmerksamen Augen und der volle Mund, aber bei Großvater fehlte die römische Biegung der Nase, der edle Höcker zwischen den Augen, den ich von Vater geerbt habe, ebenso wie die Anlage zum Doppelkinn.

Der Zug der Wehmut, der sich schon in meiner Jugend über meine Stirn legen sollte, ist jedoch nur mir eigen, ebenso der leicht schelmische, satyrhafte Zug um die Lippen, dessen Herkunft mich etwas verwundert, der aber wohl in meiner persönlichen Eigenart begründet liegt.

Das kleine Daurersche Haus erbte Vater zu einem Siebentel. Dort sollte ich nun 19 Jahre lang wohnen, und es war durchaus kein »kleiner« Wohnsitz. Der Festungsingenieur, Generalmajor,

Feldmarschall, außerdem Reichsgeneralquartiermeister und Freiherr etc. etc. Erik Dahlberg, der den König Karl X. Gustaf zum Kriegszug über den Belt bewegt hatte, war dort nach seiner Heimkehr von Jerusalem bis zur Schlacht bei Warschau einquartiert. Auf die Frage, wie er diesen paradiesischen Platz an der Kirche aufgeben und in den Krieg reisen könne, antwortete Dahlberg: »Ich halte dafür, daß es edler und ehrenwerter ist, mit Gottes und des Glückes Hilfe an fremden Orten Plagen zu erleiden, als daheim im Kehrichtwinkel zu sitzen, wie einige es tun.«

»Kehrichtwinkel« – nun ja, dieser Winkel war in Wirklichkeit ein prächtiges eingeschossiges Haus mit möbliertem Dachgeschoß und gedeckt mit schwarzem Eisenblech und Ziegeln. Das Haustor war über eine steinerne Freitreppe erreichbar. Zu dem Anwesen gehörten Nebengebäude, ein Stall mit Heuboden, Abtritt, Remise und Hof mit doppeltüriger Ausfahrt auf die Straße. Vom Parterre aus überblickte man die Orangerie und den ganzen Obstgarten. Am anderen Ende lag ein Pavillon mit bemalter Decke.

Der Umzug in ein neues, eigenes Zimmer bedeutete, daß ich nun ein »großer Junge« war. Ich bekam ein ABC-Buch, auf dem ein Hahn abgebildet war, und die *Elementa* von Euklid.

Zum ersten Mal mit Zopfperücke, grünem Überrock und rosa Seidenrosette angetan, reiste ich mit Vater in die Stadt hinunter. Der Stallknecht spannte den Fuchs mit dem grauen Schwanz vor die Chaise. Auch Onkel Jacob fuhr mit. Er hielt die neuen blauen Zügel. Ja, ich sah offensichtlich eine Menge Farben mit diesen meinen Augen: Onkels Mantel war leberbraun mit Goldstickerei. Vaters Halstuch schaute weiß wie Eis aus dem Leibrock hervor.

Ich fühlte an meiner Hüfte den Stahl seines Amtsdegens, als er sich neben mir niederließ. Beide Herren hatten einen stärkenden Trunk eingenommen. Vater trank immer einen Branntwein aus Podagrakraut und Maiblume gegen Gichtschmerzen. Den Extrakt hatte er bei einem Besuch beim Botaniker Linnæus bekommen, der mit Weinkuren sogar Malaria und Gonorrhöe kurierte. Die Erschütterung über Großmutters Tod hatte einen Gichtanfall ausgelöst. Vater stieg mit steifem Bein und schmerzverzerrtem Gesicht in die Chaise.

Wir fuhren also in die Stadt. Ich sollte zuschauen, wie die Generäle Buddenbrock und Lewenhaupt bei Bäckens Wirtshaus am Östra Norrtull, einem Zolltor im Norden der Stadt, hingerichtet wurden. Vater versenkte sich gern in Andachtsbücher. Er besuchte auch oft Konventikel. Mich zu erziehen war für ihn so etwas wie eine religiöse Weihe. Eine Hinrichtung war erbauend. Diese Generäle hatten ja im Krieg gegen Rußland Schwedens Waffenehre befleckt, und dazu auch die Ehre des Glaubens, denn die Russen waren Barbaren des Glaubens. Die Kirche forderte diese Bestrafung.

Mit einem Ruck setzte sich die Chaise in Bewegung.

Auf dem Södermalmstorg wurden Tabakballen gewogen.

Ein Wagen mit geschlossenem Verdeck holte uns ein und fuhr neben uns her. In dem Wagen saßen Vaters Freunde aus der Kanzlei, die Präsidenten Rosenadler und Carleson sowie die Kanzleiräte Rabbe und Nordenflycht. Man schwenkte die Hüte.

Unserem neugewählten Thronfolger Adolf Friedrich ging der Ruf voraus, er sei unselbständig. Er sei leicht von außen zu steuern. Schon wieder ein schwacher deutscher Regent. Rosenadler widersprach dem nun; er erklärte aus dem Wagenfenster heraus, das Todesurteil deute auf Stärke und Redlichkeit. Nun bahnten wir uns den Weg durch das Gedränge am Skeppsbron. *A propos*, rief Rosenadler, von der kleinen Anhöhe an den Tabaksplantagen sehe man den Richtplatz ganz vortrefflich.

Am Schloß waren Bauarbeiten im Gange. Die Wagen wurden an einem Steinhaufen voneinander getrennt, wo ein totes Pferd liegengeblieben war, sein Hinterteil ragte in die Fahrbahn hinein. Am Arsenal trafen wir auf Kavallerieposten. Ein Monat war vergangen, seit der Bauernaufstand niedergeschlagen worden war. Großvater Hermonius, der ja ein Bergmannssohn war, war mitten im Aufruhr von der Regierung in seinen Heimatort Furbo geschickt worden, um die unzufriedenen Bauern von Dalarna, die nach Mißernten und Krieg Hunger litten, zu beschwichtigen.

Hermonius war ein ausgezeichneter Redner, aber die Bauern ließen sich nicht beruhigen. Sie wollten keinen deutschen Thronfolger, auch keinen schwedischen, sie wollten den dänischen Kronprinzen Fredrik. Mit geschulterten Gewehren, rostigen Musketen, Vorderladern und Schrotflinten, doch zum größten Teil mit Morgensternen, abgebrochenen, langschäftigen Sensen und nagelbeschlagenen Stangen zogen sie von Falun zum Norrmalmstorg, dem Platz gegenüber dem Schloß. Dort hatten sie die Belagerung begonnen. Vater deutete mit seinem Amtsdegen zu der Straßenecke beim De la Gardie'schen Palast hinüber: »Dort also stand Västmanlands Regiment. Die Männer machten Front gegen die Bauernhaufen. Die Exzellenzen Rosen und Adlerfeldt hielten auf ihren Pferden an und baten die Bauern, friedlich wieder zu ihren Heimatorten zurückzukehren, doch sie erhielten die starrköpfige Antwort: ›Nicht eher als bis der dänische Prinz zum König gewählt wird!‹ Das Landvolk bewegte sich mit drohenden Rufen auf die Mitte des Platzes zu. Da krachten zwei Kanonenschüsse, und Kartätschen klatschten in die Menge. Die schrecklichsten Jammerschreie waren zu hören. Das Leibregiment auf der Brücke am Schloß, der Norrbro, machte kehrt und verfolgte die Fliehenden die Anhöhe zur Kirche hinauf. Überall lagen Verwundete und Tote, die meisten dort drüben, an der Mauer beim Leijelschen Haus und beim Kastenhof.« Es war Vater weh ums Herz, als er mit einem tiefen Seufzer sagte: »Dreißig Tote gab es, mein Sohn, und noch viel mehr Verletzte. Auf dem Platz dort drüben.«

Ich entdeckte grauschwarze Haare unter Vaters Perücke, während das Pferd sich die steile Drottninggatan hinaufmühte, wo Massen von Schaulustigen unterwegs waren zu Bäckens Wirtshaus und dem Richtplatz.

So viele Leute standen vor uns, daß ich überhaupt nichts sah, sondern nur hörte, wie das Henkerbeil fiel. Ich kauerte, den Kopf unter Vaters Rock gesteckt und das Gesicht in dem grünen Futter vergraben, wie ein Rabenjunges bei Gewitter. Da drinnen roch es stark nach Parfum und Schweiß. Und nach dem Zinn der Schnupftabaksdose. Die Generäle waren ihres Lebens, ihrer

Ehre und ihrer Güter für verlustig erklärt worden und wurden nun hingerichtet vom Stadtbüttel; der trug einen fußlangen Lederschurz, das Gesicht war von einer geschwärzten Ledermaske bedeckt. Durch den Rockschlitz hindurch sah ich, wie ein Knecht Pferdeäpfel in einen Eimer schaufelte. Schmutzige kleine Jungen kletterten auf die Wagenräder. Zwei elegant gekleidete Herren machten gezierte Reverenzen. Dann stieg Jubel auf, erst einmal, dann noch einmal, und zweimal erstarrte Vaters Körper mit einem Ruck. Als alles ruhig war, steckte er mit einem aufmunternden Lachen seinen Kopf zu meinem unter den Rock und drehte ihn unter der Zopfperücke vorsichtig hin und her, so als wolle er sich überzeugen, daß er noch auf meinen Schultern saß.

An meinen Bruder Johan Arendt erinnere ich mich kaum. Eine blasse Putte aus Fleisch und Blut, die wir eine kurze Zeit lang greinen hörten in der gelben Wiege, deren Kante Mutter dann und wann mit sorgsamen Fingern berührte und zum Schaukeln brachte.

Die Amme trug einen lockeren Schnürleib, den sie zum Stillen öffnen konnte, so daß die Brüste aus dem Mieder herausquollen, weiß, schwellend und kolossal, aber Johan Arendt schloß seine Lippen nicht um die Brustwarzen, sondern hustete sie heraus mit einem häßlichen, krächzenden Laut.

Ich hatte gelernt, ein Pferd und eine Gans nachzuahmen. Beide Laute versuchte ich an der Wiege des kleinen Bruders. Ich trompetete lustig mit der Nase in seinen kleinen Bauch hinein, aber er wimmerte nur und fühlte sich weich und teigig an, und dann schwollen seine Beinchen, so daß die Fußknöchel ganz verschwanden. Bevor Johan Arendt einschlummerte, war sein Körper aufs Doppelte angeschwollen, und Mutter sollte bald wieder ins Kindbett und erneut gebären.

Zu der Zeit, als Johan Arendt starb, ging ein Gebot von dem Oberstatthalter aus, daß alle Welt geschätzet würde. Kommissare wurden in die Häuser gesandt, um Fragen über die Bewohner, auch die Bediensteten, Gesellen und Dienstboten, über Herkunft und Kinderzahl zu stellen.

Johan Arendt konnte nicht angegeben werden; aber als der Kommissar schließlich kam, war Mutter schon mit ihrem neuen Kind niedergekommen, einem Sohn, der Johan Hindrich getauft wurde. Dieser neue Johan konnte nun in der Einwohnerliste aufgeführt werden, wurde aber im folgenden Frühjahr nach einer Halsgeschwulst wieder gestrichen. Die Pomeranzenbäume wurden zum Treiben hinausgestellt, Sumpfveilchen blühten in den Blumentöpfen, und da kam die Geschwulst.

Mutter war zwar schon wieder schwanger, aber vorübergehend zählte die Familie nur zwei Kinder, Catharina und mich. Vom Februar 1745 an, als Lovisa geboren wurde, waren wir dann der Kinder drei. Als Lovisa getauft wurde, hatte die Kirche gerade ein teures Kupferdach erhalten. Eine neue Orgel war installiert worden, mit reichen Dekorationen und einem Portrait des Königspaares. Großvater hatte es auch fertiggebracht, Gelder für ein Schulhaus auf dem Kirchengrundstück zu sammeln, und das Ehrenkrantzsche Gutshaus wurde in ein Armenhaus umgebaut; dadurch bekamen wir 76 neue Nachbarn. Sie alle waren mittellos und schliefen auf frischem Stroh, aßen Hering, trockenes Brot und Schweinefleisch. Die Ecke von der Björngårdsbrunnsgatan zur Hornsgatan hieß nun Armenhausecke. Als die Freunde unserer Familie zum Kindbettbesuch kamen, gingen sie, wenn sie von der Sankt Paulsgatan kamen, an der Kollektenbüchse mit dem Polhemsschloß vorbei, die Großvater an einer strategischen Stelle, dem Brunnenhaus, aufgestellt hatte. Die anderen, die von der Hornsgatan kamen, mußten ihren Geldbeutel an der Almosenlade am Ehrencrantzschen Haus öffnen.

Ja, es war wieder einmal Kindbettvisite. Das Kleine wurde bewundert. Beim Kaffee sprach man über das große Spektakel am Galgenberg. Die Anführer vom Großen Daltanz, dem Aufruhr der Bauern von Dalarna, Schedin und Andersson, sollten geköpft werden, aber das Ganze war in ein einziges Straßenfest ausgeartet, es war fast unmöglich gewesen, sich mit dem Wagen durchzukämpfen. Darüber hinaus war der Scharfrichter so stark betrunken gewesen, daß er mehrmals danebengehauen und schließlich Anderssons Schulterblatt gespalten hatte.

Mutter hatte nun zu Hause mehr Arbeit als gewöhnlich. Die Magd Caisa war entlassen worden, weil sie getrunken hatte und den ganzen Winter hindurch nicht nüchtern gewesen war. Caisa war ein warmherziges, liebes Mädchen. Sie scheuerte die Böden, bis sie safrangelb waren. Ich sehe heute noch, wie ihre breiten Schultern gleichmäßig über den Planken schaukeln, wie ihre Nägel den Schmutz aus den Spalten und Löchern herauskratzen. Als eine Elster am Fenster der Vorratskammer genistet und drei Junge ausgebrütet hatte, die nun laut tschilpten, schaute Vater einmal hinter die Gläser auf den Regalen. Da entdeckte er, daß Caisa den Branntwein von den eingelegten Erbsen getrunken hatte.

Caisa mußte gehen, und weil ich schon keine Aufsicht mehr brauchte, durfte ich nun frei draußen herumlaufen.

Frei herumlaufen zu können war großartig und wunderbar.

Die Ausflüge, die ich diesen Sommer unternahm, führten mich bis hinaus zu Drakenhielms Garten am Mullvadsberg, der von weitem tatsächlich wie ein Maulwurfshügel aussieht. Auf dem Weg dorthin ging ich am Markt vorbei, wohin die Karawanen der Ochsengespanne unterwegs waren. Auf der einen Seite des Marktes wuchs Gras, die andere Seite war steinig, dazwischen lag ein sandiger Acker. Jenseits des Marktes befand sich ein roter Bretterzaun. Dort drinnen, in einem gelbgestrichenen Haus, wohnte Onkel Swedenborg, der einen schwachen Magen hatte und von Milchprodukten lebte. Er war so vergeistigt, daß er ständig fror und unter zehn Daunendecken und zehn Wolldecken schlief. Die Pflanzen in seinem Garten wuchsen in Holzkisten. Große gelbe Vögel lebten in Käfigen. Zitronenbäume, Zypressen und Aloe lugten über den Zaun. Ich folgte dem Weg zwischen Milchträgern und Düngerfahrern hindurch, bis ich die Zollschranke bei Åkermyran sah. Weiter wagte ich mich nicht. Auf der anderen Seite dieser Schranke lebten Büttelknechte in armseligen Hütten oder in Notunterkünften, die neben der Abfallstation errichtet waren.

Ich folgte den Schützen, die mit ihren Flinten zum Skinnarviksberg, dem Berg über der Schinderbucht, unterwegs waren, um Lerchen zu schießen. Hier war ich sicher 500 Ellen von zu Hause entfernt. Unten am Wasser lagen verlassene Höfe, die leer standen seit der Zeit, als die Pest geheert hatte. Die Tore waren versiegelt, weiße Kreuze waren darauf gemalt zum Zeichen, daß das Haus verseucht war, daß alle dort Wohnenden in Säcke gestopft und an Stangen zu den Pestkarren getragen worden waren.

Mit jedem Tag erweiterte sich meine Welt.

In der Badstugatan gab es Pavillons mit Namen wie Belle Montagne und Solitude. Es gab Lauben, die hießen Bellevue und Rendez-vous.

In die Krone einer riesigen Esche am Berghang hatte jemand eine Punschlaube hineingebaut.

In dieser Gegend herrschte eine große Blumenpracht. An der Straße mit ihren grauen Schuppen und torfgedeckten Hütten verbreiteten Gewürzbeete einen starken Duft von Lavendel, Krauseminze, Kümmel und Thymian. Nelkenbäume sah ich dort, und von der Klippe, wo der kahle Felsen von den hochgelegenen Windmühlen nach Norden hin steil zum Mälaren abfällt, war die Zuckerfabrik zu sehen. Still stand ich dort oben und lauschte den Geräuschen der Stadt: Die Flügel der Mühle Stora Pryssan, die sich im Wind drehten, knarrten leise. Ich hörte das Stampfen der Hammerschmiede. Ich hörte die Knechte, Bootsleute und Huren lärmen in dem ewigen Schatten und der Zugluft des engen Kneipenviertels, das um das Siedehaus und die Lagergebäude der Fabrik herum entstanden war, und das, wie Vater warnte, das niederste Viertel unter dem Himmel war, wo die Hölle Einzug gehalten und die Macht an sich gerissen hatte.

Die Gegend südlich des Berges war windgeschützt und fruchtbar. Die Wärme staute sich in den Mulden, wo es gute Erde gab und nach Laubkompost roch. Hier oben, an der Besvärsgatan und der Tavastgatan entlang, wurde Tabak in schmalen Beeten ausgesät.

Die Setzlinge wurden dann in gehäufelten Reihen ausgepflanzt. Die reichen Fabrikanten kamen mit ihren Zylinderhüten und feuerroten Strümpfen, um das Häufeln und das Jäten zu überwachen. Wenn die kostbare Ware geerntet war, kommandierten sie das Öffnen und Schließen der Luken in den Tabakschobern. Sie gaben Anweisungen, auf Holländisch oder auf Deutsch, wie die Blätter richtig gelüftet oder in ordentlichen Reihen auf Sprossen aufgehängt werden mußten. Die Blätter trockneten während des Sommers von grüngelb zu dunkelbraun und verbreiteten einen starken, betäubenden Tabakduft, der die Straßen entlangzog bis hinunter zur Yttersta Tvärgränd, wo die Zigarren eine Bauchbinde mit der Aufschrift »Skinnarvikshavanna« in Gold erhielten.

Der Herbst ging über in den Winter. Pferdebrot wurde gebacken aus Erbsenmehl und Weizenkleie, Wurst gestopft und Blutklöße gebacken. Bald darauf wurden Gänse ausgenommen und Äpfel zu Kompott verarbeitet, und man hörte, wie die Mägde draußen am Wasser die Wäsche wie in kaltem Zorn schlugen – auch das ein Zeichen dafür, daß der Winter Einzug hielt.

Ende Januar 1746 wurde die Stadt von 1080 donnernden Böllerschüssen der Schloßkanonen geweckt: Der Hof gab bekannt, daß die Kronprinzessin Luise Ulrike von einem Prinzen entbunden worden war. Vier Mal hallten die Salven, das Ganze dauerte gut zwei Stunden. Zum Morgengebet, das Vater am nächsten Tag um fünf Uhr mit einer Bibellesung begann, läuteten alle Glocken der Stadt. In meinem ABC-Buch war ein Geldstück versteckt. Ich war mit sechs anderen Schülern in die Privatschule von Pastor Rutström aufgenommen worden. Rutström war mein erster Lehrer und wurde mit »Herr Informator« angeredet. Als Vater die Bibel auf die Seite legte, rechnete er schnell aus, daß die Pulverkosten für die Schloßkanonen sich auf 2062 Reichstaler beliefen. Welch enorme Summe! Er schlug die Hände über dem Kopf zusammen. Selbst hatte er vor einigen Tagen eine Golduhr verpfändet, um die Miterben des Kleinen Daurerschen Hauses auszulösen.

Der Prinz wurde Gustaf getauft.

Die Bürgerschaft hatte Festbeleuchtung in der ganzen Stadt angeordnet. Der Adel gab Feste. Die Straßen füllten sich mit andächtigen Menschen. Bei den ersten Kanonenschüssen blieben die Leute stehen und umarmten weinend alle, die gerade in der Nähe waren. Ich lag in meinem Zimmer bei geschlossenen Fenstern und Türen, als Mutter hereinkam und fragte, ob ich mich fürchtete. In der Björngårdsbrunnsgatan jubelten die Leute vor Freude. Im Salon unter dem Kronleuchter saßen ein paar Freunde um den Tisch: Stadtarchitekt Carlberg, Kanzleirat Rabbe, Großvater mit zugeknöpftem Talar und Onkel Swedenborg.

Silberbecher standen auf dem Tisch.

Ein Prosit wurde ausgebracht, still und bewegt.

Mein Schulweg führte über den Kirchhof, die Allee entlang. Großvater Hermonius war Inspektor der Kirchenschule, aber die war für die Armen eingerichtet worden und deshalb für mich nicht geeignet. Er war mit Doktor Rutström bekannt und schlug Vater dessen Privatschule in der Mariagatan vor.

In diesem Winter hielt Großvater in seinem Garten zahme Spielhähne. Ein braungesprenkelter Hahn, an dem er besonders hing und der wunderbar knurrte und brummte, war kürzlich entflogen. Magister Rutström brachte mir gerade bei, auch lange Wörter zu lesen. Er zeigte mit einem kleinen Stab, der einen Pferdekopf hatte, auf die Silben. Das Zeigen vereinfachte das Lernen. Ich übte auch für mich selbst. Am Eingang zum Pfarrhof hing Großvaters Bekanntmachung über den Spielhahn. Ich las: »… derjenige, der sich des genannten Tieres angenommen hat, erhält ein anständiges Entgelt, wenn er in dem genannten Pfarramt Meldung erstattet«. Nur das Buchstabieren von »Entgelt« und »Pfarramt« bereitete mir ein klein wenig Kopfzerbrechen, doch nicht ernstlich.

Mein Informator Rutström war kürzlich ordiniert worden und seitdem auch als Gefängnisgeistlicher tätig. Er war freimütig und uneitel. Anstatt einer üppigen Allongeperücke, wie andere Pastoren sie tragen, trug er eine glattgeschnittene Perücke. Unter seiner Robe glühten ein natürliches Feuer und Lebenslust. Wir lasen Euklid und biblische Geschichte. Sein Unterricht war impulsiv und mitreißend, er zog meine Aufmerksamkeit in seinen Bann, als würde er predigen. Draußen am Stadsgården, dem Stockholmer Kai, lärmten die Schauerleute und Eisenträger, aber das Klassenzimmer war von einer mystischen Ekstase erfüllt, von dem ruhigen Meer der christlichen Liebe, in das wir eintauchten, das entsprungen war aus dem Quell von Christi Erlöserblut.

In die gleiche Klasse wie ich ging Franz Mazza. Sein Vater war Kammerrat. Eine Mutter hatte er nicht mehr, und im Spätwinter starb sein Vater an den Pocken. Kaum waren seine Kleider verbrannt, mußte Mazza zur Armenschule überwechseln, wo nur Schwedisch gesprochen wurde und wo sämtliche Schüler vaterlose Kinder von Gesellen, Zimmerleuten oder Gardesoldaten waren.

Das Armenhaus hatte die Erlaubnis, im Frühling Spinat, Zwiebeln und Erbsen in unserem Garten zu setzen. Weil Mazza da schon eine Freistelle im Armenhaus hatte, besuchte er mich oft hinter dem Zaun des Kleinen Daurerschen Hauses. Bei Begräbnissen ging er mit dem Beutel herum. Von der Regierung kam ein Erlaß, der das Betteln verbot, doch das Verbot linderte die Not nicht. Mazza war manchmal zusammen mit anderen Schulkindern, mit dem Rektor und einer Musikkapelle an der Spitze von Tür zu Tür gegangen und hatte um Almosen gebeten.

Auch Grabgesang brachte den Jungen dieser Schule etwas ein. Mit Mazza nahm ich, als der Sommer kam, an Leichenzügen teil und sang bei den Begräbnissen der Wohlhabenden. Brun, der Kantor der Kirche, war Stadtmusikus und Musiklehrer an der Schule. Bei den Prozessionen ging Brun direkt hinter dem Kutscher und dem Leichenwagen, dann folgten der Rektor und die übrigen Lehrer und zuletzt wir Knaben, paarweise, in schwarzen, abgewetzten Röcken mit langen, schleppenden Rockschößen, das Haar gepudert, unter Hüten mit Flor. Am Revers trugen wir ein Buchsbaumzweiglein als Zeichen der Trauer, am Rockkragen ein schwarzes Band.

Nach dem Gottesdienst wurden die Gäste immer zum Leichenschmaus geladen, wo sich Lehrer wie Schüler ordentlich berauschten.

Safranbrezeln wurden aufgetischt, Zwieback, Bier und Wein.

An jenem Sonntag im Juni, als der Rittmeister und Inspektor beim Blockhauszoll, Kurck, von hinnen schied, verließen Mazza und ich den Leichenschmaus früh und setzten uns auf die Schaukel im Garten. Mutter, erneut hochschwanger, ging müde, mit schleppenden Schritten um die Rosenbüsche herum.

Wir schaukelten hoch und wild.

Mazza war betrunken und fiel von der Schaukel.

Unsere Haushälterin Anna Berg sah es vom Schlafzimmerfenster aus. Sie kam herausgefegt, schlug mit ihrem Beutel auf Mazza ein, schrie »Fahr zur Hölle!« und fügte hinzu, daß ich ihm dorthin folgen könne, denn es sehe so aus, Gott erbarme, daß das Leichenbier auch mir zu Kopfe gestiegen sei.

Mitten durch das Häusergeviert verlief ein Graben, Rinnsteingasse genannt. In diesem Nachttopfbach floß die Latrine in trägen Wülsten zum Fatburssjön.

Ich war nie am Fatburssjön gewesen, aber den Gestank hatte ich gerochen. Wenn von diesem See die Rede war, klang es wie »Faat-busch-schön«. Schön war es am Fatburssjön jedoch keineswegs, wie ich feststellen sollte. Haustiere waren in so großer Zahl darin versenkt worden, daß sich der See in einen Pelzsumpf verwandelt hatte. Wenn der Südwind darüberstrich, legte sich ein fauliger Dunst über Sta. Maria.

Ein offener Wagen, der von einem Bediensteten stehend gelenkt wurde, kam aus einer Einfahrt im Häusergeviert Bergsgruvan. In diesem großen Anwesen wohnte Frau van Aveleen von der pietistischen Sekte, die man die Graukittel nannte, sie hatte apokalyptische Ahnungen und konnte Gottes Absicht verkünden. In einer durchwachten Nacht senkte sich der Geist auf sie herab, und sie begann auf Holländisch den großen Brand zu prophezeien, der Södermalm verwüsten sollte. Ich erzählte Mazza von den Prophezeiungen des Alten Testamentes, denn bei Magister Rutström lasen wir gerade Hübners *Biblische Geschichten*. Mazza lachte auf. Das Lachen knallte aus ihm heraus wie der Korken aus einem Flaschenhals. Als ich mit gespieltem Ernst und umgekehrt aufgesetzter Perücke das Lied von Esther und den Göttern in Susa sang, torkelte er in den Plankenzaun, wo er liegenblieb und sich in ein Astloch hinein halb totlachte.

Ich war ein lustiger Bursche, ganz klar.

Bei der Seilerei standen Gardesoldaten herum. Eine Dienstmagd trug Abwaschwasser vorbei. Ich stellte mich mitten auf die Straße und zeigte, wie man sich von einem kahlköpfigen Alten in einen fetten Patron mit dicken, schmatzenden Lippen verwandelt. Alle schüttelten sich vor Lachen, das Mädchen stellte den Eimer auf den Boden und schnappte prustend nach Luft.

Mein Publikum, mindestens vier Personen, lachte also, was in den Annalen der Stadt Stockholm einen großen, triumphalen Tag markierte: Ich, Bellman, war lustig!

Von den Hütten, an denen wir nun vorbeigingen, lag mehr als die Hälfte halb am Boden, ungute, verstopfte Wohnräume, in die im Herbst und im Frühjahr das Wasser eindrang. Wir waren in die Gegend gekommen, wo »die schlechteren Leute« wohnten und vor der gewarnt wurde. Vater konnte mich in seinem Rasierspiegel ansehen, einem teuren Spiegel aus venezianischem Glas, konnte meinen Blick in diesem teuren Glas festhalten und christlich ermahnend sagen, daß dort in den ungesunden Wohnungen der geringeren Leute mehrere Familien in einem einzigen Raum zusammengepfercht wurden, vergiß das nie, in einem einzigen Raum, und in diesem Raum herrscht eine Luft, so widerwärtig, daß ein starker, gesunder Bürger unseres Schlages sich darin nicht länger als eine Minute aufhalten könnte. Das war das Zuhause der Eisenträger, konnte er sagen und mit dem Rasiermesser über die Schulter deuten, der Heuvermesser, der Maurerknechte, der Schuhflicker. Viele Kinder wurden dort vernachlässigt. Sie starben an Einsamkeit, an Schlägen, an plötzlichem Herzstillstand.

Eine weiße Wolke zog von der Sonne fort und ließ sie nackt erscheinen. Der Fatburssjön war der »Stadtteich«. Er hieß auch Fiebersumpf und Pestherd. Die Namen schmeckten herrlich.

Mazza kannte Kalle Braka, der am See wohnte. Seit er im Armenhaus lebte, hatte er mehrere Leute mit merkwürdigen Namen kennengelernt: der Leichenschneider schlief im Bett über ihm, der Kartoffelkloß unter ihm, und neben dem Nachteimer Gustaf Mutta.

Ich kannte Pett-Frida, Brita Söderkopp, Eis-Pelle und Stoltz, diesen Teufel. An der Böschung bei der Brauerei erfand ich neue Namen: Kulla Lustig, Rotz-Rita, und Kalle Knall. Wir gingen nun durch das Schilf am Rande des mit Aas und Abfall gefüllten Sees. Musik tönte herüber von den Tabakplantagen am Kanal, der den Årstaviken mit dem Mälaren verbindet.

Mazzas Bekannter Kalle Braka wohnte in dem Pestwagen am Kleehang. Der schwarze Wagen war frisch gestrichen und »so groß wie ein Munitionswagen«, meinte Mazza, »oder wie eine mittlere Bäckerbude«, sagte ich. Fünfzehn Körper hatte er gefaßt, als er mit vier Zugpferden bespannt die Toten zur Grube beförderte. Das mit der Pest und Gottes unergründlicher Güte hatte ich von Vater gehört, der dabei gewesen war, als sie heerte. Ich hatte gehört, daß der Friedhof mit Leichen angefüllt gewesen war, daß die Angehörigen der Verstorbenen nachts die Leichen selbst in das Armenviertel von Sta. Maria schleppten oder sie zu Hause liegen und verwesen ließen, wenn im Schatten der Friedhofsmauern kein Platz mehr war. Der Garten von Bäcker Kamecher war voller Leichen, so daß es kaum genug Erde gab, um sie zu bedecken, auch der Garten am Ende der Badstugatan und der ganze Grindshagen bei der Kirche Sta. Katarina. Als alle diese Grundstücke mit Pestopfern angefüllt waren, zog jeden Morgen um neun Uhr die Prozession mit ihren vier Zugpferden durch das Stadtviertel, umgeben von Trägern, die in schwarzes Wachstuch gekleidet waren, und von Frauen aus dem Zuchthaus. Mit Schellen in der Hand gingen sie die Götgatan entlang, und überall öffneten sich die Türen, und neue Leichen wurden aufgeladen zu ihrer letzten Fahrt, zu den Gruben am Grimshagen, am Årstaviken, jenseits vom Fatburssjön.

Nun lag der Pestwagen umgekippt am Seeabhang, die Klappe zum Wasser hin abgestützt wie ein Ladenfenster. Ein regelrechtes Gebüsch von wildem Senf wuchs durch die morschen Räder, und auf der Holzbank saß Kalle Braka. Neben ihm sah ich eine Brachse liegen, mit der Schwanzflosse auf einer Pfeife.

Ich machte einen Kratzfuß und erbot meine Honneurs. Braka strich sich das stoppelige Kinn und fragte, zu Mazza gewandt, was für ein merkwürdiges Ding er da vom Armenhaus herbeigeschleppt habe.

Dabei tupfte er mir mit dem Daumen auf die Brust.

Braka selbst war ein Nichts. Er war als Arbeitsloser aufgegriffen, angezeigt und gegen die Russen in den Krieg geschickt worden. So war das. Nachdem er überlebt hatte, wurde Braka als Knecht ohne Lohn abkommandiert, riß aus, und nun wohnte er hier am Fatburssjön. Lang herabhängendes braunes Haar hatte er, trug eine grüne Weste mit kohlschwarzen Knöpfen und blaue Stiefelgamaschen. Er war ein Mann einfachen Gemütes, aber mit Sinn für das Irdische, wie mir Mazza versicherte. Ich jedoch, der ich mich Bellman nannte, sah dagegen wirklich kostbar aus. Kalle Braka hob einen Becher, wischte die Fliegen, mit denen er angefüllt war, heraus und führte ihn an die Lippen. Sapperment, wenn der Kratzfuß und die Honneurs, die ich da machte, nicht wirklich triumphatorisch großartig waren!

Ich lugte um den Wagen herum. Auf einer Strohmatratze, über ein Hühnerbein gebeugt, saß ein Mädchen mit hellblauem Umhang. Die Kleidung war unordentlich, das Haar kupferrot und zerzaust. Neben der Dirne kniete ein Gardesoldat, auf dessen verschwitztem Kragen die Läuse herumkrochen. Die Dirne hieß Greta und war Mazzas Kameradin aus dem Armenhaus, wo sie gehurt und wegen ungebührlichen Betragens im Arrest gesessen hatte. Da das Heim für ihren Unterhalt im Arrest aufzukommen hatte, war sie von den anderen Bewohnern beschimpft worden, und deshalb wollte sie nicht mehr dorthin zurück.

Nun legte sie das Hühnerbein weg.

Nie hatte sie etwas so weiß Gepudertes wie mich gesehen, und noch dazu mit Spitzenhalstuch! Offenbar gefiel ich ihr, denn sie zog mich auf ihren Schoß. So ein kleiner Spielhahn! Sie streichelte mein Haar, schnappte nach Luft vor Erstaunen, vor scheuer Zuneigung, die sie plötzlich überkam.

Der Gardesoldat besaß eine *flûte à travers* und spielte ein paar robuste Rhythmen. Kalle Braka lachte mit polternder Stimme. Er stellte sich vor uns hin und sang: »Sieh dort tanzt das Mädchen, rosenrot sind Robe, Rock und Tuch!«

In der Dämmerung wurde das Wasser des Fatburssjön braun wie ein Pudding aus Knochenmark. Bronzefarbene Frösche quakten. Mazza erzählte auf dem Heimweg, daß er Luftblasen habe aufsteigen sehen aus dem Seewasser. Kam man mit einer Flamme in die Nähe solcher Blasen, so fingen sie Feuer und zerplatzten im gleichen Augenblick.

Das glaubte ich ihm nicht.

Hühner gackerten auf einem Heuboden. Weiter unten in der Götgatan hörte man die Postkutsche rollen, das Posthorn schmetterte laut.

MUTTER UND VATER WAREN OFFENBAR der fleischlichen Lust so hoffnungslos ausgeliefert, wie sie deren Schmerz hilflos preisgegeben waren.

Jedes Mal, wenn die Standuhr im Salon die volle Stunde schlug, war das ein Fingerzeig dafür, daß ein Stück Erdenweg zurückgelegt war. Wenn der Türmer seinen regelmäßigen Ruf über die Stadt ertönen ließ, war Zeit verronnen. Zeit war verronnen, wenn Löcher ins Eis des Mälaren gehauen wurden, wenn die Buchsbäumchen zur Blattwäsche hinausgetragen wurden, wenn der Tabak geschnitten wurde, wenn die Dienstleute sich auf der Bank um den runden Steintisch im Garten niederließen, um die roten Zwiebeln zu putzen. Der Uhrzeiger drehte sich. Die Zeit verstrich.

Wie die Natur, so ging auch meine Mutter den immer gleichen

Kreislauf der Zeit von der Befruchtung zur Ernte. Sie wurde bestellt wie die Erde, lag eine kurze Zeit brach, durchlief dann wieder den gesegneten Zustand mit seinen verschiedenen Stufen der Reife.

Und auf das selige Werden folgte die tiefempfundene, unverhüllte Trauer.

Gott hatte sie wieder einmal verlassen. Das Kind, das sie gebar, mußte sterben, denn auf der Erdenwanderung geht es viele Male hin und her zwischen himmlischem Glück und Höllenqual. Sterben war also gottgewollt und gerecht. Es war ein Naturgesetz. Und es war in der Natur angelegt, daß die Trauer schmerzlich sein sollte, daß der Leib seinen Inhalt von sich gab, die Tränendrüsen überquollen, die Stimmbänder im Schluchzen vibrierten; in der Trauer über den Kindestod wurde der Wunsch nach einem neuen Kind geboren.

Lange Zeit lag das Haus an der Björngårdsbrunnsgatan merkwürdig still, wenn der Tod es wieder einmal berührt hatte. In den Zimmern der Eltern waren die Vorhänge zugezogen, es duftete matt nach verwelkten Rosen und Myrten, die an den Fenstern lagen. Vater ging die Treppe hinauf und hinunter, wankte an der Wand entlang, untröstlich. Ein Schluchzen drang aus seiner Kehle, trocken und schaurig. Mutter lag im Bett, warf sich heftig von einer Seite auf die andere, als ob sie von einer kochenden Woge des Schmerzes herumgeschleudert würde. Sie schickte nach dem Doktor, wurde zur Ader gelassen, saß einsam, schwarz gekleidet, im Lehnstuhl, das schöne Gesicht häßlich verzerrt von der Erniedrigung der Trauer, die sie in einen widerwärtigen, grotesken Abgrund gestürzt hatte.

Dann schlug die Standuhr im Salon wieder eine volle Stunde. Das neue Geschwisterchen, das zur Welt gekommen und Fredrika Elisabeth getauft worden war, lag schon seit einem halben Jahr mit bleichenden Gebeinen unter einer jungen Ulme auf dem Friedhof. Indem die Knochen bleichten, waren sie ein Sinnbild dafür, daß auch die Trauer wich und neue Zeiten anbrechen durften.

Und neue Zeiten brachen an. Die Finanzen des Hauses wurden immer schwächer, so daß Vater gezwungen war, Kredit aufzunehmen. Er hatte für den Haushalt zu bezahlen und alte Schulden abzutragen. Ein Gläubiger war im Hause aufgetaucht.

Mehrmals hatte Vater in Eingaben an Seine Majestät Friedrich I. um einen höheren Posten in der Schloßkanzlei ersucht. Er fand, daß niedriges Gehalt und Ungerechtigkeiten die Wurzel des Übels seien. War er nicht ausschließlich durch Fleiß und Tüchtigkeit vom Schreiber zum Ersten Pronotarius im Kanzleikollegium avanciert? Warum war der Takt der Beförderungen ins Stocken geraten? Er fühlte sich übergangen, jüngere Kollegen waren ihm vorgezogen worden, ihm aber gebührte der Titel eines Kanzleirates.

Vater tauchte die Feder in blaue Tinte, die aus den Kornblumen in unserem Garten hergestellt worden war. Er hatte heftige Schmerzen im großen Zeh, an dem ein Gichtknoten schwoll. Den Fuß auf ein Stuhlkissen gelegt, schrieb er in schwungvoller Schrift auf geglättetes Papier:

Nachdem Eure Majestät den ehem. Pronotarius Svahn zum a.o. Protokollsekretär in Justizangelegenheiten zu ernennen beliebten, ich jedoch mehr Dienstjahre habe als er, indem ich 1728 in die kgl. Kanzlei eingestellt wurde und er erst 1733, ich dort 1731 ein Deputat erhielt und er 1735, ich 1742 zum Pronotarius avancierte und er 1746, so unterwerfe ich mich hiermit unterthänig Euer Majestät gnädigstem Belieben, mit welchen Gnadenerweisen Eure Majestät sich an mich, den z. Z. ältesten Pronotarius an der kgl. Kanzlei und in Ansehung der vorangegangenen Umstände Übergangenen, bei dieser Gelegenheit gnädig zu erinnern geruhen wollen; in inständiger Bitte und mit bis in meinen Tod tiefster Ehrerbietung …

Als Vater sich über den Titel eines Königlichen Sekretärs der Schloßkanzlei freuen durfte, war mein dritter Bruder Jacob schon auf die Welt gekommen und wieder gegangen. Dieser kleine Bruder war noch nicht ganz aus dem Mutterleib ans Tageslicht getreten, als sein Körper von Schlägen im Kopf betroffen wurde, die auf die Brust übergriffen, den Leib und schließlich die Beine ergriffen, und als er ganz aus dem Schoß herausgekommen war, trat der Tod ein.

Als dies geschah, saß ich mit Catharina in der Küche an dem großen Birkenholztisch und las ihr mit rot verweinten Augen aus Defoes *Robinson Crusoe* vor, den die Schule in gekürzter Fassung gekauft hatte. Es duftete nach Pfannkuchen, Braten und Leichtbier. Die Haushälterin hatte eine Warze auf dem einen Augenlid, man sah das besonders gut, wenn sie den Blick in die Kochtöpfe senkte. Ich konnte schon Latein, Deutsch und Französisch lesen. Catharina trug ein Häubchen und spielte gern mit Puppen, die auch Häubchen trugen. Ihr gefiel der Gockel auf dem Deckel der Fibel besser als die *Oratio Domini*, das Gebet des Herrn, auf der ersten Seite. Der Hahn war ein Vorbild an Wachsamkeit, er stand morgens früh auf, und daran sollten Schulkinder sich ein Beispiel nehmen. Die Fibel enthielt Worte Gottes: das *Symbolum*, Glaubensbekenntnis; die *decem praecepta*, zehn Gebote; außerdem Tischgebete, Danksagungen, die Sakramente der Taufe und des Abendmahles, Morgen- und Abendgebete und das *Ave Maria*.

Catharina bewunderte das bunte Federkleid des Gockels. Ich las: *cornix cornicatur*, die Krähe krächzt, *agnus balat*, das Schaf blökt, *cicada stridet*, der Grashüpfer zirpt. Sie war gefesselt von den farbenfrohen Bildern der Krähe, des Schafes und des Grashüpfers. Ich las ihr auch aus Amos Comenius' *Orbis pictus* vor. Das Buch handelt auf 300 Seiten von Religion, Tugenden und Lastern. Über die Mäßigkeit stand da:

Die Mäßigkeit (Nüchternheit) schreibt das Maß von Speise und Trank vor und zügelt das Verlangen, so wie der Zügel das Pferd, und also zügelt sie alles, so daß nichts im Übermaß geschieht. Der Lump besäuft sich, er stottert (stammelt, stockt), rülpst (speit, übergibt sich), streicht seinen Rotz auf den Rock und schimpft (zetert). Der Trunk (die Trunksucht) gebiert (erzeugt) Geilheit, daraus kommt ein lotterhaftes (leichtfertiges) Leben, mit Küssen, Streicheln, Umarmen und Tanzen.

Ich las auf Französisch aus Fénelons *Aventures de Télémaque*, einem Buch von insgesamt 467 Seiten, aber Catharina fand es langweilig, weil keine Bilder darin waren. In dem Buch über Robinson dagegen gab es Bilder.

Catharina stützte ihren Kopf auf ihren runden Arm. In der schwarzen Stirnlocke hingen die Tränen wie gläserne Tropfen.

Robinson trug als Sonnenschutz einen großen Trichter aus Flechtwerk auf dem Kopf. Er hatte einen Rock und knielange Hosen aus Affenpelz. Im Gurt ein Dolch und ein Degen. In jeder Hand eine Muskete, den Lauf an die Schulter gelehnt. Das Gesicht war windgegerbt und glich mit seinem zerzaust vom Kinn herabhängenden Bart einem Hundefell. Im Hintergrund, halb versunken in der hohen Brandung, trieb ein Schiffswrack.

Der tote Bruder, der Jacob Martin hieß, lag in seinem Kindersarg in der Leichenkammer. Der Sarg sah schmuck aus mit blanken Beschlägen. Auf weißem Tuch brannten blaue Lampen mit kurzen Dochten, die auf dem Öl schwammen.

Mutter hatte nach dem Doktor geschickt, sie wollte zur Ader gelassen werden. Beim Pfarrer und beim Küster war man schon gewesen, hatte beim Weinhändler Branntwein und Braunschweiger Mumme-Bier bestellt. Gegen Abend wollte der Schneider Titz kommen, ein kleiner flinker grauhaariger Mann, und neues Maß nehmen. Ich war aus meiner Trauerkleidung herausgewachsen.

Unsere kleinste Schwester, Lovisa, half unserer Haushälterin, Mehl aus der Vorratskammer zu holen. Die Haushälterin mörserte Zucker und hatte auch anderes vorzubereiten für den Leichenschmaus. Trauerkränze mußten genäht werden.

Die Katze, sie kriecht,
sie schleicht und sie schmiegt
und sie nimmt, was sie kriegt.
Piep!

Beim »Piep« bohrte ich Lovisa den Finger in den Bauch. Sie kicherte kurz und klingend, hüpfte zum Ofen hinüber und sagte:

Backen backen,
Kuchen machen,
mahlen mahlen mahlen,
walken walken walken.
Husch in den Ofen!

Alle wiederholten: »Husch in den Ofen!«

Im Zimmer nebenan ging Mutter krank vor Trauer auf und ab, wir hörten, wie sie ihr wildes, verzerrtes, verstörtes Gesicht heftig gegen die Fensterscheibe, gegen die Saaltüren schlug. Das Leid meiner Mutter war wortlos. Sie litt stumm, denn kein Wort konnte die Macht ihres Schmerzes erklären, konnte erklären, wo er lag und welcher Natur er war.

Sie wandte ihr Gesicht ab, als Tannenreis in die Toreinfahrt und auf die Straße gestreut wurde, sah mit zitternden Wangen zu, wie zwei Wachtmänner kamen und den Sarg in schwarze Traggurte legten, hörte, wie die Kirchenglocken zu läuten begannen.

Der Herr hat's gegeben, der Herr hat's genommen, der Name des Herrn sei gelobt.

Ganz wie üblich begannen dann neue Zeiten. Die Sonne zog ihre Runden über den Garten, führte ihn mit allen seinen Zweigen vom Sommer zum Herbst, und schon wurden die Gartenmöbel wieder mit den Beinen nach oben auf dem grauen Kastenwagen in den Schuppen hineingefahren, und die Äpfel waren bald erntereif.

Dann war plötzlich eines Tages, als das Vieh im Stall schon lauthals über die winterliche Kälte klagte, der Tod wieder da: Mutters Vater wurde von einem Schlaganfall hingerafft.

Wenige Stunden, bevor dies geschah, hatte ich an seiner Seite im Armenhaus gesessen. Auf Großvaters Initiative fanden dort Kammermusiksoireen statt. Wir hatten Pergolesis *Stabat Mater* gehört.

Als wir zur Beisetzung neben dem aufgeworfenen Grab im

Schnee standen, sah man an Mutters schwarzem Gewand, daß sie wieder ein Kind erwartete. Zahlreiche vornehme Zeitgenossen gaben Großvater das Grabgeleit. Bischof Rhyzelius las aus seiner lateinischen Begräbnisschrift, die vor Großvaters Hinscheiden herausgegeben und bei Lars Salvius gedruckt worden war. Anstelle einer Grabpredigt, die der selige Pfarrer nicht gewünscht hatte, ließ er diese seine Schrift über den Staub des im Namen des Herrn Verschiedenen sprechen. Als dann der Winter vergangen und in den Sommer übergegangen war, saß meine Mutter auf einer Gartenbank in der Sonne, neben sich einen Korbwagen, in dem die neugeborene Friderica Charlotta lag, in einem Kleidchen aus blumigem Samt, fast ertränkt in Küssen und Liebe, in einer Wolke aus Seidenwatte.

Diese Friderica konnte schon selbst einige Schritte machen, als Großvater wieder aus seinem Grab geholt wurde, um unter dem Estrich der Kirche beigesetzt zu werden. An der südlichen Chorwand hing das Daurersche Grabwappen in karolinischem Barockstil mit Löwen und Lilien in prunkendem Silber, Blau und Gold, und mitten im Chor, im Grab Nr. 1, lagen meine Vorfahren aus dem Geschlecht der Daurer. Zusammen mit Großvater Hermonius lag da auch der Reimeschmied Runius, daneben Lucidor, der Dichter, den sie den Unglücklichen nannten.

Mutter stand lange auf der Grabplatte, strich mit der Schuhspitze die Inschrift entlang und las.

Am 7. Juni dieses Jahres 1750 kam noch ein Geschwisterchen, der Bruder Johan Arendt, auf die Welt. Nach neun Geburten waren wir nun fünf Geschwister, denn Friderica lebte noch, und dieser letzte Johan sollte auch eine Weile leben dürfen.

In der Hornsgatan, genau gegenüber dem Pfarrhof, stand ein Steinhaus mit Seitenflügeln, in dem der fast siebzigjährige Stadtarchitekt Eberhard Carlberg wohnte. Buchauktionen fanden gewöhnlich am Tyska Brinken statt, der Gasse, die zur deutschen St.-Gertruds-Kirche hinaufführte; Großvaters Bibliothek aber sollte im Pfarrhof versteigert werden, denn sie war für den weiten Transport viel zu umfangreich. Carlberg, ein vertrauter Freund von Großvater und seinen Büchern, saß mit dem Auktionshammer am Pult, wie eine ernsthafte, uralte, aber bedrohlich wortgewandte Maschinerie, angefüllt mit Ziffern und Sachkenntnis. Stunde um Stunde saß er da, und der dünne Schnurrbart wippte unter seiner Nase, als wäre das Pult ein Zeichentisch und die Bücher Unterlagen für die Stadtplanung.

Ein Leibgardist brachte Austern, Hummer, einen Korb Zitronen und einen mit Pomeranzen. Es gab Auktionschampagner und Branntwein aus der Kristallkaraffe.

Der Buchverkauf wurde gemäß einem gedruckten Verzeichnis vorgenommen. Aus den Mahagoniregalen wurden Bücher über Theologie, Moral, Antiquitäten, Geschichte und Literatur geholt, aus den Bücherschränken Reisebeschreibungen und Disputationen, alles in allem circa tausend Folianten, Quartbände, Oktavbände, Duodezbände. Carlberg beschrieb jeden Prachtband im einzelnen: Ein Diptychon aus Elfenbein, ein grüner Maroquinband, eine Lüneburger Bibel mit Silberbeschlägen und Bände in Saffianleder.

Die Buchauktion dauerte länger als man berechnet hatte, sie konnte erst am folgenden Vormittag abgeschlossen werden. Man trank einander zu und sang einige schickliche Trinklieder. Es war ein marktfreier Samstag, und die Stadt hatte sich zu einer großen, festlichen Zeremonie gerüstet: Eine Klappbrücke des Ingenieurs und Erfinders Polhem feierte ihre Vollendung. Vom *Slussen*, der Schleuse zwischen Mälaren und Saltsjön, spannte sie sich zum Stadsholmen, der *Stadt zwischen den Brücken*, dem auf einer felsigen Insel gelegenen Herzen Stockholms.

Polhem war nach Großmutters Tod ein Freund der Familie geworden. Er hatte 42 000 Kupfertaler bzw. 14 000 Silbertaler für das Große Daurersche Haus geboten und dort Wohnung genommen. Einige Male war er gemeinsam mit seinem ehemaligen Schüler Swedenborg bei uns zu Gast, wir wiederum bei ihm zu Rindsbraten eingeladen, und Silvester hatten wir uns bei einem zwölfgängigen Festmahl mit 26 Schüsseln rundherum satt essen können in dem Prachtsaal, den Großmutter mit Goldleder hatte tapezieren lassen.

Eines Sonntags, als Polhem noch neu war in unserem Stadtviertel, war er mit dem Wagen beim Daurerschen Haus vorgefahren und hatte mich durch das Wagenfenster hindurch angesprochen. Der Torschlüssel war fast einen Arm lang, zu schwer für einen alten Mann alleine. Wir faßten ihn gemeinsam, jeder an einem Ende, und trugen ihn zwischen uns zur Tür. Dort wuchteten wir das vordere Ende hoch und schoben es ins Schlüsselloch. Der geniale Erfinder war fast 80 Jahre alt. Er pustete vor Anstrengung, lächelte ein schelmisches, zahnloses Lachen, drehte seinen Finger in meine Achselhöhle hinein, als wolle er mich aufschließen, und verriet mir dann, daß er in seiner Werkstatt Zeichnungen liegen hatte für das erste Kurbelschloß der Welt mit Gestänge und Walzen.

Als Polhem aufhörte zu drehen, zog ich seinen Finger heraus. Ich sagte, daß ich eine mechanische Drehorgel sei mit Drehbalg und Orgelwerk. Keuchend, knarrend und pfeifend trug ich die ersten Zeilen eines Liedes von Olof Dalin vor:

Sitzt die Elster am Kirchturm hoch,
liegt doch die Gans auf der Schale:
Und hast du auch ein Liebchen noch,
sei still und damit nicht prahle!

Polhem mußte sich am Eingangstor abstützen. Er lachte, daß ihm die Knie weich wurden.

Zwischen Spalieren von Soldaten und einer unüberschaubaren Menge von Zuschauern wurde er nun in einer Sänfte vom Großen Daurerschen Haus zur Roten Schleuse geleitet. Er wurde aus demselben Tor getragen wie einst ich an meinem Tauftag; aber Polhem stand am Ende seiner Lebensbahn und sollte den

Titel eines Kommandeurs des Nordstern-Ordens für die Ewigkeit erhalten.

Hinter der Sänfte schritten in Viererreihen Gouverneure und Assessoren des Bergbaukollegiums, leitende Persönlichkeiten der Physiographischen Gesellschaft sowie Professoren der Akademie der Wissenschaften, dann ein bunt gemischter Haufen von Oberstatthaltern, Exzellenzen, Staatsmännern, die alte Frau Grill war da, Frau Psilanderhielm und der Präsident Broman. Ich ging zusammen mit Vater und dem Stadtarchitekten Carlberg. Als der Zug sich in Bewegung setzte, schloß Swedenborg sich uns an. Er war klein von Wuchs und blaß, hatte schwache Augen und einen großen Mund. Über die gebeugten Schultern trug er einen blaßbraunen, verwitterten Umhang.

Assessor Swedenborg ging mit im Festzug, weil er in seiner Jugend Polhems bester Lehrling gewesen, in dessen Heim wie ein eigenes Kind verwöhnt und schließlich als der Erbe des Meisters angesehen worden war; doch da stand er bereits auf vertraulichem Fuß mit Engeln und Geisterwesen und hatte nur mehr wenig im Sinn mit mechanischen Erfindungen. In London war ihm Gott selbst erschienen.

Es war drei Uhr nachmittags. Der Wind zerrte an den Klappen der Verkaufsstände, die an diesem Septembertag schon geschlossen waren, die Regenschauer ließen allmählich nach, und die Sonne schimmerte mattgolden wie eine Weintraube zwischen den Wolken am Kirchturm hervor.

Ich drängte mich zwischen Vater und Swedenborg. Unter ihren Perücken lugte graues Haar hervor, am meisten bei Swedenborg, der war der ältere. Ich sagte, zu ihm gewandt, daß ich gerne wüßte, wie es im Himmelreich aussieht. Diese Frage hatte ich früher schon gestellt, aber nur ein grüblerisches Brummen zur Antwort bekommen. Nun hatte er Zeit gehabt nachzudenken. Er nahm meine Hand, als wenn ich noch ein kleines, braves Kind wäre, und sagte mit leiser, etwas stockender Stimme: Nach dem, was er habe herausfinden können, gäbe es dort Tapeten aus Goldpapier. Und zu essen Semmeln in warmer Milch.

Wir gingen am Grubbschen Haus vorbei und näherten uns dem Brunnsbacken, der vom Södermalmstorg zur Schleuse hinunterführt.

Alles war wunderbar, alles tanzte auf mich zu. Alles, was ich sah, alles, was in dieser Welt geschah, schien sich in Analogien zu wiederholen, und wieder kam es mir vor, wie schon bei meiner Taufe, als bewegte ich mich in der Kulisse eines Theaters, wo alles auf einmal gezeigt wird. An der Kvarngatan stand die große Windmühle, die sie die »Holländerin« nannten, und schlief unter ihrer Haube; aber die Mühle neben der Kirche wurde soeben vom Mühlknecht in den Wind gedreht. Er befestigte den Riegel, hißte die knatternden Mühlensegel, dann begann die Mühle langsam ihre Flügel zu drehen. Sie wurde schneller, als ob sie über den Berg zu den anderen Mühlen flattern wollte, die in der aufkommenden Brise das gleiche Spiel begannen. Eigentlich war das unbegreiflich, aber ich sah all das und noch viel mehr, während der Festzug zum Brunnsplan hinunterzog. Vater grüßte eine gurkengrüne Karosse, die gerade zwischen Spalier stehenden Eisenträgern die Götgatan hinaufflüchtete. Ein Bäckerkarren holperte erschrocken hinterher, und von weit her, von der Djurgården-Bucht, die sich nun vor der Prozession öffnete, hörte man die Jacht der Stadtwache ihre Signalrakete abfeuern; aber da wurden wir schon in die Menge an der östlichen Zugbrücke abgedrängt, wo einer der vier Schleusentürme wie ein Wachtposten auf den Saltsjön hinaussah.

Die gewaltige, aus Eichenholz gezimmerte und innen mit Steinen ausgekleidete Schleusenkammer war in den Schleusengraben hinabgesenkt worden.

Polhem wurde aus seiner Sänfte herausgehoben. Er hatte feuchte Augen.

Zwölf Musikanten spielten, acht Stadtpfeifer und ein Trommler. Das viel größere Feldmusikkorps hatte in zwei Reihen rechts vom Ablaufkanal Aufstellung genommen und wartete noch ab. Es wurden Reden gehalten, Fanfaren ertönten. Die Rote Schleuse war die Schlußvignette unter dem umfangreichen Lebenswerk des großen Ingenieurs.

In einem Fahrstuhl wurde er nun in die Schleusenkammer hinabgelassen, schwarzgekleidet, mit gebauschter Hemdbrust und kunstvoller Knotenperücke. Er schien kleiner und kleiner zu werden, je tiefer er sank. Als er den Kammerboden erreichte, stieg er auf die Eichenfliesen hinaus. Er sah sich beklommen um, so als wäre er endgültig in sein eigenes Schleusengrab hinabgesenkt worden. Und nun wurde er mit einer hallenden Ansprache zum Ritter und Kommandeur des Nordstern-Ordens geschlagen.

Der Trommler trommelte, und dann setzte das ganze Musikkorps ein. Das Festmahl war angerichtet.

Den Rathauskeller betrat man durch einen Vorraum. Vater hielt mich am Jackenknopf fest und bat mich, einen Augenblick stehenzubleiben. Er griff unter seine Satinweste und zog ein Geschenk von der Buchauktion heraus. Mutters Vater hatte ein eigenes kleines Werk hinterlassen, in braunes Maroquinleder gebunden und mit Golddekor versehen: *Christliche Ermunterung zu Gebet, Anrufung und Danksagung zu Kronprinzessin Luise Ulrikes glücklicher Niederkunft mit Prinz Gustaf am zweiten Sonntag nach Dreikönig.*

Ich hielt mit der einen Hand die Tür auf für Swedenborg, der aber hatte soeben Vaters Einladung, mit ins Wirtshaus zu kommen, zerstreut abgelehnt. Großvaters Werk über den kleinen Knirps Gustaf kannte er nicht. Er sagte das überaus liebenswürdig; er war auf eine freundliche Weise enthaltsam in seinem Umgang mit den Dingen dieser Welt, zu denen Prinz Gustaf genauso gehörte wie ein Frosch, ein Grashalm oder ein Wirtshaus, das Rathauskeller hieß. Wir verabschiedeten uns; Vater und ich gingen die Treppe hinunter.

Vater, der nach Großvaters Tod wieder zu etwas Geld gekommen war, rief nach der Bedienung. Er fügte hinzu, daß auch ich Gast sei, und als die Kellnerin wissen wollte, was sie bringen solle, war die Antwort: Fladenbrot mit kaltem Geflügel, dazu eine große Flasche Mosler und zwei Floribus. Diese zwei Ellen langen Trinkgläser, die wie Lilien aussahen, gab es nur in den besten Wirtshäusern.

Mit zu Tisch saßen Vaters Freunde, der junge Dichter Graf Gustaf Gyllenborg und der alte Carlberg. Der Kachelofen war grün und hatte gewaltige schmiedeeiserne Ofentüren. An einem Tisch neben dem Kamin hing ein junger Mann herum, mit langer Weste und einem großen Halstuch um einen Hals, der dünn war wie spanisches Rohr. Graf Gyllenborgs Onkel, mein dahingeschiedener Pate, hatte die Komödie *Der schwedische Geck* gedruckt herausgegeben, und der junge Neffe hatte offenbar alles Wissen über diesen Herumtreiber und Bonvivant geerbt. Ein solcher, sagte er und deutete mit dem Kinn zum Tisch, steht früh genug auf, um rechtzeitig zum Punsch im Kaffeehaus zu sein, erledigt dann ein Viertelstündchen lang Geschäfte, um den neuesten Klatsch am Riddarhustorget nicht zu verpassen. Pünktlich am Nachmittag hält er Visite im Keller Welt bei einem Humpen Bier, den er bald gegen Rheinwein im Güldenen Frieden tauscht.

Vater sah hinüber, sah dann mit großen Augen dem Grafen direkt ins Gesicht, als ob er den Antichrist geschaut hätte:

»Den Glauben an die göttliche Geburt des Erlösers, den verachtet man.« Er löste einen Geflügelknochen ab. »Man verneint die Auferstehung der Toten, aber *Mode*, daran glaubt man wie an Zeichen und Wunder. Ein solcher Rock, mit abstehendem Schoß, das ist Satanismus.«

Vater wandte sich noch einmal um und entdeckte die Mägde an der Seite des Stutzers:

»Ein Geschlecht der Huren und Sodomiter.«

Ich wußte nicht, was Sodomiter waren, aber als die anderen Tischgäste zusammenzuckten und Vater erschrocken ansahen, fabrizierte ich in aller Hast zur Ablenkung ein paar Wörter, die sich auf Sodomiter reimten: Hausvermieter … Schloßgebieter … Hektoliter …

»Ich muß schon sagen«, platzte der Dichtergraf heraus, »da haben wir aber einen Reimkünstler!«

Graf Gyllenborg war mit 19 Jahren zum Weltverächter geworden. Eine der Frauen erkannte er wieder, die Magd Brita Bäckman, sie hatte vor dem Bezirksgericht gestanden wegen Diebstahls. Auf Französisch sagte der Dichtergraf, daß er eine Anstellung im Revisionsgericht anstrebe, und daß er oft ganze Tage dort zubringe, um zu lernen. Die Junggesellenwohnung im Hause des Schwiegervaters – hier fiel er zurück ins Schwedische – war unordentlich und übelriechend und die Haushaltung kaum standesgemäß. Vor dem Unteren Burggericht hatte übrigens kürzlich ein heftiger Rechtshandel zwischen dem Uhrmacher Jean Fredman und dessen Gattin, der Witwe Lidberg, stattgefunden. Sie galt als streitsüchtiger Teufelsbraten, und schon mehrfach mußte sie wegen Trunkenheit und Fluchens ermahnt werden. Der Hofuhrmacher sah vernachlässigt aus, sein Atem rasselte, und er hustete sich durch den Prozeß, als stünde er kurz vor einem Zusammenbruch.

Mein Pate, der große Staatsmann Carl Gyllenborg, war redegewaltig und glanzvoll aufgetreten, und der junge Dichtergraf versuchte ihm nachzueifern, aber auf seine eigene Weise; es war, als ob er darunter litt, den Grandseigneur spielen zu müssen. Er ging in Plüschhosen aus einem Samt, der auch für Möbel verwendet wurde. Diese Abweichung von der Etikette entdeckte niemand, so daß der Graf gezwungen war, selbst darauf hinzuweisen. In Lund, wo er mit 18 Jahren bereits Rector illustris gewesen war, war er eines Nachts ohne Hemd nach Hause gegangen.

Als Vater neu einschenkte, zog der Graf die Hemdbrust aus dem Brustschlitz der Weste heraus und reckte den Hals, so daß die Flohbisse zu sehen waren. Vater kniff mich in die Wange und wollte wissen, warum ich lachte. Er entdeckte, daß mein Glas unberührt dastand. Mit großen, verzweifelten Augen sah er Carlberg an.

»Mickel trinkt nichts! Was ist mit dem Jungen?«

Ich mochte keinen Wein. Branntwein hatte ich löffelweise schlucken müssen, gegen Spulwürmer, aber der Fuselgeruch war mir zuwider. Vater trank, wie ein normaler Mensch eben trank. Er nahm einen Schnaps nach dem Aufstehen, einen zum Morgenkaffee, einen Schluck vor dem Mittagessen, um den Appetit zu wecken, einen Nachmittagsschnaps, einen vor dem Abendessen und einen zum Schlafengehen, um besser einschlafen zu können. Auch Gicht, Koliken und Schluckauf kurierte er mit Schnaps. Branntwein löste Steine auf. Solange es sich um diese Tagesportionen handelte, war Schnaps kaum von Übel. Zu meinem achten Geburtstag hatte ich einen silbernen Branntweinlöffel bekommen, aber zu Hause forderte er mich nie auf zu trinken. Er nannte das liederliche Leben in den Wirtshäusern der Stadt »ein zweites Sodom« und wunderte sich, daß Gott nicht alles mit Feuer und Schwefel niederbrannte. Und ich, gerade zehn Jahre alt, würde eine Tracht Prügel bekommen, wenn er mich betrunken antreffen sollte.

Im Rathauskeller, im Kreise seiner Freunde, hätte er es jedoch gern gesehen, wenn ich ein Glas zur Gewöhnung genommen hätte. Zu Carlberg sagte er, und er wies dabei auf die Bibel hin, daß derjenige, der nicht rechtzeitig das Trinken lernte, sich die Jugend verbittere. Das sollte ja keine gottlose Gewohnheit werden, sondern hier handelte es sich um eine maßvolle Gewöhnung, wiederholte er, und Carlberg nickte.

Nun wurde Haselhuhn mit Roter Bete aufgetischt. Vater stopfte sich ein Stück in den Mund und sah mich fest an. Alle tranken doch, oder? An dem langen Tisch unter den Kellerfenstern lärmten Finnen und Türken bei glitzernden Birnengläsern. Ein Bankkommissär in zimtbraunem Rock und weißer Perücke setzte sich einer koketten Mamsell mit hellblauem Häubchen und Spitzenbesatz auf den Schoß. Austernhändler in schwarzen Lederjakken sprachen über Geschäfte, und ein Bursche balancierte einen Auerhahn vorbei, dann eine Mettwurst, dann ein Faß Bier, dann wieder einen Auerhahn.

Vater schlug mir die Perücke um die Ohren. Durch die Puderwolke hindurch sagte er:

»Alle trinken, oder?«

Ich nahm einen Schluck Mosel und zog eine Grimasse des Abscheus. Graf Gyllenborg grunzte anerkennend und drückte seine tiefste Bewunderung aus über die Grimasse, die er vollendet, meisterhaft fand. Ich mußte sie noch einmal schneiden.

»Wirklich großartig.«

Als er dann den Hals reckte und dazu überging, sich die Flohbisse zu kratzen, flocht Carlberg ein, daß er solche auch hätte, aber noch mehr hatte er während des Rußlandfeldzuges gehabt. Da tummelte sich das Ungeziefer sogar in den Wunden und Beulen. Entsetzlich!

Der Stadtarchitekt Carlberg war in seiner Jugend unter Karl XII. Festungskommandant gewesen, und »apropos Trinken« erzählte er, daß die tägliche Ration des Heldenkönigs im Felde drei Flaschen Wein betragen hatte, dazu ebensoviel Bier, neben dem, was er zu den Hauptmahlzeiten trank, und das war ungefähr noch einmal soviel; zur Nacht schließlich trank der König noch eine Flasche Wein und zwei Flaschen Bier, und dazu ein Viertel französischen Branntwein.

Ich hatte Carlberg zu Hause des öfteren von dem Feldzug erzählen hören. Der furchtbare Winter 1709 war wie eine Strafe Gottes über sie gekommen. Im Regiment des Oberstleutnants Törnfelt, zu dem er gehörte, erfroren täglich Hunderte von Soldaten und wurden in der Steppe liegen gelassen. Carlberg, der recht klein und mager war und buschiges graues Haar hatte, bewegte sich immer mit auffallend steifem Rücken. Daran erkannte man ihn. Setzte er sich nieder, so tat er es so vorsichtig, als wäre das Rückgrat aus Eis und könnte zerbrechen. Er hatte während des Marsches durch die unbeschreibliche Kälte Männer gesehen, die in die Knie gingen, weil ein Bein mitten im Schritt plötzlich brach, hatte gesehen, wie Arme abbrachen und in den Riemen hängen blieben, wie Männer nach ihrem Glied suchten und es abgefroren im Hosenbein fanden, und mit eigenen Augen hatte er gesehen, wie ein junger Infanterist sich nach einem Nachtmarsch zum Ausruhen auf einen Stein setzte, und als er sich nach vorne beugte, war das Rückgrat mit einem Knall durchgebrochen, und der Junge war mausetot sitzen geblieben. Der Bruch hatte sich angehört wie ein Pistolenschuß aus dem After heraus, und das gerade in dem Augenblick, als Carlberg sich selbst hatte hinsetzen wollen mit seinem eiskalten Rücken. Aber er hatte den dumpfen Knall gehört, hatte sich erschrocken umgesehen, und von dem Augenblick an hatte er seinen Rücken so gerade getragen wie eine Sturmleiter, die hinaufführte zu Gott.

Es war noch Sommer, und nach dem städtischen Reglement durften die Wirtshäuser bis neun Uhr geöffnet bleiben. Noch immer strömten Gäste die Kellertreppe hinunter, als Vater auf die Wanduhr zeigte, den Priem auf den Boden spuckte und zahlte. Die Schankwirtin, die Witwe Göransson, drehte die Münzen in der Hand und blieb am Tisch stehen. Als sie schließlich anfing, ihn am Kragen zu zupfen, schob er die Perücke in den Nacken, als müsse er seine Stirn kühlen, und bezahlte auch seine aufgelaufenen Schulden.

Am Brunnsbacken hatte man begonnen, finnisches Birkenholz zu verkaufen und Brennholz aus Roslagen. Der Wind ließ die Läden der Verkaufsstände knarren, er zerrte an den Fensterhaken und riß an den Krampen.

Wir blieben an der Ecke des Rathauses zur Götgatan hin stehen. Carlberg hob seine Laterne, so daß der Schein auf die Fenster im ersten Stock fiel. Dort hatte er im Auftrag der Baubehörde die Wände zwischen dem Präparierraum und den Leichenkammern im anatomischen Theater abreißen lassen, das nach dem Krieg zu einer neuen russischen Kirche umgebaut wurde. Aus Reval war schon ein Geistlicher angereist und hatte eine Reihe Kisten mit kirchlichem Inventar mitgebracht, das aus einer preußischen Feldkirche geraubt worden war, sowie aus der Schatzkammer einer Kirche in Memel. Carlberg entwarf dazu gerade eine Ikonostase. Wir verabschiedeten uns vom Dichtergrafen. Vater erinnerte sich an die öffentlichen Obduktionen, die dort oben, wo nun Kirchenräume entstanden, vorgeführt worden waren. Er deutete hinauf: Bei der fünften Obduktion hatte er selbst mit 160 anderen zahlenden Zuschauern dort im Amphitheater gesessen, in dessen Mitte der Seziertisch stand. Damals sollte das Collegium Medicum die weiblichen Genitalien, Eingeweide und Organe des Brustkorbes demonstrieren. Auf dem Galgenberg wurde die junge Anna Görges gehenkt, aber statt sie unter dem Galgen zu beerdigen, brachte der Aufseher sie als Demonstrationsobjekt ins Anatomische Theater. Am nächsten Morgen waren die Leichenteile dann in einem Sack zur Kirche Sta. Maria getragen worden. Dort begrub man sie auf dem Armenfriedhof.

»Ja, das Innere des Menschen gleicht einem Tempel in Jerusalem mit vielen schönen Farben«, sagte Vater; er war ein wenig betrunken, das merkte man daran, daß er einem verkrüppelten Bettler, ohne lange nachzudenken, eine Kupfermünze in die Hand drückte. Zu dieser Tageszeit wimmelte es in der Hornsgatan von Bettlern. Einer hatte große, schwarze Augen, aber beim Laternenschein sah man, daß sein Gesicht von der Syphilis verwüstet war. Ein anderer hatte den einen Arm in einen Lumpen gewickelt, der schwarz war von Blut und Schmutz; wieder andere waren Bettelkinder aus den Fabriken, ein Junge in meinem Alter bettelte jammernd, verbeugte sich mit entblößtem Kopf, der mit schwärenden Wunden übersät war.

Vater gab Almosen, ebenso Carlberg, der ängstlich und steif aufgerichtet vorwärts schritt, während Vater gebeugt ging, angesichts des tiefen Elends dieses Lebens. Wir gingen am Schild des Faßbinders vorbei, dann war Carlberg zu Hause und verabschiedete sich an seinem Sandsteinportal. Danach kam die Sonnenuhr des Uhrmachers, die Tafel der Taverne, das Schneiderschild bei Haus Nr. 22. Ich kannte sie alle, nur bei der Strickwaren- und Strumpfweberei sah ich im erleuchteten Fenster anstelle des verstorbenen Meisters Thomas den neuen Besitzer Lorentz Mollberg stehen, mit Hängeperücke und scharlachrotem Rock.

Über Mollberg hatte Vater gehört, daß er ein deutsches Rotwelsch sprach und in den Polizeiakten aufgeführt war.

Es begann zu regnen. Vater legte seinen Arm um meine Schultern und drückte mich an sich. Er holte tief Atem, als ob er nach diesem trockenen Sommer nun den ersten Herbstregen mit stiller

Freude begrüßte. Dann lachte er prustend: Eine Kuh weidete auf dem Kirchhof, na so was! Dann kam er wieder auf den Wirtshausbesuch zu sprechen, der ja mein allererster gewesen war. Er wollte wissen, ob Klein-Mickel von dem feinen Appetittrunk schon etwas spürte. Ich spürte überhaupt nichts von dem Schlückchen, das ich genommen hatte, aber ich behauptete, daß ich – »hol mich der Taler« – direkt gemerkt hätte, wie der Wein sozusagen gleich ins Blut gegangen und ins Gehirn gestiegen sei und eine selige Halbdämmerung hervorgerufen habe.

»Hol mich der Taler!« Vater drückte entzückt meine Schulter, feuerte aber ein erschrockenes »Hoj oj oj!« ab, und gerade als wir diesen gemeinsamen Grundton zwischen Vater und Sohn gefunden hatten, standen wir unversehens vor dem Eingang zum Kleinen Daurerschen Haus und schauten uns stumm und verdutzt an. Was war das?

In den letzten Sommermonaten waren Laternen, die man Wolfsaugen nannte, an den grünen Markierungen aufgestellt worden, die der Magistrat auf beiden Seiten der Straße angebracht hatte. Die Stadt erhielt eine Straßenbeleuchtung, aber die Laternen, so hieß es, brauchten nur in der dunkelsten Jahreszeit, von September bis März, angezündet zu werden, Mondnächte ausgenommen. Die eine oder andere Ecklaterne mit Talglichtern hatte es auf Stadsholmen, rund um die Paläste herum, schon gegeben, aber alle Stockholmer hatten mit Spannung darauf gewartet, daß auch die Straßen und Marktplätze in den Vororten erleuchtet würden – und nun war es soweit.

Wir standen, mit anderen Worten, vor der dunklen Zeit des Jahres.

Ein Laternenanzünder war auf eine Leiter geklettert, die an die Hauswand gelehnt war, und zündete den Docht im Rüböl der Laterne an. Ein hellgelber Schein fiel durch das Lampenglas und beleuchtete alles zwischen dem Brunnenhaus und dem Tor, vor dem wir standen.

Höllisches Feuer

1751–1760

OHNE DASS ER IN DEN 30 JAHREN seiner Regentschaft je ein einziges Wort Schwedisch gesprochen hätte, stürzte Friedrich I. mit einer Blutung vom Thron, wurde, in tiefer Bewußtlosigkeit und mit schnarchendem Atem, von Günstlingen, Maitressen und Trinkbrüdern auf die Beine gestellt, stand eine kurze Weile steif auf den Zehenspitzen, mit schief hängenden Mundwinkeln, dann stellte sich eine Verschleimung ein, und schließlich fiel er tot nieder, fiel heraus aus seinem sittenlosen Leben, seiner Generalissimuswürde, seiner Müßigkeit und moralischen Abgestumpftheit, seinem Hang zur Vereinfachung und aus seinem hessischen Deutsch, und als der Leichnam mit seinem Begleitzug aus dem Kungshuset auf Riddarholmen herausgetragen und sein Sarkophag neben dem seines Schwagers Karl XII. beigesetzt wurde, brach gegenüber dem Hause des Reichsrats Höpken ein urgewaltiger Feuersturm los, durch den 211 Häuser im Unteren Norrmalm in Asche fielen, die Kirche Sta. Klara einstürzte, die Drottninggatan verheert wurde, dessen Feuerwolken über die Förde, den Riddarfjärden, trieben und mit ihrem Funkenregen auch die Vorstadt westlich der Kirche Sta. Maria in Brand steckten und die Holzhäuser am Mullvadsberg verwüsteten, und dessen Flammenzungen sich über Åkermyran hermachten, bis sie endlich gesättigt innehielten und am Dantobommen leckten.

Diese Feuersbrunst war eine Strafe Gottes; aber das Volk, auch die kleinsten Kinder sowie 600 Mann von Upplands Regiment, wachten nun mit größtem Eifer über die Sicherheit der Stadt, und an dem Tag Ende Juli, als Gottes Handlanger Wikman ergriffen und geköpft wurde und Rütker zu 28 Tagen Fasten mit Wasser und Brot verurteilt worden war, kampierten noch immer Tausende Brandopfer unter freiem Himmel, schlugen ihre Lager auf in den Verschlägen am Fatburssjön, drängten sich in Felsschründen und in Seilergassen zusammen, und einen Monat später, im August, als Kommerzienrat Polhem das Zeitliche segnete und einen Steinwurf vom Daurerschen Haus entfernt beerdigt wurde, spürte ich in meiner Schlafkammer immer noch den Geruch der Feuer und Kochstellen von den Lagern hinter den Kirchenmauern herüberwehen.

Ja, Onkel Polhem, das berühmteste Mitglied der Akademie der Wissenschaften, wurde begraben, und wir waren alle dabei: Mutter und Vater und die fünf Kinder der Familie Bellman. Wir sangen Kirchenlieder, Ansprachen wurden gehalten, in Latein und Französisch. Swedenborg kam mit uns nach Hause und blieb dort trocken und dürr am Spieltisch unter den Apfelbäumen sitzen, und dann erzählte er die merkwürdige Geschichte, wie er in der Leichenprozession durch das nördliche Kirchenportal unter die hochgewachsenen Alleebäume hinausgegangen war, als plötzlich der Tote zu ihm trat und mit betrübter Miene nach dem Zweck des Auflaufes fragte, worauf Swedenborg seinen Freund beiseite genommen und ihm erklärt hatte, daß sich die Leute zu seinem Begräbnis versammelt hätten.

Ich rieb mir nachdenklich die Nase, nickte.

Wie das Publikum im Theater, das intim miterlebt, was auf der Bühne geschieht, so ging es auch mir, und ich verstand, was er meinte:

Die Toten gingen zwischen den Lebenden herum.

Der Markt war eine offene Szene.

Orchester spielten zwischen den grunzenden Schweinen.

In einer Sänfte wurde eine geschminkte Dame, die wie eine Adlige gekleidet war, um die Ecke zum van-der-Nootschen Palast getragen.

Alles war Spiel, war Theater.

Das Spiel ging weiter bei Kerzenlicht. Informator Höckert aus Vaters Kanzlei hatte sich meiner Erziehung angenommen, als

Nachfolger von Buchhalter Swedljung und Pastor Norman. Hökkert war tyrannisch und herrschsüchtig. Er schlug mir mit dem Lineal auf die Fingerspitzen, weil ich schwach war in Geometrie. Als ich nach Klingensteins schwedischer Euklid-Übersetzung fragte, stapelte er die sechs Bände der lateinischen Version von Gestrinus aufeinander und donnerte sie mir auf den Kopf mit den Worten:

»Nein, werter Herr, hier gibt es keinen schwedischen Königsweg zu den Elementen der Mathematik!«

Großes, blutvolles, herzbewegendes Theater. Die Stunden rollten dahin; wie flimmernde Radspeichen gingen die Uhrzeiger, und die zurückgelegten Stunden wuchsen zu Tagen und die Tage zu Wochen.

Mit dem Gleichmass einer Uhr war Mutter wieder schwanger geworden. Vor nicht allzulanger Zeit hatten Wehen eingesetzt, hatten zu einer Frühgeburt geführt, der Fötus war abgegangen mit allen Häuten, wie ein blutiger Klumpen. Einige Tage hatte Mutter hinter den schweren Vorhängen zu Bett gelegen, aber dann kehrte sie ins Leben zurück. Nun, im September, war sie also wieder guter Hoffnung, sie stellte Samen in den Schrank und kratzte die Fensterleisten sauber, während der Glaser, den sie hatte kommen lassen, in die acht Fensterstöcke des Wohnhauses die Innenfenster einsetzte.

An diesem Tag saß ich mit Mazza, der Magd Greta und Erik, dem Sohn unseres neuen Gärtnermeisters Nordström, in Vaters roter Karosse, die wir in die Remise geschoben hatten. Die Karosse war mit Kissen gepolstert, Wagendecke und Wände mit Hirschleder ausgekleidet. In die Tür aus Walnußholz war das Daurersche Wappen geschnitzt. Greta räkelte sich auf dem Sitz, die Beine aus dem Fenster gestreckt; die Fensterklappe war heruntergelassen, so daß die kornblumenblauen Gardinen mit der Silberstickerei ihr auf die Knie fielen. Zu ihren Arbeiten gehörte es, mit Joch und Eimern Wasser zu holen, und sie zeigte uns, wie aufgeschürft ihre Schultern waren.

Keiner von uns hatte den tumultartigen Trubel miterlebt, der bei der Krönung von Adolf Friedrich und seiner Gemahlin Luise Ulrike entstanden war und von dem alle Welt sprach. Ich schaute nur auf Gretas Knie. Das eine war wund, weil sie sich beim Brauen an der Bierwürze verbrüht hatte. Sie stupste mich mit dem Finger an die Stirn. Ob ich etwas über die Krönung wüßte? Ich sagte, daß ich alles in meinem Kopf hätte. Die Zuschauer drängten sich da drinnen hinter meiner Stirn, dazu Kavallerie und Bürger zu Pferd und zu Fuß, und das Ganze war wie ein Volksauflauf. Ich sah in meinem Kopf die Häuser, die bis zum Schornstein hinauf illuminiert waren. Dann zog die Prozession, die von Stockholms Hauptkirche, der Storkyrkan, ausging, mit »magnifiker Solennität« an mir vorbei zu dem inzwischen fertiggebauten Schloß.

Erik war 15 Jahre alt, sein kleiner Schädel war eingefaßt von zwei Backenbärten, gelb wie Hobelspäne. Er fragte mich, wie ich das fertigbrächte, etwas zu sehen, wo ich nicht dabeigewesen war. Ich sagte, daß ich das nicht wüßte, aber daß sich das alles in meinem Kopf abspielte, wie in einem Theater. Ich schloß die Augen, und während in meinem Kopf »Aspik«, »Musik« und »Metaphysik« als Reimwörter zu »magnifik« auftauchten, und »Gravidität« und »Angelgerät« sich zur »Solennität« gesellten, sah ich, wie das Gefolge durch ein Spalier von Fußsoldaten, an der Menge der herandrängenden Zuschauer vorbei, den steilen Storkyrkobrinken herunterkam. In der hereinbrechenden Dämmerung wurden überall Talglichter angezündet. In den Fenstern drängten sich die Menschen. Der prächtige juwelengeschmückte Paradewagen, von sechs weißen Pferden gezogen und von Oberstallmeister Sparfvenfelt kutschiert, war schon bald mit Blumen und Billets und Huldigungsversen überschüttet, die die Leute hineinwarfen. Auf den Paradewagen folgten Staatswagen und Livrierte. Drei Stunden dauerte die Prozession, danach wurden Krönungsmünzen unters Volk geworfen. Der Mob schlug sich auf der Straße um die Münzen, wälzte sich in wilden Haufen und biß aufeinander ein.

»Das alles siehst du?« fragte Mazza ungläubig. »In deinem Kopf?«

»Ich sehe noch mehr.«

Greta kreischte und schlug mit ihrer weißen Haube auf mich ein. Sie setzte ein aufreizendes Lächeln auf und wippte mit dem Schuh, denn sie wollte deutlich machen, daß sie es war, die die Hauptrolle in der Karosse spielte, und nicht etwa das kleine Jüngelchen Bellman. Sie lehnte sich lässig zurück, glitt nieder mit geöffneten Lippen: Hier hatten wir ein Geschöpf – wußten wir das nicht? –, das direkt aus dem Schlachthausviertel kam, wo um Fleisch gefeilscht wurde und um zarte Filets.

Sie trug ein rotes Mieder mit gelben Knöpfen. Sie hatte Ungeziefer und kratzte sich mit den Fingernägeln, so daß der oberste Knopf aufging. Wenn wir wollten, dürften wir gucken! Gucken? Erik wollte fühlen. Die Karosse schaukelte leicht, als er seinen gänsekotfarbigen Überrock auszog und auf den Boden warf. Von den Volieren im Garten her hörte man die Kanarienvögel in ihren Käfigen aus Messingdraht singen. Unsere Kuh schlug mit ihren Hörnern an die Stallwand. Greta machte das Mieder ganz auf. Eine Brust schaute weiß wie ein Gipskopf heraus.

Es wurde andächtig still in der Karosse.

Ich stemmte mich hoch und hielt meine Hände hinter dem Rücken, als wären sie gefesselt. Erik war ein Bauernbüffel. Jetzt sollte er eine Probe bestehen, einen Zweikampf mit dem Teufel. Er war bereit unterzugehen. »Teufel!« jammerten Mazza und ich gleichzeitig, als seine Hand ihr Ziel erreichte. Wir zerrten den rotbraunen Mantel des Kutschers von seinem Haken, versteckten uns und kicherten ins Futter, dann verstummten wir und schämten uns und saßen da, wo wir uns verkrochen hatten, bis der Brandgeruch uns aus der Remise herausjagte, denn das van-der-Nootsche Haus hatte Feuer gefangen, das Dach und die Kuppeln an den Ecken wurden ein Raub der Flammen.

Hoch oben am Himmel, wo rosiggelbe Wolken flogen, öffnete der Glöckner die vier Eisentüren des Glockenturms, brachte das Erz zum Schwingen und läutete, daß sein Dong und Dang durch unser Haus klang. Lange klang das Dong-Dang, als meine Schwester Maria Elisabeth das Licht der Welt erblickte und leben durfte.

Sie durfte leben!

Das Kirchenhandbuch schrieb vor, daß Mutter noch einige Wochen nach der Geburt von den Zusammenkünften der Gemeinde ausgeschlossen war. Als sie am ersten Adventssonntag wieder aufgenommen wurde, sang sie bei der Predigt, die Kleine im Arm und mit inniger Stimme: »Bereitet dem Herrn den Weg! Berge, sinket! Täler, steiget!«

Die Armen standen im Mittelgang. Die Familie Bellman hatte eine Kirchenbank unter der Orgelempore abonniert und hatte einen Schlüssel. Mutters Hände rochen nach dem Hecht, den sie am Abend vorher mit der Küchenmagd gewässert hatte. »Macht hoch die Tür, die Tor' macht weit.« Erschüttert vom Erweckungserlebnis, vom Gedanken an das bevorstehende Mysterium der Weihnacht, ließ die Gemeinde das Lied voller Kraft zur Kanzel emporschallen, zu dem goldverzierten Altar, zu den Messingleuchtern, deren Arme wie riesige Haken von der Decke herabhingen und nach dem Menschenschwarm angelten, während die Orgel ihre Zinnpfeifen ertönen ließ und ein Höllengetöse veranstaltete.

Bei der letzten Strophe streckte einer der Armen mir seine blaue Zunge heraus und lachte. Eine Amme mit schwarzem Hals, die ausgedient hatte, machte es ihm sogleich nach. Andere, die mich entdeckten, schnitten lustige Grimassen. Im Armenhaus betrachteten sie mich seit diesem Spätherbst 1753 als ein Wunderwerk und nannten mich »Fünfzehnkünstler«, seitdem ich einige Male in den Läden, die dort im Erdgeschoß zur Hornsgatan hinaus lagen, aufgetreten war. Ich konnte den Schornsteinfeger nachmachen ebenso wie den Metzgerknecht. Ich hatte auch entdeckt, daß man den Mund und die Nasenlöcher, die Lippen und die Kehle als Musikinstrumente verwenden konnte. Wenn ich blies, wurde die Luftröhre zum Krummhorn. Die Zunge war ein Rohrblatt. Alle schrien und trampelten vor Begeisterung über diesen Kameraden von Mazza, dieses lebende Gesellschaftsspiel, schon lang aufgeschossen, aufsässig und mit einer Stimme, die widerspenstig zwischen den Oktaven hin und her hüpfte.

Dann kam Weihnachten. Informator Höckert ließ mich Probearbeiten schreiben. Lauthals, mit dem Kreuz auf der Brust, verkündete er alle Ermahnungen und Danksagungen, die vor den Ferien fällig waren. Schließlich sprach er: »Der Herr segne und behüte dich«, und da fühlte ich mich noch ganz gesund.

Auch über Weihnachten war ich wohlauf, aber zu Neujahr lag ich im Fieber.

Zu dieser Jahreszeit strömten gewöhnlich viele tausend Arme vom Lande in die Hauptstadt. Einige wurden am Södertull und an anderen Zolltoren aufgehalten, doch ganze Scharen schleppten sich über die Eisflächen, taumelten über die Winterwege bei Åkermyran und quälten sich durch die Sümpfe südöstlich des Fatburssjön. Dann kamen sie auf allen vieren gekrochen und lagen überall auf den Straßen. Es war Weihnachten, aber niemand wagte es, sie zu sich ins Haus zu nehmen, und so verbrachten sie die Nächte unter freiem Himmel in der Kälte, kauerten im Schutz der Kirchhofsmauer und verkrochen sich in Grabgewölben, viele standen nicht wieder auf. Wir gaben einigen von ihnen Unterschlupf im Heuschober. Im Morgengrauen kam die Stadtwache die Björngårdsbrunnsgatan herauf und brachte die steifgefrorenen Toten weg, die mit Stiefeltritten in große Kisten hineingestopft werden mußten.

Der gleiche Wagen, der die Leichen zu den Massengräbern brachte, holte dann das Fleisch für die Küche des Armenhauses, und in dieses Fleisch schlug ich meine Zähne, als ich Mazza am zweiten Weihnachtstag besuchte.

Danach begann ich wirr zu reden.

Ein starkes Zittern befiel Zunge, Arme und Beine, dann begann ich zu phantasieren, und mein Krankenzimmer war bald von Freudengesang, bald von Klagen erfüllt. Und die Klage klang, als wäre sie für mich geschrieben worden an den Flüssen Babylons.

Zu Weihnachten hatte Mutter mir eine Zauberlaterne geschenkt, eine Laterna Magica. Während ich wieder genas, saß sie an meinem Bett, das Gesicht in den Rockfalten verborgen, mit Tränen in den Augen wie die Muttergottes beim Wunder von Kana, und sagte, daß sie mir aus Angst um meine Gesundheit die Laterne weggenommen habe. Mein Kopf hatte ähnliche Bilder hervorgebracht wie die Zauberlaterne.

Sie hatte mich verhext.

Ich hatte Dinge gesehen, die es nicht gab, hatte Glocken läuten hören, wo keine Glocken schlugen.

Ich hatte gedankenlose Reden in Versform gehalten und große Verwunderung erregt.

Daß der Name von Magister Rutström in meinem Kopf spukte, konnte Mutter verstehen. Rutström hatte nach einer schwierigen Zeit unter Tränen seinen Dienst als Informator abgegeben. Am gleichen Tag, als das Konsistorium ihn suspendiert hatte, war er der große Führer der Herrnhuter Gemeinde geworden. Vater hatte mich dreimal mitgenommen zu den kleinlichen Gerichtsverfahren, die gegen ihn eingeleitet worden waren und die ihn zum großen Märtyrer dieser Bewegung machen sollten.

Nun erzählte Mutter, daß ich im Fieber in Versen über Rutström gesprochen hatte: Herr Rutström, was ist er? ... Ein Doktor, Magister ... und wird vielleicht ein Komminister ... er ist klug und ist gut ... er hat ruhiges Blut ... hat keine Rute, keine Wut ... doch einen Herrnhuter Hut ...

Und ich hatte im Fieberwahn von Opern, Bällen, Spielen und Assembleen phantasiert, hatte einen Haufen manierierter, weiß geschminkter Franzosen in meine Kammer hereinspazieren sehen, angeführt vom Hofintendenten Tessin mit einer himmelhohen, gepuderten Perücke. Der Graf Tessin hatte sich tief verbeugt und auf Französisch mitgeteilt, daß er diese Truppe soeben auf dem Theaterjahrmarkt in Paris für mich zusammengesucht habe. Die Franzosen stanken widerlich. Sie trugen Pappmützen mit Pailletten, hellgrüne Taftkleidung, lasen ihre Rollen in den Textbüchern und stritten sich laut dabei, sangen plötzlich oder machten komische Kratzfüße, führten einen Sklaventanz in Fesseln vor, trugen Dekors herein, die eine Kammer mit einem kranken Knaben auf einer Strohmatratze vorstellten, oder einen Krug, einen Garten, einen Pavillon. Tessin wollte wissen, was der junge Herr Bellman davon hielt. Wenn das alles nichts taugte, würde er es dem Hoftheater überlassen.

Am Dreikönigstag hatte das Fieber seinen Höhepunkt erreicht und begann zu sinken, aber das Gerücht, daß ich mit fremden Zungen gesprochen hatte, und noch dazu in Versen, hatte sich ausgebreitet, so daß Nachbarn und Freunde sich an meinem Krankenbett drängten, wie um in den Genuß einer Gnade zu kommen. Nun geschah es aber, klagte Mutter, daß Gott mir zwar aus dem Fieber half, mich dafür aber in das Dunkel von Wahnvorstellungen stürzte. Jedoch ich schenkte niemandem die Gnade fiebriger Verse, sondern fing an zu singen, als ob ich eine Annonce in Noten gesetzt hätte, die Gabriel Orm über die Freudenhäuser der Helvetesgränd, der Höllengasse, in *Stockholms Posttidningar* aufgegeben hatte.

Das war mir zutiefst peinlich. Ich war doch durch erbauliche Gedanken und tägliche Gebete zu einem ernsten christlichen Glauben gekommen. Ich sang die Lieder unseres Gesangbuches auswendig, aber doch keine Lieder über Freudenhäuser in der Helvetesgränd.

Zu meiner Verwunderung sah Vater keinen sittlichen Mangel in einer Halluzination. Er hatte den Dichtergrafen Gyllenborg herbeigeholt. Beide hatten an meinem Bett gestanden und etwas über alle Maßen Herrliches erlebt, das Trost schenkte.

Mein Großvater Johan Arendt, der war genauso gewesen.

Das erklärte Vater in seiner Festrede zu meinem 14. Geburtstag.

Bei Vater hatten sich in dieser Zeit die ersten Anzeichen seiner Lungenkrankheit offenbart.

Er war in einen steifen, schwarzen Frack, gestreifte Weste und weißen Kragen gekleidet. Er sah häßlich und verändert aus, sein

Gesicht war grau und eingefallen. Der krächzende Husten hatte seine Schläfen wie mit einem Löffel ausgehöhlt; aber als er von den gereimten Versen sprach, die im Krankenbett in schwebender Leichtigkeit und unverhüllter Schönheit aus meinem Mund gekommen waren, traten die Tränen in seine Augen und machten ihn schön. Früh hatte er meine Begabung erkannt, und deshalb – er änderte seinen Ton und wurde feierlich – deshalb verehrte er mir das Lautenbuch, das schöne Lautenbuch, das Großvater bei einem Bouquinisten am westlichen Seinestrand in Paris gekauft hatte.

Die erste Seite stellte Arion auf dem Rücken des Delphins dar sowie zwei schwebende Putten, die ein *bandeau* in den Händen hielten mit der Aufschrift *Pièces de Luth sur diffe/ts modes composées par Mons/r Mouton.*

Und nun, in einem Wirbel von Seidenwesten, Kleidern, Lokken und Leibchen kamen die Geschwister herein und brachten Großvaters lederbekleidete Reisetruhe. Zum Klang von Kindertrommel, Schalmei und Spielzeugfiedel stimmten sie an *Lobet den Herrn, Mond und Sonne*, und aus der Tiefe des Koffers kam so etwas wie eine Laute, ein sogenanntes Hamburger Cithrinchen, zum Vorschein, eine kleine Cister, deren flacher Schallkörper die Form einer Glocke hatte.

Vater tat einige Schritte in den Saal hinein. Er erzählte feierlich, wie Großvater das Instrument im Jahre 1698 in der Stadt Hamburg gekauft und es bald meisterlich spielen gelernt hatte, und nun sollte ich es haben, weil ich sein Genie geerbt hatte.

Als die Vesperglocke verklungen und die Familie schlafen gegangen war, kletterte ich wieder aus meinem Bett und zündete mein Lämpchen an. Das Cithrinchen, das nun mein eigen war, war nicht größer als eine Violine, ziemlich platt, hatte fünf Saitenpaare und eine einzelne Baßsaite, die an der Seite des Griffbrettes verlief. Elf Saiten also, aus Darm und Stahl, um Holzbolzen gezogen, die an der Unterseite des Schallkörpers befestigt waren, und dann oben am Hals verknüpft, wo die Wirbel saßen. Ich klopfte mit dem Fingerknöchel auf den Schallkörper. Der war aus Esche oder Walnußholz; der Firnis gab ihm einen rotbraunen Ton, der ins Orange ging. Der Boden war mit Bandintarsien in vier breiten Streifen eingelegt, von einer anderen, edleren Holzart, vielleicht Palisander oder Rosenholz. Ich zählte drei Schallöcher, eins in der Mitte unter den Saiten, zwei weitere zu beiden Seiten des Steges, jedes Schalloch war filigran dekoriert mit einem eingearbeiteten silbernen Sonnenrad, das als Nabe eine Perle hatte. Die Decke des Klangkörpers war eingerahmt von einem intarsierten schmalen Band, in dem Plättchen aus schwarzem Jakaranda und aus Elfenbein einander abwechselten. Der Hals zu beiden Seiten des Wirbelkastens trug ein geschnitztes, verschlungenes Pflanzenornament wie einen apollinischen Priesterkragen, darüber erstrahlte, minutiös ausgearbeitet, der Kopf des Gottes des Gesangs: Apollo, bartlos, stolz, mit Lorbeer bekränzt und von reichem Lockenhaar umwallt.

Ich ließ meine Finger in der Luft flattern und greifen, ganz nahe über den Saiten, legte dann die Spitze des Mittelfingers auf das tiefe *E* und zupfte. Der Ton wuchs mir kraftvoll und glänzend entgegen.

Zu der Zeit, als mein fünfter Bruder Adolf Friedrich geboren wurde und starb, hatte ich schon begonnen, eine Auswahl von Liedern aus Freylinghausens *Geistlichem Gesangbuch* und auch David von Schweinitz' *Evangelischen Todesgedanken* zu übersetzen. Wir hatten Daunen gekauft, und ich schnitzte Gänsefedern. Es kostete sehr viel Mühe, ständig diese Gänsefedern zu schnitzen, ich lernte das jetzt ohne die Hilfe des Informators.

Das Federmesser schräg gegen den Kiel setzen, dann schneiden und spitzen.

Ich schrieb von der Wohlfahrt der Seele und von der Bequemlichkeit des Körpers. Es konnte unheimlich still in der Kammer sein. Es konnte auch jemand an das Einfahrtstor klopfen. Ich brauchte schon lange nicht mehr auf den Schemel zu klettern, um hinauszuschauen. Draußen schwenkte jemand seinen Hut, so daß die Krempe fast das Gras an der Straße berührte. Der Rattenfänger sprach Deutsch und bot für eine Kupfermünze seine Dienste an; für gewöhnlich nahmen wir das an, denn in der Speisekammer, wo die Mehlkiste stand und Wurst zum Trocknen hing, gab es immer Mäuse. Vater hatte jedoch die Sparbücher durchgesehen und bedenkliche Lücken festgestellt. Er bekam auch diskreten Besuch von Gläubigern. Die Pastorin Possieth, die eine Pfandleihe unterhielt, grüßte ihn wie einen alten Bekannten. Diesmal mußte der Rattenfänger wieder gehen. Laut Professor Boberg war Mäusekot außerdem zu empfehlen gegen Vaters Lungenkrankheit.

Und dann Bruder Adolf Friedrich und dessen kurzes Leben. Die Erde war ein Jammertal, durch das wir wandern mußten, um besser und dadurch des Himmelreichs würdig zu werden. Adolf Friedrich wurde drei Wochen alt und lernte nie zu wandern und wurde nie besser und also nie des Himmelreichs würdig.

Wie ich mich erinnere, wurde er schreiend geboren, und das Schreien ging in Jammern über, und der Jammer begann, als meine geliebte Schwester Friderica Charlotta, die ja schon sechs Jahre alt geworden war und schlanke Arme und Beine bekommen hatte, mit denen sie gern boxte und trat und dabei jubelte, und die mich, den großen Bruder, der sie so gern in den Arm nahm, so prüfend ansehen konnte – ja, der Jammer begann, als diese geliebte kleine Schwester ebenfalls zu jammern anfing, genau wie das Neugeborene, und beide in derselben Woche ein Raub des Todes wurden. Als es Frühling geworden war, kam ein siebtes Schwesterchen, Hedvig Charlotta, das einen Monat lang atmen durfte und dann gleichfalls in die ewige Seligkeit abberufen wurde. Ein einziges Mal hatte ich ihren Rücken mit den zarten Wirbeln in meiner Hand gespürt, ängstlich bebende kleine Knöchlein.

In den Kammern des Kleinen Daurerschen Hauses lagen immer noch die Springseile und Kreisel der Toten und ein Holzpferd mit Rädern. Nach Mutters zwölf Geburten und drei Fehlgeburten lebten nun sechs Kinder. Maria war die Kleinste, dann kamen Fredrika und Johan, danach Lovisa, Catharina und ich selbst, der

Älteste, mit ersten Anzeichen von Männlichkeit, mit hoch aufgeschossenem Körper und rauher Stimme.

Höckert war als Informator nicht so sehr daran interessiert, mich etwas zu lehren, sondern vielmehr daran, Glaubensartikel zu rezitieren. Er verlangte mir Fakta ab, mit verzweifelter Pedanterie. Bevor Höckert seinen Abschied bekam, verhandelte Vater mit einem Pfarrerssohn namens Ennes aus Schonen. Ich ging zufällig durch den Flur und an Vaters Tür vorbei, als sie über die Unterrichtsbedingungen sprachen. Ich hörte, wie Vater die Pfeife in den Aschenbecher aus Porzellan ausklopfte und wie er mich dann ein »virtuoses Talent, ein Wunderkind« nannte. Er erwarte, daß Präsident Rosenadler mich, wenn es soweit war, als Eleven in die Akademie der Wissenschaften einführen würde.

Mit Ennes begannen emsige Studien in klassischer Verslehre. Er traktierte Saiteninstrumente meisterlich, so daß ich selbst bald ein paar erste, zarte Tautropfen von meinem Cithrinchen zupfte. Ganz erstaunlich schnell, sagte Ennes. Bei jedem Fortschritt wedelte er wie wild mit den Armen, so daß der muffige Geruch von Junggesellenessen und Pfeifenrauch aus den ungelüfteten Kleidern herauswehte. Er fühlte sich in meiner Gesellschaft fast schwindelig und steckte mir glücklich ein paar Fetzen Leinenlumpen in die Achselhöhlen. Die Lumpen sollten den »Schöpferschweiß« aufsaugen. Während ich über Schweinitz' *Geistreichen Betrachtungen über Christi Leiden* saß, zog Ennes ein eigenes Manuskript aus einem Geheimfach im Sekretär hervor, ein Pamphlet mit dem Titel »Ein köstlicher Fastnachtskrapfen für fünf Stüber«, das bald in Druck ging und eifrige Debatten auslöste.

Mit einem Mal begann mein wirkliches Leben, mein Leben als Erwachsener.

Frühlings- und Herbstwinde wehten frisch über Södermalm.

Wanduhren und Standuhren schwangen ihre Zeiger wie Windmühlen ihre Flügel.

Wer mich in meinem blauen, flatternden Überrock zu Fuß über

die Zugbrücke an der Schleuse zur Stadt hinübergehen sah, konnte einen jungen Dämon sehen auf dem Weg zu seiner Verwirklichung, ein Schauspiel auf zwei Beinen, mit seiner Herrlichkeit und bezwingenden Ohnmacht wie das ewige Bild des Menschen auf dieser Erde.

Die vier Schleusentürme waren mit zinnoberroter Quecksilberfarbe gestrichen, sie waren viereckig, trugen Zinnen als Kronen und ein gewölbtes Dach. Zwischen den Türmen spannten sich zwei hölzerne Zugbrücken, so daß man auf dem Weg zum Stadsholmen einen breiten Burggraben zu überschreiten vermeinte. Hier gelangte man in eine eng gebaute Bastei, wo in dunklen Straßenschluchten aus Stein blasse Menschen durch den Schmutz stapften, auf engen Marktplätzen und an Brunnen in Hinterhöfen über Küchenabfälle stiegen und sich durch feuchte Gassen drängten. Darüber schimmerte hellblau ein Stück Himmel, zu dem die Treppengiebel hinaufzuführen schienen wie silberne Stufen in einem Märchen.

Greta hauste in einer Kammer in der Gaffelgränd; durch das einzige Fenster sah man am Ende der Gasse einen schmalen Streifen vom Saltsjön. Der Raum war dunkel wie ein französischer Kupferstich. Er roch nach Armut, einer Mischung aus Puder, Parfum, Körperfett und Suppenküche. Ich hatte sie dort gesucht, wo sie meistens stand, aber ich fand sie vor Entsetzen zitternd am Järntorget, dem unweit der Schleuse gelegenen Marktplatz. Menschenmassen bewegten sich in die entgegengesetzte Richtung, auf Riddarholmen zu. Der Oberst des berittenen Leibregiments, Erik Brahe, wurde auf einem Armesünderkarren dorthin verbracht, um geköpft zu werden. Brahe war ohne eigenes Zutun in die Umsturzpläne des Hofes verwickelt worden, und nun wurde sein Leben geopfert, damit die Königin für schuldfrei erklärt werden konnte.

Greta ging. Ich folgte ihr mit Abstand; das hatten wir vereinbart. Sie war die erste Frau, die ich nackt sehen sollte.

Es geschah in ihrer unwirtlichen Kammer in der Gaffelgränd.

Sie war ein zweites Mal wegen unanständigen Betragens gegenüber einem Pastor im Armenhaus im Arrest gewesen und hatte sich entschlossen, außerhalb des Armenhauses unanständig zu sein, um ihre Armut zu lindern. Ihr Leben bestand nun darin, ihr Unglück auf den nächsten Tag zu verschieben. Auf dem Weg zur Stadt und von der Stadt hatte ich sie oft in einem rosa Röckchen stehen sehen, unter einer bestimmten Laterne an einer Straßenecke am Skeppsbron. Meine Phantasien waren von einer aufregenden Intensität und Lebhaftigkeit. Sie lockte mich nicht mit entblößten Brüsten, sondern mit komischen Grimassen, streckte mir die Zunge heraus und sagte höhnisch:

»Sieh an, so ein garstiger kleiner Mickel! Du willst mit mir kommen und hast kein Geld? Ein garstiger Mickel bist du.«

Einen Monat hatte es gedauert, bis ich genügend Geld beisammen und mir ein Herz gefaßt hatte; und weil die Hinrichtung sie zum Weinen brachte, ließ sie sich in ihrer Kammer eine Weile trösten, dann wand sie sich los und zog sich aus bis auf das letzte Stück Unterwäsche. Sie legte sich im Stroh auf die Seite und trocknete ihre Tränen. Sie wartete.

Die eigenartige Baumwollunterhose, die sie trug, war halb barbarisch. Die Schamhaare schauten hervor, kräuselten sich schwarz wie ein Pudelfell. Die Brüste waren schwammig geworden. Nach einem letzten Schluchzer sagte sie, und spielte dabei mit dem großen Zeh:

»Was stehst du da am Fenster? He! Du garstiger, ängstlicher Junge! Du traust dich nicht, was?«

Greta war 26 Jahre alt, aber sie sprach mir tröstend zu wie eine Mutter. Ich sah auf die Straße hinunter. Wohlgenährte Möwen spazierten herum, zutraulich wie Hühner auf dem Misthaufen. Ich zitterte und bebte vor dem Weib mit dem entblößten Schoß. Der Körper enthüllte Details, die ich bisher nur bei Statuen gesehen hatte. Was da vor mir lag, ähnelte der Statue der Göttin der Wahrheit, die ich auf dem Springbrunnen im De-la-Gardieschen Palast hatte ruhen sehen. Die Zeit der Pubertät ist eine Zeit der

Demütigung, dachte ich, und das Weib ist eine Arbeit, die man zu tun hat, eine schreckliche Aufgabe, die man ganz allein bewältigen muß, ohne Freunde.

Ich sah wieder auf den Skeppsbron hinaus, dann über die Schulter ins Zimmer hinein. Greta war dabei, die mageren Arme in ein schmutziges Leinenhemd zu stecken. Sie warf mir die Kupfermünze zu, die ich in die Schublade des Nachttischs gelegt hatte, blieb zusammengesunken auf der Bettkante sitzen und sagte, die Hand im Nacken, daß es wohl schon geschehen sei, das Schreckliche. Erik Brahe hatte seinen Kopf verloren. Greta aber hatte rote Knoten zwischen den Fingern. Lange, schmutzfarbene Streifen liefen in die Achselhöhlen hinauf, wo sie sich kratzte, nachdem sie sich auch zwischen den Fingern gekratzt hatte. Sie glaubte, daß es die Räude war, und hatte sich mit dem eigenen Urin gewaschen. Ich tat einen Schritt ins Zimmer hinein, krempelte meinen Ärmel auf und zeigte meine Schulter. Seit die Pockenepidemie sich verschlimmert hatte, waren alle Bellmankinder geimpft worden. Vaters Freund Professor Ribe züchtete Viren in einem bebrüteten Hühnerei. Er führte seine Experimente auch an anderen Mitgliedern der Gemeinde durch. Am Oberarm hatten sich Knoten gebildet, die aussahen wie bei ihr, rote Knoten, die zu einer Blase zusammenwuchsen. Greta zog die Luft zwischen den Zähnen ein. Sie sagte, das Wort »Impfen« höre sie zum ersten Mal. Dann streichelte sie meinen nackten Arm, erhob sich, als ob sie sich darüber wunderte, was ein feiner Herr wie ich mit der feinen Spitzenmanschette machte, dann steckte sie die Hand in meine Weste, hielt aber plötzlich inne, denn da drinnen trug ich eine Manuskriptrolle mit mir herum.

Greta konnte den Kleinen Katechismus auswendig, aber lesen konnte sie nicht. Mit der Übersetzung von Schweinitz' *Todesgedanken* hatte ich mich lange beschäftigt. Ennes wollte sie herausgeben lassen, und ich hatte eine Widmung an meine verehrte Mutter geschrieben. Greta bat mich, sie vorzulesen. An einem Haken am Bettgestell hing ein Handtuch, das breitete sie auf der Strohmatratze aus, und ich setzte mich auf die äußerste Kante:

Laß, Mutter, meine Feder malen
den Seelentrieb aufs Zeichenblatt,
den Beifall nicht vergiftet hat,
der nicht mit Kunst versucht zu prahlen,
der nicht sich der Verführung leiht,
der stärker brennet als brillieret,
der nicht im kalten Herzen frieret
und Ehrfurcht heißt und Dankbarkeit.

Ich las noch sieben weitere Strophen. Die Kammer versank in ernsthafter Stille, während ich sah, wie draußen eine kohlrabenschwarze Krähe wie ein Geier vom Ziegeldach auf einen gelben Hund hinunterstieß, der tot im Rinnstein lag. Greta schwor, sie habe noch nie im Leben etwas so Schönes gehört, und war zu Tränen gerührt. Sie wußte von Mazza, daß ich das Cithrinchen spielte. Mazza hatte von anderen gehört, daß dieses Instrument, das ich geschenkt bekommen hatte, aus »heiligem Holz« war. Sie kratzte sich plötzlich wie wild am ganzen Körper und sagte, als sie sich beruhigt hatte, daß das Holz vom Tisch der Heiligen Familie stammte. Der dunkelbraune Hals des Cithrinchens war aus dem Holz der Schwarzen Madonna. Ich war von Gott gesandt. Das wußte sie von anderen, die mich hatten spielen hören. Sie selbst war nicht von Gott gesandt, war keine tugendhafte Madonna. Sie war eine Kneipendirne, die im Sündenpfuhl lebte.

»Was für ein Wort!«

»Gefällt dir der Sündenpfuhl? Warte, ich habe noch mehr von der Sorte.«

Als sie das gesagt hatte, öffnete sie den Mund, ließ mich hineinschauen und sagte mit jungmädchenhafter Aufrichtigkeit, daß sie schwarze Erde auf das entzündete Zahnfleisch getan habe, gegen die Zahnschmerzen. So ein feines Mädchen war sie! Ich gestand ihr im Gegenzug, daß ich in der letzten Zeit so fleißig gedichtet hatte, daß ich ein ganzes Schock Rotzkügelchen unter die Schreibtischplatte geklebt hatte, wo sie getrocknet waren. So ein fleißiger Poet war ich!

Greta kam auf die Beine. Sie schrie vor Lachen, es war beängstigend. Sie riß das Fenster auf und schüttelte die Fäuste auf die Gasse hinaus, als ob ihr ein neues Argument gegen die Teufeleien der Welt eingefallen sei, das sie nun kreischend an den Menschen in der Stadt ausprobieren wollte.

Als ich in einer Pause hinzufügte, daß ich auch religiöse Gedichte geschrieben hatte, die in Salvius' *Lärda Tidningar* veröffentlicht werden sollten, stieß sie hervor: »Satans Mickel!«, dann begann sie wieder hysterisch zu lachen und schrie auf die Straße hinaus, Poeten seien wahre Teufelskerle in der Kunst, Rotzkügelchen unter der Schreibtischplatte zu trocknen.

Der Gärtnermeister Nordström schnitzte Pfeifenschäfte aus Hagedorn, den er neben dem Geräteschuppen geschnitten hatte an dem Tag, als ich mit viel Pomp als Eleve in die Königliche Akademie der Wissenschaften aufgenommen worden war. Eine solche Hagedornpfeife trug ich in der Rocktasche, ohne jedoch den Tabak dazu zu besitzen. Ich trug auch einen widerwärtigen Geschmack im Mund mit mir herum. Die Überflußverordnung, die die Einfuhr von Kaffee verbot, hatte unsere Haushälterin Frau Anna Berg dazu inspiriert, Erbsenkaffee zu kochen, was die Wirkung hatte, daß ich während der ganzen folgenden Zeremonie Grimassen schneiden mußte.

Die Zeremonie fand im *Auditorium Illustre* des Riddarhuset, des Repräsentationshauses des Adels, statt, wo ich von zwei Mitgliedern der Akademie, den Bergbauräten Adlerheim und Faggot, aufgenommen wurde. Hier waren Perücken versammelt, Perükken aus Menschenhaar, Schafsfell, Roßhaar und feinem Messingdraht. Eine lange spanische Perücke hielt Hof neben einer fettigen Haarperücke, machte einen Bogen um eine trichterförmige Perücke, um schließlich neben einer gepuderten Lockenperücke zu verweilen, die sich an eine Üppigkeit aus dunkelrotem Garn geschmiegt hatte.

Der Präses Rosenadler, schwarz gekleidet, wie es bei der Akademie üblich war, bestieg das Podium. Er trug Talar und Ordensstab und auf der Brust eine ganze Batterie Orden und Medaillen, die genauso glänzten wie die Posaunen, die schmetterten und wetterten, als gelte es einen Krieg zwischen *Fis* und hohem *C*.

Die neuen Eleven wurden hereingerufen, nicht zu irgendeiner Aufgabe, sondern zu Fortschritt und Fortpflanzung der Wissenschaft. Ich trat vor. Zu meiner Linken standen Erik Palmstedt und Elias Martin, zu meiner Rechten ein Rittmeister Jennings, ein Admiral Nordenankar und ein dritter, an den ich mich nicht erinnere.

Trompetenstöße. Danach hielt der Medicus der Admiralität, Carl Linnæus, eine »Rede über Merkwürdigkeiten bei den Insekten«.

Der Nationaldichter Dalin war anwesend, auch Onkel Swedenborg und Graf Tessin, der sich soeben ruiniert hatte und gezwungen war, seine Bibliothek an den zwölfjährigen Kronprinzen Gustaf zu verkaufen, der übrigens von Dalin Unterricht erhielt.

Erik Palmstedt und ich waren alte Kameraden aus der Blecktornsgränd, später wohnte er in der Götgatan. Ich war als Kind im Palmstedtschen Haus aus und ein gegangen, der Vater war Mitglied der Hofkapelle, und in der Familie wurde viel gesungen und Klavier gespielt. Nun ging Erik in Carlbergs Architektenschule.

Elias Martin, als Kupferstecher in die Akademie gewählt, war Sohn eines Schreiners, momentan Lehrling beim Maler Schultz und ein erklärtes Genie.

Wir hatten den gleichen Heimweg und gingen zusammen.

Elias war ein Jahr älter als ich, aber in ihm glühte ein Funke, der in ihm ein mystisches zweites Ich entzündete, das nicht alterte. Es war sein Genius; er ergriff gleich einem Dämon von ihm Besitz, jäh und unheildrohend, und befahl über Pinsel und Staffelei.

Malen war für ihn eine Beschwörung. Alle Kunst ist Beschwörung.

DER WINTER, DER HINTER MIR LAG, war grauenhaft gewesen. Der Totenacker des Kirchhofs war ständig aufgewühlt, und viele mit schwarzem Flanell bedeckte Särge waren in dichter Folge an meinem Kammerfenster vorbeigezogen, wie Gondeln auf einem stygischen Fluß, der träge zwischen den Bäumen der Friedhofsallee dahinfloß. In der Stadt hatte zudem großer Wassermangel geherrscht, und als nun die Schneeschmelze einsetzte, sah man kranke und gesunde Menschen eifrig das Wasser trinken, das schmutzgelb aus den Latrinen floß.

Da Vater Blut hustete und unsere Ökonomie wankte, hatte mein lieber Ennes nun seinen Platz als Informator verlassen müssen. Ennes hatte sich im Schloß um die Stelle eines Hofmeisters der Pagen beworben, war dann aber Hauskaplan bei Graf Tessin in dessen Einsamkeit auf Åkerö geworden. Mutter wurde von den Gläubigern gezwungen, auf ihre fröhlichen Kleider zu verzichten, sie fand das demütigend und schrie es heraus in einem Gebet zu Gott und seinem eingeborenen Sohn. Meine Brüder mußten in die Kirchenschule von Sta. Maria überwechseln. Ich nahm mich eine Zeitlang meiner Schwestern an, unterrichtete sie im Schreiben und Lesen von Katechismus und Bibel. Tanz- und Musiklektionen hörten ganz auf.

Weit davon entfernt, als Zahlenmensch zu taugen, aber durch den häuslichen Geldmangel gezwungen, bewarb ich mich um eine Stelle in der Reichsbank. Johan Palmstedt war dort in der Buchhaltung beschäftigt. Wir hatten beide auf dem Järntorget der Hinrichtung eines Banknotenfälschers durch den Strang beigewohnt. Da die Strafe das Verbrechen widerspiegeln sollte, war der Galgen vor dem Haupteingang der Bank errichtet worden.

Das Seil sirrte, als es sich streckte. Die nackten Füße zuckten, als ob sie direkt in die Hölle gefahren wären und auf glühende Kohlen getreten hätten. Noch während der Gehenkte zuckte, sagte Johan und umarmte mich dabei, wenn ich eine Stelle bei der Bank der Reichsstände haben wolle, dann solle ich mich jetzt gleich bewerben. Eine Stelle war soeben frei geworden.

Mit Johans Hilfe schrieb ich eine Bewerbung. Wir schrieben an eine Versammlung menschlicher Widerwärtigkeiten, die sich Hochwohlgeborene, Hoch- und Hochehrwürdige nannten, und

Hochedle und Hochachtbare Herren Bankbevollmächtigte der Bank der Hochgelehrten Reichsstände, wo ich daraufhin zur Probe, ohne Gehalt, angenommen wurde.

In diesem Frühling, in dem ich bei der Bank zu arbeiten begann, traf ich eines Abends Johan und meine beiden neuerwählten Miteleven aus der Akademie der Wissenschaften. Der Weinhändler Fuhrman hatte am Tyska Brunn eine Weinstube eröffnet. Wir drängten uns die Kellertreppe hinunter. Bei Johan begann schon der Schnurrbart zu sprießen, er hatte ihn schwarz gefärbt. Er trug eine Weste mit Kette unter dem scharlachroten Rock des Reichsbanksekretärs. Sein Zwillingsbruder Erik ließ den dünnen Jünglingsbart auf dem Kinn wachsen; sein Rock hatte ein sattes Violett, im Unterschied zu Elias Martin, der einen Rock aus grünem Loden trug, so abgewetzt, daß er stellenweise gelb war.

Wir hängten unsere Perücken an den Nagel und nahmen Platz auf der Wandbank. Im Schankregal standen die Flaschen. Piccardonwein und ungarischer Tokaier! empfahl der Schankbursche; serviert wurde in Zinnbechern.

Schweden befand sich wieder im Krieg.

Dieser Krieg wurde um Pommern geführt. Der Reichsrat hatte eine diabolische Möglichkeit gefunden, seine Königin zu demütigen, die ja die Schwester des Preußenkönigs Friedrich II. war. Für diese Demütigung mußten viele junge Männer sterben. Alle sprachen über den Feldzug, als ob sie selbst im Kugelregen säßen; der Maurermeister am Kiefernholztisch schwadronierte auf Deutsch mit dem Fleischerknecht, mit dem Schreiner unter dem Monumentalgemälde und mit dem Koch, der gerade den Kopf aus der Küche herausstreckte, und er fluchte auf Dänisch mit dem Gerichtsvollzieher, der den Krieg soeben mit dem Leibgardisten auf der Kellertreppe diskutiert hatte. Der Winter war zu kalt gewesen für Feldmanöver, nun aber kam der Frühling, und der Skeppsbron war bis zum letzten Randstein mit Soldaten vollgepackt. Tagelang standen sie in Schlachtordnung, *en ordre de bataille*, als sollten sie sich im Hafengebiet verschanzen. Die 20 000 Männer aus Dalarna, Uppland, Östergötland, Skaraborgs Län et cetera warteten darauf, auf die Kriegsschiffe verladen zu werden und ins preußische Pommern einfallen zu dürfen, um sich dort in ehrenvollen Scharmützeln für den Sommer festzusetzen. Geldmangel war jedoch schuld, daß die Waffen noch schwiegen. Währenddessen war die Stadt erfüllt von Paukenschlägen und Trompetenstößen, vom Lärm der Schlägereien und Werbetrommeln.

In der Fuhrmanschen Weinstube hatten Werber an der Kellertreppe einen Tisch gemietet, wo Fußsoldaten ihre Namen in die Rollen eintragen ließen, um sich dann gleich am nächsten Tisch niederzulassen und ihr Werbegeld zu versaufen. Mazza war schon bei Ausbruch des Krieges vor einem Jahr mit einem Pikenierbataillon ausgerückt, alle hatten sie Treue und Gehorsam geschworen und im Chor gebetet und gesungen: »Der Herr ist unser Schutz und Schild«, aber die Hälfte war nun ein Jahr später verstümmelt zum Skeppsbron zurückgekommen und stritt sich mit den Neugeworbenen, die voller Eifer zu den Waffen eilen wollten, um einen Platz auf dem Kai.

Ich drehte meinen Becher mit Piccardonwein in der Hand und erzählte meinen Freunden von Mazza, der das Armenhaus verlassen hatte und im Pommerschen Krieg verschwunden war. Er hatte die Sache sehr ernst genommen und sich durch die heilige Taufe dem *wahren Weinstock* Jesus Christus verschreiben lassen. Dann hatte er seine Feldkiste gepackt und war entlang der Kirchhofsmauer zur Schleusenmauer hin entschwunden und für immer verschollen.

»Der *wahre* Weinstock?« Elias Martin hatte in der Zeitung *Lärda Tidningar* eine Rezension über meine Übersetzung von Du Fours *Instructions* aus dem Französischen gelesen. Darin galt es als offenbar, daß die Jugend roh und wild sei und ihre größte Tugend darin bestehe, sich in Abenteuer zu stürzen. Und hatte ich nicht dadurch, daß ich das Buch meinem Onkel, dem Konsul Bellman in Cadiz, gewidmet hatte, diesen beschworen, mir bei meiner geplanten Flucht nach Spanien zu helfen? Ich hatte in der Widmung durchscheinen lassen, daß ein junger Mensch, der in die Welt hinausflieht, eine Pflicht Gott gegenüber erfüllt. *Gott* gegenüber? Durchaus nicht, meinte Elias. Der junge Mensch, der flieht, erfüllt eine Pflicht *sich selbst* gegenüber.

Er würde fliehen, nicht in den Krieg, aber weg von hier!

Den letzten Satz stieß er mit wild aufgerissenen Augen hervor. Das braune Haar flog nach hinten, und er sah aus, als stürzte er sich, nachdem er den eben erwähnten wahren Weinstock hinaufgeklettert war, im tosenden Wind auf die Erde hinunter. Plötzlich fiel ihm der Halleysche Komet ein, der am Nachthimmel aufgetaucht war. Er leerte den Becher in einem Zug. Er würde, beim Teufel! aufsteigen wie dieser Komet und Angst und Schrecken verbreiten. Er würde die Welt mit dem Pinsel peitschen, einem Pinsel, der glänzte wie der Schweif des Kometen.

Wunderbar!

Ich mußte einige Zeilen aus dem Ärmel schütteln:

Wir haben nachts den Stern gesehen
mit rotem Schweif, so lang und breit,
der sondergleichen war in aller Zeit.

»Herrlich, Bellman! Genau so! Die Welt muß mit Schöpferfeuer beschworen werden, bis sie offenbart, was verborgen ist, und freigibt, was noch nicht vorhanden ist.«

Erik Palmstedt, der gerade Fischfrikadellen für alle bestellt hatte, fragte erschreckt, ob wir, die Geschöpfe Gottes, etwa beginnen wollten, die Welt neu zu erschaffen? Wagten wir es, Gott vom Schöpferthron zu stürzen? Dann fragte mich Johan, was es mit dem Gerücht auf sich habe, daß ich bei dem großen Dalin gewesen sei und ihn gebeten hätte, ein Bündel Gedichte zu beurteilen, die ich *Der Mond* überschrieben hatte. Er habe in Strophe 22 gelesen, »der Schmied fand Flecken auf der Sonne« und »der Schneider flickte das Gesetz«, und dort stünde wahrhaftig, daß

»der Schuster auf die Kanzel stieg«. Das letztere, meinte Johan, jaha, das war wohl eine Gotteslästerung, und Dalin hatte sie bestimmt zensuriert.

»Olof Dalin!« Elias tauchte den Holzlöffel in die Frikadellenschüssel. Dalin konnte seinetwegen zum Teufel gehen. Er war kein »schöpferischer« Poet mehr. Er war ein Höfling mit »von« geworden, der sich auf die Amts- und Ehrentreppe verstiegen hatte. Er war der Informator von Kronprinz Gustaf, aber was hatte er bewirkt? Daß Prinz Gustaf ein Monster an Hochmut und Pomp geworden war! Je mehr Unterricht er bekam, desto stärker wurde sein Verlangen nach lächerlichen Spielen, nach Komödien.

Übrigens, der Kronprinz! Erik ergriff das Wort. Sein Vater spielte bei Hofe das Cello. Im Trompetergang wurde eine Triosonate gespielt. Der Prinz, zwischen der Hofmeisterin und dem türkischen Gesandten Aga sitzend, mußte dringend urinieren. Da er aber nicht wagte, die Königin zu stören, erleichterte er sich in die Hose; damit ihn nun der Geruch nicht verraten sollte, bat er die Hofmeisterin, ihm ihre Lavendelflasche zu leihen, schüttete sie über sich und bespritzte dabei wie im Spiel auch den Turban des Türken.

Der Kellner ging mit der Weinkanne um den Tisch herum.

Ich legte jedoch die Hand auf meinen Becher. Der Türke Aga, wandte ich ein, hat gewiß ärgere *malheurs* erlebt als Lavendelspritzer. Gewiß, der tripolitanische Gesandte war in Seide und Perlen gekleidet, sah majestätisch aus, sprach würdevoll und verstand sich auf die Kunst, Komplimente so in die Länge zu ziehen, daß sie eine Viertelstunde dauerten, er hielt Audienz, während er in Höpkens großer Staatskutsche saß, gefolgt von weiteren prächtigen Kutschen und von Schwadronen und Musikzügen aus Hamiltons Regiment; aber zum Gefolge gehörten auch sechs grobschlächtige Türken, die der Alte seine »Söhne« nannte, und mit diesen Söhnen wälzte er sich in verschiedenen Himmelbetten zwischen Norrbron und Roter Schleuse und ließ sich bespritzen. Und, meine Freunde, diese Spritzer enthielten keinen Zusatz duftenden Lavendels.

Ich holte tief Luft und intonierte einige Zeilen aus Rousseaus *Le devin du village*, die ich in der Premiere im Bollhus-Theater gehört hatte.

Die Brüder Palmstedt waren empfindsame Naturen. Meine Rede hatte ihnen den kalten Schweiß auf die Stirn getrieben, sie sahen mich entsetzt an und fluchten französisch, aber die Leute am Werbertisch schrien wild Hurra, und der Schreiber dröhnte durch seinen zweigeteilten Bart:

»Den Teufelskerl nehmen wir mit nach Pommern!«

Wie der Aga zu leben, das heißt in unanständiger Lasterhaftigkeit, war bei der städtischen Jugend *à la mode* geworden. Kein Tag ohne Zerstreuung durch Bälle, Komödien, Maskeraden.

»Und zur gleichen Zeit krepieren unsere Soldaten im Feindesland«, sagte Erik und wollte dann wissen, wie Carolina, die Tochter von Bedinus Renhorn, beschaffen sei, die ich eine Zeitlang unterrichtet hatte in der Kunst, das Cithrinchen zu spielen. War auch sie eine »leicht Verführbare«?

»Sie verwendet Puder und Priem, obwohl sie erst sechzehn ist.«

»Sie kaut Priem? Kann sie denn auch schon gut spielen?«

»Nun ja, sie spielt lieber Karten und schmust wie eine Katze auf der Ofenbank.«

Ich sagte ihnen, daß ich zwar im vergangenen Jahr in der Wildischen Druckerei incognito die »Gedanken über die Unbeständigkeit der Mädchen« herausgebracht hatte, eine Schrift, die eine ziemliche Polemik auslöste, zu der ich natürlich geschwiegen hatte. Seitdem aber beschäftigten mich »Göttliche Gedanken über das bittere und schmerzvolle Leiden unseres teuren Herrn und Erlösers«, die kürzlich in den *Lärda Tidningar* abgedruckt wurden. Gewiß, meine Gedanken gingen natürlich auch zu den unbeständigen und ungebändigten Schönen, die auf Bällen und in Cafés ihre Lüste auslebten. Meine Freunde sahen mich feixend an, als hätte ich Eselsohren und darüber eine Narrenmütze gestülpt. Und so erzählte ich von einer Musiklektion. Carolina, des Saitenspiels müde, war zu einem anderen Spiel übergegangen; sie spielte mit den Glasknöpfen meiner Weste und schmiegte sich eng an mich. Ich hatte mir jedoch vorgenommen, sie abzuschrekken. Weiß sie denn nicht, fragte ich sie, was dem Oboisten Johan Knapp, den sie Knape nennen, passiert ist, an dem Tag, als er einmal in der Küche auf seine liebeshungrige Gattin stieß? Nein, das wußte sie nicht. Die Ehefrau, sagte ich, hatte sich über Knapes Oboe niedergebeugt, sie mit ihren Lippen umschlossen und versucht, auf ihr zu blasen; als jedoch kein Ton herauskam, steckte sie das Instrument statt dessen in ihr Butterfaß und ging dazu über, mit ihm Butter zu kernen, wodurch der klare Ton der Oboe völlig abhanden kam! Carolina kicherte, drängte sich noch enger an mich und sagte:

»Ich habe auch ein Butterfaß, und ich weiß, wie man Butter kernt.«

Da ich Menschen gut nachahmen konnte, imitierte ich Carolina: »Ich habe auch ein Butterfaß, und ich weiß, wie man Butter kernt.«

Die Brüder Palmstedt lachten, daß sie blau wurden im Gesicht. Elias nahm ein paar gewaltige Schlücke. Seine kräftigen Halsmuskeln arbeiteten. Dann hob er die Faust und hieb wie mit einer Axt auf den Tisch und johlte verzückt in den Keller hinein:

»*Das* nenne ich Kunst!«

Meine Freunde wunderten sich, daß ich nicht bleiben und weitertrinken wollte, ich selbst fand es merkwürdig, daß es mich heim zu meinen Büchern zog, und ich grübelte darüber nach, während ich mit knarrenden Schuhen die Källargränd hinunterging. Bis in die überwölbten engen Gäßchen hinein drängten sich Seeleute und Soldaten, Chaisen und Troß. Endlich gelangte ich ins Freie und ging über die Zugbrücke. Es war spät, aber von den Gartenzäunen perlte immer noch Tauwasser in die Gräben, und es lag ein Duft in der Luft, als ob jemand mit einem Spaten die schlafende Erde umgegraben hätte, die noch warm war und dampfte und gärte vor Fruchtbarkeitslust. Neben dem Kirchturm von Sta. Maria hing frühlingverkündend der Mond.

Ich näherte mich Mollbergs Manufaktur, wo ein Tumult im Gange war. Alle im Viertel wußten, daß Mollberg im Stall eine Schwarzbrennerei betrieb, und nun hatten die Profosse, vom Geruch geleitet, Braupfannen, Brautröge, Maischkessel und Schläuche aufgespürt und beschlagnahmt. Alles sollte zum Rathaus geschafft werden und wurde auf einen Karren geworfen. Fässer wurden aus dem Stallgebäude gerollt. Dort hatte Mollberg eine Spelunke eingerichtet und eine Tanzdiele, wo die barfüßige Jungfer Maria Reich Lektionen im Polskatanz erteilte. Ein Seidenstrumpf stolperte gerade auf die Hornsgatan hinaus, gefolgt von einer gepichten Seemannshose. Ein Häubchen aus grünem Taft ruckelte und schuckelte unter einer gestrickten roten Matrosenmütze. Ein spanisches Rohr stakste steifbeinig hinter zwei veilchenblauen, trippelnden Absätzen her. Ein Pferd wieherte, und mitten im Gedränge stand Mollberg: prächtig gebaut, breitbrüstig, doch innerhalb einer einzigen jämmerlichen Razziastunde in die größte Misere gestürzt.

Ich ging die Steintreppe hinauf und sah Vater neben dem kalten Kachelofen in der Diele sitzen. Die Stofftapete aus Großmutters Zeit zeigte ein Hirtenpaar bei einer zarten Gelegenheit. Vater sah tief in die Hirtenszene hinein und ließ ein Husten hören, das die Lungen leise rasselnd durchzog. Im Winter hatte er viel Schleim ausgestoßen, danach wurde der Husten trocken, drängend, steigerte sich bis zu Krämpfen. Er winkte mir ab, als ich die Geschwister zu beruhigen versuchte, die sich auf mich stürzten und mich laut lachend, wie ein Pferd aufgezäumt, mit Zügeln im Mund, aus dem Zimmer und dann im Kreise zurück durch Eßzimmer und Salon führten. Dann sagte er, die Finger an den Hals mit den geschwollenen Drüsen gelegt, daß Herr Mollberg Besuch vom Profoß bekommen habe und sich nun wohl ins Ausland absetzen werde, zu Verwandten in Amsterdam. Mit müdem Lächeln fügte er hinzu, daß ich die Abendandacht versäumt hätte. Wenn ich wolle, könne ich mich ein wenig zu ihm setzen und einige Verse aus dem Römerbrief vorlesen.

»*A propos*«, schloß Vater schlicht und gefaßt, »Mutter ist unpäßlich, verstehst du, Mickel. Das Ei ist wieder krank. Sie hat Blutungen bekommen. Heute nacht hat sie vielleicht eine Frühgeburt.«

Die Fledermaus im Kirchturm hatte nur drei Tropfen Blut in ihrem Kreislauf. Strich man sich die auf das Auge, konnte man im Dunkeln sehen. Trug man den Kopf einer Fledermaus in einem Leintuch mit sich, konnte man sein anderes Ich, seinen Genius, anrufen.

Die Gedanken gingen in Schlangenlinien.

Vor Monaten hatte ich mein letztes Vollbad genommen. Hände und Gesicht besprengte ich regelmäßig mit Wasser, aber den übrigen Körper hatte ich mit Waschen verschont. Ich hatte meinen Körpergeruch wie ein Wahrzeichen meiner Gesundheit mit mir herumgetragen, das gefiel auch Mutter, die sich ständig um mich sorgte und vorsorglich täglich an mir und meinen Kleidern roch und dann zufrieden sagte, daß ich so gesund stank.

Der Brunnen von Sta. Maria stand fast mitten auf der Straße; es war ein achteckiger Holzbau, so groß wie Onkel Swedenborgs Pavillon. Der Brunnen hatte einen Oberbau, der mit schwarzem Blech gedeckt war und eine Messingkugel auf der Spitze trug, und ein Eisengitter unter den Brunnenrohren, aus denen ständig Wasser rann. Ein höllischer Juckreiz hatte mich über Mitternacht hinaus wach gehalten; schließlich hielt ich es nicht mehr aus, stürzte die Treppe hinunter ins Waschhaus, holte Schmierseife und Kernseife, rannte zum Brunnen und seifte meinen ganzen splitternackt entkleideten Körper unter dem fließenden Wasser ein.

Meine Füße klammerten sich am Brunnengitter fest, rissen an ihm, so schien es mir, wie eine Bestie, die in der Hölle Befreiung suchte. Zitternd vor Kälte spähte ich zum Kirchturm hinüber, hielt Ausschau nach der Fledermaus. Ich fühlte, wie sie von meiner

Seele Besitz ergriffen hatte, wie sie selbst meine Gedanken überwachte. War sie der Vogel des Teufels? Mein höchster Wunsch war, Dichter zu werden, aber je mehr ich dichtete, desto öfter hielten die Freunde mich für einen Spieler, einen Narren. Ich fühlte mich besudelt, unrein, als wollte ich in eine heilige Stätte eindringen, von wo man mich vertreiben mußte.

Der Schlaf stellte sich nur langsam wieder ein, ich schlief unruhig.

Am nächsten Morgen sollte ich Stockholm verlassen und nach Uppsala fahren.

Um mein Studium zu bezahlen, mußte Vater den Mahagonitisch mit den Bronzebeschlägen verpfänden.

Er empfahl mir, ein Huldigungsgedicht zum Geburtstag von König Adolf Friedrich zu schreiben, das sei eine gute Investition, am besten auf Deutsch, der Muttersprache des Allergnädigsten Herrn. Auch das Vorhaben, mich als *civis academicus* an der Universität in Uppsala einzuschreiben, war laut Vater eine gute Investition. Kenntnis von Kunst und Wissenschaft würden meine Karriere bei der Bank fördern. Großvater Arendts Studium war glänzend verlaufen. Es hatte ihn zu Professur und Rektorat geführt. Ich wurde in einen schwarzen Gehrock mit eingenähten Schulterpolstern eingekleidet. Beim Abschied überreichte mir mein Vater in einer feierlichen Zeremonie ein besonderes Geschenk: Großvaters Studentendegen, den ich hoffentlich nie würde brauchen müssen, der aber dazu taugen konnte, die grunzenden Schweine am Fyrisbach auf Abstand zu halten.

Der Mietkutscher fuhr im Morgengrauen so geschwind, daß die Funken zwischen den Radspeichen sprühten. Es war November 1758. Jenseits der Schranke am Norrtull, dem nördlichen Zolltor, sprengte er an einer Ochsenfuhre vorbei, die mit Brennholz beladen war, wechselte die Pferde in Alsike, überholte einen Wagen mit Rüben, und daß ich unterwegs eingeschlafen war, erfuhr ich erst, als er mich am Abend in der Gropgränd in Uppsala beim letzten Hammerschlag der Schmiede weckte, wo ich neben dem Kontor im Dachgeschoß eine Kammer mietete.

In Uppsala lernte ich die Kunst des Müßiggangs.

Ich lernte, wie man die Stiefel des Kurators mit Heringsöl einrieb, und wohin man einen ekelhaften, nach geräuchertem Bückling riechenden Nachttopf ausleeren konnte.

Ich lernte, daß Lieben etwas war, was man in der *Grammatica contracta* lernte, auf Latein *amo* hieß, nichts mit Küssen zu tun hatte, aber konjugiert werden wollte.

Ich lernte, daß Bücher den Studenten unterschiedliche Grade der Trunkenheit bescherten: *Zopfens Varianta*, das Kompendium des Pädagogen Zopf, brachte drei Humpen Kyronius-Bier, wenn man sie beim Wirt in Zahlung gab, *De veritate religionis* aber nur zwei Humpen.

Als ein Brief von Vater mich unerwartet nach Stockholm zurückrief, sah ich eine phantastische Zeit vor mir aufflammen: Ich stellte mir vor, daß mein Onkel Jacob Martin mein Gebet erhört hatte und mir die Flucht nach Cadiz ermöglichte. Aber nein, die Neuigkeit war vielmehr, daß meine Stelle als Extraordinarius bei der Bank auf dem Spiele stand. Die Hochwohlgeborenen Herren Bevollmächtigten hatten in einem kürzlich verfaßten Memorandum geruht anzuordnen, daß ein jeder, der bei der Bank angestellt war, sich einzufinden habe, um eine Prüfung in Mathematik und Buchführung abzulegen.

Auf dem Weg zur Reichsbank sah ich die Flügel der Windmühle von Stora Somen mit vollen Segeln kreisen, und ich merkte, daß das Knirschen der Blöcke und Seile der Flaschenzüge vom Verladeplatz am Skeppsbron bis hinein in das Kontor des Bankkommissärs Salonius zu hören war.

Das Wort Mathematik war aus Eisen. Es schlug wie ein Klöppel auf den Erzblock, der Buchführung hieß. Die Prüfung kulminierte in einem Todesgeläut. Einstimmig wurde ich gefragt, wieviel sieben mal sieben war, und neun mal neun. Über Debet und Kredit wurde ich befragt, über Buchhalterei. Wie eine Gewinn- und Verlustrechnung aufgestellt wird und eine Bilanz, wünschte der Bankbevollmächtigte zu wissen, und zwar im gleichen Augenblick, als die Fensterscheiben klirrten, zur Ruhe kamen, wieder klirrten, weil die Salutkanonen des Ostindienfahrers abgefeuert wurden, der am Strömmen vor Anker ging, und das Kajütenfenster des geschnitzten Achterspiegels sich langsam vor die Fenster der Bank schob, um ein für alle Male klarzustellen, daß die Reichsbank ein auf Grund gelaufenes Steinschiff ist, in dem Ziffern aufs Papier gekleckst werden wie Fliegeneier auf ein Rosenblatt. Ein Ostindienfahrer dagegen ist etwas, das flott ist und segelt und wo Papier dazu verwendet wird, Frachtgut wie Seide, Porzellan, Arrak, Punsch zu verbuchen sowie ein wundersames Stückgut, das Freiheit heißt.

Nachdem ich versprochen hatte, mich der Gottesfurcht zu befleißigen, und einen Treueid abgelegt hatte, wurde mir ein Dienst als außerplanmäßiger Angestellter in Aussicht gestellt.

Wunderbar!

In nicht allzuferner Zeit konnte ich also zum Extraordinarius befördert werden.

MEINE BUCHFÜHRUNGSZIFFERN hätten dem großen Linnæus gefallen, denn sie sahen alle aus wie sich paarende, schwärmende Hautflügler, oder krochen wie Wanderameisen reihenweise über die Blätter. Viele Wochen später, als ich ermattet den Federkiel zur Seite legte und mit einem vernehmbaren Amen aus dem Grabesdunkel des Bankgebäudes zum Järntorget hinaustrat, stand die Sonne schon so hoch, daß ich den Kopf in den Nacken legen und mich gegen die Hauswand stützen mußte, um den Feuerball zu betrachten.

Der Sommer war gekommen.

Wenn alles, was gegen Gottes Willen verstößt, ein Leben in Sünde ist, so begann für mich nun unter diesem himmlischen Feuerball ein Leben in Sünde. Von der Ziffernkrankheit befallen, hatte ich im Bankkeller ein Huldigungsgedicht zum Geburtstag unseres Allergnädigsten Königs geschrieben, das außerdem in

Nr. 28 der *Lärda Tidningar* erschienen war, und das so begann: *Dein Volk an diesem Tag erhebt den Blick zum Throne* et cetera; und das Geld, das ich bekommen hatte – was tat ich mit dem Geld? Trug ich es nach Hause, zu Vater, der kein Geld hatte?

Nein! Ich ging mit dem Kammerschreiber Quist ins Terra Nova und kaufte mir einen Rausch. Quist war so mager und kurzsichtig, daß man ihn – und das wäre ein Fehler gewesen – für einen streng moralischen Mann halten konnte. Nach dem dritten Humpen Bier schlug er die Hände vors Gesicht, aber nicht etwa weil irgendwelche Zweifel an seiner Redlichkeit ihn geplagt hätten. Es war ihm nur peinlich, daß er keine »Platten« – kupferne Zweitalerstücke also – für die Nymphen des Etablissements hatte, und bat mich mit einem Lachen, ihm auszuhelfen.

Hier fiel plötzlich das Licht der Sommersonne ins Dunkel, denn die Tür flog auf, und ein Bekannter trat ein: Johan, Sohn des holländischen Gesandten Marteville, unseres Nachbarn, der im van-der-Nootschen Palast wohnte.

Johan war in Gesellschaft des Grafen Carl Bonde von Hässelby. Beide waren Männer aus gutem Hause, die seidengefütterte Westen trugen, aber sie lebten in der untersten Schicht der Stadt. Da lebten sie schon so lange, daß ich für sie geradezu ein unschuldiger Jüngling war, obwohl wir etwa gleich alt waren. Sie waren verwundert, mich im Terra Nova zu sehen. Johan zog einen Stuhl heran und grüßte mit einem etwas zögernden »ergebenster Diener«, während Bonde den Hut schwenkte und eine Reverenz von absoluter Vollkommenheit zelebrierte, wie um mich in der tiefsten Tiefe des Lasters willkommen zu heißen.

An der Wand hing, etwas schief, ein Bild, das 1648 bei der Erstürmung Prags erbeutet worden war. Der Schankbursche rückte es gerade, brachte Brot, Butter und Fleisch. Wir tranken einander zu, bis der Tisch, ein Klapptisch mit Querstegen und Schubladen, so voller Flaschen stand wie eine Apotheke. Die Schubladen hatten eine gute Resonanz. Ich drehte quäkend an den Holzknöpfen, als ob es die Schrauben einer Pauke wären. In der Zarge des Tisches steckten Holznägel mit großen Köpfen, an die ich mit dem

Löffel schlug, während ich gleichzeitig die Stege rhythmisch mit den Füßen bearbeitete.

Der Tisch war ein Schlaginstrument. Ich trommelte und sang:

Bruder Johan liebt den Becher,
hör, was dieser Zecher
einmal tat in Bacchi Staat:
Johan, trunken und malad,
ging vom Weine,
fiel vom Schreine,
traf die Schweine,
johlte: Guten Tag, Kamerad!

Die feiste Kellermadame Hardt lugte erschreckt aus ihrem Kontor hervor, denn Johan brach in ein Lachen aus, das geradewegs aus dem Abgrund der Hölle gekommen schien. Wir schlürften noch einige Gläser leer, und weil Quist keine Ruhe ließ, bestimmte der Graf, daß wir alle vier Lust hätten auf Straßendirnen. Eine Möwe schiß dem Grafen auf die Perücke, just in dem Augenblick, als wir in die Varggränd einbogen, die einer Höhle eher glich denn einer Gasse, und auf die Baggensgatan zusteuerten. Zu beiden Seiten waren Freudenhäuser, überall in den Fenstern und in Türen sahen wir spielende Zungen, geschminkte Wangen, entblößte Brüste. Bonde wollte zum Haus Nr. 19, das einen besonders schlechten Ruf hatte. Da wohnten Dirnen drei Stockwerke hoch. Das Tor in Sodoms Mauer öffnete sich. Im Treppenhaus roch es wie in einer Menagerie. Die Taxe betrug »eine Platte«.

Ich nahm mir eine blasse, lange Dirne mit strengen Zügen, die die ganze Zeit an einer Narbe an ihrer Lippe herumfingerte. Als ich sie fragte, wie alt sie sei, breitete sie die Arme aus. Sie konnte kein Schwedisch. Ich zeigte auf mich und schrieb die Zahl 19 an den Wandspiegel. Sie schrieb 32 daneben, dann legte sie sich nieder, nackt, ruhig, die Beine gespreizt. Ihr Schoß roch stickig scharf. Ich zuckte zurück, aber dann kam ich wieder zu ihr; ich begann heftig zu zittern, schon bevor ich in sie eindrang. Ein Mäuschen schaukelte an der Fenstergardine, der Schwanz huschte über meine grasgrüne Hose, die auf dem Boden lag, und über meinen blauen Rock.

Es war mein erstes Mal. An der Wand hing, in einem schwarzen, mit Akanthusornamenten verzierten Rahmen, ein Spiegel, in den ich hinterher hineinstarrte, und in dem ich das Gesicht eines erschreckten Jünglings erblickte. Zugleich mit seinem ersten Rausch mußte er den Fall in das sündige Begehren erleben.

Als ich schon eine Viertelstunde auf der Straße gewartet hatte, kam auch Johan, und wir machten uns davon, hechelnd vor Aufregung, vorbei an bellenden Hunden, Spielleuten und einem Wachmann mit schwarzem Bandelier und Seitengewehr, dann standen wir keuchend am Skeppsbron. Johan mußte schreien, um das Rasseln der Trossen zu übertönen, als er davon sprach, daß seine Dirne ein mageres Gestell gewesen sei, mit einem steifen, wie mit Bartwachs eingeschmierten Haarbusch. Geschrei und Gezänk lag über der Rudertreppe. Möwen schrien über einem Fischerboot, in dem ein Haufen blinkender Heringe lag. Unter einem Großsegel aus grobem roten Hanfzeug lagen sogar tote Soldaten, die aus dem Pommernkrieg heimgeholt worden waren. Übereinandergestapelt lagen da Reiter von Åbo Län, Feuerleute, Schmiede- und Zimmerleute, die Verwundungen davongetragen hatten und auf der Heimfahrt am Fieber gestorben waren. Johan hatte einen Zahnstocher aus Gold und Ärmelknöpfe aus gefaßtem Achat. Während wir am Kai entlanggingen, reimte ich vor mich hin. Alles, was ich sah, die Knöpfe aus Achat, die Partie Teer, die hereingekommen war, die Klingen und Schlachtbeile von der Fabrik in Wira, alles ließ sich reimen, und schließlich hatte ich das Abenteuer im Freudenhaus zu einer großen jünglinghaften Heldentat vergoldet.

Aufgeräumt schlenderten wir in Richtung Schleuse, heimwärts. Die Deutsche Kirche hatte soeben acht Uhr geschlagen, aber die Sonne stand noch hoch am Himmel und schien durch das Saalfenster in den van-der-Nootschen Palast, wohin wir uns zurückgezogen hatten, um eine Flasche Pontac zu trinken. Die Sonne vergoldete auch den Diener, der in silberverzierter Livree servierte. Seine Exzellenz Marteville war zum Glück ausgegangen. Johan drückte, mich verstohlen anblickend, seine Zunge gegen die Wange, die Wange beulte sich in die Richtung, wo der Schankraum war: Dort unten lagen Bierfässer auf Holzböcken! Ich hatte aber schon mehr als genug und drehte am Treppenpfeiler um, taumelte um die Straßenecke und vergrub den Kopf in Mutters Röcken. Meine Geschwister, in ihren adretten Jäckchen und Röckchen, hatten gerade das Abendgebet gesprochen und verneigten sich zum Amen.

Hier lag ich, auf Mutters Schoß zusammengesunken wie ein zerrissenes Segel. Die Landschaftsmalereien an der Decke bauschten sich, als ich erzählte, daß ich mich beim Nachbarn Marteville hatte vollaufen lassen. Mutter strömte über vor Trost und Fürsorge, streichelte mein Haar mit den Worten: »Ja, mein Mickel, ich verstehe.« Noch eine Viertelstunde lang fuhr sie fort, mich zu streicheln, bis die Küchenmagd zum Abendessen läutete und sie aufstehen mußte.

MIT DER GLEICHEN ANDACHT, mit der ich das Abendmahl nahm, hatte ich mich also der Völlerei hingegeben, dem Trunk, dem unreinen Laster. Es folgte eine Zeit der Reue. Drei Nächte nacheinander durchwachte ich und schrieb, bis der Docht der Nachtlampe heruntergebrannt war und im Wasser zu zischen anfing.

Ich schwitze in der Sünde Pein,
ich hab befleckt mein Unschuldslinnen.
Ich fühle dunkle Lüste rinnen
und scheue hellen Sonnenschein.

Ich füllte neues Öl ins Glas, steckte einen Docht in den Korkschwimmer und suchte Reime auf Sündenqual, befleckte Seele und Höllenglut. Schwefelflut reimte sich auf Christi Blut, Wehgeschrei auf Raserei. Die ganze Nacht rührte ich das Cithrinchen nicht an.

Das Cithrinchen war ein Werkzeug der Sünde.

Dann kam die Buße, und nach der Buße kam der Rückfall. Nicht mehr als ein Monat des Sommers war verstrichen, als ich eines Abends zur Schleuse hinunterging, gekleidet in meinen blauen Rock und, nach der Mode der Zeit, in eine Weste mit halben Ärmeln und eine Halskrause. Ich betrachtete die zahlreichen russischen Lastschiffe, die am Kai angelegt hatten. Ihre Waren durchliefen die Wiegestation, und im Russenhof boten die Läden schon seit dem Frühsommer Pelze, Leinen und Hanf feil. Der Handel war lebhaft, vereidigte Dolmetscher standen zur Verfügung. Sättel, Zaumzeug, Peitschen und Stiefel gingen über die Ladentische. Ein paar Stunden schlenderte ich so herum und betrachtete den Hafen. Ich hatte zugesehen, wie der Dreimaster Friederic Adolph vom Kastellholmen kommend mit gerefften Segeln und geblähter Fock zwischen ankernden Schiffen navigierte und schließlich unter dem Abfeuern von Salutschüssen am Zollmagazin vor Anker ging. Er hatte Porzellan geladen und exotische Tiere, ein Affe hüpfte in den Spanten herum, und ein kleiner säbelbeiniger Mohr, den ich später unter dem Namen Badin kennenlernte, wurde den Landungssteg hinabgeführt. Wie mir der Hafenkapitän verriet, stammte der Mohr aus Dänisch-Westindien und war ein Geschenk von Staatsrat Reiser an Königin Luise Ulrike.

Ich lenkte nun meine Schritte durch eine schmale Gasse, die Bancogränd, zum Mälarwasser hinunter. Da kam der bekannte lateinische Sänger Lövensköld daher, zusammen mit dem berühmten Sprecher des Reichstags von 1756, Bedinus Renhorn, um an Bord einer Yacht nach Arboga zu gehen, die über Strängnäs fuhr, wo Renhorn sein Amt als Bürgermeister antreten sollte. Ich hatte ja seine Tochter, die damals mit ihren Eltern im Freimaurerhaus wohnte, im Zitherspiel unterrichtet. Dieser unbedeutende Umstand führte dazu, daß der Herr Bürgermeister mich einlud, in die Kajüte zu kommen, was ich auch tat. Ich setzte mich sogleich ans Ende eines kleinen Klapptisches, sah aus dem Fenster hinaus auf die vielen Schiffe, die mit geblähten Segeln und glatten Kielen die im Abendlicht schimmernden Wogen durchschnitten. Ruderboote mit schönen Mädchen an Bord fuhren dazwischen herum. Andere reizende Mädchen hockten mit halbentblößten Brüsten zwischen ihren Waschbütten, und ihre Waschhölzer schienen zu rufen: *»et ab hoc et ab hac et ab illa«*. Der Heuvermesser in seinem sonnenfarbenen Hemd stieg auf den viereckigen Heuballen herum. Die Kutscher striegelten die wiehernden Pferde vor den Heuwagen, und die Hökerinnen von der Munkbron stritten sich mit den Rudermadamen über die Wahl des Kaplans für Sta. Maria.

Nun wurden Pfeifen und Tabak hervorgeholt, und der Herr Kammerrat Lövensköld, dieser Ehrenmann, stopfte mir meine allererste Pfeife. Bürgermeister Renhorn, ein sechsundfünfzigjähriger Tyrann, fuhr seinen Knecht mit harten und scharfen Worten an; darauf befahl er, einen Kupferkessel mit warmem Wasser, Arrak und Zitronen herbeizubringen und machte daraus einen Punsch, von welchem dem Teufel selbst, wenn er nicht daran gewöhnt gewesen wäre, wahrlich so schwindelig geworden wäre, daß er sechs Wochen lang nicht heimgefunden hätte.

Ich rauche, ich trinke, ich schlummere ein, ich erwache.

Der Wind bläst, Lövensköld nickt, Renhorn übergibt dem Deck den Verzehr vom Vorabend, und der Knecht liegt wie ein Cherubim auf einer Neujahrskarte ausgestreckt an der Reling. Wirr im Kopf betrachte ich die Reste von Butterbroten, Zitronenscheiben und anderen bacchanalischen Reliquien auf meiner Hemdbrust, und mir wird bange beim Gedanken an meine braven Eltern. Ich sehne mich nach Hause und blicke aus dem Kajütenfenster, aber statt der Kirche Sta. Maria Magdalena sehe ich, o Himmel! im Morgengrauen den Turm des Doms von Strängnäs gen Himmel ragen. Der Wimpel hing schlaff am Mast herunter, der Schiffer, barfuß, knöpfte sich die Hose zu, und ein Jäger, der unser Mitreisender gewesen war, nahm die Mütze ab und grüßte »Go' Morjen!«

Meine Schlafkameraden erwachten. Der Schiffer legte in Strängnäs an, gegenüber einem kleinen Park. Alle stiegen an Land und ließen mich stehen.

Ohne einen Heller in der Tasche wanderte ich die Straßen auf und ab in diesem mir völlig unbekannten Ort. Glücklicherweise traf ich jedoch in einem Hauseingang auf einer Holzbank einen Bekannten, den Steinmetz und Aldermann Lars Hjortsberg, Sohn des bekannten Poeten und Pfarrers Hjortsberg. Er umarmte mich, hieß mich eintreten, und ich wurde freundlich aufgenommen und verliebte mich in die schöne Mamsell Anna Maria Hjortsberg. Herrgott! Ein Frauenzimmer, sei sie schön wie ein Engel oder häßlich wie die Nyman, kann mir befehlen, ihren Fußabdruck zu küssen – was ich auch tat, denn am Nachmittag, als Mamsell Anna Maria allein zu Hause war und ich mir eine Mütze Schlaf in der Kammer gönnte, wurde ich alsbald von einem Klopfen geweckt, und herein kam besagte Anna Maria mit belegten Broten und Eiskeller-Trank. Sie genoß es, mich wiederzusehen, und mußte ein ums andere Mal lachen, als sie sich erinnerte, wie ich sie am Vormittag unterhalten hatte. Als sie sich auf die Bettkante setzte, nannte sie mich ihren Streichelkater, den sie auf der Straße gefunden habe; auch sei ich ein kleiner Schalk, dem sie nicht widerstehen könne, sondern dem sie, Gott helfe ihr, gegen ihren eigenen Willen gleichsam, sich ergeben müsse. Warum, das wisse sie nicht; und als sie dies sagte, war meine Hand ein gutes Stück hinauf unter ihren Rock gewandert, wo ich einen feuchten Spund fand mit einem Otterpelz rund um den Rand. Es mußte wohl schrecklich gekitzelt haben dort im Spund, denn sie rollte sich über mich und begann dann zu schuckeln und zu knuffen, prustend und pustend, und auf diese Weise fegten und kugelten wir im Bett herum, oder wie ich es mit einem soeben erfundenen Wort nannte, wir »fugelten«, ein Wort, das Anna Maria sehr entzückte. Wir fugelten also, Gott helfe mir!

Auf die Heimkehr von diesem Ausflug folgte eine Woche tiefster Reue. Ich, Mickel Bellman, war ein elendes Stück Dreck aus dem Lehm und Staub dieser Erde. Genau so verhielt es sich, ich kam nicht darum herum, und ich mußte es unbedingt niederschreiben. Zu diesem Zweck spitzte ich mir eine Gänsefeder zurecht, härtete sie mit glühendheißem Sand und eiskaltem Wasser. Ich kochte mir Tinte aus Galläpfeln, Vitriol und Gummi arabicum. Ich schrieb: »Hilf mir, Gott, in meiner Plage« und sah mit Tränen in den Augen zu, wie sich die Galltinte Buchstabe um Buchstabe in das Papier ätzte. Ich sah eine Schwefelflut, wo vorher das Wasser des Mälaren geflossen war. Ich sah, wie Tausende von Toten die Felsen am Skinnarviken heraufkrochen, das war ein Toter für jedes Verbrechen, mit dem ich beladen war, sie zogen und zerrten an mir, um mich in die Höllenglut hinabzustoßen, wo mein ganzes Ich in Rauch und Flammen aufgehen und zerschmelzen würde.

Während ich mich so brennen sah, entstanden in meinem Inneren biblische Visionen. Ich erblickte den schwarzgerahmten Spiegel in der Kammer der Dirne, auf den ich mein Alter geschrieben hatte, aber es war kein Spiegel, sondern die Nummerntafel in der Kirche mit ihrem Akanthusornament, und die Zahl 19 stand für ein Kirchenlied: »Herr, ich habe mißgehandelt, und mich drückt der Sünden Last, ich bin nicht den Weg gewandelt, den du mir gezeiget hast. Nun will ich mit Scham und Schrecken mich vor deinem Zorn verstecken.«

Wenn ich die Kammerfenster öffnete, um die Morgensonne hereinzulassen, schienen die Fensterflügel vergoldet wie die Flügel des Altarschreins, wo der Sünder abgebildet ist auf seinem Weg zum Kreuz. An einem Spätnachmittag geschah es, daß die Wände in einem orangefarbenen Licht aufleuchteten. Die Flaschen auf dem Schreibtisch färbten sich bernsteingelb. Die Hitze, die die Stadt lange Zeit geplagt hatte, kulminierte in einem braungefärbten Unwetter. Ein starker Wind ging ihm voraus, der den scharfen Geruch der Gerbereien in die Stadt drückte. Wir hatten im Stadtviertel Sta. Maria den Geruch der Salpeterlager am Rålambshov und den Gestank der Latrinenkähne zu spüren bekommen, auch von der Abfallbucht neben dem Kornhafen, wo Exkremente in solchen Mengen abgeladen wurden, daß große Inseln Kot sich losgelöst hatten und zwischen den Kaien trieben. Nun überlagerte ein stickiger Rauch alle anderen Gerüche. Lohende Feuer wogten wie wehende Gardinen in den Kirchhof, Flammenvorhänge zogen durch die Lindenallee, so daß die von der langen Hitze vertrockneten Blätter angezündet wurden. Auch die auf einer Leine zwischen den Gräbern aufgehängte Wäsche fing Feuer.

Als ich mich aus dem Fenster beugte und entsetzt den Berg hinunterblickte, stachen die Flammen schon wie glühende Schwerter aus den Birkenrindendächern heraus. Dicker schwefelgelber Rauch qualmte aus der Tiefe über die Klippen herauf, begleitet von einem Donnern, das allmählich anschwoll und sich bald mit den Schreien von Hunderten von Menschen mischte. Es waren meist kleine Leute wie Fabrikarbeiter, Hilfsarbeiter aus den Zukkerfabriken, aus den Tabakplantagen, Weber, Händler, Bäcker, Handwerker, Knopfmacher und andere, die zwischen den großen Hauptstraßen wohnten. Sie stürzten nun vor und zurück, durch Rauch und Flammen, die Badstugatan und Trappegränd entlang, wie am Rand eines feuerspeienden Kraters.

Wenn das eine gewöhnliche Feuersbrunst war wie alle bisherigen, warum sandte der Türmer auf dem Brunkeberg keine Brandsignale aus? Wiederholt schon war der Glöckner von Sta. Maria wegen seiner liederlichen Sauferei im Dienst eingeschlafen, aber wenn er schlief, mußten doch alle anderen Kirchen der Stadt Feueralarm geben, doppelte Glockenschläge, und auf ganz Södermalm hätten die weißen Feuerfahnen gehißt werden müssen.

Ich stürzte auf die Straße hinaus; dort herrschte schon volle Aktivität. Vater war nach Hause gekommen und erzählte atemlos, daß er sich gerade am Steintisch niedergelassen hatte auf einen Schnaps und ein Butterbrot, als der Rauch ihm so stark in den Hals stieg, daß er fast erstickt wäre. Nun wurde das Vieh im Garten freigelassen, die Dienstleute standen im blauen Rauchnebel auf den Leitern und legten nasse Pferdedecken auf die Scheunen- und Stalldächer. Über das Kleine Daurersche Haus breiteten sie in Wasser getauchte Segel und grobe Kleidungsstücke. Noch schien das Feuer auf die Holzhausgevierte nördlich der Hornsgatan begrenzt zu sein, aber die Flammen flogen von den Dächern auf wie große, aufgescheuchte Vögel, die über die Gasse flatterten und sich auf das Dach des Nachbarn setzten; und was noch ärger war, der Wind kam von Westen und trieb das Feuer von seinem Herd am Besvärsbacken über die Insel. Das schrie der Knecht unseres Nachbarn Carlberg zu uns herüber, als er mit einem Brandhaken aus dem Feuer auftauchte und zum Brunnen rannte, nur mit einem triefenden rußigen Hemd bekleidet. Als er mit zwei wassergefüllten Eimern zurückkehrte, rief er unter Tränen, daß bei Carlbergs der rechte Flügel brannte und seine Frau im Feuer geblieben sei, erschlagen von einem eingestürzten Baugerüst.

Die Wucht des Feuers war unbeschreiblich. Alle Menschen waren unterwegs, und Mutter und Frau Berg retteten meine Geschwister – das kleinste war der einjährige Gustaf – im dichten Gedränge durch die Sankt Paulsgatan in südlicher Richtung. Viele kamen ihnen entgegen, die zu ihren brennenden Häusern wollten, aber sie wurden zurückgetrieben von den Brandwachtkompanien, die verstärkt worden waren durch die Stadtwache, man brauchte Platz für die Pferde und die Wasserkarren und für die von Hand gezogenen Feuerspritzen.

Gärtnermeister Nordström hatte dafür gesorgt, daß die Wassertonnen am Zaun zwischen Garten und Dunghaufen gefüllt waren. Dort war auch der Abfall aus der Latrine abgelagert, und als Feuer aus dem Dach unseres Pavillons schlug und ich Wasser holen wollte, trat ich versehentlich in eine Grube. Ich sank bis zur Hüfte ein und stank so widerwärtig, daß ich gezwungen war, zum Brunnen zu laufen und mich abzuwaschen. Alles war verdreckt, Hosen, Strümpfe, Schuhe, und vor allem mein Überrock, der sicher aufgetrennt werden mußte, um gereinigt werden zu können.

Diese eitlen Gedanken beschäftigten mich, als der Himmel sich von Norden her verfinsterte und mit einem Mal die Nacht hereinfiel über Södermalm. Die Menschen glaubten, der Tag des Jüngsten Gerichts sei gekommen, schrien vor Entsetzen und fielen auf die Knie, während ich mir durch den Eingang zur Kapelle einen Weg kämpfte und auf den Kirchhof hinauskam. Auf der Anhöhe, wo der schmutzige Rauch von allen Seiten gleichsam zusammenfloß, stand die Stampfmühle und drehte sich mit schlagenden Feuerarmen wie wild im Wind. Der Punschausschank inmitten der Eschengruppe auf der Höhe glühte weiß, die Tabakkisten rutschten funkensprühend den Hang hinunter zwischen den Zaunplanken hindurch. Von hier bis hinunter zur Schleuse schien alles angesteckt zu sein von rhythmisch aufleuchtenden Feuerfontänen, die eine Höhe von hundert Fuß und mehr erreichten, aber immer noch bescheiden erschienen im Vergleich zu dem Feuer, das in der Zuckerfabrik brannte, wo aus dem Sudhaus eine Säule aus bronzefarbenem Zuckerrauch mit anhaltendem Geheul hoch über die Insel hinaufgeschleudert wurde, und aus dieser Säule stürzte eine Glutwolke herab, die sich mit großer Geschwindigkeit über die Häuserreihen wälzte und alles, was in ihrem Weg lag, verbrannte.

Endlich wurde Alarm gegeben, mit Kanonen und Trommeln, und aus allen Himmelsrichtungen hörte man die Kirchenglocken jämmerlich bimmeln, doch nun war es zu spät. Am Kirchenportal an der Trappegränd sah ich brennende Tiere und Menschen, die stolpernd und vor Schmerzen heulend Schutz suchten hinter den Steinmauern, wo die Alleebäume aber schon brannten. Nun brannte auch das Sängerhaus der Kirche, der Pfarrhof stand in hellen Flammen, ebenso die Kirchenschule von Sta. Maria und das hölzerne Kaplanshaus. Das Armenhaus kochte in einem suppigen Qualm, und beim Großen Daurerschen Haus hingen nasse Tücher aus den Fenstern, die Scheiben zersprangen kurz darauf und das Blei zerschmolz. Als schließlich auch die Kirche vom Feuer erfaßt wurde und Flammen aus den Eisenluken des Turmes schlugen, wurde die Hitze unerträglich, es trieb mich zu der Treppe an der Kvarngränd, wo mich der Pfarrer Forsskåhl aufhielt, der mit hochrotem Kopf und grauweißem Haar, Käppchen und blauschwarzer Soutane die Pferde herausgeführt hatte und nun auf Hilfe hoffte, um seine schöne theologische Bibliothek zu retten, um die er bangte. Es gelang mir in der Dunkelheit, hustend in rauchigen Wolken wirbelnder Asche, einige Säcke Bücher in Sicherheit zu bringen, aber als das Feuer übermächtig und jeder Versuch sinnlos geworden war, versuchte ich zusammen mit dem Pfarrknecht verzweifelt, die Kirchengerätschaften zu retten: Ornat, Kirchensilber und Pretiosen. General Graf Liewen begleitete uns zu Pferde, er war gerade vor einigen Tagen aus Sankt Petersburg zurückgekommen. Es kam auch ein königlicher Kurier auf einem Holsteiner herangesprengt. Der König war in Drottningholm und trank etwas für seine Gesundheit, aber er wollte wissen, wie die Lage sei. Forsskåhl hatte die Augen voll Tränen, er schrie, daß alles in einem Höllenfeuer brenne, das könne der Kurier dem König ausrichten. Als er das Wort »Höllenfeuer« hinausschrie, wurden die feuerrot glühenden Kupferbleche des Kirchendaches hochgerissen und wie Papierfetzen über das van-der-Nootsche Haus zum Fatburssjön hinübergetragen. Es regnete Asche in großen Mengen, und ich tastete mich zwischen Grabsteinen, die in der Hitze zersprungen waren, zurück zu unserem Haus, das noch nicht brannte, und wo Vater, bedrängt von einer Menschenmenge, in der Eingangstür stand und heiße Gase einatmete, die er, so oft er sich räusperte, als blutigen Rauch wieder aus seinen Nasenlöchern herausspie. Vater sah nicht zu mir hin. Er hielt den Blick auf die entlang der Kirchenmauer fliehenden Tiere und Menschen gerichtet, die über gestürzte Menschen trampelten, über blutige, rußige und bereits tote Menschen. Und lange konnte er den Blick nicht lösen von dem kleinen Jungen, der weinend versuchte, seinen Stiefel aus einem Brustkorb zu lösen, in den er hineingetreten war.

Ein Raub der Flammen war die ganze bebaute Welt meiner Kindheit und Jugend geworden, und mitten darin die Kirche. Am Morgen des 20. Juli 1759 stand das Kleine Daurersche Haus ziemlich einsam inmitten der Schlacken von 300 niedergebrannten Häusern, die die 30 Häusergevierte der Gemeinde ausgemacht hatten. Die Holzhäuser der Nachbarn, der Seidenfärber, der Spinnereien, die Anwesen der Handwerker, die Häuser der Familien Posse, Törnflykt, Plomgren, der Russenhof sowie die meisten Wirtshäuser und Gehöfte waren in schwarzen Wolken zum Himmel gestiegen und lagen nun wie mit einem heftigen Gewitter herabgeregnete Asche auf Dach und Garten des Daurerschen Hauses.

Kein Heilswort kam mehr vom Altar der Kirche Sta. Maria, denn auch er war zu Asche geworden. Die Turmuhr hing ohne Zeiger, wie ein verbranntes Eisenskelett, in ihrer Luke, und keine der fünf Kirchenglocken hörte man mehr schlagen, allesamt waren sie geschmolzen, das Metall war klanglos in den zersprungenen Kirchenboden geronnen, und als nach fünf Regentagen die Reste des Kupferdaches eingesammelt und in der Leichenhalle gelagert wurden, damit sie als Münzmetall verwendet werden konnten, stand Onkel Swedenborg in seinem braunen Überrock neben Vater und Mutter unter dem weiß blühenden Maulbeerbaum, der die harte Kälte im Jahre 1729 überlebt hatte und nun auch diese Feuersbrunst, und der frische, aschgraue Beeren trug, was große Verwunderung hervorrief und für ein Gotteszeichen gehalten wurde.

Swedenborg berichtete beim Nachmittagsschnaps, daß er während seines Besuchs in Göteborg das Feuer an dem Tage, als es ausbrach, im Geiste gesehen und dabei erleichtert wahrgenommen hatte, daß es nur zwei Türen von seiner eigenen Tür entfernt, nämlich bei Nr. 24, zum Stillstand kam, was dann auch so eintrat. Er sagte leise, daß er nun Hunderte von Obdachlosen in seiner Remise, im Geräteschuppen, im Gartenhaus, im Pferdestall und im Viehstall beherbergte, sogar in der Bibliothek, wo Magister Gåse hauste, den er sinnesverwirrt auf der Straße angetroffen hatte, mit angesengten, nackten Beinen und nur mit einem Hemd bekleidet. Auch der Zuckerbäcker Halling wohnte dort mit seiner kranken Frau und sieben unmündigen Kindern. Swedenborg beugte sich zu Vater über den Tisch und fügte kopfschüttelnd hinzu, daß auch Halling ihm geistesgestört vorkomme; seine Bäckerei war verbrannt mitsamt Kuchenformen und Gefäßen und all seinem ehrlich erworbenen Besitz, so daß er nun in der Asche seiner ehemaligen vier Wände herumstapfte und in päpstlich anmutenden Redewendungen Bußfertigkeit predigte. Er trug schwer an seinem Kummer und verlangte nach Weinessig, mit dessen Hilfe er seinen Kummer betäuben und innerlich rein werden wollte. Und doch ist alles, flüsterte Swedenborg vertraulich, von Gott befohlen.

Vater trank, schluckte, klopfte sich mit der Faust auf die Brust und keuchte, als hätte er sich einen spitzigen Dolch in die Lungen gestoßen. Swedenborg fügte hinzu:

»Nun wird Pastor Söderbom von einem Fenster in Ragvalds Gränd aus predigen.«

Vater streckte die Beine unter dem Tisch aus. Er hob den Blick:

»Was du auch immer in deiner Gnade für uns bestimmst, lieber Gott, dein Wille geschehe!«

In der Höhle des Bösen

1760–1766

Soweit ich mich erinnere, war ich ein hoch aufgeschossener, gutaussehender Jüngling mit blondem, etwas nachlässig gekämmtem Haar, in Kleidern, die man vielleicht etwas ungewöhnlich zusammengestellt finden konnte, als ich die Hornsgatan entlangging und in der Zeitung *Inrikes Tidningar* las, daß der Koch Abraham Nebb in das Lohesche Haus in der Stora Nygatan, in den ersten Stock, umgezogen sei, wo er weiterhin kleine Pasteten und Ragouts für jedermann zum dortigen Verzehr oder zum Mitnehmen anbot. Mein siebter Bruder, Adolph Ulric, kam um diese Zeit herum auf die Welt und durfte am Leben bleiben, er sah gesund aus und hatte flaumiges Haar und eine Haut wie ein Pfirsich, und wenn ich davon absehe, daß Mutter später noch einmal eine Frucht in einer vorzeitigen Blutung verlor, war und blieb Bruder Adolph der Jüngste in der Familie. Bis zu ihrem Tod sah unsere selige Mutter mit hungrigen, neidvollen Augen auf alle Mütter mit gesunden Neugeborenen, weil ihre letzte Geburt in einem Blutsturz endete.

Adolph wurde nach der Feuersbrunst geboren. Er erschien als Freudenbringer im Winter, als Packeis im Hauseingang lag. Claës Arrhén von Kapfelman, der Verlobte meiner Schwester Catharina, glitt dort aus, als er bei seiner Reverenz einen Kratzfuß machte, so daß sein Degen klirrend über den Boden rutschte und sich sozusagen selbst in die Ecke neben dem Schrank stellte. Aber um auf die Anzeige in *Inrikes Tidningar* zurückzukommen: Beim Wirt Nebb unterzeichnete ich meine erste Anleihe, gegen Revers und von zwei Zeugen beglaubigt. Die Anleihe belief sich auf 4000 Kupfertaler. Die Not zwang mich dazu – ich hatte Wirtshausrechnungen zu begleichen.

Nach dem Feuer lebte ich in äußerster Misere. Vater war verbittert und verfluchte die Anstellung bei der Bank, die mir keine geordneten Finanzen bescherte, aber Mutter war voller Erbarmen und fand, daß meine große Freigebigkeit ein mildernder Umstand war. Auch Vater hatte Schulden, und ich erinnere mich heute noch zu gut an seine ständig furchtsame Miene. Vater hatte Angst vor den Schuldeneintreibern, und diese Angst setzte ihm sehr zu und hatte ihn im Griff bis zu dem Tag, als ich ihn auf dem Skeppsbron an der Eisenwaage traf. Er kam aus dem Rathaus, ging noch gebeugter als sonst und sah im Vergleich zu den muskulösen, flinken Eisenträgern in ihren grünen Hosen und graublauen Schürzen noch bleicher und verfallener und noch leidender aus als ich ihn je zuvor gesehen hatte.

Die Schulden, klagte er bedrückt, die Schulden waren nun bezahlt, aber Vaters Eigentum, unser Heim, das Kleine Daurersche Haus, gehörte nicht mehr uns: er hatte das Haus an der Björngårdsbrunnsgatan mit einer Hypothek belasten müssen, als Sicherheit für die Forderungen der Gläubiger.

Vater sah mich eindringlich an, er sagte weiter nichts, hielt mich aber mit seinem Blick fest, als ich ihm ausweichen wollte, als wolle er sagen:

»Nimm dich in acht, Mickel, vor dem Wucherer Grim im Reichsschuldenkontor, und halte dich um Gottes Willen fern von dem korrupten Blomberg! Er ist nur Wachtmeister, nennt sich aber ›Schloßwacht-Exekutionsbediensteter‹, so wie er auch die Schulden seiner beklagenswerten Opfer mit Nullen aufbläst. Paß auf, daß du nicht in seine Fänge gerätst!«

Ich gehorchte Vater, nahm alle Kraft zusammen und verkaufte an das Blatt *Lärda Tidningar* einen Aufsatz mit dem Titel *Das Erlebnis von Krise und Erlösung bei einem Christen*, der 30 Taler einbrachte. Beim Gesangbuchkomitee reichte ich ein von mir verfaßtes Kirchenlied ein, das mit den Zeilen beginnt: »Vater sorge du für mich, hilf mein Elend tragen«. Es wurde unter der Nr. 74

ins Gesangbuch aufgenommen, aber bezahlt bekam ich nichts. Ich beglückte die Herren vom Bankvorstand mit einem Lobgesang auf die herrliche, hochlöbliche Reichsbank, prächtig in Folio mit kräftigem Frakturstil gedruckt, und dazu passend ein Holzschnitt mit Barockornamenten. Das Loblied bescherte mir eine wohltuende Belobigung sowie 150 Kupfertaler, die als »übrige Ausgaben« verbucht wurden; über Wasser halten konnte ich mich damit nicht.

Meine Kehle war trocken und geschwollen vor Verlangen, von der Wechselbank wegzukommen. Ich befand mich dort in grabesdüsteren Gewölben. Alle Nullen, die ich schmiedete, waren wie die Glieder einer Kette, die mich an mein Schreibpult fesselte. Ich roch nach Credit-Speie unter meiner braunen Weste. Ich dünstete Debet-Schweiß aus. Ging ich über die Straße, wich man mir aus. Vorsicht, einer von der Bank! Mein Herz war nach einem halben Jahr so platt wie das Siegel auf einem amtlichen Dokument, aber plötzlich revoltierte es und wollte wieder schwellen.

Was wollte mein Herz von mir?

Nach vielen teuren Worten über Reinheit, Tugend und Reue schwoll mein Herz wie die Wamme einer Kuh. Ich griff mir erschrocken an die Brust. Ein kräftiger Muskel zuckte und ruckte darin und weckte ein quälendes Verlangen nach der Lust auf etwas Teuflisches, ja, Gott erbarme sich, ich gestehe es offen, nach beseligendem Eintauchen in den Sündensumpf.

Obwohl der Exekutionsbedienstete Sidenström ein Schuldeneintreiber war, gelang es mir, bei ihm ein Darlehen von 1000 Talern aufzunehmen, für das die wohlgeborenen Herren Bergenschiöld und Silfverstedt gemeinsam bürgten. Und nun erwies es sich, ach Gott!, daß ich ein Gesellschaftstalent erster Güte war. Es machte die Runde, daß dieser Bellman die köstlichsten Lieder verfaßte und zum Cithrinchen vortrug.

Gu'n Tag, sagte Sidenström, gu'n Tag, Herr Sek'tär!
Ich komme so dreist, o vergebt die Beschwer!
Hier saust und springt Blomberg, und ich spring und saus,

von morgens bis abends, tagein und tagaus.
Wie geht es, wie steht es? Wir können nicht mehr
mit nichts uns begnügen, mein Herr Sekretär.

An der Schmalseite des Hofes, der vom Wirtshausfenster aus zu sehen war, lag ein Reihe Abtritte. Sie standen an einer schwarz geteerten Rinne entlang, aus der eine gelbe Soße lief. Eine Wolke von Fliegen stand so dicht darüber, daß die Ratten aus den Kellern hervorkrochen. Mit kurzen Luftsprüngen schnappten sie sich ihre Mahlzeit direkt aus dem Schwarm. Ich sah hinüber, während ich mein Cithrinchen spielte und besagter Sidenström mir mit hungriger Miene und lauernden Augen zum zweiten Mal Geld vorstreckte, diesmal die Summe von 1600 Talern. Die Woche darauf bekam ich noch einmal 1200 Taler. Und gleich darauf von den Bankbeamten Quist und Wedenberg ganze 3200 Taler.

Dadurch, daß ich nichts zurückzahlen konnte, sondern mit dem geliehenen Geld nur Wirtshausrechnungen beglich, die eigenen sowie die der Gläubiger, bestand mein Publikum bald fast ausschließlich aus Geldverleihern, Konkursverwaltern und Schuldeneintreibern, von denen die letztgenannten am meisten gefürchtet waren. Wegen ihres groben Benehmens wurden sie Bären genannt.

Wir nehmen laut amtlicher Resolution
den Herrn mitsamt Möbeln in Pfandpossession.

Ich:

Ach, teuerster Sidenström, nimm dieses Lied,
mein guter Herr Blomberg, so wären wir quitt'!
Auf Ehre und Leib, weiß der Himmel, der Rest
ist das, was ich trage, und noch eine West'.
Ein Bett und ein Stuhl und Pantoffeln, ein Paar,
ich schwöre, das ist mein gesamt' Mobiliar.
Ich diene im Amt für Justizrevision,
und dreihundert Taler bekomm ich als Lohn.
Ich gäbe Euch gern den zerschlissenen Rock,
dann wäre fast nackend mein Körper jedoch.

Sidenström/
Blomberg:

Herr, könnt Ihr nichts andres erlegen? Gleich viel,
doch brauchen wir Füllung, es geh, wie es will!

Ich:

Mein Degen, der kostete glatte fünf Pfund,
den will ich nicht missen, auch nicht eine Stund.

Blomberg:

Wir brauchen den Degen mitsamt Eurem Hut,
ins Schuldamt kommt Ihr für den Rest auch noch gut.

Ich:

Ich zahle Herrn Blomberg in diesem Quartal,
zur Gänze die Zinsen mitsamt Kapital.

Sidenström:

Ich glaube Euch nicht mehr, mein Herr Sekretär,
Ihr lügt, daß Balken sich biegen, mon cher!

Ich:

Ich bin mit der Feder so flink und geschwind,
daß Nase und Nägel voll Tintenblau sind.

Sidenström:

Hier hilft weder Feder noch Tinte noch Wort.
Bereinigt die Sache, macht Schluß nun, macht fort!

Ich:

Mein teurer Herr Sidenström, sachte, nur sacht!
Kommt morgen zu mir, wenn die Turmuhr schlägt acht.

Sidenström:

O nein, Herr! hier gilt weder Reim noch Räson.
Herr Schreiber, zum Schuldamt, marsch, ohne Pardon!
Zieh an deine Lumpen! Zum Schuldamt zur Stund!
Das hast du verdient, du versoffener Hund.

Wenn ich dem Materiellen irgendeinen Wert beigemessen hätte, dann wäre ich erschrocken gewesen über die Geschwindigkeit, mit der meine Schulden wuchsen. Vor den Wirtshäusern und Kellern standen die Wirtinnen und zogen mich am Rockschoß und drängten mich, meine Schulden zu bezahlen, aber wenn ich in aller Eile ein neues Lied über meine Schwierigkeiten komponierte, wurde ich genötigt, mich niederzusetzen, und ehe mein Cithrinchen hervorgeholt war, hatte ich noch einen Schnaps anschreiben lassen, und dazu ein Kotelett und nicht nur einen holländischen Hering wie beim letzten Mal. Wahrhaftig, war ich etwa nicht mit einer poetischen Ader geboren, die es mir erlaubte, auf Kredit zu leben?! Zu meiner Überraschung entdeckte ich, daß ich nach dem ersten Schluck unendlich improvisieren konnte, Stunde um Stunde, wenn man mir zuhören wollte. Unglaublich! Ich wußte selbst nicht, woher zum Teufel ich das hatte, ob dieser Truthahn von Bellman *tout de bon* verrückt geworden war.

Fortgetragen von einem reißenden Strom der Poesie, konnte man mich in der Zeit nach dem Brand zwischen rostigen Wirtshausschildern hin und her hasten sehen, mit abgelaufenen Sohlen und mit dem Cithrinchen unter dem purpurroten Sekretärsmantel, auf der Jagd nach Darlehen.

Neben dem Cithrinchen trug ich jetzt in einem schönen Futteral meine lange Pfeife aus Kirschbaumholz mit mir herum. Meine holländische Meerschaumpfeife war zerbrochen; der »Nasenwärmer« war für den Gebrauch in Innenräumen gedacht. Diese neue Pfeife war eine teure Anschaffung, sie hatte ein beinernes Mundstück und einen Pfeifenkopf aus Porzellan mit silbernem Deckel. Ich rauchte dampfgerösteten Rohtabak, der am Skinnarviken gebeizt worden war.

Was war aus Johan Marteville aus dem van-der-Nootschen Palast geworden? Nach dem Tod seines Vaters verfiel er bald in Liederlichkeit. Er zog mit seiner Mutter ins Ausland, laut Carl Bonde lebte er in einer holländischen Garnison, wo ihn niemand kannte. Da wuchs schon frisches Gras über die Ruinen der vom Brand zerstörten Häuser. Auf meinem Weg zur Schleuse hinunter, an einem Augusttag, sah ich, wie die Leute ins Armenhaus strömten, um in dem provisorischen Gebetsraum, der dort eingerichtet worden war, das Sakrament zu empfangen, und wie auf der anderen Seite der steinernen Hauswand die Ziegenherde der Stadt in der Asche des ehemaligen Schlafsaales weidete. Ziegen weideten auch auf einem Erdhaufen am Hang neben der Götgatan; dort lag ein schnarchender Mann; ich stieg über seine Hosenbeine und betrat die Schenke Zur Blauen Tür, wo ich mir einen Humpen Bier genehmigte.

Ich hatte noch Dienst in der Bank; dort vertrat mich jetzt irgendein Kleidungsstück, indem es dort am Nagel hing und vorspiegelte, ich sei noch im Hause. Die Arbeit brachte keinen Lohn, sondern wurde durch Hunger belohnt, warum sollte ich also arbeiten? Die rußlandfreundliche Partei der »Mützen« hatte nach den mit Frankreich sympathisierenden »Hüten« die Macht im Lande ergriffen. Überall schlossen Fabriken ihre Tore. Besonders auf Södermalm ging es schlecht. Die Weberei in der Wollmar Yxkullsgatan hatte bis zum Machtwechsel 28 Webstühle in Betrieb gehabt, die Bekleidungsfabrik am Skinnarviken 12, Jacob Ström 41, Furubom & Beyer 80 Webstühle. Darüber hinaus gab es Seidenbandwebereien, Seidenstrumpffabriken, Seiden- und Samtwerkstätten, Webereien für Kammgarnwesten und -strümpfe, Stoff- und Wollfabriken. Ich kannte sie alle, auch die Brauereien und Tabakfabriken, ich war ja in der Nachbarschaft aufgewachsen. Der Teufel weiß warum, aber nachdem die »Mützen« die Regierung übernommen hatten, folgte ein Konkurs auf den anderen, die Lebensmittel wurden teurer, immer mehr Menschen landeten auf der Straße und bettelten, viele von ihnen wurden eingefangen und in das Arbeitshaus auf der Insel Långholmen gesteckt, wieder andere wurden krank oder blieben sterbend da liegen, wo sie zusammengebrochen waren.

Was ich hatte, teilte ich mit den Hungernden, und was ich nicht hatte, borgte ich mir, um selbst am Leben zu bleiben. So drehte sich das große Rad, das mein Schicksal und das vieler anderer antrieb. Was früher richtig und vernünftig gewesen war, war nun auf den Kopf gestellt, und ich selbst stand ebenfalls auf dem Kopf.

Diese unreine Zeit trieb auch meinen geliebten Informator Rutström, als wäre er ein Missetäter, in neue, hitzige Prozesse hinein, die von der Mützenpartei und dem Königshaus angestiftet wurden. In der Schenke Zur Blauen Tür war unter dem Fenster neben dem Schrank ein Tisch frei. Eine Drehleier und eine Geige spielten eine eintönige Musik, und ich holte Papier und Schreibzeug hervor, während meine Gedanken bei Rutström waren. Die Prozesse liefen seit mehreren Jahren und hatten einen immer deutlicheren politischen Beigeschmack bekommen, aber trotzdem verkündete er unbeirrt Gottes Gnade, und er hatte großen Zulauf. Gekaufte Spione belauerten in der Kirche jede seiner Äußerungen. Als ich Rutström einmal nach einer Predigt in der Hedvig-Eleonora-Kirche aufsuchte, vertraute er mir an, daß unter den Spionen und Denunzianten auch mein zweiter Informator Petrus Norman war, der Bauernkaplan. Ich erzählte ihm, daß ich Texte über Christi Leiden am Kreuze verfaßt hatte. Rutström lobte mich. Er sagte mit bebender, gleichsam vor Ekstase schluchzender Stimme, daß alles sich immer um die Erlösung allein aus Gnade drehte, um die Versöhnung durch Christi Blut, daß Christus durch sein Blut, seine Wunden und das Mal in seiner Seite der einzige Grund und Weg zur Erlösung war. Im übrigen, fügte er hinzu, bleibe dem König und dem Mützenregime nur noch, ihm Amt und Habseligkeiten wegzunehmen und ihn aus dem Land zu jagen.

Ich bekam ein Uddewalla-Bier im Zinnkrug. Unaufhörlicher Trommelwirbel draußen vor der Tür lockte neue Gäste an, während ich zur Feder griff und begann, einen Brief an die Bank auszuspucken. Ich bewarb mich um eine Beförderung. Eine Weile überlegte ich, mit der Feder am Ohr: War das wirklich erstrebenswert? Die Masten unten am Skeppsbron warfen ihre schwankenden Schatten durch das Wirtshausfenster an die papierene Wandtapete. Ich schrieb:

Nachdem ich nunmehr drei Jahre in der Bank der Reichsstände Dienst getan, davon über ein Jahr in der Wechselbank und danach im Nummernkontor, und mit allem Fleiß versucht habe, die mir anbefohlenen Tätigkeiten zu verrichten, habe ich mehrmals gehofft, daß auch mir eine Abführung zuteil würde zwecks Beförderung mit festem Gehalt in Naturalia der Staatsbank – und weiter schrieb ich, daß ich mich daher entschlossen hätte, mich zu erdreisten, um eine derartige Abführung nachzusuchen, in Erwartung eines Gnädigen Hochwohlgünstigen Ausschlages zu meinen Gunsten in tiefster Verehrung für die Hochwohllöblichen und Hochehrwürdigen und Hochedlen und Hochgeachteten Herren des Bankrates, bis zum Erbrechen et cetera et cetera.

Ich blickte auf das Blatt.

Die Buchstaben rochen wirklich widerlich. Ich untersuchte sie. Ja, sie lagen neben den Blumentöpfen unter dem Vogelbauer, wie ein ordentlich arrangierter Mageninhalt. War ich ein Kriechtier, das unter das menschliche Niveau gesunken war? Ich betrachtete die Humpen in den Regalen hinter den Türen des Gläserschranks, beugte mich über meinen Zinnkrug auf dem Tisch und fand zu meiner Verwunderung, daß jemand ihn schon ausgetrunken hatte. Ich hob ihn in die Höhe und sah ihn mir von unten an, wie um herauszufinden, wer das gewesen sein konnte. Das Zinn war altersgrau, gelb angelaufen. Auch der Kupferstich an der Wand, das Medaillonportrait unseres deutschen Königs Adolf Friedrich, war vergilbt.

Und ich selbst? War ich vergilbt?

Ein Schwindel ergriff mich, ich starb zu schnell.

Jede Stunde zählte.

Schon nahte die nächste Stunde.

Wie ein Wahnsinniger klammerte ich mich an die Stunde, noch bevor sie da war.

Alles Leben strömte aus einem verborgenen Quell hinauf und hinaus. Und wohin?

Herein trat der Wirt Cornelius, der mit Caisa Stina vom Terra Nova verheiratet war, er hatte langes, herabhängendes braunes Haar, eine schwarze Satinweste mit kohlschwarzen Knöpfen und blaue Stiefelgamaschen.

»Cornelius!«

»Sieh an, Bellman! Was tut der Herr Sekretär hier am hellichten Tage?«

Ich wußte es auch nicht so recht. Es gab eine gesetzliche Bußgeldverordnung für unerlaubtes Fernbleiben von der Bank, aber ich wischte mich vom Schreibpult weg, so wie ich die Fliege vom Hosenschlitz wegwischte. Hatte ich Geld? Die Brieftasche lag da, lahm und ausgezehrt. Das Miststück wollte sich totstellen, nicht gesehen werden hinter dem Bierkrug; und den Messingdegen hatte ich schon für ein Steak verpfändet.

»Kellner, einen Humpen!«

Vielleicht verschrieb ich meine Seele dem Bacchus?

Sicher war ich mir jedenfalls, daß ich mir die Pfeife stopfen und mich hinreißend vollsaufen wollte.

Ich wollte mich in eine Kröte verwandeln, wollte nachts in Träumen schwimmen wie ein Hecht oder ein Stint.

Da kam Fredman herein.

Mit hängendem Kopf, zerschlissener Weste und löchrigen Strümpfen nahm der Hofuhrmacher Platz in der Ecke, bei Brotbrocken, Branntwein und Essiggurken; an diesem Tag in der Schankwirtschaft Zur Blauen Tür erlebte er wieder einmal die ganze Schmach, die einem Hofuhrmacher widerfahren konnte, der ein blühendes Vermögen besessen und die vornehmsten Turmuhren der Stadt betreut hatte und jetzt als verlotterter Trunkenbold dem Schwindsuchttod entgegentorkelte.

Skål, mein Bruder Bellman, von Herzens Grund!

Trink, Fredman, iß und genieße!

Wasser der Gosse troff aus der Perücke in den Becher auf dem Tischtuch.

Und was nun?

Mon Dieu!

Graf Carl Bonde, kreideweiß gepudert, *chapeau-bas.*

Ein Graf also, der da steht und einen Kratzfuß macht und die französischen Fußstellungen beherrscht, mit einem Brillanten auf den Schuhen.

Was zum Teufel! Hier also hatte ich mich versteckt?! Bonde

hatte auf mich gewartet. Aber nun eilte es. Die Kalesche hielt mitten unter den Bettlern am Brunnsbacken.

Ich ließ das Bier anschreiben, nahm mein Cithrinchen.

Auf der Schwelle lag Sonnenschein, hingeworfen von den Wellen des Saltsjön. Die Pumpe rasselte, der Rappen wieherte, die Erde schaukelte und auf ihr die Kalesche, als ich mich auf das Trittbrett schwang und mich hineinbeugte. Unter dem Verdeck saßen die Frauenzimmer, die der Graf, wie er mir auf französisch erklärte, aus dem Venustempel geholt hatte, dem Bordell, das nach dem Brand neben Swedenborgs Hof von dem Kauffahrteikapitän Ahlström eingerichtet worden war. Die Kalesche des Grafen war ein Landauer, ein gefedertes Fahrzeug mit einander gegenüberliegenden Sitzen. Die Frauenzimmer hießen Josefa und Lisa, waren von der Mälzerei Hartman & Hesse entlassen worden und nun bei Ahlström angestellt. Sie waren Evangelien der Natur, ihre frohen Botschaften waren in rosa Fischbeinkorsette geschnürt. Sie hatten Teig in den Haaren, denn beide hatten sich mit Weizenmehl gepudert und hatten geschwitzt. Ihre Flanellröcke waren rot, mit Hüftpolstern garniert, die Ärmel rotbraun wie Geigen und mit Volants besetzt. Sie hatten frische Lippen, schwarze Zähne, und ihre Brüste waren entblößt bis unter die Brustwarzen.

Der Kutscher ließ die Zügel schleifen und fuhr peitschenknallend los. Er setzte sich zurecht, stemmte sich gegen die Fußstütze.

Hui!

Schon war ich wieder im Rennen, in einem hastig voranstürmenden, irrsinnigen, herrlichen Wahnsinnslauf.

Der Holzbelag der Zugbrücke dröhnte unter den eisenbeschlagenen Rädern, als wir im Trab hinüberrollten zum Vergnügungspalast Lorentzberg. Ich streckte der Bank die Zunge heraus, als wir uns an einem Brotkarren vorbeidrängten. Am Kornhamn stritten sich Möwen mit einem Soldaten um den Abfall aus einer Heringstrommel. Als wir das Gedränge des Riddarhustorget hinter uns gelassen hatten, fuhren wir im Galopp an einem blauen

Coupé mit Glasfenstern vorbei, danach an einem etwas veralteten französischen Modell, dottergelb, mit ledernen Vorhängen, dann an einer edlen braunen Karosse und schließlich, als wir schon den Giebel von Hagels Wirtshaus sahen, an einer Prachtkutsche mit goldenem Wappenschild am Wagenschlag.

Josefa trug das Haar über der Stirn nach oben gekämmt. Sie hatte während der Fahrt so gelacht, daß sie völlig aufgelöst war, und zog beim Souper ihren Kratzkamm hervor, mit dem sie durch den Haarputz bis auf die Kopfhaut hinunter gelangen konnte, wo es sie fürchterlich juckte. Ich hatte Schmalz an den Lippen, als ich ihren Fuß nahm und das Röschen auf der Sandale küßte. Sie sagte, daß ich meine süßen Lippen an der Serviette abwischen solle, aber wenn ich meinen Hunger nicht zügeln könne, so hätte sie noch zwei andere Röschen, die ebenfalls von Schmalz umgeben seien; mit dem würde sie mich füttern, bis ich erstickte.

Hier band ich meinen Pferdeschwanz neu und stimmte das Cithrinchen.

Beim Meisterkoch Hagel hatte ich eine Anleihe von 2300 Talern aufgenommen. Der Ehrenmann drängte sich nun zwischen *robes de ronde* und Halskrausen zu uns hindurch und streckte mir noch einen Tausender vor.

Fort, Sorgen, die uns quälen,
Chagrin, Mélancolie!
Laßt knallen die Bouteillen,
komm, Bacchus, steh mir bi!

Das Cithrinchen trillerte und bullerte mit seinen elf Darmsaiten, daß der ganze Saal in Ekstase geriet. Die Haselhühner erhoben sich aus ihrem Bratensaft und gackerten mit. Die Auerhähne plusterten sich im Salat auf und begannen zu balzen. Sogar die Brachse hob ihren gebrochenen Nacken aus der Karottensuppe und räusperte sich laut, als die Wirtshausgäste in den Refrain einstimmten und sangen:

Hagel, gieß ein,
lab uns mit Wein!
Trinkt und laßt uns lustig sein!

Beim Schlußakkord sprang Bonde auf, machte große Augen, als ob er das ganze Publikum einfangen wollte, zeigte auf mich und schrie:

»Hol mich der Teufel, was für ein Scharwenzer!«

Finis.

Szenenwechsel. Schloss Hässelby. Der Mond wirft durch einen leichten Wolkenschleier hindurch einen goldenen Schimmer über die Gartenterrasse, wo ein Lakai in Livree die Besucher empfängt. Im Saal steht eine goldene Davidsharfe, ein Spiegelgewölbe zeigt Himmelsmotive. Der Kachelofen im Gästezimmer ist grün glasiert. Mitten auf der Bühne Graf Bonde, der mit Lisa ins Himmelbett will und sich mit Reverenzen, die Füße in der vierten Position, verabschiedet. Ich verriegele die Tür und will Mamsell Josefa flach legen, aber sie hat sich hinter den Bettvorhängen bereits ein verstecktes Nest gebaut und läßt aus einem Berg von Kissen ihre Lachkaskaden sprudeln.

Als ich mich zu ihr in die Kissen wälze und ihren Busen entblöße, finde ich zwischen ihren Brüsten in einem Beutel eine braune Bohne, und Josefa erklärt mir, daß sie ein Loch hineingebohrt hat. In das Loch hat sie eine Laus gesteckt und dann das Loch zugemacht.

»Eine Laus?«

»Ja, eine Laus.«

Wenn sie eine Bohne mit einer Laus bei sich trägt, ist sie frei von Zahnschmerzen, erklärt sie und deutet in ihren Mund. Sie öffnet den Mund weit und, während ich in sie eindringe, ruft sie wild hinaus, daß sie noch nie einen Mann getroffen habe, der alles in Reimen ausdrückt, sie ruft es so verzückt, als verkünde sie ein Wunder. Die anderen Männer, ja, die verschmachteten auf dem

Weg zum Höhepunkt, verstummten sterbend bei der Entladung, völlig ausgepumpt, wohingegen ich keineswegs stürbe, sondern mich durch das ganze herrliche Beben hindurchreimte, um dann jenseits der Ekstase weiterzureimen.

Tags darauf ließ der Graf das Zaumzeug polieren, und nach einem fetten Essen ritten wir mit dumpfen Schädeln und blanken Sporen zum Gutshof Bellsta. Der Hof lag auf einer Anhöhe im Schatten ehrwürdiger Eichen. Von der oberen, offenen Veranda aus, von der man den Kirchturm von Bromma sehen konnte, wurden wir wie heimkehrende Söhne mit Böllerschüssen willkommen geheißen. Der Generalauditeur Arnell war unverheiratet und steinalt und machte sich ein Vergnügen daraus, junge Männer unter den Tisch zu saufen. Sie waren dann seine hilflosen Söhne, und um diese kümmerte er sich in einem Raum, den er das Kinderzimmer nannte und in dem für alles gesorgt war, was man nach einem Vollrausch brauchte.

Bald saßen wir in der Laube an einem weißgestrichenen Klapptisch, der Diener hatte einen Schubkarren mit Porterflaschen bereitgestellt. Arnell, der von König Friedrich geadelt worden war, konnte nun berichten, daß er bei einem Besuch im Schloß Prinz Gustaf mit einem Hut über der Nachtmütze angetroffen hatte. Er wollte es uns demonstrieren, indem er die Perücke lüftete, aber auf seinem kahlen Schädel krochen Läuse herum, groß wie Kaffeebohnen. So zog er die Perücke wieder über die Ohren, wiederholte, daß er Prinz Gustaf mit einem Hut über der Nachtmütze angetroffen hatte, den Degen unter dem Nachtrock, in grünen Seidenpantoffeln mit Goldtressen, mitten im Raum stehend und eine Szene aus *Alcestis* deklamierend. Ja, wirklich! Während unserer ganzen Mahlzeit sprach er von nichts anderem als von dem Treffen mit Gustaf: wie der Prinz zunächst Konversation mit ihm gemacht und einen richtig familiären Ton angeschlagen hatte, aber dann, wohl weil er Arnell nicht kultiviert genug gefunden hatte, unverschämt geworden war, was daraufhin den eintreffenden Majestäten berichtet worden war und dem Prinzen eine strenge Zurechtweisung eingebracht hatte.

Arnell stemmte die Ellenbogen auf den Tisch, wippte mit den Handgelenken und zählte mit jedem Wippen eine Sache auf, für die Gustaf getadelt worden war. Er war getadelt worden für seinen Hochmut – wipp! –, für seine Capricen – wipp! –, für seine freche Behandlung von Bediensteten – wipp! – und Gästen – wipp! –, für seine feminine Art war er getadelt worden, für seine Vorliebe für Üppigkeit, für seine Faulheit.

»Aber«, gab Arnell zu, »das eine möchte ich sagen, so ein leckeres kleines Knabenkotelett hätte ich gern vollaufen lassen und ins Kinderzimmer getragen, um mich dort mit väterlicher Zärtlichkeit um ihn zu kümmern.«

Arnell formte das »Knabenkotelett« mit den Händen in der Luft, und als ich es mit Kellnermiene »Prinzfrikassee« nannte, servierte Bonde mit ausladender Geste und prustendem Lachen: »Spanferkelfilet!«

Aus der zerschlagenen Fensterscheibe eines Schuppens lugte eine braungelbe Katze hervor.

Bevor der Rausch mich benebelte, sah ich, wie in einem Blumentopf ein Zitronenkern zu sprießen begann. Arnell legte seinen Finger unter das Blättchen und dann unter mein Kinn und erklärte, der Kern sei im Mai gepflanzt worden.

Wir aßen viel und tranken tüchtig.

Um ehrlich zu sein, wir preßten die Trauben so nachdrücklich, daß ich Stunden später auf Gottes grüner Flur erwachte, angetan mit Weste und Strümpfen und nicht viel mehr. Ich vermißte die Perücke, bis mir einfiel, daß ich ja aufgehört hatte, Perücke zu tragen. Aber ich spürte, daß ich zwei Schrammen auf der Stirn hatte, und als ich zum Himmel hinaufblickte, wo ich erwartete, die Sonne zu sehen, fand ich statt dessen den Mond. Zum See hinunter erhellten drei Leuchtfeuer den Weg, dann noch ein Feuer, das war die Laterne vom Sundby Krug, sie hing über der Holztür, an die ich schlug und noch einmal schlug und noch einmal, bis ich endlich eine brummige Alte aus dem Schlaf geweckt und einen Schnaps bekommen hatte, und dann noch einen von derselben Sorte. Das war der Lauf der Welt. Jawohl, mein werter Bruder! Ruhe gab es nicht, denn Freunde stellten sich ein. Wer, *par exemple*, hielt da seine Chaise an und sprang herunter und rief: »Nein, sieh mal, Bellman! *Le diable! Il porte sa citrine!*«? Ja, das waren die Herren Bonde und Sparre und Ekeblad und Åkerman und Bielke und Wrangel und Reinhold und von Oelreich und Gustaf Cronhielm. Alle gehörten sie zum Hofstaat und wollten sich nun, nach des Tages ernsten Geschäften, von meinen Späßen zerstreuen lassen.

NACH EINEM SOMMER bei Bonde und Arnell und anderen begann ich meinen Dienst bei diesen Fürsten. Ich war hochbegabt als Unterhalter, und da diese Herren hoch oben auf der gesellschaftlichen Leiter standen und ich ein Niemand war, da sie von silbernen Tellern aßen und ich hungrig war, da sie unter goldenen Dächern wohnten, von wo aus sie die Kümmernisse des Lebens verwalteten, wurde ich ihr bunter Spaßvogel, der ihnen das Gefühl gab, geistreich zu sein. Sie hielten sich einen Narren, um selbst als Personen mit tiefsinnigem Humor unter der Perücke dazustehen.

Meine Feder wurde zu einem Schilfrohr mit einer Rispe, mit der ich sie unter ihrem Doppelkinn kitzelte.

Apollos stolzer Kopf auf dem Hals des Cithrinchens war nun der schalksgesichtige Knauf des Narrenzepters.

Vaters berühmter Freund Klingenstierna, also derselbe Klingenstierna, der demnächst zum Informator von Prinz Gustaf berufen werden sollte und der nicht nur der erste Mathematiker Schwedens, sondern auch der führende Experimentalphysiker des Landes war, ein Mann, der sich der Integration linearer Differentialgleichungen widmete, und zwar nicht irgendwelcher, sondern solcher mit konstanten Koeffizienten – der wollte bei dem Mahl, zu dem ich geladen war und wo die Speisen wie mathematische Reihen vertilgt wurden, nichts von meinen mathematischen Berechnungen bei der Bank hören. Nein, Klingenstierna wollte sich amüsieren, denn es ging das Gerücht, daß der Sekretär Bellman die Fähigkeit habe, Tierlaute hervorzubringen: »Nun denn, Sekretär, lassen Sie hören!«

Sogar die Lakaien und der fette Koch drängten sich neugierig an der Saaltür, als ich mich auf die marmorne Bühne begab. Hinter dem Vorhang ahmte ich einen Affen nach, eine sirrende Mükke, einen furzenden Hund, einen Stier, der ruhig wiederkäut, aufstößt, schnauft, im Deckungsakt in brünstiges Gebrüll ausbricht. Jubel! Dann ein Potpourri aus dem Schweinekoben: das schrille Quieken streitender Ferkel bei der Fütterung, unterbrochen von einem zurechtweisenden Grunzen; eine ferkelnde Sau, das feuchte Schmatzen, wenn die Scheide schwillt und aufspringt, wenn der erste Milchstrahl aus den Zitzen spritzt; das Rascheln, wenn Stroh in die Box gestreut wird, wenn die Ferkelchen aus dem Spalt purzeln und mit Stroh abgetrocknet werden, das Patschen, wenn die Nachgeburt abgeht, und endlich das schlabbernde Geräusch, wenn die Sau diese in sich hineinschlürft.

Klingenstierna, der Mitglied der Akademie der Wissenschaften war und sich also dem Studium der reinen Mathematik widmete, fand den Hundefurz köstlich. Er war sauer und mißmutig aufgewacht, aber jetzt wedelte er vergnügt mit seinem Samtrock, so daß der Puder stob.

Im übrigen stob fast überall der Puder. Zwischen den Gastspielen, die ich hin und wieder in die Räume der Bank verlegte, wurde getanzt und gesungen und gespielt auf Teufel komm raus. Debet mit Wein, Kredit mit Sahne – und wenn man das addierte, bedurfte es keiner Differentialgleichungen, um sich auszurechnen, wo Bellmans Platz auf der Amts- und Ehrentreppe war.

An einem Wintertag saß ich in meiner Kammer und verfaßte das Hochzeitsgedicht zur Vermählung meiner Schwester Catharina mit dem Witwer und Gerichtsbeamten Claës Arrhén von Kapfelman. Auf meinem Arbeitstisch standen zwei kleine, schmale Glasgefäße. Die Tinkturen in den Gefäßen hatten ungefähr dieselbe Farbe, aber dem Inhalt nach waren sie völlig verschieden. Ich erinnere mich gut daran, denn am gleichen Tag hatte mich ein Brief von der Staatlichen Witwen- und Waisenkasse aufgewühlt. Der mir unbekannte Buchhalter Daniel Gjöding, der bei besagter Kasse angestellt gewesen war, hatte sich nach einer Unterschlagung ins Ausland abgesetzt, und da meine Tage bei der Bank gezählt waren, hatte ich mich um den freigewordenen Buchhalterposten beworben. Drei Monate lang hatte ich »pflichtschuldigst und in Erwartung gnädiger und hochgünstiger Berücksichtigung« auf eine Antwort geharrt, dann aber von der Hochlöblichen Direktion eine verdammte Absage bekommen, glücklicherweise jedoch ausführlich begründet auf zwei Bögen; da ich momentan nicht im Besitz von eigenem Papier war, konnte ich die Bögen nun dazu verwenden, an dem einen meinen Hintern abzuwischen und auf die Rückseite des anderen mein Hochzeitsgedicht zu malen.

Da trat Arrhén in meine Kammer, schon hochzeitlich gekleidet in *glacé d'argent*, das Rockfutter aus geköpertem Moiré, und mit Troddeln am Degen. Oh, wie ich alle diese Wörter liebte, Wörter von der Sorte ›geköpert‹, ›Moiré‹, ›Troddeln am Degen‹. Dieser neue Schwager war ein rundlicher siebenunddreißigjähriger Mann, mit gedankenvollen, aufmerksamen Gesichtszügen. In dem halben Jahr, seit er als taufrischer Witwer Catharina den Hof machte, hatte er mich immer mit unverdrossener Gemütlichkeit begrüßt, strahlend und händereibend. Nun aber hielt er einen kleinen *flacon* in der Hand, den er für mich in der Apotheke gekauft hatte als Gratifikation für das Gedicht und für die versprochene Unterhaltung »nach dem Souper«. Die Flasche enthielt Spiritus mit Läusekrautessig, damit rieb man den Genitalbereich ein gegen Filzläuse. Ich hatte für das Hochzeitsgedicht gerade einen passenden Reim zum »Glück im Ehebunde« gesucht und just den »Quell im Tugendgrunde« gefunden, als ich wieder den unerträglichen Juckreiz verspürte und mich, Arrhén zugewandt, am Hosenschlitz kratzen mußte, wie um zu bekräftigen, wie desperat ich zur Kur entschlossen war.

In der Kammer lag Talgdunst. Arrhén fächelte sich rückwärts gehend hinaus, um seine Kleidung nicht verrußen zu lassen. Ich stellte meine eigene Armeleutetinte aus Lampenruß her, den ich mit Talg und Salpeter mischte. Aber ich besaß auch etwas Tinte, die ich in der Bank abgezweigt hatte, Gallustinte. Sie hatte den Vorteil, daß sie nachschwärzte und dadurch lange Archivierungszeiten überstand. Mein Hochzeitsgedicht erforderte Gallustinte.

Während des Eheschließungsaktes, bei dem das Lied »Gott, sieh in Gnade dieses Paar« gesungen wurde, stieg ein Geruch von Läusekrautessig aus meinem Hosenschlitz. Mein Hochzeitsgeschenk war ein Aquarell von einem ausgestopften Stieglitz, das ich selbst im Alter von zwölf Jahren gemalt hatte. Die Trauung wurde im Salon vollzogen. Nach dem Souper, bei dem ich mein Hochzeitsgedicht vorlas, tanzten wir einen langsamen Reigen, alle mit brennenden Wachslichtern in den Händen. Dann sollte ich für Unterhaltung sorgen. Die Architekten Carlberg und Tessin hatten nach dem großen Brand lange an ihren Zeichentischen sitzen müssen, aber die Kirche war immer noch nicht wieder aufgebaut. So veranstaltete ich im Salon eine »Hochzeit in der Kirche«.

Draußen im Garten wurden Kanonenschüsse abgefeuert, so daß der Schnee von den Obstbäumen fiel. Währenddessen nahm ich meinen Platz auf der Saalfläche ein und führte alle die Geräusche vor, die bei einer Hochzeit in der Kirche vorkommen: Das Murmeln des Pastors, der die Trauung vollzieht, das Knarren der Kirchenbänke, und dann, wie es klingt, wenn die Bibel zugeschlagen wird und der Pastor die Altarstufen hinunterschreitet, wie die Türen der Kirchenbänke zugeschlagen und die Bankschlüssel herumgedreht werden, das Getrappel über den Steinboden, das Knirschen des Schnees unter den Alleebäumen, das Läuten der Glocken.

Als diese Nummer beendet war, warf ich mich mit wildem Gesang auf das Cithrinchen, bearbeitete es mit beiden Händen wie eine Harfe, mit Arpeggios und Glissandos und Tripelgriffen. Die letzteren riefen bewundernde Rufe beim Publikum hervor. Als Finale führte ich ein Hornstück vor, das ich allein mit meinem Mund blies.

In der Nacht hielt Vater mich wach, als er von einem Zimmer ins andere wanderte, abgemagert, die Arme über der Brust verkrampft. Er hustete heftig, stoßweise, und spie Schleim auf den Boden. Er spie auch in sein Taschentuch, kam in meine Kammer, zeigte es mir verzweifelt. Er deutete mit dem Nagel auf den Auswurf. Da waren Lungenpartikel, und wenn keine Besserung eintrat, so würde der Husten ihn sicher ins Grab bringen.

Vaters Weinen erschreckte mich, als es ausbrach und plötzlich mit einem Schluchzer wieder abbrach, aber die Grimasse, die ihn so häßlich gemacht hatte, verharrte noch auf seinem Gesicht, als er sich mit den Händen auf die Hemdbrust schlug, die durchnäßt war von der Stutenmilch, die er gegen seine Atembeschwerden zu trinken pflegte, und es war, als wollte er sagen: »Wir haben nichts mehr, Mickel, und bald wirst du als der Älteste die Familie versorgen müssen!«

EINIGE GERÄUSCHVOLLE TRINKGELAGE später in diesem Winter, als ich erst bei Bonde in dessen Stadtwohnung und dann bei Hagel in Lorentzberg die Gäste belustigt hatte, erhielt ich vom Kammerschreiber Pfeiffer gegen Schuldschein ein Darlehen über 3000 Taler. In der Woche darauf gab mir der Schreiber Quist vom Revisionskontor noch einmal 4000 Taler, er erbarmte sich meiner nur deshalb, weil ich bei den Zusammenkünften des Amaranter-Ordens im Piperschen Garten für große Heiterkeit gesorgt hatte, wo man die Zeit ansonsten mit heiterer Muse, Tanz und Soupers zubrachte.

Am 1. April 1763 lief ich auf Schlittschuhen über das Eis des Mälaren zur Bank. Ich war schon als Kind auf dem Riddarfjärden Schlittschuh gelaufen; die eisernen Kufen mit hölzernen Fußplatten hatte ich, zusammen mit einem Eispickel zum Anschieben, im Schuppen von Årsta Gård in Brännkyrka gefunden, wohin es die Familie nach dem Verkauf unseres Hauses im Kirchspiel von Sta. Maria verschlagen hatte.

Vaters Anleihen, darunter mehrere neueren Datums, überstiegen den Wert unseres Vermögens und hatten die Pfändung zur Folge. Eine große Schar Neugieriger, vor allem die Leute aus dem

Armenhaus, versammelte sich in der Vorfrühlingssonne auf dem Hof und schaute zu, wie die Einrichtung herausgetragen wurde und unter den Hammer kam. Sie sahen, wie die kleine graue Stute versteigert wurde, und die Kuh, deren Milch versiegt war, seit sie die leeren Säcke des Müllers abgeschleckt, das Moos von den Dächern gerupft und den Kot aus dem Schweinestall gefressen hatte. Als die Dämmerung hereinbrach, standen meine Geschwister immer noch da, erbärmlich frierend, und erlebten, wie auch das Kleine Daurersche Haus samt Garten und Schuppen verkauft wurde, damit die Forderungen der Gläubiger bezahlt werden konnten.

Mein Cithrinchen war Teil des beweglichen Eigentums, es wurde vom jungen Grafen Ture Bielke ersteigert, der 20 Reichstaler dafür zahlte. Drei Jahrzehnte später würde Bielkes Körper vom Scharfrichter zum Galgenberg getragen und dort verscharrt werden; doch nun trat er zu mir und steckte mir das Cithrinchen unter den Rock mit den Worten:

»Lieber Bellman, das hier bleibst du mir schuldig, aber schon heute abend kannst du im Castenhof anfangen, die Schuld abzusingen.«

Das Steinhaus von Årsta Gård war auf den Gewölben eines Kellers errichtet, dazu gehörten Nebengebäude, Mühle und Geflügelstall. Es lag in einem schmalen, waldigen Tal, das sich zur Årstabucht senkte, wo ein Brauhaus und eine Brennerei lagen. Der Hof war ein Herrensitz gewesen und hatte der Familie Oxenstierna gehört. Dann war er in den Besitz des Landeshauptmanns Ulf Sparre gekommen, dann hatte Jacob de la Gardie dort gewohnt, dann Ebba Brahe und die Familien Posse; aber als wir einzogen, war er zu einem Verwaltungsobjekt herabgesunken und gehörte dem Hofmarschall Charles De Geer.

De Geer war ein Bekannter von Vaters Freunden in der Akademie der Wissenschaften und half uns in unserem Unglück, indem er uns eines der beiden rotgestrichenen Wohnhäuser zur Verfügung stellte, »damit die Kinder ein Dach über dem Kopf haben«. Unser neues Heim war gegenüber der nördlichen Giebelseite des Steinhauses gelegen. Von der Dachkammer, in die unsere einzige verbliebene Magd mein Waschbecken und mein Handtuch hinaufgebracht hatte und die stark nach getrocknetem Tabak roch, konnte ich in De Geers Bibliothek hineinsehen. Er besaß eine kostbare Büchersammlung, die fast die gesamte entomologische Literatur unserer Zeit umfaßte. Auch Wandregale mit Tausenden auf Nadeln aufgespießten Insekten konnte ich von meinem Fenster aus sehen.

Der Weg zur Stadt ging nun über Bleket und Liljeholmen, wo die Brücke zum Hornstull, dem westlichen Zolltor, errichtet worden war, und diesen Weg von einer knappen halben schwedischen Meile, etwa drei Landmeilen, mußten wir von nun an, meistens zu Fuß, durch das Zolltor und am Hornskroken vorbei zur Roten Schleuse zurücklegen.

Solange das Eis trug, lief ich in diesem ersten Vorfrühling in Årsta mit meinen Schlittschuhen von unserer Brücke zu den Årsta-Inseln, vorbei am Bergsund, durch den Kanal, vorbei am Långholmen, wo das Frauengefängnis, das Spinnhaus liegt, und dann auf den Riddarfjärden hinaus, hinüber zum Kornhamn und zur Bank. Ich hatte das Halstuch um die Ohren gewickelt, trug den scharlachroten Sekretärsmantel über der Stoffjacke und an den Füßen Schuhe mit Seidenkanten und mit richtig dicken Sohlen aus Sämischleder vom Elchfell.

Die Bäume am Strand standen weiß bereift und sahen aus wie Zinnleuchter.

Später füllte sich der Mühlteich mit Wasser, so daß man wieder mit dem Mahlen beginnen konnte.

Der ganze Schnee schmolz, über das Eis liefen Rinnsale, und als die erste Lerche schlug, legte ich die Schlittschuhe wieder in den Schuppen und machte mich zu Fuß auf den Weg, über Stadsholmen westwärts nach Hässelby, wo Graf Bonde starke Getränke, Rebhühner und Huren auffahren ließ.

Auch die Freiherren Ture Bielke und Sigge Sparre brachten

Dirnen mit. Die beiden Adelsfamilien gehörten zu denen, die sich zur Partei der »Mützen« geschlagen hatten. Bonde hatte sie dieser Tage als Ritter des Seraphimer-Ordens getroffen, beim Begräbnis des Reichsrats Bielke. Der Verstorbene, der Großvater von Ture, hatte am Feldzug von Karl XII. in Norwegen teilgenommen und besaß sogar mehrere Narben, die er bei der Belagerung von Poltava davongetragen hatte, und die schließlich im Katafalk zu Grabe gefahren wurden in einem Leichenzug, der vom Norrmalmstorg bis zum Riddarholmen reichte; darüber wurde bei Bondes lebhaft debattiert, während Stühle mit dem Grafenwappen zerschlagen und Gardinen herabgerissen wurden.

Auf den Frühling folgten Sommertage, die, was das Schmausen und Saufen betraf, exorbitant waren. Nach einer Zeit der Reue und Flaute trieb ich also wieder durch ein Sodom der Liederlichkeit, so daß es Wunder nahm, daß Gott nicht mit Feuer die Behausungen zerstörte, die ich aufsuchte, oder mit Schwefel die Betten reinigte, in denen ich mich wälzte.

In den ersten Junitagen dieses Jahres 1763 reiste Bonde nach Dresden, um seinen Dienst bei der Schwedischen Botschaft anzutreten. Fast alle Handelsleute der Stadt waren bankerott, und wir armen Banksekretäre arbeiteten wie gewöhnlich *par honneur*, das heißt ganz und gar ohne Gehalt, aber es gab rettende Engel wie Pfeiffer und später Quist und Wedenberg, die mir gegen Revers Darlehen von insgesamt 12000 Talern einräumten. Bonde wollte, daß ich ihn ein letztes Mal amüsieren sollte, denn mit dem Beginn des Auslandsdienstes ging die Jugend zu Ende. Ich fuhr mit dem Schiff nach Traneberg und von dort aus mit der Chaise nach Hässelby. Bonde hatte auch Sparre eingeladen. Nach einer wüsten Nacht schloß sich uns der Buchhalter des Schlosses, Lindström, an, und wir gingen alle miteinander zu Fuß den anderthalb Meilen langen Weg nach Stockholm in weniger als drei Stunden, und dabei schafften wir es noch, den Probst Honther in Spånga zu besuchen. Honther war ein wohlgelaunter und liebenswerter Herr und bewirtete uns mit mehreren Bechern Rheinwein. Ich kam richtig in Fahrt, und mir fielen viele lustige Geschichten und Narreteien mit Gesang ein, die bis zum Wirtshaus Stjärnan auf Kungsholmen reichten, wo wir einige Fäßchen französischen Wein nachfüllten. Am Skeppsbron angekommen, gingen Sparre, Lindström und ich ins Terra Nova, während Bonde seinen Paß abholte und Abschiedsbesuche machte.

Skeppsbron!

Durch das Fenster sahen wir menschliche Tragtiere, die mit dem Joch Lasten schleppten, Wäscherinnen, die nasse Wäsche in Weidenkörben trugen, Weinträger, die ihre Fässer rollten, und zwei Fäkalienträgerinnen, die mit ihrer schmutzigen Last an einem Tragstuhl vorbeiliefen, in dem der Börsenhändler Wittforth mit seinem mächtigen Bauch, mit dickem Beutel und Lockenperücke die Straße entlangbefördert wurde.

Der Fäkalienbehälter hatte dasselbe Format wie der Tragstuhl und wurde von einem *à peu près* ebenso großen Fliegenschwarm umschwärmt, konstatierte Bonde, der soeben zurückkam. Wir stiegen an der Rudertreppe in das Fährboot zum Djurgården. Bonde stachelte mich auf, mich mit den übelgelaunten Rudermadamen anzulegen. Ich sollte sie an Zungenfertigkeit übertreffen und wurde ans Ruder gesetzt. Von dem Augenblick, als wir ablegten, steuerte ich so schlecht ich nur eben konnte. Wir wollten zu Bergens Anlegestelle, aber da ich auf das Nördliche Schlachthaus zuhielt, platschten sie mich mit ihren Rudern naß und überschütteten mich gleichzeitig mit Schimpfworten, denen ich wiederum mit neuen Schimpfworten begegnete, bis mein Rock völlig durchnäßt war. Meine Freunde hingen über der Reling und gaben nach und nach den ganzen Inhalt ihrer lachenden Bäuche von sich.

Am nächsten Morgen wachte ich in meiner Dachkammer in Årsta auf.

Bonde hatte mir, ehe wir uns trennten, ein Brieflein in die Westentasche gesteckt. Ich las:

Lieber Bruder!

Lindström ist nach Hause gegangen. Ich reise nach Dresden. Als wir unseren Durst am Smedgats-Brunnen gelöscht hatten, landeten wir am königlichen Abtritt unter der Norrbro, wo du in Reimen erklärtest, daß du das Kunststück versuchen würdest, nach Hause zu finden, ohne dich nachher erinnern zu können, wie. Sparre hat die Feder genommen und alles aufgeschrieben.

Meines Bruders eigener Freund und treuer Diener

Calle Bonde!

Ich drehte das Billet um und fand Sparres Mitschrift:

Ma foi, ich fühl mich kraus
infolge Saus und Braus.
Mein Schädel und mein armer Bauch nun baden's aus
O Rausch, du schlimmes Ding, es dreht mich wie im Ring!
Mein Bauch, der murrt und schlurrt und gurrt – ich sitze,
spring,
leg mich, laufe,
Wasser saufe,
leg mich und muß spein.
Das reibt Geist und Körper auf und macht der Seele Pein.
Qualzerfressen,
hab vergessen:
Wie kam ich ins Bett?
Das nenn ich die schiere Suffkalamität.

Im Juni hatte Vater aus gesundheitlichen Gründen seinen Abschied von seinem Posten in der Schloßkanzlei eingereicht. Nach 35 langen Jahren wertvoller Dienste bekam er nun den Titel eines Amtmanns verliehen, unter Beibehaltung seines vollen Jahresgehalts.

Am Pfingstsonntag fand zum ersten Mal wieder der Gottesdienst in der Kirche Sta. Maria statt, die der Erzbischof nach dem

Brand neu weihte. Der lateinische Poet Joseph Israelson wurde mit 100 Talern für sein Glückwunschgedicht belohnt. Von unserer Familie war nur ich anwesend, weil Vater fürchtete, von den Gläubigern behelligt zu werden. Wir hatten auch daran gedacht, alle miteinander mit dem Boot nach Drottningholm zu fahren, um das neu gebaute Chinaschloß zu besichtigen. Aber die Bären hatten ihn noch spät am Abend, als schon Schlafenszeit war, in Årsta aufgespürt und ihn mit dem Knüppel bedroht. Mutter war immer bemüht gewesen, ihm Ordnung beizubringen, aber ihre Bemühungen waren fruchtlos geblieben. Als sie selbst an Schwindsucht erkrankte und Vater zusehen mußte, wie die Krankheit an ihr zehrte, verkam er mehr und mehr, wir sahen ihn beim Heringfischen im Kahn treiben, als er eigentlich die Leinen einholen sollte, hörten ihn über den Acker stapfen und vor sich hin predigen, als ob er im Lehm einen Platz suchte, der miserabel genug war, um darin zu sterben.

Das jährliche Manöver auf dem Ladugårdsgärdet, dem großen Truppenübungsplatz vor der Stadt, hatten wir sonst nie ausgelassen, aber diesen Sommer ging ich allein dorthin. Um wenigstens den Anschein zu geben, daß ich in der Bank anwesend war, ließ ich meinen Hut am Haken hängen, dann verließ ich meinen Arbeitsplatz durch die Hintertür. Im Frühling war das Wasser auf der Ostseite der Norrbron, im Saltsjön, noch sauber und geruchlos. Im Hochsommer umarmte der Dreck vom Riddarfjärden die Insel, bis er schließlich in lehmgelben Wellen unter den Ruderbooten hervorquoll. Die großen schwarzen, innen grüngestrichenen Fährboote waren schon überladen, weshalb ich mir die Pfeife anzündete und mich zu Fuß auf den Weg zum Gärdet machte. Dort waren alle Hügel um den Truppenübungsplatz schon von Zuschauern besetzt. Um das Zelt des Königs, wo der Hof versammelt war, standen unter Sonnenschirmen die Damen – in meinen Augen die schönste Truppe – und sahen hinunter auf das Feld, wo die Garde mit größter Meisterschaft nach der neuen Fasson exerzierte und die Artillerie sich in althergebrachter Weise bewegte.

In einer rotgestrichenen Bude standen Sonnenschirme zum Verkauf. Dort saß, übernächtigt und hohlwangig, ein fröhlicher Kerl mit einer Baßgeige und spielte ein Stück aus der Oper Griselda von Scarlatti. Man konnte auch Branntwein aus der Karaffe bekommen von diesem Spielmann in schwarzer Weste, dunkelblauem Kittel, gelbem Gehänge und weißen Stiefeletten. Als ich sein Saitenspiel rühmte, streckte er seine Hände aus und sagte, wie um seine Vielseitigkeit als Spaßmacher zu beweisen, daß sie im Dienste der Krone lädiert worden seien. Im Dienst ein Wrack geworden, spielte er, so gut er konnte, seit er bei der Generalmusterung den Abschied von der Sappeurkompanie bekommen hatte. Was sollte er auch anderes tun? Nun schenkte er zwei Gläser ein. Er stellte sich vor, und als er »Mowitz« gesagt und ich geschluckt und »Bellman« gesagt hatte, stand da plötzlich neben mir eine wunderschöne Mamsell mit dunklen wallenden Locken und drehte prüfend einen Sonnenschirm in der Hand, dessen Schaft, wie Mowitz erklärte, aus Horn war und das weiße Dach aus gewachstem Tuch.

Zwei Taler.

Die Mamsell zahlte und ging. Wie sie ging in ihren hochhakkigen Schuhen aus Satin, in dem schmalgeschnittenen Steifrock, wie die Spitzenärmel über den Ellenbogen glitten, als sie den Sonnenschirm aufspannte, war verführerisch. Ich fühlte, wie mir die Knie weich wurden, wie ich gefährlich schwach wurde, als ich ihr durch die Bier- und Weindünste der Zeltstadt folgte, verfolgt vom beständigen Geschwirre sirrender Fächer. Nie hatte ich einen wollüstigeren Körper gesehen, einen Körper von solch lebendiger Biegsamkeit, und als ich sie mit raschen Schritten einholte und sie ansprach, antwortete sie mit einer Stimme, so nachdrücklich und jugendlich spröde, wie ich nie zuvor eine Stimme gehört hatte. Das war die Stimme einer Frau und gleichzeitig die Stimme der personifizierten sinnlichen Liebe. Sie verneigte sich leicht, ohne den Kopf zu senken und ohne den Schritt zu verlangsamen. Ich stellte mich vor: Poet Bellman. Sie schien nicht geneigt zu sein, so unvorbereitet mit jemandem zu sprechen. Nach einigen zögernden Schritten erwiderte sie: Maria Christina Kiellström, Seidenspinnerin. Wir näherten uns einer Brücke, der Djurgårdsbron. Als ich sie fragte, ob ich sie ein Stück Weges begleiten dürfe, lachte sie, kniff mich, durchaus nicht zärtlich, in die Wange und sagte, sie sei Jungfrau und ehrbar, gestern abend sei sie mit ihrem Vater und ihrer Stiefmutter in die Artilleriekirche zum heiligen Abendmahl gegangen, und sie gehe nicht mit Hurenböcken, die nach ihren Reizen gierten wie durstige Spanferkel nach den Zitzen der Sau.

Zum ersten Mal blieb ich sprachlos stehen, und als die junge Mamsell verschwunden war, spazierte ich über die Djurgårdsbron mit ihren Waffelständen und Biertischen und den Lübischen Würsten weiter zum Gröna Lund, wo ich das Fährboot zur Stadt nahm.

Maria Christina Kiellström.

Ich sagte ihren Namen leise vor mich hin. Während zu meiner Rechten Trosse rasselten, wurden zu meiner Linken die schwellenden Segel einer stattlichen Galeere gehißt. Der Trompeter blies den Appell, und vom Blockhaus an der äußersten Spitze des Djurgården erschallte als Antwort ein Schuß aus der Signalkanone. Da waren wir schon auf dem offenen Wasser und umsteuerten die Insel Kastellholmen, legten an am Kai. Viele Schiffe hatten ihre Anker gelichtet und fuhren langsam in den Sommerabend hinaus; ich hingegen lenkte meine Schritte zur Reichsbank, holte meinen betreßten Hut vom Kleiderhaken und steuerte den Krug Wismar in der Kolmätargränd an. Dort waren die Säufer zu Hause, die Kuppler und die Hasardeure.

Auf dem Weg dorthin sah ich, daß mein Poem *Der Mond* für 42 Öre in Lars Salviis Buchhandlung angeboten wurde, was bedeutete, daß die Geldentwertung den Preis auf das Doppelte hinaufgetrieben hatte. Aber nun wurde Branntwein gereicht, und ein Lotteriepott mit hohen Einsätzen machte die Runde. Ich setzte auf »Husar beim Beutefang« und bekam die niedrigste Karte. Dann hieß es Marsch aus dem Pott: Verlust von 380 Talern.

Sigge Sparre tauchte auf, und wir entschlossen uns, ein wenig in der Baggensgatan herumzuturnen. An der Tür erinnerte ich mich an Borell. Er hatte für mich gebürgt und war in Schuldhaft geraten. Ich bestellte in der Krugküche ein Abendessen für den Unglücksvogel, und kaum stand ich mit Steak und Bier auf der Straße, da verbeugte sich vor mir der Rabbi Benknöl – sein Name hieß soviel wie Überbein oder Knochenwucherung – und bot mir ein Darlehen zu einem Wucherzins von 34 Prozent an. Der Geldverleiher Prozentenhielm nahm 42 Prozent, also unterzeichnete ich beim Rabbi für 2000 Taler, gab das Essen für Borell in der Haftanstalt ab und ging mit Sparre um die Ecke zur Baggensgatan; er war voller Eifer, sprang respektlos zwischen den Bordellkäfigen herum, schnappte sich hier eine Brust, raubte dort einen Kuß auf dem Weg zu Puffmutter Frau Platen im Haus Nr. 19, wo die Huren drei Stockwerke hoch bereitlagen.

In das Sprachrohr an der Pforte sang ich für die gute Frau Platen ein Lied von einer Jungfrau, kam aber nicht weiter als bis zur ersten Strophe, als ich mit einer Hagedornkeule zu Boden geschlagen wurde, wobei mir die Erinnerung, welches Lied ich gerade gesungen hatte, abhanden gekommen ist.

Die Wucherer Tharmouth und Grim vom Reichsschuldenkontor jagten mich seit Monaten, doch Prügel hatte ich bisher mit gereimten Zahlungsversprechen abwenden können. Sie hatten einen gerichtlichen Zahlungsbefehl gegen mich erwirkt und schließlich diesen keulenbewaffneten Bären auf mich angesetzt. Der packte mich am Kragen und schleppte mich in den Hof, wo er auf mich einschlug, bis mir das Ohr zersprang und Blut aus einer Kopfwunde durch das Haar rann. Meine Taschen waren vollgestopft mit Papier, Talg und Schreibfedern. Mit der Drohung, daß ich noch mehr Schläge bekäme, wenn ich meine Schulden nicht regulierte, riß er alles heraus und steckte es ein, mitsamt den soeben geliehenen Talern. Ich glaube, Sparre pinkelte gerade an die Mauer, als ich zwischen die Ratten auf den Abfallhaufen geworfen wurde, wo der Kerbel wuchs und duftete.

Im ganzen Stadsholmen wurden in diesem Sommer, wie es in Großstädten üblich war, Schilder mit den Straßennamen angebracht, damit die Bürger sich bequemer zurechtfanden. Trotzdem ging ich mehr und mehr in die Irre, erlebte die kreisförmig verlaufenden Gassen wie Teufelskreise, die im Schrecken der Höhle des Bösen endeten. Durch diese Gassen trieb das verlorene Menschengeschlecht, gepeitscht von Armut, Gier und Wollust, von allen Seiten umspült vom kochenden Schmutz des Seewassers.

Ich war ein Teil dieses verlorenen Geschlechtes geworden, das in Ziegenlederschuhen daherkam, Bierwürze schwitzend, Fusel keuchend, vom Hunger verzehrt, durch die Straßen ziehend mit wilden Gebärden, zerlumpt und schmutzig.

Was hab ich zu verzehren,
ich armer Sekretär?
Auch ich muß mich ernähren
wie andre Menschen mehr.
Ich hungere und giere,
mit Hut und schön perückt,
im roten Mantel friere,
der leere Magen zwickt.
Mein Portjuchhe ist mißlich,
hat weder Geld noch Gold,
und den Brillantring schließlich
der Teufel hat geholt,
mein schöner Messingdegen
verpfändet für 'nen Fisch,
ich hoffe, nach Norwegen
am Ende ich entwisch.

Durch meine Haltlosigkeit waren nun mehrere Angestellte bei der Bank in Schwierigkeiten geraten. Die Schreiber Kylberg und Åberg hatten Geld verloren, weil sie für mich gebürgt hatten, ein Banksekretär war untergetaucht, und durch eine gerichtliche Zwangsmaßnahme, die ich zu verantworten hatte, war der gleich mir zur Probe angestellte Borell ins Schuldgefängnis in der Persiljegränd gesteckt worden.

Am gleichen Tag, als der Zeitungsjunge die Nachricht brachte, daß unser großer Dichter Dalin von hinnen geschieden war – in die andere Welt hinübergerettet mit Hilfe von Aderlassen und Purgiermitteln des Hofarztes, des Archiaters Bökman –, nahm ich Platz an einem Tisch im Krug Zur Blauen Tür, wo sich bald auch Sigge Sparre einstellte. Die Situation war unhaltbar geworden. Ich war inzwischen so tief verschuldet, daß ich ein Paßverbot erhalten hatte; trotzdem hatte ich die Absicht, aus dem Lande zu fliehen. Auch Sparre und einige andere Freunde waren bankerott und dachten gleichfalls an Flucht. Um der Schuldhaft zu entgehen, waren wir übereingekommen, daß ich mich über die Grenze nach Trondheim begeben und Bescheid geben sollte, sobald ich Unterkunft besorgt hatte. Mit einem Geleitbrief des Königs, den wir alle erhofften, würden wir dann zurückkehren können, um in Freiheit einen Vergleich mit den Gläubigern zu erwirken.

Gesagt, getan.

Am 26. August 1763 nahm ich Abschied von der Familie.

Der Regen hatte den Roggen niedergetrommelt, als ich Årsta in Richtung Norwegen verließ.

Königliche Majestät
Großmächtigster Allergnädigster König.

Bei Eurer Königl. Maj:t bin ich hiermit genötigt in tiefster Untertänigkeit zu vermelden, daß ich aus jugendlicher Unvorsicht und in dem Verlangen mich zu produzieren, nachdem mein Glück in der Reichsbank wohl träge gewesen, wo ich fünf Jahre als außerplanmäßiger Kanzlist mit allem Fleiß die mir anbefohlenen Tätigkeiten zu verrichten suchte, in verschiedene Umstände geführt wurde, welche mich dazu gebracht, überwiegend zu ungünstigen Bedingungen Reverse zu unterschreiben und auf diese Weise Geld aufzunehmen, was zur Folge gehabt, daß meine Gläubiger mir hart zuzusetzen begannen und ich zuletzt meine Person in Sicherheit bringen mußte durch eine Reise nach Fredrikshald, wo ich gemäß untertänigst beigefügter Bescheinigung mich seither aufhalte: doch da die Liebe zum Vaterland und die Hoffnung, auf jede mögliche Weise meine Gläubiger zu befriedigen und mit ihnen übereinzukommen, in mir den Wunsch geweckt hat, in das Vaterland zurückkehren zu dürfen, so ersuche ich Eure Maj:t in tiefster Untertänigkeit um Euer Maj:t Gnädigsten Geleitbrief.

Was meine Gläubiger betrifft, so kann ich zur Zeit keine anderen nennen als die Kammerschreiber Tharmouth und Grim. Jedoch besteht die übrige Schuld aus laufenden Verschreibungen, von denen ich weder die Summe angeben noch wissen kann, in wessen Hand sie sich derzeit befinden.

In Erwartung der Gnädigsten Erhörung meines Ersuchens durch Eure Königl. Maj:t bitte ich inständig in tiefster Ergebung meinen
Großmächtigsten Allergnädigsten König

Eurer Königlichen Maj:t
Untertänigster und
pflichtgetreuester Untertan
Carl Michael Bellman

Der Mensch ist wie die Spreu, die ein Windhauch von der Tenne fortweht.

Ich war also in Fredrikshald. Der Schiffer, den ich in Stockholm angesprochen hatte, segelte mit seiner Getreideladung nach Västerås, aber an der dortigen Station weigerte man sich, einem Reisenden ohne Paß einen Platz zu geben. So hatte ich mich also zu Fuß aufgemacht; einmal erbarmte sich ein Bauer, einmal nahm mich ein Boot mit über einen See. Nach acht Tagen erreichte ich Fredrikshald, dort bekam ich eine Prise Schnupftabak und ein Nachtquartier bei der Stadtwache, dann eine Dachkammer mit Aussicht auf die Festung, in deren Nähe Karl XII., von einem Knopf getroffen, tot vom Pferd gesunken war.

Früh am nächsten Morgen wurde ich zum Bürgermeister gebracht, um die Aufenthaltserlaubnis zu beantragen.

Dieser Bürgermeister hatte ein dickes Fell, und das brauchte er wohl auch, denn es war in diesen Zeiten eine unbequeme Aufgabe, ein solches Amt zu bekleiden. Während ich das Papier ausfüllte, schlug er mit seinem Degen an das Tischbein, und als ich unterzeichnete, stampfte er auf den staubigen Fußboden, kippte den Morgenschnaps hinunter, las dann laut »Bellman« und rülpste. Doch dann stieß er einen mitleidsvollen Jammerlaut aus und schlug die Hände über dem Kopf zusammen. Er hatte meine Füße erblickt, und als er sie sich nun näher besah, bekannte er, daß er sich wie der hartherzige Mann im Gleichnis vom barmherzigen Samariter vorkam, weil er mich wunden geschundenen Mann von der Türe weise.

Auch ich warf nun einen Blick auf meine Füße.

Das Geröll der steinigen Landstraße hatte sich durch die Schuhsohlen in das Fußfleisch gefressen. An den großen Zehen saßen Blasen, so groß, daß ich mit ihnen ein Schnapsglas hätte füllen und dem Bürgermeister als Fußblasentrunk kredenzen können. Als ich mich am gleichen Vormittag in eine Kammer einquartierte, sah ich, wie die Hauswirtin vor mitfühlender Bestürzung sich in die Hand biß, denn in meinem Gesicht waren die Entbehrungen abgezeichnet, und nun, da ich sie stöhnen hörte, empfand auch ich plötzlich ein solches Mitleid mit mir, daß ich in hemmungsloses Weinen ausbrach. Die Gnädigste stand unter dem Kreuzgewölbe, wo Faßdauben mit Tranlampen und Wachskerzen hingen, dann nahm sie mich in ihre Arme, streichelte meinen Rücken, nannte mich dreimal »du Armer!« und versprach, an meiner Tür zu wachen, falls ich in meiner Verzweiflung mir etwas Schlimmes würde antun wollen.

Drei Wochen lang sah ich weit draußen am Ufer des Tistelälven eine rote Kuh grasen.

Von meinem Dachfenster unter dem schwarzen, geteerten Dach aus sah ich sie täglich weiden.

Ich sah in einem Traum die Jungfer Maria Christina Kiellström, sie hieß jedoch Ulla Winblad und hatte keine Vorderzähne mehr.

Die Häuser glichen steinernen Kasernen. Das Essen ließ ich aus dem Wirtshaus holen, dort gab es eine Küche in einer Erdbaracke. Aus unerfindlichen Gründen waren Gesang und das Spielen von Instrumenten in der Stadt verboten. Alles stank. Auf dem Kirchhof standen die Gräber so lange offen, bis sie bis oben hin angefüllt waren, so daß der Gestank der Lebenden sich mit dem Leichengeruch mischte. So verstrichen die Wochen und wurden zu Monaten. Im Oktober bekam ich drei Stück Feuerholz sowie Schnee in einer Bütte, um mich damit abzureiben. Ich zog nie meine Kleider aus, schrieb im Bett und schlief beim Schein einer Sechs-Öre-Kerze ein, einen der Holzscheite als Kopfstütze. Der Geleitbrief des Königs ließ auf sich warten. An manchen Abenden klopfte meine gute Hauswirtin an meine Tür. Sie seufzte, war beunruhigt, meinte, daß ich mich benähme, als säße ich in Gefangenschaft, sie hörte, wie ich im Zimmer auf und ab ging, plötzlich quer durch den Raum oder in bestimmten Figuren, so als ob ich versuchte, eine tiefe Müdigkeit zu erreichen, die mir einen ewigen Schlaf schenken könnte. Sie trank Fusel aus einem Blechbecher und rauchte norwegischen Tabak, der giftig roch und ihren Atem widerlich stinken ließ. Das mit dem Atem wußte sie, und sie bat mich, an ihrem Mund zu riechen, denn sie spülte ihre Kehle mit Essig. Auch ich sollte norwegischen Tabak rauchen, fand sie, denn das sei gut gegen das Gefühl der Leere im Magen.

Als der Oktober mit seiner Feuchtigkeit kam und die Tapeten von den Wänden löste, löste sich auch meine Kleidung auf. Eine Möglichkeit, sie zu stopfen, gab es nicht, denn die Gnädigste besaß weder Nadel noch Faden noch Stoff. Ich muß einen herzzerreißenden Eindruck gemacht haben, und die Ungezieferplage verstärkte meine Qual und machte mir auch das Schreiben unmöglich. Wenn ich morgens und abends meine Lumpen absuchte, konnte ich mir nur kurzzeitig Linderung verschaffen. Mein Haar verfilzte sich, und an den Stellen, wo ich mich gekratzt hatte, bildete sich roter Ausschlag mit Blasen. Die Gnädigste half mir beim Entlausen. Sie zog mir die Lumpen aus und untersuchte mich leidenschaftslos von der großen Zehe bis zum Glied und zu den Achselhöhlen. Um die Plagegeister hervorzulocken, blies sie gewaltige Rauchwolken von norwegischem Tabak über mich, so daß undurchdringlicher Qualm die Kammer füllte, dann steckte sie ihre Nase in meine Haarwülste und jedes Mal, wenn sie eine Kolonie entdeckte, die aus einer Kruste flüchten wollte, rief sie: »Sieh nur! Teufel auch!« Während sie so an mir herumzupfte, nannte sie mich höhnisch »Skalde«. Meine poetische Passion war nämlich etwas Verantwortungsloses und Gottloses, und das Ungeziefer war die Strafe.

In dieser Oktoberzeit stand ich Nacht für Nacht auf, um meinen Mantelsack zu packen.

Jeden Tag versicherte mir der Bürgermeister, daß der Geleitbrief nun kommen müsse.

Jeden Mittwoch und Samstag umrundete die Postkutsche von Karlstad die Schanze an der Flußmündung, und als der Brief wirklich kam, verließ ich postwendend mit demselben Wagen die Stadt.

Die Signaltrompete schmetterte.

Die Wagentüren knarrten, der Kutscher streckte die Peitsche über das erste Gespann, schrammte das Fell der Pferde mit einem Klatsch, so daß es im Gestänge und im Geschirr knackte und der schwere Wagen ins Rollen kam, hinüber über die Holzbrücke, deren Planken donnerten, und einen Augenblick lang glaubte ich zu erleben, wie ich dahingetragen wurde über ein drohendes, dunkles Grab.

DER KLEPPER LIESS ERMATTET seinen Kopf hängen, und es ging schon auf Nachmittag zu, als ich an der Wagenstation beim Hof Fittja anlangte. Ich stieg aus dem Sattel, legte die Zügel lose um die Vorderbeine meines Trabers und führte ihn, an der Ziegelbrennerei vorbei, in die Stallung. Nachdem ich mich ins Journal eingetragen und für das Pferd bezahlt hatte, begab ich mich zu Fuß auf die letzte Meile des Weges nach Årsta Gård.

Vater war mit Johan ein Stündchen im Garten gewesen, wo die Stachelbeersträucher herausgenommen wurden, und schüttelte mir nun mit Tränen in den Augen über den Grabenrand hinweg die Hand. In unserem Wohnhaus war De Geers Knecht gerade damit beschäftigt, die Fenster mit Werg und Stoffstreifen abzudichten. Mutter lag zu Bett, die Auszehrung setzte ihr schwer zu.

Ich blickte auf ihre mageren, gelben Hände.

Gustaf, der soeben fünf Jahre alt geworden war, und Adolph, der Dreijährige, sprangen aus ihrem Bettchen auf meinen Rücken und sagten, daß Mutter Erbsen geputzt und sich dann hingelegt hatte, um sich auszuruhen, und daß wir ein neues Auerhuhn bekommen hatten, das Gurgla hieß.

Mutter weinte, weil sie mich wiederhatte. Sie sei überhaupt nicht krank, sondern habe sich nur vor dem Essen etwas ausgeruht.

Ich legte das Ohr auf ihre Brust. Die Luft strich durch ihren Hals wie an einem Lederriemen entlang. Sie roch nach gekochtem Essig und Nachtschweiß, aber sie war immer noch schön und saß später wie eine langhalsige vornehme Dame am Mittagstisch, als unsere Haushälterin Frau Berg das Mahl aus unserem schmalen Vorrat auftrug.

Auch Vater war abgemagert, sein Gesicht war wie mit einem

Kohlestift gezeichnet. Nach einer guten Periode im Herbst, sagte er, kämen nun die Kälte und die Feuchtigkeit, und mit ihnen bösartiges Fieber und Katarrhe, die ihn fast erstickten.

Wir aßen Kartoffeln und Sauerkohl.

Sieben Kinder saßen still um den Mittagstisch herum und sahen Mutter und Vater an, aber Mutter und Vater sahen mich an mit erschrockenen Augen, als ob sie in diesem Augenblick in meinem Gesicht lasen, daß der Tod ihnen den Vortritt gewährte. Überwältigt von all diesen Gefühlen legte ich die Stirn auf den Tisch und weinte wie ein Kind, ohne meine Bewegung zu verbergen.

Nach dem Abendlied, dem Lied zum Erntedanktag, las Vater aus dem Psalter: »Gott ist mein Fels«.

Ich wünschte Gute Nacht.

Die Kälte im Treppenhaus schüttelte mich. Ich trug das Tintenfaß, eine Sanddose und den Zinnleuchter mit Talgkerzen hinauf. In den Dielenritzen der Bodenkammer lag Schnee. Lange ging ich, in eine Decke eingewickelt, auf und ab. Ich überlegte mir mein Abschiedsgesuch, das ich an den Bankvorstand richten wollte – einen langen, verschlungenen, mehrseitigen Satz, den ich schließlich niederschrieb. Ich streute Sand über die Tinte und kroch ins Bett.

Ein Eiszapfen hing über mir, den mein Atem streifte und der daraufhin zu wachsen begann. Er kam immer näher, wuchs auf mich zu, schmal wie ein Strahl, wie ein Stern, der sich auf Årsta herabsenkte und nun seine Spitze durch das Pappdach schob, um mich aufzuspießen.

Schon am folgenden Tag wurde mein Abschiedsgesuch bewilligt. Da mir wegen meiner Schulden der Arrest drohte, stellte ich beim Gericht des Kreises Svartlösa Konkursantrag und fügte ein Verzeichnis meines gesamten Eigentums bei. Bis zum Sommerthing, das im Gasthof von Fittja stattfand und zu dem die Gläubiger geladen wurden, trieb ich mich auf Årsta herum und langweilte mich. In die Stadt wagte ich mich nicht, denn ich hatte es unterlassen, mich beim Meldeamt des Bezirks Stockholm zurückzumelden, und lief damit Gefahr, unter Bewachung gestellt zu werden.

Die Stadt lebte in der Ferne.

Von der Landungsbrücke in unserer Bucht aus konnte ich hören, wie sie lebte.

Ich hörte die Glocken des Schlossers Neijtman von der Luke in der Kuppel der Kirche Sta. Katarina herüberschlagen. Die Kuppel der Kirche Sta. Maria hingegen, die seit dem Brand mit einer häßlichen Blechhaube überzogen war, und die Bruder Erik Palmstedt neu entwarf, war noch stumm; aus ihren geschmolzenen Glocken sollten neue gegossen werden. Aber die Glocke der Deutschen Kirche konnte ich heraushören, und auch die der Riddarholmskirche, ihr Geläut war das kräftigste, denn sie wurde durch einen Tretmechanismus bewegt, während die aus Kupfer der Campagna gegossene Glocke der Deutschen Kirche mit einem Seil in Schwingung versetzt wurde. Diese vier Glocken harmonierten miteinander, so daß ein reiner Dreiklang-Akkord über das Wasser zur Brücke von Årsta getragen wurde. Es war das Zwölfuhrläuten für einen Dahingeschiedenen. All das hörte ich. Ich hörte Kanonaden und Salven und zählte Hunderte von Schüssen, bis ich endlich den blaßgelben Pulverrauch säuerlich auf der Zunge schmeckte und sah, wie er sich auch farblich vom Rauch aus den Schornsteinen am Skinnarviken unterschied, dieser war blaugrau und schmeckte nach Pech.

Eines Abends im Februar sah ich, wie Frauenzimmer mit Larven für einen Maskenball in zweispännigen Karossen und in Gigs über die Holzbrücke zum Bollhuset hinüberfuhren. Später tauchte die Stadt in meinen Träumen auf. In diesen Träumen hielt Mamsell Kiellström, wieder unter dem Namen Ulla Winblad, einen überraschend sinnlichen Einzug: Sie steht in meiner Kammer. Ich schnüre ihre Roberonde auf, lockere den Steifrock, nehme den eng anliegenden Schnürleib ab und schaue hinein. Unter der Kleidung steckt kein Körper, nur ein Treibhaus, in dem Schlingpflanzen und Melonen sich winden.

Bevor die Wintertransporte für dieses Jahr aufhörten, ging ich eines Tages die Schlittenspur entlang über das Eis bis zum Danto-Zoll. Wir hatten Wölfe recht schaurig heulen hören, einige Nächte bevor sie den Ziegenbock im Hof rissen. Die Neuigkeit, daß Wölfe auf Årsta seien, war mir vorausgeeilt, an den Tabakschuppen entlang, über die vereisten Gärten, die baufälligen Wohnhäuser, zwischen den Pestgräbern hindurch zum Wirtshaus Rosenlund. Ich trank nichts. Mein Cithrinchen war gut untergebracht daheim in der Hühnerkammer. Die Stimmung im Rosenlund war düster, bedrohlich. Gesellen standen dort herum, schnauften über ihren Krügen. Der Wirt Thurin war voll und fiel ins Finnische; er vertraute jemandem an, daß er sich im Schutz der Dunkelheit mit dem Karren zur Kindstugatan schleichen werde. Dort wolle er Mandelmilch und Silberkörbe stehlen, der Zuckerbäcker Halling war gestorben und hatte ein reiches Inventar hinterlassen.

Als ich wieder herauskam, stand vor der Tür ein Haufen Wirtshausgäste, sie hatten sich um den Büttelknecht Plettner von Åkermyra versammelt. Plettner hatte einen stöhnenden Bootsmann am Kragen ergriffen und demonstrierte gerade, wie man totes Vieh hochhob, um es von der Straße zu schaffen; das war jetzt ein Teil seiner Arbeit, vor allem an Tagen, an denen es keine Hinrichtungen gab. Als er meinen erschrockenen Blick bemerkte, ergriff er mich mit beiden Händen, zog meinen Kopf am Schopf hoch und zeigte seinem Publikum, wo genau in einen abgeschlagenen Kopf der lange, starke Nagel einzuschlagen und auf dem Pfahlende festzuklopfen war und wie der Pfahl aufgerichtet und das Gesicht zu den Zuschauern hin gedreht wurde.

»Hier muß er rein«, zeigte er mit dem Daumen, während er mich zu seinen grinsenden Saufkameraden hindrehte. »Ins linke Auge«, hämmerte er.

Ein Bauer aus Tullinge verkaufte an der Zollschranke Tabakstangen, als ich an jenem Junitag in Schwager Arrhéns Coupé nach Fittja zum Thing fuhr. Lange Zeit hatte ich die Schuld wie den Nagel des Büttels in meinem Fleisch gespürt, nun wartete ich darauf, festgenagelt zu werden. Amtmann Arrhén, der Mann mit dem milden, besorgten Blick, hatte es übernommen und sich schriftlich dazu verpflichtet, sich um meine bewegliche Habe zu kümmern, er war auch mein Vertreter vor den Schranken des Things. Vom Pförtnerhaus Adolphsberg fuhren wir zum Wirtshaus Kronan. Arrhén trank dort seinen Morgenschnaps. Zwei Tische weiter saß der Vertreter der Gläubiger, der Advokat am Hofgericht Holmberg, in rotem Rock und blumiger Weste. Als er aufstand und gehen wollte, hielt er an der Tür inne, wandte sich um und musterte mich herablassend. Wie ein Siegesgott im Triumphbogen stand er da, als plötzlich laut vernehmlich der Schnapsdunst aus ihm herausrülpste und ihn ein bißchen geniert aussehen ließ.

Unterwegs trafen wir Reisende zu Roß und Reisende in Chaisen und Kaleschen. In der Schenke in Skärholmen trank auch ich ein Gläschen. Ein letztes genehmigten wir uns im Krug von Fittja, zusammen mit einem Glas Wasser aus der Quelle von Wårby. Der Pferdeknecht spannte aus, und ständig kamen weitere Wagen zum Pferdewechsel herein. Die Schafe des Wirtes blökten, Hühner flatterten die Steintreppe hinunter und stoben gackernd davon, als der Thingwachtmeister die Tür zum östlichen Flügel aufschlug, und sie drängten sich am Plankenzaun zusammen, als er mit dem Stab auf die Holzbrücke klopfte und den Ruf zum Sommerthing ertönen ließ.

Die Beisitzer waren Bauern aus der Umgebung. Sie gingen hintereinander die Treppe hinauf und nahmen Platz hinter dem Richtertisch. Hier oben sah man das Wasser des Albysees auf der Tapete flimmern. Der Präses ließ sich im Lehnstuhl mit dem braungoldenen Lederbezug nieder, schnallte seinen silbernen Degen ab und legte ihn neben die Bibel, die, groß und schwarz wie ein Kindersarg, soeben hereingetragen worden war. Damit war der Gerichtstag des Kreises Svartlösa eröffnet. In der Kirche von Botkyrka war die Thingpredigt gehalten worden, und nun begann mit der Verkündung des Thingfriedens die Sitzung. Der Präses hob seinen gemaserten Holzhammer, und die Verhandlung um meine Schulden in Höhe von 20 640 Kupfertalern nahm ihren Lauf.

Die Sonne fiel in den Saal und der Schatten wanderte vom Gerichtsassessor über zwei Käppchen und zwei schwarze, abgewetzte Röcke hinüber zum Kachelofen, wo der Gerichtsdiener saß. Dieser führte mich nach dem Urteilsspruch, der *Resolutio*, zwei Treppen hinunter in den Keller, wo die Dienstlokale und eine Schmiede sowie die nach Kühen riechende Arrestzelle untergebracht waren.

Hier war ich nun unter Bewachung inhaftiert, und würde erst an dem Tag wieder frei sein, an dem Arrhén meine bewegliche Habe zwecks Schätzung und Veräußerung in der Landeskanzlei des Bezirks Stockholm abgegeben hatte. Ich ließ meine Pfeife keinen Augenblick erkalten, denn Fliegen und Stechmücken gaben auch nachts keine Ruhe. Sobald die Lampe im Wachraum erlosch, kamen auch die Ratten, sie liefen wie ein aus der Mauer hervorquellendes Rinnsal die Wände herunter, huschten um meine Pritsche herum, pinkelten hörbar. Endlich, nach drei langen Tagen und Nächten, war ich frei, und weil die Fahrt in die Stadt acht Silberöre betrug, lieh ich mir im Wirtshaus beim Wirt 100 Taler und kam gerade rechtzeitig an der Roten Schleuse an, um zu vernehmen, wie vom Turm der Deutschen Kirche der erste Schlag der Glocke dröhnte, und wie der Kai des Skeppsbron in den Wogen von vier weiteren Donnerschlägen des Erzes förmlich ertrank.

Mein Leben in der Verbannung hatte fast ein Jahr gedauert.

Ich empfand ein eigentümliches, ganz neues Gefühl des Genusses bei dem Gedanken an das Unerhörte, das mir bevorstand.

Ich war jung.

War ich nicht beängstigend jung? Das Glasfenster des Spritzenhauses spiegelte meine ganze Gestalt. Ich nickte dem Jüngling mit der schwarzen Hose und der gelbweißen Weste, während er sich entleerte, beifällig zu. Ich trat näher, schwenkte die Hüften, zog eine Grimasse, drehte mich ins Profil. Wie der Körper sich auch wendete, es fand sich nichts Gezwungenes oder Gesuchtes in seinem Benehmen. Ungepudert, ohne Halskrause, das weiße Hemd bauschte sich über dem Brusthaar, wie über einer sprießenden Frühlingssaat zugeknöpft.

Großartig!

Formidabel, Bellman!

Es schmerzte mich aufrichtig, daß ich keine flammende Rede an das Volk halten konnte über die Augenweide, die ich darstellte. Ein Kaufmannsknecht legte seinem Zugpferd das elchlederne Zaumzeug um. Ein Bürger kam vorbei mit einem großen, breiten, weiß-roten Seidenband. Ich zeigte mich ihnen, beschrieb ihnen, was sie in diesem Moment erlebten. Viele seltsame Laute und viele schöne, gänzlich unbekannte Wörter tanzten auf meiner Zunge und ließen sie verstummen vor Verblüffung. Hier, meine Herrschaften, dies hier heißt Bellman. Ich wußte mir nichts Herrlicheres, als mich selbst sprechen zu hören.

Ich ging den Skeppsbron entlang, erzeugte Wirbel in dem dichten Menschenstrom. Nun kam ich an das Königliche Schloß. Ich stemmte die Arme in die Seiten und betrachtete das Schloß prüfend. Das hier war also die Seefassade vom Erdgeschoß bis zur Dachterrasse. Das Schloß!

Ich kehrte um, saß an einem grünen Tisch an der Straße mit einem weißen Bier und einem schwarzen Tintenglas vor mir, es begann zu dämmern, es war warm. Der Pfingstabend leuchtete über der Werftinsel Skeppsholmen. Ruderjachten lagen im See und rochen nach frischem Teer. Zu dieser frühabendlichen Stunde quoll aus der Gassenhöhle ein Strom von Handwerksgesellen heraus, mit verschwitztem, klebrigem Haar, um die Hafenluft zu genießen. Ich genoß mit ihnen. Ich trank, ich schrieb. Die Luft sog an mir, aber sie machte mich nicht müde, sondern klar und schön. Da stand plötzlich Erik Palmstedt an meinem Tisch. Er sah mir ins Gesicht und überlegte, wann wir uns zuletzt getroffen hatten.

»Pfingstsonntag, beim Hochamt in Sta. Maria, vor genau einem Jahr.«

Wir umarmten uns und schlugen die Fäuste aneinander. Das war der leibhaftige Bruder Bellman! Seine Stimme klang triumphierend, als ob ich lebendig aus einem Krieg heimgekehrt wäre. Er entdeckte in meinen Augen die Spuren schrecklicher Gemütsbewegungen. Ich erklärte, daß ich aus dem Arrest in Fittja entlassen, aber immer noch in ziemlich erbärmlichem Zustand war, arbeitslos und mittellos und ohne mein Cithrinchen – aber frei!

Mit beiden Händen strich ich mir das Haar aus der Stirn und sagte:

»Dies sind freie Hände!«

»Ein weißes Bier«, rief Erik der Schankmagd zu, denn das war das Sommerbier.

An der Ecke standen Straßenjungen und streckten einem Mädchen, das ein rotes Kleid und einen blühenden Kirschenzweig hatte, ihre blauen Zungen heraus. Finnische Landsknechte zogen vorbei in einem atemberaubenden Dunst von Schweiß. Erik deutete über die Schulter zum Stadsholmen hinauf und sagte, er arbeite an Vorentwürfen für das Brunnengebäude am Stortorget. Mit Carlberg zusammen war er seit dem großen Brand damit beschäftigt, den Stadtteil Sta. Maria neu zu entwerfen, und er hatte schon mehr als zwanzig Bauzeichnungen signiert. Zwischen Sankt Paulsgatan und Hornsgatan sollte ein großer Platz entstehen, der größte der Stadt, und wenn der König seine Erlaubnis gab, würde der Platz dessen Namen tragen: Adolf Fredriks torg.

Nach all den Fehlern, die ich in meinem Leben gemacht hatte, wagte ich es nicht, Erik an die Zeremonie im Riddarhuset zu erinnern, wo wir als Eleven in die Akademie der Wissenschaften aufgenommen worden waren, aber ich fragte ihn nach unserem Freund Elias Martin, der damals auch teilgenommen hatte. Ich hatte ihn nicht mehr gesehen, seit er Schiffsornamente für den Schiffsbaumeister af Chapman entworfen hatte. Erik wußte nicht viel mehr, als daß Elias auf der Feste Sveaborg in den Dienst von Feldmarschall Ehrensvärd getreten war und demnächst ins Ausland reisen wollte. Und ich erfuhr, daß der Dichtergraf Gustaf Gyllenborg das neue Daurersche Haus bezogen hatte. An ihn erinnerte ich mich von meinem ersten Wirtshausbesuch mit Vater und Carlberg im Rathauskeller. Gyllenborg hatte kürzlich geheiratet, sagte Erik, eine Anna Gottsman. Er ein alter Mann, sie 16 Lenze jung. Sie waren nicht verliebt, aber er war's zufrieden, lebte nun im Überfluß, hielt sich eigene Bedienstete und hatte eine schöne Equipage.

»Sie ist zwar keine Venus, aber was tut das? Kann er doch seine schöne Equipage nehmen, die Hornsgatan hinab zum nächsten Häusergeviert fahren und beim Nachbarn Halt machen, dem Bordell des Kauffahrteikapitäns Ahlström!«

Als wir so saßen und uns unterhielten, unter rasselnden Trossen und rufenden Schiffern und den wiehernden Zugpferden der Weinschenken, tauchte Jusléen vom Justizkanzleramt auf. Als ein Mann mit syphilitisch entstelltem Gesicht sich zwischen uns drängte und ich ihm eine Münze gab, ebenso wie einem Bettelkind, das einen Blinden an der Hand führte, trat Jusléen sie mit den Füßen beiseite und schlug im gleichen Atemzug vor: Baggensgatan. Das konnte Bruder Bellman wohl brauchen? Als Landesflüchtiger war er gewiß regelrecht verdorrt!

Ich lächelte still, da er mich daran erinnerte, wie frei ich war, und ich erzählte von der Mamsell, die ich auf dem Gärdet kennengelernt hatte. Sie war jungfräulich rein und besuchte mich unter dem Namen Ulla Winblad in meinen Träumen. Ich brauchte die Huren von Madame Plat in der Baggensgatan nicht! Ulla war die Vollkommenheit in Person, sie hatte eine Anstellung als Seidenspinnerin und hieß Maria Kiellström.

»Hoho!« Jusléen grinste. »Die Weibsperson kenne ich. Rein ist die nicht.«

»Sie ist nicht rein?«

Nun setzte sich Jusléen und berichtete, daß Pastor Londén vom Artillerieregiment soeben eine Maria Kiellström angezeigt habe, die eine uneheliche Tochter geboren hatte; das Kind hatte bei der Taufe den Namen der Mutter erhalten und war kurz darauf gestorben. Beim Verhör hatte sie gelogen, was ihr Alter betraf, und eigensinnig darauf bestanden, daß sie im Hause ihres Vaters, der am Truppenübungsplatz wohnte, von Herrn von Schildt, einem Obersten in russischen Diensten, geschwängert worden sei. Sie beantragte bei

Gericht, für ihr Verbrechen sühnen zu dürfen, um danach wieder in Gottes Gemeinde aufgenommen zu werden. Das Gericht sprach sie nach Cap. 53 schuldig des unehelichen Beilagers. Da sie Ersttäterin war, wurde ihr aufgegeben, an die Hedvig-Eleonora-Kirche fünf Reichstaler zu zahlen und bei Pfarrer Rutström in der Sakristei die Beichte abzulegen, um die Absolution zu erhalten.

»Bei Rutström?«

»Das ist eine Biene!« schwärmte Jusléen. »Ich habe sie gesehen: feurig, üppige Formen, feinhäutig. Was hast du gesagt, wie hieß sie im Traum?«

»Ulla Winblad.«

Er machte einen Sprung zur Seite. Ein Büttelknecht rannte hinter einem streunenden Hund her.

»Winblad! Der Name ist kein Traum. Sie hat den Namen ihrer Mutter angenommen. Aber ganz allgemein heißt sie die ›lockige Mamsell‹. Verstehst du? Sie trägt einen Schäferhut.«

»Winblad ist der Name der Mutter?«

»Genau das.«

»Aber ich habe es doch geträumt!«

»Ist doch schietegal.«

Jusléen konnte nicht bleiben. Plötzlich hatte er Winblad und Baggensgatan vergessen. Im Bollhus-Theater gab man heute *Le peintre amoureux de son modèle* von Anseaum, und es spielte die neue französische Theatertruppe. Jusléen konnte einige Zeilen aus der Arie des Zerlin. Er sang sie zum Abschied, und auch Erik erhob sich. Er drehte sich jedoch noch einmal um und steckte mir eine Handvoll Münzen zu mit den Worten: »Damit du was für die Bettler hast.«

Ich steckte mir die Pfeife an, beugte mich nach vorne und blickte über den Saltsjön zur Turmuhr von Sta. Katarina: dreiviertel acht. Deutsche Zunftbrüder standen auf der Kuhbrücke und genossen die Seeluft. Punkt acht Uhr kam Arrhén, der Ehrenmann, in blauem Rock, rosa Weste und weißer Perücke. Er war rot im Gesicht vor Anstrengung, es war nicht leicht gewesen, sich mit dem Cithrinchen an den runden Bauch gedrückt durch das Gedränge auf dem Skeppsbron zu kämpfen. Wortlos setzte er sich, zog das Tintenglas und ein beschriebenes Stück Papier zu sich heran und schrieb eine Quittung aus, auf der stand, daß ich ihm das Instrument für 30 Karolinertaler verkauft hatte. Wenn ich bitte unterschreiben wolle, daß ich den vollen Betrag erhalten hätte, so werde er mir das Cithrinchen als Geschenk zurückgeben. Die Wucherer Tharmouth und Grim hatten bei der Landeskanzlei nach dem Instrument gefragt.

Ich wollte wissen, wie die Bewertung meines Eigentums ausgefallen sei: Der lila Rock, die silbernen Kniespangen, die Schuhspangen, die Spielkarten, der Kerzenständer aus Messing, die Tabaksdose, zwölf Bücher, die Bibel, Medizinflaschen, die eiserne Dochtschere …

»Miserabel!« Arrhén stieß ein verächtliches Lachen aus. »Alles in allem 182 Taler.«

Die Fledermäuse waren unter den Dächern der Gassen hervorgeflattert und jagten nun zwischen den Masten nach Insekten. Arrhén wiederholte: 182. Ich saß da mit aufgerissenem Mund, als ob ich einen Schrei ausstoßen wollte, aber keine Zunge hätte. Arrhén sagte, daß die Schulden von 20 000 Talern auf andere Weise reguliert werden müßten. Wie? fragte ich ihn. Er habe Geld übrig behalten, sagte er, als er sein Anwesen Nybohov verkauft hatte und nach Hägerstens Gård umgezogen war. Und dann kannte ich wohl Georg Stiernhoff?

»Stiernhoff? Nein.«

»Kassier bei der Schloßbau-Deputation. Witwer. 35 Jahre alt. Dieser Stiernhoff will wieder heiraten und hat mit deinem Vater verhandelt. Er bekommt deine Schwester Fredrika zur Frau. Du bist schuldenfrei.«

»Fredrika! Sie ist ja noch ein Kind …«

»Sie wartet, bis sie 15 ist. Dein Vater hat jetzt auch wieder Geld. Er spricht schon davon, Årsta zu verlassen und wegzuziehen nach Wisbohammar, weit weg von den Geldverleihern.«

»Wohin dort?«

»Ins Kirchspiel Vårdinge, acht Meilen südlich von Stockholm. Ein anständiges Anwesen mit einer Ackerfläche von 14 Scheffeln, zwei Pachthöfen und zwei Katen.«

Als ich meine Kanne geleert hatte, stand ein schmutziger, zerlumpter kleiner Junge an unserem Tisch und sagte etwas von christlicher Nächstenliebe. Sein Haar sah aus wie der Besen eines Schornsteinfegers; er sagte, er heiße Elias und sei sechs Jahre alt. Seine Eltern hatten ihn verlassen. Die Mutter arbeitete in einer Wollfabrik. Ich nahm das Kind auf den Schoß, es wog fast nichts. Während es von meinem Brot und meiner Mettwurst aß, berichtete Arrhén, daß er ein Sommerfest auf seinem Hof Hägersten plante. Er brauchte Hilfe, die Wiese mußte gemäht werden, Tische waren hinauszutragen, Stühle, Truhen mit Speisen. Eine Laubenhalle wollte er aufschlagen lassen. Eingeladen waren Stiernhoff, Jusléen, Ihrmark samt Frau, Anders Lissander von der Witwen- und Waisenkasse mit seinen Töchtern Inga und Stina. Lissander hätte es gern gesehen, wenn ich mich seiner Tochter Inga angenommen hätte, der älteren der beiden, von der er sehr viel hielt. Das hatte Arrhén in Erfahrung gebracht. Es war an der Zeit, daß ich Ordnung in mein ausschweifendes Leben brachte. In ihr würde ich auf jeden Fall ein gutes Eheweib bekommen. Was sie aber jetzt schon brauchte, war Unterricht auf dem Cithrinchen. Gegen Bezahlung natürlich. Der Vater war ein großer Bewunderer meiner Sangeskunst. Und was noch hinzukam: er konnte mir helfen, einen neuen Arbeitsplatz zu finden. Beim Manufakturkontor brauchte man einen außerplanmäßigen Angestellten.

»Bier her!« rief Arrhén zur Schankmagd hinüber.

Das elternlose Kind hatte aufgehört zu zittern, es gefiel ihm, daß ich sein Haar streichelte. Läuse lagen wie Blutbläschen in den Strähnen. Ich las einige heraus und zerdrückte sie leise trällernd, so daß kleine, wunderliche Lausliedchen entstanden, die das Kind in den Schlaf sangen. Seine Beinchen waren nackt und schmal wie die eines Dorfköters.

An dem nebelverhangenen Tag mehrere Monate später, als meine Mutter von ihrer Qual erlöst wurde, hatte ich schon meine eigene Unterkunft auf dem höchsten Punkt der Kvarngränd bezogen. Für den Rest meiner Tage sollte ich unter so manchem Dach Schutz suchen, aber dies war meine erste eigene Wohnung, wo ich selbst für Verpflegung, Miete und Heizung aufzukommen hatte. Das Zimmer lag zur Straße hinaus, über einem Lebensmittelladen; das Haus, ein zweigeschossiger Steinbau, stand zwischen lauter Holzhäuschen, deren Torfdächer noch nicht durch Ziegel ersetzt worden waren. Mein nächster Nachbar an der Ecke zur Högbergsgatan wohnte hinter einem zugemauerten Fenster, er zeigte sich nie, aber er lebte noch, nahm ich an, denn Rauch stieg aus dem Schornstein, der kurz davor war einzustürzen. In meiner Kammer gab es eine offene Feuerstelle mit Kaminhaube. Essen durfte ich aber nur in der Küche zubereiten, die ich mit den übrigen Hausbewohnern teilte. Dann mußte ich mit dem Kochtopf über den Trockenboden, durch die Eisentür hinunter ins Treppenhaus und hinüber in das Seitengebäude gehen; aber da ich ein miserabler Koch war, ließ ich mir bald Frühstück und Abendbrot vom Krug Grüner Jäger in der Sankt Paulsgatan herüberbringen, wenn ich mich nicht selbst dorthin begab und in seinem Gartenausschank Platz nahm, wo immer ein Duft von der Bäckerei Söderberg herüberwehte und das Knarren der Wetterfahne auf der Haube des Brunnens zu vernehmen war.

Hier war ich also wieder in dem Stadtviertel meiner Kindheit angekommen. Die gepflasterte Straße führte vom südlichen Portal der Kirche Sta. Maria die Anhöhe hinauf, um von dort als unbefestigter Steig zum Fatburssumpf abzufallen.

Als die Nachricht von Mutters Tod kam, war Mamsell Lisander bei mir in der Kammer und bekam ihre Cithrinchen-Lektion. Der Postbauer aus Södertälje hatte den Brief im Krämerladen abgegeben, und der Gehilfe, der nach Teer und Hering roch, brachte ihn herauf. Vater schrieb, daß Mutter entschlafen war.

Nach vier Monaten in Wisbohammar war dieser Lebensbaum mit seinen schwachen Wurzeln ausgerissen worden, um mit seinen schönsten Blüten und Knospen Gottes heiligen Weinberg zu schmücken.

Der Weg nach Wisbohammar war lang und kraftraubend. Die Kutsche des Gasthofs, mit der ich am frühen Morgen losfuhr, brauchte drei Stunden für die Fahrt auf der Landstraße nach Södertälje, von dort ging es weiter auf einer Kreisstraße, dann auf einem verschlungenen Pfad, einem Mühlenweg, wieder auf einem Stück gepflasterter Landstraße, die sich bald zu einer Viehtrift verengte und durch Lehm, Sumpf und Unterholz führte; es ging vorbei an einem Gutshof, einem abgeholzten Hain und einem Erlensumpf, über kahle Klippen, an mageren Seewiesen entlang, vorüber an niedrigen torfgedeckten Langhäusern, bis sich die Kirche von Nås zeigte; und weiter ging es, vorbei an einem grunzenden Schwein, einem Freihof mitten in einer weiten kargen Ebene, über Moore, Moränenhügel, Sandmulden und sumpfige Wiesen, wo die Räder sich tief in den weichen Boden eingruben, und schließlich, als es schon dämmerte und der Schnaps ausgetrunken und die getrockneten Apfelringe, Brot und Wurst aufgegessen waren, tauchte linker Hand der Kirchturm von Vårdinge auf, und rechter Hand die steile Hohlgasse, über die wir zu einer Pferdeweide und endlich auf die Allee kamen, die auf dem kiesbestreuten Hof des Freihofs Wisbohammar am See Fröjsjön endete.

Dieses verfallene, durch und durch verrottete Holzgebäude, mit seinen kahlen Zimmern und rissigen Tapeten, hatte Vater von der Krone als Eigentum zugewiesen bekommen, hier hatte er seine Zuflucht vor den Gläubigern zu finden gehofft.

Ich erinnerte mich, wie ich im Spätherbst 1764 mit dem Kastenwagen, bepackt mit Möbeln und Geschwistern, hier ankam, und mich auf die Wärme am elterlichen Herd freute. Es war naßkalt, und die Mäuse hatten gerade die kahlen Äcker gegen das Winterquartier in den warmen, gemauerten Ziegelkammern unter dem Backofen vertauscht. Ich konnte nicht umhin, die Herbstwochen in Wisbohammar mit der Flucht nach Fredrikshald zu vergleichen: Vater hatte neue Schulden, und neue Schuldeneintreiber tauchten auf, schwarz gekleidet, mit weißen Handschuhen und einem Schlagstock unter dem Rock, und ich erinnerte mich, wie sie ungeniert zusammen mit dem Gutsaufseher in einem Bauernwagen umherfuhren und das Anwesen begutachteten, während Mutter das Taschentuch vollhustete mit hellrotem Blut.

Einen Monat später war der Hof mit einer Hypothek belastet.

Die Gläubiger sollten alles in Beschlag nehmen.

Ich war allein mit meinem tiefen Schmerz, litt mit den Menschen, die mir nahestanden. Ich war nicht geschaffen für soviel Trauer; die Kräfte, die in mir schlummerten, versiegten durch diese Trauer und mein Selbstmitleid. Um nicht anhören zu müssen, wie Mutter und Vater über meine Nichtsnutzigkeit klagten, hatte ich mich zu den Knechten und Mägden und den Kätnern gesellt. Im Keller des Vorratshauses lag die Schnapsbrennerei. Dort hatte ich nicht die Zeit, über all die Widrigkeiten nachzubrüten, die das Schicksal über mich verhängt hatte. Ständig wurden neue Flaschen mit Gebranntem frisch aus der Getreidetonne abgefüllt. Den Geruch witterte man eine Viertelmeile weit. Dort gab es auch geräucherten Schinken, Brachsen und Hechte. Und es gab Lagerstroh und Liebeslärm, denn die Bauernmädchen waren willig.

Vaters Hals war lang und faltig geworden.

Seine Stimme klang gell.

Wenn Mutter hustete, stachen ihre Schulterblätter hervor.

Der Blutmangel ließ ihre Haut durchsichtig erscheinen.

Bei den Eltern konnte ich meinen elenden Alltag nicht ertragen.

Ich schlüpfte aus meinen alten Pantoffeln und zog die Stiefel an, zog eine große Kapuze über die Zopfperücke, hängte den Pelz über den gestreiften Rock, steckte meine knochigen, an Darmsaiten gewöhnten Finger in den Muff und floh weinend durch die Dunkelheit zur Kellerschenke. Dort trank man Doppelbier und spielte Cambio. Die Mädchen trugen rosenrote Schuhe und waren rot und fett unter dem schwarzen Umhang. Daß Mutter und Vater dahinschwanden, machte den Umgang mit ihnen nur noch hemmungsloser. Er verschaffte mir eine Macht der Sinne, die mich hoch über alles Elend hinaushob.

Und nun war es also geschehen.

Mutter war gestorben, an ihrer Atemnot erstickt.

Der Wagen fuhr im Fackelschein auf dem Hof vor.

Vater empfing mich auf der Treppe, die Geschwister standen stumm und verschreckt in der Diele.

Mutter lag im Salon. Der Sarg war mit Bändern und Girlanden geschmückt. Als der Deckel geöffnet wurde, sagte Vater, daß er mit dem Allmächtigen drei Nächte bei ihr gewacht habe; gelobet sei der Name des Herrn. Die Atemnot hatte ihren Kopf wie unter Schlägen zucken lassen. Er hatte ihre Zunge mit einer in Salbeiwasser getauchten Schwanenfeder befeuchtet. Mutter hatte ihn mit offenen Augen angesehen, während ihre Lippen schwarz wurden. Der Atem war heiß und übelriechend geworden. Kurz nach vier Uhr morgens hatte sie ihre befreite Seele in die Hände des Erlösers gelegt. Vater hatte Frau Berg rufen lassen, sie hatte die Leiche gewaschen. Frau Berg hatte das Leichenhemd gestärkt, hatte Mutter in weißes Leinen gekleidet, ihre Nachthaube nicht vergessen. Myrtenblätter waren in Vierecken auf die Decke gelegt, Buchsbaumzweige waren um das Kissen gebreitet, und die Hand der Seligen hielt einen Myrtenzweig.

Am Sonntag fand der Gottesdienst in der Kirche von Vårdinge statt.

Meine kleinen Geschwister trugen Trauerkleider und hatten säuberlich gereinigte Fingernägel, sie folgten still dem Leichnam der Mutter. Die steinerne Kirche und der Friedhof lagen, ein gutes Stück entfernt, auf einer Anhöhe. Tief unter uns sahen wir, als blickten wir vom Himmel hinab, das Eis des Sees, das sich bis hinaus nach Mjälby und Edesta ausbreitete und hinüber nach Hundby und Lövsta streckte, wo es im dunklen offenen Wasser endete.

Der Pfarrer betete: »Herr, nun lässest Du Deine Dienerin in

Frieden fahren, wie Du es gesagt hast, denn meine Augen haben Deine Seligkeit gesehen.«

Ich trat vor auf die aufgeschüttete Erde und las mein Trauergedicht für Mutter ins Grab hinunter. Mehrmals verstummte ich, meine Tränen ließen die Verse vor meinen Augen verschwimmen.

Die Träger erhielten je einen Reichstaler. Alle betranken sich ordentlich. Gegen Abend legten wir den Stein aufs Grab.

Ich reiste zurück nach Stockholm. Kurze Zeit später erhielt ich die Nachricht, daß Vater im Sterben lag. Als ich ankam, hatte sein dumpfer, hohler Husten bereits aufgehört. Die Zunge war weiß. Ich legte mein Ohr an die eingedrückte Brust. Das Herz schlug nicht, es zuckte in panischer Angst. Dann sprang Blut aus seiner Kehle.

Mutters Grab wurde wieder aufgemacht und Vaters gekalkter Sarg zu ihr hinabgesenkt.

Die unmündigen Kinder kamen zu Arrhén und Schwester Catharina, die ihnen in christlicher Nächstenliebe ein neues Zuhause in Hägersten gaben; Bruder Johan Arendt, der schon 14 war, bekam bei mir in der Kvarngränd Bett und familiäre Wärme, bis ihn der Kolonialwarenhändler Gidlöf als Ladengehilfen einstellte.

Maison de Plaisance

1766–1770

Um dem Vaterland zu dienen und ein nützliches Glied der Gesellschaft zu werden, hatte ich mich um die Stelle als Extraordinarius beim Manufakturkontor beworben.

Ingas Vater, Anders Lissander, war Kommissarius dort. Er war ein guter Freund meines seligen Vaters gewesen. Er war die Herzensgüte selbst, und die Lebensfreude leuchtete ihm aus den Augen. Er hatte Borstenhaare, die wie Stacheln einer Klette aussahen, und trug eine über einem prächtigen runden Bauch zugeknöpfte gelbe Seidenweste; doch war er nicht so schwerfällig, daß er sich nicht vor Lachen hätte biegen können. Es machte den Anschein, als ob er das Ungemach der Lachkrämpfe mit dankbarem Vergnügen ertrüge. Da sich herausstellte, daß ich aller notwendigen europäischen Sprachen mächtig und mit einer natürlichen Wendigkeit des Geistes ausgestattet war, kleidete er mich in einen scharlachroten Dienstrock und wies mir einen Raum im Südflügel des Rathauses zu.

Die Bezahlung war bescheiden. Viele, die in den Manufakturbetrieben arbeiteten, lebten im Elend, fast wie Sklaven. In der Bekleidungsindustrie verdiente man am Tag 18 Öre, also etwas mehr als einen halben Kupfertaler. Ich bezog ein kleines Quartalsgehalt von 500 Kupfertalern. Im Stofflager im ersten Stock des Gebäudes an Peder Myndes backe protokollierte ich die Begutachtung der Gewebe; von dort ging ich in die auf der Hofseite gelegene Prüfhalle, wo die Beamten des Hallgerichts die Stoffbeschaffenheit und Färbung prüften, den für gut befundenen Stücken den Hallstempel aufdrückten und beanstandete Stücke mit Fehlerstempeln markierten. Ich schrieb Statistiken über Webstühle und

Manufakturen, führte Buch über einheimische Arbeiter und wurde auch für die Anwerbung von Ausländern eingesetzt.

Im alten anatomischen Theater, wo das Collegium Medicum meinem seligen Vater einmal die weiblichen Genitalien gezeigt hatte, arbeitete Carlberg an der Erweiterung der Russischen Kirche. Der Segler Emanuel hatte in den Schären vor Stockholm Schiffbruch erlitten, aber die in Kisten verpackten Teile der Barock-Ikonostase und des Altars wurden geborgen und nun unter Carlbergs Aufsicht montiert. Auf dem Dachboden oberhalb der Kirche lagen die Arrestlokale.

Beim Hallgericht, das auch für Arbeitsstreitigkeiten zuständig war, wurden viele Prozesse geführt; sie gingen kurz und rasch über die Bühne und so gut wie immer zugunsten der Fabrikanten aus, so daß die Arrestzellen ständig überfüllt waren. Wo früher die städtische Seidenweberei untergebracht war, lag nun das Wollmagazin und darunter die Folterkammer des Bezirksgerichts, wo hin und wieder hochnotpeinliche Verhöre stattfanden. Das Wollmagazin war jedoch friedlich und ruhig, und die Wollwaren waren weich und warm.

Wenn Mamsell Inga mich heimlich besuchte, mußte sie den Kellereingang nehmen, vorbei an den dunklen, stinkenden Verliesen, wo Herumtreiber, Bettler und Kriegsgefangene eingesperrt waren, auch an den Gitterkäfigen im Treppenhaus mußte sie vorbei, in denen Staatsgefangene den Armesünderkarren erwarteten und das Henkerbeil am Södertull.

Sie zitterte oft jämmerlich nach diesen Begegnungen mit Elend und Bedrückung und flüchtete sich zu meinen tröstenden Küssen. Ich band ihr Halstuch auf, und sie half mir mit dem Aufschnüren ihres Mieders, so daß ihre Brüste entblößt wurden. Dies geschah im Fieber der ersten warmen Frühlingstage des Jahres 1766. Maikäfer flogen brummend aus und ein. Ingas Brüste waren klein, und ihre Brustwarzen feucht wie eifrige Hundeschnäuzchen, die an den Tintenflecken meiner Hände schnupperten. Inga war sechs Jahre älter als ich und meine Verlobte. Sie schenkte mir ihre Brüste aus voller Überzeugung, und sie küßte mich, weil ihr Geist es ihr befahl. Ich suchte unter ihren Röcken tastend nach ihrem Schoß. Durch das Fenster sah man zum Stadsholmen hinüber. An den Schiffen flatterten deutsche und lübische Fahnen. Zwei Farben dominierten dort draußen: ockergelb und rot. Während meine Finger weitertasteten, sah ich, daß das Gelb die verputzten Wände der Prachtgebäude waren und das Rot die Ziegelhäuser, die Verkaufsstände und die Holzbrücken mit ihren rotgestrichenen Geländern. Ingas Schoß war der lebende Abendmahlskelch und durfte vor der Heirat nicht berührt werden. Inga wurde dann zornig auf unserem Wollballen. Ihre Hüften waren rund und gelenkig wie die einer Katze. Sie entzog sich mir, schalt mich, aber dann küßte sie mich wieder, als wolle sie sich rächen für die niedrigen Gedanken, die ich über sie hegte. Nicht selten hörte man schwache Laute durch den Fußboden dringen. Die Laute kamen aus der Folterkammer, und wenn sie zu tierischem Gebrüll anschwollen, drückte Inga ihre Lippen fester gegen meine, stieß Jammerlaute aus, in meinen Mund hinein, als wolle sie den Lärm des Elends übertönen.

Dies war zu einer Zeit, als die »Mützen« nach Jahren des politischen Streits an die Macht gekommen waren. Die Verfahren gegen Rutström, den Informator meiner Kindheit, waren eingestellt worden, wurden nun aber wieder aufgenommen, und Rutström, verwirrt und seiner Habe beraubt, wurde aus seinem Amt entfernt und des Landes verwiesen. Noch etwas anderes geschah: der Bevollmächtigte des Manufakturkontors, Direktor der Ostindischen Kompanie, Handelsbürgermeister von Stockholm et cetera, der übermütige und mit seinen Reichtümern prahlende Emporkömmling Gustaf Kierman wurde nach einem Skandal beim Wechselkontor abgesetzt. Als man ihn verhaftete und abführte, fiel der Volkszorn über ihn her; ich war Zeuge, wie die Schloßwache gestürmt und Fenster und Türen eingeschlagen wurden. Der Pöbel beschimpfte ihn als »Reichsdieb«, und Kierman, der sich eine Grabstätte in der Riddarholmskirche bestellt hatte, erhielt

Wasser und Brot sowie Unterbringung auf Lebenszeit im Staatsgefängnis Marstrand, wo er kurz darauf starb.

Im Manufakturkontor merkte man deutlich, wie die Fabriktätigkeit in der Stadt abnahm; immer mehr Fabrikanten sahen sich genötigt, die Anzahl der Arbeitsplätze einzuschränken oder ihren Betrieb zu schließen. Die Arbeit im Kontor ging entsprechend zurück. Anders Lissander, unter dessen persönlicher Aufsicht ich stand, kümmerte sich jedoch stets darum, daß ich zu tun hatte, selbst jetzt, in der Zeit der Beschäftigungslosigkeit. Es gehörte offenbar zu den Aufgaben des Staatshaushaltes, daß ich die Leute im Wollmagazin mit dem Cithrinchen unterhielt. Anders Lissander schrieb jedes Wort nieder, das ich sang, und es amüsierte ihn köstlich, wie meine Kunst auf fruchtbare Weise gegen die vom Reichstag angenommenen Statuten der Herstellungsindustrie verstieß.

Die Manufakturisten produzierten immer weniger, während ich also mit Kurbel und Blasebalg loslegte und Tonschnüre spann, Klangkleider nähte und auf den Darmsaiten Verse wob.

Lissander hatte Arbeiten über Schafschur und über Kartoffelanbau herausgegeben. Er wollte nun ein Liederbuch zusammenstellen und dokumentierte meine Improvisationen mit großer Sorgfalt. Publikum stellte sich ein. Stadtarchitekt Carlberg kam die Treppe von der Kirchenbaustelle herauf und hörte ganz nach innen gekehrt zu, so als ob er aus meinen Wortschöpfungen eine Kapelle gezeichnet hätte, in der er nun Andacht hielt. Der Aktuar Holmberg saß auf einem wackligen Stuhl und bekam allmählich eine blaue Nase, aber nicht von dem blauen zyprischen Kupfervitriol, das er erfunden hatte, sondern vom Wein aus dem Rathauskeller. Dienstmägde und Kellerburschen vom Blauen Tor und vom Pelikan, die Grützwurst, Graupensuppe, Krapfen und Bier brachten, blieben ebenfalls sitzen.

Ich wollte den Gesangstücken, die ich hier erfand, den Namen »Gesänge des Wahns« geben. Lissander notierte sich das. Einige davon waren Trinklieder, diese wollte ich »Bacchanalische Weisen« nennen. Ich schrieb auch biblische Lieder. Plötzlich, just als ich in einem Vers eine Achtel-Triole einbauen will und sich eine kurze Pause ergibt, erhebt sich einer der Kellerburschen und stimmt mein Lied *Vater Noah* an. Man stelle sich mein Erstaunen vor, als auch andere im Publikum den Text kennen und mitsingen.

Ich frage den holzbeschuhten Kellerburschen, wo er meinen *Vater Noah* gehört hat. Er antwortet:

»Im Keller Pelikan. Alle singen ihn.«

Während meiner Schulzeit in der Privatschule in der Mariagatan hatte ich in Hübners *Biblische Geschichten* über Noah, den Erfinder des Weines, gelesen; er war der erste berauschte Mensch, den die Geschichte erwähnt. Die biblische Erzählung über Noah nach der Sintflut hatte ich seit meiner Kinderzeit immer noch frisch im Gedächtnis: »Noah aber fing an und ward ein Ackermann und pflanzte Weinberge. Und da er von dem Wein trank, ward er trunken und lag in der Hütte aufgedeckt.« Das konnte ich noch auswendig.

Gleich nach Vaters Tod hatten Arrhén und Schwester Catharina auf Hägersten ein Namenstagsfest für einen Pfarrer namens Noah Rung ausgerichtet. Nachdem viele Fäßchen Wein geleert worden waren, sollte ich etwas über Noah Rung und seine Neigung zum Trunke vortragen, und an jenem Abend erfand ich bei Tische das Lied vom *Vater Noah*.

Der Kellerbursche wollte hören, wie ich das Lied selbst gesungen hätte, und zwar gleich hier im Wollmagazin. Der Bettler, der am Eingang zur Russischen Kirche um Almosen bat, hatte ebenfalls hier heraufgefunden. Als ich bei der dritten Strophe angekommen war, nahmen auch die beiden Eisenträger auf den Wollballen Platz, und die zwei, die mit gekreuzten Gewehren vor dem Eingang zum Rathauskeller Posten gestanden hatten. Ich war freudig erschrocken. Alle schienen den *Vater Noah* zu kennen:

Vater Noah, Vater Noah
war ein Ehrenmann.
Kaum der Arch' entstiegen,

fing er an zu pflügen,
pflanzte Reben, pflanzte Reben.
Ja, so fing es an.

Noah rudert', Noah rudert'
aus der alten Arch',
kaufte sich Boutellen,
die man kann bestellen,
um zu trinken, um zu trinken,
hier bei uns im Park.

Er wohl wußte, er wohl wußte,
daß die Menschen sei'n
durstig von Natur aus
wie all Kreatur auch.
Darum hat er, darum hat er
angepflanzt den Wein.

ANDERS LISSANDER besaß das Grundstück Nr. 8 im Häusergeviert Bryggaren in der Götgatan. Nachdem ich von Wisbohammar zurückgekommen war, wohnte ich für eine kurze Zeit dort im Gästezimmer, dann mietete ich eine eigene Wohnung in der Kvarngränd, denn es war so, wie Lissander sagte: »Nicht einmal ein Genie kann etwas schaffen, wenn Zimmermädchen, Hausmägde und zwei intrigante Schwestern ihm mit nackten Schultern die Kammer einrennen.«

Das Wollmagazin war meine Bühne, bis die »Mützen« im Herbst 1766 im Zuge der Einschnitte im Staatshaushalt das Manufakturkontor schlossen; aber im Salon bei Anders Lissander, wo ich gleichzeitig aufgetreten war, gab man mir die Möglichkeit weiterzuspielen, und hier hatte ich meine eigentliche Bühne. Lissander war derzeit, wie ich, ohne eigentliche Beschäftigung. Die musikalischen und poetischen Abende, die er in seiner Wohnung veranstaltete, wurden nun immer häufiger, und sie entwickelten sich zu öffentlichen Soireen. Bei Lissander traten auch andere Künstler auf. Der Dichter Samuel Tilas kam, und an den gutmütigen Sten Stare erinnere ich mich: sein Fach war die *opera buffa*, er kam in goldbetreßtem Rock, weißem Seidenhemd und Luchspelz. Er sang, und ich blies Horn mit der Nase. Dann stand ich allein auf der Bühne und trug, an Inga gerichtet, ein Lob der Würste vor. Es war eigentlich ein Spottgedicht auf die Stadtwachen, die in ihren unvorteilhaften Uniformen wie »Würste« aussahen.

Oktobermonat, meine Mamsell,
von allen ist der beste.
Dann steht die Wurst auf Wache, Mamsell,
und geht in unsren Rachen, o Mamsell!
Sie grüßt und krümmt sich schnell.
Wir kosten sie, Mamsell.
Salut! Courage, werte Gäste!

Wann steht die Wurst auf Wache, Mamsell,
und Eure Küche zieret
bei Körnern und Karotten, Mamsell,
geräuchert und gesotten, o Mamsell?
Sie ist nur Bagatell,
doch delikat, Mamsell,
wenn rostbraun sie zu Tisch marschieret.

Sten Stare lachte, daß sein Kopf rot wurde bis unter die Lockenperücke, und nannte meine Nummer eine »musikalische Danksagung«. Er blieb sitzen bis zum letzten Vers, »unter Gefahr für mein Leben und alles, was ich liebe«.

Lissander schrieb alles auf für sein Liederbuch. Bei den Soireen waren zwanzig, manchmal dreißig Gäste versammelt: Bergklint, Kexel, Oxenstierna, Stiernhoff, Elis Schröderheim und viele andere. In dieser Zeit schrieb ich, immerzu und überall, unzählige Mengen Verse, oder ich erfand sie direkt bei Lissanders, stellte mich mit dem Cithrinchen auf die Speichertreppe, in den Korridor, schwang mich von diesen Logen auf die Bühne, imitierte Instrumente, parodierte Szenen aus *opéra comique* und *opera buffa*, sang Sauflieder auf Melodien zierlicher Menuette, grub aus dem Bauch des Instrumentes eine kraftvolle Triole hervor, ließ sie im Echotakt verebben, ging eine Terz höher, sprach beruhigend auf die Darmsaiten ein, die mir widerborstig antworteten und in Dreiklangsequenzen zeterten. Ich machte Menuette, Märsche, Kontertänze oder Polonaisen mit scherzhaften Klangreimen in so dichter Folge, daß es an verbalen Nonsens grenzte.

Beim anschließenden Souper sagte der Erste Offizier eines französischen Kauffahrteischiffs, nachdem er mir ein Darlehen von 2000 Talern bewilligt hatte, daß ich so dicklippig drauflosschwatzte wie die Ladung Negersklaven, die er nach Westindien verfrachtet hatte. Dies hier war kein gefühlvoller musikalischer Salon von der Art, wie er es gewohnt war, hier wurden Bataillen zwischen Instrumental- und Dichtkunst geschlagen. Er war hereingekommen, weil er auf der Straße einem unbekannten Bürger begegnet war, der auf die erleuchtete Fensterreihe im ersten Stock gezeigt und bebend von den Treffen und Scharmützeln geredet hatte, die dort stattfanden, wenn ein gewisser Bellman zu den Waffen griff.

Apropos Fensterreihen und gefühlvolle Salons: Das Lissandersche Haus in der Götgatan war ein kostspieliges *Maison de plaisance*, ockerfarben verputzt, das gebrochene Satteldach mit Eisenblech gedeckt. Die Wände waren mit Stofftapeten bekleidet, dekoriert mit Zierleisten und gemalten Ornamenten, in Nischen standen vergoldete Statuen und Medaillons, und zwischen weißen Säulen hingen Spiegel mit vergoldeten Rahmen. Aber durch die hölzernen Fensterbogen auf der Westseite sah man die graubraun marmorierte Fläche des Fatburssjön, schmutzig und so übelriechend, daß die Zimmer wegen des Gestanks nicht gelüftet werden konnten. In Lissanders Garten gab es Treibhäuser, Erdkeller für die Weine und eine Orangerie mit Feigenbäumen. Es gab auch einen säuberlich gefegten Hinterhof, der das Wohnhaus von dem südlich anschließenden Schilfdickicht abgrenzte, wo fremde Knechte Kühe weiden ließen, wo Ziegen sich auf die Hinterbeine stellten und Halme aus den Strohdächern verfallener Ställe herauszupften, und wo Federvieh sich um den Dung stritt.

Aus den Stofftapeten dieser elegant dekorierten Räume mit ihren goldenen Spiegeln und aus den Strohdächern der verfallenen Ställe am Fatburssjön zog ich die Fäden und Halme, aus denen ich meine Gedichte flocht. Ich zankte mich mit dem Federvieh um den Dung. Ich verwendete alles, worüber ich stolperte, worauf ich in diesem Geviert mit der Nase stieß. Da lagen ganze Gedichtzeilen brach und wollten in neu gewebte Reime nach neuen Versmaßen gekleidet werden.

Der nördliche Plankenzaun stand so weit draußen im Wasser, daß die Frösche durch die Lücken zwischen den Brettern miteinander wetteifern konnten. Ein Gatter hing windschief in seinem Scharnier. Auf der anderen Seite, auf dem Uferhang, lagen Melonen im trockenen, ellenhohen Gras. In einem Bretterverschlag über einem Erdloch hausten Bettler, die einander die Läuse ablasen und auf den Tod von Hühner-Lisa, Mist-Anna oder Verrenke-Pelle warteten, womit ein Platz für sie frei würde im Lillienhoffschen Palast, dem nach Norden angrenzenden Armenhaus des Kirchspiels Sta. Katarina.

Im Osten angrenzend, auf dem Pelarbacken, lag die Hinrichtungsstätte Golgatha, die nur noch selten genutzt wurde. Vom Salonfenster bei Lissanders konnte man die Spitze des Kalvariensteins sehen. In diesen Stein war der Abstand zum Rathaus an der Schleuse eingemeißelt, dieser Abstand war auf die Elle genau derselbe wie der zwischen der Schädelstätte in Jerusalem und dem Rathaus des Pilatus, von dem aus unser hochgelobter Erlöser sein Kreuz trug. In den Grabbaracken unterhalb des Hinrichtungsplatzes lagen, so wie man sie niedergelegt hatte, nach Westen ausgerichtet, die Skelette der Gerichteten, aufeinandergeschichtet wie weißes, knorriges Holz.

Dies war also meine Welt, hier wohnte ich, und mitten darin

stand die Lissandersche Bühne. Dort sah man mich mit meinem Cithrinchen thronen, in diesen Jahren, in denen König Adolf Friedrich, erniedrigt durch den ständigen Parteienstreit, schließlich seiner natürlichen Gemächlichkeit und seinem erschlafften Pflichtgefühl nachgab und sich, nur noch deutsch sprechend, an seine geliebte Drehbank stellte, wo er auf seine freundliche Art und mit seiner aufrichtigen Herzensgüte Spielzeug drechselte, während die »Mützen« sich mit den »Hüten« um die Macht schlugen.

Dann kam der Tag, an dem ich einen Leiterwagen mietete und mit allem, was ich besaß, aus meiner ersten Junggesellenklause in die Ormsaltargränd in der Nähe der Schleuse umzog. Im Manufakturkontor gab es weder Arbeit noch Lohn, und das Zimmer war mir zu teuer geworden. Die Mühle jagte mich mit klappernden Armen davon. Sie mochte keine armen Schlucker auf ihrer Anhöhe dulden. Als ich die Seilerbahn erreichte, stand plötzlich vor meinem Pferd der Wirt Wiberg vom Grünen Jäger. Einen brabantischen Hut mit Pfauenfeder auf dem Kopf, hielt er mit einem gravitätischen Schritt den Wagen an, ging um ihn herum und hängte eine detaillierte Wirtshausrechnung an die Scheibe des Schrankes mit Schublade, der eins von den fünf Möbelstücken war, die ich zu jener Zeit besaß. Ich hatte außerdem zwei Lehnstühle, einen Eßtisch und ein Bettgestell mit Strohmatratze. Nun war die Rechnung ein Teil meiner Umzugsfuhre.

Die Wohnung, in die ich einzog, war dürftiger, kleiner und schmaler. Von dort sah man die russischen Holzhäuser über dem Saltsjön, hörte Eisenstangen scheppern und Schauerleute schreien. Man hörte, wie die Pferde im Stall auf dem Hof vor Hunger stampften, wie sie an der Krippe nagten, wie die Ziegen, die auf dem Berg weideten, herunterkamen und an den buchenen Latten der Abtrittstür knabberten. Und man hörte die Kuh aus vollem Halse brüllen. Sie gab keine Milch.

An diesem Umzugstag half mir Mamsell Inga, den Fußboden zu scheuern und das Fenster zu putzen. Sie kam wieder am Abend und keuchte ganz aufgeregt; in einem großen Korb trug sie belegte Brote, einen gebratenen Hecht und einen Krug französischen Tischweins, der hier unter dem Namen Pontac verkauft wird, sowie gelbgrüne Gläser. »Eine schwarzgoldene Karosse«, sagte sie anklagend und deutete auf die Götgatan hinunter, »hat soeben dem kleinen Jungen des Faßbinders die Beine abgefahren. Einer von denen, die in der Karosse saßen, war der Kronprinz, er wollte sich hinter den Gardinen verbergen, aber ich habe ihn erkannt. Er wollte sich wohl incognito Södermalm und die arbeitende Bevölkerung ansehen.« Inga war außer sich. »Dann hat einer hinter den Gardinen dem Kutscher etwas zugerufen, und der hat die Zügel ergriffen und ist einfach weitergefahren.« Später erfuhr ich allerdings, daß der Kronprinz zu dieser Zeit bereits nach Hälsingborg abgereist war, um dort seine Braut zu treffen und nach Stockholm zum Traualtar zu führen.

Seit ich in der Ormsaltargränd wohnte, kam Inga nun viel öfter, um Unterricht auf dem Instrument zu nehmen. Sie war sehr verliebt in mich und konnte, mitten in einer Soloübung, mich gefühlvoll küssen und mich daran erinnern, daß ich ihr Verlobter war, daß sie Bettwäsche in der Truhe gesammelt hatte, und daß ich in Ruhe und Wohlstand leben könne, wann immer ich selbst es nur wolle. Sie besaß zwei ovale Nähtische. Einen davon ließ sie zu mir herübertragen. Sie klöppelte und stickte. Sie stickte »Venus und ihr Hof« auf ein Sesselkissen. Nach einem literarischen Spektakel, wenn im Haus ihres Vaters der Vorhang gefallen war, konnte sie mich die Götgatan hinaufbegleiten, sich oben an der Högbergsgatan verabschieden mit vielen liebevollen, warmen Worten, und wenn ich dann allein die Treppe zu meiner Kammer hinaufgestiegen war, dauerte es nicht lange, bis ich sie mit weißen Handschuhen und klingenden Ohrgehängen bei den Futterkrippen auf dem Hof herumhantieren hörte. Dann öffnete ich das Fenster und fragte, was los sei. Ja, sie hatte einen Armvoll Grünzeug für die Kaninchen gefunden, und dann kam sie in mein Zimmer hereinspaziert, in duftigem Schleier und Seidenstrümpfen, einen Korb in der Hand. Sie bat um Verzeihung, *par amitié*, aber sie wisse, was ein Junggeselle brauche. Ein Bier und einen Bissen zur guten Nacht.

Während dieser Zeit fand jeden Freitag im Großen Ballhaus am Slottsbacken ein öffentlicher Maskenball statt. Dorthin gingen Peppas Huren und die Huren von Madame Plat und mischten sich verkleidet unter die absolut keuschen Fräulein, die den heimischen Herd für einen Abend verlassen hatten und zitternd vor Spannung einen Kontertanz wagten mit einem unbekannten *chauve souris*. Ich war selbst so ein Fledermaus-Domino, mit schwarzer Halbmaske und Kapuze. Tanzlustige aus allen Klassen strömten aus den Gassen zum Bollhustorget. Dampfende Herden ausgespannter Kutschpferde drängten sich an den Futterkrippen. Die Kutscher banden das Zaumzeug hoch, putzten die Wagentüren, kratzten die Pedale rein. Das Vergnügen kostete drei »Doppelte«, wie die silbernen Zweitalerstücke genannt wurden. Nun trommelten die Filzschläger auf die Paukenfelle. Die Trompeten reckten ihre Hälse und schmetterten. Dann erloschen die Fackeln, und die Schatten schaukelten über die Wände und den Tanzboden davon.

Bei einem Menuett auf dem Bollhus-Ball konnte der Oberkammerherr eine Viertelstunde lang eine Magd mit ihrer geschmeidigen Katzentaille um seinen Faßbauch schwenken. Und Hoffräulein Ehrensvärd konnte eine *Anglaise* mit Lord Ditton beginnen und nach mannigfachen Tanzschwüngen mit dem Müllerknecht von der Gubbhus-Mühle beenden.

Alle waren unter ihrer Verkleidung verborgen.

Die Körpergerüche waren *à peu près* die gleichen.

Der Husten der Lungenkranken vereinte brüderlich vernichtend Hoch und Niedrig.

Läuse hatten sie alle; aber sah man die Zeichen des Skorbuts hinter der Maske, mit blutigen Rissen um den Mund und wundem Zahnfleisch, so war der Tanzpartner einer aus der niedrigen Klasse, denn die niedrige Klasse hungerte. War die Haut hingegen wund und nässend unter der Puderschicht, war es ein Kavalier aus der höheren Klasse. Syphilis war eine Krankheit der Wohlhabenden, und der Puder war kein Puder, sondern eine zum Heilen aufgetragene Quecksilberpaste.

Ich fühlte mich zu den Mädchen der Peppa und der Madame Plat hingezogen. Sie waren beim Bollhustheater und bei Königin Luise Ulrike angestellt und erkennbar an den rotgefärbten Brustwarzen und den hoch über der Stirn toupierten Frisuren. Wie es möglich war, weiß ich nicht, aber ich hatte mich wieder verschuldet, und die Schuld war von der Art, die einen tiefer und tiefer in den Sog zieht, weil sie mit den Vergnügungen verbunden ist, mit dem körperlichen Genuß, der den Schuldner gleichgültig macht gegenüber den Folgen und in neue Schulden hineintreibt. Die Mädchen der Peppa und der Madame Plat boten Genuß auf Kredit.

Mamsell Inga wußte Bescheid. Sie war entschlossen, als Jungfrau in die Ehe zu treten. Ihre Küsse bezeugten eine tiefe, von Sinnenlust reine Liebe. Als ich sie eines Morgens in meiner Kammer mit einem Kuß auf das untere Ende ihres Rückens weckte, ohrfeigte sie mich und zischte, das sei die Art, wie der Teufel seinen Mund gebrauche, für so etwas müsse ich mich in die Hurenhäuser der Baggensgatan begeben. Inga konnte warten, war aber dennoch ein eifersüchtiges Frauenzimmer. Sie spionierte mir nach und schmuggelte sich hin und wieder verkleidet bei einem Ball im Bollhuset ein.

An einem späten Oktoberabend sah ich sie am Schanktisch lauern. Sie nippte an einem Glas Mandelmilch *à la glace.* Ich drehte einige Runden durch den Saal, um Luft zu holen. Bei der dritten *Anglaise* waren meine Dame und ich das zweite Paar. Wir tanzten bis an das Ende des Reigens. Sie machte mir einen eindeutigen Vorschlag, und ich wollte gerade antworten, als wir auseinandergehen mußten, um die Große Acht zu bilden. Als wir wieder aneinander vorbeitanzten, ging ich zu Inga.

Die Schminke hatte sie entlarvt. Sie legte als untere Schicht immer Weiß auf, zog die Augenbrauen mit Schwarz nach und setzte eine Mouche darauf. Ich setzte meine Maske ab, und wir nahmen einen Wagen zu ihr nach Hause. An der Schleuse war das Wasser gestiegen und wallte heftig. Als wir ins Treppenhaus traten, war sie den Tränen nahe. Aber bald wurde die Stimmung munterer. Ich war ja richtig ausgehungert. Welch ein Glück für Inga!

Außerdem war Schlachtmonat.

In allen Hinterhöfen der Stadt quiekten die Schweine. Kinder, die es nicht ertrugen, ihre lieben Schweinchen unter den Schlachtmessern verbluten zu sehen, versteckten sich weinend in der Garderobe. Der Knecht, der die Arbeit tun sollte, genehmigte sich seine Schlachtschnäpse, fünf Glas pro Schwein. Entlang der ganzen Götgatan, von der Schleuse aufwärts, trugen Tagelöhnerinnen Eimer voll mit klumpigem Blut über die Höfe, schütteten es in Durchschläge, seihten es in Tonkrüge. Die Schwanzwurzel bekam der Hund, die Klauen aber waren des Teufels und wurden im Dunghaufen vergraben. Bei den Burschen, die am Schlachtbrett standen, dampften die Nacken ebenso wie die Leiber der Schweine, die gehäutet wurden.

Den ganzen Tag vor dem Ball hatte Inga mitgearbeitet, denn der gesamte Haushalt war eingespannt. Jetzt waren wir allein in der Küche. Ich zog sie auf meinen Schoß. Sie genierte sich, als ich zu ihr sagte, daß sie mir mit den Händen zeigen solle, wie die Därme ausgedrückt, wie sie gewendet und ausgekratzt würden, damit man das Wurstbrät einfüllen konnte. Wir tranken Mumme aus Champagner und Porter. Von der Stange an der Küchendecke hingen Mettwürste, Lübische Würste, Landjäger, Stangenreiter, Sauerwürste, Dauerwürste, Trockene Zipfel, Hackwürste, Knackwürste und Grützwürste herab. Über den warmen Herdplatten waren vier Harnblasen zum Trocknen aufgehängt, die Inga mit Erbsen gefüllt, aufgeblasen und mit einer Schnur zugebunden hatte. Die Blasen sollten getrocknet werden, dann konnte man sie bemalen und den Kindern schenken.

Sie war warm und ganz Fürsorge. Sie schnitt eine der fettesten Würste auf und gab mir Brot dazu. Kauend deutete ich mit der Gabel zur Küchendecke hinauf, schluckte hinunter und fragte zuerst harmlos, welche Art Wurst die Landjäger seien, dann provozierend, was die Besonderheit der Stangenreiter sei. Ich sagte das, um etwas Pfeffer in die Unterhaltung zu bringen. Inga lächelte zuerst, errötete dann und wurde schließlich ungehalten, als ich einen kräftigen, frechen Wurstvers erfand:

Lübecks Würste – Braunschweigs Mumme
schenk in großen Eimern aus!
Courage, kleine Muhme,
schenk mir deine kleine Maus.

Sie erhob sich heftig, schnaubte wütend. Ich solle mir ja nicht einbilden, daß ich ein unwiderstehlicher Verführer sei. Ich würde noch früh genug merken, daß ihr Körper ein noch unanständigerer Platz sei als die Maskeraden, die ich besuchte! Die Bälle waren so lasterhaft, daß das Konsistorium beim Reichsrat ein Verbot beantragt hatte. Und die Kirche war beim Stadtmajor Flygarell vorstellig geworden, der daraufhin versprochen hatte einzugreifen.

Ich zog sie wieder auf meinen Schoß.

Das Fischbein in ihrem Mieder knackte, denn es war steif geschnürt und wurde noch steifer, als sie sich zu mir herunterbeugte und mich mit einem dieser Küsse bedachte, die ihre tiefe, von Sinnenlust reine Liebe ausdrückten. Sie bekam Puder auf die Zunge, als sie mein Ohr streifte. Sie streckte mir die Zunge heraus und fragte mich dann direkt ins Ohr hinein, ob ich nicht noch mehr Wurstreime zu bieten hätte. Ich schnürte ihr Mieder auf. Und als ihre Brüste sich wie weiße Hörner mit roten Spitzen über dem Wurstteller reckten, wo auch die Maske lag, fügte ich meinem Wurstgedicht eine weitere Strophe hinzu:

Der Magen ist ein Marktplatz, Mamsell,
dort will ich bei dir wachen,
mit Bajonett auf Posten, Mamsell,
so rund und dick und speckig, o Mamsell.
Pardon, Herr Flygarell,
Parbleu, Pardon, Mamsell!
Wir essen beide auf und lachen.

Auf diese Weise verstrich also meine Zeit mit Inga.

Dieses Zusammenleben war etwas Neues und Eigentümliches für mich, und ich schrieb ihr Verhalten der Unschuld ihrer Liebe zu, da ich annahm, daß die Liebe zwischen jungen Menschen sich eben auf diese Weise ausdrückte. Ich war entschlossen, ihr nicht nachzustehen und ihre Küsse und Zärtlichkeiten so zu erwidern, wie sie es von mir erwartete. Die Freiheiten, die ich mir nahm, weckten jedoch keine anderen Empfindungen als einen seltsamen Genuß und ein warmes Gefühl, das ich irrtümlich für Liebe hielt; das wurde mir aber erst später klar, als ich mich ernsthaft verliebte und ein Opfer dieser Liebe wurde.

Noch schrieb ich Wurstgedichte.

Inga klöppelte.

Ich erlebte das selbstgefällige Gefühl des Lebemannes, geliebt zu werden, ohne die Liebe zu erwidern. Ich erlaubte mir, gelangweilt zu sein von etwas, was ganz und gar echt war.

Eines Morgens wurde ich in der Ormsaltargränd durch Lärm auf dem Hof geweckt. Frau Mecks schwarzschimmernde Glucke lag mit dem Kopf in einem Loch an der Schwelle zum Hühnerhaus, ermordet von Ratten. Die Frau fiel vor Erschütterung in Ohnmacht, gab schnarchende Geräusche von sich, eine Nachbarin rieb sie nun mit warmen Tüchern und Essig ab.

An diesem Tag wurde das Manufakturkontor endgültig geschlossen.

Arbeit gab es dort schon seit Monaten nicht mehr. Bei der Abschiedsversammlung des Vorstandes, zu der ich zusammen mit anderen Entlassenen geladen worden war, wurden wir ermahnt, »mit Geduld und Standhaftigkeit unser trauriges und bedrückendes Los zu ertragen.«

Im gleichen Saal trug ich eine Stunde später, gegen Bezahlung und eine Mahlzeit, ein Ordenskapitel vor, in Gegenwart einer kleinen Gesellschaft von Trunkenbolden, die einander mit Geduld und Standhaftigkeit zwischen den Schnäpsen zum Ritter schlugen und Wahlsprüche austeilten. Der Saal lag in dem Flügel des Rathauses, der auf den Brunnsbacken hinausgeht.

Binnen kurzem sollte ich 27 Jahre alt werden. Ich litt Hunger und bittere Armut. Meine Hüften standen vor. Meine Wangen waren eingefallen.

Als ich auf den Brunnsbacken hinaustrat, überquerte ich die Straße und stand vor Woltemats Buchhandlung neben der Schankwirtschaft Zur Blauen Tür. Anders Lissander hatte mir mitgeteilt, daß er meine Trinklieder in einer Ausgabe von Kankels gesehen hatte, einer achtseitigen Broschüre im Oktavformat, mit dem Titel »Lustigkeiten«. Ich sah mich um, fand aber nichts. Das Papier war das billigste, das es gab, hatte er gesagt, und das Titelblatt mit einem Holzschnitt versehen, aber ohne Angabe des Verfassernamens. Während ich so mit dem Pfeifenschaft in der Kiste herumsuchte, stand plötzlich mein zukünftiger Schwager, der Kassier Stiernhoff von der Deputation, neben mir und grüßte mit einem Kratzfuß; auf französisch nannte er mich ein Original unter den Poeten, ein wirkliches Genie. Stiernhoff war bei einer von Lissanders Soireen dabeigewesen. Er hatte sich dort so herrlich amüsiert wie nirgendwo zuvor.

Ich dankte ergebenst und fragte, ob es möglich sei, bei ihm ein Darlehen aufzunehmen, ein ganz bescheidenes. Ich war arbeitslos.

Stiernhoff fehlten die Mittel; er kratzte sich unter der grasgrünen Perücke und versprach, bei der Deputation ein gutes Wort für mich einzulegen. Dort wurden jedes Jahr Pensionen für einen Haufen unnützer Leute ausgeteilt. Eine solche Pension könnte statt dessen mir zur Ermunterung gewährt werden.

Regen hatte in der Luft gelegen, aber nun klärte sich der herbstliche Himmel auf.

Ich nahm mir vor, meine Geschwister bei Arrhén in Hägersten zu besuchen, und machte mich die Hornsgatan hinauf auf den Weg. Der Brandwächter rief: »Die Glo–oo–ocke hat se–echs geschla–agen«. Wagenräder holperten auf dem Kopfsteinpflaster vorbei. Im Steinmetzladen standen blaue Fayencetöpfe in einem der Fenster. An der nördlichen Kirchentür wurde »Aufrichtich Englisch Toback von Virginia« verkauft.

Das Leben war nach dem großen Brand in das Kirchspiel Sta. Maria zurückgekehrt. Wohin ich blickte, überall waren neue Steingebäude entstanden. Wo die Pustegränd in den Waschsteg mündete, waren schon Pfähle eingeschlagen worden für den neuen Kai. Den ganzen Sommer hindurch hatte man den Gesang der Arbeiter gehört, hatte gehört, wie die Pfähle in den Berghang gerammt wurden: »He–ho–hau–ruck, hau–ruck, he–ho–hau–ruck, hau–ruck, ho–hau–ruck«. An der Badstugatan hatten sich ihre Rufe im Taktwechsel mit dem Gesang der Maurer vermischt:

Und hoch den Stein – he ho hau ruck
Und heben wir ihn – he ho hau ruck
Und setzen wir ihn – he ho hau ruck
Und schieben wir ihn – he ho hau ruck
Und richten wir ihn – he ho hau ruck
Und nun liegt er gut – he ho hau ruck

Inzwischen war die Neubauphase so weit fortgeschritten, daß auch der Ruf der Kaminkehrer in das Stadtviertel zurückgekehrt war. Man sah die schmale Gestalt des Schornsteinfegers auf den neugebauten Dächern balancieren, man sah, wie er die Beine in den Rauchfang steckte, wie er die Mütze über das Gesicht zog und im Kamin verschwand mit einem immer dumpferen »Paß opp! Pa – aß opp! Pa – a – aß opp! Pa – aß opp, paß opp, paß o – pp!«

An diesem Abend waren viele Haustore mit Fichtenzweigen geschmückt. So weit das Auge reichte, war die Straße in Richtung Hornstull mit Talglichtern illuminiert. Plötzlich entstand ein großes Gedränge am Straßenrand. Perücken und Halskrausen drängten sich nach vorne. Hutkrempen streiften Hauben, Wämser streiften Damenroben. Dann erhob sich ein Tumult an der Schleuse, Hochrufe ertönten, steigerten sich zu anhaltendem Jubel. Unser hochgelobter Kronprinz kam, in vergoldetem Hofwagen und mit zahlreichem Gefolge.

»Es lebe Gustaf! Gustaf lebe!«

Die Reise ging nach Hälsingborg, wo er seine Braut treffen sollte, die Prinzessin Sofia Magdalena. Die schwedisch-dänischen Blutsbande aus der Zeit Karls XI. waren in anhaltenden Haß ausgeartet. Nun sollten die fürstlichen Familien geeint werden durch eine Verbindung, die gegen den gemeinsamen Feind, Rußland, gerichtet war. Die kühle, unerotische Natur des Kronprinzen sollte das Ehebett teilen mit dem schüchternen und verschlossenen Wesen der Prinzessin. Für das Beilager war den Einwohnern des schwedischen Reiches eine Sondersteuer auferlegt worden, die zehn Tonnen Gold eingebracht hatte. Und hier war er nun, Gustaf. Ich drängte mich näher heran und rief zwischen den paradierenden Pferden hindurch:

»Der Herr gebe Glück und Segen! Es lebe Gustaf!«

Vor dem Zug lief ein schwarzer Hund und bellte und heulte erbärmlich, Schaum und Schleim traten ihm aus Hals und Maul. Dann kam der Hofwagen, reich dekoriert mit goldenen Kronen und Fransen, und die Karosse, mit weißem Atlas ausgekleidet. Das Gefolge bestand aus Hofpaukisten und Hoftrompetern zu Pferd, dem Vierten Leibregiment, den Leibwächtern des Prinzen und Pagen. Gustafs Kopf schaute fast wie eine Allegorie aus dem Rockkragen aus rosenrotem Silberbrokat heraus. Er sah bleich und angespannt aus, als ob seine Mutter, die Königin, die ihren Sohn eifersüchtig hütete, ihn zum Abschied gemahnt hätte: »Ich warne dich, verliebe dich nicht, denn das grenzt an Verrücktheit.«

Als die Pferde des Leibregimentes das Armenhaus passiert hatten, wo die armen Leute an der Almosenlade unter dem Blechdach standen und um eine milde Gabe bettelten, schwenkte ich in die Blecktornsgränd ein und ging die Skinnarvikshöhe entlang nach Hägersten.

Schwester Lovisa war krank, sie konnte nicht schlucken.

Catharina hatte für mich aufgewärmte Erbsen mit Essig und gekochten Hering aufgehoben.

Arrhén hatte in der Apotheke die falsche Wichse für seinen Schnurrbart bekommen. Nachdem er sie aufgetragen hatte, hatte sich eine schmerzhafte Wunde gebildet, die er ständig mit den Fingern anfeuchtete; aber nun zeigte er mir seine Brennerei und erklärte mir, wie er aus einer Tonne Saat ganze zwanzig Kannen Branntwein destilliert hatte.

Schwindlig vom Hunger war ich angekommen, und schwindlig vom Branntwein kehrte ich zurück zur Stadt. Meine kleinen Geschwister hängten sich an mich, wollten mit mir ringen und an meinem Sprachkasten horchen, ob es da vielleicht neue Lieder gab. Außerdem stand Fredrikas Hochzeit bevor und mußte geplant werden. Sie war jetzt fünfzehn Jahre alt und sollte binnen kurzem dem Kassier Stiernhoff angetraut werden, der für seine Ehe das Anwesen Stora Fågelsången von Arrhén gekauft hatte. Ich war dazu auserkoren, der Braut den Myrtenkranz aufs Haupt zu setzen, ein Hochzeitsgedicht zu schreiben, am Altar niederzuknien und an der Seite meiner Schwester Brot und Wein zu empfangen, wenn in der Kirche Sta. Maria das Abendmahl ausgeteilt wurde.

Storkyrkobrinken lag schon im Dunkeln, und nur die Fackeln am Wirtshaus Wurms Mägde beleuchteten den Rinnstein, der in die Helvetesgränd hineinführte, wo ich Ulla Winblad besuchen wollte.

Unter den Gästen waren viele Fähnriche und Kornetts, die so viel Kredit bekommen hatten, daß der Wirt schon fast ins Unglück geriet, aber ich brachte es fertig, daß ich einen Schnaps und eine Schnecke angeschrieben bekam, zusätzlich zu den Schnäpsen und den Schnecken, mit denen ich schon in der Kreide stand. Gabriel Orm war ein Ehrenmann und durchaus kein armseliger Wurm, er verlangte von mir nur, daß ich an einem Abend mit dem Cithrinchen Trinklieder bei ihm aufspielte.

Als ich gerade meine Pfeife angezündet hatte, stand sie in der Tür, mit schmaler Taille, in rosenrotem Rock und blauen Strümpfen. Durch Tabaksqualm und Küchendunst, den Brodem von

Branntwein und Bier, den Geruch dampfender Pferdeäpfel und Säuferpfützen kämpfte sie sich bis zu mir vor.

Ulla legte großen Wert auf den Titel Mamsell. Sagte jemand Jungfer zu ihr, so bekam er zu hören: »Nimm dich in acht, Tippelbruder, such dir deine Jungfern auf der Straße!« Daß ich sie Ulla Winblad nannte und nicht bei ihrem richtigen Namen, darum hatte sie mich gebeten. Ich hatte von ihr gesungen, und es war besser, in meinen Liedern als Sünderin zu leben, als die Sünde in ihre Papiere eingetragen zu bekommen.

Der Bierfiedler stand mitten unter dem Gewölbebogen und kratzte auf der Geige.

Wir setzten uns an einen separaten Tisch. Die Nische war von dem großen Raum getrennt und konnte von innen verschlossen werden. Mamsell Ulla war 22 Jahre alt und verlangte einen Handkuß. Ich hatte noch nicht mit ihr geschlafen. Ich ließ die Lippen auf ihren Fingerknöcheln ruhen, spielte mit der Zunge und bedeutete ihr damit, daß ich sie heute haben wollte. Mein Haar war natürlich frisiert, in französischer Manier. Sie mochte Perücken und höfische Frisuren nicht, strich mir mit der Hand kräftig durch das Haar zum Nacken, drehte mein Gesicht nach oben und fragte, ob ich zahlen wolle.

Nein, ich wollte Kredit.

In der leichten Gesellschaft gab es »Frauen«, »Madamen«, »Mademoisellen der besseren Sorte« und »Mademoisellen der schlechteren Sorte«. Ulla war die ungewöhnlichste Schönheit dieser Gesellschaft, sie gehörte zu der schlechteren Sorte, aber sie wollte nach oben, daher war es klug von ihr, mir Kredit zu gewähren. Ich stand höher und konnte als ihr Kavalier betrachtet werden, als ihr Verlobter. Darüber hinaus verrichtete sie in der Seidenfabrik beim Fabrikanten Norin zur Zeit noch Arbeiten, mit denen anständige Leute sich versorgten. Sie schlug mir *sans façon* vor, »zusammen auf Djurgården zu soupieren«.

In der Stadt gab es Tanz in jedem Wirtshaus. Auf der Straße außerhalb des Kruges Wurms Mägde tanzte Ölboms Elsa mit Jacob Laddstock. Ein halbseidener Nachtvogel tanzte rückwärts in die

Weinfässer hinein, dort hing, halb im Rinnstein liegend, Korporal Modig, aus der Kaschemme hinausgeworfen, und da lag auch Fredman, über den wir hinübersteigen mußten, als wir das Wirtshaus verließen, um nach Djurgården hinüberzufahren. Ich sah zu Fredman hinunter, beugte mich über den Schwindsüchtigen, der mit der Brust in dem Auswurf lag, den er ausgehustet hatte, hob seinen Kopf und ließ ihn wieder fallen.

Nur Gestank und Läuse.

So weit hatte also der Branntwein den Hofuhrmacher gebracht, daß selbst ein Krug wie Wurms Mägde sich von seinem Besuch entehrt fühlte, und daß sogar die Helvetesgränd ihrem eigenen Abschaum die Tür vor der Nase zuschlug.

Und da kam einer, der auf einem Holzbein hinkte, einer lief vorbei mit einem gestohlenen Käse, einer roch nach alter Mähre und pinkelte sich an der Ecke aus, wo die Kalesche stand, die uns über die Nybron und dann über die Djurgårdsbron zu Getings Wirtshaus an der Werft kutschierte.

Gebratene Ente wurde aufgetragen, Dickmilch und Rotwein.

Nicht ohne Eitelkeit wollte Ulla wissen, was ich über sie gedichtet hatte. Ich erklärte ihr, während ich meine Pfeife stopfte, daß ich ihre weißen Beine beschrieben hatte, den blauen Rock und wie ihre Brust aus dem Mieder herausdrängte. Ihr Lachen hatte ich beschrieben, und wie feurig und ungestüm sie war, wenn sie sich im Tanze schwang. In Getings Wirtshaus tanzte man zur gleichmäßigen Musik der Schlüsselfideln. Auch kamen Spielleute von der Straße herein und bliesen Waldhorn und Oboe für einen Schnaps und einen Brotkanten. So tauchte plötzlich Mowitz auf und rief schon in der Tür: »Bellman, zum Henker!« Er kämpfte sich mit rudernden Armen zu unserem Tisch durch und konnte wahrhaftig das Sauflied auswendig, das ich vergangenen Samstag in Sahlbergs Krug vorgetragen hatte:

Trinkt, ihr Hunde und Canaillen,
lasset im Schlunde die Wässerchen wallen!
Bist du prüde? Schäm dich und trink,

trink und laß die Sorgen fallen.
Prost dem Teufel und euch allen,
Sankta Clara und Cathrink!
Fort mit Liebespfeil und Gerte.
Sch… auf Daphne, Malicerte!
Trink dein Glas aus, trinke, trink!

Mowitz trug seinen Mantel geöffnet und roch nach Pomade, nun öffnete er ihn noch weiter, so daß die ledernen Hosen sichtbar wurden. Dann schielte er auf Ullas Röcke, beugte sich geschmeidig und flink nach ihren weißen Waden, kicherte, wie »unheimlich« jugendlich sie sei. Auf meine Frage, was beim Schloßgericht herausgekommen sei betreffend die Schlägerei bei Sahlberg, bei der er übel zugerichtet und seine Baßgeige zerschlagen worden war, antwortete er, daß er Schadenersatz zum Schätzwert bekommen habe. Für die Baßgeige 16 Schillinge, für die zerschlagene Nase 6, aber die 18 Doppeltaler, die er an jenem Abend mit dem Teller eingesammelt hatte, waren verloren.

Zwei Oboisten spielten und die Dielen schaukelten unter den Tänzern, als Ulla mich die Treppe zur Kammer hinaufzog. Sie war so schmal in ihrem engen Schnürleib. Ich hatte Arrhéns senfgelben Rock mit dem violetten Futter ausgeliehen, auf den legte sie sich und löste den Messingkamm aus ihrem Haar. Sie zog das Laken bis zur Brust herauf und sagte, während sich ihre schmale weiße Hand an meinem Hosenschlitz zu schaffen machte, daß ich mir nichts einbilden solle, mit ihr schlafen zu dürfen, weil ich ein Herzensbrecher sei. Ich rang nach Atem und suchte nach Worten, aber ich fand nur ein »Ulla«, nichts als ein »Ulla«, wiederholte eine gute Weile immer wieder dieses eine, »Ulla«, und wenn ich ausatmete, sagte ich: »Ulla, meine Ulla«!

Wie eine Betrachtung über den kummervollen Lauf der Welt bewegte mich das, was mir in Getings Krug diese Herbstnacht widerfuhr und sich von nun an alle Tage wiederholte in diesem

Herbst und Winter bis zu jenem Tag im Frühling, als Mamsell Ulla mir den Kredit verweigerte.

Ich hatte das Gefühl, daß ich mich die ganze Zeit bei Ulla in der Kammer befand, daß ich neben ihrem weißen Körper auf Arrhéns violettem Rockfutter lag, daß mein Glied, das bei Mamsell Inga mager geworden war wie eine Sehne und sich gelangweilt hatte, bei Ulla schwoll, und ich beschrieb sein Eindringen in ihren Schoß als majestätisch und mit kraftvollem Triumph. Ich taufte dieses mein aufs neue geborene Glied »Burgmannian«, denn als Kronprinz Gustaf mit seiner Braut Sofia Magdalena seinen Einzug in die Hauptstadt hielt, geschah dies in der vergoldeten Prachtkarosse gleichen Namens. Das war Anfang November gewesen. Den Weg vom Schloß Karlberg hatten jubelnde Menschenmassen gesäumt. Beim Schall der Pauken, gefolgt von paradierenden Truppen, hatte der Burgmannian durch die Ehrenpforte in der Norrtullsgatan seinen Einzug in die Stadt gehalten, zwischen den allegorischen Bildern und den Willkommenssprüchen hindurch, die ich nun auf meine Nacht in Getings Krug bezog: »Teures Geschenk aus der Hand der Vorsehung!« und: »Willkommen an deinem Herd! Willkommen im Schoß deiner Heimat!«

Ich hatte um diese Zeit in Lissanders Haus ein Gesellschaftsspektakel verfaßt, meine erste *opéra comique*, die wir einen Monat lang dort im Salon einübten. Von den vier Rollen spielte Mamsell Inga die Hirtin Camilla, ich selbst Raton, den Fischer. Inga spielte mehrere Instrumente, spielte Theater und sang verführerisch kleine Couplets, aber das war nur von geringem Nutzen, denn sie war wütend auf mich. Ich lachte und nannte sie »mein Zuckerstück«. Sie lächelte zurück mit einem verletzten Zug um den Mund. Wie konnte ich ihr meine Liebe beteuern, während ich mit meinem ganzen Körper zeigte, daß ich heiß war auf eine Straßendirne?

Raton:

Du könntest strenge sein? So zart und zuckersüß!
Solch Strenge wäre scharf wie etwas Apfelgrieß,
der auf der Zunge brennt.

Ratons Replik ärgerte sie und mußte umgeschrieben werden. Sie zankte mit mir zwischen den Couplets, hastete während ihrer Auftritte ruhelos zwischen dem Clavecin an der Wand und dem Spiegel über dem Sekretär hin und her, greinte mir nach an der Kredenz, weinte in ihrem Blumenschmuck und ihrem Hirtinnenkleid, und das alles, während die Postkutsche nach Uppsala die Götgatan hinaufratterte, während das Signalhorn von der Gerberei heraufgellte, während der in der Mangelstube eingesperrte Hund heulte, während am Andreastag bei der Premiere das Dachfenster zu schlagen begann, als ein eisiger Nordwind mit raubtierhaft drohendem Getön über Södermalm herfiel und von der Götgatan aus jedes Mal, wenn die Türe aufging und neue in Schnee eingehüllte Gäste eintrafen, in den Salon hereinwallte, donnernd und fauchend wie eine Esse.

Das waren also die verspielten Tage während unserer langen Verlobungszeit.

Inga und ich waren zwei Seelen, die Ekstasen in verschiedenen Welten erlebten. Sie verzweifelte in dem Augenblick, in dem ich den Reiz des Unerreichbaren spürte. Ich lebte in epischen Wolken, deklamierte hingerissen vor mich hin mitten in der Textprobe, war nervös aber furchtlos, ahnungslos in allem, sicher in allem, ein kindliches Gesicht in der Stoffkapuze des Fischers Raton.

Jeden Werktag um zehn Uhr vormittags und um vier Uhr nachmittags mahnte die Glocke das Volk, Gott um seinen Segen zu bitten, auf daß Er die Obrigkeit bewahren und allen Menschen Ruhe und Frieden und ein seliges Ende schenken möge.

Ich hatte Onkel Swedenborg eigentlich einen kurzen Besuch abstatten wollen, aber ich blieb die ganze Zeit zwischen den beiden Gebetsaufrufen auf dem Hof. In dem Garten, der von der Hornsgatan durch einen hohen Bretterzaun auf steinernem Sockel abgetrennt war, gab es vier Pavillons, der letzte war im Sommer dieses Jahres 1767 erbaut worden für die Neugierigen, die kamen, um den alten Mystiker zu sehen. Onkel Swedenborg besaß ein kindliches Vertrauen in die Güte der Menschen. Das Tor war nie verschlossen, und die Tür zu seiner Wohnung stand immer offen. Ich suchte und fand ihn im Schreibkabinett. Es duftete nach frisch gekochtem Kaffee, und die Fenster waren geöffnet, so daß man die Vögel in ihren Volieren im Garten singen hörte. Die Orangerie oberhalb des Wohntraktes war lichtdurchflutet und heiß, denn sie hatte ein Glasdach. Die Gewächse dort oben waren in Holztröge gepflanzt. Die Zitronenbäume trugen rote Blüten und gelbe Früchte an ein und demselben Ast. Die Pomeranzen blühten weiß und strömten einen starken Wohlgeruch aus. Das Maisgras stand hoch, die grünen Kolben gegen das Glasdach gedrückt. An langen Ranken hingen kugelrunde, grüngelbe Wassermelonen bis auf den Boden hinunter.

Bis hier oben herauf konnte man die Vögel in ihren Bauern im westlichen Teil des Gartens singen hören. Ich ging durch das Maulbeerbuschwerk zu ihnen hinaus, versuchte sie nachzuahmen. Als ich die Lippen spitzte und zu flöten begann, gab das Bauer aus Messingdraht langsam nach. Die ganze mannshohe Voliere drehte sich nach innen und öffnete sich, so daß in ihrem Inneren bald ein zweites Bauer sichtbar wurde. Der Kunstgriff weckte mein Erstaunen um so mehr, als dieses zweite Bauer vor einem hohen Fenster stand, durch welches ein Paradies von Blumen und flatternden Schmetterlingen sichtbar wurde. Ich trat näher, um in den Garten hinauszusehen. Doch das Glas neckte mich mit dem gelungenen Effekt, daß es statt dessen mein eigenes überraschtes Gesicht zeigte: die Scheibe war ein Spiegel. Noch überraschter war ich, als Onkel Swedenborgs mageres Gesicht freundlich lächelnd neben dem meinen auftauchte. Ich wollte meine Anwesenheit erklären, aber Swedenborg sagte nur:

»Du brauchst mir nichts zu erklären. Ich weiß alles. Dein Vater Johan war soeben hier bei mir und hat mir gesagt, daß du kommen würdest.«

Er war schlicht und einfach gekleidet; 80 Jahre war er alt, aber er ging frisch und munter zusammen mit mir den breiten Weg zum Gartenhaus, in das er sich zurückzuziehen pflegte, um zu studieren und zu meditieren, und wo er seine Offenbarungen hatte. Als er gerade auf die Steintreppe getreten war, wandte er sich um, ergriff meinen Arm und zog mich schalkhaft zu dem Heckenlabyrinth mit seinen gewundenen Gängen und Irrwegen hinüber und knuffte mich mit fröhlicher Miene hinein.

Unversehens befand ich mich in einem Blindgang. Ich ging ein Stück zurück und kam in einen Seitengang, der wieder in den nämlichen Blindgang mündete. Es war geisterhaft still. Ich rief nach Swedenborg, lauschte. Ich muß wohl etwas kläglich und ängstlich geklungen haben, denn plötzlich stand er neben mir, und nach wenigen Schritten hatten wir den Ausgang erreicht. Onkel Swedenborg lächelte. Die vielen Erfindungen, die er in seinem Garten untergebracht hatte, waren vor allem dazu da, die Kinder aus unserem Stadtviertel zu belustigen, die zu Besuch kamen.

Während er mich nun auf verschlungenen Wegen bis ins Zentrum des Irrgartens lenkte, erklärte Swedenborg, das Labyrinth zeige, wie das Weltsystem in Spiralen aufgebaut sei, die bis in die »Geisterwelt der Mitte« führten. »Diejenigen, die in die Irre gehen, fahren direkt in die Hölle, wie der Kaplan Söderblom, der in der Gesellschaft der Heuchler landet, alldieweil er aufgeblasen und nur auf der Kanzel geistlich ist.« Hier lachte er und wollte dann wissen – es handelte sich gewissermaßen um eine weitere pittoreske Erfindung von ihm –, ob die Anwesenheit meines seligen Vaters, der zu ihm in den Garten gekommen war und meinen Besuch angekündigt hatte, mich erschreckte?

Ich antwortete ihm, daß sie mich nicht erschreckte. Es war ja allgemein bekannt, daß seine Seele Zugang zur Geisterwelt hatte, daß Offenbarungen und Telepathie tägliches Brot für ihn waren. Er sprach mit den Bewohnern des Saturn in der gleichen Leichtigkeit wie mit der Seele eines dahingeschiedenen Erdenbewohners. Und hatte er nicht von Göteborg aus die große Feuersbrunst miterlebt? Ich erzählte ihm, was ich vor langer Zeit von Johan Marteville im van-der-Nootschen Haus gehört hatte, nämlich daß er seiner Mutter geholfen habe, eine verlegte Quittung über einen hohen Betrag aufzuspüren, der ihr nach dem Tod des Botschafters Marteville unrechtmäßig abverlangt worden war. Stimmte das etwa nicht?

Swedenborg kicherte zufrieden, als ich wieder einmal in die Irre ging, drehte mich um und sagte, daß er nicht auf bloßes Hörensagen hin beurteilt werden wolle, sondern nach den Zeugnissen seiner eigenen Schriften. Er hatte als junger Assistent bei Polhem eine mechanisch äußerst glaubhafte Zeichnung einer Flugmaschine entworfen, des weiteren eine technische Beurteilung einer Dampfmaschine, aber diese Studien waren trotz allem weniger substantiell als die Sprache der Geister, die unmittelbar war und einheitlich und gleichsam wie ein Maschinengeräusch von dem Motor ausging, der Weltorganismus hieß, dem Motor der aufsteigenden Spirale.

»Vater sagte, daß ich dich besuchen würde. Sagte er noch mehr? Trifft er sich mit Mutter?«

»Beunruhige dich nicht. Das Böse und das Gute, das sie getan haben, ist gereift und hat endgültig heimgefunden. Ich wollte dir sagen, daß du die Gicht hast.«

»Ich habe die Gicht?«

»Du hast die Gicht. Deshalb bist du zu mir gekommen. Du weißt, daß ich meine eigenen Schmerzen mit Geistern heile. Du willst meine Hilfe. Deine Mutter hat einen inneren Zustand erreicht, der sie unter die Himmlischen einreiht, die sich um Gott scharen, aber dein Vater Johan irrt noch umher in den Behausungen der Irdischen. Er kommt oft in dein Zimmer in der Ormsaltargränd, blickt dir über die Schulter, wenn du schreibst, sitzt an deinem Bett, wenn du schläfst. Heute hat er mich nun gebeten, dir zu sagen, daß der Schmerz, den du im Winter in einer Zehe spürtest, ein Zeichen von beginnender Gicht ist. Er, der selbst daran gelitten hat, sagt, daß Branntwein mit Extrakt vom Zaungiersch gut ist, auch Schlangenbranntwein aus Urin, Teer und Essig. Das hat er wahrscheinlich aus Linnés Aufzeichnungen. Hör nun zu, Mickel, ich leide selbst an Gicht, und du kennst sicher meine Denkschriften über Rauschgetränke. Saufe deine Schmerzen nicht fort! Aller Menschen Wohl und Wehe hat mit kämpfenden

Geistern zu tun. Meine Gichtschmerzen in meiner Zehe kommen daher, daß der Geist eines Menschen, der im irdischen Leben ein Ehebrecher war und ein sittenloser Mensch, sich unter meinen Fuß gesetzt hat. Nimm darum keinen Schlangenbranntwein, sondern frage dich, ob du unsittlich lebst, oder ob du treu zu deiner Verlobten stehst.«

Mit wachsender Betroffenheit hörte ich Onkel Swedenborgs Worte über den Schmerz in meinem großen Zeh, den ich in der Tat festgestellt hatte. Ohne ein einziges Mal umzukehren, hatten wir alle Gänge des Labyrinths durchlaufen und den Mittelpunkt erreicht, in dem wir nun stehenblieben. Ich erinnerte Swedenborg an eine Vision, die er in seiner Jugend in einem Kellerkrug gehabt hatte. Auch ich hatte etwas Ähnliches erlebt: Ich nahm meine Mahlzeit ein, die Dunkelheit senkte sich über den Raum, und ich sah, wie Reptilien den Boden bedeckten. Hier endete jedoch meine Vision. Bei Swedenborg aber war das Dunkel in schimmerndes Licht übergegangen, und ein Mann hatte in einer Ecke gesessen und zu ihm gesagt: »Trink nicht so viel!« In der Nacht hatte sich das Gesicht wiederholt, und die Gestalt, die nun in Licht und Purpur gekleidet war, sagte, sie sei der Schöpfer und der Erlöser, und gab Swedenborg den Auftrag, den Menschen die Welt zu erklären. »Erkläre mir, warum meine Vision im Dunklen endete, auf einem Fußboden, der mit Reptilien bedeckt war.«

»Du gabst dich nicht bedingungslos in Gottes Hand. Ich war von Ihm geleitet und hatte die Wahrheit gefunden.«

Nun stand ich wieder vor einer Wand und sagte:

»Bin ich also nicht von Gott geleitet?«

»Du wirst nicht allein von Gott in Versuchung geführt, Mikkel.«

»Rutström, der mir Lesen und Schreiben beibrachte, er war von Gott geleitet, und er wurde des Landes verwiesen. War er hier bei dir mit seiner Verzweiflung, und ging er mit dir durch dieses Labyrinth, als sein Urteil gefällt war?«

»Ja, er besuchte mich.«

»Wollte er nicht vor seiner Ausweisung eine Antwort auf die

Frage haben, wie das möglich war, wo ihr doch beide von der gleichen Einsicht getrieben werdet, von demselben Gott?«

»Auch mich wird man in theologische Fehden hineinziehen. Warte nur ab. Die Welt wird mit Bosheit und Falschheit überschwemmt werden. Im Reichstag wird man fordern, daß ich eingesperrt und für verrückt erklärt werde. Was glaubst du, warum ich soeben von Amsterdam zurückgekehrt bin, Mickel? Nun, ich war dort, um meine Schrift *Apocalypsis revelata* drucken zu lassen, da die Religionsfreiheit in Schweden dies nicht zuläßt. Du hast ja selbst ein Liedchen über den alten Noah geschrieben.«

»Na und?«

»Bald wird es den Zorn des Klerus wecken. Erhältliche Abschriften werden beschlagnahmt werden.«

»Warum?«

Swedenborg lachte ein herrliches Lachen, als er sagte:

»Dein Lied stellt den alten Gottesmann als einen Säufer dar. Darum. Und hüte dich vor dem Bischof Filenius!«

Von der Hornsgatan her tönte der Lärm der Fuhrleute, Pferdeknechte, Gesellen, Frauen und Kinder, aber am schlimmsten johlten die Huren aus ihren Fenstern in Ahlströms Bordell heraus, des Nachbarn von Onkel Swedenborg. Wir waren zurück am Ausgang, wo eine Pflanzenterrasse mit Figuren aus Buchsbaum angelegt war. Ich lenkte meine Schritte zum Tor, aber Swedenborg bat mich, noch zu bleiben. Carl Linnæus hatte die Tochter eines Cousins von Swedenborg geheiratet. Diesen sibirischen Lerchensporn – er deutete auf das Beet – hatte Linnæus selbst gepflanzt, es war das erste Gewächs in diesem Garten gewesen. Daneben wuchs eine Ananas und trieb Knospen. In Pappschachteln mit Maulbeerblättern lagen die Larven des Seidenspinners, sie sahen aus wie Kohlweißlingsraupen.

Das Gartenhaus bestand aus einem großen Saal mit einem abgeteilten Raum, von dem aus man in Swedenborgs ehemalige schöne Bibliothek gelangte: ein niedriger, behaglicher Raum neben dem Anbau, in dem die Gartengeräte aufbewahrt wurden. Seit 30 Jahren versah ein Gärtnerehepaar den Dienst in diesem Garten. Die alte Frau servierte stark gesüßten Kaffee an einem schwarzen Marmortisch. Vielleicht lebte Onkel Swedenborg abgeschlossen von der Umwelt, aber seine Visionen schienen ihn über alles zu informieren, was ich in meinem Leben unternahm. Als ich ihm vom Tod des Hofuhrmachers Fredman und von meiner Anwesenheit an seiner Gruft auf dem Friedhof von St. Olof erzählte, nickte er, als ob er beim Begräbnis an meiner Seite gestanden hätte. Kenntnis vom Tode des Hofuhrmachers hatte er durch ein von mir verfaßtes Fredmanlied erhalten, das sich durch Abschriften in der Stadt verbreitet hatte. Der alte Freund meiner Familie lachte und sagte, daß es wohl von keinem anderen Lied oder Gedicht so viele Abschriften gab, und daß keines ein solches Interesse geweckt habe. Sogar vom Milchmann, der einige Zeilen auswendig gesungen hatte, habe er von Fredmans Ableben gehört:

Fredmans Stunde schlug!
Brüder, wir können
wohl füglich nennen
seine Seele Uhrwerk, seinen Körper Krug.

Er rief mit breitem Lachen: »Wunderbar, Mickel! Ich kenne auch den Bäcker Kihlberg, den du in dem Gedicht erwähnst, den einfältigen Kihlberg, der wohlhabend war, als ich hier einzog, aber sich nun hier draußen auf den Straßen herumtreibt in einem Hemd mit schmutzigen Halbärmeln und eine Schachtel um den Hals trägt, aus der er Brezeln und anderes Gebäck verkauft, das seine Frau bäckt.« Er sah mich bedeutungsvoll an und fügte hinzu: »Es ist das hemmungslose Saufen, das ihn ins Unglück gestürzt hat. Ein ehemals ordentlicher Kerl, der nun Tag für Tag betrunken herumläuft und sich wie ein richtiges Schwein aufführt.«

Ich selbst betrank mich ja auch hin und wieder, deshalb warf ich ein, daß mein Leben in Wirtshäusern nicht mißverstanden werden dürfe. Das Wirtshaus war mein Arbeitsplatz geworden.

Ich sang Trinklieder für Essen und für Geld, und auch Grabgesänge wurden häufig bei mir bestellt und machten einen Teil meines Einkommens aus. Genau eine Woche bevor Fredman beigesetzt wurde, stand ich zwischen schwarzen Mänteln, Trauerperücken und Fahnen mit schwarzen Wollfransen am Grab des nur drei Jahre alt gewordenen Carl Carlsson Rehn und las mein Trauergedicht vor. Vater Rehn hatte mich mit einem Siegelring und silbernen Schuhspangen bezahlt:

»Ich verlange für gewöhnlich gerade soviel, wie das Ausheben eines Armengrabes kostet. Das ist ein geringer Betrag, aber er stillt für einen Tag den Hunger.«

Swedenborg hatte eine blasse Haut und schwache Augen, aber sein Lächeln ließ erkennen, daß sein langer Lebensabend licht und romantisch war und ihm von einer fernen Macht geschenkt war, wie eine gute Gabe und ein frommer Dank. Als ich Miene machte, mich zu erheben und Abschied zu nehmen, blieb er sitzen und sagte mit der Selbstsicherheit eines Propheten, daß ich gewiß noch einen anderen Grund für meinen Besuch hätte als nur meine Gichtschmerzen. Er sah es in meinen Augen, und er lächelte, als ob er in meiner blauen Iris eine wenn auch schwächere Gegenwart des Geistigen entdeckt hätte. Ich fühlte mich ertappt, hatte ganz richtig mit ihm über meinen inneren Kampf, über die Anfechtungen der Selbstsucht und der Unsittlichkeit sprechen wollen, aber nun erfand ich einen anderen Grund. Es hieß, daß Swedenborg vor einigen Jahren bei einem Besuch im Schloß der Königin Luise Ulrike die Worte ins Ohr geflüstert hätte, die ihr verstorbener Bruder August Wilhelm bei ihrem letzten Zusammensein unter vier Augen zu ihr gesagt hatte. Diese Worte betrafen den Kronprinzen Gustaf und waren von der Art, daß sie sie nie in ihrem Leben einem anderen Menschen anvertrauen konnte.

»Willst du wissen, was ich ihr ins Ohr flüsterte, Mickel?«

»Ja, Onkel.«

Swedenborg sah mich an, als stünde er hoch oben im Weltall, dort wo die Spirale endet, und sprach zur Erde hinab:

»Fahre wohl, teure Freundin!«

Seufze, Nachbar, und weine!

Die harte Zeit, die auf die Sparmaßnahmen des Reichstags folgte, und darauf, daß ein Großteil des Papiergeldes eingezogen wurde, bewirkte, daß jeder arme Schlucker sich freute, der auch nur einen Taler besaß. In den Häusern wurde eingebrochen, auf den Straßen geraubt. Nun machten selbst die vornehmsten Handelshäuser Konkurs, und das Staatskontor konnte nicht einmal mehr Wechsel über die geringsten Beträge einlösen. Ende des Monats August dieses Jahres 1767 war der Wechselkurs am Boden und notierte 42 Mark Kupferwährung für einen Hamburger Reichstaler banco.

Seufze, Nachbar, und weine!

Durch unglückliche Zufälle, ohne eigenes Zutun, war ich derart aus der Bahn geraten, daß ich eine außerplanmäßige Anstellung bei der Generalzolldirektion am Skeppsbron erhielt. Im Sommer betete ich mehrmals in der Kirche Sta. Maria, und nun kam, wenn ich mir ein kurzes Wortspiel erlauben darf, sozusagen als die angenehmste Schuldigkeit, zu des Allerhöchsten gnädigem Vergnügen beizutragen, uff!, nun kam also die Erlösung durch einen Dienst im Großen Seezollamt, das zwischen dem Wirtshaus Güldener Friede und dem Kellerkrug Sternhaus an der Österlånggatan lag.

Hier durfte ich wieder Gänsefedern schnitzen, sie mit glühendem Sand bedecken und sie schnell in kaltem Wasser härten, durfte für einen Jahreslohn von 650 Kupfertalern in Protokollbüchern, groß wie Abtrittstüren, die Stempelsteuern, Nebeneinnahmen und Zollgelder eintragen, durfte zum Königlichen Speicherhaus laufen und in dem Geruch, der vom Saltsjön herüberzog, bei den Viktualienwaagen herumhängen, wo die hereinkommenden Spezereien abgeschmeckt wurden und wo der Stempelmeister Gabriel Grönlund, mein zukünftiger Schwiegervater, dann und wann Hilfe beim Probeschmecken der Importweine benötigte.

Schon an meinem ersten Tag im Kontor machte ich eine Anleihe bei dem Referendar Erik Nobelius, der, wie ich da noch nicht wußte, ein Wucherer war und hohe Zinsen nahm, strafbar hohe Zinsen.

Wieder gut bei Kasse, traf ich an diesem ersten Tag auf dem neuen Posten auch Anna Charlotta von Stapelmohr, die Tochter des Generaldirektors, das erlesenste Stück Jugend, das man sich vorstellen kann, und sie verliebte sich sofort in mich, schon im Treppenhaus, noch an der Eingangstür, wo sie mich ansprach und mich »den Berühmten« nannte. Sie lud mich ein, ihr die drei Treppen hinauf zur Wohnung ihres Vaters, des Generaldirektors, zu folgen. Dort benahm sie sich, als ob sie wünschte, von mir aufgeschnürt zu werden, gleich im Salon und inmitten des teuren Mobiliars, und nachdem sie den Bedienten hinausgeschickt hatte, wollte sie, daß ich sie auf den Teppich lege, so wie es zu dieser Zeit in ihren Kreisen Mode geworden war. An der Wand hing ein Bild des Königs von Preußen zu Pferde. Er drückte die Nase gegen das Glas, denn die Wände waren bis in den äußersten Winkel üppigst bekleidet. Anna Charlotta behauptete, sie sei 16 Jahre alt, aber das glaubte ich ihr nicht, und während ich zwischen Küssen und Umarmungen Reime produzierte, behielt sie den erlesensten, lockeren Unterhaltungston bei, so daß ich nicht recht wußte, war das Liebesspiel zu Ende oder nicht, aber da hatten wir uns schon getrennt und nahmen auf die gleiche lockere Weise an der Tür voneinander Abschied.

Kaum war ich zurück in der Ormsaltargränd, es war nach der Abendandacht, um genau vier Uhr, da hörte ich Schritte auf der Treppe. Ich war diesen Sommer eine Zeitlang von ›Bären‹ hart bedrängt worden. Die Juden, bei denen ich Geld geliehen hatte, waren erbarmungslose Wucherer und schickten mir die brutalsten Schuldeneintreiber auf den Hals; auf der Jagd nach meinem Geldbeutel waren sie schon bis in meine Schlafkammer vorgedrungen.

Auf einem Bein hüpfte ich zum Fenster hinüber, während ich mit dem anderen ins Hosenbein fuhr, und steckte dann die Arme in die Weste und spähte hinunter auf den Hof, wo gerade der Knecht Walche aus dem Wagenschuppen heraustrat und das vereinbarte Signal gab. Bärenwarnung! Und schon schlugen Knüppel gegen die Tür, so daß die Norman schrie und die Hunde wütend zu bellen begannen.

Wenn ich auf dem Bauch aus dem Fenster kroch und mich mit den Händen an die Blechkante der Dachrinne hängte, konnte ich mit den Schuhen das Stalldach erreichen.

Das tat ich nun und rannte sodann die Stufen von der Ormsaltargränd zur Urvädersgränd hinauf, die Tullportsgatan hinunter und zu Lissanders hinüber, wo ich – erleichtert – den Bettelkindern ein Almosen gab. In Mamsell Ingas Kammer duftete es nach Eau de Cologne, nach Schokoladenkonfekt und nach Lavendel von den weißen Handschuhen her, die sie für das Fest bereitgelegt hatte, das an diesem Abend stattfinden sollte.

Es war der 27. August. Auch das, was ich nun berichten werde, ereignete sich am Abend desselben Tages, bis spät in der Nacht.

Beim Braumeister Peter Pihlberg sollte die Hochzeit von Anna Greta Pihlberg mit dem abgemusterten Seeoffizier Ebbe Andersson Bauman gefeiert werden. Das Haus des Brauers Pihlberg und die dazugehörenden Brauereigebäude lagen gegenüber dem Fatburssjön, dort wo die Bengt Ekehielmsgata in den Sumpf mündete. Die tugendsame, herzensgute Anna Greta, seit ihren Kindertagen mit Inga befreundet, hatte uns eingeladen. Sie wünschte sich von mir Gesang zum Cithrinchen nach dem Diner und eine Hochzeitsrede.

Ingas Kammer hatte ein einziges Fenster, darin stand ein Vogelbauer mit Grünfinken. Unten auf dem Hof weideten die Ziegen des Nachbarn im dichten Bilsenkraut, als Inga, während sie sich puderte, und als ob ihr plötzlich ein anderes giftiges Gewächs eingefallen wäre, streitlüstern von Mamsell Ulla Winblad zu sprechen anfing. Ob ich bei ihr gewesen sei? Sie hatte den »Geruch von billigem Parfum« in meiner Kleidung wahrgenommen und wollte wissen, ob die »Jungfrau« Winblad ihren Schmutz an mir abgewischt habe. Ich antwortete, daß ich Ulla seit dem Frühjahr nicht mehr gesehen, statt dessen aber meine Angel nach der jungen Anna Charlotta von Stapelmohr ausgeworfen hätte. Inga, die gute Miene zum bösen Spiel machen konnte, lächelte angriffslustig.

Ihre blauen Augen wurden hart und schimmerten wie Bleiknöpfe. Sie ergriff meine Hand, wie um mich heftig, raubtierhaft zu umfangen, hielt jedoch inne und schnupperte an meinen Fingern.

Meine Finger rochen nach nassem Hund.

In was hatte ich meine Finger getaucht?

Sie spielte Theater, sang ein Couplet: Deine Finger riechen nach nassem Hund! Nach verdorbenem Fleisch!

Britta, die Dienstmagd, kam herein, sie wollte die Kissen klopfen. Aber statt dessen blieb sie, den Klopfer in der erhobenen Hand, mit offenem Mund stehen, denn als ich laut auflachte, faßte Inga ihren Umhang, setzte zum Sprung an und warf sich in voller Gala über mich, bestrafte mich mit ihren Lippen und stopfte mir mit ketzerischer Zunge Wörter in den Mund, die ich schon früher zu schmecken bekommen hatte: daß ich frei über mein Fleisch verfügen dürfe, daß sie mir als tugendhafte Verlobte diese Freiheit gewährt habe, dies jedoch nicht mehr lange aushalte. Aber nun hätte ich ja eine Stelle beim Zoll. In strengem Ton sagte sie, ich könne sie nunmehr versorgen, und so möge ich sie denn gefälligst endlich zur Frau nehmen. Und an dieser Stelle, mitten in der Umarmung, konnte Inga mir anvertrauen, daß der Polizeibeamte Edström die Jungfer Winblad beim Bezirksgericht angezeigt habe. Ob ich das wüßte? Sie war aufgegriffen worden, als sie in einem roten Seidenumhang auf der Straße herumspazierte. Das war ihr nach der Verordnung gegen Luxus und Überfluß nicht erlaubt, da sie eine einfache Fabrikarbeiterin war.

Während Inga das sagte, schleuderte sie mit vollen Händen Mehlpulver zur Decke hinauf, so daß es gleichmäßig auf ihre Frisur hinunterschneite.

»Süße Puderquaste!« antwortete ich. »Mamsell Ulla hat dem Gericht schon vor Jahren ein Genehmigungspapier vorgelegt, das habe ich dir erzählt. Als Jungfer im Dienst des Seidenfabrikanten Norin steht sie um eine Fadendicke höher als die gewöhnlichen Spinnerinnen in der Fabrik. Sie darf Seidenkleider tragen, soviel sie will.«

Auf der Kuppe vom Götgatsbacken änderte die Sonne ihre Farbe, kadavergelb wurde sie. Leberbraune Wolken zogen über den Tabakfeldern auf. Bevor das Unwetter kam, empfand die Nase den Himmel wie einen übelriechenden See.

Inga blickte durch ihren Seidenschleier zu den Wolken hinauf. Der Fächer in ihrer Hand hing locker herab. Nun näherte sich eine Bekannte, Mamsell Resenhöff. Als sie auf fünfzig Fuß herangekommen war, begann Inga die Begrüßungsprozedur und öffnete den Fächer mit dem Mittelfinger. Bettler drängten heran, unter ihnen eine Frau mit einem eitrigen Loch dort, wo die Nase gewesen war; sie sagten, sie seien von der Seidenfabrik. Mamsell Resenhöff klappte nun auch ihren Fächer auf. Als die Damen einander begegneten, schwenkten sie ihre Fächer lässig mit der rechten Hand nach oben. Durch die Seide, die mit chinesischen Herdenmotiven bemalt war, konnte man erkennen, daß die Gerüste dieser hellen Aquarellwelten aus Elfenbein waren. Die Damen beschrieben mit ihren Fächern einen anmutigen Abwärtsbogen und schlugen sie schließlich mit diskretem Nicken zusammen.

Wir sahen uns nach einem Wagen um. Inga scheuchte einen Kutscher davon, der zur bürgerlichen Mittelschicht gehörte und es sich nicht hatte leisten können, sein Gefährt zu vergolden, und es statt dessen rot angemalt hatte. Ich sagte, daß ich, während sie auf einen anderen Wagen wartete, zu Fuß nach Hause gehen und das Cithrinchen holen würde.

Am Tor in der Ormsaltargränd wartete der Perückenmacher Jancke Jensen. Er war völlig verarmt; er erzählte, angeekelt von seinem eigenen Schmutz und seiner Trunkenheit, daß er den Sommer hindurch in einem Ozean der Erotik getrieben, dann vor Gericht gezerrt worden sei von seinem Eheweib, das von ihm verlangte, sein Ehegelübde einzulösen, und nun stand er vor meiner Tür. Er brauchte 50 Taler Kredit für Essen und Branntwein und hatte gehört, daß ich ein Mensch sei, der sich der Elenden erbarmte.

Ich schob ihn die Treppe hinauf zu meinem Schreibzeug und stellte einen Revers aus.

Inga hatte einen Wagen gefunden, als ich mit dem Cithrinchen zurückkam, und bedeutete mir winkend, mich zu beeilen.

Sie hatte schon Platz genommen und hielt die Tür auf.

In diesem Augenblick trat ein Mann heran, der einen goldenen Ring am Finger trug und auf der Brust, auf einem schwarzen Seidenhemd, ein goldenes Kreuz. Er stellte sich mir in den Weg mit der Überheblichkeit eines Hohenpriesters, und präsentierte sich hochmütig als Bischof Petrus Filenius, Sprecher des Geistlichen Standes. Er wollte wissen, ob ich der Bellman sei, von dem alle Welt spreche. Bevor ich antworten konnte, deutete der Begleiter des Bischofs lachend auf mich und bestätigte, daß ich ganz gewiß dieser Bellman sei.

»Nun denn«, sagte Bischof Filenius wie eine Kriegserklärung, »dann wollen wir Bellman improvisieren hören.«

Ich blieb sprachlos stehen. Deshalb wollte der Bischof mich an etwas erinnern, was kürzlich in der Gaststube des Brauers Lorenzson vorgefallen sei.

»Was soll dort vorgefallen sein?«

»Wie ich schon sagte: Bellman improvisierte.«

»Aha!«

»Man erzählt, daß dieser Spaßvogel mit dem Mund jede beliebige Musik imitieren kann, einschließlich der Orgel.«

»Davon weiß ich nichts. Orgeltöne blase ich jedenfalls nicht mit dem Mund. Die kommen natürlicher aus einem anderen Loch heraus. Möchten Eure Eminenz Orgeltöne hören?«

»An dem erwähnten Abend beim Lorenzson«, sagte der Bischof, der sich hochmütig zu geben versuchte, aber leicht verärgert klang, »war ein Polizeiwachtmeister anwesend, der Pastorensohn Leufstadius. Er war ebenso wie Ihr eingeladen worden, um die Gesellschaft zu unterhalten. Der Polizeiwachtmeister markierte einen Bauern, lachte ein Bauerngelächter und traktierte die Harfe.«

»Wer hat all dies erzählt?«

»Freiherr Tilas.«

»Ja, und ...«

Inga gab mir aus dem Wagen heraus Zeichen, daß sie losfahren wolle. Der Bischof hatte ein Doppelkinn, das wie der Halsbeutel eines Truthahns herabhing; er sah sich belustigt um, denn inzwischen hatte sich eine Menge Volk versammelt, hob sein spanisches Rohr, als ob es ein Krummstab wäre, scheuchte damit einige Bettelkinder fort und sagte dann, wie er gehört habe, hätten der Polizeiwachtmeister Leufstadius und ich uns bis zu besagtem Abend nicht persönlich gekannt, sondern nur dem Namen nach. Als Leufstadius die Gäste mit seinem Bauerngelächter belustigt und darüber hinaus einige Einfälle aus meinem eigenen Repertoire gestohlen hatte in der Absicht, mich lächerlich zu machen, hätte ich ein wenig die *contenance* verloren. Der Wirt habe dann versucht, mich zu obligieren, nun auf meine *façon* die Gäste zu unterhalten. Als ich auf die Bühne getreten sei, habe der Polizeiwachtmeister große Augen gemacht, auf mich gezeigt und gefragt, wer der Herr sei. Der Bischof fuhr fort:

»Bellman, also Ihr selbst, setztet Euch sodann an einen Tisch mit vielen Schubladen, tatet so, als wolltet Ihr eine Orgel stimmen, als trätet Ihr die Pedale, als würdet Ihr intonieren, und nachdem Ihr fertig gestimmt hattet, spieltet Ihr eine Strophe, die den Herrn Wachtmeister veranlaßte, seinen Hut zu nehmen und davonzugehen:

Einem Priester wurden fünf Söhne geschenkt,
Canaillen schon im Kindesalter.
Was wurde aus ihnen? Viere gehenkt,
der fünfte Polizeigewalt'ger.

»Und nun will Eure Eminenz, daß ich etwas Neues improvisiere?«

Als ob jemand sich vorgenommen hätte, während des Abendmahls greulich zu fluchen, ließ der Bischof ein rücksichtsloses Lachen hören, holte aus zu einer Taschenspielergeste und rief:

»Amüsiere mich, Schalksnarr!«

Ich zog das Cithrinchen unter dem Rock hervor, schlug einen Akkord und sang:

Der Teufel einen Pfaffen
auf eine Wippe setzt',
er schaukelte ihn auf und ab,
den Schwarzrock mit dem Bischofsstab,
und holte ihn zuletzt.

Die Zuhörer auf der Gasse stimmten in die letzte Zeile ein und sangen mit mir im Chor: »– und holte ihn zuletzt«. Da wurde der Bischof fuchsteufelswild. Er bekam einen Wutausbruch nach dem anderen, stampfte mit den Füßen, und das Blut stieg ihm in den Hals hinauf, so daß er purpurrot wurde, während ich mit Hilfe des Straßenchores zwei weitere Verse improvisierte, woraufhin Mamsell Inga mich in den Wagen zog, der mit einem Ruck davonfuhr.

Der Weg zum Brauer Pihlberg führte uns in westlicher Richtung, vorbei an zwei Tabakfeldern, einer Seilerei und einem Abfallreservoir. Außer dem Steinhaus und den Flügelgebäuden gehörten zu dem Anwesen steinerne Getreidespeicher, eine Mälzerei und das Sudhaus. Die Dienerschaft bestand aus der Haushälterin Frau Humbla und ihrer Gehilfin, sechs Mägden, einem Lakaien und acht Brauknechten. Eben noch hatte ein Konzert auf dem Hof stattgefunden, aber nun schlugen die Regentropfen wie Niethämmer auf die Blechdächer. In den neuesten Kaleschen-Modellen rollten die Gäste heran. Die Braut empfing sie in einem prächtigen Satinkleid und schenkte eigenhändig Champagner aus. Oberst Wijnbladh traf ein in einer dreispännigen Kutsche, er trug den Amaranterorden und verehrte der Braut als Hochzeitsgeschenk eine wunderschöne bronzene Pendeluhr mit einer emaillierten Konsole.

Nach einem Glas Kaltschale und Frau Humblas Waffeln lockte mich der Alkohol; aber er machte mich nicht schläfrig, sondern weckte immer neue lustige und verrückte Einfälle.

Auf die Trauung folgte die Abendtafel im großen Salon, der erleuchtet war von vier Lichterpyramiden, zehn Armleuchtern und drei kristallenen Kronleuchtern. Während des ganzen Soupers wurde Konzertmusik gespielt, begleitet von ununterbrochenen Artillerieschüssen. Jedem Gericht, das aufgetragen wurde, gingen Spielleute voran und spielten eine *Courante*, ein bestimmtes Stück für jede Art Speise, eins für die Suppe, eins für die Wurst, und wieder ein anderes für den Braten, der mit Kapern verziert und blinkend vor Fett in einer Prozession durch den Saal getragen wurde.

Nachdem der Pastor seine Rede gehalten und Bauman, der Bräutigam, erzählt hatte, wie er zur See, draußen bei den Flämischen Bänken bei Dünkirchen, mit dem Ostindienfahrer Adolph Fredric Schiff und Ladung und alles, was er besaß, verloren und nur das blanke Leben gerettet hatte, und wie er nun endlich, als Leutnant, seinen Abschied genommen und in einen glücklichen Hafen eingelaufen sei, als das alles gesagt war, wischte ich mir den Mund mit der Serviette ab, drängte mich zwischen den Tischreihen hindurch und las mein Hochzeitsgedicht über das glückliche Herz, eine Betrachtung an Herrn Baumans und Frau Pihlbergs Hochzeitstag, dem 27. August 1767.

Mir entsprangen Wörter wie »Schicksalsmächte« und »glücklich Blut«. Das, was ein »weiblich Herz beglückt«, reimte sich mit dem Mann, »den die Tugend schmückt«, jedes Wort drehte sich wie ein Fleischbällchen in meinem Mund, wie ein Priem, aber so sehr ich mich auch ins Zeug legte und neue Höhepunkte auf vorausgegangene Finale folgen ließ, einen Zutrunk ausbrachte auf den Trunk, der schon getan war, die Zunge rollte in meinem Munde weiter. Die Sprache schien eine Eigenschaft zu sein, die unabhängig von der Zeit war, das Hirn ein Wortrad, das wie ein Perpetuum Mobile das Sprechorgan mit ständig neuen Ausdrükken, Einfällen und Nonsens fütterte.

Bald lachten die Gäste so, daß ihre Bäuche zu platzen drohten.

In diesem schallenden Tumult war auch mein Gelächter zu hören. Ich war selbst aufs höchste verblüfft. Bellman kam über mich wie ein unerwarteter Freudensturm, etwas Fremdes, Staunenerweckendes. Wie er die Hüften schwenkte, dieser Bellman, wie er nach vorne gebeugt furzte, die Serviette in die Luft warf, wie ein Fürst flanierte, wie er das Kinn herabsinken ließ, wie er lachte, aus vollem Halse, gellend, dann respektlos gackernd, wie er urplötzlich sein Gesicht zu einem breiten Krokodilsgrinsen verzog, wodurch sich die Hochzeitsgäste veranlaßt sahen, es ihm gleichzutun, so daß schließlich alle über dem Braten saßen wie frisierte Kriechtiere, die moschusduftend aus dem Fatburssjön herausgekrochen waren, um nach Beute zu suchen.

Ich mußte mich fragen, war dieser prostende, prustende und pustende, glucksende und gluckernde Bellman, der hier in Pihlbergs Salon stand, gekleidet in weiße Stiefeletten, violettbraune Weste und rote Perücke – war das der unverdorbene, natürliche Bellman oder irgendjemand anders?

War er dazu geboren, ein dichtender Wagehals zu werden, ein Narr, der nur für die Gestik lebte?

Ein Rausch ging vorüber, und ein weiterer würde folgen. Aber lebte er im Jetzt, nur um später wiederzukommen? Gab es ihn nur, damit man sich an ihn erinnerte, damit er weiterlebte in den Erzählungen anderer?

Nach dem Tode des Hofuhrmachers Fredman im Mai 1767 hatte ich Episteln geschrieben, die ich zu sammeln und unter dem Namen *Fredmans Episteln* herauszugeben gedachte.

Wir kamen nach Mitternacht zu Mamsell Inga zurück. Ich sprach mit ihr über die Episteln. Sie hörte nicht zu. Sie zupfte die langen Seidenhandschuhe Finger für Finger herunter und stieß die Stöckelschuhe von sich. Der Schreibtisch in ihrer Kammer hatte eine Marmorplatte. Die Spitzen an ihrem Ellenbogen zitterten, als sie zornig meine poetischen Aufwartungen zusammenknüllte, weitere aus der Schublade zog, sie auf der Marmorplatte auf einen Haufen warf und verbrannte. Die Flamme loderte auch im Spiegel, in der Wanduhr und in den beiden Kupferstichen hinter Glas mit vergoldetem Rahmen.

Sie verbrannte das Gedicht, das ich über die beiden süßen Flöhe verfaßt hatte, die zu streiten begannen, »als sie fingen an zu speisen/ auf den Brüsten einer Maid«. Sie verbrannte das Gedicht über die ranke Jungfrau im knarrenden Brautbett, las still für sich das Gedicht über den umgekippten bleichen Fettwanst hinter der heruntergezogenen Rollgardine und verbrannte es.

Ihr Haar war hochtoupiert, wie an einem Spalier in die Höhe gezogen. Sie riß es mit fechtenden Armen herunter, zog Klammern und Nadeln heraus, kratzte die Mouche, die »baisez moi« hieß, aus dem Mundwinkel und zischte mich dann an, während ich in herrlichem Rausch im Lehnstuhl lag, daß alle diese gereimten Gelegenheitsgedichte dummes Zeug seien. Sie war jetzt 33 Jahre alt und brauchte meine Lieder nicht. Sie wollte ein Gelöbnis, und meinte damit mein ungereimtes Versprechen, mit ihr vor den Traualtar zu treten. Wie magnifik hatte ihre Freundin Anna Pihlgren ausgesehen in ihrem Brautschmuck und silberschimmernden Schleier. Daß ich zögerte und schwankte, eigenartig gekleidet zu Einladungen, Hochzeiten oder Ordensversammlungen ging, daß ich lächerlich auftrat, all das wollte Inga ein für alle Male beendet wissen. Ich war schließlich Kanzlist bei der Generalzolldirektion; trat ich ordentlicher auf, könnte ich bald zum Kopisten befördert werden. Sie ging an mir vorbei, sah mit einer Grimasse auf mich herab, wie ich so da lag, öffnete das Fenster und sagte zum Fatburssjön hinaus:

»Wo du hier behaglich auf Eiderdaunen liegen und Kalbssteak essen könntest! Aber nein! Du, was tust du? Was tut der Kanzlist Bellman? Er öffnet die Tür zum Schweinestall!«

Ich stand auf. Mit den Daumen brachte ich die Fensterscheibe, die Tischplatte und den Spiegel zum Vibrieren, ließ Mamsell Inga gelle und donnernde Laute hören, gab den Klang von Instrumenten mit dem Mund wieder und ging dann hinaus in die Nacht, die lau über der Götgatan lag und nach regennassen Steinhäusern und kräftig wuchernden Gartengewächsen roch.

Vielleicht hatte Mamsell Inga recht?

Die Trinklieder, die ich schrieb, waren ohne Wärme, waren herrenlos und in der Regel recht anspruchslos. Die Gedichte fielen mir zu. Sie fielen wie kalte Blätter eines Baumes, geädert eins wie das andere. Anders Lissander zeichnete sie weiterhin eifrig auf. Es gab inzwischen andere Sammler, die mir mit Papier und Schreibzeug auf dem Fuße folgten, in Wirtshäuser und Bordelle. Einer hieß Nescher, ein anderer Hjelm. Aber wollte ich zu dem Haufen billiger Dichter gehören, von denen es schon Dutzende gab, und die alle die Rolle eines Priesters des nordischen Bacchus angenommen hatten?

In *Fredmans Episteln*, die ich in dieser Zeit in rasendem Tempo begonnen hatte zu verfassen, griff ich auf das Timbre der französischen Vaudevilles zurück, auf Vadé und Collé und Panard. Ich schrieb über wirkliche Menschen, gab ihnen am Schreibpult Körper und Gewicht und Geruch und Wärme. Ich tauchte meine Gänsefeder in Tinte aus flüssigem Fleisch. Ich war an einem Punkt angekommen, wo die Platte meines Schreibpultes so von den Figuren meiner Episteln besetzt war, daß ich mit ihnen um den Platz stritt, daß ich das Tintenfaß zwischen ihren Knien und Schultern suchte, daß ich eine Brust anhob, um ein Blatt Papier darunter hervorzuziehen. Diese Schreibtischplatte aus Kiefernholz konnte nun anfangen, unter der Feder zu holpern wie der Boden eines Leichenwagens des Bacchus. Sie konnte plötzlich aufschlagen wie die Tür zu einem Schweinestall, konnte mit Flaschen vollgepackt sein und stinken wie ein verdreckter Wirtshaustisch, konnte unter einem Reim nachgeben wie das Trittbrett einer Chaise, konnte plötzlich schaukeln wie der Boden einer Schlafkammer oder unter zwei arbeitenden Körpern knarren wie die Brettmatratze im Bett einer Magd. Sie gaben Töne von sich, diese Fredmangedichte, Zeile für Zeile fürchterlichen Lärm: Rösser wieherten, Pumpen knirschten, die Mälarwogen rauschten, und das Wasser zischte aus den Spritzen der Feuerwehr. Hunde bellten und Türen schlugen, die Schuhe der Schankmagd klapperten auf dem Steinboden, hohler Husten entrang sich Fredmans schwindsüchtiger

Brust. Blechpötte fielen scheppernd auf das Straßenpflaster vor dem Krug, in dem Vater Berg die Geige zupfte, wo die Baßsaiten surrten und die Münder keuchten im Wortkrieg.

Spät in einer Septembernacht erschrak ich nicht wenig, als meine Schreibtischplatte sich plötzlich aufrichtete und nun in den Scharnieren hing wie die Tür des Kruges zum Luchs. Lärm war dahinter zu hören, Musik! Ich stemmte mich mit der Schulter dagegen, drückte die Klinke nieder:

»Nein, sieh mal, Bellman! Tritt ein!«

An dieser Stelle begann die Federspitze wie ein Huhn in der Tinte zu picken. Ich schrieb wie verrückt:

»Hurra Courage!«

Ich schrieb:

»Guten Tag, Brüder! Frisch zur Flasche! Weg mit dem Damespiel! Du Teerjacke mit deiner langen holländischen Pfeife! Du wirst verlieren und der Dummerjan sein.«

Hoho! Wo bekam ich das nur alles her! *Oui, par diable*, wenn ich mit meinen Worthufen nicht wie ein Wildesel ausschlug:

»Schenk einen Schnaps ein! – Hirrr! Wie das blitzt aus den Schießscharten des Kastells! – Petter Ivarsson kommt von Bordeaux. – Zum Teufel, der liegt ja im Kattegatt. – Prost, Canaille! – Er kommt bi de Wind von Danzig her, von Danzig, sag ich.«

Was sollte ich tun? Ich war auf eine mirakulöse Weise besessen, vielleicht war ich grandios. Und mehr, immer mehr fiel mir ein:

»Siehst du die rote Flagge? – Blau ist sie. – Noch einen Schnaps! Prost! – Sie ist rot, sag ich. – Ich sage, sie ist grün. – Hurra! Hurra! Hurra! – Streicht die Geigen! – Paßt auf an den Fenstern! – Hei, Mädchen! – Winkt ihnen mit den Hüten! – Her den Humpen! – Stoßt an und trinkt! – Zum Wohl, Vater Berg! – Ein Prost auf Petter Ivarsson!« Und so ging es weiter, während ich da saß, und alles bewegte sich und atmete in der phantastischen Beleuchtung, und, wie ich schon sagte, es war wahnsinnig, mit welcher Geschwindigkeit ich alles zu Papier brachte: »Ein Prost auf das Toppsegel« johlte meine Feder, »ich habe die Ehre, auf das Toppsegel zu trinken! Hurra! Hurra! Hurra! Jetzt kriegen wir Wein und Danziger

Doppelbier, Flaschen mit Silbertulpen an den Kanten, und Goldwasser. Streicht die Geigen! Stoßt in die Trompeten! Holt euch die Mädchen zum Tanz! Tanzt, ihr Papageien!«

Ohoj, was nun? Wo bist du hin, Bellman? Ist es plötzlich vorbei? Durchaus nicht. Ich bin nur richtig gerührt von all den wunderbaren Bildern und Tönen, die jahrelang hilflos in zersprungenen Töpfen, in hohlen Gehirnwindungen herumgeirrt waren, aber nun einen Ausweg durch das Rohr der Gänsefeder gefunden haben:

»Blast, ihr Mistkäfer!« Und hier kommt noch was: »Zum Teufel, Sjögren, wie kannst du dich verlieben in einen Troll im schwarzen Flanellrock, mit roten *boucles de nuit* und nackten Füßen in zerschlissenen Satinpantoffeln! Hörst du, Sjögren? Wie gefällt dir die mit dem gelben Damastrock und dem geblümten Leibchen? Die dort barfuß steht und an der Baßgeige herumschraubt. Hörst du, Sjögren?«

Und plötzlich auf deutsch:

»Wer da?«

Dann wieder schwedisch:

»Das ist ein ... ein Italiener ist das, der mit den zwölf Aposteln auf dem Rücken. – Was kostet der König David zu Pferd mit dem Läufer davor? – Acht Stüber! – Zum Teufel! Die sind alle aus Bordeaux. – Prost! – Hei, Mädchen! – Guten Tag, der Herr! – Prosit, mein Herr!«

Dann auf einmal italienisch. Das ist ja wunderbar:

»*Dolce vino della pace.* – Hei, dem gefällt das Gelage. Noch ein Schnaps!« Und verdammt noch mal, kommt da nicht noch mehr Italienisch: »*L'ira di Dio arrivera bentosto a questa città.* – Der Teufel soll dich holen! – Sieh den Dänen, wie er schlingert! – Ratsch, Väterchen! Sauf, oder sollen wir dich verdreschen? Bist du bange?«

Was ist los mit mir? Woher kam diese außergewöhnliche Frische?

»Ihr hüftenwackelnden Ehemanns-Huren! Habt ihr keine Scham in euch? Wagt ihr solches in der Straße des Bürgermeisters zu rufen? Mag der Teufel selber im Rathaus logieren!«

»*Jebjörnamat!*« Das war, obwohl es wie ein harmloses schwedisches »Gib dem Bären Essen!« klang, Russisch. Ich hatte es auf dem Skeppsbron aufgeschnappt, und es war sehr unanständig und gar nicht harmlos.

»Hei, blast in die Trompeten!« »*God dam you! How do you do?*« Englisch. Ich sprach englisch! Und natürlich deutsch: »*Machen Sie mir keine Spaßen nicht!*« Und auf finnisch die Worte »Her mit Wein und Bier«: »*Pala viinaa ja olutta tänne!*« – »Hurra! Blast in die Trompeten!«

Ich hatte mit den Fredmangedichten etwas gefunden. War es der Schlüssel zu einem großen, bleibenden Werk? Und würde große Dichtung mir Schutz bieten?

Das Grobe, das Gemeine, das Lügenhafte – war es nicht das, was Bewunderung weckte, während das, was zur Vollendung strebte, mit wachsender Verachtung gestraft wurde? Schrieb ich über die schönste Blume, so welkte sie und wurde dahingerafft von den wuchernden Nesseln, deren Pracht alles übertraf. Ein Korn auf dem Mist wachsen zu lassen, das war das größere Werk. Ich aber war eine seltsame, bunte Feder im Sturm.

Apropos Korn auf dem Mist: Als es auf den Herbst zuging, traf ich eines Abends an der Roten Schleuse den Königlichen Leibmedikus Hoffberg und den Branntweinbrenner Lindberg. Sie kamen mir entgegen zwischen den Ruinen – in diesem Sommer hatte ein Brand, der am Järntorget ausgebrochen war, begleitet von dem Geschrei des Pöbels, von Kanonendonner und schwarzen Flammen vierzig Häuser in Schutt und Asche gelegt. Wir kamen am Kai ins Gespräch, über Brände, die das Ende der Welt verkündeten, dann über die Abteilung der städtischen Latrinenkähne, die am Mälarstrand vertäut lagen. Noch bevor der Morgen graute, wurden die Fäkalien der Bürger in Lachsfässern aus den engen Gassen hinausgeschafft und an sich biegenden Stangen im Gänsemarsch zu diesen Kähnen geschleppt. Gegen Abend wurden sie von zerlumpten Latrinenweibern aus der

Stadt hinausbefördert, hin zu den Behältern der Salpetersiederei bei Rålambshov. Dort wurden die Fäkalien dann von den Insassinnen des Spinnhauses zu Schwarzpulver für die Feldkanonen veredelt.

Dieses Faktum, das fanden wir alle, war durchaus von Interesse.

Der Leibmedikus Hoffberg, der ja dem Königspaar und dem Hofe besonders nahe stand, enthüllte uns, daß der königliche Darminhalt sich in einem Jahr auf gut 150 Pfund reine Fäkalien belaufen dürfte. Diese Menge könnte nach der Veredelung in der Siederei gut und gern das Pulverhorn des Königs füllen, und das war ein feines Horn, ein Prachtwerk aus Elfenbein.

Ich fand es überhaupt bemerkenswert, daß das, was aus dem Laderohr des Darmes abgefeuert worden war, von der modernen Wissenschaft zu schwedischem Schwarzpulver für Feldkanonen verwandelt werden konnte. Scheiße, fügte der Branntweinbrenner Lindberg hinzu, wurde schon zu Gustaf Vasas Zeit als *Jus Regale* betrachtet und in den Grundbüchern eingetragen als ein besonderer Steuertitel innerhalb der Einwohnererfassung.

Ach ja?

Das machte die Sache nicht weniger bemerkenswert. Von der Kaimauer führte ein schmaler Steg zu dem öffentlichen Abtritt, einem Kahn mit fünf Löchern direkt über dem Laderaum. Wenn wir genügend von uns gäben, meinte Hoffberg, könnten wir Material für feinkörniges Pulver hervorbringen, ausreichend für je einen Schuß aus einem Handgewehr. Wir knöpften die Hosen auf und setzten uns. Ich erinnere mich, daß es Herbst geworden war, denn der Schinken schmerzte, weil der Mälarwind von Norden her wie eine scharfe Klinge durch einen Spalt in der Wand hindurchschnitt. Lindberg hatte Branntwein dabei. Sogleich dichtete ich ein Lied mit einem etwas schwierigen Oktavsprung in Takt 1 – 2 und 5 – 6, der, wie ich später hörte, als das Lied mir auf der Straße vorgesungen wurde, zu einem Quartintervall reduziert worden war:

Nahe der Schleuse
stehen Gehäuse,
und Matronen tragen Stange und Faß,
duftet Salpeter,
prusten Trompeter:
Dort saß Bacchus ohne Glas.
Zinken und Hintern bliesen im Duett,
hier saß ein Doktor, dort saß ein Poet.
Pauken, die gehn: bum bum bum bum bum bum.
Prost auf das, was kommt und geht!

Gleichzeitig schuf ich natürlich weiterhin, und darin wollte ich mich vervollkommnen, eine Reihe äußerst fein abgestimmter Grabgesänge, Hochzeitsgedichte, zierliche Pastorale sowie *ex tempore* Lieder über die Engel der Liebe und über Mamsell Inga, die sich auf einem Ball im Bollhuset den Fuß verstaucht hatte. Lissander schrieb sie alle auf, aber die Öffentlichkeit schien sie nicht akzeptieren zu wollen. Und so als wollte man den Sieg alles Grobkörnigen in voller Musikbesetzung proklamieren, redete man von nichts anderem als dem Trompetengepruste an der roten Schleuse, so daß mich sogar Kinder auf der Straße ansprachen und fragten, ob ich die Geschichte über den Pastor und den Bürger und Bellman gehört hätte, die sich in den Latrinenkahn gesetzt hatten, um die Salpeterbehälter zu füllen. Als Bellman schiß, flog der ganze Lokus in die Luft.

Wie es aussah, versank ich nun in meinem eigenen Schmutz.

Ich sank und sank – muß ich hinzufügen, daß ich bekümmert war? Wohin war ich unterwegs?

Auf dem Mälartorget, das auch »Fliegentreff« genannt wurde, lag neben den Latrinenkähnen ein Düngerhaufen. Obdachlose suchten ihn auf, um nachts in den warmen Pferdedung hineinzukriechen und dort Schutz zu finden vor der Kälte. Auf ihrem Weg zum Waschsteg warfen Wäscherinnen ihnen zum Frühstück

Kartoffeln zu, die für die Dienstleute nichts als abscheuliches Schweinefutter waren und die nur die aus dem Pommernkrieg heimkehrenden Soldaten sackweise verzehrten.

Mir schien, daß ein Mensch, der in Pferdedung kroch und Schweinefutter verzehrte, die Hölle auf Erden erreicht hatte.

So weit wollte ich nicht kommen.

Ganz klar war jedoch, daß andere mich dorthin bringen wollten. Andere wollten mich nackt aus dem Bett zerren, mich die Götgatan hinunterschleppen zum Fliegentreff und in den Pferdedung stopfen. Wie sonst sollte ich das verstehen, was nun mit meinem *Vater Noah* geschah? Dieses harmlose Trinklied war zusammen mit zwei anderen Liedern in der Berlingschen Druckerei herausgegeben worden. Als es in den Händen einiger Pastoren landete, weckte es sogleich den denkbar größten Unwillen. Aber nicht nur das. Das Konsistorium ordnete an, daß alle auffindbaren gedruckten Exemplare zu beschlagnahmen seien. Diese waren dann dem jeweiligen Probst des Kirchspiels zu übergeben, der daraufhin die Mitglieder seiner Gemeinde strengstens vor diesem Bellman warnen sollte. Man solle sich in acht nehmen vor allem, was aus seiner Hand kam.

Der ehrbare Buchdrucker wurde verhört und erklärte, daß er das Lied vom Pfarrer Lüdeke bekommen habe, Lüdeke wiederum sagte, daß er seine Schwiegermutter das Lied habe singen hören, und daß die Schwiegermutter es von der Witwe Aurevillius abgeschrieben habe, die es ihrerseits von einem Enkel in Landskrona bekommen hatte, der dem Knecht Båld die Schuld zuschob.

Kurz darauf bekam ich im Kontor zu hören, daß der Justizkanzler selbst, jaha, der Justizkanzler höchstpersönlich beim Konsistorium vorstellig geworden sei. Ich mußte verwarnt werden, ich durfte mir nichts Anstößiges gegen die Religion mehr erlauben. Ich sollte gezwungen werden, in meinen poetischen Arbeiten wahre Gottesfurcht zu zeigen.

Mit anderen Worten, ich sollte zum Fliegentreff geschleppt und in den Pferdedung gestopft werden.

Um diese Zeit wurde auch mein Bruder Johan als Kanzlist beim Großen Seezoll angestellt. Johan war eine Zeitlang arbeitslos gewesen, es ging ihm schlecht, darum hatte ich ihm mit einer Bittschrift in Versform diese Anstellung verschafft. Kaum hatte er die Stelle angetreten, bekam er auch schon Urlaub, was ein ungewöhnlicher Gunstbeweis war. Ganze sechs Monate bekam er Urlaub, erhielt eine Ausreisegenehmigung und ging an Bord des Ostindienfahrers Tre Cronor, der nach Kanton in China auslaufen sollte. Ganz so weit wollte er nicht fahren, aber Onkel Jacob hatte seine schriftliche Bitte beantwortet, und der ehemalige Konsul hieß Johan nun mit offenen Armen willkommen in seinem Heim in Cadiz, dessen Hafen das Schiff anlief. In dieser Stadt gab es vier Theater, schrieb der Onkel, eine Stierkampfarena sowie einen feurigen Wein, *Cortadura San Fernando*. Er fügte hinzu: »Zum Nachtmahl pflegt man zwölf Gänge und drei Sorten Wein zu servieren.« Arbeit gab es auch, falls Johan eine Beschäftigung beim Seezoll »wünschte«. Die Stadt war nämlich die einzige, die einen Warenaustausch mit dem hispanischen Amerika vermittelte.

Großartig! Aber als ich selbst im gleichen Alter war wie Johan und mich brieflich an den »Edlen, hochgeachteten und hochgeehrten« Konsul Jacob gewandt und um seine Gewogenheit und Fürsorge für mein zeitliches Wohlergehen gebeten hatte und ihm darüber hinaus in einem ambitiösen Vorwort zu meiner Übersetzung von Du Fours *Instructions* diese Arbeit gewidmet hatte, was geschah da? Ich bekam keinen Dank für meine Mühe. Nicht einmal einer absagenden Antwort war ich für würdig befunden worden. Nun erinnerte ich mich dieser Widmung, denn kurz vor Johans Abreise kam gerade die zweite Auflage meines Werkes heraus.

Ja, was soll ich dazu sagen?

All dies ließ Johan völlig unbeeindruckt, er war unbefangen wie ein Tier.

Als das Schiff vom Kai des Skeppsbron ablegte, stand Schwester Lovisa an meiner Seite. Ich hatte sie von Arrhéns Haus auf Hägersten in die Stadt geholt. Sie hatte mit der unerbittlichen Rastlosigkeit der Lungenkranken begonnen, uns zu verlassen, und mußte manchmal aus ihrer Trostlosigkeit aufgerüttelt werden. Man hatte ihr ein Zimmer am äußeren Ende des Kuhstalls zurechtgemacht, der Estrich lag fünf Fuß über dem Boden. Für das arme Mädchen war der Stall eine fremdartige, widerwärtige Herberge, sie verstand nicht, warum sie in einem unsauberen Raum essen und schlafen mußte, in dem es nach Jauche stank und an dem der Abflußgraben für den Viehkot vorbeilief. Sie konnte sich auch nicht an den Lärm gewöhnen, wenn das Vieh mit den Hörnern an die Krippen schlug, manchmal fand sie nächtelang keinen Schlaf, denn sobald sie eingeschlafen war, wurde sie gleich wieder von den Kühen geweckt, die ja Wand an Wand mit ihr lebten, jenseits der Bretter, die ihr Bett umgaben. Arrhén meinte es jedoch gut mit der Stallkur, die Professor Bergius von der Wissenschaftsakademie empfohlen hatte und die schon mit gutem Resultat beim Stallmeister Sallander auf Södermalm erprobt worden war, dessen lungenkranke Frau im Stall liebevolle Heilung gefunden hatte.

Lovisas Füße hatten wieder Platz genug in den gelben Pantoffeln, die Schwellung der Beine war zurückgegangen, und der Durchfall hatte fast aufgehört an diesem Tag, an dem Johan Abschied nahm; so hatte ich sie also an den Skeppsbron geholt, und da stand sie nun, mit goldgelber Haut, und flüsterte mit weißer Zunge ihr Lebewohl zum Achterdeck hinauf. Johans Brandenburger Hut mit dem schwefelgelben Federbusch wippte neben den Mützen des Schiffskochs und der Ladeknechte. Es war ein eleganter Jüngling, der dort oben tief Luft holte und Seeduft einatmete. Ein hochgewachsener, humorbegabter Mann, der in der Kraft seiner Jugend noch über jede Bestrafung erhaben war. Das Kinn blankrasiert, stolz vorgereckt, der Haarzopf mit Bartwichse eingelassen, steif gedreht und mit einem breiten, schwarzen Lederband umwickelt. Die Luft am Kai war angefüllt mit dreistem Irrsinn. Ich erinnere mich an das Geräusch der knatternden Fahnen, an das ganze Eisenorchester, an die Schuhabsätze auf dem Landesteg, an das Schlagen der Glocken. Ich erinnere mich an das Rufen der Schuhputzer, Zollschnüffler und Matrosen, an den Lärm der Trommeln. Ein Apfeldeutscher

– ein pommerscher Obsthändler –, kam mit einer Meerkatze auf der Schulter. Einer blies auf einer Sackpfeife. Einer mit einer Tulpe auf dem Hut tanzte und schwang das Bein. Und Geschrei: »Kanaille! – Hundsfott! – Auf die Seite, Heringpacker! – Hau ihm aufs Maul! – Schweig, Alte!« – Dann hinter mir auf deutsch: »Ach, du dummer Teufel!« und von der Seite auf französisch: *»Que le diable t'emporte!«* Dann das Geläut der Glocke von der Deutschen Kirche, dazu Gebrüll wie auf einem Bauernhof – Ochsen, Kühe, Schweine, Gänse, Enten, Truthähne und Hühner, alles wurde an Bord gebracht wie in Noahs Arche, und dies letztere führte natürlich meine Gedanken zurück zum Fliegentreff und zu der Strafe der Kirche für mein Lied über Vater Noah.

Bruder Johan hatte sich wahrlich nicht in Pferdedung gebettet.

Ich selbst war in einem Alter, in dem die meisten Männer ihr Leben gelebt hatten und ins Grab gestiegen waren. Ich stand mit meinen knapp 30 Lenzen hoch in den Jahren, und doch, beim Anblick meines Bruders Johan dort droben auf dem Achterdeck fühlte ich, wie es mir vor nagendem Neid heiß den Nacken herunterlief.

DEN GLEICHEN NEID, das gleiche den Nacken hinunterströmende heiße Gefühl des Versagens empfand ich auch gegenüber Erik Palmstedt, der ein Jahr jünger war als ich, zu dieser Zeit aber schon den Exklusivauftrag erhalten hatte, die Planungszeichnungen für das neue Börsengebäude am Stortorget, dem großen Marktplatz mitten in der Stadt, zu erstellen.

Oft führte mich mein Weg vorbei an der Storkyrkan, wo die Aushebungsarbeiten für die Grundsteinlegung der Börse begonnen hatten, und wo täglich gewaltige Mengen Knochen aus dem ehemaligen Beinhaus ans Tageslicht befördert wurden. Ich hatte dann das Gefühl, daß ich zur Schar dieser Skelette gehörte, oder daß eine Strafe über mich verhängt wurde, die ich körperlich abzubüßen hatte, daß ich ausgepeitscht wurde oder zur Strafe auf dem Spanischen Esel neben dem Schandpfahl auf dem Marktplatz sitzen mußte und Gewichte an den Füßen trug, während Erik sich auf einen seiner eigenen Pfeiler geschwungen hatte und von oben herab mitleidig auf mich, den Narren, herunterblickte.

Nach dem allgemeinen Klatsch zu urteilen, der zu dieser Zeit über Ulla Winblad geführt wurde, war sie sogar respektabler als ich. Meine Pfaffensatiren und Sauflieder reihten mich offensichtlich unter die Unwürdigsten ein, ebenso wie die Tatsache, daß ich irgendwann einmal eine Straßenhure mit einem in Alexandrinern gereimten Liebesakt beglückt hatte. Ulla dagegen hatte den Küchendunst hinter sich gelassen. Sie hatte sich von den Bierfiedlern abgewandt und trat nun in schönstem Staat zwischen den Aristokraten des Skeppsbron auf, suchte die Herren der Generalzollpachtdirektion nach Geldscheinen ab, trippelte gleichsam wie im vertraulichen Auftrag von Kommerzienrat zu Präses, wurde zwischen Handelshaus und Feuerversicherung wie ein schönes Ragout hin und her getragen, steckte die eine Brustwarze in Münzmeister Faxells und die andere in Cronmarcks Maul – und dabei stieg ihr Ruf! Liebeskunst war offenbar die höchste aller menschlichen Erfindungen. Dort und nicht etwa in der Poesie konnte man die Gaben vervollkommnen, die die Natur an die Menschen verschwendete.

Ullas Lebensführung verursachte nun ein so großes Aufsehen, daß in dem freigeistigen Wochenblatt *Fritalaren* über sie geschrieben wurde. In einer *Note Admirable*, betreffend den Ball im Kriegsministerium, waren neben Ulla Winblad sechsundzwanzig schöne Sünderinnen aufgezählt, daneben ein Haufen ziviler Kavaliere, Bonvivants, Gardeoffiziere und sogar Hofjunker sowie der berüchtigte Amtmann Hasenskräck.

Ich natürlich nicht.

Ich begab mich nicht mehr hinab in die Höhle des Bösen, sondern saß daheim bei Inga, und Inga klöppelte.

Baron Bunge hingegen stand auf der Liste. Und Staatssekretär Carlsköld und Kanzleirat Hummelhielm auch. Man möchte Alarm blasen! Alle hatten sie die venerische Krankheit, gingen von der Krankheit gezeichnet herum wie Vieh. Und dies nach einem

Ball im Kriegsministerium! Eine größere Schande konnte einem so ehrenvollen Raum nicht geschehen!

Und *La Reine du Bal*, die Königin des Balles, das war Ulla Winblad.

Hier trat *La grande Cocotte*, Mamsell Arosiander, auf und Maja Wallvick, die sie die Fahne auf dem Berg nannten; die Lerche war da in ihrem vollen Liebreiz, Bierbaums Elsa, das Lämmchen, das Kalbssteak, auch die Gräfin Torstensson, Mamsell Richardsson, Mamsell Spaas, die Hinkende Venus, der Pommersche Hintern und, wie gesagt, die Weinflasche, Mamsell Ulla Winblad – die Königin des Muffballes.

Übrigens bin ich entzückt von »Fahne auf dem Berg«, und »Pommerscher Hintern« und »Muffball« – von den Ausdrücken, meine ich, die ich im Munde drehe und wende und an denen ich wie an einem Bratenknochen herumlutsche. Um nicht zu reden von der rotzfadenlangen Generalzollpachtdirektion. Welch imponierende Länge! Würde man der Zunge mehr von dieser Art Schaumwein zumuten, so fiele man gewiß nach dem Kachelofenbaueralderman, spätestens aber mit dem Leibtrabantengeneralkriegsgerichtsrat endgültig vom Stuhle.

Genau das tat ich bei Mamsell Inga.

Hier klöppelte ich Wörter und lachte über meine eigenen Späße, während Inga Leinenfäden um ihre Holzzylinder wand und Nadeln nach Mustern auf Pappkarton ins Kissen steckte, ein wenig mit mir zankte, mich züchtigte, die Stifte umwarf, einen Floh unter dem Halstuch zu fassen bekam, Maschen auffing, Spitzen wachsen ließ, breite und schmale.

Und die Zeit verrann.

Das Leben drängte vorwärts, aber Inga klöppelte weiter. Jede Stunde unserer Verlobung machte mir klar, wie schnell dieses Leben meine Feder jagte. Doch jeder Teller Suppe, mit der sie mich mästete, jedes schimmernde Steak, jeder saftige Krapfen mit Zukker und Butter, legte Zeugnis darüber ab, wie weit ich mich von der Lebenslust entfernt hatte, welche die Gassen, die Kais, die Wirtshäuser durchpulste.

Ich hatte begriffen, daß das Leben vorwärtsdrängte.

Das Leben in der Stadt war ein größeres Improvisationstalent als ich.

Bei den literarischen Spektakeln in Lissanders Salon war ich eine Zeitlang der größte Poet und Possenreißer gewesen.

Ich mußte vorankommen.

Ende des Jahres 1767 gründete ich einen Orden zu Bacchi Ehren. In diesen Orden konnte nur aufgenommen werden, wer mindestens zweimal vor aller Augen im Rinnstein gelegen hatte. Die Ordensritter und Kommandeure waren also der Abschaum der Stadt. Hier probierte ich etwas Neues aus, aber ich wußte nicht, ob ich einen verrückten Weg eingeschlagen hatte. Die Ordenszeremonien gestaltete ich um zu feierlichen Gedenkreden in fließenden Alexandrinern, gehalten für die unseligen, rotnäsigen Gestalten, die dem Branntwein und der Hurerei erlegen waren. Ich trat auf mit weißen Handschuhen, trug einen Ordensstab, ein blumengeschmücktes Ordensritterkreuz, Ordensstern und Karaffe. Diese Trauerzeremonielle führte ich auch im Rathauskeller auf, manchmal im Gasthaus Clas på Hörnet. Und nun stand ich nicht mehr allein auf der Bühne. Die Ordensparodien erforderten für die Couplets, den Chorgesang und die Prozessionen die Mitwirkung männlicher und weiblicher Kräfte.

Ich kann nicht umhin zu sagen, daß diese Aufführungen unvergleichlich gut gelungen waren, besonders die Grabreden über den Perückenmacher Boursell und den Branntweinbrenner Lundholm. Das Cithrinchen mit größter Sorgfalt gestimmt, der Gesang klar, wohlmoduliert, voller dynamischer Nuancen. Ich war glänzend, und das Publikum zeigte wohlwollendes Interesse.

Und doch war ich unsicher.

Mit den Fredmanliedern war es etwas anderes.

In diesen Tagen erinnerte ich mich oft an Elias Martins Worte, daß die Welt mit schöpferischem Feuer bestürmt werden müsse, bis sie uns das Verborgene offenbarte. Elias malte erst in dem Augenblick, in dem sein Genius ihn ergriff und wie ein Dämon über Pinsel und Staffelei befahl.

Ich erinnerte mich auch an die Worte meines Vaters vor meiner Abreise nach Uppsala, zur Universität. Er hatte mir damals überraschend befohlen, ein Huldigungsgedicht zu König Adolf Friedrichs Geburtstag zu schreiben. Das sei »absolut notwendig« und eine »gute Investierung«. Apropos Königshaus: seit einigen Wochen hatte die Stadt den gesundheitlichen Zustand der jüngeren Mitglieder der Familie mit größter Unruhe und Teilnahme verfolgt. In den Kirchen war Fürbitte für Fredric Adolph und Sophia Albertina gehalten worden. Beide hatten sich der Impfung gegen Pocken unterzogen. Als endlich ein Bulletin herauskam, in dem verkündet wurde, daß die Pocken »glücklich vertrocknet und abgefallen waren, worauf die Gesundheit Ihrer Königlichen Hoheiten glücklich mit Gottes Hilfe völlig wiederhergestellt war«, ergriff ich die Feder und verfaßte ein Huldigungsgedicht. Auf den Türmen spielte die Musik und wehten die Fahnen, am Skeppsbron ertönten Böllerschüsse, in der Schloßkirche wurden Dankgebete gesprochen, und währenddessen saß ich in meinem Zimmer in der Ormsaltargränd, fror und fieberte und reimte: »Tod, der Himmel dich belohne! / Denn die Liebe hebt die Krone / frisch im schönsten Glanz empor.«

Der Castenhof an der Norrbron war festlich beleuchtet, mehrere bürgerliche Clubs feierten dort, als ich am Abend, während Impfungssoiree und Pockenkonzert in vollem Gange waren, den Slottsbacken hinaufhinkte und mein Gedicht zwischen die anderen Freudengedichte heftete, die am Schuldgefängnis angebracht waren. Hier waren schon viele Menschen versammelt, darunter verschiedene Poeten, alle lasen sie die Pockengedichte der Kollegen. Ich sah Olof Bergklint, mit Zylinderhut, kreideweiß gepudert, im Gespräch mit dem Dichterpoeten Gyllenborg, der das Große Daurersche Haus hatte verkaufen müssen und in die Götgatan gezogen war. Dieser Weltverächter stieß ein Lachen aus, das mehr wie ein Hundegebell klang, als er mich heranhinken sah. Sogleich wollte er mich so »drakulinisch grimassieren« sehen wie damals vor Jahren im Rathauskeller, an dem Tag, als Polhem den Nordsternorden verliehen bekommen hatte.

»Das war, als Bellman noch ein Junge war«, sagte er zu Bergklint, »und einen Schluck Moselwein getrunken hatte. Eine meisterhafte Grimasse. Wirklich großartig!«

Nun mußte ich indessen den Neffen des Dichtergrafen, Johan Gabriel Oxenstierna, umarmen. Der Neffe war gerade beim Schuldgefängnis angekommen und heftete ebenfalls ein Gedicht ans Tor, er war ein armer, gefühlvoller Schwärmer, der ein Gedicht mit dem Titel »Tod der Pocken« geschrieben hatte in der Hoffnung, vom Kabinettsbeamten zum Kommissionssekretär in Wien zu avancieren. Olof Bergklint, der übrigens lange Zeit Oxenstiernas Lehrer in der Dichtkunst gewesen war, hoffte mit seinem kraftvollen Gedicht »Ode über die Impfung« zum Notar beim Hofkonsistorium ernannt zu werden.

Auf Herrn Reimers großem Kauffahrteischiff, das gegenüber dem Schloß vor Anker lag, wurde geflaggt und wie wild geschossen. Plötzlich verbreitete sich in all dem Trubel das Gerücht, daß Rußland einen neuen Krieg gegen Persien begonnen hatte; und dann hieß es plötzlich, daß Swedenborg am Nachmittag von einem Pastor wegen seiner religiösen Grillen beim Reichstag angezeigt worden war, so daß er nun außer Landes fliehen wollte, um diesem Tollhaus zu entgehen.

Samuel Tilas hatte gelegentlich bei Lissanders idyllische Trinklieder vorgetragen und französische Couplets gesungen. Er kam nun in einem Gig mit gelbem Gestell und roter Schere den Slottsbacken heraufgerollt. Tilas wollte sein Gedicht beurteilt haben, hielt neben mir an und fragte mich, zutiefst beunruhigt, warum ich beim Lesen seines Werkes so schmerzlich grimassiert hätte. Wenn sein Pockengedicht schlecht war, so wollte er das wissen. Er wollte sich um die Stelle eines Kommissionssekretärs in Konstantinopel bewerben. Ich las sein Gedicht zu Ende und wies auf einige Stellen hin, an denen er ein außergewöhnlich feines Ohr für Wohllaut und Rhythmik bewiesen hatte, und sagte, daß ich grimassiert hätte, weil ich an Gicht litt. Mehrere Gliedmaßen bereiteten mir heftige Schmerzen. Der große Zeh war geschwollen und stand schief. Ich schob die Perücke ein wenig hoch und zeigte ihm mein Ohr. Es war blaurot, heiß, und schmerzte intensiv; Tilas zog darauf eine Flasche aus der Rocktasche und lud mich zu einem Gichtschluck ein.

Ständig kamen neue Poeten. Immer mehr Gedichte wurden an das Tor des Schuldgefängnisses geheftet, schwärmerische, freche, spitzbübische. Ein inhaftierter, unrasierter Freiherr warf sein Gedicht durch das vergitterte Fenster hinunter und sang dabei eine kurze Arie.

Was wollten alle diese erwachsenen Dichterkerle mit ihren Huldigungsgedichten?

Was wollte ich selbst mit meinem Gedicht, dem ich den Titel »Das Königliche Haus« gegeben hatte?

Ich wollte das eine: feierlich in den Parnaß erhoben werden. Ich wollte zum großen Dichter aufsteigen. Ich wollte vom Königshaus geehrt werden. Ich wollte das Leben eines machtvoll wirkenden Geistes führen, umstrahlt von fürstlichem Glanz.

Linde Winde, blast und weht!

1770–1772

Manchmal ist man sich seiner großen Augenblicke bewußt, wenn man sie erlebt, und manchmal erst, wenn es bereits zu spät ist, sich über sie zu freuen.

Mitten im Herbst ging es aufwärts mit mir, und ich durchschritt Perioden der Hingerissenheit. Nach einer Nacht im Vergnügungstempel Lorenzberg, wo mein Singspiel *Marcolphus*, in dem ich selbst die Titelrolle gespielt hatte, aufgeführt worden war, nahm ich am nächsten Morgen unter dem Applaus der Knechte und Mägde einen Mietwagen in die Stadt und traf in der Drottninggatan auf Ulla Winblad. Ich hatte den ganzen Abend mit schlimmem Kopfweh gekämpft und darum etwas getrunken. Nun kam der Schmerz zurück. Ulla verlangte Geld von mir, um sich einen neuen blauen Umhang kaufen zu können, den alten hatte ich am Abend im Lorenzberg mit Pontac überschüttet, ich erinnerte mich wohl? Damit konnte sie sich nun kaum mehr sehen lassen. Ulla griff mit der ganzen Hand mein Kinn, kniff es kräftig und sagte, in einem Kleiderstand an der Ecke zur Fredsgatan gebe es ausgezeichnete neue Stücke, die nur acht Taler kosteten. Und obwohl ich sagte, ich hätte nicht mehr als vier Taler, zog mich Ulla an der Hand zu dem Kleiderstand, nahm sich einen Umhang, hielt ihn mir vor die Nase und wendete ihn hin und her. »Gefällt er dir?« »Ja«, sagte ich, »ein schönes Stück, aber es hilft nichts, vier Taler sind alles, was ich habe.« In diesem Augenblick setzte die alte Schneiderin ihre Augengläser auf, musterte mich eingehend, fuhr dann zurück und schnappte nach Luft. Dann rief sie aus:

»Sind der Herr nicht der Herr Bellman?«

»Ja, gute Madame.«

»Der Poet, dessen Lieder in Handschriften durchs Land fliegen, sobald sie geboren werden?«

»Der bin ich.«

»Die in allen fröhlichen Gesellschaften gesungen werden, von besseren Leuten und niederem Pack und Bratenwendern?«

»Ich glaube schon.«

»Derselbe Bellman, der mich so oft durch seine Narreteien zum Lachen gebracht hat?«

»Das hoffe ich!«

Danach nannte sie mich »lieber Herr« und noch einmal »Poet« und sagte, wenn ich Bellman sei, so sehe die Sache gleich ganz anders aus. Der Umhang koste zwar acht Taler, aber für einen so »großen Dichter« nur vier, zu Diensten, Herr Bellman!

Die Geschichte von Ullas Umhang erzählte ich Schwester Lovisa, als ich sie wieder einmal an ihrem Krankenlager auf dem Hofe Hägersten besuchte. Sie fragte mich mehrmals, ob das auch wahr sei, was ich ihr da erzählte. Vom Krankenlager aus erschien die Welt anders, und sie sah Dinge, die andere nicht sahen, freute sich über Dinge, an denen andere achtlos vorübergingen.

»Es ist wahr, Lovisa, jedes Wort ist wahr.«

Jahrelang war Lovisa nun schon krank aufgewacht und müde zu Bett gegangen, war von Husten geschüttelt worden, hatte gelesen und sich dabei unwohl gefühlt, hatte einen Blutsturz bekommen, während sie Briefe schrieb.

Das Anwesen in der Ormsaltargränd, in dem ich wohnte, sollte abgerissen werden, und das Nachbarhaus in der Urvädersgränd, einer Querstraße im oberen Teil der Ormsaltargränd, wurde nun meine neue Adresse. Für zwei möblierte Zimmer und eine Dienstbotenkammer verlangte man in einem Neubau die schamlose Summe von 16 bis 28 Talern die Woche. Gjörwell, der Episteln von mir im *Svenska Magazinet* veröffentlicht hatte, zahlte für die zwei Räume – Wohnzimmer und Kammer, möbliert und einschließlich Bettzeug – zwölf Taler die Woche. Ich mietete im

Hause Nr. 3 der steilen Urvädersgränd zwei Dachzimmer ohne Dienstbotenkammer, aber mit einer Bettbank, die von der Wand heruntergeklappt werden konnte. Die Küche im Dachgeschoß teilte ich mit zwölf weiteren Bewohnern. Die Miete betrug acht Taler die Woche.

Ich ließ mich also von einem Wagen in der Urvädersgränd Nr. 3 abholen. In dem am Berghang gelegenen Häusergeviert war ich eine Stufe höher gestiegen, und auch in der Generalzolldirektion war ich aufgestiegen, war vom außerplanmäßigen Angestellten zum Kanzlisten avanciert, mit einem Gehalt von 350 Silbertalern jährlich. Apropos Gjörwell: Mit ihm zusammen hatte ich kürzlich in der Hedvig-Eleonora-Kirche die *Neuen Gesänge Zions* gesungen. Auch Rutström war anwesend, der nach der Machtübernahme der Partei der »Hüte« aus seiner Landesverweisung zurückgerufen worden war und unter starken Protesten des geistlichen Standes seine bürgerlichen Rechte zurückbekommen hatte. Wenigstens er war also wieder in der Stadt, nachdem man Swedenborg in die Flucht getrieben hatte. Alle verabscheuten aufs tiefste den Sumpf, in welchen das politische Leben geraten war. Wir drei hatten uns nach dem Gottesdienst in der Kapelle zusammengesetzt. Gjörwell, der ernsthaft vom Herrnhuter Pietismus bewegt war, sprach schwärmerisch davon, daß er seit seiner Jugend den Traum gehegt hatte, nach Herrnhut zu reisen und sich dem Dienste der Bruderschaft zu widmen.

Dort, wo die Götgatan am steilsten ist, kurz vor der Urvädersgränd, plagte sich das Pferd dermaßen, daß der Kutscher abspringen und ein Stück zu Fuß weitergehen mußte, um zu mir heraufzurufen:

»Kanzlist Bellman! Wagen für Kanzlist Bellman!«

Mehrmals auf dem Weg nach Hägersten stolperte das Pferd, und an jeder noch so kleinen Steigung blieb es stehen, so daß ich schließlich aus dem Wagen stieg und mit dem Cithrinchen unter dem Rock den letzten Teil des Weges zu Fuß durch den Schnee zu dem grauen Gebäude ging, in dem meine Schwester Lovisa zu Bett lag. Im Morgengrauen hatte sie dunkles Blut gespuckt. Das war besser als helles Blut. Sie aß ein warmes Brötchen, in Menschenblut getaucht, das tat ihr gut, aber in dem steinernen Stall, zwischen alldem Vieh, war es eiskalt, obwohl Arrhén einen Kamin vom Typ Cadé zu ihr hereingestellt hatte. Der Kamin stand so nah am Bett, daß Lovisas Gesicht im Schein des Glutfensters glühte. Ich setzte mich nahe zu ihr auf die Bettkante, küßte sie brüderlich auf den Mund, streichelte ihre Stirn, und nachdem wir ein Weilchen miteinander geweint hatten, erzählte ich ihr auf ihren Wunsch noch einmal von dem Fest beim Schiffsbaumeister Fredric af Chapman.

Der berühmte af Chapman war im *corps de logis* der Djurgårdenwerft eingezogen. Das Chinazimmer dort war so gut wie ganz mit chinesischen Bildern auf Reispapier tapeziert. An der Tafel saßen Offiziere der Flotte mit ihren Frauen sowie Kapitäne und Kargadeure der Ostindischen Kompanie. Als Stunden später die Wachslichte heruntergebrannt und viele Bowlen Punsch zubereitet und geleert waren, sang ich auf die Melodie eines Couplets aus Grétrys Operette *Lucile* ein soeben erfundenes zweistrophiges Lied über den Kaiserlichen Hof in China. Einleitend improvisierte ich über die Motive auf den Tapeten. Einige von ihnen mußte ich auf Lovisas Wunsch noch einmal beschreiben: Goldene Fische, die im schwefelgelben Dunst aus berlinerblauen, mit rosenroten Quasten befestigten Reusen aufsteigen; Schnitter in kurzen, glänzenden Jacken, die mit Sensen aus schimmerndem Achat silberviolette Ähren mähen; Hirtinnen in Nopkinseide und Gingan, mit Sonnenhüten aus Perlmutt, die an den Pomeranzenbäumen schaukeln; Gesandte, denen der kaiserliche Ameisenbranntwein gereicht wird.

Dann kam ich darauf zu sprechen, was ich neuerdings über Ulla Winblad erfahren hatte. Sie war nach einem Aufenthalt in Helsingfors nach Stockholm zurückgekehrt. Dort war sie vor dem Bezirksgericht angeklagt worden wegen Beischlafs mit dem Soldaten Högberg von Björnborgs Regiment. Dieser hatte ihr die

Ehe versprochen, unwirksam, wie sich herausstellte, denn Högberg hieß in Wahrheit Hog und war bereits seit neun Jahren verheiratet. Hog wurde zu 40 Paar Rutenhieben verurteilt sowie zum Sündenbekenntnis vor der versammelten Kirchengemeinde. Ulla hingegen kam gelinde davon: zwei Silbertaler Geldstrafe wegen unsittlichen Lebenswandels. Aber auch eine Leibesfrucht war die Folge: Zeugen sagten aus, daß Ulla vor ihrer Heimreise einen toten Knaben geboren hatte, der schon begonnen hatte zu verwesen und im Inneren bereits braun war, das war zu sehen, da der Körper sich wie eine weiche Birne öffnen ließ.

»Ist das wahr?«

»Jedes Wort.«

»Daß der Knabe wie eine Birne aufging?«

»Aber ja.«

Ich fragte Lovisa, ob sie sich noch an den Gärtnermeister Nordström vom Kleinen Daurerschen Haus erinnerte, dem Faggens Garten gehörte? Er war vor kurzem gestorben. In der Woche nach dem Begräbnis hatte Ulla sich mit seinem Sohn Erik verlobt. Sie hatte die Balltoiletten abgelegt und verdingte sich nun beim Krämer Samuel Wiese im Kirchspiel Sta. Maria als Magd. Sie fütterte die Hühner auf dem Hofe, und dem rothaarigen Erik, bei dem sich Glatze und Bauch einzustellen begannen, hatte ich versprochen, mich für ihn wegen einer Anstellung beim Zoll zu verwenden.

Ich legte einige Holzscheite in den Kamin. Mit der Dunkelheit kam die Kälte, und durch die Luftspalte, an der der Knecht mit einem Besen hinter den Kühen den Dung wegfegte, drangen eisige Februarschneeflocken herein. Der Stall war ordentlich ausgemistet, doch aus der Jaucherinne stieg Dunst herauf. Und aus der Boos schräg unter Lovisas Kammer drang der Geruch von Holzteer, denn die Kuh hatte die Klauenseuche, und man hatte die Risse zwischen ihren Klauen mit einem geteerten Holzstück eingerieben. Lovisa sagte, daß sie sich während ihrer Stallkur mit einigen Kühen angefreundet hätte. Unter den Kälbchen gab es eine kleine Greta, die sie oft zwischen den Hörnern kraulte und am Hals, wo im schwarzen Fell die Läuse saßen.

Als ich mir die Pfeife anzündete, sah sie mich die ganze Zeit an. Sie sagte, ich sähe so glücklich aus. Ich half ihr, sich aufzusetzen, rückte ihr das Kissen im Rücken zurecht und zog dann aus der Tasche eine Nachtuhr mit Weckerglocke. Die Uhr aus vergoldetem Messing trug die Signatur Jean Fredman und besaß einen rotierenden Ring aus silbernen Ziffern. Lovisa benötigte eine Nachtuhr. Ich zeigte ihr, wie sie funktionierte, intonierte eine Fanfare und zog feierlich aus der Innentasche meines Rockes ein Buch heraus, das ich unter die Lampe hielt.

Es war ein Band aus rotem Saffianleder mit reichen Goldeinlagen von Christoffer Schneidler und einer Lavierung. Lovisa berührte sie mit ihren gläsernen Fingern: Ein ländliches Haus, ein gedeckter Tisch an einem Seeufer. Ich hatte den Maler Hilleström näher kennengelernt, der Tapeten und Stuhlbezüge für das Schloß fertigte. Die Lavierung war von seiner Hand. Auf der Vignette darunter stand: »Fredmans Episteln. Erste Epistel, an die getreuen Brüder im Terra Nova in der Gaffelgränd«. Dies hier war ein mit erheblichen Kosten angefertigtes Widmungsexemplar für den Reichsrat Graf Erik von Stockenström, noch ohne Vorwort, es war als Dank dafür gedacht, daß er mich unterstützen würde bei der Herausgabe meiner Gedichte in einem Verlag. Auch Oberst Duwall war ein eventueller Gönner. Beide hatten Verbindungen zur sogenannten Skeppsbro-Aristokratie, zum Beispiel dem Großhändler Bedoire, der sehr vermögend war, der Familie Kierman und den Grills.

Ich mußte Lovisa nun noch einmal von meinem Zusammentreffen mit dem Dichter Oxenstierna erzählen. Lovisa hatte ja nicht nur durch mich davon gehört. Auch Schwester Fredrikas Mann, der Kassier Stiernhoff, war Zeuge gewesen. Oxenstierna wohnte nach Onkel Gyllenborgs Konkurs bei seinem Schwiegervater in einem Haus des Schönborgschen Anwesens in der Götgatan, mit eigenem Pferdegespann und Dienstleuten. Auch Gyllenborg wohnte dort. Ich sah das Haus von meinem Fenster in der Urvädersgränd aus. Im Dezember war ich bei Lissanders aufgetreten, zweimal nacheinander, und beide Male saß Oxenstierna im Publikum. Einige Tage später traf ich ihn in einer Schneewehe am Russenhof. Er sagte, daß sein Onkel, der Dichtergraf, unter dem Joch seines Epos »Der Zug über den Belt« stöhnte, aber daß er die ältere Dichtergeneration durchschaut habe. Das waren alles eintönige Abschreiber. Mit dem Onkel in einem Haus zu wohnen war manchmal lästig: »Sobald er zu Hause ist, hindert er mich daran, etwas zu tun, da er ständig durch meine Kammer läuft.«

»Erzähle, was er über dich gesagt hat, Mickel!«

»Er sagte, daß Bergklint und Kexel zu ihm gekommen waren und ihn überredet hatten, mit ihnen zu Kommissar Lissander zu gehen, um dort Bellmans Späße anzusehen. Oxenstierna ging mit, und in seinem ganzen Leben hatte er nicht so gelacht. Er sprach über meine Ordenskapitel, und wie er gelacht hatte, als ich einige Kandidaten, die dieser Ehre würdig waren, zu Rittern schlug, und als ich die Begräbniszeremonien vorführte, alles in Versen, die zu Opernmelodien verfaßt waren.«

»Erzähle was er über deine Stimme gesagt hat! Was hat er über deine Stimme gesagt?«

»Daß er es unglaublich fand, wie ich alle Laute selbst machte und sang und Cithrinchen spielte, daß meine Gesten, meine Stimme, mein Spiel unvergleichlich waren und das Vergnügen noch erhöhten, das die Verse bereiteten, die immer schön waren und Gedanken enthielten, die mal lächerlich waren, mal sublim, aber immer neu, immer stark, immer unerwartet, und über die man nur außer sich geraten konnte vor Verwunderung.«

»Was hast du gesungen?«

»Ich sang ein neu geschriebenes Soliloquium Fredmans, als er vor der Kaschemme Kriech Herein lag, gegenüber dem Bankhaus, in einer Sommernacht 1768. Ganz neu. Ich sang auch über die Brüder und Schwestern im Wirtshaus Zum Luchs.«

»Und dann, was war in der Nacht?«

»Oxenstierna sagte, daß er nicht schlafen konnte, die ganze

Nacht hatte er kein Auge zugetan, so war sein Kopf angefüllt von all den lustigen Sachen, die er gesehen hatte. Während er im Bett lag, brach er immer wieder in lautes Lachen aus, so daß Gyllenborg schließlich seinen Kopf zur Tür hereinsteckte und fragte, was zum Teufel er für ein Spektakel treibe.«

»Das hat er dir erzählt?«

»Ja, am Russenhof. Wir standen mitten in einer Schneewehe. Am Abend darauf war er wieder bei Lissanders gewesen und hatte mir zugehört und sich genauso amüsiert wie das erste Mal. Dann vertraute er mir an, daß er sich in Stockholm nicht wohlfühlte. Die Straßen wären entweder schmutzig oder schneebedeckt oder kahl wie eine Klippe. Die Luft, die er atmet, sei vergiftet. Er ist ein Landmann und sehnt sich nach Skenäs, aber er hofft, eine Stelle bei der Gesandtschaft in Wien zu bekommen.«

Lovisa lag da, dunkel und abgezehrt und langhalsig, sie sah hart und müde aus, genauso wie Mutter ausgesehen hatte in Wisbohammar. Ihre Augen waren schon tot. Ich legte Holz nach im Kamin. Sie klapperte fröstelnd mit den Zähnen, als sie mich fragte, ob ich glaubte, daß sie den Sommer noch erleben würde. Sie wartete nicht auf Antwort, sondern kroch tiefer unter die Decke und bat mich, noch ein wenig zu bleiben. Sie fühlte sich so allein während ihrer Stallkur. Eine Schale stand auf dem Boden, in die sie den Eiter spucken konnte. Als die Katze über die Balkenwand herüberkam, nahm ich sie und steckte sie zu Lovisa unter die Decke, ihr Fell wärmte Lovisas Brust so schön. Auch ich kroch zu ihr hinein und hielt sie eine Weile warm. Ich deutete zum Stalldach hinauf und sagte, daß es so aussah wie das Dach über dem Thronhimmel im Audienzzimmer des Königs.

Die Katze schnurrte. Die Kühe stießen mit den Hörnern an die Krippen. Fredmans Nachtuhr tickte. Aber im Kamin sank das letzte Scheit in sich zusammen, tonlos wie der Klöppel in einer zersprungenen Glocke.

Meine Schwester schlief in einem Bett, das auf den Brettern der Stalldecke aufgestellt war, und doch schien sie viele Klafter tief unter der Erde zu leben.

Feuer schlug aus einer Hammerschmiede. Eine Stunde später ging die Sonne unter und zeichnete mit matter Hand in Schnee und Eis ein letztes müdes Bild der Stadt, verschwommen und ohne größere Glaubwürdigkeit in all den Nebensächlichkeiten des Alltags. Am Brunnsbacken stand eine Magd und zählte die Eier, die sie nicht verkauft hatte. In einem Hauseingang kauerte eine hungrige Mutter mit ihren Kindern, und in einem Fenster im ersten Stock sah man Haar und Schultern einer Mamsell, die in ihrem Boudoir bei Kerzenschein Briefe schrieb.

Ein halbes Jahr nachdem Bruder Johan nach Cadiz abgereist war, war er auf seinen Posten im Zollamt zurückgekehrt. Er schlief auf der heruntergeklappten Bettbank bei mir in der Urvädersgränd, wartete darauf, die Reise nach China »mit den Reichsständen« anzutreten – »Riksens Ständer«, so hieß das Schiff. Der erste Aufenthalt für alle schwedischen Ostindienfahrer war Cadiz. Als Johan dort bei Onkel Jacob von Bord gegangen war und der Segler nach einem einmonatigen Aufenthalt die Anker gelichtet hatte, um die Fahrt nach Kanton fortzusetzen, hatte er ein starkes Verlangen verspürt mitzufahren, nach St. Helena, Kapstadt, zum Indischen Ozean ... Der Bedienstete des Kargadeurs hatte entgegen den Vorschriften eine Stange Kautabak mit an Land genommen und war arrestiert worden. Johan war bereit gewesen, an seiner Stelle anzuheuern, aber mit Hilfe des Kommissionärs der Gesellschaft, Gauff, kam der Bedienstete wieder frei und ging zusammen mit drei Ochsen, vier Kälbern, 28 Schweinen, einer Ziege, zwölf Truthähnen, zwölf Gänsen, vier Schafen, 680 Hühnern, drei Kühen und der 150 Mann starken Besatzung des Schiffes an Bord.

Nun trieb sich Johan in Stockholm herum und wartete wie ein Albatros auf die Passatwinde über dem weiten Meer. An regnerischen Tagen, wenn der Wind an den Türen zerrte und das Wasser in Strömen über die Fensterscheiben flutete, konnte er schlaftrunken von der Bettbank springen, breitbeinig auf dem Fußboden stehen, als ob dieser heftig schwankte, und mir zurufen, ich solle das Marssegel reffen. Eine schwere See ging über das Schiff. Ich hatte Heringe gekauft und auf das kalte Blechdach gelegt. Johan lachte, als er sie entdeckte, und rief, wir hätten fliegende Fische an Bord. Verrückter Teufel!

Zu dieser Zeit war Rittmeister von Schnell aus Rußland heimgekehrt, wo er unter Katharina der Großen bei den Zobeltitzschen Husaren gedient hatte. Ich weiß heute nicht mehr warum, aber der Rittmeister brauchte Papier, und Johan brauchte Geld für die Reise, und da Johan von Onkel Jacob alte spanische und portugiesische Bücher geschenkt bekommen hatte, stand er nun am Eßtisch und zerschnitt diese für den Verkauf. Die zurechtgeschnittenen Bögen legte er auf eine Waage, legte Gewichte in die andere Waagschale und war schon bei 150 Pfund, als jemand an die Tür hämmerte.

»2000 Taler, mindestens«, sagte Johan, während das Klopfen nun den Türrahmen entlangglitt zur Schwelle und dann von einem kurzen Pochen auf den Riegel abgelöst wurde. Da ich ständig von Gläubigern gejagt wurde, hatte ich dieses Zeichen mit dem Buchdrucker Ekmansson vereinbart. Es wurde mit der Farbwalze ausgeführt. Ich ließ ihn herein; er war langnasig und mager und roch nach weißem französischem Branntwein, mit dem er sein Haar gewaschen hatte. Der Setzer in der Druckerei war eine Zeitlang mit meinen Episteln beschäftigt gewesen. Jetzt bekam er von mir die Episteln »*Brüder und Schwestern, seid mir gegrüßet*«, »*Vater Berg, ins Waldhorn stoße*« und »*Vater Bergström, Oboe fingre und greif*«.

Als er mir läppische 60 Taler geben wollte, sagte ich, daß Holmerus 80 Taler und Edman in Norrköping noch mehr geboten hätte. Ekmansson lachte, riß mir einen der Geldscheine, die er mir gegeben hatte, wieder aus der Hand und hatte es dann mit seinem knickerigen Lachen so eilig fortzukommen, daß er in der Tür mit Benjamin Schwalbe zusammenstieß. Schwalbe war Schuhmachergeselle, er hatte sich geweigert, sich bei seinem Aldermann einzufinden, und war nun angeklagt, sich eine geheime Unterkunft gesucht und sich heimlich, betrügerisch und zum allgemeinen Schaden in der Stadt aufgehalten zu haben. Nun fürchtete er das Hallgericht. Sein Haar war mit einem Messingkamm im Nacken zusammengehalten. Er löste den Kamm und fingerte mit vor Hunger zitternden Händen daran herum und bat nun in seiner deutschen Muttersprache um ein Darlehen.

Als ich ihm die Geldscheine gab, die ich von Ekmansson erhalten hatte, schrie Johan verzweifelt: »Was zum Teufel tust du!« und »Fahr zur Hölle, du Narr von einem Bruder!« Aber Benjamin Schwalbe war schon zur Tür hinaus, und nicht viel später machte sich Johan mit seiner Makulatur auf den Weg zu Rittmeister von Schnell. Zunächst aber sprühten aus Johans Mund und Nasenlöchern Verwünschungen heraus, und indem ich, im Bestreben, den Strom zu dämmen, die Löcher mit meinen Handflächen und Fingern zuhielt, machte ich so aus dem Kopf meines Bruders eine hölzerne Oboe mit Fingerlöchern und Klappe, was uns beiden furchtbar viel Spaß bereitete.

Ich zog meinen Winterrock über und verzehrte einen Vogelflügel, dazu trank ich ein Glas junges Bier, das ich in meinem Kupferkessel gebraut hatte. Als ich den Lampendocht herunterschraubte und dabei aufstoßen mußte, war mein Atem zu sehen. Ich legte mich in aller Unschuld in der Dunkelheit unter dem kleinen viereckigen Fenster zu einem Sonntagsschläfchen nieder; aber plötzlich war da jemand, der mich wach schüttelte und mit einer Lampe in mein Gesicht leuchtete. Es war der Mond, der über den Saltsjön hereingetorkelt kam, zwischen ankernden Jachten, Briggs, Schonern und einem bauchigen holländischen Handelsschiff.

Nun hatte ich es sehr eilig. Mamsell Inga war, um es als Epigramm zu formulieren, grandios gleichgültig geworden gegenüber Kavalieren, die sich verspäteten. Ich schlitterte im Schnee die Götgatan hinunter und leuchtete mir zu Kommissar Lissanders Haus. In der Diele begegnete ich der Dienstmagd Stina. Zu meiner Überraschung stellte sie sich mir in den Weg, als ich spornstreichs die gewohnte kürzeste Treppe hinauf zu Inga nehmen wollte; Inga war ja meine Verlobte. Eine kalte Sitzbank stand unter einer Wandmalerei, die das brennende Troja darstellte. Dort sollte ich warten. Die Magd ging zur Küche, kam sogleich wieder und überreichte mir ein Billet.

Aha.

Inga löste unsere Verlobung.

Zu meiner Erleichterung fand ich auf der Straße einen Rennschlitten. Vom Mälaren her wehte ein unbeschreiblich kalter Wind. Er peitschte mir an der Schleusenbrücke wie Wacholderreisig ins Gesicht und verfolgte mich auf dem restlichen Weg bis zum Riddarhuset, wo ein Konzert mit dem Querflötisten Simson und großem Orchester, unter der Leitung von Kapellmeister Uttini, stattfinden sollte. Ich hatte in Wigerts Kaffeehaus zwei Billets zu je sechs Kupfertalern erstanden, konnte das eine am Eingang verkaufen und ging die große Treppe zum Saal des Riddarhuset hinauf, der das am meisten goutierte Lokal für musikalische Ereignisse war und wo unter der gewaltigen Deckenmalerei schon Gedränge und Lärm herrschten.

Während Madame Desroches ihre italienische Arie vortrug, las ich Ingas Billet:

Mein liebenswerter, gutherziger Mickel!

Viele hundert Male habe ich die Feder weggeworfen und erneut zur Hand genommen, um Dir zu schreiben und demütig um Vergebung zu bitten für mein Handeln, da ich nun unsere Verlobung löse. Mein Wesen ist vollkommen von Kräften gekommen in der Kammer, wo ich sitzen blieb in der Erwartung, die Ehe einzugehen. Sei nicht böse auf mich. Vater weiß davon und hat Verständnis. Er sagt, daß Du nicht geschaffen bist für Töchter mit reichem Bestand an Leintüchern und Inventar.

Schon heute denke ich mit Wehmut an die trauten Stunden, die wir gemeinsam in meiner Wohnung verbrachten, und wie herzzerreißend ist es, einen geliebten Freund nur in der Erinnerung behalten zu können, obwohl er noch lebendig mitten unter uns weilt.

Ich machte einen Fehler, als ich etwas liebte, das zu werden Du nicht bereit warst. Die Einsicht darein kam schnell, wenn auch nicht unerwartet, am Barbaratag, als Du Ulla Winblad gestattetest, Einzug im Ordenskapitel zu halten, als Priesterin im Purpurgewand, mit schwarzen, myrtengeschmückten Locken, mit weißen Schultern und blendender Brust. Am Morgen des gleichen Tages erreichte mich auch das Gerücht, das später bekräftigt wurde, daß Du Anna Charlotta, der Tochter des Oberdirektors von Stapelmohr, die Aufwartung machst. Wie alt ist das liebe Kind geworden? 15 Jahre?

Zweifellos könnte ich ihre Mutter sein, aber vielleicht habe ich noch genügend Jugend bewahrt, um mir das Dasein einer unverheirateten Jungfer zu ersparen.

Vergiß mich nicht in der Schar Deiner Freunde.

Ich werde für Dich wachen.

Inga!

Dort, wo früher Fleisch gewesen war, fühlte ich nun, als ich meinen Brustkorb unter der Weste berührte, nur noch eine Reihe Rippen, und dies sprach eine deutliche Sprache. Was mein Verhältnis zu Inga betraf, so war es in letzter Zeit eher von Hunger als von Leidenschaft bestimmt gewesen.

In der kurzen Pause nach Madame Desroches Arie verbeugte sich Gjörwell in meine Richtung. Aus der Art, wie er das tat, verstand ich, daß er Geld für die *Lieder Zions* hatte, die ich in seinem Blatt *Dagligt Allehanda* veröffentlicht hatte. Monsieur Baptiste stimmte ein Violoncellosolo an, und ein gewisser Ferling spielte ein Konzertsolo für Violine, woran ich mich besonders gut erinnere, weil er in der folgenden Woche ins Schuldgefängnis geschleppt wurde, das dann für lange Zeit seine eigentliche Akademie wurde.

In der ersten Reihe saß, in seidenem Gewand, Prinz Karl. Zur glücklichen Heimkehr des Prinzen von den Aachener Schwefelquellen hatte Gjörwell in seinem Blatt auch drei von meinen Huldigungsgedichten publiziert. Im dritten Gedicht ließ ich einen blinden alten Mann im Rinnstein Hungers sterben und mit dem letzten Seufzer eine Danksagung zum Himmel senden, weil der Prinz nach acht Monaten an der Heilquelle glücklicher in die Königliche Residenz heimkehrte als er abgereist war. Um meinen

Magen zu füllen, schloß ich mich schamlos mit Leib und Feder der Schloßpartei an. Von den Schwefelquellen brachte der Prinz im Gepäck auch einen schönen Mohren im Knabenalter mit. Den Mohren ließ er nun neben sich sitzen, gekleidet in reiche Stoffe mit Goldstickerei. Wenn Prinz Karl einem Neger seine Gunst schenken konnte, warum nicht auch mir? Und was war mit dem Mohren Badin, der vor zehn Jahren am Skeppsbron an Land gestiegen war? Von seiner derzeitigen Besitzerin, Königin Luise Ulrike, hatte er als Geschenk zwei Wohnungen im Svartsjöland, in der Nähe ihres eigenen Schlosses, bekommen. Es ging das Gerücht, daß seine Ernennung zum Hofsekretär bevorstand, und dieser Tage hielt dieser Badin sein Entree im französischen Theater als Schauspieler im *Arlequin sauvage*. Vielleicht wäre ein weißer Narr von Södermalm genausogut wie ein schwarzer Narr von Guinea und würde auch einen Gönner finden können.

Nachdem Simson sein Querflötenkonzert zum besten gegeben hatte, sodann ein Flötensolo, und schließlich, weil der Applaus nicht enden wollte, noch eine freie Phantasie, lenkte ich zusammen mit einer kleineren Gesellschaft meine Schritte zu dessen Haus. Der Königliche Hofmusikus Johan Simson wohnte oben auf dem Mariaberget in einem neu erbauten Steinhaus, von wo man aus zwei kleinen Dachfenstern freien Blick über den Riddarfjärden hatte. Bei Punsch und Mummebier kamen wir auf Prinz Karl und auf den Mohren zu sprechen. In den angrenzenden Räumen wohnten und schliefen einfache Leute, die vergebens versuchten Kraft zu schöpfen für den bevorstehenden Arbeitstag, weshalb alsbald ein wütendes Konzert anhob; das Orchester bestand, wie Simson nun erklärte, aus lauter Paukenschlägern, die *ad libitum* an Decke und Wände trommelten; Zuckerfabrikarbeiter, Leineweber und – er zeigte nach oben – Steinhauer, Faßbinder, ein Bankbediensteter, des weiteren – Simson stampfte auf den Boden – ein Wiegeknecht, der bei der Witwe eines Kaffeesieders arbeitete, zwei bettlägrige Witwen und schließlich – er schlug mit dem Ellenbogen an die Wand – diverse blutjunge Mädchen; sie alle wohnten beim Hausbesitzer Wahrendorff zur Miete und brauchten ihren Schlaf.

Man sah es allgemein für bewiesen an, daß Prinz Karl ein Mann der Mützenpartei war, daß er von den Russen Bestechungsgelder angenommen hatte, und daß die übermäßige Huldigung des Prinzen von den Mützen inszeniert worden war, um Zwietracht in der königlichen Familie zu säen. Die Mützen fürchteten Prinz Gustafs bevorstehende Reise nach Frankreich. Die Reise war aufgeschoben worden, da man Karls Heimkehr aus Aachen abwarten wollte. Man kam zu dem Schluß, daß Gustaf ein Fürst von großem Ehrgeiz war, daß er überwältigend redegewandt und einschmeichelnd war und daß seine Gegenwart bei dem Manöver der Garde auf dem Manöverfeld Gärdet, mit fürstlicher Equipage und eigenem Troß, nur auf eine Weise interpretiert werden konnte: Er bereitete sich auf einen Putsch vor. War König Adolf Friedrich einmal nicht mehr da, würde Gustaf die Macht an sich reißen.

Um eventuell lauernden Schuldeneintreibern zu entkommen, tastete ich mich ohne Laterne in völliger Dunkelheit an den Hausfassaden entlang heimwärts. Auf der Bettbank rackerte Johan mit einer Hure, daß die Bettpfosten holperten, die Dielen knarrten und die Bettbank ächzte. Als er endlich zur Ruhe gekommen war, begannen die Räder der Seilerbahn sich zu drehen. Die rückwärtigen Tore zur Sankt Paulsgatan hin wurden geöffnet. Ich lag lange wach im beginnenden Morgengrauen und hörte, wie die Seiler riefen und pfiffen, während sie sich die Hanfbündel um den Leib legten, am Spinnhaken befestigten und langsam rückwärts gehend Garnstränge spannen und dann aus den Strängen das Seil schlugen, bis ich schließlich in einem Knäuel von Trossen und Tauen einschlief, ohne zu wissen, welches ich nehmen sollte, um daran in die Höhe zu klettern.

Als ich das Haustor in der Urvädersgränd öffnete, hörte ich die Windmühlen, die sich endlich wieder in einem kräftigen Westwind drehten, was eine große Gnade Gottes war, denn es hatte zudem lange kein Wasser gegeben und man hatte nicht mahlen können. Zum Höhepunkt war der Mangel an Mehl gekommen an jenem Tag im Januar 1771, als Jacob Guntlack die Götgatan entlang durch das südliche Stadttor zum Skansbacken hinausgeführt wurde, wo er im Alter von 27 Jahren am Galgen endete.

Ich hatte einen großen, schweren, grünen Winterrock beim Schneider Lydman abgeholt und in Gesellschaft von Erik Palmstedt und mehreren tausend Personen Guntlack zum Richtplatz begleitet. Der Gewohnheitsdieb war uns beiden seit unserer Kindheit bekannt. Der Sohn eines Spritzenflickers, welcher mit einer Keule erschlagen worden war, und zwar vom Liebhaber seiner Ehefrau, dem Gardesoldaten Falker, welcher dann, von der Witwe angestiftet, auch seine eigene Verlobte ermordete, schlug sich in erbärmlichem Zustand durch seine Jugendjahre. Diebstahl schien schon für den Knaben die einzige Möglichkeit zu sein, Tod und Hungersnot zu entgehen. Den Schloßmaurermeister Svanhals, der in einem Kupfersarg in der Grabkapelle der Kirche Sta. Maria aufgebahrt lag, hatte er eines Nachts in einen Holzsarg umgebettet. Guntlack fand, daß die Gebeine des seligen Toten nicht hungerten, ein lebender Armer jedoch von einem verkauften Kupfersarg ein Jahr lang seinen Magen füllen konnte.

Auf dem ganzen Weg von der Haftanstalt Smedjegården bis zum Kellerkrug Hamburg schräg gegenüber Lissanders saß Guntlack in Ketten neben dem Hofprediger Wrangel auf dem Armesünderschlitten, ein schalkhaftes Lächeln auf den Lippen, so als ob er das Spektakel mit dem größten Vergnügen genösse. Beim Kellerkrug Hamburg durften alle Todgeweihten »mit dem Tod anstoßen«, das heißt sich mit einem kräftigen Schnaps stärken. So auch Guntlack. Sein Name wurde an Ort und Stelle in sein Glas eingeritzt, es bekam einen Ehrenplatz in der Sammlung der Totenpokale. Im Zuschauergedränge wurde auch seine Lebensbeschreibung verkauft, gedruckt von Monsieur Momma, auf dem Titelblatt eine Portraitradierung.

»Wer will Guntlack kaufen! Wer will Guntlacks Lebensgeschichte kaufen! Intime Schilderungen von Freudenhäusern, Schenken, Diebesnestern!«

Erik kaufte ein Exemplar. Selbst hatte ich Guntlacks Taten bereits kapitelweise im *Dagligt Allehanda* verfolgt, die ganze Stadt war inzwischen durchaus vertraut mit seinem gottlosen Leben. Nun schien dieser Erzspitzbube an einem Punkt angekommen zu sein, wo er mit der größten Genugtuung zum Galgen schreiten konnte. Hinter den vier Trommlern, einem Unteroffizier, einem Korporal und 16 Mann fuhr der Armesünderschlitten, in dem Guntlack saß und sang. Plötzlich fiel er unter dem Jubel der Menge auf den Schlittenboden, als hätte ihn der Schlag getroffen, strampelte in fürchterlichsten Zuckungen mit den Beinen, doch dann sprang er wieder auf und sang lauthals weiter, den ganzen Weg durch das Südtor hinaus aus der Stadt, hinauf zum Galgen.

Da die Zollpassage am Südtor schmal war, suchten einige der vielen Tausend Zuschauer eine Abkürzung über die Eisdecke des Hammarbysjön, aber der Tauwind hatte ihr bereits zugesetzt, so daß manche einbrachen; andere versuchten das Eis einzuschlagen und mit einem Stechkahn überzusetzen. In Schörlings Putenhof wurde Federvieh gestohlen, während an der Hinrichtungsstätte 300 Mann in voller Montur und mit viel Pomp im Viereck Aufstellung nahmen und der Hofprediger Wrangel beim Trommelwirbel das Urteil verlas. In seinen Mantel verkrochen murmelte ein Pastor ein Gebet für den Verurteilten und band ihm dann auch die Binde um die Augen, was ein gutes Stück Arbeit bedeutete, denn Guntlack lachte dabei heftig und warf die ganze Zeit den Kopf von einer Schulter auf die andere. Der Galgen war ein kräftiges Gestell, 20 Fuß hoch, er bestand aus zwei Pfosten, die oben durch einen Querbalken verbunden waren. Als die Leiter aufgestellt und der Henker mit dem gefesselten, immer noch lachenden Guntlack hinaufgeklettert war, wurde diesem das Seil um den rasierten Hals gelegt, unterhalb des Kehlkopfes; das Seil wurde dann angezogen, so daß die Haut sich in Falten legte, und obwohl der Henker mit aller Muskelkraft ein zweites Mal versuchte, das Lachen zu ersticken, gelang ihm das nicht; daher stieg er hinab und zog die Leiter weg. Ein Frauenzimmer mit einer hohen *coiffure* aus weißem Flor, roten Bändern, Federn und Strohperlen blieb mitten in ihrer Konversation mit Erik Palmstedt stecken, als

Guntlacks Nacken brach mit einem Knall, der so laut war, daß er bis hinaus ans Ende des stummen Menschenhaufens auf dem Hügel zu hören war; später hieß es allerdings, daß nicht der Knall Schrecken verbreitet habe, sondern das Lachen, das der Gehenkte immer noch hervorstieß, während die Beine strampelten und der Urin in die Schuhe hinabfloß.

NICHT LANGE NACH GUNTLACKS TOD sollte auch Schwedens König Adolf Friedrich das Zeitliche segnen, um mit großem Staat und hohen Kosten begraben zu werden.

Die Majestäten hatten gerade einen Spaziergang nach Riddarholmen hinüber unternommen. Zwar hatte die Polizei vorher ihre Runde gemacht und alle anstößigen Spektakel und Widerwärtigkeiten auf der Straße beiseite geschafft, doch im Kanal neben der Brücke lag ein totes Pferd.

Der König war in die Knie gesunken und hatte unter Tränen mit dem Pferd gesprochen, hatte im Deutsch seiner Kindheit, das zärtlich und ergreifend klang, seinen Schmerz ausgedrückt, als er sich von dem Pferd trennen mußte, hatte immer unverständlicher geredet, als er heimgetragen wurde, dann hatte man ihn zur Ader gelassen, und er hatte »Mutti, Mutti« gesagt; darauf hatte eine Lähmung eingesetzt, und aufgrund einer fortschreitenden Verschleimung war der Tod eingetreten.

Zwei Wochen später, am 1. März, traf der Kabinettskurier Hallén bei dem Gesandten Creutz in Paris ein. Der begab sich stehenden Fußes zu Kronprinz Gustaf, der sich in der Oper befand, in der Loge der Gräfin d'Egmont. Man gab gerade das Liebesdrama *Pyramus et Thisbe.* An Ninos Grab floh Thisbe gerade vor dem Löwen, dessen Rachen noch blutig war von einer vorher verzehrten Beute. In diesem Moment trat Creutz in die Loge, beugte sich zu Gustafs Ohr hinab mit der Nachricht: Der König ist von uns gegangen.

Viele sind von uns gegangen damals.

Nachdem er vor Gericht gestanden hatte wegen Trunkenheit

und weil er Kleidung von Brita von Drommel veruntreut hatte, verstarb in großer Armut der Stadtfiskal Kolmodin. Er wurde auf dem Friedhof von Sta. Katarina beerdigt. Die Leiche des Reichstagsmannes Johan Fredrik von Bercho, meines Ritters von der Vergoldeten Sau, fand man unter dem Abfall hinter dem Gemüsemarkt Gröna Gången am Skeppsbron. Auch er wurde auf dem Friedhof von Sta. Katarina beerdigt. Und der Totengräber, Orgeltreter und Wirt des Kruges Zur Blauen Tür,

Cornelius starb in seinem Krug,
als aus dem Glas er tat 'nen Zug
und der Spielmann seine Saiten schlug.
Seine Zeit war gemessen,
doch bleibt unvergessen
Cornelii Ruf.

Im zweiten Stock dieses Wirtshauses wohnte nun meine Schwester Maria. Arrhén hatte, nachdem seine Geschäfte schlecht gelaufen waren, den Hof Hägersten verkaufen müssen. Der Verkauf erfolgte in einer Bankauktion, wurde zwar im folgenden Jahr rückgängig gemacht, aber die siebzehnjährige Maria kam bei dieser Gelegenheit als Pflegekind zu Vaters Cousine Christina Groen, der vermögenden Witwe des Großhändlers Liedroth. Maria hatte es gut getroffen und gelangte in denkbar beste Wohnverhältnisse, in der Nachbarschaft des Palastes der Adelsfamilie De la Gardie am Mälarstrand. Ihr Fenster ging zum Södermalmstorg hinaus, so konnte sie mir ein Signal geben, wenn die Witwe Groen zu Hause war und sich vielleicht die Möglichkeit ergab, ein Darlehen aufzunehmen.

Die Groens hatten nämlich Geld.

Helena, die Schwester der Witwe, war verheiratet mit Abraham Grill, dem neuernannten Direktor der Ostindischen Kompanie, und ihre Großmutter hieß Anna Maria Daurer; Abraham Grill war also ein Verwandter meines seligen Vaters. Schon als Vater das Haus in Wisbohammar übernahm, hatte Abrahams Bruder

Claes ihm mit einem Darlehen geholfen, wie ich jetzt erfuhr, und besagter Claes Grill hatte durch kluge Handelsspekulationen sein schon beachtliches Vermögen noch vergrößert; danach war es im Grillschen Unternehmen von Jahr zu Jahr auf gigantische Höhen angewachsen. Es konnte nicht mehr in Talern geschätzt werden, sondern nur noch in Tonnen Gold. Als die Mützenpartei den Teilhabern des Wechselkontors kräftig zu Leibe rückte, wurde Grill auferlegt, fünf Tonnen Gold an die Krone zu zahlen. Das hatte ihm nicht das Geringste ausgemacht. Darüber hinaus war er wundersam uneigennützig. Unserem Onkel Jacob in Cadiz hatte er 3000 Taler geliehen, dem Schwager Stiernhoff 500 Taler.

Die Witwe Groen fand, daß ich der charmanteste junge Mann war, den man sich vorstellen konnte, »ein Filou der liebenswürdigsten Art«, gab sie zu, als ich mich nach einer Audienz in ihrem Paradesalon verabschiedete, Schwesterchen Maria küßte und die Wendeltreppe hinabstürzte auf die Straße, wo ich mit dem Leichenzug zusammenstieß, der besagten Cornelius aus dem Wirtshaus Zur Blauen Tür hinausgeleitete.

In der Hornsgatan, nahe am Brunnsplan, herrschte großes Gedränge, denn der feierliche Einzug des jungen Königs in Stockholm stand bevor, und über die ganze Straßenbreite wurde eine gigantische Ehrenpforte nach den Zeichnungen von Erik Palmstedt errichtet. Am 30. Mai sollte Schwedens König Gustaf III. durch diesen Triumphbogen einziehen, der aus Bauholz und bemaltem Tuch bestand. Der im dorischen Stil errichtete achteckige Bau war fast fertig, er sah aus, als wäre er aus aschgrauem Stein gehauen.

Erik stand in violettem Rock, schwarzer Satinweste und silbriger Perücke zwischen den Vergoldern, die gerade die Reichskrone, welche den Bogen krönen sollte und mehr als mannshoch war, mit Blattgold verkleideten. Mit einer Verbeugung reichte ich ihm ein Kuvert und sagte, daß meine Huldigungsverse fertig seien. Er zeigte mir die Konstruktionszeichnung und wies auf die Bogenöffnung zwischen den starken Mauerpfeilern. Diese trugen ein kräftiges Gebälk. Über dem Gesims, dessen Höhe dem dritten Stock eines Wohnhauses entsprach, erhob sich eine mit Urnen und Bildwerk dekorierte Attika. Auf der freien Fläche zwischen zwei Urnen sollte die Tafel mit den Inschriften angebracht werden. Dort sollte auch meine Huldigung an den König stehen, die Buchstaben mit aufgeleimtem, echtem Blattgold verkleidet, denn so hielten sie am besten der Witterung stand.

Wir sahen den Leichenzug des Cornelius die Hornsgatan heraufkommen, an Carlbergs Haus vorbei, sahen, wie hinter der Kutsche die Trauergäste unbefangen lärmten und sich auf den anschließenden Leichenschmaus freuten, auf den Schnaps und die Strauben, während 24 Schulknaben, in schwarzen Röcken mit langen, schleppenden Rockschwänzen, mit Laternen und Gesang in das Osttor des Kirchhofs hineinschwenkten und auf das Grab zusteuerten.

Wir hatten ihn in unserer Kindheit als Totengräber gekannt. Oftmals hatten wir ihn gesehen, wie er mit gebeugtem Rücken mit seiner Schaufel in einem Grab stand, oder wie er aufrecht und rotwangig auf dem Kutschersitz vor dem Sarg saß und eine Safranbretzel verspeiste. Er war auch der Orgeltreter von Sta. Maria gewesen.

»Und ein Säufer«, fügte Erik hinzu und versuchte sich zu erinnern, wie viele Male er auf seinem Schulweg diesen Cornelius schnarchend in einem Erdhaufen am Björngården gesehen hatte. Nun kam er in einen eigenen Erdhaufen, zum ersten Mal nüchtern und selig, geheilt von der Schnarchsucht der Flasche.

Später am Nachmittag spazierte der Dichter Samuel Tilas in sonnenblumengelbem Frühlingsrock die Götgatan herunter. Er dankte mir noch einmal, zu Tränen gerührt, für das Abschiedsgeschenk in Form eines Bacchanalischen Kapitels, das ich zu seinen Ehren bei Lissanders vorgetragen hatte.

Wir umarmten uns und nahmen Abschied voneinander.

Tilas hatte eine Stelle als Kommissionssekretär in Konstantinopel bekommen. Er würde die gefahrvolle Reise in die Türkei auf dem Landwege antreten.

Eine Gruppe Bauschreiner brachte den einen der beiden Sockel des Gewölbes in seine Position. Tilas versuchte vergebens, von einem Sack oder einem Faß aus auf den Sockel hinaufzusteigen, um als erste Statue dort oben zu stehen und sein Triumphgefühl zu bekunden, aber der Sockel war höher als die Viktualienstände und viel höher als der Stoffladen an der Hauswand, so daß Erik stattdessen ein Stück von einem goldenen Lorbeerkranz, der für das Portal gedacht war, über seinen Kopf hielt und ihm wie dem kapitolinischen Jupiter ein *Memento te mortalem esse* ins Ohr flüsterte, eine schicksalhafte Wahrheit, denn Tilas sollte in der Türkei bald einen brutalen Tod finden.

VIELE SIND VON UNS GEGANGEN DAMALS.

An der Kirche Sta. Maria fehlte noch der Glockenturm, aber als der Baumeister sechs Schläge von der Riddarholmskirche herüberschallen hörte, nahm er die Trummsäge und rüttelte sie, bis das Blatt zu schwingen und singen begann und so das Ende des Arbeitstages verkündete.

Erik und ich standen ein paar Minuten schweigend an Cornelius' Grab und gingen dann miteinander die Hornsgatan hinauf bis zu ihrem höchsten Punkt, dem Hornskroken.

Ein Jahr war vergangen, seit Onkel Swedenborg endgültig nach England ausgewandert war. Ein Gärtner namens Lundqvist hatte die Pflege des Anwesens übernommen, aber der Verfall war sichtlich nicht aufzuhalten. Es war schwer, einen Käufer zu finden, so stark war die Furcht vor umgehenden Geistern. Das Gartenhaus stand völlig leer, aber des Nachts hatte man Licht durch die Fenster scheinen sehen. Die Leute im Häusergeviert hatten sogar entflohene und vermißte Personen bleich und verschreckt im Heckenlabyrinth herumirren sehen. Aus diesem Grunde wurden Steckbriefe an das Holztor genagelt. Wir blieben stehen; Erik las vor, was auf einem der Blätter stand: Carl Frodig, 14 Jahre alt, war von der Arbeit ferngeblieben und seitdem verschwunden. Frodig hatte blondes Haar, las Erik, im Nacken zusammengebunden und in der Stirn kurzgeschnitten. Bei seinem Verschwinden hatte er eine grüne Weste und darunter ein gestreiftes Hemd getragen, Hosen aus bleiblauem Stoff mit vergoldeten Knöpfen, weiße Wollstrümpfe, Stiefel, die vorne zusammengeschnürt waren, und eine gefütterte Ledermütze. Von dem Wort »Ledermütze« wies ein Pfeil auf einen kleineren Zettel, auf dem stand, daß eine solche Mütze auf der Wasserfläche von Swedenborgs Brunnen gefunden worden war.

Erik wies darauf hin, daß die Beschreibung des Jungen in allen Einzelheiten auf ihn als Vierzehnjährigen paßte. Das stimmte uns bedenklich, denn in unserem Stadtteil hatte sich seit unseren Jugendjahren so viel geändert, daß wir beide uns verwandt fühlten mit den Entlaufenen, die bleich durch Swedenborgs Heckenlabyrinth irrten.

In dem grossen neuen Steinhaus des Wagenmachers an der Yttersta Tvärgränd, der letzten Quergasse der Hornsgatan, waren eine Bäckerei und eine Branntweinbrennerei neu eröffnet worden, in letzterer durfte ich anschreiben lassen. Französischer Branntwein aus dem Kanister kostete am wenigsten. Der Knecht zapfte drei Flaschen, dann stand ich mit Erik auf der Anhöhe des Hornskroken und blickte zurück zur Schleuse.

Erik wollte sich von der Höhe aus ein architektonisches Gesamtbild des Paradeweges machen, die Häuser sehen, die die Straße säumten, sehen, wie sie perspektivisch auf die Öffnung des Triumphbogens hin zusammenliefen, wie die Attika und die krönende Giebelverzierung mit den Engeln aus der Entfernung wirken würden, ob der Saltsjön durch die Säulen zu erkennen sein würde, denn der Hornskroken war die Stelle, von der aus das Auge des Königs den Triumphbogen zum ersten Mal erblicken würde. Die ganze Straße sollte zu seiner *Via Sacra* umgestaltet werden, und der Anblick des Prachtmonuments, das an der Stadtgrenze aufragte und mündete im Stockholm der Granitpaläste, der Marmorresidenzen, der Türme, der gußeisernen Turmspitzen, der

Kolossalpilaster – dieser Anblick sollte den jungen König mit dem Triumphgefühl des siegreichen Feldherrn erfüllen. In tiefe Trauer nach dem Hinscheiden des Vaters wie in Trauerkleidung gehüllt, sollte er hier bei seinem Einzug erleben, daß er den purpurnen Krönungsmantel trug, so daß er, wenn er an den bekränzten, jubelnden Menschenmassen vorbeifuhr, sich in die Fingerknöchel beißen würde vor Wonne.

Erik hatte die Zugordnung erhalten.

Wir gingen wieder auf die Schleuse zu. Von Adolf Fredriks Torg an sollten die Häuser mit Fahnen, Kränzen und Birkenreisig geschmückt werden. Vom Großen Daurerschen Haus an die Straße abwärts sollten mit Tannenreisig bekleidete Pyramiden aufgestellt werden. Ich erinnerte Erik an das Schild, das an der nördlichen Kirchhofsmauer neben dem Armenhaus hing: »Wer auf dem Kirchhof von Sta. Maria sein Vieh weiden läßt, möge hinter den Kreaturen um die Kirche herum saubermachen.« Das Schild mußte verschwinden, denn an der ganzen Kirchhofsmauer entlang sollten Reliefs und Tafeln mit Bibelversen angebracht werden, wie: »Du König des ewigen Lebens und der unendlichen Macht, gib dem König und dem Volk Dein Heil.« Auch Stangen mit lateinischen Inschriften sollten aufgestellt werden. Erik deutete mit dem Arm längs der Straße und sagte, die Gemahlin des Königs, Königin Sofia Magdalena, sowie seine Schwester Sofia Albertina und alle Reichsräte, die ihm zum Hofe Fittja entgegenfahren sollten, würden in schwarz drapierten Galawagen hereinrollen, eskortiert von Paukisten und Trompetern des Hofes, von Herolden zu Fuß, von vier Kavalleriekompanien und den Leibwächtern des Königs. Sobald das Gefolge unter dem Triumphbogen hindurch zöge, und die Stadt sich dann vor ihnen öffnete und auch jenseits von Polhems Schleusenturm sichtbar würde, wo das Wasser sich längs dem Skeppsbron ausbreitete und wie ein blauer Fürstenmantel leuchtete, sollte ein tausendstimmiger Chor einen gedämpften, würdigen Triumphgesang anstimmen, und Salutkanonen sollten donnern von den Schiffen der Flotte, die im Strömmen vor Anker lagen.

Ich wandte mich zu Erik und fragte mit beherrschter Neugierde, ob er meine, daß mein Huldigungsgedicht auf der Inschriftentafel sich für mich günstig auswirken könne. Das Gedicht spielte auf Gustaf Vasa, auf Gustaf II. Adolf und auf die herausragendsten Ereignisse der schwedischen Geschichte an. Ich muß hungrig und hilflos ausgesehen haben, denn Erik griff nach seinem Degenknauf, sah sich wachsam um, über die Schulter hinweg, als ob er fürchtete, bei einer Schmähung ertappt zu werden, und stieß zwischen den Zähnen hervor, daß niemand, nicht einmal er selbst, »allein von der dünnen Luft der Wahrheit« gesättigt werden könne. Nur der Künstler, der auch im Sumpf watete, konnte es sich hin und wieder erlauben, zur Klarheit emporzusteigen und inspirierte Werke zu schaffen.

Es lag etwas kindliches und Unberechenbares in meinem Charakter. Ich war ganz einfach eine warme, impulsive Natur und folgte meinem Gefühl, aber oft jenseits von Pflicht und Verstand. Anna Charlotta von Stapelmohr glaubte in mich verliebt zu sein und wäre gern mit dem Kutter nach Hessingen mitgefahren, aber diese Seite meiner Persönlichkeit ängstigte sie. Außerdem war ich leichtsinnig und hilflos. Ich war empfänglich für Bestechungen.

»Für Bestechungen?«

»*Si si, certo!*«

Nachdem die Mützenpartei nun gehässig gegen die Privilegien des Adels agitierte und für russisches Geld alles kaufte, vom Propst bis zum Bauern, würde auch ich mich sicher bestechen lassen. Dafür sorgte meine leichtsinnige Natur, die sich eher für den *breiten Weg* entschied. Und in der Bodenkammer bei mir daheim in der Urvädersgränd, im Wandschrank versteckt, hatte Charlotta Gabriel Rothmans *Nationale Vernunft* entdeckt. Bei den Worten »nationale Vernunft« zog ich mit dem kleinen Finger die stählerne Korsettschiene von ihrem Busen, blies neckisch einen Hauch Pfeifenrauch über jede Brustwarze, um sie dann mit ihres Vaters Stimme, die ich täuschend echt nachzuahmen vermochte, kräftig zurechtzuweisen, so daß der Lakai zur Pforte hastete im Glauben, der Herr Oberdirektor sei nach Hause gekommen. Darüber mußte Charlotta entzückt lachen; doch sie war ganz und gar nicht belustigt, sondern schrieb ihr Lachen meinem Kasperspiel zu, das immer ansteckend war. Dieses Spiel konnte indessen schnell überschlagen in »Melancholie und Grausamkeit«.

Genug! Sie blieb zu Hause.

Im Kutter würde sie sicher die gleiche Menagerie von Säufern versammelt finden wie gewöhnlich, und diese konnte sie nicht vertragen. Jusléen, nicht wahr? Und Ahlégren? Außerdem herrschte Landestrauer. Adolf Friedrich sollte beigesetzt werden.

Das letztere rief sie mir nach, ich hörte es noch im Treppenhaus, als ich schon die Tür aufgerissen hatte und der Lärm der Österlånggatan mir entgegenschlug, der diesen Sommer klagender und jammervoller tönte als sonst, denn auch die Bettler und Krüppel waren zahlreicher als sonst. Für mich war es die schlimmste Tortur, diese Scharen von Krüppeln zu sehen, die im Straßenkot krochen, oft derart schmutzig und widerwärtig stinkend, daß ich es nicht über mich brachte, sie zu berühren, nicht einmal meine Hand auszustrecken, um ihnen eine Münze zu schenken.

Von der Treppe aus sah ich eine verwahrloste Wunde vorbeigehen, ein Glied die Straße vorwärts baumeln, schwarz geworden von Gift. Bei König Gustafs Ankunft hatte man den Stadsholmen von allem peinlichen Ungeziefer evakuieren lassen, aber die Gebrechlichen und Ausgemergelten waren bald zurück. Die Storkyrkan und die Deutsche Kirche riefen zum Vieruhrgebet, und die allergebrechlichsten Krüppel krochen mit ihren nässenden Wunden die Gassen hinauf zu den Kirchenportalen, schleppten, auf Krücken gestützt, ihre verkrümmten Gebeine und Buckelrücken dort hinauf, stakten dahin, als ob es in ihren Ohren sauste, während ihnen der kalte Schweiß ausbrach oder gar das Bewußtsein schwand, so daß manche zu Boden sanken und liegenblieben, totenbleich, mit japsendem Mund.

Der Strom der Elenden zog an mir vorbei, als ich zur Stora Nygatan Nr. 6 hinüberging. Ausgestattet mit stattlichen Schulden lebte hier in seinem schönen Nest der Registrator Jusléen, der seinen Abschied von der Justizrevisionsexpedition genommen hatte und nun sein Junggesellenleben genoß.

Vom Straßenfenster sah man zum Riddarhustorget hinüber, wo der Leichenzug vorbeiziehen sollte. König Gustafs Hoftrauer über den Tod seines Vaters lief in Etappen ab. Zum Begräbnis würde er noch Kleidung aus den matten Stoffen der tiefen Trauer tragen, dann ein glänzenderes Schwarz, und nach drei Monaten schließlich Schattierungen in Grau und Weiß. Die Landestrauer währte ein Jahr. Das war zu lesen in dem gedruckten Begräbniszeremoniell, mit dem Gjörwell mich versorgt hatte; er beabsichtigte, mein Trauerpoem im *Dagligt Allehanda* zu veröffentlichen.

Der Junggeselle Jusléen wollte absolut mitfahren, zur Mälarinsel Hessingen oder zum Landgasthof Klubben am Mälaren. Sch… egal wohin, wenn es nur hinausging! Er schenkte einen dritten Schluck aus einer grünen Karaffe ein, spie seinen Priem aus dem Fenster, und wir vereinbarten, uns Punkt acht Uhr am Munkbrokai zu treffen.

Die Wagen des Trauerzuges waren schwarz verhängt, der Weg war mit Brettern belegt und mit schwarzem Stoff bedeckt. Die Männer trugen als Hoftrauer lange schwarze Röcke mit schwarz überzogenen Knöpfen und weißen Leinenmanschetten zum Trocknen der Tränen. Die Hüte waren beflort und die Degen zum Zeichen der Trauer geschwärzt und ebenfalls mit Flor behängt. Die Frauen trugen Kleider aus geköpertem Wollstoff mit weißen Kragen, dazu einen dreieckigen Kopfputz mit langem, gekräuseltem Florschleier.

Es stank nach Schweiß und Parfum und Alkohol, denn die Kirche war vollbesetzt bis zum letzten Platz.

Als der Sarg vom Katafalk heruntergehoben wurde, zeigten die Prinzen und die Prinzessin rührende Trauer. Durch die kleinen Fenster auf der Mälarseite fiel Licht auf die Ziegel des Grabchores, sie waren braun wie eingetrocknetes, in Quadern gebranntes Blut.

Ich war höher gewachsen als die meisten anderen und konnte zwischen Hüten und hohen Frisuren sehen, wie der Sarg ins Gruftgewölbe hinuntergetragen wurde. König Gustaf zeigte ebenfalls tiefe Trauer. Der Sarg mit dem deutschen Vater tauchte in die Unterwelt hinab. Dann ging Gustaf, tief bewegt und blaß, einige Schritte die Treppe zur Gruft hinunter, strauchelte nach einigen Stufen über seinen weiten Mantel, und hätte er nicht die Handlaufkette zu fassen bekommen, so wäre der König, kaum gekrönt, gestürzt.

In dem gedruckten Begräbniszeremoniell stand, daß der Trauermantel 38 000 Silbertaler gekostet hatte.

IM WASSER UNTER DER MUNKBRON lag der Sommerhimmel wie eine herabgefallene Deckenmalerei in Blattgold.

Mäntel aus Leinen und Leder, Bündel, Beutel, Kanister, Körbe mit Essen, Bier, Wein – all das wurde von der Treppe in den Kutter hinuntergereicht. Der Kutter war ein Spitzkahn mit flachem Boden, zwei Masten mit Luggersegeln und Fock. Ulla Winblad steckte ihre rosa Zunge in einen eiskalten *fromage glacé*, der nach französischem Rezept zubereitet wurde und seit neuestem in Stockholm zu haben war. Sie rümpfte die Nase, als wir durch den Kanal fuhren, denn so viel Schmutz schwamm darin, daß die Boote kaum hindurchsteuern konnten. Die Anrainer sagten, daß der Gestank und die ungesunde Luft sie fast erstickten, doch wir entkamen alldem, als wir das offene Wasser erreichten. Der Mälaren wogte sacht und schimmerte golden. Der Wohlgeruch der Blumen wehte von den Feldern und Wällen herüber und mischte sich mit dem Schnapsgeruch der Brennereien, deren Rauch von jeder Bucht und jedem Landesteg aufzusteigen schien.

Ich zog das Cithrinchen hervor, das ich in ein Mangeltuch eingewickelt hatte, umfaßte seinen Hals, und als wir an einer ankernden Jacht vorbeifuhren, fiel ich mit der Baßsaite ein in den Rhythmus, den der sonnengebräunte Schiffer vorgab, als er, unter dem Großbaum stehend, sein Boot leerpumpte nach dem Mittagsregen, mürrisch und schweigsam.

Wir drehten den Kahn aus der Welle und durchquerten ruhiges Wasser. Die Wellen platschten unter dem Steven, und das Segel streckte sich ächzend und begann zu knattern. Es war wie eine Serie von Achtelnoten, die mich an einen Contredanse, *Le cornet favorisé*, erinnerten, und während Mamsell Maja Stina Wallvick das Butterfaß in den Schatten schob und der Junggeselle Jusléen seine braune Weste hochzog und den Krug auf seinen Bauch stellte, der mit seinem Nabel wie ein haariger Schanktisch mit Astloch aussah, sang ich auf die Achtelnoten des Segels:

»Linde Winde, blast und weht!«

Ullas Kleid war hellrot, es saß eng um ihre Taille. Sie knöpfte den Schnürleib auf, damit der Busen frei atmen konnte.

»Wimpel hißt, so hoch es geht, / laßt die Segel fächeln, flattern, / knallen, knattern, / Ruder dreht!«

Erik Nordström war mit von der Partie. Er hatte die Zopfperücke vom Nagel genommen und saß nun achtern neben dem Amtsbruder Ahlégren. Dieser hatte mich kürzlich »König der Saufbrüder« getauft und sogar eine Kantate verfaßt, in der er als trauernder Freund mein Hinscheiden besang. Dank dir, Ahlégren, die singen wir später. Mit Anchovis dazu! Jetzt wollen wir trinken! Wer hat den Wein? Jusléen hat den Wein!

»Euer Gnaden mögen es mir nicht übelnehmen, wenn ich hiermit die außerdienstliche Anmerkung wage, daß mich dürstet …«

Bevor ich meinen Satz beenden konnte, sagte Jusléen, die Augenbrauen zu einer Frage in die Höhe gezogen:

»Zum Teufel, Bellman, was redest du? Wenn du nicht reimst, dann machst du Scherereien. Trink und halt's Maul!«

Nachdem er das gesagt hatte, hängte Jusléen sein breites, glänzendes Gesicht über die Reling, zum Wasserspiegel hin, als ob er sich ein Bild machen wollte von sich selbst, boshaft und anstößig. Schulden und Zahlungsbefehle hatten ihn dazu gebracht, sein Leben nach Gläubigern und lästigen Verwandten einzurichten, die sich nicht schämten, ihn im *Dagligt Allehanda* einen liederlichen Hurenbock zu nennen, der das Erbe seiner Väter durchgebracht habe. Jusléen hatte dies eine Zeitlang mit saftigen Gegendarstellungen quittiert, war aber daraufhin abgekanzelt worden von seinem Cousin, dem Bischofssohn Juslenius, der ihn »eine Dreckflut für seine betrübte Familie, ein Greuel für seine alten Freunde und eine Bürde für das Publikum« genannt hatte. Der Cousin hatte ihm gewünscht, daß er es ein für alle Male überdrüssig werden möge, »Gottes hellen Tag im Hurenbett, die dunkle Nacht beim Tanz mit Dirnen, und seine Freizeit im Schuldgefängnis zu vergeuden«. Ich hatte selbst von Jusléen eine aufs Maul bekommen dafür, daß ich, als ich für ihn bürgen wollte, für nicht kreditwürdig befunden worden war. Voll auf die Lippe.

Jusléens Boshaftigkeit hatte trotz allem etwas Gesundes und Harmloses an sich. Seine Mamsell Wallvick hatte er sich aus der Baggensgatan geholt. Als sie sich mit hochgezogenem gelbem Flanellrock vor ihn aufs Bett gelegt hatte, die weißen Beine über das Fußende gestreckt, verschwitzt, schmuddelig, mit trüben Augen, hatte er seinen Blick von den Zehen zum Scheitel wandern lassen und hatte gesagt, sie stinke wie blühender Ginster im Juni, hatte sie ein Luder genannt und sie gefragt, ob ihr das gefalle. »Luder« war ein ganz neues Wort, es kam aus dem Deutschen und bedeutete Kadaver. Sie lächelte nachdenklich und sagte dann, für ganz so fein habe sie sich bisher nicht gehalten. Ihre Brust zuckte, als sie mit einem Luftkuß hinzufügte, daß sie nun also den Preis von fünf auf zehn Kupfertaler verdoppeln werde. Jusléen ließ einen gewaltigen Kracher fahren. Die Wallvik deutete zum Ufer hinüber, zur Salpetersiederei, nannte Jusléen »Salpetersieder« und fragte, ob ihm das gefalle.

Wir segelten zwischen Långholmen und Smedsudden hindurch. Hier schaukelten viele Kiele auf den Mälarwogen. Rufe und Lachen drangen zu uns, auch stille Gespräche von Bord der Jachten und Barken, Kutter und Barkassen, und als ein abgewrackter Nachen mit seinem Rahsegel an uns vorbeidriftete und Vater Höks Krug neben dem Klubben vor uns auftauchte, richtete sich Ahlégren auf, zeigte aufgeräumt hinüber und schrie: »Auf zum Hök!« Ich war unsicher, ob wir dort ankreiden lassen könnten. Beide Wirtshäuser gehörten zum Hof Hägersten, den Arrhén veräußert und noch nicht zurückgekauft hatte, und Vater Hök war dieser Tage auf dem Friedhof von Sta. Katarina beerdigt worden. Wir hielten weiterhin nach Backbord, unser Ziel war das Wirtshaus Bryggan an der Landzunge von Hessingen. Eine Kuh stand bis zum Bauch im Schilf. Ich nahm mir von dem roten Wein, nahm eine Schnecke aus dem Korb, und da warf Ulla auf einmal ihren Pantoffel nach Jusléen, riß ihm die Perücke herunter und schlug auf ihn ein, er hatte gesagt, sie sei nicht mehr die gleiche Ulla. Ganz und gar nicht. Sie saß dort neben ihrem häßlichen Verlobten und sah aus wie eine Gipsstatue der Tugend. Nicht zu fassen! Und das Abendmahl hatte sie eingenommen, privatim in der Sakristei. Es hieß auch, daß sie um Vergebung der Sünden gebeten hatte, rief Jusléen über das Wasser und beobachtete Ulla mit belustigtem Spott. Dann deutete er mit dem Flaschenhals auf Erik. Pfui Teufel, entschuldige bitte, aber so ein Zollschnüffler – er deutete immer noch auf ihn – mit entzündeten Augen und roten Haaren auf der Brust!

Hier hätte Erik, der zur See gefahren war und sich in vielen Häfen geprügelt hatte, sich als Seemann erweisen müssen; aber Erik war nur glücklich und verliebt und ertrug alles. Alles! Während er freundlich vor sich hin lächelte, griff Jusléen in den Hosenschlitz, schüttelte daran und sagte zu Ulla:

»Dabei könntest du ein wundervoll gedrechseltes, schön gebogenes, poliertes Bettbein wie dieses hier haben, das jedes Frauenzimmer zu Tränen rührt.«

»Kannst du 110 Taler darin stapeln?«

»Hier drinnen? Warum sollte ich eine Masse Taler da drinnen stapeln?«

»Es ist mir egal, wo du sie stapelst. Es ist mir egal, ob du sie im Arsch stapelst, aber mein Erik ist als Extra-Zollvisiteur im Hafen angestellt worden, und da kann er seinen Lohn in Höhe von 110 Talern bei mir auf dem Küchentisch stapeln, einen blankpolierten, harten, hohen Stapel, und das ist mehr als du mit deinem einen Bettbein und deinen Schulden fertigbringst.«

Nein, es bestand kein Zweifel, daß der Gärtnersohn Erik nicht besonders stattlich und ansehnlich war. Er war völlig ohne jedes Talent, hatte keine Stimme und spielte kein Instrument. Jedoch hatte er beim Tod seines Vaters als ältester Sohn ein paar Heller geerbt, und nachdem ich an Oberdirektor von Stapelmohr ein gereimtes Gesuch gerichtet hatte, ihn zum Visiteur zu befördern, und diesem Gesuch entsprochen worden war, konnte Ulla über die Erbschaft und einen Stapel Silber verfügen.

Sie war wieder in die Kirchengemeinde aufgenommen worden.

Das Aufgebot war schon bestellt.

Der See glitzerte nicht mehr, er verlor sachte seinen Schimmer und erlosch dann ganz unter den mächtigen Baumkronen am Strand, wo wir nun die Segel einholten und anlegten. Ein Kätner stand auf dem Hügel, mit einer Laterne in der Hand, und erwartete uns. Auf der Treppe des Landungssteges stand der Wirt, streckte uns zum Willkommen die offenen Arme entgegen, dankte mit polterndem Lachen für den vormaligen Besuch, und vom Wirtshaus her hörte man ein Cello aufspielen, gerade in dem Augenblick, als Erik zeigte, was für ein bärenstarker Kerl er war, die Butterbütte unter den einen Arm nahm und mit der anderen Faust Jusléen am Kragen packte und hochhob, so daß dieser zappelnd, singend und lachend das Waffeleisen umwarf.

Es war eine Sommernacht auf Hessingen im Jahre 71, als König Gustaf den Thron bestieg, glühend vor Liebe zum Vaterland, und als eine Zeit vor mir lag, die großartig war, was sich schon andeutete, als ich aus dem Boot kletterte mit einer alten französischen Melodie auf der Zunge, die hieß *La Double Félicité*. Die erste Zeile dazu war mir gerade eingefallen und klang ungefähr so, als ich mein Instrument stimmte und sie auf einem Hügel zwischen Blumen sang:

»Sieh, die Sonne glimmt und gleißt, blank der Wasserspiegel.«

Mit der wärmsten Beflissenheit, zur gnädigsten Genugtuung der Generalzolldirektion beizutragen, war ich weiter damit beschäftigt, zu protokollieren, zu prüfen und zu stempeln. Ich hetzte mit abgelaufenen Schuhen zwischen dem Speicherhaus und den Viktualienwaagen hin und her. Ich führte vertrauliche Gespräche mit fetten Stückgütern. Ich knüpfte liederliche Bande mit hereinkommenden Spezereien, die ihr leutseliges Wohlwollen ausdrückten, indem sie sich bereit erklärten, bei jeder Gelegenheit und soweit es ihnen möglich war, zu zeigen, was dem Kanzlisten Bellman anstand.

Oft wanderte meine Erinnerung in der dunklen Jahreszeit zurück zu jener Ausfahrt auf den Mälaren.

Ich schnitt mir den Tabak und wusch meine Weste mit demselben Weinessig, mit dem ich die herbstlichen Beerenflecken entfernt hatte. Als schon der Schnee fiel und das eben noch eisbekleidete Blechdach unter dem Kammerfenster eine weißpudrige Florhaube aufsetzte, lag ich mit einem Gichtanfall zu Bett und stellte mir die Heimreise von Hessingen an einem Sommermorgen vor, als ich bei Sonnenaufgang in der Kajüte erwachte und mir mit dem Feuerstahl meine erste Pfeife anzündete. In meiner Erinnerung herrschte die Windstille der frühen Stunde, doch allmählich regte sich die Brise, die schlaffen Segel begannen zu flattern, und als der Wimpel auf dem Mast im Wind stand, legte der Kutter knarrend von der Brücke ab, und wir steuerten stadtwärts. Unterwegs schlossen wir uns anderen Kuttern an, die mit Waren für den Kornhamn und für den Gemüsemarkt Gröna Gången zur Zollstation auf der Insel Långholmen fuhren. Ein Nachen kam von der Insel Lovön, mit Gemüse und Sellerie, Milch und Äpfeln, und wir kauften über die Reling etwas zum Frühstück. Eine Barke hatte einen Stier als Fracht, eine andere hatte Lämmer und Körbe mit Kirschen geladen. Wir trieben vorbei an Wiesen, die in ihrer sommerlichen Pracht prangten. In einem Roggenfeld in der Nähe von Hornsberg sahen wir ein Schwein herumspazieren. Wir? Ja, wer waren wir? Erik Nordström korkte gerade die Flasche auf. Am Bug lag Jusléen und schnarchte. Bald hörten wir Ulla herzhaft gähnen, sie erwachte sachte zum Leben, blaß und verkatert schlang sie den Umhang um ihre Schultern, rechtzeitig, um einen Morgenschnaps aus der Flasche zu bekommen, die zum zweiten Mal die Runde machte. In den Fenstern der Salpetersiederei glühte die Sonne, und auf den schimmernden Türmen der Stadt flammten Kreuze und krähten glimmende Hähne. Wir lagen mitten im Fahrwasser, es war wie ein breiter Fluß, und von den Ufern her hörten wir Pumpen quengeln, Kühe brüllen, und im Skinnarviken dirigierte der Schmied einen Hammermarsch für Hebebaum, Hämmer, Gebläse und Bälge. Ein Roß wurde beschlagen, es wieherte kleinlaut und verschreckt, wie in Furcht vor den Hufnägeln. Auf einem Steg nahe der Ragvaldsbron, wo wir die Taue lösten, stand bei einem Waschtrog ein barfüßiges Mädchen, schon verschwitzt und naß, kratzte sich mit ihrem Waschholz einen juckenden Bremsenstich und blickte uns mißgelaunt nach, den Trunkenbolden, die schon in aller Frühe zum Cithrinchenspiel johlten, noch bevor es zum Morgengebet geläutet hatte im Tempel des Herrn!

All das sah ich, in meinem Bett unter der Decke liegend. Ich hielt das Cithrinchen über den Kopf, so daß der Mälarwind in die Saiten griff; und währenddessen blies der Nordwind in den Küchenherd herein, so daß die Eisenplatten klimperten; doch Holz gab es nicht auf dem Dachboden, wo Platz war für 20 Klafter.

Das geschätzte Vermögen des Herrn Baron Duwall betrug, wie ich von mehreren Seiten gehört hatte, gut 60 000 Reichstaler. Dieses Geld beschäftigte mich. Ich hatte dem hochwohlgeborenen Herrn Baron bereits meine ersten 25 Episteln, in einem Band aus grünem Maroquin mit Filigranarbeit auf vergoldetem Silbergrund und mit einer Lavierung von Carl Gustaf Roos auf dem Vorsatzblatt, als Geschenk verehrt. Ebenso wie der Reichsrat Stockenström hatte er Enthusiasmus gezeigt, und ich hoffte nun, daß der zweite Teil, der die nächsten 25 Episteln umfassen und genauso kostbar eingebunden werden sollte, den liebenswerten, redlichen, bescheidenen, reichen Duwall dazu bewegen würde, die Kosten der Herausgabe in einem Verlag zu übernehmen. Wenigstens zu einem Teil. Ich arbeitete an einem Vorwort, das ich, als ich zu Bett gegangen war, mit den Worten begonnen hatte: »Aber du, der du mit gnädigem und gönnerhaftem Wohlgefallen diese *Fredmans Opera posthuma* entgegennimmst …« Weiter kam ich nicht, denn gerade als ich die eingefrorene Tinte aufgetaut hatte, schlug die Gicht zu mit höllischem Schmerz und pochender Hitze, die die Fingerglieder so anschwellen ließ, daß die Feder auf den Boden fiel. In der Apotheke hatte man mir Zwiebeln von Herbstzeitlosen gegeben und mich ermahnt, nicht zu saufen, aber Vater hatte ja Linnés Branntwein gegen Gicht bekommen, deshalb gab ich die Schuld an diesen Schmerzen den Innereien, die das Wirtshaus Fünf Fische in der Kolmätargränd seinen Stammgästen eine Zeitlang serviert hatte. Ich hatte auch daran gedacht, Mademoiselle von Stapelmohr mit einer Widmung in einer früheren, handschriftlichen Sammlung in mein Gelaß zu locken. Aber dabei vergaß ich wohl Duwall. Der Text von der Heimfahrt von Hessingen fehlte noch. Sobald ich ihn fertig hatte, konnte ich Teil II der Episteln an den Baron senden. Das war ein souveränes Kunstwerk, vielleicht das Beste, was ich bisher geschaffen hatte, mit Musik nach dem Lied *La Double Félicité*:

Sieh, die Sonne glimmt und gleißt,
blank der Wasserspiegel,
Wind kommt auf und zerrt und reißt
am erschlafften Segel.
Wimpel streckt sich und sich dreht;
Olle auf dem Heuboot steht.
Kerstin zur Kajüte geht,
schließet Schloß und Riegel.

Knaster knistert, Pfeife glimmt,
Olle, so geschäftig,

nimmt das Ruder, dreht und trimmt,
kratzt am Ohr sich heftig,
unter Augenbrauen scharf
einen Blick zum Himmel warf.
Kerstin, Olles Herzblatt, darf
Segel führen kräftig.

Segel flattern, Brise trägt,
Jerker nimmt die Leier;
Leier brummt, und Woge schlägt
mit Gewalt und Feuer.
Kutter knarrt und ächzend geht,
Wimpel hoch am Maste weht.
Glock schlägt viere, Gockel kräht;
hör den heisren Schreier!

Mowitz, in die Lure stoß
Schiffersleuten allen!
Olle he, was kost't der Ochs?
Na, was kannst du zahlen?
Sagt uns, von woher seid ihr?
Just von Lovön kommen wir
mit Gemüse, Sellerie,
Milch und Äpfeln, prallen.

Marjo mit der Jolle kam,
hoch das Ruder hebet
und mit Laubschmuck, Milch und Lamm
nun zum Zolle strebet,
Butterbütte auf den Knien
und den Korb mit Kirschen drin,
singt ein Liedchen vor sich hin,
schneuzt sich, seufzt und bebet.

*Ulla Winblad, sing und lach,
lös dein Haar behende,
gähne nicht, sei quick und wach,
Nadeln nimm und Bänder,
leg den Mantel um geschwind!
Niest du? Prosit, liebes Kind!
Dort, wo Bäum' und Pfähle sind,
siehst du Hessings Strände.*

*Dein Verlobter schaut zu dir,
Norströms Braut, du feine,
komm und setz dich her zu mir,
still die Flammen deine!
Wir hab'n alle gleichen Rang.
Lustig! Hör Posaunenklang!
Prosit! Froh ein Leben lang,
Augenweide, reine!*

*Kuh im Schilf den Leib sich spült
samt Geschirr und Schellen,
brauner Ochs im See aufwühlt
himmelblaue Wellen.
Wiese leuchtet bunt und gleißt,
Roß sich tummelt wild und dreist,
Kalb tanzt munter; Wildschwein feist
geht im Korn, dem hellen.*

*Lös die Taue, Segel fäll!
Skinnarvik soeben
sieht man dorten mit Kastell,
Klippen, Hütten, Gräben.
Unter Dächern, schwarz vom Rauch,
Hammerschlag, Blasbalg-Gefauch,
Roß erbebt bei Glut und Schmauch,
hebt den Huf ergeben.*

Jeppe tutet, Trommel dröhnt,
Andachtsglocke klinget.
Schwarz der Schornsteinfeger lehnt
am Kamin und singet,
Bäcker Brot im Korbe bringt,
Schmied schon seinen Hammer schwingt,
Grenadier schon keuchend springt,
Sold und Ehr erringet.

Ganz fertig war es noch nicht, aber, wie gesagt, es war ein ganz einzigartiges Kunstwerk, wie von Gott selbst erdacht, um den Menschen Frieden und Schönheit zu schenken und dem Dichter Bellman ein gesegnetes Erdenleben.
Es war schon Februar, und seit einer Woche hatte ich Charlotta von Stapelmohr nicht gesehen. Nackt hatte sie in meinem Bett gelegen, das Leintuch bis zum Kinn hinaufgezogen, hingerissen, verwirrt, außer sich unter meinen Händen, bis sie plötzlich die Wanzen entdeckte, die in langen, geordneten Kolonnen die Wand hinuntermarschierten, an der Kammerdecke entlang, listig und blutdürstig darauf wartend, daß das Liebesspiel enden würde in Schlummer und Dunkelheit, um dann über sie herzufallen und sie auszusaugen. Sie hatte mit stierem Blick auf die Wanzen meine beiden Hände ergriffen, sie von ihrem Körper weggeschoben und meine Kammer verlassen, ohne Küsse, ohne ein Wort.
Merkwürdig, wie das Ungeziefer sich ständig vermehrte.
Ließ ich die Temperatur unter den Gefrierpunkt sinken, hielten die Wanzen sich fern; heizte ich aber den Herd an, hörte ich sie alsbald knisternd aus den schwarzen Ritzen im Fußboden heraufhüpfen, spürte sie in meine Kleider kriechen, sah sie über die Polster rennen, hinein in die Strohmatratze.
Ich würde Anna Charlotta handgeschriebene Gedichte verehren, mit einer Widmung in französisch.
Ich würde sie *ma belle Iris* nennen und mit Mowitz unterzeichnen, das würde sie als Zeichen dafür deuten können, daß ich ihr ungehinderten Zugang zu den Wundern meines Leibes gewährte.

Wenn sie mich nur besuchen würde, diese gefährliche Verkörperung der Jugend, der lebendigen Sünde, die Mädchengestalt angenommen hatte und während des Herbstes und des Winters in meiner Kammer aus und ein gegangen war gleich einer Hündin.

Der gelbe Damastvorhang bewegte sich in der Zugluft, die durch das Fenster hereindrang, und ich spürte die ferne Feuchte des Saltsjön, die roch wie ein riesiger Sumpf, als die Türe sich öffnete und das Nachbarmädchen Gustava hereinkam und sich an mein Bett schlich. Sie nahm meinen Mantel vom Haken und deckte ihn über mich. Dann grüßte sie »Guten Morgen!«, leerte meinen Nachttopf, zündete in der Dunkelheit den runden Docht meiner Lampe an, setzte sich auf den Stuhl, den Katechismus auf den Knien, und ließ sich in Glaubenslehre abhören. Das Hausverhör stand bevor, das der Pfarrer von Sta. Maria im Speisesaal des Müllers Stenius abhalten sollte. Ich bat sie, die Wörter »Henne«, »Hund«, »Hengst« zu buchstabieren. König Gustaf hatte bei seinem Regierungsantritt die Folter abgeschafft, und die Folterkammern im Stadtgefängnis blieben verschlossen, jedoch war die Folter des Hungers an ihre Stelle getreten.

Die kleine Gustava hungerte.

Korporal Mollberg war letzten Sonntag im Stall des Rüsthofes am Yttergärde an der Stadtgrenze gestorben. Er hatte gebratene Ratten gegessen und starb im bittersten Elend, denn im Lande herrschte Hungersnot infolge der Mißernte, und die Zahl der Bettler stieg ständig. Die Straßen der Stadt waren diesen Winter mit hungernden Horden angefüllt, die zu den Palästen zogen oder sich zu Tausenden bettelnd am Lejonbacken versammelten.

Im Häusergeviert Yttersta Maria, irgendwo zwischen den letzten erbärmlichen Behausungen des Stadtteils Sta. Maria, starb auch, unter Fuhrleuten und losem Gesindel, der lateinische Dichter Israelsson, nachdem ihm alle Zähne ausgefallen waren. Auch er starb in äußerster Verelendung, obwohl eine verwahrloste Vettel Brotrinde für ihn gekaut und sie ihm mit dem Daumen in den

Mund gestopft hatte, der noch im Sommer den göttlichen Gustaf so hoch gepriesen hatte.

Die kleine Gustava hatte Knochen, Stroh und Rinde kosten dürfen.

Nachdem sie »Brot«, »Fenster«, »Gärtner« und noch einige Wörter mehr buchstabiert hatte, gingen wir über zum Katechismus. Sie zitterte und war leichenblaß, darum hielt ich ihr die Decke auf und ließ sie an meine Seite kriechen. Schmächtig war sie, und ihr Körper fühlte sich an wie ein Sack Feuerholz, als ich sie näher an mich zog. Als sie sich aufgewärmt hatte, stellte ich ihr Fragen nach Tischgebeten und den Pflichten eines Kindes. Sie hatte einen leichten Katarrh, aber auf die letzte Frage konnte sie antworten, ohne zu husten. Sie antwortete:

»Wenn jeder brav das Seine tut, dann geht es auch uns allen gut.«

Gustava wollte dann noch einmal die »Geschichte mit den Tierlauten« hören. Nachdem ich mir die Hände warmgehaucht hatte, ließ ich zwei Pferde über eine Sommerwiese galoppieren, indem ich mit den Fingern schnalzte. Die Pferde wurden durstig in der Hitze und liefen zum Seeufer hinunter und steckten ihre Mäuler ins Wasser und soffen. Ich schlürfte. Ich blies meine Backen auf und ließ eine Kröte planschen. Durch Bewegungen der Kehle, dicht an der Zungenwurzel, ließ ich einen Schwarm Schwäne mit singenden Schwingen »im blauen Äther rudernd« vorbeifliegen. Mit den Lippen preßte ich den Laut einer »siiiiiirrenden Mücke« hervor. Ich formte meine Hände zu einer Muschelflöte und blies hinein: Der Ruf des Kuckucks ertönte. Dann eine dramatische Wendung. Auf dem See näherte sich ein Jäger in einem Ruderboot. Der Jäger hob seine Büchse und zielte auf die Pferde. Die Pferde schnaubten ängstlich und galoppierten in den Wald; ihr Schnauben pumpte ich zwischen den Handflächen hervor. Dann standen sie hinter einem großen Felsblock. Nur das eine wagte keuchend hervorzulugen. Keuch! Keuch! Dann ertönte ein ganz merkwürdiger Laut. Ich formte ein Trompetenrohr mit dem Mund, spannte die Backenmuskeln und knipste mit den Fingernägeln dagegen wie auf eine Handtrommel. Dadurch, daß ich die Mundöffnung verkleinerte und vergrößerte, hoben und senkten sich die Töne zu einer Melodieschleife, dumpf glucksend und melancholisch. Hier sollte Gustava fragen, was für eine traurige Melodie das sein könnte, und das tat sie auch, worauf ich – wie immer – antwortete, ich hätte nicht die geringste Ahnung. Nur so viel wußte ich, daß bloß eines der beiden Pferde in der Dämmerung in das kleine Dorf zurückkehrte, man sah es mit gesenktem Kopf über die steingepflasterte Dorfstraße ziehen, und als ich mit schnalzender Zunge das Klappern der Hufe nachahmte, kroch Gustava eng an mich heran und fragte, was wohl aus uns werden würde, vielleicht würde auch einer von uns verschwinden wie das eine von den beiden Pferden.

Aber nein, das glaubte ich nicht!

König Gustaf war gekommen, um die Nation zu erwecken. Im übrigen waren wir beide die ersten Mitglieder in einem Klub von Volontären, einem freiwilligen Korps von Patrioten, die für ihren König lebten und starben. Ich zog die Lampe näher und ermahnte Gustava, mir ins Gesicht zu sehen. Was sah sie? Sie sah nichts Besonderes. Meine Lippen waren blau. Ich sagte:

»Hast du je mein Gesicht einen solchen furchtbar weißen Glanz ausstrahlen sehen?«

»Vielleicht nicht …«

»Das, verstehst du, Gustava, ist das Glück selbst, das in den alten Bellman gefahren ist!«

König der Sänger

1772–1774

Wie oft hatte die Sonne nur matt geglommen, gleichsam wie ein Lampendocht in seinem letzten kläglichen Tropfen Tran. Doch so wie der Docht, bevor er erlischt, noch einmal aufleuchtet, so schien es nun, als leuchte sie mit hellerem Glanz als in allen vergangenen Jahren.

In meine Kammer herein führte ein Bleirohr, das Wasser von der Dachrinne in mein Waschbecken leitete. Im April war das Rohr noch zugefroren. Eines Morgens plötzlich hörte ich den Hänfling meines Nachbarn auf seiner Stange im Käfig zwitschern.

Der Frühling kam wie ein warmer Sommer, schwül und arm an Regen. Türen und Fenster standen sperrangelweit offen. An einem Tag im Mai stand in Stockholms *PostTidningar* die Mitteilung, daß der Naturforscher und Religionsstifter Emanuel Swedenborg nach einer erbitterten theologischen Fehde in London einen Schlaganfall erlitten hatte und verstorben war; in der schwedischen Kirche am Prince's Square hatte er seine Ruhestatt gefunden. Aber nicht genug damit: Wie ein mahnender Schlag, mir von Gottes Hand verabreicht, stand auf der gleichen Zeitungsseite, wenn auch auf der unteren Hälfte, eine Anzeige folgenden Wortlauts: »Im Laden des Buchhändlers Schildt in der Stora Nygatan, Haus Nr. 126, sind Trinklieder mit dem Titel Bacchanalische Weisen Nr. 1 und 2 zum Preis von 6 Öre das Heft zu haben.«

Diese Lieder waren ein Raubdruck meiner Trinklieder, sie wurden hinter meinem Rücken als kurzweilige Gedichte ohne Angabe des Verfassers verkauft; wer sie gedruckt hatte, war unbekannt. Natürlich wollte ich die Lieder keinesfalls als meine anerkennen, da ein Verkaufserfolg ja nur die Taschen des Räubers füllen würde. Erwähnte ich, daß die Hälfte meines Gehalts seit zwei Jahren von meinen Gläubigern eingestrichen wurde? Nein.

Dennoch fühlte ich mich geschmeichelt.

Meine Gedichte waren also in diesem Jahre des Herrn 1772 in der Stadt, ja im ganzen Land, in aller Munde. Meine Hymne *Von Gott erwählt*, zum Einzug von König Gustaf gedichtet und komponiert, hatte ich Männer und Frauen singen hören, zu Tränen gerührt bei Bowlegläsern und Bierkrügen. König Gustaf ist das Absolute, der Fixpunkt, von dem nun alles seinen Ausgang nimmt; manche sind ihrer, die nach langer Betrübnis endlich die Freudensonne leuchten sehen, und die bei öffentlichen Audienzen vor dem teuren Thron der Majestät Erlösung von ihrer Not zu finden hoffen, aber unzählige sind ihrer, die am Krönungstag den breiten Weg des Festzuges säumen. An diesem 29. Mai 1772, dem Tag, der bisher der wärmste und schönste dieses Jahres war.

Als ich mich am Morgen dieses Freudentages ankleidete, trug der Wind einen Geruch von Knoblauch- und Tabakblättersud, mit dem der Pomeranzenbaum auf dem Hof gegen die grünen Blattläuse gewaschen wurde, in meine Kammer. Meine Schuhe hatten Löcher in den Sohlen, aber sie waren zur Feier des Tages mit Schuhwachs eingeschmiert. Um mir feinere Kleider zu besorgen, war ich nach Hägersten hinausgefahren. Arrhén und Schwester Katharina strahlten vor Glück, sie hatten einen Sohn bekommen, einen kleinen wohlgestalteten Claes, und – Wunder über Wunder! – Lovisa hatte kein Blut mehr gehustet, seit wir zusammen den Passionsgottesdienst in Sta. Maria besucht und Seite an Seite *O Lamm Gottes, unschuldig* gesungen hatten. Sie hatte auch die Viehstallkur beendet. Und Schwester Fredrika und ihr Mann, der Kassier Stiernhoff, hatten Lovisa ein Zimmer in ihrem Hause Fågelsången versprochen, mit Fenster zum Garten.

Ich hatte von Arrhén einen nußbraunen Rock mit schwarzem Samtkragen, eine kirschrote Weste, goldbrodierte Hosen und graue Seidenstrümpfe geborgt. Heute noch sehe ich mich die Treppe von der Urvädersgränd auf die Götgatan hinuntersteigen, auf dem Kopf die weiße Perücke mit Locken an den Schläfen, mit schwarzseidenem Haarbeutel und Nackenrosette. Ich höre noch das Geläut aller Kirchenglocken der Stadt, das um 8 Uhr morgens begonnen hatte, als die Hitze schon so groß war, daß das Gras von den Dächern der Gartenhäuser am Mosebacke Torg herüberduftete. Um Viertel vor 9 Uhr begann das zweite Geläut, und das dritte, intensivste, folgte um Viertel vor 10 Uhr, als die Prozession mit dem Königspaar sich in Bewegung setzte, den Storkyrkobrinken hinunter und über den Riddarholmstorget zog, in die Stora Nygatan einbog und an der Roten Schleuse auftauchte, wo ich auf die Trageketten geklettert war, um von der Höhe des westlichen Brückenturmes den Krönungszug überblicken zu können.

Auf der Brücke wurden feine, geöffnete Austern für zwei Taler das Stück verkauft. Ein blaugekleideter Mann verkaufte gelben Senf aus einem Eimer. Ehe der Festzug eintraf, hörte ich übrigens durch das Glockengeläut hindurch die folgenden Rufe, die ich mir einprägte, denn sie wurden in so unterschiedlicher Tonhöhe und Lautstärke gesungen oder geschrien, daß sich daraus gar eine Melodie ergab, zu der ich eine Epistel zu schreiben beschloß: »Milch, Milch!« und »alte Silberschnüre, Silberschnüre«, dann »lebende Karpfen, wer will lebende Karpfen?«, darauf folgte »Basilikumkraut, Basilikumkraut im Tontopf«, und gleichzeitig posaunte jemand »frische Mohrrüben!«, was jedoch ein anderer übertraf mit »meine Zeitung ist frischer, kauft Zeitungen, frischer als Mohrrüben!«; eine kindliche Stimme piepste »Mein Vater schneidet Hühneraugen. Schmerzfrei!«; dann jemand mit ostpreußischem Akzent »schiep, Knecht, schiep, saachte ich!«, daneben in bäuerlichem, singendem Tonfall »härrliche Kirrschen«, und von weiter oben »Branntwein und Liköre!«; dies brachte den kleinen Fabrikjungen am roten Zaun dazu, sein Stimmchen anzustrengen zu einem krächzenden »eisgekühlter Saft, eiiiiisgeküühlter Saaaaft …« und direkt in den Hals eines Passanten hinein: »Artischocken, Artischocken …«, und endete in einem jämmerlich quiekenden »und kleine Lammpastetchen … zu verkaufen« und noch viel mehr dieser Art, bis der Lärm der Menschenmassen, die den Festzug mit nicht enden wollenden Hurrarufen empfingen, alles übertönte.

Die dort »Hurra!« schrien, waren französische Seidenweber, umgeben von abkommandierten Sträflingen aus dem Spinnhaus. Deutsche Keramikarbeiter schrien mit holländischen Papiermachern um die Wette. Ausgemusterte Soldaten stritten sich mit italienischen Glasbläsern um einen Platz, bärtige Juden sah man in Gruppen zusammenstehen mit russischen Kaufleuten, mit Herrenhutern, Trommlern, Bettlern, die auf Wasserkarren saßen, Krüppeln, Bettelkindern, Schwindsüchtigen, Syphilitikern, Künstlern, Pfauen, Affen, einem Neger, einer Lockenperücke neben einer Mamsell Herrlich, die ihren Busen mit weißem Wein und Rosenwasser benetzt hatte; dann sah man schreiende Laternenanzünder, johlende Wagenbauer, keck hervorlugende blau angemalte Brustwarzen, Seiltänzer, die auf eine Leiter geklettert waren, gewaschene Füße auf Weinfässern. Die Feuerstelle einer Schiffsbesatzung, die am Kai ihr Essen zubereitet hatte, war ins Mälarwasser gefegt worden, und von jedem Fenster, buchstäblich von jedem Fenster in den kostspielig dekorierten Häusern mit den Giebeldächern, sah man die bekannten Adels- und Kaufmannsfamilien sich drängen und Fahnen schwenken, und hier, in diesem Augenblick, an der Spitze des königlichen Gefolges, tauchte der Paukist des Leibregiments zu Pferde auf. »Vivat!« Die vier Trompeter trompeteten. Ich zählte noch 16 Pferde und 16 Trompeter, bevor der Hofpaukist ankam, gefolgt von den Hoftrompetern, zwei Herolden zu Fuß, vier Hofmarschällen mit der ersten Hälfte des Hofstaats sowie weiteren Spektabilitäten. Die Glocken dröhnten. Die Hurrarufe hörten nicht auf. Deputierte von Pommern und Wismar sowie deren Landräte rollten vorbei in Wagen des Hofstaates, dann kam der Bauernstand mit seinem Sprecher, der Bürgerstand mit seinem Sprecher, der geistliche Stand mit seinem Sprecher, Pferde, Herolde, der Landmarschall, die Ritterschaft, der Adel und zwei Hofpaukisten, gefolgt von sechs dito Trompetern. Wo war der König? Der Reichsmarschall ritt vorbei, die Herolde der Oberstmarschälle, Ordensherolde, elf weiße Pferde mit den auf ihnen reitenden Oberstmarschällen, und nun sicher bald der König, denn angeführt von Baron von Düben wurden die Regalien vorbeigetragen: der Mantel, zwischen vier Pferden gespannt, der Schlüssel zwischen vier Pferden, ebenso der Reichsapfel und das Szepter und das Schwert und die Krone, 24 Pferde, und zum ohrenbetäubenden Hufgeklapper von weiteren 100 Pferden, zwischen paradierenden Truppen, und nun endlich – Jubel, Jubel, zu Pferde, auf einem rotbraunen Trakehner von elegantem Wuchs – kam Seine Majestät der König, umgeben von seiner Leibwache, unter einem Baldachin einhergeritten, im silberschimmernden Krönungsgewand, den blauen Kronprinzenmantel um die Schultern, mit Stiefeln aus purpurfarbener Atlasseide, Sporen aus vergoldetem Silber, die Schwertscheide mit rotem Samt bekleidet, der mit goldenen Kronen bestickt war, das Heft über und über mit Perlen, Diamanten und Smaragden besetzt, und auf dem Haupt die Erbfürstenkrone Karls X. »Es lebe der König! Es lebe der König!« ertönten die Rufe, gar nicht zu reden von den verzückten Schreien, die das Volk hören ließ, als das Pferd des Königs unerwartet seinen rosa Analring öffnete und perfekt geformte Kugeln honiggelben Düngers fallen ließ, welche, noch dampfend, von Straßenjungen aufgefangen und im Jubel über das Reichsbanner hinweg in die Höhe geworfen wurden, an die Fenster, die bei den kräftigen Trompetenstößen begonnen hatten, an ihren Haken zu zittern; danach kam Seine Hoheit Prinz Karl, dann Prinz Fredrik Adolf, beide trugen Kronen, die aus Ulrika Eleonoras eingeschmolzenen goldenen Toilettengefäßen geschmiedet und mit dem Wasa-Emblem geschmückt waren, dann folgten der Reichsrat, der ganze Befehlsstab der Armee, noch einmal 60 Pferde, acht Wagen und wieder Hofpaukisten. Es sah aus, als ob es niemals ein Ende nehmen wollte, denn nun, nach den Hofmarschällen, kamen in 28 Wagen die Hofdamen, die Hengstreiter, die Hofmeisterin, der Oberste Stallmeister, in acht Wagen kamen der Oberstmarschall Ihrer Majestät der Königin und einige Herren Reichsräte, danach, zwischen vier Pferden, der königliche Mantel, noch einmal der Reichsapfel, das Szepter, die Krone, und endlich, in all ihrer Magnifizenz, Königin Sofia Magdalena, hinter den Glasscheiben einer Prachtkarosse, die eine französische Arbeit war mit einem von Pfeilern getragenen Dach, Wänden, die mit dunkelblau-violettem Samt bekleidet waren, das Coupé geschnitzt, vergoldet und reich besetzt mit Diamanten und Rubinen; Ihre Majestät also, umgeben von ihrer Leibwache, Pagen und Hengstreitern; und nun, da der Zug fast vorbei war, wurde am Skeppsbron von ganzen Geschwadern von Jachten und Segelschiffen, in deren Takelwerk die Seeleute hingen und in untertänigem Jubel ihre Freudenschreie ausstießen, der Huldigungssalut abgefeuert; währenddessen fuhren die Damen des Reichsadels in 16 Hofwagen vorbei, die Hofdamen folgten in eigenen Wagen, dann wiederum Trompeter zu Pferde, und schließlich, in ihrer dekorativen Pracht, die dritte Kompanie des Leibregiments; sie alle passierten den Kornhafen und die Schleusentürme, unter Kaskaden von Sommerblumen, die von allen Seiten auf sie geworfen wurden.

Die Kosten: 600 000 Silbertaler.

Der Geruch, der von der Waffelfabrik herüberströmte, war wieder zu spüren, als ich meine Pfeife anzündete, im Güldenen Frieden einen Humpen zu mir nahm und mich dann zum Kommerzkollegium neben dem Königsschloß begab.

Hier war ein Festbau errichtet worden, der Bacchi Tempel vorstellte. Die Massen tummelten sich, wirbelten wie ein siedender, kochender Tiegel von Menschengliedern. Zwei Knöpfe wurden mir im Gedränge vor der Storkyrkan vom Rock abgerissen. Die Kaiserin Katharina von Rußland war eine Cousine von König Gustaf; sie hatte, um ihm zu huldigen, ein besonderes Schmuckstück übers Meer herüberschaffen lassen. Hier konnte es betrachtet werden. Inmitten eines Gatters, das mit Pechnäpfen erleuchtet wurde, thronte ein Obelisk mit dem schwedischen Reichswappen. Sieh an! Daneben die gotischen Löwen. Aus ihrem Rachen sprudelten Kaskaden von rotem und weißem Wein zu dem russischen Bären hinauf. Unglaublich! Geradezu unglaublich!

Ich ging zurück zu dem Festbau am Kommerzkollegium und trank mir einen großen, edlen, wundersamen Rausch an. Ich streifte die Ärmel hoch, grub mit den Händen ins Innere des Krönungsochsens hinein und riß große Fleischstücke heraus, stellte mich breitbeinig mit aufgesperrtem Maul unter die Weinfontäne und ließ den roten und weißen Wein über mich laufen – er war ja heute gratis für die breite Masse! Der König, um die Gunst des Volkes buhlend, ließ seine Kammerherren Krönungsmünzen unters Volk werfen, in solchem Überfluß, daß ein Tumult ausbrach, denn viele der Anwesenden waren arm und hungerten. Die Hungersnot in Schweden hatte sich verschlimmert und zu Aufruhr geführt. An mehreren Haustoren längs der Österlånggatan hatte ich Plakate angeschlagen gesehen, auf denen gegen Blutsauger und Verschwender zu Felde gezogen wurde. Wir standen alle vor den Pforten des Reiches der Dunkelheit:

Gott hat die Länder gesegnet mit Korn und Kernen, dafür gibt es hinlänglich Beweise; aber in den Klauen unserer Blutsauger ist alles verkümmert, zerronnen, ranzig und faulig geworden. Ach! Jammer über Jammer, Seufzer, Tränen und Bitten um Brot! Brot! Schreie von Alten und Jungen in Stadt und Land.

Hunger und Wahnsinn trieben die Menschen dazu, alles zu essen. Sie aßen Gartenerde und Grasbüschel. Sie aßen Ameiseneier, Würmer, das Fleisch von Krähen und Elstern, Kakerlaken, Ratten, Eidechsen. Sie krochen hinter der städtischen Kavallerie her und suchten in den Pferdeäpfeln nach unverdauten Getreidekörnern.

Es war nicht verwunderlich, daß Schlägereien ausbrachen, als Gustaf Münzen über den Krönungsochsen regnen ließ. Im Kampf um das Geld wurden viele verletzt. Ich sah, wie ein Offizier des Östergötland-Regiments niedergetrampelt wurde, von so vielen Schuhsohlen, daß schließlich dunkles, ja fast schwarzes Blut aus seinen Nasenlöchern trat und er unter Zuckungen sein Leben aushauchte. Viele sahen zu, aber keiner griff ein, da Panik ausbrach, und eine Münze zu besitzen war von höherem Wert, als seinem Bruder die helfende Hand zu reichen. Da das Fest vier volle Tage dauerte, war auch wenig Zeit, die Opfer wegzutragen. Ich kam am dritten Tag im Morgengrauen noch einmal auf den Festplatz und sah einen verlausten Hund in einem Haufen heruntergerissener Kulissen mit gemalten Weinranken herumstöbern. Das Fest lag in seinen letzten Zügen, und der Hund konnte in aller Ruhe am Bein eines Knechtes nagen, der unter den Kulissen begraben war und noch lebte und zuckte.

DIESER VORFALL SPIELTE SICH AB, als König Gustaf sich bereits, in der Stunde der Wehmut nach der Krönung, in sein Schlößchen Haga begeben hatte.

In *Dagligt Allehanda* las ich von der Sparsamkeit des Königs. Sie war lobenswert. Der König war durchaus kein verschwenderisches hohes Tier, sondern es hieß, daß er die einfachsten Lebensgewohnheiten habe. Nur wenige Zimmer gab es in Haga, und Gustaf lebte dort in bescheidensten Umständen. Ich erwähne dies, weil sich die Parteien der Hüte und der Mützen von Eigennutz steuern ließen, während Gustaf sich in der herrschenden Not vorbildlich verhielt. Alle Versuche, eine Versöhnung zwischen ihnen zustande zu bringen, hatten sich als eitel erwiesen. Im Frühling hatte die russenfreundliche Mützenpartei die Macht an sich gerissen und den Reichsrat mit ihren Anhängern besetzt. Das Land war von innerer Mißwirtschaft und Gesetzlosigkeit zerrissen. In Gustaf reifte nun der Plan eines Staatsstreiches.

Er ganz allein hatte die Gunst des Volkes gewonnen, das war die Macht, die das Reich retten konnte.

Ich hatte ein weiteres Huldigungsgedicht geschrieben, das ich *Gustafs Skål* nannte. Auch befand ich, es sei Zeit, etwas für meine Poesie zu unternehmen. Am Gustafstag, dem 6. Juli, als der König von einem Badeaufenthalt in dem Kurort Loka Brunn in die Stadt zurückgekehrt war, reichte ich beim Reichskanzleikollegium folgendes Gesuch ein:

Auf vielfache Bitte hin, durch Drucklegung meine im Laufe der Zeit verfaßten Poesien herauszugeben, wage ich in tiefster Untertänigkeit um Euer Maj:t gnädigstes Privilegium hierfür nachzusuchen, unter dem Namen »Bellmans Poetische Arbeiten«.

In Ansehung der schwer aufzubringenden Mittel, die solch eine Arbeit fordert, und meiner schwachen persönlichen Umstände erdreiste ich mich, in gleicher Untertänigkeit um gnädige Befreiung von der Stempelgebühr nachzusuchen.

In Treue bis zum Grab
Großmächtigster Allergnädigster König!
Euer Maj:t
Alleruntertänigster und pflichtgetreuester
Untertan und Diener
Carl Michael Bellman

Die Räder rasselten, die Hufe der Pferde schlugen Funken auf dem abgenutzten Straßenpflaster, und der Wagen geriet in die angenehme Schaukelbewegung, die den Duft von Staub und Riemenzeug und von schwachen Parfümresten aus den knarrenden Lederpolstern hervorlockte. Dies und noch einiges dazu erlebte ich an dem Tag, als ich mein Gesuch einreichte und in der Gesellschaft von Kapitän von Schewen und Hofprediger Wrangel zum Schloß Svartsjö am Mälaren fuhr.

Ich trug dort im Kreise einer royalistischen Gesellschaft ein Gesangstück vor, das ich *Schweden, singe!* genannt hatte und das eine versteckte Mahnung an den König enthielt, den Weg des Handelns zu beschreiten. Das Stück wurde im Schloßpark aufgeführt, unter einer Linde, die vom Heldenkönig Gustaf II. Adolf gepflanzt worden war.

In diesem Park, zwischen den marmornen Statuengruppen, wurde offen über die Jagd der Mützen auf politische Feinde und über Racheaktionen gesprochen, und auch Gerüchte über einen bevorstehenden Staatsstreich gingen um. Ich beobachtete Graf

Hessenstein, der rastlos, die Hände auf dem Rücken, auf und ab wanderte. Wie in einem Traum blieb er plötzlich vor mir stehen, sprach mich in militärischem Französisch an und drückte mir die Hand, etwas bleich, gleichsam fragend, ob er vor einem strategischen Talent stehe, einem Poeten, der »größerer Werke fähig« sei, hielt dann zwei Finger in die Höhe und rief aus, nun auf schwedisch, so daß die anderen im Park es hören mußten:

»Wir wagen alle Blut und Leben im Dienste Seiner Majestät!«

Ein kräftiges »Ja!« schallte durch den Park und über das Wasser.

Hessenstein führte mich sporenklirrend zur Seite unter einen Baum. Er legte mir einen Arm um die Schulter, fixierte den Baumstamm und stieß im Flüsterton hervor, daß er in mir einen Vertrauten des Königs ahne. Was ich davon hielte? Die Ständeherrschaft müsse gestürzt werden. Oder? Der König müsse selbst die Macht ergreifen. Graf Toll sei schon nach Kristianstad abgereist, um unter den Offizieren dort Unmut gegen die Regierung zu schüren. Hier hob der Graf den Blick, sah sich um, schlug mir wie im Spiel den Degen gegen das Bein, wies dann auf eine Gruppe Militärs und rückte näher: Ob ich wisse, daß der markige Mann in blauer Montur der Freiherr Sprengtporten war? Mir schwirrte der Kopf, als er sagte:

»Merken Sie sich den Namen. Sprengtporten hat dem König einen Revolutionsplan vorgelegt. Bald, sehr bald wird er in den Gang der Ereignisse eingreifen. In der Festung Sveaborg in Finnland wird er mit einer Kompanie Leichter Dragoner eine Revolte hervorrufen. Er wird dann an der Spitze einer finnischen Schwadron im Erstaviken anlegen, gegenüber Faggens Wirtshaus an der Werft, und von dort aus in einer Blitzaktion die Hauptstadt einnehmen.«

Spät in der Nacht, als ich schon in der Urvädersgränd unter meinem offenen Fenster zu Bett gegangen war, lag ich unbeweglich auf dem Rücken, atmete tief den Duft der Gärten am Mosebacke Torg ein und lauschte dem Ticken der Wanduhr, das mir ungewöhnlich leise schien, bis mir einfiel, daß sie ja gar nicht ticken konnte, weil ich sie am Tag zuvor versetzt hatte, und in demselben Augenblick stieg ein Schluchzen in mir auf, das klang wie ein heftiger, halberstickter Schrei, fremdartig, als ob er nicht aus der Kehle käme, sondern vom Herzen, das seine ganz eigenen Freudentöne hervorbrachte.

In diesem Schluchzen lag eine neue, unheimliche Munterkeit. Ich hatte begriffen, daß andere, neue Zeiten anbrechen würden, hatte mit offenem Mund und keuchender Zunge ihre Schwelle betreten. Es war nicht lange nach Mitternacht, aber es war ja Sommer, und durch das Fenster, das auf den Strömmen hinausging, sah ich die Sonne aufgehen. Sie kam in einer neuen Farbe, nicht in dem matten Gelb alten Kanzleipapiers, sondern mit goldenen Tressen und segnender Kraft! Wunderbar war der Rhythmus dieser Wörter: goldene Tressen, segnende Kraft. Während die Sonne immer höher stieg, erfand ich viele Reime zu beiden Wortverbindungen, rollte die Zunge, stellte sie schief, schnalzte, faßte sie an der Spitze, da sie völlig verrückt zu plappern anfing, hielt sie fest und begann dann laut lachend zu komponieren.

Wir hatten schon August, es war der 17., ein Montag, als ich auf dem Weg zum Kontor auf eine Wachttruppe der Bürgerschaftskavallerie stieß, die mit scharf geladenen Gewehren durch die Straßen patrouillierte. Im Amt hörte ich etwas Unerhörtes. Es hieß, daß der Geheime Ausschuß den Zollstellen Order gegeben habe, Seiner Majestät das Verlassen der Stadt zu untersagen. Aus Kristianstad war der Oberstatthalter Rudbeck eingetroffen. Die dortige Garnison hatte einen Aufstand gemacht. Je ein Bataillon von Upplands und von Södermanlands Regiment hatten den Befehl erhalten, unverzüglich zum Schutz der Stadt einzurücken.

Am Dienstag, dem 18., gingen die Beratungen im Reichsrat und im Geheimen Ausschuß weiter. Unter den Fenstern des Zollamtes und am Kellerkrug Güldener Friede vorbei passierte ein Ausrufer, begleitet von einem Trompeter: Der König wurde dargestellt als allein verantwortlich für Not und Unglück im Reich.

Aber dann geschah es!

Am Morgen des 19. August war König Gustaf gesehen worden, wie er in Begleitung einer größeren Anzahl Offiziere den Arsenalhof verlassen und sich über die Schlachthausbrücke zum Schloß begeben hatte. So berichtete der Praktikant Nobelius, dasselbe Schwein Nobelius übrigens, das mich am Ende meines Lebens in die Schuldhaft bringen sollte. Er hatte es mit eigenen Augen gesehen, als er auf dem Weg zur Arbeit war. Später wurde erzählt, daß der König ins *Corps de Gardie* getreten sei, auf schwedisch mit den Offizieren und den Wachsoldaten über die Beschneidung seiner königlichen Rechte gesprochen habe und über die Anarchie, die sie alle in den Untergang treiben würde. Er hatte versucht, ihnen klarzumachen, daß er, wenn sie ihm unter die Arme greifen würden, das Reich retten werde. Die Offiziere und Unteroffiziere waren in Freudenrufe ausgebrochen und hatten auch sogleich ihren Treueid abgelegt. Die Reichsräte waren ganz in der Nähe in der Ratskammer versammelt gewesen; von den lauten Beifallsrufen aufgeschreckt, waren sie an die Fenster gestürzt, um sich ein Bild von der Lage zu machen, und waren dann zu den Treppen geeilt. Die Offiziere waren jedoch bereits ins Schloß gekommen und hatten ihnen befohlen, sich still zu verhalten, danach waren die Schloßportale verriegelt und die Türen der Ratsräume mit Ketten versperrt worden.

Etwa um 11 Uhr vormittags kam der Oberdirektor von Stapelmohr ins Büro herunter, grüßte mit gezogenem Degen und gab kund:

»Die Ständeherrschaft ist gestürzt. Der König hat die Macht ergriffen.«

Nachdem er eine flammende Lobesrede gehalten hatte, schwor auch er dem König seinen Treueid.

Als ich mit meinen Arbeitskameraden auf die Straße hinausdrängte, kam gerade Baron Rudbeck vorbeigehastet, mit wildem Blick, und schrie in alle Richtungen:

»Greift zu den Waffen! Die Freiheit ist in Gefahr! Der König hat die Alleinherrschaft an sich gerissen!«, und »Staatsstreich,

Staatsstreich!« und weitere unüberlegte Dinge, um den Pöbel aufzustacheln, doch die Menschen schienen ganz und gar nicht beunruhigt von dem, was da geschehen war, sondern tanzten und tranken einander zu unter allgemeinem Jubel. Am Järntorget war schon ein großes Gedränge entstanden. Herolde waren ausgesandt worden, begleitet von Pauken, Trompeten und Kavallerie. Hoch zu Roß wurde feierlich verlautbart:

»Der König hat die Macht übernommen! Die Flotte und die Offiziere haben ihm Treue geschworen! Jedem einzelnen werden seine Freiheiten und Rechte zugesichert.«

Jede Mitteilung wurde von Paukenschlägen und Trompetenstößen begleitet und mit dem größten Jubel beantwortet. Dann zog der Herold weiter, und die Volksmenge bewegte sich auf das Schloß zu. Auch ich ging mit und traf am Stortorget Kapitän Unge und meinen Saufbruder Nils Fries, Leutnant bei der Galeerenflotte. Gustaf war gesehen worden, wie er an der Spitze der Hofgarde durch das Nördliche Tor ritt. Wir gingen miteinander hinunter zum Arsenal und mitten im Gedränge weiter zum Artilleriehof, wo er sein Hauptquartier aufgeschlagen hatte.

Es sang aus mir heraus.

Die Revolution hatte in Stockholm gesiegt, und doch war es, als ob die Gnade und die Freude gerade mir in höherem Grade widerfahren wäre als allen anderen. Die Sonne erreichte hier über dem Artilleriehof ihren souveränen mittäglichen Höhepunkt an einem blauen Himmel mit vereinzelten weißen Wölkchen.

Sie war eine flammende Masse von wahrhafter Herrlichkeit.

Ich erinnere mich auch an die unglaubliche Leuchtkraft der Stadt, die Fassaden drängten auf mich ein mit einer blendenden Nacktheit wie in einem an Ekstase grenzenden Traum lebendiger Wirklichkeit.

Ein Becher Wein, aus Himmelsschlüsseln gebraut, wurde mir in die Hand gedrückt, ich trank und schlürfte und widmete ihn Seiner Majestät, denn das hier waren die Tropfen der Gnade und

Erlösung! Von überall her erschallten Rufe, aber beim Lager des Königs steigerten sie sich zu ständig neuen Jubelrufen. Die Brauer Heimberger und Rehn stellten der Majestät die Bürgerschaftswehren zur Verfügung, wieder erscholl Jubel, und nun wurden, als Erkennungszeichen für die Königstreuen, weiße Armbinden ausgeteilt. Erneute Hochrufe.

Während Kapitän Unge mir half, die Armbinde zu befestigen, erzählte er mir und Fries, wie er am Morgen zu Admiral König geeilt war. Der Admiral gab bekannt, daß Seine Majestät ihm befohlen hatte, zur Insel Skeppsholmen zu fahren und mit gewohnter Treue diesen wichtigen Posten zu verteidigen. Kapitän Unge hatte sich unverzüglich zum Brückenkopf begeben und den Admiral zum Steg unterhalb der Admiralität hinübergerudert.

»Er schickte mich dann sofort als seinen Deputierten wieder zurück, und ich eilte, so schnell ich konnte, zum König. Ich küßte und drückte die Hand des Königs aufs hingebungsvollste und versicherte ihn des Eifers und der Treue des Admirals.«

»Du hast Gustafs Hand geküßt?« Ich wußte nicht, ob ich das glauben konnte.

»Absolut!«

»Und du hast geweint?«

»Ja, vor Freude. Die herrlichsten Freudentränen, die in Schweden jemals geweint wurden.«

Hier sagte Kapitän Unge, das müsse – zum Teufel! – in der Flottenstation gefeiert werden! Wir wurden abkommandiert, uns dort einzustellen, und erhielten Order, feucht-fröhlich aufzutreten. Fries bekam seine Armbinde an die richtige Stelle und meinte, wir könnten sofort losfahren. Er hatte soeben den Birkhuhnkäfig sauber gekratzt, aber ja! und er konnte Birkhuhnbrust, Butterbrot und Schnaps anbieten. Ein Blick über die Schulter sagte ihm, daß alle Anlegeplätze an den westlichen Brückenköpfen belegt waren, also machten wir uns zu Fuß auf den Weg. Am Schlagbaum jenseits der Brücke war alles voll von Offizieren, die Punsch aus einer riesigen Bowle ausschenkten.

Hier am Schlagbaum der Skeppsholmsbrücke stellten Friesen und ich uns wieder ein, nachdem wir gegessen, getrunken und uns ausgeruht hatten. Das Wasser lag blank und dunkelviolett wie ein geschliffener Spiegel. Der Abend war heiß, und die Offiziere sagten, der König werde auf der Insel erwartet, er habe allen Kollegien, der Bürgerschaft und der Infanterie den Treueid abgenommen, und am morgigen Tag wolle er auf dem Schloßhof den Treueid des ganzen Volkes entgegennehmen.

Bei diesen Worten holte ich tief Atem und sang aus voller Kehle »Gustafs Wohl! Der beste König, der uns eigen …«

Das ganze Korps lauschte, und als ich auf Wunsch noch einmal von vorne begann, stimmten bald alle ein, auch Zivilisten, die auf der Insel wohnten. Friesen war außergewöhnlich gut in Brusttönen, und während alle Punsch tranken und mit lauter Stimme *Gustafs Wohl* einübten, kam Carl Tersmeden auf die Brücke gefahren. Wenn ich mich recht erinnere, hatte er den Auftrag, die Herrschaft des Königs über Skeppsholmen und die Flotte zu sichern. Kaum war er angekommen, als sich schon alle mit Bechern in der Hand um seinen Wagen scharten und unter Absingen meiner Komposition auf das Wohl des Königs tranken. Tersmeden gebot Ruhe und sagte:

»Nun, liebe Freunde, müßt ihr ein wenig innehalten, denn gleich wird der König hier sein.«

Er gab Friesen Order, ein Fähnlein von acht Mann mit einem Unteroffizier loszuschicken, um die Zugbrücke herunterzulassen und dort Posten zu beziehen. Zu mir gewandt sagte er:

»Wenn Seine Majestät wieder fortreitet, werden wir alle miteinander wie aus einem Munde *Gustafs Wohl* singen.«

Tersmeden erzählte dann, wie unbeschreiblich edelmütig der König sich gegenüber den Frauen und Angehörigen der Arrestierten erwiesen hatte. Bei diesen Worten brachen alle Anwesenden in Freudenrufe aus, und ich wollte gleich ein neues Lied über Gustafs Edelmut komponieren, aber Tersmeden unterbrach mich. Er wünschte, daß wir zunächst *Gustafs Wohl* richtig lernen sollten. Es war bis auf weiteres verboten zu trinken, und wir übten unter meiner Anleitung bis kurz vor elf Uhr, als Seine Majestät mit Gefolge eintraf.

Seine Majestät der König!

Der Schlagbaum wurde hochgezogen.

Der König saß etwas steif auf seinem Pferd. Er grüßte gnädig und hielt sein Roß ganz in meiner Nähe an; auf seine Frage, welche Vorkehrungen getroffen worden seien, erhielt er untertänigen Rapport. Nachdem er Tersmeden ein größeres Bündel Banknoten überreicht hatte, war alles still. Ich sah den König an; er war ein Mann mit wohlgestaltetem Körper, mehrere Fuß lang; die Stirn war auf der einen Seite etwas abgeplattet, was seinem Gesicht ein leicht unregelmäßiges Aussehen verlieh. Er schien kaum Bartwuchs zu haben, hatte Pickel und Hitzeflecken. Als ich gerade den Einsatz für das Lied geben wollte, ritt er ein Stück den Hang hinunter, drehte mit seinem Gefolge um und zog mit dem ganzen Volksschwarm zur Zugbrücke. Nachdem er hinübergeritten war, begannen wir alle wie aus einem Munde *Gustafs Wohl* zu singen, so daß er mit dem Gefolge anhielt und sich die ganze erste Strophe anhörte. Er wandte sich im Sattel um und rief mit lauter, kraftvoller Stimme:

»Danke für das prächtige Skål!«

Dann rief er Tersmeden zu sich. Er beugte sich lächelnd zu ihm hinunter, wechselte einige Worte mit ihm und ritt davon. Tersmeden kam zurück und sagte zu mir, seine Majestät habe wissen wollen, wer das prächtige Lied komponiert habe. Er habe dem König geantwortet:

»Allergnädigster Herr, es ist Bellman, der bekannte Poet der Stadt. Er war hier im *Corps de Gardie*, als ich eintraf.«

In blauen Mänteln, die an der Seite wie Fledermausflügel geschlitzt und mit Silberschnüren und silbernen Kronen besetzt waren, in Röcken aus Elchleder, blauen Beinkleidern mit Bandschleifen an den Knien, mit Wehrgehängen aus Ziegenleder und mit hohen, französischen Hüten mit silbernen Tressen und einer pfauenblauen und einer brandgelben Feder, standen die Wachsoldaten mit aufgestellten Hellebarden auf den Treppen des Schlosses Spalier. Wie eine Koppel Bluthunde, die wütend die alten Zeiten verbellten, sangen sie mit männlicher Stimme *Gustafs Wohl*, so daß es hallte und schallte:

Gustafs Wohl!
Der beste König, der uns eigen,
sieht mit Groll
die Waage ungleich neigen,
froh und gut
den Rat der Wut verachtet,
beobachtet
und betrachtet
der Toren Übermut.

Solch Monarch
ist wert zu herrschen über Schweden,
jung und stark,
nicht ratlos in den Nöten.
Wasa Art
nicht ist es zu verzagen,
zu versagen,
doch zu wagen,
geht es hart auf hart.

Bis zum Stortorget hinüber hörte man den Sang der Wachsoldaten. Dort hatte das ganze Gardemusikkorps Aufstellung genommen und übernahm das Lied mit seinen Instrumenten, während Seine Majestät in stolzer Haltung die Freitreppe hinunterschritt, sein Pferd bestieg und mit gezogener Wehr vor seinem Gefolge herritt, um von den Tausenden und aber Tausenden kniender Stockholmer, die dort in tiefem Schweigen versammelt waren, den Königseid entgegenzunehmen.

Potz Blitz!

In der Revolutionsnacht waren die gleichen Stockholmer, die nun König Gustaf die Treue schworen, trunken durch die Gassen geschwärmt und hatten in den 700 Kneipen der Stadt auch *Gustafs Wohl* gesungen, das Lied, das der »Poet der Stadt« gedichtet hatte, das Huldigungslied also, das ich, Bellman, komponiert hatte, und das von nun an im ganzen Land einen außerordentlichen Grad der Verbreitung erreichen und offizieller Hymnus des Volkes und der neuen Königsära werden sollte.

Wenn ein Staat zwei solche Hymnen besitzen könnte, so hätte mein um einiges höher stehendes Lied *So glänzt Deine Krone*, das ich im Rausch dieser Nacht dichtete, den gleichen Platz einnehmen können, denn es wurde in seiner triumphierenden Herrlichkeit mit großem Enthusiasmus aufgenommen, so daß ich, schon bevor es im *Dagligt Allehanda* abgedruckt wurde, hören konnte, wie es überall, wo Menschen versammelt waren, enthusiastisch angestimmt wurde. Der Oberbefehlshaber Fredric Horn (dessen Sohn sich übrigens später zu den Mördern des Königs schlagen sollte) ritt tagelang durch die Stadt und hielt an allen Straßenecken flammende royalistische Reden, doch als er am Järngraven geredet und gehört hatte, wie die Volksmenge ihm mit *So glänzt Deine Krone* antwortete, vertraute er seinen Adjutanten an, daß das Lied wie ein Kampfruf gedonnert und ihn ärger erschreckt habe als die Kampfrufe, die er im österreichischen Erbfolgekrieg gehört hatte, und dort hatte er immerhin mit Tapferkeit geglänzt.

Erst am 6. September, als alles überstanden war, traf an der Insel Dalarö Sprengtportens Armee aus Finnland ein. Ein Gewitter tobte, und es regnete in Strömen, als ich von meinem Kammerfenster aus den König mit großem Gefolge die Götgatan entlang zum Skanstull reiten sah, zu dem großen Feld am Galgenberg, wo Sprengtporten mit seinen Truppen und 32 Wagen aufmarschiert war. Der General kam drei Wochen zu spät zum Umsturz, aber der König schlug ihn auf der Stelle zum Kommandeur des Schwertordens. Der Kammerherr Björnmark war zugegen und erzählte mir später im Wirtshaus Drei Bütten, daß der König zweierlei gesagt hatte, bevor er die Götgatan zurückritt. Das erste bei der Verleihung, zu Graf Hessenstein gewandt: »*Voilà, monsieur le Compte, un cordon bien mérité*« (»Sehen Sie, Graf, ein wohlverdientes Band«).

Das andere, lächelnd, zu Sprengtporten:

»Ich kann keine Verantwortung übernehmen für unser Vorankommen die Götgatan hinauf, denn dort wartet die breite Volksmenge mit dem Königslied des Poeten der Stadt, Bellman. Halten Sie Ihre Truppen bereit.«

Wie das Zusammentreffen auf der Götgatan ausfiel, ist mir nicht bekannt. Ich hatte inzwischen die Urvädersgränd verlassen und mich zum Gefängnis begeben, wo Rutström immer noch festgehalten wurde. Die Reichsräte, die Geistlichen, die Bürger – alle von Gustaf Inhaftierten waren auf freien Fuß gesetzt worden, nachdem die Westfälischen Schinken, die Mettwürste und der Wein, womit sie versorgt worden waren, verzehrt und Wachtposten und Kanonen abgezogen worden waren.

Alle waren in Freiheit, nicht aber Rutström.

Er wurde im Untersuchungsgefängnis der Regierung festgehalten, weil Gustaf ihn fürchtete. Der König von Schweden fürchtete Rutströms Einfluß auf das Volk! Er fürchtete die warmen, ergreifenden Verkündigungen, die kraftvollen Äußerungen, die machtvollen, mitreißenden Lieder, die aus ihm den großen Redner Schwedens gemacht hatten.

Nun war Rutström krank. Er war dem Tode nahe. Seine Tochter Carolina hatte mich in ihrer Verzweiflung aufgesucht. Sie hatte gehört, daß ich nach dem Umsturz »in persönliche Verbindung« mit dem König getreten sei. Vielleicht konnte ich ihn dazu bewegen, auch ihren Vater freizulassen; er war ja mein erster Lehrer gewesen und hatte mich lesen und schreiben gelehrt, und nun wurde er seit zwanzig Jahren verfolgt und saß in Untersuchungshaft.

Ich sagte ihr, wie es war, nämlich daß ich den König zu nichts würde bewegen können, aber ich begab mich im strömenden

Regen zur Haftanstalt Smedjegården an der Drottninggatan auf Norrmalm. Hier wurden Häftlinge unter völlig unzureichenden Verhältnissen bei Wasser und Brot gefangengehalten. Im Zuchthaus im Häusergeviert Barnhuset, an der Rörstrandsgatan, gab es eine längliche Zelle, durch welche Wasser von einer Quelle aus dem Roten Berg geleitet wurde. In dieser Folterkammer, Rosenkammer genannt, war Rutström eingesperrt. Längs der Mauern dieser Festung, in Dunkelheit und Feuchtigkeit, saßen die Gefangenen angekettet, Eisenkugeln an den Fußgelenken. Ich fragte den Gefängnisaufseher, worin Rutströms Verbrechen bestehe, daß er in die berüchtigte Rosenkammer gesteckt worden sei. Darauf wußte er keine Antwort, aber man wollte durch Folter ein Geständnis aus ihm herauspressen, bisher ohne Erfolg. Er sagte:

»Rutström ist bis auf weiteres wegen Ketzerei inhaftiert.«

»Darf ich ihn besuchen?«

»Nein!«

»Worin besteht die Folter?«

Ich bekam auf diese letzte Frage den Bescheid, daß ein Seelsorger hinzugerufen worden war, der berichtet hatte, daß Rutström während des Verhörs eine Stärke bewiesen habe, die alle beeindruckte, sogar den Folterknecht.

Einen Monat später, am 27. Oktober, war Rutström tot.

Dies erfuhr ich, als der löbliche Augustiorden, anläßlich der Revolution gegründet, sein zweites Treffen in der Wohnung des Gewürzhändlers Martin Lindström abhielt. Der Oberste Kanzler, im neuen Ordensfrack aus dunkelblauem Stoff, in weißer Weste aus Kaschmirseide und kurzen blaue Hosen, beendete seine Tischrede, indem er triumphierend mit dem Arm auf das Gefängnisgebäude gegenüber zeigte:

»Schließlich ist zu vermelden, daß heute Carl Anders Rutström aus der auf den König gerichteten feindlichen Feuerlinie ausgeschieden ist.«

Der Gewürzhändler Lindström war mit Anna Grönlund verheiratet, der ältesten Tochter des Stempelmeisters Gabriel Grönlund, meines Kollegen in der Generalzolldirektion, der mein Schwiegervater werden sollte. Er gehörte der Bürgergarde an und wußte Bescheid über die Foltermethoden in der Rosenkammer. Es war nicht verwunderlich, daß Rutström sein Leben lassen mußte, da er, wie man oft mit Delinquenten zu tun pflegte, mit den Händen an einen Haken in der Decke gehängt wurde. Die Unglücklichen, die entweder nackt oder nur mit einem Hemd bekleidet waren, konnten sich nur mit einem Bein auf dem Boden aufstützen, über den kaltes Wasser aus dem Fels des Bergrückens rann, und Lindström wußte, daß sie nach zwei bis höchstens zehn Stunden starben, erstickten, so wie Christus am Kreuze.

Die schlichten Wahrheiten des Alltags sind nichts für einen König. Ein König hat eine höhere Form der Integrität, die sich nicht an Trivialitäten verschwenden kann. Eine alles übersteigende Erhabenheit entsteht; ein leuchtend blauer Himmel umgibt ihn, ein Himmel, der die großen und kleinen Dinge erkalten läßt.

Rutström erkaltete.

Wie würde es mir ergehen?

Meine Fingerspitzen waren in goldene Fasern gehüllt, denn ich war der Majestät so nahe gewesen, daß ich seinen Mantel berühren konnte.

Sah er mich, wie ich an meinem Tisch in der Urvädersgränd saß, mit einem Honigbrot in der Hand, über meine Suppenschale gebeugt, unter der Petersilie nach vereinzelten Fleischklümpchen und Kohlstücken fischend?

In der Zeitung *Hwad Nytt? Hwad Nytt?* stand unter der Überschrift »Ein Brief aus Stockholm« folgendes: »Der bekannte Bellman soll nun, wie man hört, vom König eine beträchtliche Pension erhalten haben.«

Ach ja? Ich hatte allerdings nie eine Pension gesehen. Die Generalzolldirektion wurde vom König aufgelöst, und ich verlor meine Arbeit. Zwar verblieb ich im Wartestand, das stimmte, und noch erhielt ich mein Gehalt, aber eine Pension war das nicht, sondern Arbeitslosigkeit. Und hier noch eine Neuigkeit: In der gleichen

Herbstwoche erging auch ein Verbot gegen Herstellung und Verkauf von schwedischem Branntwein.

Auf Gustafs Anweisung.

Als die Zollfahnder mitten in der Nacht beim Schwarzbrenner Åhman in der Ormsaltargränd zuschlugen, kamen sie auch zu mir herauf, trommelten mich aus meinem Wanzenbett heraus, steckten wühlend und schnüffelnd ihre Köpfe in Eimer und Zuber, als hätten sie Braubottiche und Kessel aufgespürt. Selbst brannte ich nichts, aber ich bekam Schnaps von Åhman, und unser gemeinsamer Hof stank ständig nach Fusel, denn die Schlempe und die ausgekochte Maische wurden an das Vieh in den Ställen verfüttert.

Keine Arbeit also, kein Branntwein, und obendrein geschah es, daß ein gewisser Rothman, ein Forschungsreisender, glaube ich, vom König eine goldene Dose als Belohnung erhalten sollte. Wofür? Ja, wer weiß das zu sagen. Er hatte von einer Malariaepidemie auf Åland berichtet, glaubte jemand zu wissen, ein anderer meinte, er habe *Orpheus und Eurydike* in holpriges Schwedisch übersetzt.

Es war im Spätherbst, an einem Freitag.

Am Skeppsbrokai wurde für die kalte Jahreszeit Erlenholz aus Finnland gelöscht und Kiefernrinde, Mischbrennholz und Holzkohle aus den schwedischen Wäldern. Ich kaufte gesalzenen Strömming, und von Schwester Maria, die bei der Witwe Groen arbeitete, bekam ich zwei getrocknete Hechte, die ich in die Innentasche meines Rockes steckte, neben das Cithrinchen, und dann stand ich, nach Fisch riechend, auf dem Treppenabsatz vor dem Krug Zur Blauen Tür, an dessen Eingang ein Anschlag geheftet war, worin es hieß: »Ein Schwein ist in Verwahr genommen worden und kann beim Bierbrauer Lindgren abgeholt werden.« Ich stieg auf die Straße hinunter, hüpfte aber sogleich wieder hinauf; der Wagen des Forschungsreisenden Rothman und noch einige Equipagen donnerten vorbei, sie waren auf dem Weg zur Audienz des Türken Haggi Abderrahman beim Reichsrat Falkenberg. Dem Wagen Rothmans folgten Lakaien, Federschmuck und Trompetenlärm, dann 30 Dragoner mit gezogenen Säbeln, das berittene Gefolge des Aga, danach der Aga selbst in einem Staatswagen mit sechs weißen Pferden, daneben liefen vier Lakaien, zwei Neger und sechs Bedienstete.

Zur Audienz des Türken begab sich auch Gustaf mit einer goldenen Dose. Dort trafen sich Potentaten mit Schnurrbärten und freier schöner Manier. Dort bewegten sich zwischen den Perükken hohe Turbane, an denen Perlen, Gold und Diamantennadeln schimmerten. Dort gab es blaue Neger, die sich auf Künste verstanden.

Der »Poet der Stadt, Bellman«, stand an der Schleuse, nach Hecht riechend und zitternd vor Entsetzen und Bestürzung bei dem Gedanken, daß Rothman nun beim Türken mit der goldenen Dose belohnt werden würde.

Aus der Hand des Königs!

Anna Charlotta von Stapelmohr und ich hatten uns eine Weile nicht gesehen, aber da sie in der Liebe streitlustig und hitzig war, fühlte sie sich aufs neue zu mir hingezogen. Mein Ruf als Dichter hatte zugenommen und mich wieder begehrenswert gemacht. Während einer Soiree in der Stapelmohrschen Wohnung, zwischen dem achten und neunten Gang, zog sie mich von der Tafel fort, hinüber ins Divanzimmer. Sogleich gab es Streit. Sie weigerte sich, mir bei der mühevollen und langwierigen Arbeit, sie auszukleiden, behilflich zu sein. Während ich also selbst ihren Schnürleib aufschnüren und ihr Leinenhemdchen mit den roten Initialen Knopf für Knopf aufknöpfen mußte, blieb sie stehen und sah mir mit ihren grünlichen Augen und mit geringschätziger Miene gerade ins Gesicht. Dann, während des Liebesaktes, zankte sie mit mir, vom ersten Augenblick an. Ich solle wissen, daß sie eine selbständige Frau zu bleiben gedenke, die trinke und mit reichen Männern Umgang habe. Und als ich – man höre nur! – »das Ding zu sachte hineinschob«, wurde sie hochmütig und sagte verächtlich, sie könne jeden betören, den sie haben wolle und der zu

»hämmern verstehe«, so daß sie wenigstens etwas Schmerz empfinden würde. Das einzig Originelle an mir als Liebhaber sei, daß ich alle Phasen des Aktes bis zur Ekstase in Metren und Reimen absolvieren könne. Ich stöhnte sogar im Rhythmus der Metren.

Die Soiree bei Anna Charlotta führte mich mit Carl Stenborg, einem Kanzlisten beim Hofamt, zusammen, es war Januar, im neuen Jahr 1773. Stenborg war in Graf Adam Horns Haus aufgewachsen, ein großes Komponistentalent, er spielte Klavier und Geige, sprach fünf Sprachen, und mit nur 20 Jahren galt sein weicher Tenorbariton schon jetzt als der schönste, ausdrucksvollste und herzgewinnendste des Landes. Wir landeten bald im Bücherkabinett zwischen den Schätzen des Hauses, und Stenborg vertraute mir an, daß der König alle meine Gedichte gelesen habe, daß sie ihm aber mißfielen.

»Ihm mißfiel meine Poesie?«

»Ja, sie mißfiel ihm.«

Die Unterlagen betreffend mein Gesuch, meine Gedichte zu veröffentlichen, waren deswegen im Kanzleikollegium liegengeblieben. Stockenström, der ja eine ihm persönlich gewidmete Prachtausgabe von mir bekommen hatte und mir wohlgesinnt war, war nach dem Umsturz gezwungen worden, sein Amt niederzulegen. Duwall war in der machtlosen Opposition gelandet, und Anders Wilde, der *censor librorum*, hatte meine Poesie zu grobkörnig gefunden.

Die Sache ruhte.

Poesie, sagte Stenborg, war derzeit auch nicht von großer Wichtigkeit und konnte nach Ansicht des Königs das allgemeine kulturelle Leben nicht fördern. Nach der Revolution waren Theater und Oper vorrangig. Als zitierte er Gustaf, trat er zum Fenster, durch das man die Schiffe vor Anker liegen sah, deren Masten wie Blumenstöcke durch die Gardinen schauten, und er erklärte, daß diese Kunstformen, also Oper und Theater, als einzige geeignet seien, die Sinne zu verfeinern und den Geschmack zu bilden. Er wollte wissen, warum ich kein Opernlibretto schrieb. Sein Vater, der alte Theatermann Petter Stenborg, hatte den König gebeten, schwedische Theaterstücke in dem leerstehenden Bollhustheater aufführen zu dürfen, und hatte ein schallendes »Ja!« zur Antwort bekommen. In den Räumen des Oberstmarschalls wurden schon Proben abgehalten, und Seine Majestät selbst hatte ihnen beigewohnt. Stenborg sagte, er habe nie eine so zahlreiche Versammlung gesehen. Man empfand offenbar eine so innige Freude darüber, ein schwedisches Schauspiel zu sehen, daß man bei fast jedem Wort applaudierte. Theater auf *Schwedisch* also! Und der Theaterdirektor Ehrensvärd war beauftragt worden, eine große Oper aufzubauen, eine Oper mit eigenem Orchester, mit einem gut trainierten Ballett, hübschen Kostümen und gemalten Dekorationen.

»Warum schreibt Bruder Bellman kein Opernlibretto?«

Die goldene Dose, die Rothman bekommen hatte, habe ich schon erwähnt. Gustafs Protegé, der Abbé Michelessi, schrieb den Operntext *Orphée*. So wurde auch er mit einer goldenen Dose belohnt. Und die Königinmutter legte noch einen Brillantring drauf. Nur für einen Operntext! Ihre Königliche Hoheit die Prinzessin schenkte ihm zudem eine Medaille, gespickt mit Diamanten, und noch einen Packen Geldscheine im Wert von 246 Dukaten! Das alles hatte ich auf der Straße gehört, als man über einen Diebstahl in Michelessis Wohnung auf der Insel Blasieholmen sprach. Als er nach Ekolsund gereist war, war durch ein Fenster bei ihm eingebrochen worden.

Am 18. Januar fand die Premiere der Oper *Thetis und Peleus* statt, mit Frau Olin und Carl Stenborg in den Hauptrollen. Besonders Frau Olin erntete viel Lob. Sie hatte 2000 Taler für ein Jahresengagement verlangt. Schon nach fünf Stunden auf der Bühne erhielt sie – was wohl? Jawohl, eine prächtige goldene Dose aus der Hand des Königs.

Ich hatte inzwischen in aller Heimlichkeit begonnen, einen Entwurf für eine Oper zu skizzieren, die ich *Der Fischfang* oder *Die Fischer* nennen wollte. Kurz danach wartete ich dem König zum Geburtstag mit einem Huldigungsgedicht auf, das auf goldgerandetes Papier geschrieben war und mit den Zeilen beginnt: »Nicht des Königs Mißbehagen / ruft hervor der Dichtermund,/ der ihn preist an allen Tagen / und tut dessen Tugend kund...« Ich ließ es unter den Teller des Königs legen, denn ich war nicht eingeladen. Das Fest verlief sehr feierlich, wie ich hörte. Im Rathaus wurden Gold- und Silbermedaillen an die Mitglieder der Bürgerschaft verteilt. Es waren nicht wenige, die dort vortreten durften, um für ihre Treue und ihr männliches Verhalten während der Revolution aus der Hand des Königs eine Belohnung zu empfangen.

Der Großhändler Helin erhielt eine solche Medaille.

Der Goldzieher Widman ebenfalls.

Am Abend wurde *Gustafs Wohl* gesungen.

Auf Strömsborg wurde ein Feuerwerk abgebrannt.

Und ich? Wo war ich? Ich sah den Widerschein von meinem Kammerfenster in der Urvädersgränd aus. Bruder Johan war mit dem Schiff *Riksens Ständer* von seiner Chinareise zurückgekommen. Auf der Steintreppe zu meiner Dachkammer waren kleine Kisten gestapelt, Kästen, Fässer und Krüge, die Dinge zu seinem eigenen Gebrauch enthielten: Zucker, Soja, Arrak, Porzellan, Tee, Seide, Perlmutt, bemaltes Papier, lackierte Kästchen, Toilettendöschen. Einen Teil des in Naturalien erhaltenen Assistentenanteils hatte er versilbert, auch den aus Java mitgebrachten Affen Hoppo hatte er verkauft. Johan hatte Geld, er trank in kräftigen Zügen *Mandarins samsa*, einen chinesischen Branntwein, lachte viel und laut und konnte das Gerede über Golddosen nicht begreifen, auch nicht, daß ich um Rutström trauerte oder daß ich zornig war auf den König, weil ihm meine Poesie mißfiel.

Er hatte gesehen, was sich hinter den Mauern von Kanton verbarg.

Sie hatten alles, die Opernlibrettisten, die Gustaf auf die Bühne gelockt hatte, ob sie nun Rothman, Manderström, Gyllenborg, Ehrensvärd, Ziebeth oder Adlerbeth hießen – sie hatten alles.

Eines jedoch hatten sie nicht, wie der Gläubige zu sagen pflegt: die Wahrheit.

Voller Entschlossenheit machte ich mich auf und beschritt einen Weg, den andere sich weigerten zu gehen. Das Schicksal, in dem niemand Regie führen kann, flirrte vor meinen Augen. Plötzlich, eines Nachts – ich arbeitete gerade an meiner Epistel *Betreffend die Schlägerei unterhalb vom Dantobom bei T. in einer Herbstnacht* –, passierte mir etwas, was Schwachsinnigen passiert, die keine Kontrolle über sich haben. Zu diesen gehörte ich gewiß nicht, was aber war es? Ich verstand nicht, konstatierte nur das Faktum: Mein Verstand stand still und rührte sich nicht. Als er sich wieder zu rühren begann, lächelte ich über Seine Majestät den König. Es gab einen Grund, aber ich sollte nicht danach fragen.

Steifbeinig, engbrüstig, mit der Miene einer Spottdrossel, erfand ich Operntexte für den König.

Doch gleichzeitig leuchtete ein himmlisches Licht um mich und in mir, durch Mark und Bein und bis in die Fingerspitzen hinein, und ich schrieb, die dunklen Wintermonate und die langen Regentage des April hindurch, schrieb Episteln und Gesänge.

Sie entstanden nicht geplant, wie in einem Laboratorium. Nein, sie stiegen herauf wie der Saft in den Bäumen. Ich schrieb *Das Konzert im Krug Drei Bütten* ... Ich schrieb *Die Landung beim Klub im Mälaren an einem Sommerabend 1769*, *Über den Tanzmeister Mollberg* und die bereits erwähnte Epistel *Betreffend die Schlägerei unterhalb vom Dantobom*. Diese Episteln waren aus mir »hervorgesprungen«, und sie waren so etwas wie die unpassenden, aber echten Spangen meiner Schuhe.

Gustaf fragte nie nach ihnen. Seine Opernkritiker hörten sie nie und lasen sie nie, fanden sie aber gleichwohl von übelstem Geschmack geprägt. Selbst das Opernlibretto *Fiskarena* wurde von Sparre ungelesen als »*dernier mauvais goût*« abgestempelt, und der König, der zum Souper eingeladen hatte, um mich mein Werk rezitieren zu hören, verlangte, daß ich es völlig umarbeiten solle. Ein gewisser Fischerström, der Arbeiten über Strand- und

Binnenfischerei sowie über Zuckersiederei herausgegeben hatte, piepste unter seinem gepuderten Vogelnest von Perücke hervor, daß er es weitläufig und »voller langweiliger Beschreibungen« finde.

So war mir jedoch die Gunst zuteil geworden, die nur wenigen gewährt wurde, nämlich wie die Leute von Adel und die Personen des Hofstaates unter dem Dach des Königs zu weilen. Mir wurde befohlen, mich an allen Mittwochabenden im Schloß einzufinden, und zwar zum Souper in den kleinen Räumen – für den Fall, daß der König auftauchen sollte. Ein kleines Glück war es dann, einen gnädigen Blick aus seinen großen, etwas hervorstehenden Augen zu erhaschen, die größte Glückseligkeit, eines längeren Gespräches für würdig befunden zu werden.

Bei meinem ersten Besuch war auch der Dichtergraf Gyllenborg zugegen, der zum Kammerrat aufgestiegen war. Gyllenborg teilte Gustaf mit, daß ich außerordentlich gut Grimassen schneiden könne. Ich legte meinen Operntext beiseite, erhob mich, tat einen Satz nach vorn und begann zu grimassieren. Gustaf, erlesen prachtvoll gekleidet, begann an seinen Knöpfen und Schnallen zu zupfen. Auf Befehl imitierte ich Reichsrat Höpken. Der König war von meinem Auftritt belustigt. Er hatte einen schmalen Hals, sein Adamsapfel war ungewöhnlich klein, und als er in sein metallisch helles Lachen ausbrach, wurde seine Haut, die immer einen rötlichen Ton hatte, so als hätte er sich echauffiert, noch röter. Er nannte mich »seinen Narren«, seinen *signore improvisatore.*

Gustafs Stimme klang leise und resigniert, als er mich gegen drei Uhr morgens aufforderte wiederzukommen. Er konnte nicht verbergen, daß er sich in mir getäuscht hatte.

Ich für mein Teil war dazu verurteilt, unaufrichtig gegen mich selbst zu sein, das hoffnungslose Libretto umzuarbeiten und den Narren zu spielen, um nicht zum Dasein eines Herumtreibers, eines streunenden, hungrigen Wolfes verdammt zu sein.

In meinem grünen, gestreiften Rock hatte ich große Innentaschen. Als alle gegangen waren, schlich ich mich schnell zur Tafel zurück und stopfte die Taschen voll mit Essensresten.

Apropos das Konzert im Krug Drei Bütten: Die Idee zu dieser Epistel kam mir während einer Musiksoiree bei Carl Stenborg, und ich darf sagen, daß sie ganz besondere Aufmerksamkeit hervorrief, als ich sie später, am Tage der Krönung Seiner Majestät am 29. Mai, in Stenborgs Haus aufführte, denn die Gäste waren ausnahmslos Größen der Musik und der Dichtung. Wir sangen den ganzen Frühsommerabend hindurch mit innigem Behagen, alles war aufs allerfeinste arrangiert, Frau Olin sang eine vortreffliche italienische Arie, und Stenborg hatte ein eigenes Stück über die Revolution komponiert, auch gab es viele andere Vergnügungen, wie die Solotänze von Herrn Wacklin, die Ode von Ahlströmer und einen Chor, in dem ich selbst mitsang, das Schönste, was unsere Sprache hervorgebracht hat. Die Freude über diesen Festtag war unbeschreiblich, und, wie gesagt, ganz besonders liebte man meine Episteln, die ich zum Cithrinchen sang und spielte, bis wir alle die Zeit vergaßen; erst um vier Uhr morgens gingen wir auseinander. Ich erinnere mich auch, daß ich angefangen hatte, einen kleinen Stock mit mir herumzutragen, um den ich lange Papierstreifen wickelte, auf welche ich meine Verse schrieb. Diese wickelte ich dann aus, wenn ich in Gesellschaft sang. Der Versstock erregte Bewunderung, und Stenborg unterschrieb für mich eine Bürgschaft über 140 Reichstaler, bevor ich laut singend im herrlichsten, souveränsten Rausch die Götgatan zur Urvädersgränd hinauftorkelte.

Auf dem Küchentisch fand ich einen Brief.

Das Klappbett, auf dem Johan schlief, war leer, er war Hals über Kopf zu Stiernhoffs Haus Stora Fågelsången gestürzt; unsere Schwester Lovisa lag im Sterben.

Erst eine Woche zuvor war Arrhéns und Catharinas kleiner Sohn Claes dahingerafft worden. Ein heftiges Fieber hatte das einzige Kind der Arrhéns ergriffen, Catharina hatte nur noch geschrien, und der kleine Claes hatte sich erbrochen, hatte Rückenschmerzen bekommen und Atemnot. Ein Gestank von Tod war aus seinem Mund geströmt, und Catharina hatte geschrien und geschrien, bis sie am dritten Tag zusammengebrochen war; da war bei dem kleinen Claes Nasenbluten hinzugekommen, erbsengroße eitrige Blasen hatten sich in seinem Gesichtchen gebildet und waren den ganzen Körper hinuntergewandert wie eitrige Noppen. Als das Fieber noch weiter stieg, hatte er das Bewußtsein verloren und war gestorben, eineinhalb Jahre alt, auf dem Hof Hägersten, im Giebelzimmer, von dem aus man das Wasser des Mälaren jenseits der Äcker herüberschimmern sah.

Nun hastete ich zum Hause Fågelsången, wo unsere Schwester im Sterben lag.

Was war mit dem Kleinen Daurerschen Haus geschehen? Das Haus meiner Kindheit war abgerissen und dem Erdboden gleichgemacht worden. Nach Vaters Konkurs hatte der Weinschenk Nystedt seinen Krug Goldene Hoffnung dort eingerichtet. Meine Schlafkammer war seine Likörkammer gewesen. Und nun war das Haus abgerissen. Das sah ich, als ich die Hornsgatan entlang nach Westen lief, halb stolpernd, über ein Straßenpflaster, das in Schutt überging und von Unkraut, Gras und Löwenzahn überwuchert war. Eine Stunde später kam ich im Fågelsången an, ich hatte das Gefühl, mich erbrechen zu müssen. Ich zog den Vorhang von Lovisas Bett zur Seite. Der 15jährige Gustaf war Seemann bei der Königlichen Flotte und nicht erreichbar, aber alle anderen Geschwister waren von Hägersten herübergekommen und saßen mit verweinten Augen auf dem Sofa, oder standen, an den Tisch am Fenster gelehnt. Noch lebte sie, aber die Magd scheuerte schon die Küche und die Schwelle der Kammer, und Herr Ramberg war in die Stadt geschickt worden, um einen Sarg und Myrtenzweige für einen Kranz zu kaufen. Trauerkleider brauchte man auch, die älteren der Geschwister hatten schon bei der Beerdigung von Claes festgestellt, daß sie keine besaßen. Im Fenster hingen rote Zwiebeln und drehten sich im Wind.

Keine Krankheit bereitet ihre Opfer so gewissenhaft auf den Tod vor wie die Schwindsucht. Tag für Tag, Gramm für Gramm läßt sie den Körper dahinschwinden. Mit ihrer am Ende verbliebenen leichten Last erschien Lovisa mehr wie ein verlöschendes Licht denn als vergehendes Fleisch. Ich konnte es nicht fassen, daß die große Kanne Blut, die Schwager Stiernhoff mir zeigte, aus dieser Kehle geflossen sein sollte. Sie war ein ausgemergeltes, leichenfarbenes Skelett. Die Hustenanfälle klangen jämmerlich schwach wie von einer verkühlten Katze, aber qualvoll, und als ich, über sie gebeugt und meine Lippen auf ihre Stirne pressend, meine *Weise für Luise* sang, brodelte grüngelber Schleim aus ihrer Nase.

Mit einem letzten Seufzer starb sie.

Zweimal in diesem Frühsommer las ich also Gebete von schwarzgerandetem Papier in den Lehm hinunter, und ebenso oft wanderte meine Stimme dort drunten durch die Gruft, dieses enge Gemach, das keine Fenster hatte und keine Tür. Von den einundzwanzig Kindern, die Mutter geboren hatte, lebten nur noch sieben: Adolph war 13 Jahre alt, Gustaf 15, Maria 19, Fredrika 21, Johan 22, Catharina 31 und ich selbst 33. Viel Sorge bereitete uns Catharina, die nach dem Tode des Söhnchens am schwersten an der Trauer trug. Bei Lovisas Begräbnis zeigte sie eine krankhafte Furcht vor allen Menschen, vor Pferden, Wagen, rauschenden Bäumen und Schüssen. Bei allem erschrak sie, zitterte sie und schrie auf; Catharina wurde nie mehr ganz sie selbst.

Unzählige bettelnde Kinder taumelten diesen Sommer mit aufgedunsenen Leibern und steckendürren Beinchen durch die Straßen. Überhaupt hatten die Jahre der Mißernte den Zustrom von Bettlern, Krüppeln und abgedankten Soldaten anwachsen lassen, so daß das freiwillige Arbeitshaus, das nun an der Ecke Götgatan/Högbergsgatan eingerichtet wurde, fast 1000 arme Leute notdürftig versorgte, die sich mit ihren Krücken und Wunden unter die Insassen des Armenhauses von Sta. Katharina mischten und die Straßen bevölkerten.

Es war in diesem Frühsommer, als ich zwischen dem allgegenwärtigen Gemurmel und dem Krückengeklapper der Bettler die Treppe der Urvädersgränd hinunterging und zum königlichen Truppenübungsplatz auf Gärdet hinauswanderte. Ich war wütend, fluchte vor mich hin und gestikulierte. Dieser verdammte

Johan Holmberg, dieser Satan von Verleger, hatte von mir nie die Erlaubnis erhalten, *Fredmans Episteln* zu drucken und zu verkaufen, aber nun stand in der Zeitung *Inrikes Tidningar*, die ich an der Schleuse gekauft hatte, eine Anzeige, daß das Werk für 18 Kupfertaler zu haben sei, und zwar in Uppsala beim Buchhändler Swederus, in Göteborg bei Magister Plate, in Åbo bei Professor Lefren, in Norrköping bei Studiosus Lundberg, in Malmö beim Hofquartiermeister Gedda etc. etc., also im ganzen Lande.

Hundsfott! Kanaille! *Par diable!*

Solche und ähnliche Verwünschungen ausstoßend, mit drohend geballten Fäusten suchte ich Holmbergs Buchhandlung auf, aber da er feige über die Treppe in seine Wohnung im Obergeschoß flüchtete, rief ich vom Laden zu ihm hinauf, daß die Abschriften meiner Werke, die er für seinen Raubdruck verwendet hatte, von mir nicht genehmigt seien – ob er das höre? Sie sind *nicht* von mir genehmigt! Dann teilte ich ihm lautstark mit, daß ich selbst binnen kurzem meine poetischen Arbeiten herausgeben würde, und falls er Subskriptionsgelder eingenommen habe, so würde ich 100 Reichstaler beanspruchen.

Holmberg antwortete nicht.

Er schickte sein Faktotum herunter und ließ mir mitteilen, daß eine mündliche Übereinkunft bestehe. Anstelle von Geld ließ er mir – bitte sehr! – einen Subskriptionsschein für mein eigenes Buch aushändigen, das in Regal, Oktavformat, in zwei Teilen gedruckt werden sollte, jeder Band würde 25 Episteln enthalten, die Melodien sollten in Kupfer graviert werden, dazu Portraits und Vignetten.

Schon im ersten Morgengrauen waren die Truppen in Reih und Glied, zu Fuß und zu Pferde, zu ihrem neuen Quartier auf dem Manöverplatz Ladugårdsgärdet abmarschiert. Zelte waren im Lager der Königlichen Leibgarde aufgestellt worden. Ich nahm das Passagierboot von der Rudertreppe unterhalb des Schlosses, dann eine Chaise zum Lagerplatz.

Überall das Dunkelblau der Soldatenröcke.

Man merkte, daß eine neue Regimentsorder ausgegeben worden war, was die *coiffure* betraf. Der Zopf mußte nun so lang sein, daß er bis zur Taille reichte. Obenauf saß eine Kokarde. Und die Schnurrbartorder des Königs war in Kraft getreten. Unteroffiziere, Grenadiere, Pfeifer und Trommler hatten mittelgroße, Korporale und Soldaten schmale, nach oben gezwirbelte, geschwärzte Schnurrbärte zu tragen. Die Profosse dagegen durften ihre Schnurrbärte überhaupt nicht stutzen, nicht einmal sie zu bändigen war erlaubt, sondern sie mußten sie auseinanderstreichen und stets Bartwichse zum Schwärzen bei sich tragen.

Die Sonne wanderte durch die Wolken. Scharen von schönen Schwestern sah ich dort, feurige, kecke und nette, geschnürt in Korsette. Die roten Räder meiner Chaise rollten durch den Staub, dann über das spärliche grüne Gras bis zum Lager der Leibgarde. Hier hatte der König sein eigenes, magnifikes Zelt. Es verfügte über acht Räume, einige davon waren mit Seide ausgekleidet.

Als der König eintraf, hatte ich gerade einen Schluck roten Hochlandwein aus einer Wasserterrine genommen.

Er ritt auf einem wunderbaren Pferd, das statt einer Decke ein goldenes Netz trug.

Gustaf sah mich nicht. Er verschwand in seinem großen Gefolge von Prinzen, Reichsräten und Feldmarschällen. Nach dem Grafen Hessenstein kamen Truppen von Offizieren und Kavallerie, schließlich die Königin mit einem prächtigen Geleitzug zu Pferde und die Prinzessin in ihrem Phaëton, nach ihr das Leibwächterkorps mit gezogener Wehr, Koller und blauer Schärpe.

Als erstes wurden Attacken gegen die Brücke geführt.

Unter ständigem Feuer stieg ein Teil der Leibgarde an der Rudertreppe an Land. Das Regiment der Königinwitwe wurde im Rücken angegriffen und war gezwungen, sich bis in den Djurgården hinein zurückzuziehen.

Den ganzen Nachmittag mußte ich draußen vor dem Zelt warten, bis zum Abend, dann hielt der König eine große Tafel für vierzig Mann. Ich sang *Skål an Königes Tisch*, ein ganz neues Lied. Der

König lauschte, über die Maßen vergnügt und huldvoll. Ich kündigte eine ebenfalls neu verfaßte Epistel an, die nach Colins Weise *Was tut die Hand an der Brust?* komponiert war, aber bei dem Wort Epistel duckte sich der König hinter das gegrillte Schwein, als wolle er Deckung nehmen in dieser Schanze aus tranchiertem Fleisch. Der Kammerdiener nahm mich beiseite und befahl mir, Tiere zu imitieren. Ich begann die Regimentspferde nachzuahmen; ich hatte ihr fortwährendes Wiehern und Schnauben und Prusten gehört, als die Leibgarde sich mit Unterstützung der Artillerie in voller *ordre de bataille* zurückgezogen und drei Großangriffe abzuwehren hatte.

Diese Nummer belustigte Gustaf unendlich.

Während ich also die Pferde nachahmte und auch Roßäpfelkanonaden abfeuerte, lachte auch Ihre Majestät die Königinwitwe so ungeheuerlich, daß sie eine sehr schmerzhafte *colica haemorrhoidalis* bekam. Sie wurde hinausgetragen, denn diese Kolik plagte ihren alten Leib und ihre Eingeweide zwei Stunden lang. Wahrscheinlich war die Kolik aber auch den vielen kalten *à-la-glace*-Genüssen zuzuschreiben, denen Ihre Majestät sich so gerne hingab und die kaum gesundheitsfördernd sein konnten.

Vielleicht waren diese Impromptus anläßlich des großen Manövers auf Gärdet die Ursache, daß der Dichter und Notarius im Hofkonsistorium Olof Bergklint mich als den *Anakreon des Nordens* rühmte und mir damit einen Ehrentitel verlieh, der mich mein ganzes Leben lang begleiten sollte. Ich war – mit anderen Worten – der glückliche Dichter, ein schwedisches Original, der, was Frohsinn und Einfallsreichtum betraf, im Norden nicht seinesgleichen hatte.

Nach einem literarischen Abend im Schloß meinte sogar Graf Fredric Sparre, daß ich eine Art Anakreon sei. Nichts sei mit der Leichtigkeit, der einfachen Schönheit, der durchsichtigen Klarheit zu vergleichen, die meine Verse auszeichneten. »Er produziert sie zu Tausenden, stundenlang«, sagte er auf französisch zu den Perücken Gyllenborg und Adlerbeth, nicht ahnend, daß ich zuhörte. Sparre fügte dann etwas hinzu, was mir neu war: Daß ich mir meines Genies nicht bewußt sei. Sparre hatte mich nämlich studiert. Er war sich dessen sicher. Mit seinem silberbeschlagenen spanischen Rohr klopfte er sich an die Stirn und sagte, daß ich ein Kind sei. Ich nähme die sinnliche Finesse nicht wahr, wenn sie käme. Ich verstünde nicht den sublimen Scherz, sähe nicht die Wahrheit der Bilder, sondern alles stürze nur »zufällig« aus mir heraus, Großes oder Simples, holterdiepolter.

Aber vor allem sei ich plump.

Und vulgär.

Ich soff, und ich würde sterben, ersticken wie einst Anakreon an einem Weintraubenkern.

Nun ja, Graf Sparre auf Åkerö war ein rechtschaffener und pflichtbewußter Kanzlist, der Verse schrieb und gern zum Kanzleirat befördert werden wollte. Aus diesem Grunde wagte er es nicht, den literarischen Abenden des Königs fernzubleiben, und ließ sich sogar zu dessen sommerlichen Vergnügungen auf Gripsholm mitschleppen. Ich sah ihn mit eigenen Augen im Gefolge des Hofes, als die Equipagen von der Schleusenbrücke aus in die Hornsgatan nach Süden einbogen.

Einmalig, diese Gefolge!

Allein die Königsfamilie mit Hofstaat und Bediensteten brauchte 21 Wagen, gezogen von 72 Pferden. Ich zählte und zählte, und auch die Leute auf der Straße vergnügten sich damit, Wagen und Pferde zu zählen. In Richtung der Kirche Sta. Maria, vorbei an Carlbergs Haus, folgten Reiter, reitende Pagen und Stallpagen. Kaum war das Hämmern der Hufe auf den eichenen Planken der Schleusenbrücke verebbt, ertönte zwischen den Hausmauern erneut ein ohrenbetäubender Lärm von klappernden Hufen und eisenbeschlagenen Rädern, so daß die Bewohner des Armenhauses sich erschreckt die Finger in die Ohren stopften oder sich unter die Betten retteten und vielleicht nicht zusehen konnten, als der Konditor mit seinem Wagen, die Kellerbediensteten und der Meisterkoch vorbeifuhren, gefolgt von den 18 Lieferwagen, die bis zum Dach gefüllt waren mit Weizenbrot, Roggenbrot, gewürztem Zwieback, süßem Zwieback, Gebäck, Brezeln, gesalzenem Fleisch, getrocknetem Fleisch, getrocknetem Fisch, Geflügel, Wildenten, Oliven und Trüffeln, tonnenweise. Nach dem »Ruhewagen« des Königs kam dann zum Schluß auch der Wagen von Graf Sparre, und da das Volk sich so große Hoffnungen machte wegen eines Thronerben, wurde auch das Bett Karls XI. in einem eigenen Kastenwagen nach Gripsholm hinaus verfrachtet. Das Bett war für die diesjährige Sommersaison aus der Gerätekammer herausgeholt und zu einem großen, viereckigen Etwas zusammengebaut worden. Ich sah es nun an meiner Ecke zur Götgatan vorbeifahren, zugedeckt mit dickem, rotbuntem Seidenstoff, golddurchwirkt und mit Fransen, gezogen von zwei Pferden, flankiert von vier keuchenden Läufern, die in blaue Kittel mit Gürteln aus gelbem Möbeldamast gekleidet waren.

Das Volk jubelte.

Das Bett Karls XI. war ein fruchtbares Bett, in dem sieben Königskinder gezeugt worden waren.

Ach, Gustaf und die schöne Königin!

Das war Anfang August. Ich setzte meine Zuversicht in dieses Jahr des Herrn, als ich am Abend in meine Mietkarosse stieg, die mich weit wegbrachte von den qualmenden Schornsteinen der Zuckerfabrik, von den Glasfabriken auf Kungsholmen, der Kanonengießerei und der Königlichen Bäckerei, über den Skanstull hinaus nach Süden, eine Landstraße entlang, die aus nichts anderem bestand als aus zwei Radspuren, die sich über eine Wiese schlängelten und schließlich auf dem Landgut Fållan mündeten, eine gute Meile außerhalb der Stadt.

Auf dieses Landgut hatte der alte Stadtaktuar Magnus Zettherman Gäste geladen, mit ihm den Sommer zu genießen. Zettherman war der großzügigste Ehrenmann, den man sich denken kann. In seinem Haus in der Stadt, an der Ecke Stora Nygatan/Tyska Brinken, hatte ich so manches Glas auf seine Gesundheit geleert. Dort hatte ich mich satt essen können, wenn ich hungrig war. Die Sommerresidenz Fållan lag am See Magelungen, ganz nahe an einer Bucht, und als ich dort auf dem Rasen saß, mir zur Seite Mamsell Wilhelmina Norman, konnte ich die Hechte schlagen hören, was wie ein Kuß im Wasser klang. Diesen Laut ahmte ich zum Vergnügen der sehr jungen Mamsell auf alle mögliche Art nach. Besonders amüsiert war sie, wenn ich den Laut mit der Hand im Hosenschlitz »hervorschmatzte« – während ich ihn in Wahrheit mit einem Klaps der andern Hand auf meinen Hintern erzeugte –, wenn ich mit der Zungenspitze im Speichel das Geräusch eines zappelnden Fisches erzeugte, wenn ich ihr noch einmal mit demselben Laut einen Luftkuß zuwarf, und wenn ich ihr ins Ohr flüsterte, daß ich einen störrischen, ungezogenen Aal besäße, der auch den Schlag des Hechtes nachmachen könnte, wenn er nur eine kleine, schmale Bucht fände, in der er schwimmen dürfte.

Hier auf Fållan pflückte ich Preiselbeeren, ruderte, angelte, fuhr eigenhändig einen Heuwagen ein, schaukelte auf der Hängeschaukel, machte zwei Ausflüge zum Wirtshaus in Fittja und huldigte in einer Scherzzeitung, die ich für die Freunde anfertigte, dem ägyptischen Sultan Ali Bey. Man erzählte sich, daß der König etwas früher in diesem Jahr in Ekolsund draußen am See gewesen sei und dort mit entblößter Brust mit seinen Wachsoldaten gebadet habe, woraufhin auch zwei Frauenzimmer der Gesellschaft in den Magelungen gestiegen seien und gebadet hätten, wenn auch ohne sich auszukleiden. Selbst hatte ich meine Bedenken, mich im See zu waschen, statt dessen drehte ich mich erst vollständig bekleidet prustend im Kreise, dann jagte ich mich selbst, das Waschholz schwingend, in tieferes Wasser hinaus und ließ die Perücke zu Wasser, so daß die Läuse und Flöhe über Bord sprangen.

Ja, ich muß sagen, auf Fållan war ich strahlender Laune und produzierte zu aller Freude die kuriosesten Liederpossen und Prosaeinfälle. Meine Mitspieler waren Mamsell Wilhelminas Mutter, Frau Margaretha, der Leibarzt Hallman und seine Gattin Charlotte, Ernestina Svebelius und Zetthermans junge Frau

Johanna, auch der Bierbrauer Brefve kam, der Kammerrat Botin, und später auch mein Bruder Johan; er war der einzige, der meine Künste nicht lustig fand.

Während die anderen auf dem Hof herumtollten, sich am Gatter festhielten, über die Treppe torkelten und wahre Tränenfluten lachten, saß Bruder Johan bedrückt abseits in einer Laube, es ging ihm nicht gut. Sein Besuch hier galt Hallman, der war ja Arzt und seit einiger Zeit ein Pionier im Kampf gegen Geschlechtskrankheiten, speziell gegen die Syphilis, die in Stockholm zu grassieren begonnen hatte.

Hierher gehört auch, daß ich Tor mich in Mamsell Norman verliebte, ich muß es zugeben, richtig ernsthaft verliebte. Ohne auf sonderlichen Widerstand zu stoßen, hatte ich mir in diesen Sommertagen eine Freiheit nach der anderen nehmen dürfen. Meine Hand hatte ihr Strumpfband berührt, dann ihr lose hängendes *déshabillé*, ich hatte erlebt, wie das Bett aufstöhnte, als es das Gewicht dieser 20 Jahre jungen unberührten Schönheit spürte, aber als Johan kam, weckte er mit seinem Leiden düstere Erinnerungen. Mamsell Normans verstorbener Vater war, wie sich herausstellte, in den etwas suspekten Hofkreis um den alten König Friedrich verwickelt gewesen. Er hatte im Dienste des abenteuerlustigen *bonvivant* Erland Broman gestanden, hatte nässenden Ausschlag bekommen wie Johan, und war gestorben.

Nachdem Doktor Hallman meinen Bruder untersucht hatte, schickte er ihn jedoch ins Kurhaus Danviken. Die nässende Wunde war nur ein Symptom von Skorbut und beruhte auf einseitiger Kost, vor allem warnte Hallman vor der Kartoffel, einer neumodischen, unnützen Knolle. Trotzdem durfte ich Mamsell Norman nicht mehr küssen. Warum? Ja, Johan und ich kampierten ja zusammen, und Kleidung, Küsse und jede andere Berührung konnten somit ansteckend sein. Sie spielte das Cembalo, Mamsell Norman, und sie hatte sich mit mir unterhalten wie in einem Singspiel. Wir hatten auch so schön zusammen gesungen und gespielt. Ich denke vor allem an das Menuett *Der Fischfang*, das ich in meiner Verliebtheit für sie geschrieben hatte:

Auf, Amaryllis! Auf, meine Holde,
nah ist die goldne
Morgenstund.
Regenbogen, prahlend,
wölbet sich strahlend
streifig bemalend
Tal und Grund.
Amaryllis, Lust will ich dir künden,
die in Neptuns Armen du wirst finden.
Gott des Schlafes soll nicht länger binden
streng deine Seufzer, dein Aug', deinen Mund.

Am 29. August fuhr ich zurück in die Stadt, um mich im Justizkanzleramt zu melden. Da stand sie in ihrem modischen Kleid mit Schalkragen auf dem frisch gefegten Hof, halbverdeckt hinter ihrer Mutter, und schnaubte wütend. Ich hatte um ihre Hand angehalten. Ihre herzlose Mutter hatte das eine »noch nie dagewesene Unverfrorenheit« genannt. Ich wurde grausam abgewiesen. Vielleicht sollte ich noch erwähnen, daß die arme Wilhelmina ein Jahr später die dritte Frau des alten Sattelmachers Strömdal wurde, und nicht lange danach seine mittellose Witwe.

Liebeskämpfe gleichen den Zweikämpfen in der Bibel: Ein mächtiges Triumphgefühl wird abgelöst vom Grübeln über des Schöpfers sinnloses Spiel. Zu guter Letzt ist man selbst das einzig Wirkliche. Das ging mir durch den Kopf in dem Augenblick, als ich im Amtszimmer des Staatssekretärs Wallencreutz stand und er auf mich zu schritt und nicht eher haltmachte, als bis sein Kopf sich so nahe vor meinem befand, daß Teile meines Gesichts – meine Lippen, meine Nase – sich tatsächlich in seiner glänzenden Stirn spiegelten, also in Staatssekretär Wallencreutz' glänzender Stirn, kurz bevor sie von dessen zornigem Stirnrunzeln zusammengeschoben wurden, denn Wallencreutz war zornig.

Ich hatte die Religion geschmäht.

Das Stockholmer Konsistorium hatte beschlossen, ein Exempel zu statuieren. Mein kleines Gedicht *Jofurs Blitz und Donner* war dem Justizkanzler zur Begutachtung zugestellt worden. Ich wollte wissen, warum, und versuchte mich zu erinnern, was ich geschrieben hatte. Ich hatte etwas von einem Gewitter geschrieben. Ich hatte mich immer vor dem Gewitter gefürchtet, also hatte ich beschrieben, wie ein verängstigter Poet Schutz sucht an der Seite seiner Freundin (Mamsell Slottsberg im Pavillon von Faggens Wirtshaus). Zitternd küßte der Poet die Hand der Schönen und betete ein Vaterunser.

Ja, und nun grübelte ich darüber nach, wo hier eine Schmähung liegen konnte.

Weit draußen auf der Insel Blasieholmen sah man die Windmühlen ihre Flügel schwingen; oben auf Sperlings backe tat die Mühle Slipan desgleichen. Ich stellte mich auf die Zehenspitzen und sah durch das Fenster all die anderen Windmühlen, Silvercrantskan, Oxehuvudet, Olyckan, Waros, alle schwangen sie ihre Flügel, und ich fragte:

»Wo genau in dem Gedicht wird die Religion geschmäht?«

»Wo genau? *Wo?* Herr Bellman können sich zur Zeit vielleicht der Hochschätzung unseres gnädigen Königs brüsten, im Glauben, daß er vielleicht mit seiner Dichterei die Barbarei vertreibe. Aber so ist das nicht! Statt dessen führt der Herr Bellman die finstersten Lumpereien ein. Für die man sich sogar in Marokko schämen würde.«

»Etwa weil der Poet beim Gewitter das Vaterunser betet? Erschrickt man darüber in Marokko?«

Hier stampfte Wallencreutz zweimal hart auf den Fußboden, umrundete stampfend zwei Ecken seines Schreibtisches, ergriff das Papier mit den sträflichen Versen und las lauthals und schnaufend:

»*Ach, glücklich stürbe ich in Zephis schönem Arm, / ich brauch nicht Arzt, Kaplan, der mir die Ölung bringet, / wenn sie nur weint um mich und spricht von mir mit Harm.* – Nun?«

»Ja?«

»Hier ist doch wohl jeder Kommentar überflüssig!«

Ich muß sehr fragend ausgesehen haben, denn der Staatssekretär, der ja den höchsten Beamten in der Staatsverwaltung Schwedens, den Justizkanzler, vertrat, rief über die blanke Schreibtischplatte herüber, so laut, als stünde er auf der anderen Seite eines Sees:

»Oder sind Sie zu geistreich, Bellman, um die Schmähung erkennen zu können?« (Atempause.) »Das hier ist gegen das gnädige Rundschreiben seiner Majestät des Königs vom 24. August 1772, betreffend die Förderung der Gottesfürchtigkeit und besserer Sitten. Mit anderen Worten: Ihre Verse sind eine Abscheulichkeit. Und ich warne Sie, mein Herr, und zwar auf das ernsthafteste! Brauchen Sie Ihren Witz zu Dingen, die nützlich und artig sind, aber hüten Sie sich, die Religion zu schmähen!«

Katzbuckelnd rückwärts gehend, verließ ich das Amtszimmer, und als ich die Treppe hinunterhumpelte, das gichtschmerzende Bein hinter mir herziehend, stieß ich mit den Freunden Gjörwell und Pfeiffer zusammen. Beide sahen unglücklich aus. Auch sie waren zum Verhör bestellt worden. Sie hatten mein Gewittergedicht in der Nr. 180 der Zeitung *Dagligt Allehanda* veröffentlicht. Pfeiffer machte einen nervösen Kratzfuß, als ob er schon die Begrüßung des Staatssekretärs übte, lüftete die Perücke und teilte mir aus der Puderwolke heraus mit, daß er jedenfalls unschuldig sei. Er hatte das Gedicht nur aus dem Blatt *Hwad Nytt? Hwad Nytt?* abgedruckt, nachdem es in *Götheborgska Nyheter* Proteste ausgelöst hatte.

Vom Kruge Rostock aus, wo ich einen Schnaps trank – der mir ja eigentlich verboten war – und einen Hecht aß, sah ich Ulla Winblad vorbeieilen. Ich rief ihr aus dem Fenster nach, aber sie hatte keine Zeit. Sie rief mir zu, daß Nordström, ihr Mann, zum Zollwachtmeister befördert worden war. In Norrköping. Sie hatte zu packen für den Umzug. Sie würde Stockholm verlassen.

»Für immer, Gott sei Dank.«

Wie ich schon erwähnte, war das Kleine Daurersche Haus abgerissen worden, aber in dem Garten meiner Kindheit reiften immer noch die Birnen und die Äpfel, und Johan und ich sammelten sie eines Nachts aus dem Gras auf, dünsteten sie an und legten sie zum Trocknen in den Ofen. Unsere alte treue Haushälterin Anna Berg, die nach Vaters Tod Hühnerfrau bei Arrhéns geworden war und 15 Bellmankinder mit aufgezogen hatte, war dort in ihrem 70sten Lebensjahr gestorben. Ich hatte an ihrem Sarg gebetet, beim Leichenschmaus geweint, während ich eine Safranbrezel aß, und hatte dann, auf Bruder Johan gestützt, den Heimweg über den Daurerschen Garten genommen. Die Früchte, die wir auflasen, trugen wir in unseren Rocktaschen nach Hause. Unterwegs sahen wir halbnackte Bettler wie nächtliche Wachhunde im Fackelschein vor den Toren der Herrenhäuser stehen. Der nächste Tag war ein Sonntag. Nun strömten dieselben Bettler zusammen mit einer unglaublich großen Menschenmenge aus der Kirche Sta. Maria heraus. Alle hatten sie der Predigt über das Jüngste Gericht gelauscht und erlebten jetzt ohne größere Begeisterung die Rückkehr des Hofes mit Pomp und Staat aus Gripsholm. Gustaf, der lange am Heilbrunnen von Loka geweilt hatte, war wieder zurück in Stockholm.

Der gegen mich erhobene Vorwurf der Gotteslästerung konnte damit in der Ratskammer des Königs verhandelt werden.

Es herrschte also Krieg zwischen der Kirche und Bellman.

Johan fand die Angelegenheit höchst unterhaltsam.

Da der König nun wieder zu Hause war, wurde auch freitags wieder zum Maskenball im Bollhuset geblasen. Sechs Taler für Tanz und unanständiges Vergnügen gestattete mir meine magere Brieftasche nicht, aber Johan war eines Abends hingegangen. Er hatte schwarze Ziegenlederhosen getragen, weiße Strümpfe und eine Livree mit Spitzenstrumpfbändern, dazu eine rote Maske. Baron Ehrensvärd hatte 150 Eintrittsbillets verschenkt, um Leute hereinzulocken; in der nachlassenden Konjunktur konnten sich immer weniger Bürger das Vergnügen leisten.

Ich arbeitete schon den vierten Tag an der Epistel über Mollberg und die Schlägerei im Kruge Rostock. Um drei Uhr in der Nacht kam Johan zurück. Er brachte eine Straßendirne mit, schloß die Tür ab, verriegelte sie von innen, blies kräftig in die Glut, fiel um und kicherte. Dann war ein leiser, munterer Kampf zu vernehmen, und schließlich hob die Dirne bittend die Stimme und sagte:

»Bitte, lieber Herr, erlauben Sie mir, ihn zu sehen! Sie können es mir doch nicht verweigern, ihn sehen zu dürfen!«

Johan weigerte sich lachend, aber ich hörte, wie das Mädchen sich zur Tür vorkämpfte, dann stieß sie die Tür auf, und da stand sie nun, keuchend vor Erregung, in ein leichtes Negligé gekleidet, ohne Schnürleib, ohne Bänder – die hielt Johan in der Hand, als er sich dazwischen drängte und mit dem Brustkorb auf mich deutete und sagte, das sei also sein Bruder Mickel. Das hier sei der »Hofpoet« Bellman, der mit der Kirche im Streit liege. Die Dirne war ein gut gebautes, frisches Mädchen vom Lande. Sie sah bestürzt auf mich, als ob ich eine Quelle des Schreckens, aber gleichzeitig auch des Entzückens sei. Dann flüsterte sie in Johans Ohr:

»Raucht er immer so?«

»Ja, immer.«

»Und an dem Tisch da sitzt er immer und schreibt?«

»Jaja, Tag und Nacht!«

Während das Mädchen mich begaffte, steckte Johan seine Hand unter ihre Wäsche, sie wurden beide von ihrer eigenen Fröhlichkeit hingerissen, blieben einen Augenblick im Türrahmen hängen und lachten ein Lachen, das schon der Ekstase ähnlich war, dann taumelten sie rückwärts hinaus und purzelten auf das Klappbett.

Kurz nach diesem Ereignis, während der Gänseschlachtzeit, am 4. November, kam ein Hofadjutant mit einer Botschaft.

Gustaf III. hatte bei der Berichterstattung der Ratskammer die Warnung des Justizkanzlers zur Kenntnis genommen. Fast jeden Morgen um zehn Uhr wurde beim König ein *lever* abgehalten. Der

Adjutant, mit großen Manschetten und Halskrause ausstaffiert, der sich an meiner Tür meldete, überreichte mir ein Billet und teilte mir mit, daß ich zu einem solchen *lever* befohlen sei. Auf meine Frage, was das sei, erhielt ich die Antwort: »Ein Empfang während der morgendlichen Ankleidung des Königs«, von Seiner Majestät selbst nach Versailler Muster eingeführt. Gustafs Haltung in der Frage der Religionsschmähung beunruhigte mich. Ich bereitete gerade wieder ein Gesuch zur Druckerlaubnis für meine Episteln vor und brauchte daher seine aktive Unterstützung. Der Reichsrat Falkenberg, der im Konsistorium saß und mit der Sache der Schmähung zu tun hatte, saß ja auch im Kanzleikollegium, wo die Genehmigung zur Herausgabe der Episteln zu prüfen war. Wurde ich in der einen Angelegenheit bestraft, konnte ich die Hoffnung aufgeben, in der anderen zu Erfolg zu kommen.

Ich war ja von Natur aus empfindsam, gutherzig und freigebig, und ich liebte kleine Kinder, das konnte der Hofadjutant mit eigenen Augen sehen. In meiner Kammer waren die Kleinen des ganzen Häuserblocks versammelt. Einige unterhielten sich mit dem Cithrinchen. Andere spielten mit mir und kletterten, von meiner Gutmütigkeit ermuntert, auf meinem Rücken herum.

Wie anders spielte doch der König mit den Generälen und Offizieren, mit den Würdenträgern und mit den Adligen, die sich zum *lever* in seinem Paradeschlafzimmer einfanden. Frisiert, nur die untere Körperhälfte bekleidet, empfing er seine Gäste, so daß sie von der Türe aus erleben konnten, wie das Hemd ihm von vier Pagen so kunstvoll übergestreift wurde, daß es die Frisur nicht einmal berührte. Bei unserem *entré* standen die hohen Herren schon im Halbkreis um das Bett mit dem roten Seidendamast. Wir übrigen schlossen nun den Ring, viele warteten unruhig auf einen Blick oder ein Wort des Monarchen. Wir sahen, wie der Leibpage die Waschschüssel reichte, wie Gustaf vor einem gewaltigen Spiegel die Weste angelegt bekam, dann die Spitzen, den Rock, den Degen, die Juwelen und die Orden. Als ihm die Handschuhe übergestreift wurden, durfte der Hofstaat die Fingerspitzen des Königs küssen, danach schritt er den Kreis ein erstes Mal ab und schien zu überlegen, wie viele Worte er jedem einzelnen gönnen könne. Er kam mir kleiner vor, als ich ihn Erinnerung hatte, und etwas schief; sein Gang wirkte tänzelnd und schlaksig. Bei der zweiten Runde erhielt der am wenigsten Begünstigte ein gnädiges, vogelhaftes Nicken mit der Hakennase. Sagte der König »Wie geht es Ihnen?« auf französisch, hatte man mehr Glück. Vermochte jemand so schlagfertig zu antworten, daß der König lachen mußte, war dies ein Gunstbeweis allerhöchsten Grades.

Nach einigen Herren des Landadels war die Reihe an mir.

Ich war ja kein Adliger.

Öffentlich mit mir zu sprechen, war unter seiner Würde. Gustaf verstellte sich, tat so, als kenne er mich nicht, und bat mich, meinen Namen zu wiederholen. Ich antwortete geistesgegenwärtig, daß ich seine Hilfe gegen die Kirche benötigte und daß ich ein Privilegium brauchte, meine Episteln zu veröffentlichen. Mein Wohlergehen, mein Leben stehe auf dem Spiel. Der König schaute hinauf zu der Balkendecke, unter der eine Portraitbüste Karls XI. angebracht war. Dann lachte er sein helles, kurzes Lachen. Er sagte, ich sei unfrisiert und sähe verschlafen und bleich aus; dabei versuchte er, das Schwedisch der Arbeiterklasse auf Södermalm nachzuahmen. Ich wiederum schlug im Gegenzug einen Näselton an, und mit flinker, flatternder Zunge antwortete ich im schnarrenden Hofschwedisch, daß ich ein poetischer Lazzarone sei, daß das schläfrige Aussehen der wehmütige Nachklang einer durchzechten Nacht sei und meine Blässe ein Dunst meines nordischen Seelenadels. An dieser Stelle rollte ich die linke Pupille zum rechten Auge hinüber, reinigte dann meine Zunge, indem ich sie mit einem langgezogenen Pfeifton, wie von einem Pumpenventil in der Kehle, auf und ab zog.

Die Herren in der Runde sperrten den Mund auf und wußten nicht, auf welchem Bein sie stehen sollten.

Der König lachte. Er lachte schallend. Nun wagten auch die Herren zu lachen, und das Lachen wollte nicht enden, während Gustaf die Hand um den Griff seines Degens schloß und mich aufforderte, zur Mittwochssoiree zu kommen und dort den Narren zu spielen. Bis dahin wolle er sehen, was er für mich tun könne, was die Kirche und die Episteln betreffe.

Solange die Mittwochssoireen stattfanden, die »kleine Akademie« genannt wurden, etwa ein Jahr lang, gehörte ich auch zu den Stammgästen des Weinhändlers Noër am Deutschen Brunnen. Dieser gastfreundliche Bürger war der größte Weinimporteur der Stadt, und er war auch ein großartiger Genießer und Gesellschaftsmensch. Das schlimme war, daß er regelmäßig zweimal wöchentlich ein köstliches Essen für seine Freunde gab, u.a. Schröderheim und Sergel, und daß diese Mahlzeiten oft genug das einzige waren, was ich zu essen bekam, so daß ich an den dazwischen liegenden Tagen herumging, ohne etwas in den Magen zu bekommen, während ich täglich soviel trinken konnte wie ich wollte, fast konnte ich das Hungergefühl damit betäuben. Zu trinken gab es im Überfluß.

Mir war bekannt, daß die Süße der südlichen Weine nützlich ist für Gichtkranke, die Säure der Rheinweine hingegen schädlich. Alles, was ich gegen meine Gichtschmerzen eingenommen hatte, wie Muskatnuß, Lorbeerblätter, eine Salbenkur mit Chinawurzel und anderes, taugte freilich nicht als Heilmittel gegen die Trunksucht. Niemand weiß ja zu sagen, wovon der Rausch eigentlich herrührt, ob von der narkotisierenden Wirkung des Schwefels, der Säure oder der Lauge. Was wir hingegen kennen, sind die Folgen. Und wie schlau ist nicht die Sünde, die zuerst das Glücksgefühl gibt und danach erst die Reue! Man stärkt sich mit einem randvoll eingeschenkten Schnaps und gießt noch einen hinterdrein. Der Körper wird in wunderbarster Weise gereinigt, die Seele erfrischt, die Essenslust geweckt, der Magen ins Gleichgewicht gebracht. Ah, der Spiritus! Er gibt Munterkeit, stärkt und nährt! Danach kommt das Blut in Wallung. Das ganze Hirnsystem wird ertränkt, und die Nerven baumeln wie losgelassene Zügel. Man taumelt, bekommt hohen Puls, ein rotes Gesicht, geschwollene Adern. Schwierigkeiten beim Sprechen stellen sich ein. Man uriniert und erbricht sich. Man wacht morgens auf, und der Kopf brummt wie ein übervoller Bienenkorb.

Bei Noër am Deutschen Brunnen war sogar die Luft von berauschenden Dünsten erfüllt. Ging ich auf sicheren Beinen in den Lagerkeller hinunter, wurde ich allein vom Geruch in diesen unterirdischen Gewölben überwältigt und fiel zu Boden, gleichsam von den Weintonnen geplättet. Heilmittel gegen die Trunksucht, die ich ausprobiert hatte, waren außer dem Morgenschnaps Senfkörner auf nüchternen Magen, abgebräunte Rinderlunge, Umschläge von Knoblauchgrütze auf den Hoden. Im Winter 1774 bekam ich in der Eulen-Apotheke einen ausgehöhlten, fingerlangen Holunderzweig. Ich trug ihn eine Woche, mit Pfeffer angefüllt, in der Urinröhre. Auf solche Weise sollte ich vom Trinken Abstand nehmen können, da es beim Urinieren weh tat.

Daß der Suff Veränderungen hervorrief, bemerkte ich anfangs nur am Morgen. Nach einem unruhigen Schlaf mit Höllenvisionen und Herzklopfen, das nur ein Liegen auf dem Rücken zuließ, blieb einige Minuten noch ein kurzes, schwaches Zittern in den Fingern. Nach weiteren Räuschen stellte sich ein länger andauerndes Zittern ein, das bis in die Handgelenke und die Arme ging. Die Zunge arbeitete mit verminderter Muskelkraft, bisweilen aber blieb sie seitlich liegen, wie bis zur Lähmung ermattet. Diese Symptome waren die Folge der Besuche bei Noër am Deutschen Brunnen.

In der Gemeinde Sta. Katarina war ich zu dieser Zeit als »Königl. Hofdichter Bellman« registriert. Man sollte meinen, daß ich mit diesem Rang für Anna Charlotta von Stapelmohr getaugt hätte und daß sie nun vor Brünstigkeit nach mir lechzen würde.

Überhaupt nicht.

Sie ließ sich von meinem guten Freund Schröderheim die Aufwartung machen und trat unter dem Tisch nach mir wie nach einem grunzenden Schwein.

Trotzdem feierte ich bei Noër größere Triumphe als an den

Mittwochabenden im Schloß. Ich übertreibe nicht, wenn ich sage, daß die Tischgäste ihre Säbel mitsamt Wehrgehängen auf den Boden donnerten, Hüte und Perücken in die Luft warfen, ja sich das Hemd vom Leibe rissen in wildem Entzücken über meine Auftritte. An mehreren Abenden war Anders Lissander dort und machte sich Aufzeichnungen. Ich spielte die neueste Epistel, *Betreffend den letzten Ball auf Grönlund* – das Horn imitierte ich mit dem Mund – und spielte auch viele andere Episteln, wobei mein Körper als Manual diente. Die Elegie *Am Grabe von Korporal Boman* rief eine Flut von Tränen hervor:

Nie eine Iris auf diesem fahlen Feld
jemals Blumen pflückte
zum Wohlduft für des Schäfers Zelt,
und nie ein Vogel am lichten Tagesrand
Baum und Strauch beglückte,
hierhergelockt vom Mälarstrand.
Niemals hörte man die Lerche singen
und der Turteltaube Qual bezwingen,
die so traut :||:
zwischen Todes Pfeilen ihr Nest gebaut.

Diese Gefilde, so traurig anzusehn!
Schwarze Kreuze, Gräber
verdunkeln Tempels Himmelshöhn.
Hier auf der Planke, dort auf dem Marmorstein
Schwerter, Brezeln, Räder
ziern unsrer Väter teur' Gebein.
Und die schüttren Bäume sich beeilen,
gelbe Blätter ringsum zu verteilen.
Jedes Blatt :||:
schirmt und schützt der Toten Ruhestatt.

Ich kann dem Lied nur mit Instrumenten Genüge tun. Also führte ich dem Publikum eine Akkordfigur vor, die ich lange in meiner

Kammer in der Urvädersgränd geübt hatte und die mich derart schnell durch mehrere Oktaven führte, daß die Zuschauer in ein erstauntes Raunen ausbrachen. Ich spielte Triller mit Nachschlag und mit völlig neuen Doppelgriffen, hieb mit der flachen Hand auf die Saiten, spielte auf einer Schachtel Hackbrett, trompetete mit geschlossenen Lippen durch den Nasengang wie durch einen Rüssel, sang in den Hals einer Flasche, hängte mir Schellen in die Haare, spannte mir schließlich eine Baßsaite über den Magen und verwandelte mich so in eine Laute, verwendete meinen Bauch als Ochsenblase, indem ich ihn anspannte, strich mit dem Sägeblatt einer Baumsäge darüber und brachte den Klang wirbelnder Trommeln zustande, einen Klang, der sich später als brauchbar erweisen sollte für die Schlachtmusik, die ich über das Heerlager auf dem Ladugårdsgärdet ins Werk setzte.

»Gib ihm Branntwein zu trinken, den ein Toter im Mund gehabt hat«, hörte ich Schröderheim eines Morgens früh zu Sergel sagen, als sie mich volltrunken nach einem Auftritt bei Noër in einem Wagen heimbrachten, »der Totentrunk läßt ihn für alle Zukunft die Lust am Alkohol verlieren.« Der Bildhauer Sergel lebte mit einem Staatsstipendium in Rom und war gerade zu Besuch in Stockholm. Als er mich sah, wie ich da ausgestreckt auf dem Karren lag, erinnerte ihn das an das Standbild von Gustaf Wasa, das kürzlich vor dem Riddarhuset aufgestellt worden war. Ich wurde also auf einem Karren nach Hause verfrachtet, bekam zwar nicht mehr alles mit, aber Sergel fand, so wie ich da unter der Decke lag, sah ich genau so leblos aus wie die Bronzestatue des Heldenkönigs, als diese in einem Bretterverschlag lag, mit Segeltuch zugedeckt, und so von der Gießerei Styckgjutaregården auf einem Wagen mit Eichenholzrollen die gleiche Straße entlanggerollt wurde wie heute ich. Es wäre auch eine Maschinerie erforderlich, um mich wohlbehalten auf die Füße zu stellen, glaubte er, ebenso sinnreich konstruiert wie die, mit der man Gustaf Wasa auf den Marmorsockel gehoben hatte.

Mein Gesuch um eine Druckerlaubnis, das ich vor einiger Zeit eingereicht hatte, war im tiefsten Sinne demütig, untertänig und in seiner Ehrerbietung gegenüber dem Kanzleikollegium untadelig gewesen.

Vom Kanzleikollegium hörte ich in diesem Winter nichts.

Wie, zum Teufel, sollte ich wohl meine Feder gebrauchen?

Sollte ich die Wörter aufs Papier schmeißen wie Angelwürmer ins Wasser, sie zusammenkrümeln, als ob ich sie aus der Nase gebohrt hätte, und das ganze Hirnknäuel in ein Kuvert stecken?

Bei Hofe hatte man sich überall vor der Sprache des Landes verneigt, hatte sie sanktioniert, unsere Sprache, die nun nicht mehr das Deutsche oder das Französische war, sondern das Schwedische! Nun, ich schrieb auf schwedisch. Opern wurden auf schwedisch gespielt. *Zaire* wurde im Reichssaal auf schwedisch aufgeführt. Also, wenn die schwedische Sprache fürs Theater taugte, so sollte sie auch für ein schriftliches Gesuch taugen. Nur zwei Personen hatten sich beklagt: unsere deutsche Königinwitwe, die kein Wort Schwedisch verstand, und die Reichsrätin Fersen, die sich nicht damit abfinden konnte, daß das schwedische Wort für Liebling in Gebrauch kam: älskling. In ihrer Muttersprache hieß es wohl *amant*. Älskling fand sie *ridicule*. Man verstand sie also, die schwedische Sprache. Man verstand sie ebenso gut, wie man den König verstand, den ungerecht generösen Gustaf, wenn er Geschenke machte, etwa einen Brillantring an den Amtmann Sotberg (wer zum Teufel das auch sein mochte) für dessen Übersetzung besagter Oper. Sämtliche vornehmen Schauspieler und Sänger hatten übrigens goldene Dosen und goldene Uhren aus der Hand des Königs erhalten und ganze Bündel Geldscheine sowie aberwitzig großzügige jährliche Pensionen auf Lebenszeit.

Und ich? Was war mit meinem Gesuch?

Schweigen.

Aus Norrköping kam ein Offizier in den Krug Rostock und erzählte mir, daß der Name »Ulla Winblad« dort inzwischen ein Spitzname für Flittchen geworden sei. Von Bellman besungen zu werden, konnte also ein dorniges Vergnügen werden. Schon wenige Monate, nachdem sie mit Erik Nordström dessen neue Zollvisiteur-Wohnung bezogen hatte, konnte man auch in Gerichtsprotokollen einiges über Frau Kiellströms Lebenswandel lesen. Als sie vom Schwertfeger Jäderholm mit ihrem Epistelnamen angeredet wurde, hatte sie das als »eine Kränkung« empfunden und ihn an den Haaren gezogen, ihm ins Gesicht geschlagen, hatte ihn getreten, so fest sie konnte, »bis er aus zahlreichen Wunden blutete«, wie aus einem Attest des Stadtchirurgen Leonard Lust hervorging.

Der Berichterstatter aus Norrköping zeigte mir auch die Abschrift einer Bekanntmachung, die er – und hier ist man fassungslos – angenagelt am Schandpfahl der Stadt gefunden hatte:

Herren und Kavaliere, die Plaisir mit Frauenzimmern haben wollen, können hier bei mir einen billigen Preis bekommen, und ich versichere Ihnen, daß Sie naturgemäß in höchstem Grade zufrieden sein werden, was von mir, Ulla Winblad, bezeugt wird.

Norrköping, den 21. Februar Anno 1774.

Ich bin wohnhaft im Pro Patria.

Eh' ich es vergesse – Madame Augusti, die im Prolog zu *Orpheus und Euridice* die Rolle des Apoll spielte, erhielt nach dem Konzert im Riddarhuset 9000 Taler aus des Königs gnädiger Hand. Jaja. Nun höre man aber folgendes: Am Tag davor, einem Samstag, befand ich mich auf dem See Värtan, in der Nähe des Freihofs von Djursholm. Viele Zuschauer hatten sich auf dem Eis versammelt, um mitzuerleben, wie Stefan Hammars neu erfundene Taucherausrüstung vorgeführt wurde. Es war zwischen 1 und 2 Uhr nachmittags, als Seine Königliche Majestät geruhte, mit großem *Schiet*, pardon, mit großer *Suite* auf Rennschlitten dort zu erscheinen. Es war Genehmigung erteilt worden, Eigentum der Krone in Gestalt versunkener Schiffsladungen aus dem See heraufzuholen. Der Vormann der Compagnie, Jonas Dahlberg, wurde also auf den Seegrund hinabgelassen, dort ging er ungefähr 24 Faden vorwärts und wieder zurück, in mäßiger Tiefe, so daß die Zuschauer ihn im Auge behalten konnten. Da geschieht es: Besagter Dahlberg beginnt auf dem Boden des Sees mein Lied *Gustafs Wohl* zu singen, und zwar alle Strophen! Ich dränge mich näher heran. Unglaublich! Der König horcht lächelnd in das Hörrohr hinein und äußert sodann in allergnädigsten Worten sein Wohlgefallen. Nach der ersten Strophe wollte auch die Prinzessin zuhören, worauf dafür gesorgt wurde, daß alle Zuschauer, gleich ob höheren oder niederen Standes, das Lied hören konnten:

»Der Taucher singt Bellman! Auf dem Seegrund!«

Muß ich noch sagen, daß das Konzert in den Algen mir kein Gold einbrachte? Auch von den Herren des Konsistoriums keine Antwort. Was war der Grund ihres Zögerns? Mußte der Brief nach Paris geschickt werden, damit Voltaire ihn prüfte? Warteten sie auf ein neugefaßtes Gesetz über die Pressefreiheit, das meine Lieder tolerieren würde?

Nach weiteren Verzögerungen schrieb ich im Mai eine dritte Bittschrift, diesmal direkt an den König, und reiste ihm bis zum Schloß Svartsjö nach, wo ich mein Gesuch vor dem Thron Seiner Majestät mündlich vortrug. Monate vergingen, und im späten Herbst hörte ich, daß die Druckerlaubnis gegen eine Siegelgebühr von 20 Silbertalern erteilt war. Das Schreiben war am 17. November ausgefertigt, am 18. an den Sekretär Wilde weitergeleitet worden, doch dann verlor sich seine Spur. Schlimmer noch: Ich gab endgültig die Hoffnung auf, die Episteln gedruckt zu sehen. Ich verstummte als Dichter und schrieb lange Jahre nur noch Belangloses.

ANDERE, WICHTIGE DINGE begaben sich in der Hauptstadt, und die historische Genauigkeit gebietet, darüber zu berichten.

Während die Sache mit der Druckerlaubnis sich hinschleppte – man konnte sich vorstellen, daß die Angelegenheit ganz im stillen die lange Reihe der Kanzleiräte durchlief (darunter Rabbe und Rosenadler, mit denen mein seliger Vater Umgang pflegte und die bei uns Gastfreiheit genossen hatten) –, während meine

Angelegenheit also auf die lange Bank geschoben wurde und dort liegen blieb als dünner, allmählich verstaubender Bogen irgendwo in turmhohen Stapeln von Rats- und Kabinettsprotokollen, wurde die Verlobte von Herzog Karl, die 15jährige Prinzessin Hedwig Charlotta, mit festlichem Prunk an der Bootstreppe vor dem Logården, dem Vorhof des Schlosses, empfangen, wo sie aus der prächtigen Königsschaluppe »Wasaorden« stieg und den festen Boden der Hauptstadt betrat.

Kurz nach diesem Ereignis feierte Rittmeister von Schnell auf seinem Gut Årsta das alljährliche Erntedankfest. Ein Tisch war auf »Nabots Wiese« hinausgetragen worden, und zwischen den Schnäpsen unterhielt man sich eifrig über Karls Verlobte, die dessen Cousine war; währenddessen registrierte ich, daß ich ernsthaft erkrankt war. Ja, ich war krank. Es war mir in diesem Moment noch nicht voll bewußt, aber als ob ein kalter, unangenehmer Zug aus dem Keller in die Laube eingedrungen wäre und mich berührt hätte, stieg ein Husten in mir auf, und ich sah an meiner Hand, daß ich Blut ausgestoßen hatte. Es war nicht viel Blut, nur wie eine Himbeere. Ich ahnte, daß der Katarrh mit hohem nächtlichem Fieber, den ich mit mir herumgeschleppt hatte, in Lungenschwindsucht übergegangen war. So war das also. Man sprach über die Prinzessin. Schnells bereits betrunkene Knechte versuchten zum zweiten Mal ächzend das gebratene Schwein auf den Tisch zu heben. Ich war gezwungen, sehr diskret zu husten, und sah in meine Hand. Nicht viel, wie gesagt, und nachdem ich mit einem prächtigen Schluck meine Miene geglättet hatte, war meine aufkommende Unruhe verflogen, nachgerade fortgespült. Es ging mir hervorragend. Ich schnappte mir die Magd, die das Bier brachte, faßte sie um die Taille und bat sie, mich anzusehen. War ich nicht ein blühender Mann von unvergänglicher Jugend? »Aber ja!« lachte sie, und ich steckte die Daumen in die Westentaschen und strahlte in die Sonne hinein. Herrlich! Bier hatte man gebraut von einer ganzen Tonne Malz! Und nun kam das Schwein auf den Tisch, gefolgt von einem Schaf und einem Kalb. Wenn man laut hergebrachter Gesundheitsempfehlung zu einem Hecht fünf Schnäpse nehmen soll, wie viele sind dann wohl angebracht zu *drei* gebratenen Kreaturen?

»Skål, zum Teufel! Skål!«

Rittmeister von Schnell trug die Paradeuniform der Zobeltitz-Husaren, mit Schnüren und Pike. Er zog seinen krummen Säbel und brüllte sein »Skål!«, als wolle er sich hier auf der Festwiese direkt ins Feuer der Schlacht stürzen. Man feierte heute Herzog Fredrik Adolfs Namenstag. Das Essen war mit einer Chaise herausgebracht worden. Rund 30 Gäste waren gekommen, unter ihnen neun Gardemusikanten, einer mit Harfe. Etwa ebenso viele Landarbeiter, Mägde und Dienstboten standen bereit. Später kamen an den Misthaufen vorbei noch zehn Herren von den Gutshöfen Grönbrink und Fågelsången, vom Hornstull her fünf Frauenzimmer mit eigenen Bediensteten und einem Auerhahn im Bauer als Festgeschenk. Das eine Frauenzimmer war die Witwe Solveig Drufva, sie trug einen schwarzen, mit Fischbein gesteiften Hut mit blauen Strohperlen unter einem roten Sonnenschirm. Während die Erntehelfer Garben zu Puppen banden, schlugen die Gäste Sülze und Braten und Schinkenspeck in sich hinein, spülten den Mund mit Arrak und Rotwein aus Kannen, tranken des Rittmeisters schwarz gebrannten Branntwein und Schwachbier sowie Quellwasser und Zitronensaft. Einige Gäste hörten zeitweilig auf zu lärmen und hörten zu, als ich *Bacchus setzte sich auf sein Faß* spielte, nämlich Faktorist Bille, Justitiar Brygger, Kammerjunker Nordenstolpe, Bäcker Röhl, Baron Knut Sparre und einige andere, jedoch nicht Kapitän von Torcken, der bei der ersten Strophe über einen Heurechen stolperte, sich bei der zweiten auf alle viere stellte und bei der dritten die Schweinesülze von sich gab.

Die übrigen Gäste sprachen von nichts anderem als von der Prinzessin und der Hochzeit mit ihrem Cousin Karl, die inzwischen mit größtem Pomp glücklich überstanden war, auch vom Einzug zu Schiff bei herrlichstem Wetter; unendlich schön war das anzusehen gewesen. In Wismar war sie von einem schwedischen Flottengeschwader abgeholt worden, war an der Schanze von Dalarö vor Anker gegangen und hatte sich von dort zum Kargadeur Petersen auf Erstavik begeben; ich war selbst anwesend und schrieb Verse für die Zeitung, als die Prinzessin ein paar Tage später, umgeben von ihrer Leibwache, im großen Burgmannian auf Nyckelvik, dem Hof des Ratsherrn Dreijer, ankam und mit dem König zusammentraf.

Nun hob der Bankvorsteher Krok die Silberterrine mit dem geschwungenen Fuß vom Tisch und demonstrierte, wie af Chapmans Königsschaluppe Wasaorden unter großer Begeisterung die Segel gehißt und die Prinzessin über den Saltsjön zum Skeppsbron gebracht hatte, wo Massen von Stockholmern warteten. Er schob das Tischtuch zu Wellen zusammen und ließ an einer Stelle aus Streulöffeln einen förmlichen Platzregen niederprasseln, womit er zeigte, wie die große, vergoldete, mit Spiegelglas verzierte Schaluppe die Sonnenstrahlen widerspiegelte.

Diese Nummer gefiel den Gästen ungemein. Faktorist Bille erinnerte sich an die vergoldete Königskrone oben auf der Schaluppe, ein ansehnliches Ding, dem er seinen Platz zuwies, indem er Dillfleisch auf seinen Suppenteller häufte und darauf den aus Silberdraht geflochtenen Kuchenkorb setzte. Nun kamen die Schiffe des Gefolges, unter Lachen und Hochrufen. 32 Schaluppen trugen das Orchester, und einige hundert kleine Schiffe aller Art waren um die Schaluppenflotte versammelt. Hurra – alle Teufel! Korkenzieher, Messer, Glasschälchen, Kupferflaschen, Schüsseln wurden auf der Tischplatte zu Wasser gelassen als Barken, Schnauschiffe und Barkassen. Dann wurde salutiert. Die Kauffahrteischiffe auf beiden Seiten hatten Salutschüsse abgefeuert und Fensterscheiben klirren und Wirtshausschilder klappern lassen, und die Zuschauermenge war im Pulverrauch in Freudenrufe ausgebrochen, als die Prinzessin endlich ihren Fuß auf schwedischen Boden setzte und sich unter den Prachtbaldachin begab, der so hoch wie ein Saal auf dem Logården aufgebaut war. Also ertönten auch bei Tisch laute Hochrufe auf Hedwig Charlotta. Die Regimentsmusikanten, die dunkelblau und weiß uniformiert waren, mit roten Kanten und gelben Revers, bliesen in ihre Blechinstrumente, und angeführt vom Rittmeister, der auf dem Weg hinaus braune Soße über das Stück Skeppsbron auf dem Tisch schüttete, mit den Worten: »– und das hier ist die Scheiße, die durch die Gassen fließt«, gingen die Erntehelfer hinunter zur Wiese, wo 16 Kanonenschüsse abgefeuert wurden.

Hurra, zur Hölle, hurra!

Dann lachte man über mich. Ich hatte Bratenfett auf der Brust. Und ich beschmierte sie mit noch mehr Fett, als ich genußvoll die Zähne in ein Lendensteak grub, bis es nachgab. Der Mund war noch voll mit Bratensaft, als mich kurz danach von Schnell am Nacken faßte. Er kniff mich gern in den Nacken, denn meiner war so knochig, während seiner einen Wulst hatte. Er knetete darauf herum und sagte, ich brauchte mich über meinen Bruder Johan nicht zu beunruhigen. Dieser bereitete sich nämlich auf eine neuerliche Reise nach China vor. Vor längerer Zeit, im Frühling, als ich krank und bettlägrig gewesen war, hatte ich, mit dem Tintenfaß auf einem Schemel, ein Bittgesuch an den Freiherrn Ehrensvärd verfaßt, und es war mir gelungen, Johan eine Assistentenstelle bei der Ostindischen Kompanie zu besorgen. Doch fehlte das Geld für die Reise. Um meinem Bruder zu helfen, hatte ich mich an von Schnell gewandt. Nun sagte er, mit einem kameradschaftlichen Zangengriff um meine Halswirbelsäule:

»Komm wieder in einer Woche ungefähr. Bring Bürgen mit, Amtmann Arrhén und noch einen, Kjellman vielleicht, den Hofgerichtsnotarius.«

Der Griff schmerzte, und ich preßte mit hochgezogenen Schultern hervor:

»Mein Bruder braucht 5000 Taler …«

»Er bekommt drei«, antwortete von Schnell, warf seinen Kopf in den Nacken, öffnete seinen Rachen, zündete und feuerte ein derart krachendes Lachen ab, daß Pulverrauch aufstieg. Dann knallte er einen Schuldschein auf den Tisch, und ich las:

»*Hm hm hm … dem Inhaber dieses Schuldscheins zahlt der Unterzeichnete eine Summe von 3000 Kupfertalern mit 6 Prozent Jahreszins, zurückzuerstatten innerhalb von 3 Jahren a dato.*

Für obige Summe gehen die Unterzeichneten in unbeschränkte

Bürgschaft, einer für beide und alle für einen, wie für eigene Schuld. Ut supra … hm hm …«

»Ausgezeichnet! Ganz ausgezeichnet, Rittmeister!«

Der Rittmeister zeigte über die Wiese hinüber zum Speichergebäude: »Willst du nicht Bauernpolska tanzen, Bruder Bellman? Ich habe Mägde da drüben, denen ich beigebracht habe, Rollhops im Heu zu tanzen, gesunde Mädchen, frisch und rosig, na? Denkbar süßester Weiberschmaus!«

DES RITTMEISTERS LEUTE SOFFEN VIEL und waren hungrig. Als Kanonenschüsse und ein Feuerwerk auf dem Hügel mit den zwölf wehenden Fahnen die Gäste von den Tischen fortgelockt hatten, konnten sie sich endlich an den Resten des herrschaftlichen Essens gütlich tun.

Die Dämmerung brach herein.

Ich watete durch ein Dickicht von Wiesenkerbel. Ich fiel, kam wieder auf die Beine und ging durch den wilden Senf, der in voller Blüte stand, hinüber zu meinem ehemaligen Zuhause, dem nördlichen Flügel des Hofes Årsta. Ich legte mich flach auf mein altes Bett, erhob mich dann wieder mit einem Ruck, als mir einfiel, daß ich mich nicht erinnern konnte, wie ich die Treppe heraufgekommen war. Trunken vom Getreidenektar blieb ich vor dem Spiegel stehen, drückte die Stirn an das Glas.

Das da war ich also.

Mein äußerer Gesamteindruck war großartig – wahr und treffend. Aber wie sah es in meinem Inneren aus? Es war völlig still im Zimmer. Nur ein leises Rasseln in der Lunge war zu hören. Ich faßte mich und atmete tief ein. Dann begann dieser Reiz im Hals. Ich hustete ängstlich, und heraus kam ein klarer Schleim. Es folgte ein trockener Reizhusten, den ich durch Schlucken zurückhielt. Aber da stellte sich ein Krampf ein, in den Lungen baute sich ein Druck auf. Als er sich mit einem heftigen Knall in der Kehle löste, spritzte Blut über den Spiegel, schwarzes Blut, und ich fiel auf die Knie, grub die Finger durch die Schminke in die Wangen, grub sie in die Augenhöhlen, schluchzte und heulte und taumelte an der Bretterwand in meinem alten Zimmer entlang, irrte herum, als hätte ich mich in eine Gruft hinein verirrt und suchte nun, wie in einem Labyrinth, verzweifelt den Ausgang.

Auf wilden Höhen

1775–1778

Die Schwindsucht ereilte mich in einem Alter, in dem das Leben den Menschen noch berauschen kann, selbst wenn er vom Tode angenagt ist. Doch jedes Lebensschicksal ist letzten Endes die Geschichte einer Hoffnung: im Innersten seiner Seele hofft man auf ein Wunder, bis zum letzten Atemzug, entgegen aller Vernunft, entgegen der Gewißheit, daß es niemals geschehen wird.

Nun war ich eine Zeitlang gesund, aber als ich eines Tages munter durch das Herbstlaub watend zur Paßbehörde ging, um dem Sekretär Rodsgaard ein Schreiben zu zeigen, das die Auslandsreise meines Bruders betraf, hatte ich plötzlich, ohne die mindeste Vorwarnung, den Mund voller Blut. Ich erschrak und war bedrückt, ging langsamer, stand eine Weile an ein Pferd gelehnt, tat so, als wolle ich meinen Ärmel an seinem Fell trocknen, und ging dann sehr langsam die Treppe zur Expedition hinauf. Rodsgaard fragte mich, ob Bruder Johan Schulden habe. Ich sprach so wenig wie möglich und ging dann nach Hause, zündete meine Pfeife an, blieb aber still in meiner Kammer sitzen, ohne zu rauchen. Da ich nichts weiter verspürte und mich nicht schlecht fühlte, fiel mir der nächste Tag zu wie alle anderen, und ich lebte weiter und glaubte an das Wunder.

Am Tage von Christi Verklärung, also schon Anfang August dieses Jahres 1774, hatte Johan, nachdem wir das Abendmahl genommen hatten, sich zu Pferde nach Göteborg begeben, wo die Ostindienfahrer lagen und die Vorbereitungen für die Abreise getroffen wurden. Im Dezember erhielt ich dann einen Brief von ihm. Johan schrieb, daß er als außerordentlicher Assistent auf dem Schiff *Stockholms Slott* angeheuert habe, daß er noch immer auf den Paß warte, der bald kommen müsse, da das Schiff nicht gern eine Rinne durch das Eis in die Nordsee hinaus sägen wollte, falls der Winter einbrach und das Eis dick würde. Sehr bald, glaubte Johan, würden die Wimpel auf den Masten gehißt, die Kanonen würden zum Abschiedssalut donnern, und man würde die Anker hissen und Schottland umsegeln, wo die Winde fürchterlich sein konnten.

Düster und trist erschien mir das Dasein in meiner Kammer, seit ich Johans Brief erhalten hatte: der Bretterboden mit seinem Straßenschmutz, die Ausdünstung der nassen Schafwollperücke, der Geruch der schimmeligen Strohmatratze, des schmutzigen Bettzeugs, der Reste ausgenommener Hechte im Hof, des verrottenden Strohs unter dem Stalldach, alles atmete Tristesse.

Schröderheim war in Gesellschaft des Dichters Tilas eines Abends zu Anders Lissander gekommen und hatte mich dort auftreten sehen. Er hatte einen derartigen Lachanfall bekommen, daß er sich am Kachelofen festhalten mußte, weil die Beine unter dem bebenden rundlichen Körper zu wackeln anfingen. Dieser Schröderheim hatte Gustafs Gunst gewonnen. Er saß nicht wie ich in einem übel riechenden Quartier und löffelte Läuse aus der Bohnensuppe heraus. In kürzester Zeit war er vom Kanzlisten zum Protokollsekretär im Königlichen Rat befördert worden und sollte nun die Stelle als erster Sekretär bei der Zivilabteilung des Innenministeriums antreten. Daß er der Sohn des Bischofs von Karlstad war, hatte damit nichts zu tun gehabt, sondern der Erfolg hing mit der Zuneigung zusammen, die der König zu ihm gefaßt hatte. Er hatte es nicht dadurch so weit gebracht, daß er so gebildet war, sondern durch seine geistreiche Lebhaftigkeit, sein freundliches, angenehmes Wesen. Diese geistreiche Art war seine Kunst, er konnte mit seinem Witz jeden, den er zum Lachen brachte, glauben machen, daß er etwas Besonderes begriffen hatte, was nur Künstler begreifen konnten.

Er war nun der »Unterhaltungsminister« des Königs geworden,

besaß seinen eigenen Wagen, einen *Phaëton en promenant*, und gab bei den Vergnügungen des Hofes den Ton an.

Und reich war er.

Hatte die Gräfin Fersen nach Prinz Karls Hochzeit 6000 Taler Unkostenerstattung für ihre Heimreise erhalten, so hatte Schröderheim 11000 Taler erhalten für die Unannehmlichkeit, bleiben zu müssen. Er hatte mir Charlotta von Stapelmohr auf eine so raffinierte Weise weggenommen, daß er mein vertrautester Freund geworden war. Wir hatten sogar bei diversen Kneipengelagen gemeinsam unter dem Tisch kampiert. Oft hatte er mir Geld zugesteckt, aber schließlich war er es müde geworden und hatte gesagt:

»Bau dich vor dem König auf, Mensch! Schwänzele, buckle, grinse!«

»Das habe ich ja getan!«

»Ja, aber nicht hemmungslos. Nimm mit, was du hast. Bring ihm deine Wörter! Er liebt Wörter wie ›großmächtigster‹, ›allergnädigster‹ und ›allergeneigtester‹. Nur keinen Firlefanz wie ›hochwohlgeboren‹, das ist etwas für den Landadel, sondern ›allerhuldvollster‹ und ›höchst geneigter‹ und ›allerhöchster‹. Spring in Taschenspielerverkleidung vor ihm herum. Katzbuckle vor ihm. Bete ihn an. Das lohnt sich. Schreibe etwas über ihn und sieh zu, daß es verbreitet wird; sprich über ihn, als wäre er die höchste Macht auf dieser Welt.«

»Ist das nicht übertrieben?«

»Für Gustaf gibt es keine Übertreibungen. Andere sehen in Übertreibungen vielleicht Schauspielereien von schafsmäßiger Einfalt, er sieht darin echte, berechtigte Huldigungen. Sage über Gustaf, daß das ganze Volk in ihm die bemerkenswerteste Herrschergestalt der Weltgeschichte sieht. In niemandem sind kluge Berechnung, Schnelligkeit und Handlungskraft sowie die unbeugsame Ruhe und größte Selbstbeherrschung eine so glückliche Vereinigung eingegangen – sag es, schreib es, und er wird dich in Purpur kleiden, wird dir eine brillantenbesetzte Dose schenken und ein Wirtshaus auf Hessingen als Eigentum auf Lebenszeit.«

Ich wurde kurz nach diesem Gespräch krank und sah in meiner Fieberglut, wie der König in meine Dachkammer trat und einen Mineralienschrein hereintragen ließ, hinter dessen Glastüren er meine geschliffenen Episteln wie die wertvollsten Steine verwahren ließ. Allein der Schrein kostete 30 000 Taler. Ich sah ihn mir gut an. Der ihn gemacht hatte, war wahrhaftig ein großer Meister. Der Schrein überglänzte an Schönheit allen anderen Nippes, den der König hereintragen ließ, wie die epistelspielende Kunstuhr, die zwei großen Spiegel, den Kronleuchter, der aus dem Sitzungssaal des Schlosses stammte – allein diese Herrlichkeit hatte 10 000 Taler gekostet. In meinem Fieber sah ich dann, wie ich von der Bettkante zum Tisch ging, eine Feder und einen Bogen Papier nahm und Wörter formte, merkwürdige, mit Galaperücken bekleidete Wörter, die als Deputierte den Slottsbacken hinaufgingen, um dem König ihren Dank abzustatten. Aus meiner Feder flossen ganze Regimenter von Wörtern, die beim Klang von Feldmusik auf dem Schloßhof aufmarschierten, dann Aufstellung nahmen und mit den Fahnen salutierten, während andere aus Kanonen, die am Arsenal aufgepflanzt waren, Salven abfeuerten und den König mit besonders schönen Wortkugeln wie »Gunstgeneigtester« beschossen.

Als ich aus dem Fieber erwachte, saß der Maler Per Hilleström auf dem blauen Stuhl an meinem Dachfenster. Es war geöffnet und mit einem Haken arretiert, denn es war Frühling, und der Hänfling des Nachbarn sang in seinem Käfig. Hilleström hatte ein Paket chinesischen Zunder dabei und erzählte, daß er auf dem Weg zu mir herauf einem Subskribenten von *Fredmans Episteln* begegnet sei. Der habe wütend an die Tür gehämmert und sich laut darüber beschwert, daß er das Buch beim Buchhändler Holmberg bezahlt habe und nun seit einem Jahr vergeblich auf die versprochene Gedichtsammlung warte.

Ich erzählte Hilleström, wie es sich mit dem Gesuch um die Druckerlaubnis verhielt.

Hilleström verlor sich bald in Erinnerungen an seine Zeit in Paris, wie er bei Boucher Unterricht genommen hatte und schließlich über die Niederlande heimgereist war. Jetzt wohnte er am Adolf Fredriks Torg und entwarf Tapeten und Stuhlüberzüge für den Hof und einen Teppich für den Thron im Reichssaal. Er hatte gehört, daß ich sehr schwach bei Kasse sei und daß ich nach der Gunst des Königs strebte. In diesem Punkt waren wir Berufsgenossen! Schröderheims Mahnung fiel mir ein. Hatte ich etwas versäumt? Nein, denn während ich bettlägerig gewesen war, hatte Gustaf längere Zeit bei einem Heerlager in Skåne geweilt, und zudem nach seiner Rückkehr und einer Menge kostspieliger Lustbarkeiten an einer Kolik gelitten, die so teuflisch war, daß die Ärzte ihm täglich zehn Spülungen und zwei Bäder ordinieren und ihn außerdem zur Ader lassen und ständig frottieren mußten. Sein Körper war an einigen Stellen regelrecht dünnhäutig geworden von all dem Frottieren, und noch immer war er nicht genesen. Er war so gepeinigt worden, daß das Bett entzweigegangen war.

»Gott gebe unserem König die Gesundheit zurück«, sagte Hilleström und sah durch die Fensterluke auf den Hof hinunter, auf die Schweine und die Hühner, dann wandte er sich wieder um zu meinem Bett und sagte zu mir: »Bruder Bellman, du mußt also mit deinen Schmeicheleien warten, bis es ordentlich bei ihm gekracht hat. Ein verstopfter König ist der geizigste Teufelsbraten, den man sich vorstellen kann.«

Ich besuchte Hilleström nun oft in seinem Atelier am Adolf Fredriks Torg.

»Morgen bin ich tot – hol mich der Teufel.« Das, behauptete Hilleström, war das erste, was er mich hatte stöhnen hören, nachdem er sich nach all den Jahren im Ausland auf den blauen Hocker in meiner Kammer gesetzt und mich gefragt hatte, wie es mir ginge. Selbst erinnerte ich mich nicht im geringsten, aber ich hörte es oft erzählen, wenn ich Gast war in Pehr Suthers neu erbautem Privatpalast, wo Hilleström wie ein Kind des Hauses war. Suther war auch der neue Besitzer des Großen Daurerschen Hauses. Er war Königlicher Hofgraveur, Lieferant des russischen Hofes, und er war in die Malerakademie gewählt worden. Unter dem Maulbeerbaum in Großmutter Daurers altem Garten stand nun eine Bronzestatue von Adrien de Vries – eine Kriegsbeute von der Erstürmung Prags im Jahre 1648. Durch die lange Fensterreihe des steinernen Gebäudes zur Straßenseite hin konnte man im Dunkeln Gemälde von Teniers, Ruisdael und Brueghel erahnen. Man sah durch die Glasscheibe einen alten Mann, von Rembrandt auf Holz gemalt. Suthers Gemäldesammlung zählte über 300 Bilder und füllte auch die Wände meines Geburtshauses. Er war der Grandseigneur der Kunst in Stockholm, hatte immer einen Taler übrig, und in Hilleströms Atelier an der Ecke zur Hornsgatan fand ich die Ruhe, Briefe zu schreiben, hatte jederzeit Papier und Tinte zur Verfügung und freien Zutritt zur Speisekammer. Dafür mußte ich nicht mehr tun, als die Beine zu heben, wenn die Dienstmagd den Boden scheuerte, und ihr ein Küßchen zu geben, wenn sie dem »Poeten« eine Pfeife Tabak reichte.

Blutmangel und Nahrungsmangel hatten meine Kräfte so geschwächt, daß meine Wangen, wenn ich tief atmete, zusammenfielen und die Kieferknochen und die Zahnreihen derart exakt abbildeten, daß selbst die Lücken, die zwei ausgefallene Backenzähne hinterlassen hatten, von außen zu sehen waren. Ich konnte in diesem Frühjahr 1775 meinen Pulsschlag vernehmen und meine Schlagadern hören, und ich saß oft stundenlang auf einer Wirtshausbank, vornübergebeugt und so versunken, als kniete ich betend in einer Kirchenbank und riefe die Jungfrau Maria an.

Bei Hilleström kehrten meine Kräfte zurück. Umgeben von der ruhigen Geschäftigkeit strümpfestopfender Mägde, dem Geräusch der Wäschemangel und dem heiseren Gackern verschnupfter Hühner, die auf dem Boden in der Streu herumpickten, begann ich meinen langen Versbrief anläßlich von Gustafs Eriksgata – seinem ersten Besuch als neugewählter König – in der Provinz Finnland. Zu dem zahlreichen Gefolge des Königs gehörte auch Schröderheim. An ihn richtete ich meinen Brief. Er hatte mir versprochen, ihn unter Aufbietung all seiner Talente dem König vorzutragen. Nachdem die Krankheit mich mit Schweigen geschlagen hatte, würde ich nun so dichten, daß Gustaf mich von seiner Höhe herab in den Tempel der Ehre und des Goldes hineinwinken würde. Ich würde, so als hätte ich meine Feder in eine schwarze Wolke getaucht, einen Theaterdonner erzeugen und vom Wolkenrand aus mit Donnerstimme den Lobgesang der großen Herrschergestalt anstimmen.

IM SÜDWIND STAND ICH, stark gepudert und mit meinem langen, braunen Rock angetan, neben der Windmühle am Mariaberget und sah mit dem Fernrohr zu, wie die zwei auslaufenden Fregatten des Königs bei Musik und Salutschüssen im Strömmen zwischen Stadsholmen und Skeppsholmen auf Grund liefen, zuerst die Fregatte *Björn Järnsida*, die Gustaf an Bord hatte, und gleich darauf die *Ivar Benlös*.

Ich hätte mir also Zeit lassen können mit meinem Versbrief.

Von überall her flutete der Sommer herein, füllte die Luft mit Licht und Wärme. Auf Einladung von Schwager Arrhén lenkte ich meine Schritte zu den Gärten des Hofes Hägersten. Zwischen zwei watschelnden Enten als Weggefährten ging ich in Richtung Liljeholmens Krug. Unterwegs wurde ich von einer Schar jubelnder Kinder überfallen. Die Kinder hängten sich an mich, kletterten an mir hoch, brachten es fertig, daß ich im Grase landete, und horchten an meinem Brustkorb, ob sich da vielleicht neue Vögel eingenistet hatten, über deren Stimmen sie noch nicht gelacht hatten.

Im Wirtshaus bot man eine Arbeit von mir feil. Ich sah sie mir an. Alle Wetter, wenn das nicht eine Kopie der Bittschrift war, die ich für meinen lieben Informator Ennes verfaßt hatte, als er sich um das Pastorat Östra Herrestad in Skåne beworben hatte. Ein ganzer Stapel von Abschriften dieses Briefes lag da auf dem Schanktisch. Zum Preis von vier Talern. Ich muß sagen, ich war nicht wenig verwundert, als der Wirt behauptete, daß zahlreiche solcher Abschriften im ganzen Land kursierten. Die Schilderungen von Fredmans Zechgelagen waren populär geworden. Der Wirt wollte wissen, wieviel ich wohl daran verdiente. Als ich ihm mit bitterem Lachen erklärte, daß ich gerade beim Kämmerer Schagerström ein Darlehen aufgenommen hatte, verzichtete er mitleidsvoll auf die Bezahlung der Schnäpse.

Draußen in Hägersten setzte ich mich nieder, um an meinem Versepos zu arbeiten. Ich hatte Hexameter gewählt, war die Reihe der sechsfüßigen Verse vorwärts marschiert wie üblich, dann aber auf die Idee gekommen, mit einem Versfuß mehr, im Heptameter, voranzuschreiten, so daß der Held der Verse unvergleichlich dastehen würde. So war ich in dem weiß gestrichenen Dachzimmer an dem blauen Klapptisch sitzen geblieben, hatte Bogen auf Bogen gestapelt und alles rechtzeitig abgesandt, einen Brief, der so dick war wie ein Buch.

DAS WAR EINIGE WOCHEN bevor der Sommer wieder einmal Mißernte und Hunger brachte.

Dann kam der König aus Finnland zurück. Auf dem Weg nach Gripsholm, mit den 42 Wagen des Hofes und den 200 Pferden, donnerte er mit lautem Gedröhn über die Brücke nach Liljeholmen. Als er Katrineberg, Grönbrink und Nybohov passiert hatte, dann Hägersten und die Obstgärten, die Arrhén auf dem unwegsamen Berg in mehreren Terrassen bis zur Landstraße hinunter angelegt hatte, als die vergoldeten Quasten der Pferde und der goldene Wagen des Königs von meinem Fenster aus zu sehen waren, hätte ich ihm da nicht entgegeneilen müssen, um ihn zu fragen, was er von meinem Sendbrief hielt, den Schröderheim ihm vorgelesen hatte, von diesem Versbrief, der meine kunstvollste Schöpfung war, ein Meisterwerk?

Nein! Ich pfiff auf den ungerecht generösen König, denn in dieser Woche hatte Schwager Arrhén seine Ernte eingefahren. Als ich zum Erntefest die Laubhütte aufbaute und Tische für das Gebäck hinaustrug, hatte ich die 19jährige Mamsell Lovisa Grönlund gesehen – und hatte die Augen nicht mehr von ihr lassen können. Ja, ich hatte mich allen Ernstes verliebt.

Diese Lovisa hatte fleißig Garben gebunden und auf den Wagen geworfen und stand nun mit verschwitztem Haar beim Apfelsaft. Damit war ich in einer anderen Welt angekommen, ausgeliefert meiner Leidenschaft, mitten in einem Fluß von Verzweiflung und Seligkeit, in dem ich versinken oder treiben konnte, je nachdem wie ich die Stromschnellen meisterte.

Das war SIE!

Lovisa Grönlund, die Tochter von Gabriel Grönlund, dem Wiege- und Stempelmeister im Stockholmer Speicherhaus, und seiner Gattin Maria Engel Friedlein.

Ich war verliebt, unheilbar liebeskrank, nichts konnte mir helfen. Und auch ihr nicht. Nur einen Schritt voneinander entfernt waren sich unsere Augen begegnet, und beide hatten wir den Blick des anderen gesucht und hatten dort gefunden, wonach wir uns sehnten, atemlos, als ob wir gelaufen wären.

Sie kam über uns, mit einem Schlag, diese Liebe.

Wir gingen spazieren. Sie war 19 Jahre alt. Ich selbst 35! Sie hüpfte auf dem einen Fuß, als ich das sagte. Die ganze Zeit redete ich lebhaft, fast zwanghaft. Meine Worte füllten ihre Wangen mit Luft, bis sie explodierten. Sie war eine richtige Kichererbse und sagte, daß alle von mir sprachen. Sie wußte, wer ich war. Ich war ein Sonderling gewaltigen Ausmaßes, ein wandelndes, geheimnisvolles Etwas, das sie mit süßem Schrecken erfüllte. Der Schrecken machte sie verwegen. Sie fühle sich imstande, die verrücktesten Handlungen zu begehen. Und indem sie dies sagte, reckte sie mir ihren Hals entgegen, einen langen biegsamen Hals, der meinen Lippen begegnete mit einer solchen Fügsamkeit und Bereitwilligkeit, daß ich mitten im Kuß lachen mußte. Und mein Lachen flog lärmend hinaus, schwang sich hinauf in die Lüfte, tanzend auf wilden Höhen.

Am nächsten Morgen klopfte sie an meine Tür, öffnete sie, noch bevor ich »Herein!« rufen konnte, und kam vertrauensvoll zu meinem Tisch. Die Schürze war gefüllt mit Wiesenblumen. Für mich. Ich erhob mich und küßte sie auf den Mund. Zurückstoßen konnte sie mich nicht, weil sie mit beiden Händen die Schürze festhalten mußte. Noch einmal küßte ich sie, wünschte ihr guten Morgen und fragte sie, was sie tun würde, wenn ich mit meiner Hand unter ihren Rock greifen würde. Würde sie die Blumen zu Boden fallen lassen und sich verteidigen? Mamsell Lovisa lächelte andächtig und antwortete dann, sie würde mir all ihre Blumen schenken, die in der Schürze und auch ihre schönste, die rote Blume unter den Röcken.

NUN VERFLOSSEN DIE TAGE, der eine wie der andere, und alle waren sie eine einzige lange Prüfung, eine Abfolge von Versuchungen und Leiden. Lovisa wohnte nicht in Stockholm. Gleich nach der Ernte auf Arrhéns Hof war sie in dem blauen Coupé seiner Exzellenz des Richters und Grafen Herrn Wallwijk abgeholt worden und nach Bisslinge zurückgekehrt, einem Hof, der beinahe im Ausland lag, nämlich eine halbe, schrecklich lange halbe Tagesreise nach Norden, in der Nähe von Sollentuna. Dort wurde sie beim Meldeamt geführt, dort ging sie zum Abendmahl mit Johanna, der Frau des Richters, dort dienten vier Knechte und scheuerten drei Mägde, und sie führte das Regiment, denn sie war die Hausmamsell des Hofes und auch die Gesellschafterin der alternden Exzellenz, wenn diese, im Ornat des Serafimerordens gekleidet, in der Bibliothek ihren Cognac einnahm.

Ich schrieb ihr Briefe. Sie antwortete, daß sie mich liebe. Sie wußte sogar eine Geschichte über mich, die sie vom Kutscher gehört hatte: Bellman sei ein sorgloser Poet. Er könne jederzeit einen Reim aus dem Rockärmel schütteln. Ein Kornett, der in der Stadt gewesen war, um sich einzukleiden, hatte für die Heimreise Zimmer und Bett auf Liljeholmen bestellt. Die Kutsche sollte am nächsten Morgen in aller Frühe eintreffen, und der Kornett war ihr entgegengegangen, den Weg in Richtung Nyboda hinauf. Er war noch nicht weit gekommen, da hatte er den bekannten Bellman getroffen. Dieser kam von einem Wirtshaus in Fittja und war ebenfalls zu Fuß. Der Kornett fragte ihn, warum und wieso? Ja, der Dichter Bellman hatte für seine Chaise ein schlechtes Pferd bekommen, und das war unterwegs gestürzt. Er wollte wissen, was für ein Wochentag sei, und der Kornett sagte: Sonntag. Da schüttelte Bellman seinen Rockärmel und verabschiedete sich mit einem Vers:

An dem Ruhetag des Herrn
ruhen alle, wie auch diese:
Chaise in der grünen Wiese,
Roß bereits im Paradiese,
aber ich im Krug zum Stern.

Lovisa wollte wissen, ob die Geschichte stimmte.

Ich besuchte sie auf Bisslinge. Sie empfing mich in ihrer Kammer, die vor Sauberkeit blinkte. Sie tischte Kaffee und Gebäck auf. Was ich dann an meinem Arm in die Apfelbaumallee führte, war ein hochgewachsener, gertenschlanker Körper mit feurigen braunen Augen. Wenn ich wolle, sagte sie mit dem Ton einer leisen Aufforderung, dürfe ich ihren Vater davon unterrichten, daß ich ihr den Hof machte. Ihr Vater, Gabriel Grönlund, war, wie gesagt, ein guter Bekannter aus meiner Zeit beim Zoll. Der gute Mann versuchte barsch auszusehen, als ich kam, aber es gelang ihm nicht, sondern er umarmte mich und sagte, daß er nichts einzuwenden habe. Seine Tochter hinke ein wenig, aber sie sei aufgeweckt und wisse, was sie wolle. Eine Eheschließung müsse jedoch noch aufgeschoben werden, falls wir solche Pläne im Sinne hätten. Lovisa könne ihren Posten in Bisslinge nicht verlassen, und ich hätte ja obendrein Schulden.

Sie hinkte?

Hatte der Stempelmeister Grönlund gesagt, Lovisa hinke ein wenig? »Ja«, bestätigte er. »Sie hat einen aufrechten Gang, trägt ihren Kopf stolz und hoch, aber sie hinkt etwas. Haben Sie das nicht bemerkt?«

Sie hinkte? Nein. Aber wenn es so war, so machte es mir nichts aus. Denn Lovisa war ein lebendes Warenlager an Schönheit und konnte mit mir Handel treiben, wie sie wollte, auch mit einem jungen Fuß, der vielleicht etwas hinkte. Sie war feurig und rassig. Sie war ja doch … jaha! … sie war, verdammt noch mal, *vive au dernier point*! Ich lag zusammengerollt auf meiner Strohmatratze in der Urvädersgränd und machte aus Worten mein tägliches Gebet, dessen Ziel weit draußen in Bisslinge war.

Auf diese erste Zeit der Seeligkeit folgte nun eine längere, stille Resignation. Ende September hatte ich meine Kleider und meine übrige Habe in Kisten verpackt, die ich mit einem Pferdewagen von der Urvädersgränd hinunter in die Stadt verfrachten ließ, über die Norrbro hinüber zu einem ärmlichen, billigeren Zimmer im Anwesen des Geistlichen Standes an der Ecke Drottninggatan/Mäster Samuelsgatan.

Nach 35 Jahren verließ ich den Stadtteil Söder für immer.

Zur gleichen Zeit geriet Arrhén in die Gewölbe des Schuldgefängnisses, für eine Schuld von 5 000 Kupfertalern bei Rittmeister von Schnell. Arrhén und Schwester Catharina trieben auf den Konkurs zu, und die Zeit auf dem Hof Hägersten war vorüber. Bis die Schuld bezahlt war, saß er also in der Haftanstalt in der Persiljegränd, von dort aus schrieb er voller Bitterkeit, daß alle ihn verlassen hätten, daß er im Gefängnis verrottete, daß schon fünf Gefangene geköpft worden seien, daß er vom Gitterfenster aus sah, wie Tag für Tag neue Judenbärte auf der Bildfläche erschienen, vermutlich um an die Königlichen Branntweinbrennereien heranzukommen, die jetzt an Unternehmer vergeben wurden und die vermutlich schon bald Geld hervorsprudeln würden. Er wollte wissen, warum ich ihn nicht besuchte. Er sei in elender Verfassung. Ich antwortete in einem knappen, kaum leserlichen Brief, daß ich seit meinem Umzug in das Stadtviertel Klara das Bett nicht hatte verlassen können.

Da lag ich und fror entsetzlich neben meinem Holzofen und hustete Blut.

Während ich mich selbst in diesem kraftlosen Zustand befand, kamen Menschen in Not zu mir und baten um meine Hilfe. Einige waren durch den Suff völlig heruntergekommen. Auf der Straße hatten sie gehört, daß ich dem teuren Thron Seiner Majestät sehr nahestand, und glaubten durch mich und die hohe Fürsprache des Königs Erlösung von ihrem Leiden, ihrer großen Not zu erlangen. Manche, über die ich in meinen Episteln und Trinkliedern geschrieben hatte, kamen nun in eigener Person, als verlangten sie Bezahlung für die harte Arbeit, die sie als Figuren meiner Lieder geleistet hatten. Der Kanzlist Holmström kam eines Nachts mit einer Laterne über den langgestreckten Hof, an dessen äußerstem Ende mein Zimmer lag. Da ich vor Mattigkeit nicht imstande war, die Gänsefeder zu halten, hielt er sein Ohr nahe an meine Lippen, und ich diktierte ihm eine Bittschrift an den König. Der Stuhlmacher Österman wollte mir Suppe und Wurst von seiner Werkstatt an der Maria Högbergsgata bringen, landete sturzbetrunken auf dem Straßenpflaster und verlor Suppe und Wurst; er brauchte Geld, ich lieh ihm, was ich hatte, aber er brüllte so laut, daß die Nachbarn sich ängstigten, und starb in der Woche darauf am Schüttelfrost. Auch Kihlberg starb, er war einfältig, aber vielleicht auch schon verwirrt, und dadurch, daß er so hemmungslos soff, wurde ein vollständiges Schwein aus ihm, das kann ich bezeugen. Nackt bis zum Gürtel hinab brach er blökend und grunzend in meine Kammer ein, fluchte eine ganze Stunde lang, nagte an meinem Essen und nannte mich ununterbrochen Stendecker: »Hör her, Stendecker« und »verfluchter Stendecker«. Vergebens versuchte ich ihm zu erklären, daß Stendecker ausgezogen und vor einem halben Jahr im Kellerkrug Zum Elefanten an einem Schlaganfall gestorben sei.

Vorher jedoch, so wurde erzählt, hatte Paukenschläger Stendekker seiner eigenen Schwiegermutter den Arm ausgerenkt, war mit geladenem Gewehr über das Grundstück des Geistlichen Standes gelaufen und hatte die Nachbarn mit seinem Jähzorn drangsaliert, so daß diese oft mit blutigen Schrammen und blauen Flecken in den Attesten des Feldschers auftauchten.

Wichtiger für meinen Teil war indessen, wie sich im nachhinein zeigen sollte, der Umstand, daß Stendecker zu Lebzeiten auch bei den Ziehungen der Nummernlotterie getrommelt hatte. Bei meinem Einzug hatte ich die Paukenfahnen gefunden, die vergessen unter dem Brennholzsack im Holzkasten lagen, und diese Paukenfahnen, die sehr wertvoll waren, sollten mir nun Glück bringen und eine Wende zu mehr Wohlstand bedeuten.

Meine Hartnäckigkeit, dem König aufzuwarten, wurde nun tatsächlich zweimal belohnt.

Der Versbrief hatte Gustaf während seines Besuches in Finnland erreicht. Er war ein Meisterstück und hatte jeden Zweifel daran beseitigt, daß mir die Rolle eines Hofdichters des Reiches zustand.

Ich war mit 100 Reichstalern, das sind 300 Silbertaler, aus der Handkasse des Königs belohnt worden, auszuzahlen jährlich auf Lebenszeit!

Als ich kurz vor Beginn des Winters wieder auf die Beine gekommen war, zog ich Stendeckers Paukenfahnen aus der Holzkiste hervor und begab mich zum Königlichen Adelsfahnenregiment. Dort war man mächtig erstaunt. Die Paukenfahnen hatte man vergebens aufzuspüren versucht, sogar mittels Anzeigen im *Dagligt Allehanda*. In dem Glücksgefühl, das alle ergriff, leerte ich einen Humpen mit dem Major, der mir ein ums andere Mal Gottes Gnade und Segen wünschte und, apropos Paukenschlägerei bei den Ziehungen der Nummernlotterie, mir schließlich mitteilte, daß durch den Tod des Sekretärs Blomberg eine Stelle frei geworden sei.

»Wo?«

»Im Lotterieamt an der Svartmangatan.«

Als ich wieder zu Hause war, griff ich sofort nach der Gänsefeder und einem Bogen Papier. Die Feder kritzelte glücklich kichernd über das Blatt, als sie mit einem Gedicht an Seine Majestät die eindringliche Bitte richtete, seinen »geringsten Poeten« Bellman, der in einem dunklen Loch, kaum mehr als ein Häusergeviert vom Schloß und dessen Thronhimmel entfernt, »im Sterben lag«, mit der frei gewordenen Stelle zu bedenken:

Wenn Eur' Majestät gewähret
dem geringesten Poet,
daß er wieder aufersteht,
aus dem Sang ins Leben kehret,
mit Champagnerglase klingt,
wenn des Skalden matte Zunge
dann gelabt, in frischem Schwunge
mit Dalin und Gyll'nborg singt,

ja, so will ich mit der Leier,
ihrem Klange, sanft und sacht,
flehen an des Glückes Macht,
teuer mir, doch nicht geheuer
von der Wiege bis zum Grab.
Am Altare will ich bitten,
doch ums Glück wird hart gestritten,
und Fortuna weist mich ab.

Wo Gewinne sind zu wagen,
will in Dienst und Lohn ich stehn;
denn die Göttin, reich und schön,
lässet keiner Schimmer tagen
hier in diesem düstren Loch.
Wenn Eur' Majestät doch billigt,
was das harte Glück bewilligt,
stirbt der Dichter heuer noch.

Nie war meine Liebe zum König so stark gewesen, nie hatte sie ein so brennendes Glücksgefühl direkt im Herzmuskel erzeugt wie an dem Tag, als Bruder Schröderheim mir bei Noër am Deutschen Brunnen sagte, daß der König seinen »armen Schützling« gern am Leben erhalten wolle.

Das gab Schröderheim also wortwörtlich wieder.

Er war auch selbst dabeigewesen, als Gustaf am 27. Dezember in einem Brief an die Baronin Stjerngranat – die Gattin des Lotteriedirektors – diese gebeten hatte, sich meiner Zukunft anzunehmen:

Vous savez que j'ais toujours aimé les poètes … Sie wissen, daß ich die Dichter immer geliebt habe, und vor allem die schwedischen Dichter. Sie wissen, daß diese Herren immer arm sind und daß sie mich immer um Hilfe verschiedenster Art bitten … Nun habe ich erfahren, daß in der Direktion der Königlichen Lotterie die Stelle eines Sekretärs frei geworden ist, und ich habe eine in Verse gefaßte Bewerbung von dem berühmten Bellman bekommen, den man den schwedischen Anakreon nennt und der mich um meine Fürsprache bei den Herren der Direktion bittet … Die Musen sind die Göttinnen der Poeten, und da sie Frauen sind wie Sie, wem könnte ich meinen armen Protegé besser anvertrauen? Ich gebe ihn in Ihre Hände und bitte Sie, sich seiner anzunehmen. Mit dem Ausdruck meiner ehrerbietigsten Gefühle bin ich GUSTAVE.

Endlich hatte ich nun eine feste Anstellung.

Mit einem Gehalt von 1000 Silbertalern jährlich.

Laut einer kürzlich erlassenen Verordnung gab mir die Anstellung das Recht, im Kungsträdgården, dem Königlichen Garten gegenüber dem Schloß, zusammen mit den adeligen Herrschaften zu promenieren, während das einfache Volk außerhalb der Mauern zu bleiben hatte. Wunderbar! Dort promenierte ich nun mit Mamsell Lovisa. Im Winter reiste Graf Wallwijk zwischen Bisslinge und seiner Residenz in der Riddargatan hin und her, und da Lovisas Elternhaus in meiner Nachbarschaft lag, konnten wir uns öfters treffen.

Ich weiss nicht, aber ein besonders lebhaftes Interesse für die Arbeit in der Lotterie konnte ich nicht aufbringen. Ich war ja einer der ersten Dichter des Reiches und für die Arbeit mit Protokollen kaum geeignet. Da Lovisa mit mir verlobt war, machte sie sich schon jetzt Sorgen um das Haushaltsgeld. Ich erklärte, daß meine Arbeit vom Schreiber Åhlander übernommen werden könne. Ich hatte ihm gesagt, daß ich so unter Gicht und Podagra litt, daß ich nur selten mein Zimmer verlassen konnte. Das hatte ich ihm genau erklärt. Ich hatte ja eine Königliche Vollmacht, würde das Gehalt also in jedem Fall behalten.

Die Lotterie war wahrlich ein Spektakel.

Lovisa besuchte mich im Kontor, als die Mittwochsziehung stattfand. Wir folgten der erschreckend großen, berauschten Horde, die hinter dem Wagen mit dem Lotterierad herzog, hinaus zum Övre Borggården auf Riddarholmen. Im Grunde war es diesmal eine Heiratslotterie, die veranstaltet wurde, um die Bevölkerungszahl im Lande zu erhöhen. Aus unserem Bezirk hatte der Landeshauptmann der Lotteriedirektion eine Anzahl unverheirateter Töchter genannt. Neunzig von diesen wählte die Direktion aus. Dann erhielt jede von ihnen eine Nummer. Auf der Ehrentribüne saßen feine Leute. Die Gardemusik spielte. Die Nummern wurden in das Rad gelegt. Ich sollte die Prozedur durchführen. Ich reimte und arbeitete emsig. Ich ahmte Tiere nach. Ich ließ einen krachenden Furz ziehen, bezichtigte den Überwacher und reimte Kracher auf Überwacher. Das belustigte das Publikum außerordentlich. Die Leute nahmen tiefe Schlücke aus ihren Flaschen, und viele ließen sich hinreißen, ihre geringen Ersparnisse zu setzen. Für das Erraten der richtigen Nummer gab es bei einfacher Ziehung, »Simple« genannt, das 15fache des Einsatzes; bei »Ambe« das 270fache, bei »Trenne« das 5 200fache und bei »Quaterne« das 64 000fache. Die Wahrscheinlichkeit, etwas zu gewinnen, war verschwindend gering, aber meine Aufgabe war es, unvorstellbare Gewinne in Aussicht zu stellen, um den Spieleifer anzuspornen. Ich war Marktschreier und überbot den Geschwindigkeitsrekord der Zunge in vier Sprachen. Das Lotterierad war mit Spiegelglas versehen, so daß die Zuschauer von allen Seiten aus sehen konnten, wie die Direktion die Ziehung mit äußerster

Sorgfalt durchführte. Nachdem der Vizesekretär das Rad mehrere Male gedreht hatte, folgten Trommelwirbel. Ein Knabe in der blauen Kleidung der Armenhauskinder, der eine Augenbinde trug, wurde herangeführt; er stellte die blinde Glücksgöttin dar, die ihre Gaben ausstreut. Die Luke wurde geöffnet. Auf ein Signal des Hoftrompeters Kuhlau steckte der Knabe seine Hand, die mit einem roten Handschuh bekleidet war, in das Rad und zog. Mit laut schallender Stimme wurde dann die Nummer vorgelesen.

Die Gewinnerinnen erhielten 100 Silbertaler, die sie auslösen konnten, sobald sie einen Mann gefunden hatten, in die Ehe getreten und mit ihm ins Bett gegangen waren.

Nachdem ich an diesem Tag mit Lovisa auf dem Schoß die Mädchen protokolliert hatte, die das Glückslos ausersah, die Bevölkerungszahl zu erhöhen, fuhren wir beide zu einem Fest im Wirtshaus Liljeholmen. Ich hatte einen handgeschriebenen Gedichtband in grünes Saffianleder mit Goldprägung binden lassen. Diesen Band verehrte ich dem Direktor Adolf Grill vor seiner Auslandsreise (ich bekam dafür ein Darlehen, das die Bindekosten um das Zehnfache überstieg). Nach dem Fest, bei dem Schweinesülze, Mandelgebäck und ganze Zuber Arrak vertilgt wurden, und nach himmelhohem Jubel über meine Tischrede steuerten wir in einer Kalesche mit gelbem Korb und blauem Fahrwerk heim zu mir.

Eine Viertelstunde standen wir in der Diele und küßten uns. Während Mamsell Lovisa noch an meiner Unterlippe hing, begann sie ihre Haarnadeln zu lösen, und da sie keinen Schnürleib trug, den man aufknöpfen mußte, war sie im Handumdrehen bis aufs Unterhemd entkleidet. Sie errötete nicht einmal, als ich sie davon befreite und sie splitternackt dastand, so wie sie aus den Händen der Natur hervorgegangen war. Das reiche braune Haar floß in Wellen über ihre Schultern.

Wir hatten noch nicht miteinander geschlafen. Ich war berauscht, und Lovisa schob mich gegen die Wand, half mir, die

Hosen, die Weste und die Kniebänder aufzuknöpfen. Hier trat ein Mangel der Natur zutage: Als das Hemd heruntenglitt, hing mein Glied noch leblos herab. Ich legte sie mit sanfter Hand auf das Bett. Meine Augen wanderten über ihren Körper. Sie spiegelten die Jagd nach einem Genuß vor, der vielleicht ausbleiben mußte. Ich befühlte mein Glied. Es war schwer, aber leblos. Ihre Schenkel, die zusammengepreßt gewesen waren, glitten nun auseinander. In dem schwarzen Büschel zeichneten sich die beiden Schamlippen ab. Zuerst waren sie geschlossen, sperrten sich trotzig, doch dann gaben sie nach und nahmen inwärts eine scharlachrote Farbe an. Ganz tief innen waren sie rubinrot und schimmerten gläsern.

Es half nichts.

Ich lächelte etwas schief und schob die Schuld auf die Branntweinbrennerei Tanto, darauf, daß die Wirtshäuser nun überall das Reichswappen mit den drei Kronen auf ihre Schilder gesetzt hatten und auf diese Weise zu häufigem Besuch verführten, und daß es ein höherer Akt des Patriotismus geworden war, seine Kehle mit Schnaps der Krone zu füllen, als seine Pflicht im Bett zu erfüllen.

Es zerreißt mir das Herz, wenn ich an ihre Worte denke:

»Sollen wir warten? Ich kann warten.«

»Gustaf fand nicht einmal das Loch«, antwortete ich und spielte damit auf die Geschichte an, die über das Königspaar kolportiert wurde, das nach neun kühlen Ehejahren zueinander gefunden hatte und sich einen Thronerben wünschte. Diese Geschichte kannte jedermann in der Stadt; man wußte, daß der König sich zuvor nicht mit Frauen abgegeben hatte, außer mit einer Kapitänsfrau, die der Kammerdiener Griberg ihm vor zehn Jahren in Göteborg zugeführt hatte, da war besagter Griberg im Bett mit dabeigewesen und hatte den König instruiert, bis der Samen geflossen war. Nun hatte der König mehrmals das Bett mit der Königin geteilt, aber er hatte das Loch nicht gefunden, obwohl er verheiratete Frauen um Rat gefragt und nachgesehen hatte, wo es war.

Ich kroch neben Lovisa und zeigte ihr, wie der König gesucht hatte. Sie war kitzlig und lachte. In allen Körperhöhlen hatte er gesucht, aber nie die richtige gefunden. Ist es diese? Oder vielleicht diese? Falsch, kicherte Lovisa. Die Suche des Königs war in Anwesenheit des Hofstallmeisters Munck erfolgt. Er hatte erzählt, wie Gustaf, und er selber hinterdrein, sich im Nachtgewand zur Königin hinaufgeschlichen, die kleine Tür zu ihrem Schlafgemach geöffnet und sich durch die Garderobe zum Zimmer der Königin vorgetastet hatten.

Ich sprang auf und stellte mich hinter die Korridortür. Munck hatte eine Stimme, die von Heustaub und Stallurin angegriffen war, und diese Stimme imitierte ich nun, als ich hereintrat und seine Worte zitierte, mit einer Geste zu Lovisa hin:

»Als wir eingetreten waren, begann ich sogleich den König zu entkleiden. Ich führte ihn zu dem Bett, in dem die Königin wartete, ausgestreckt auf dem Rücken liegend.«

Lovisa spielte mit. Sie legte sich ausgestreckt auf den Rücken, die Arme seitwärts, und schloß die Augen.

»Da der König sich nicht selbst zurechtfand und nicht die rechte Stellung finden konnte, beschrieb ich diese, aufrecht stehend, während der König mich ansah. Dann beschrieb ich sie auch im Bett, während ich darin herumruckelte.«

Lovisa machte große Augen und stöhnte, als ob ich mit dem ganzen Gewicht meines Körpers auf sie heruntergesunken wäre.

»Ich war genötigt, beide, den König und die Königin, mit den Händen zu berühren und ihn beim ersten Versuch hinten anzuschieben«, ahmte ich Munck nach. »Trotz zweier Versuche, bei denen beide litten, fand der König nicht die richtige Öffnung. Es gehört zur historischen Wahrheit, hier zu bemerken, daß das Mannesglied des Königs eine so enge Vorhaut hatte, daß diese nicht nachgab, was ich selbst, zwischen das Königspaar kriechend, untersuchte, sowie daß das Geburtsorgan der Königin so klein war, daß eine vollkommene konjugale Vereinigung nicht ohne Schmerzen erfolgen konnte.«

Lovisa konnte kaum das Lachen unterdrücken, aber sie jammerte und zog ganz überzeugende Schmerzgrimassen, drückte und zuckte zurück, als ob es ihr plötzlich weh getan hätte.

»Ich rief Frau Werner herein, die das weibliche Organ der Königin in Augenschein nahm, worauf wir Überlegungen über dessen Enge anstellten. Dann fand man Rat und stellte Öl auf die Nachtkommode.«

Lovisa streckte ihre Hand aus, tauchte einen Finger in die Luft, sah mich verwundert an, schmierte sich ein, öffnete sich ein wenig, schmierte weiter.

»Der König empfand nun Linderung und setzte seine Arbeit fort, aber als ich ihn zwei Stunden lang angeschoben hatte, waren beide erwärmt und ihre Organe angeschwollen.«

Lovisa wand sich und schien zu leiden.

»Durch das Wachen, die Arbeit und die Schwellung mußten der König und die Königin einander zwei Nächte fernbleiben. Erst in der darauffolgenden Nacht war der Sieg gewonnen, den Gustaf erstrebte, viele sagen: dank dem Beistand des Stallmeisters Munck, der nicht nur wußte, wo das Loch war, sondern der auch ein Glied hatte, das so groß war, daß es von der Wurzel bis zur Eichel seinen ganzen langen Titel tragen konnte: Erster Hofstallmeister Seiner Königlichen Majestät, Major des Adelsfahnenregimentes, Zeremonienmeister aller Orden Seiner Königlichen Majestät.«

Bei dem Wort »Majestät« lag ich wieder bei Mamsell Lovisa. Mit unterdrücktem Gebrüll legte ich ihre Schenkel um meine Hüften. In ihrem Gesicht sah ich dann, wie sie mitten im Lachen erschrak, wie sie mich in sich aufnahm, als ob sie die erste Silbe eines Titels in sich gespürt hätte, der ebenso so lang war wie der des Hofstallmeisters Munck.

GEGEN MITTSOMMER kam Bruder Johan mit der *Stockholms Slott* aus Kanton zurück, braungebrannt und windgegerbt. Wir trafen uns in der Kaschemme »Kriech herein!« auf ein Glas Korn, ein Stück Käse, Brot und sonnengetrockneten Hecht. Wie gut die Mahlzeit auch war, er hatte auf nichts anderes Appetit, als wieder absegeln zu dürfen. Er war nun Zweiter Assistent und durfte sich mit schwedischem Eisen *Pesos duros* eintauschen, das waren

Silberpiaster, die in China sehr viel galten. Ich bot ihm bei mir Quartier an, aber als er das Zimmer gesehen hatte, zog er es vor, bei einer alten Liebe, Jungfer Wilson, unterzuschlüpfen; sie war zwar nicht schön, aber sie verstand sich darauf, das Bett zu machen, bibernellengewürzten Wein einzuschenken und Waffeln zu backen.

Am Tisch neben uns nahm übrigens Nescher Platz; er hatte seine Gänsefeder dabei und wartete darauf, daß Lieder aus mir herauspurzelten, die er für die Nachwelt aufzeichnen konnte.

Wieder einmal war ich bei schwacher Gesundheit.

Lovisa war einige Wochen in Bisslinge gewesen, als an meinem Hals eine Hautwunde auftrat, die nicht heilen wollte. Unter dem Ohr bildeten sich Knoten, schmerzten und wurden so groß wie Grasknoten. Ich konnte eine Zeitlang nicht schlucken und nicht singen. Die rechte Lungenspitze fühlte sich gespannt an, und schließlich sickerte blaßgelber Eiter hervor. Als ein Klumpen, den ich herausgehustet hatte, versehentlich auf die Tischkante und dann herunterfiel, blieb er auf halbem Wege zum Boden hängen, wie geschmolzener Käse an Fäden hängend. Lovisa erwartete mich zum Mittsommerfest, aber ich litt unter schwerer Atemnot. Von allen Kirchtürmen der Stadt war das Zwölfuhrläuten für einen vornehmen Dahingeschiedenen zu hören. Ich dachte, das Läuten gelte mir. Als ich wieder auf den Beinen war, mit Hilfe von Kräuteraufgüssen und Beharrlichkeit, schrieb ich:

Meine geliebte Lovisa!

Nun nehme ich meine Feder und beginne meinen Brief an Dich. Doch zuerst will ich Dir mein Krankenlager beschreiben und den Poeten, der dort vornüber gebeugt sitzt, mit roter Filzmütze, an einem kastanienbraunen Pult, in gemusterten Wollstoff und Hemdbrust gekleidet, mit einem langen Halstuch und Halbärmeln, seegrünen Hosen, gelben Wollstrümpfen und roten Pantoffeln. Auf dem Schreibtisch steht das Tintenfaß, zur Hälfte geleert, der Schaft des Federmessers liegt auf dem abgebrochenen Lineal, und der Streusand liegt verstreut um einen grünen Teller, der am Rand steht, an eine zersprungene Flasche gelehnt. Nach dem vielen Regen sind die Wände feucht, die Wandpaneele eingesunken, und den Herd hat der Wirt herausgerissen. Die Bodenplanken, die sich in gebohnerten Rauten unter knarrenden Kalbslederschuhen biegen sollten, fehlen hier; statt dessen findet man aufgeworfene Maulwurfshügel rund um den Bettkoben, wo meine sterbliche Hülle auf einer Decke aus Westergötland zur Ruhe gezwungen ist, mit zerschlissenen Ledergamaschen und schmierigen Schuhen. In diesem Lappenzelt bewahrt mein Herz gleichwohl die Erinnerung an meine Schöne, wie sie seufzt, gähnt, Zuckerbrot kaut, spielend an ihrem Brusttuch fingert, barbeinig dasitzt mit einem Strohhut auf den Knien, am Fächer knabbert oder ihre rosenroten Kleiderreize mit stolzer Haltung über die Blumen der Wiese trägt.

Bald bin ich wieder gesund, doch sollte ich begraben werden,
bitte ich demütigst um einen braunen Sarg, verziert mit
Bierhumpen und Zinnpfeife.
Mit Tugend und reiner Flamme im Herzen
beehre ich mich für immer zu verbleiben
Dein geliebter und treuverlobter
Bellman!

Schweine wurden geschlachtet, Jaucheboote mit Zitrusbäumen wurden über den Klarasjön gerudert. Von Norden her kamen gedungene Erntearbeiter in die Stadt. Erwähnte ich schon, daß Schröderheim mich bei der siebten St. Johannes-Loge des Freimaurerordens angemeldet hatte? Eingeführt wurde ich von meinem künftigen Schwager, dem Doktor Pihlgren, der mit meiner Schwester Maria verlobt war. Ich war schon Mitglied in der Gesellschaft Pro Patria und sollte auch in die Zimmermannsloge eintreten, in die Gesellschaft Arla Coldinu und noch einige mehr. Ich hielt Dankesreden, verfaßte Chöre zu Festmahlzeiten, trank, und nahm Essen mit nach Hause.

In Erinnerung an die Revolution hielt der Augusti-Orden in diesem Jahr eine Versammlung im Rathaus am Södermalmstorg ab. Nachdem wir Ordensbrüder uns durch allerlei Ordensgänge hindurchgesoffen, auf die Ehre und auf das Vaterland angestoßen hatten, begaben wir uns zu einer rituellen Fahrt hinaus auf den See. In mehreren Booten steuerten wir nach Lindholmen im Mälaren hinaus, wo ein Denkstein mit einer Inschrift aufgestellt wurde. Auch ein zwei Mann hohes eisernes Schwert wurde aufgerichtet, den Schwertgriff schmückte die gekrönte Wasa-Garbe. In den Griff war ein *G* eingearbeitet, zu Gustafs Ehren. In ihren blauen Frackröcken und weißen Kaschmirwesten standen die Ordensbrüder dann auf der Klippe und intonierten mit klaren, vornehmen Stimmen *Gustafs skål*. Dann sang Lars Hjortsberg. Mehrere Reden wurden gehalten. Ich sprach über unseren untadeligen Fürsten, den der Himmel gesandt hatte, und rief mit dunkler, tremolierender Stimme über das Wasser hin:

Hoch lebe Gustaf, unser Schutz und Schild!
Solange das Blut noch in unsren Adern quillt,
soll es rinnen für ihn, wenn es gilt!

Nach diesem Hochruf brach das Fieber bei mir aus, überfielen mich die Eiterbakterien. Es war nicht meine Lungenkrankheit, sondern etwas Schlimmeres. Um eine kleine wunde Stelle an der Nasenöffnung war ein roter Fleck entstanden. Eine Woche lang hatte er gebrannt und geschmerzt. Der Gewürzhändler Lindström, mein künftiger Schwager, hielt mich aufrecht und brachte mich, nachdem wir von Lindholmen zum Kornhafen zurückgekommen waren, nach Hause. Die Krankheit hatte mir schon stark zugesetzt, als Doktor Blad, der Armenarzt von Sta. Klara und Kungsholmen, mich in meiner Kammer besuchte. Blad sagte, daß das Faulfieber in der Stadt heerte. Der englische Gesandte war ihm schon zum Opfer gefallen und Hunderte anderer Menschen. Doktor Blad, der ein Schüler Linnés war, legte mir ein Pflaster von Ziegentalg, Tannenharz und Wachs auf. Ich bekam ein Gebräu aus Brechwurz, um das vergiftete Blut zu reinigen. Er kniff mich überraschend in die Nase, behauptete, sie sei angeschwollen wie ein Fichtenzapfen, und befahl mir streng, das Saufen einzuschränken. Ein Krug täglich, nicht mehr!

Vom Faulfieber dahingerafft, wurden nun täglich Leichen aus den Türen des Hauses, in dem ich wohnte, und aus den angrenzenden Häusergevierten herausgetragen. Das Fieber verbreitete sich auch in der Umgebung der Stadt. Die Teilnehmer an dem großen Turnier auf dem Gut Ekolsund waren besonders hart betroffen. Der alte Familienbesitz der Wasa glich einem Feldlazarett. Wie ein mittelalterlicher Ritter in Weiß, Grün und Purpur gekleidet, mit schwarzer Kokarde, führte der König seinen Hengst aus der Quadrille heraus und ritt an der langen Reihe gefallener Ritter entlang, die auf der Walstatt den Tod erlitten hatten, nicht durch Wehr und Waffen, sondern durch das Faulfieber, das so stark zugeschlagen hatte, daß die gelblichen Schwellungen durch das Visier sichtbar waren. Fünf Kavalleristen starben, außerdem der Turniermarschall und der Feldrichter. Der König erwog, die Spiele vorzeitig abzubrechen, entschied sich aber schließlich dafür, sie zu Ende zu führen.

Dies erfuhr ich, selbst noch mitgenommen von der Krankheit, aus einem Brief von Lovisa. Das Briefpapier war befleckt von Tränen, denn Lovisa teilte mir auch mit, daß Graf Wallwijk zu Bisslinge, Ritter und Commandeur des Ordens Seiner Königlichen Majestät, ebenfalls ein Opfer des Fiebers geworden war. Ihr Dienst als Hausmamsell war damit zu Ende, und nach der Inventur kehrte sie zurück zu ihrer Familie in der Drottninggatan.

Doktor Blad hatte dichtes Haar und Zähne, die wie Zaunpfähle aussahen.

Johans Haar war auch dicht und kräftig, aber er trug es zu einem Zopf gebunden, und es roch nach dem Wachs junger Bienen. Ich fühlte an meiner Stirn, daß seine Vorderzähne völlig fehlten, als er, neben meinem Bett kniend, mir den Abschiedskuß gab. Er hatte sein Pferd, das ihn nach Göteborg bringen sollte, wo der Ostindienfahrer Terra Nova auf das Signal zum Auslaufen wartete, an das Treppengeländer gebunden. Er war gebückt durch die Kammertür hereingekommen, als ob er ein längst geschlossenes Grabgewölbe geöffnet hätte, und reiste ab mit Zweifel in seinem Herzen, ob er mich lebend wiedersehen würde.

Am Martinstag stand ich zum ersten Mal wieder auf den Beinen, und ich schaffte es, mit Lovisa langsam die Drottninggatan hinauf zu Lindströms zu gehen. Der Geruch von Johans Haarzopf kam mir plötzlich in den Sinn, während wir den Gänsebraten verzehrten. Dieser Geruch erinnerte mich an Zeiten der Krankheit, deren Elend ich oft erfuhr, während mich der Duft der knusprigen Gänsebrust mit den in Butter gebräunten Äpfeln – o Himmel! – an den Rausch des Lebens erinnerte, zu dem ich ebenso oft wiedererweckt wurde. Die Tage und Nächte, wenn ich nicht den Sensenmann an der Fensterscheibe kratzen hörte, erwartete das Leben von mir, sogleich wieder »der lustige Bellman« zu sein, zu schnupfen, zu feixen, herumzutrippeln wie ein Spielmann, mit dem Bratspieß zu paradieren, einen pompösen Einzug vorzuführen, das Cithrinchen zwischen den Beinen wie die Deichsel eines glänzenden Staatswagens. Und wie wir lachten! Lovisas heimliche Herrlichkeiten wollten fast aus ihren Hüllen hüpfen und Auszug halten aus dem nußbraunen Mieder. Mehrere Gänge des Festessens wurden kalt, so ausgiebig lachten wir über die Geschichte vom Bruder der Dichterin Frau Lenngren, der gerade die *Djurgård-Vergnügungen* eines gewissen Poeten *Bell* herausgegeben hatte, zu haben für 18 Öre in Holmbergs Buchladen in der Stora Nygatan.

»Kaum wirft einen das Faulfieber aufs Totenbett, so nutzt das Faultier das aus und verfaßt Schändlichkeiten, verwendet meinen halben Namen und streicht aus Profitsucht den ganzen Gewinn ein!«

Diesen Herbst wurde viel und laut gelacht, so daß die Salven ein gutes Stück in den Winter hinein zu hören waren.

Spektakel und Narreteien fast jeden Tag.

Und ich bekam ein Geschenk von Seiner Majestät: ein Tintenfaß. Dazu erhielt ich den Hofsekretärs-Titel. Man erwartete also nun von mir, daß ich in Zukunft meine Feder in ein Tintenfaß aus Speckstein tauchte. Ich wage kaum zu erwähnen, daß Stallmeister Munck am gleichen Tag eine mit Brillanten besetzte Uhr erhielt mit dem Portrait des Königs, das von drei Reihen sehr großer Juwelen umgeben war – für seinen Beistand im Bett. Das Geschenk, das ich bekam, war also aus Speckstein gearbeitet und stellte eine hockende, affengleiche Figur dar, die ihre Arme um eine Urne schlang. Der metallene Deckel war von einer königlichen Krone gekrönt und trug die Inschrift: »Von K.G III. Für C.M.Bellman. Anno 1776«. Auf dem metallbeschlagenen Rand des Tintenfasses war zu lesen: »DER. NÖCK. SCHAUT. AUS. DEM. MEER. HERAUF.« Ein affengleicher Nöck also. Sicher fand der König es sehr lustig, seinem Hofdichter dieses originelle Geschenk zu verehren. Bellman als wehmütiger Wasseraffe, der blaues Blut aus dem Ringfinger tropfen läßt und seine Sehnsucht nach Erlösung heraussingt.

Überall in den Salons wurde gelacht.

Als nächstes wurde im Hause des Großen Seezollamtes an der Österlånggatan gelacht. Elis Schröderheim heiratete Anna Charlotta von Stapelmohr. Mein Cithrinchen hatte elf Saiten, vier davon waren doppelte Stahlsaiten, und drei übersponnene Baßsaiten, und es war, als wären sie über die Tafel gespannt und die Ohren der Gäste wären die Wirbel. Alle vibrierten. Hörten sie recht? Die Mutter der Braut, die vergeistigte Lucretia Dittner, drehte ein wenig an ihrem Ohr und lauschte. Genau so wie Pastor Olof Celsius. Hände fuhren in die Höhe, Stirnen schlugen auf den Tisch. Und dann Gelächter! Großes, verwegenes, ganz unvergleichliches Gelächter, das bis zum Hofe reichte, wo das Lachen herbeigesehnt wurde.

NUN FOLGTEN SPEKTAKEL BEI HOFE. Gustaf wollte auch das große Gelächter lachen. Er wollte mich als Bauern sehen. Die Kleine Galerie im Schloß wurde in ein Lager für das Södra Skånska Regiment verwandelt, mit Dragonern, Marketenderinnen und Bauern, die sich alle auf unterschiedliche Weise vergnügen sollten.

Das Ganze fand in Gustafs Wohnung statt. Unter denen, die »das Bauernvolk« spielten, waren auch der König selbst mit einer Heuperücke, die Königin, die Herzogin, die Schwestern Löwenhielm und Fersen. Oberstleutnant Toll spielte den schonischen Poeten Haquin Bager. Ich hatte die Rolle des »singenden Bauern«, hüpfte auf einem Bein, schaufelte Dünger mit der Mistgabel, spielte Lieder auf den Gabelzinken, wedelte wild mit den Armen und sang ein in aller Eile komponiertes Lied: »Bauernliebe beim Erntedankfest«.

Mein Körper hatte so einige Talente und erfand die verrücktesten Streiche.

Diese Streiche wollte auch die Königinwitwe sehen, und deshalb wurde ich zur Winterresidenz Fredrikshof abgeholt und führte meine Bauernnummer vor, wetzte die Sichel in *f*, die Pflugschar in *c*, die Sense in *a*, stach ein Schlachtermesser in ein Schwein und gurgelte dabei auf deutsch, da die Königinwitwe nur die deutsche Sprache verstand. Nie hätte ich geglaubt, daß eine solche Ausgelassenheit am Hofe der Königinwitwe statthaft wäre. Während ich, als Marketenderin verkleidet, die Zeugungslaute des Bauernhofes imitierte, nahm sie das Festmahl ein, scherzte und lärmte, hieb das Messer in die Fleischstücke und trieb das reinste Unwesen.

Bald war ich erneut im Schloß.

Ich sollte den Affen machen in einem *»Divertissement, représentant le Carnaval de Venise, donné dans le cabinet du Roi«*. Diesmal teilte man mir einen Mitspieler zu: den Mohren Badin. Das Programm war im Kabinett des Königs gedruckt worden, wo in Ermangelung einer Druckerpresse für den Setzkasten das Hinterteil des Königs die Pressung bewerkstelligt hatte. Darauf stand:

Türkischer Charlatan Operateur – Bellman
Dessen Affe – Badin

Also waren wir zwei Affen, ich mit einem Türkenfez, Badin halbnackt mit rotem Hüfttuch, geknotet wie eine Windel.

Das venezianische Fest war wirklich überaus gelungen. Die Savoyische Quadrille, die ja eine gewisse zierliche Finesse besitzt, tanzten wir plump und wild. Das verbreitete große Munterkeit. Man deutete auf uns. Es galt als freizügig, über Nichtadlige zu lachen, und man lachte über die eigene Freizügigkeit. Dann wurden wir in einen Saal geführt, der wie der Markusplatz dekoriert war, mit der Rialtobrücke im Hintergrund. Badin hing am Brückengeländer und sprach eine Art Affenfranzösisch, während ich als redegewandter Quacksalber auf dem Platz umherspazierte, mich als Spaßvogel hervortat und den Masken mit flinker Zunge Heilmittel gegen Lachkrämpfe anpries.

Später sagte Baron Clewberg, bleich und mit einem Glas Pyrmonter Wasser in der Hand: »Als Possenreißer zeichnete sich besonders Herr Bellman aus.«

ICH SPIELTE DEN MARKTSCHREIER, ahmte die Leute des Hofes nach, verbreitete eine heitere Hysterie auf dem Maskenball, bearbeitete eine Windmaschine, rezitierte, als Lappe gekleidet, immer neue Solonummern.

Die fröhlichen Possenspiele wollten schier kein Ende nehmen.

Gut war es, daß ich mich einige Tage mit dem Trinken zurückhielt, denn eine Woche bevor der König mit den Exzellenzen, Reichsräten, den Hofkavalieren und Hofdamen an Bord des Schiffes *Björn Järnsida* zu neuen Vergnügungen nach Sankt Petersburg aufbrach, begann auf Adolf Fredriks Torg ein königliches *Carrousel*, ein Spektakel, so komisch, wie noch nie eines aufgeführt worden war, in der Tat so einzigartig, daß eine Gedenkmünze geprägt wurde zu diesem »Turnierspiel«, graviert von Ljungberger.

An dem dazu angesetzten Tag waren die Galerien voll besetzt. Die Ehrentribünen bogen sich unter den fürstlichen Gästen. Im *Dagligt Allehanda* stand später: »Eine prächtigere *Fête* ward nie gesehen. Alles schimmerte von Edelsteinen, Gold, Silber und Seide in allen Farben.« Die Bettler wurden im Spinnhaus und Arbeitshaus zusammengetrieben. Streunende Hunde wurden eingesperrt. Die vom Hornstull hereinkommenden Fuhrwerke und

Karren wurden umdirigiert. Der Markt wurde in die Badstugatan verlegt. Alle Spritzenhäuser der Stadt wurden bemannt. Über die Holzbrücke an der Roten Schleuse steuerte die Königin mit ihrem Hofstaat in Galawagen herauf. Der Prunk war enorm. Alle Schiffe gaben Salutschüsse ab, an allen Trossen flatterten Fahnen in verschiedenen Farben. Nun kamen die Hengstgardisten. Eine ganze Kompanie. Von den vier Kampfrichtern hatte Graf Fersen eine besondere Würde. Die Richter ritten die Hornsgatan hinauf, vorbei am Großen Daurerschen Haus; jedem von ihnen zog eine Standarte mit gesticktem Wappen voraus. Ich bemerkte im Vorbeifahren, daß alles sich widerspiegelte in den Fensterscheiben des Zimmers, in dem ich vor 37 Jahren das Licht der Welt erblickt hatte. Pagen in römischen Gewändern trugen Schilde. Ordonnanzen folgten mit Standarten, Lanzen, Speeren und Keulen. Dem Turniermarschall folgten die Adjutanten, dann zogen, angeführt von König Gustaf, die 24 Ritter ein sowie Trompeter, Paukenschläger, Herzog Karl und die Ritter der Quadrille.

Während meiner Kindheit war dieser Platz auf der einen Seite mit Gras bewachsen gewesen, auf der anderen mit Steinen bedeckt, und in der Mitte war ein grabenartiger Rinnstein verlaufen, der Rännilsgatan genannt wurde. Ich watete in Gedanken hindurch, zusammen mit Franz Mazza, an den ich nun in Wehmut zurückdachte, denn er war im Pommerschen Krieg gefallen. Wo mochte wohl Greta sein, die Magd? – Hier hatten damals die Ochsentreiber gern mit ihren Karawanen angehalten. Nun war der Platz umgeben von elf Galerien, von Tribünen und Emporen, auf denen der Hofstaat, der Adel und die Crème der Bürgerschaft vertreten waren. Dieser Zeitvertreib, mit dem der Regent seinen Hof zerstreuen wollte, kostete 18 Tonnen Gold, behaupteten Querulanten. Hilleström, mit dem Pinsel in der Hand, sah aus dem obersten Fenster von Suthers Palast zu, und dort oben stand auch Lovisa, denn mein in Verse gefaßtes Gesuch an den Hofmarschall um ein Eintrittsbillet für sie war nicht berücksichtigt worden.

Nachdem die Rittergruppen die Königin begrüßt hatten, nahmen sie ihren Platz an der Schranke ein, wo besondere Zelte mit alkoholischen Erfrischungen aufgestellt waren. Ich hatte meinen Platz an der Zeitungsgalerie, nicht weit von der Königsloge. Vier Tage lang wetteiferten Gustaf und sein Bruder Karl nun an der Spitze ihrer jeweiligen Schar von zwölf Recken. Als erste kamen die Trompeter und Paukenschläger herein. Jubel stieg auf. Ein Offizier trug die Standarte, ihm folgte ein rangniedrigerer Offizier mit einer zweiten, die mit dem Reichswappen bestickt war. Nach dem König und seiner Leibwache, alle in bunten Uniformen mit üppigen Federn und Helmen, kamen die Ritter paarweise herein. Auf ihre Lederjacken waren Eisenringe genäht. Die Brünnen bestanden aus aufeinander geschichteten Stahlblättern. Ich hatte bereits ein magnifikes Gedicht für die Zeitung geschmiedet, als Oxenstierna hereinkam, der ein Panzerhemd über einer wattierten Lederjacke trug. Liewen kam in einem Brustharnisch mit einem Rückenstück aus lackiertem Kupferblech. Das Pferd hatte eine Blechmaske. Überall wogten Federn, glänzten Tressen. Baron von Sacken trug einen riesigen Edelstein in seiner Kokarde. Ein Raunen ging durch die Menge. Am kostbarsten war jedoch zweifelsfrei die Rüstung des Königs, mit Beinschienen, Kniescheiben und Hüftplatten – alles aus Gold. Seine Majestät trug außerdem Handschuhe, die mit goldenen Schuppen belegt waren. Und ich saß da und flocht aus goldenen Fäden ein Ritterpoem, das von dem herrlichen Gustaf und der nordischen Liebe zum Abenteuer handelte und das Gjörwell auf einem hervorragenden Platz in der Zeitung unterbrachte. In der gleichen Nummer schrieb Gjörwell selbst einen Artikel über die segensreiche Reformarbeit des Königs, die bei den Ritterspielen ihren schönsten Ausdruck fand. Reformarbeit also. Von den Tabakläden zog ein Duft herüber, als der Wind umschlug. Die Wimpel knatterten, Reiter glänzten in ihren Rüstungen. Völlig unvermittelt erinnerte ich mich plötzlich, daß der Oboist Knape gestorben war. Nachdem er elf Jahre nicht zum Abendmahl gegangen war, geschunden und getreten von seiner rohen, ungebildeten Hexe von Weib, war er schwierig geworden und knurrig, und er starb, seine Oboe an sein Herz gedrückt, wie ein abgemagertes Kind. Das fiel mir ein. Vielleicht deswegen, weil die Oboe zum Orchester gehörte, das aufspielte zum Kampftanz zu Pferde, der dann überging in die Quadrille und in einem allgemeinen Kampftumult *à la foule* endete. Die Truppe des Königs trug Blau und Safran, die von Herzog Karl Feuerrot und Silber. Der Herzog verletzte den Baron Liewen, nachdem Liewen bereits von Oxenstierna durch einen Pistolenschuß verletzt worden und fast blind aus dem Sattel gestürzt war. Zersplitterte Lanzen wurden durch neue ersetzt. Einer wurde in die Brust getroffen und von Pagen aus dem Sattel gehoben. Dann kämpfte Kruse gegen Rålamb, aber seine Wehr zerbrach, so daß er beim zweiten Angriff mit dem Stumpf parierte. Jubel. Am zweiten Tag stieß De Geer seinen Degen heftig in den Türkenkopf. Er zog und zog, schlug verzweifelt mit den Armen, aber er mußte den Degen stecken lassen, der schließlich mit großer Mühe von drei Pagen herausgezogen und ihm zurückgebracht wurde. Stenbock brach überhaupt keine Lanze. Als Arminoff später den Türkenkopf angriff, fiel dieser von der Degenspitze. Aber – oh Wunder! Er fing ihn in vollem Ritt im gleichen Augenblick wieder auf, bevor er zu Boden fallen konnte! Raunen! Der dickbäuchige Hamilton drehte sich und benahm sich in seiner Rüstung, als wolle er mit einem prächtigen Stoß seinen Widersacher zu Boden stürzen. Fanfaren erklangen. Statt dessen kam ein Furz. Hamilton bediente sich also der Windmaschine, aber der Gegner saß fest im Sattel. Der König klatschte Beifall. An der Rittertafel im Schloß sagte Silversparre, es sei gar kein Furz gewesen. Hamilton habe lediglich seinem romantischen Temperament Ausdruck verliehen. Bei diesen Worten brach ein Gelächter los, und Gustafs Lachanfall war von solcher Heftigkeit, daß er nach Atem rang, keinen Laut mehr hervorbrachte und es zweifelhaft war, ob er lautlos lachte oder unter Krämpfen eine Art Ohnmacht erlitt.

Ich hör den Kessel summen
auf einem Caffée-Schank,
da ich im Wirtshaus »Mummen«

ess' Zwieback auf der Bank.
Die Lerchen tirilieren,
das Eichhorn keift und knurrt,
der Hund zur Katze murrt,
und Schrank und Gläser klirren.

Malena vor dem Brunnen
bei einem Zuber hockt
und blickt zum Hahn versonnen,
der seine Henne lockt.
Mal hängt sie an den Haken
den langen Unterrock,
mal klammert sie mit Pflock
das weiße Leinenlaken.

Am Weg im grünen Gange
ein Truthahn grau getupft
von seiner hohen Stange
mit bittrer Stimme ruft.
Die Amsel pickt am Bache
den Wurm für ihre Brut
und schwingt sich frohgemut
zum Neste unterm Dache.

Im Zwingerbau daneben
steht zottelig der Hund,
beklagt mit rauhem Schlund
sein karges Kerkerleben.
Umgeben von Gebein
und alten Speiseresten,
nimmt wedelnd er die besten
und schleckt den Milchpott rein.

Am Zaun in einer Kuhle
im Schlamm ein Kegel steckt;

die Kugel gar verdreckt,
die gestern die Patrulle
ins Gras geworfen hat.
Läßt man die Augen schweifen,
sieht man zerbrochne Pfeifen
auf dieser Kegelstatt.

Sieh an der Leiter kratzen
die Katze, gelb im Fell;
auf eine Sprosse schnell
springt sie und leckt die Tatzen.
Im morgendlichen Glast
miaut das eine Junge,
das andre hascht im Schwunge
ein Blättchen auf dem Ast.

Im Zahmen und im Wilden
ergötzt uns die Natur:
Die kleinste Kreatur
wie auch der Schankwirt bilden
ein einzig Paradies,
das Lust und Freude kündet –
doch ach, mein Blick nicht findet
Jeanette noch Louise.

O dieser Morgen! Verkatert in Mommens Krug. Was hatte Herr Bellman in seinen Mund gelöffelt, vergnüglich schmatzend?

Ja, er hatte eine Monsignoresuppe gelöffelt, verfeinert mit Romanistückchen! Also, eines schönen Sommermorgens war Bellman aus dem Wirtshaus gekommen. Und dort hatte er einen Burschen im västergötländischem Dialekt hervorsprudeln hören: »*Jag tog ett olabons på krogen Krypin, tjackade klyppa och en hela boia samt en hått krok till efterrätt på Baggensgatan.*« Das hieß soviel wie: »Ich nahm mir einen Tisch im Krug Kriech herein!, kaufte mir ein Essen und eine ganze Buddel und danach als Süßspeise ein schönes Frauenzimmer in der Baggensgatan.« Wäre Bellman an diesem Sommermorgen, als er vom Wirtshaus kommend die Drottninggatan hinaufschlich und mit vorgestrecktem Geierhals an den Zaunplanken entlangkeuchte, nicht in so elendem Zustand gewesen, hätte er viel lauter gelacht. Bestimmt hätte er auch laut gelacht über das Wort »Geierhals« als Bild für das Befinden des Halses nach einem Besäufnis, wenn er sich nicht hätte zusammennehmen und seine Halskrause zurechtrücken müssen, denn er war mit seiner Verlobten bei Mommens verabredet.

Am Riemen reißen also. Rücken gerade! Wat kost 'n Bier? 'n Penning!

Im Frühling des Jahres 1777 war meine Schwester Maria mit Doktor Pihlgren getraut worden, einem vorzüglichen Mann, einem Pastorensohn, der unter der Präside seines Lehrers Linné den philosophischen Lorbeer in Greifswald errungen hatte. Dann war seine Frau im Kindbett gestorben und hatte ihn mit vier kleinen Töchtern allein gelassen. Maria war selig mit ihm die wenigen Jahre ihrer Ehe, bis er auf seinem Posten im Kampf gegen eine Faulfieberepidemie fiel.

Lovisa wollte ebenfalls in den Stand der Ehe treten und selig werden.

Sie versprach mir, daß sie eine schöne Mitgift in die Ehe einbringen werde, Leinen, Silber und Möbel.

Da saß ich also an jenem Sommermorgen bei Mommens oberhalb vom Kungsbacken, wohin ich mich mit unsicheren Schritten direkt vom Kruge Kriech herein! begeben hatte, und wartete auf sie. Mein Körper war vielleicht vom Alkohol ein wenig angegriffen, doch meine Seele war noch intakt. »Der Herr Hofsekretär, der fröhliche Bellman, hat laut Angabe des Arztes Medizin gegen den Alkohol einnehmen müssen und hat sich danach einer geeigneten Diät unterworfen.« So war es. Vierzehn Tage hatte ich mein Haupt auf das Kopfkissen gebettet. *Ohne* Alkohol.

Lovisa kam in Gesellschaft ihrer Schwester Anna, die sich bewegen mußte, denn sie war schwanger. Lovisa lächelte zärtlich, überschüttete mich mit Küssen und mußte lachen über den Geruch aus meinem Mund. Huh, wie abscheulich! Und meine Augen? Die Lider waren geschwollen. Sie waren so dick wie meine Lippen und plusterten sich um die Augäpfel herum auf. Sie kühlte sie mit einem Kuß und fragte, ob sie schmerzten. Ich ließ auch Anna an mir riechen, sie legte die Hände flach auf ihren starken Leib und holte schwankend ein weißes Bier von der Schenke, wo vier verkaterte Husaren sich zu einer Kegelpartie getroffen hatten.

In einigen Tagen bekam sie ihr zweites Kind. Lovisa sah auf ihren Leib, dann sah sie bittend auf mich, ihren Verlobten. Alle heirateten und gründeten eine Familie. Meine Schwester Maria, hatte sie es nicht gut? Eine Arztwohnung in der Regeringsgatan, Pferd, Chaise und Rennschlitten. Eine Wohnung mit Salon, sechs Schlafzimmern – alle mit Tapeten an den Wänden – und Küche. Auf dem Dachboden Kammern für die Dienstboten, Speisekammer und Kleiderkammer. Im Keller Stall und Wagenremise. Außerdem Mangelstube, Braukeller und Brunnen. Sie wollte das gar nicht mit Schröderheims vergleichen. Nach Graf Wallwijks Tod war Bisslinge mit allem Inventar, mit Haustieren und Getreidevorräten für 5 000 Reichstaler zum Verkauf ausgeschrieben und schließlich von Schröderheim erworben worden. 5 000 Reichstaler – das war nach der Währungsreform eine unerhörte Summe. Hinzu kamen drei Pfund Silber als Ehrengabe für die Witwe Wallwijk. Nun saß also das Brautpaar Schröderheim auf Bisslinge und war im Kirchenbuch von Ed eingetragen.

Ich dämpfte Lovisa ein wenig. Ich sagte ihr, daß ich am Vortag ein Darlehen bei Schagerström aufgenommen hatte, dem ich schon 2 000 Taler schuldete. Sie zündete mir die Pfeife an, genehmigte sich ein paar Züge und erinnerte mich ihrerseits daran, daß ich schließlich Hofsekretär war, oder etwa nicht? Ich war Sekretär in der Königlichen Nummernlotterie und bezog ein Gehalt bei der Zolldirektion, und ich war in den 3. Grad der St. Johannesloge erhoben worden. Ich hob die Hand und sagte:

»Aber höre, wie es Ulla Winblad nach ihrer Heirat erging; diese Nacht hörte ich nämlich wieder einmal Neues aus Norrköping. Ich hörte, daß der Gießmeister Uddman eines Abends nach Hause kam und seine Frau suchte, sie aber nirgends fand. Als sie endlich aus der Kammer herauskam, die auf den Hof führte, mit schief sitzendem Kleid und zerzaustem Haar, wen entdeckt Uddman da, als die Tür aufging? Ja, Erik Nordström. Die Hosen bis auf die Knie heruntergezogen, das Glied in einer etwas *alterierten Positur*. Weiter erzählte man sich, daß Erik etwas Ähnliches mit der Frau des Seekapitäns Hiller gehabt hatte, und zwar auf dem Fußboden ihres Salons, und daß diese Frau mehrmals, betrunken und wie besessen, mit argen Grobheiten über Ulla hergefallen war und sie Hure genannt hatte, so nachdrücklich, daß die Angelegenheit beim Bezirksgericht verhandelt werden mußte.«

Hier setzte sich Lovisa mit ihrem süßesten Lächeln auf meine Knie, legte mir den Finger auf die Lippen, wandte ihr Gesicht lauschend zu den Baumkronen hinauf und saß eine Weile ganz still, als ob sie etwas Höheres und Erhabeneres dort oben im Laubwerk entdeckt hätte als die Sommerbrise.

SALVEN VON SALUTSCHÜSSEN aller Regimenter der in Stockholm liegenden Garnisonen begrüßten Seine Majestät, als er in den letzten Julitagen mit der Königsschaluppe von seiner Reise nach Rußland heimkehrte. Alle Schiffe waren von der Reede ausgelaufen und bildeten ein Spalier bis zur Stadtgrenze hinaus. Freudenrufe, Gesang und Musik, Pauken und Trompeten begrüßten ihn, aber mich erreichte nur der Kanonendonner, denn an diesem Tag stand ich Jungpate bei Lindströms. Ihr Töchterchen wurde auf dem Hof an der Drottninggatan getauft. Jungfräuliche Taufzeugin war Lovisa. Als Junggeselle war ich zu ihrem Partner bestimmt worden. Nach der Taufe tauschten wir vor Lovisas Eltern Krone und Kranz.

Ich zögerte noch immer, denn ich hatte ja hohe Schulden. Ich wandte mich an Pfeiffer mit dem Vorschlag, nun endlich die Episteln herauszubringen. Einige Manuskripte waren verlorengegangen. Ich setzte eine Suchanzeige in die Zeitung *Dagligt Allehanda*. Pfeiffer gab mir 50 Reichstaler Vorschuß. Am gleichen Tag lieh ich mir 1000 Taler von Schwager Pihlgren.

Und Bruder Adolf verschwand.

Es war ein kalter Tag. Im Hause machte man ein Feuer mit Kienspänen, als ich meinen jüngsten Bruder mit einem Mietwagen den ganzen Weg bis nach Södertälje begleitete, um mich richtig von ihm verabschieden zu können. Adolf hatte gerade das 17. Lebensjahr vollendet und reiste nach Amerika, um dort Kriegsdienst zu leisten. Einige Jahre später starb er in Westindien, ein Segelbaum traf ihn und warf ihn ins Meer. Schon bei seiner Abreise empfand ich tiefe Trauer. Ich fühlte mein Leben verrinnen. Würde eine Heirat eine Änderung bringen? Als ich den König um 25 Prozent Gehaltserhöhung bat und mir diese bewilligt wurde, kamen wir schließlich überein, ein Datum für das Aufgebot zu bestimmen.

Ich setzte eine Annonce in *Dagligt Allehanda*, daß eine Wohnung für ein junges, neuvermähltes Paar gesucht würde.

Lovisa hatte vorübergehend ihre Arbeit in Bisslinge, nun in Schröderheims Diensten, wieder aufgenommen, das Aufgebot wurde also in der Kirche von Ed verlesen. Am 26. Sonntag nach Trinitatis waren wir offiziell verlobt, ich, Herr Hofsekretär Carl Michael Bellman in Stockholm, und sie, Mademoiselle Lovisa Fredrika Grönlund auf Bisslinge.

Nun war es unwiderruflich entschieden.

Lebe wohl, Bellman, hab Dank für jeden Tag in der großen Welt, für alle raschen Junggesellenvergnügungen, für jeden bacchanalischen Tumult zwischen blitzenden Gläsern und klirrenden Flaschen. Hab Dank, lieber Bellman, für jeden Knuff in Mietwagen, Kurschlitten und was sonst für Fahrzeugen, hab vielen Dank für gute Gesellschaft bei der leichten Garde, die mit Hoglandwein und 2-Taler-Scheinen die Treppen hinauf und hinunter trippelt und mit klopfendem Herzen nach der Polizei Ausschau hält. Ehre und Dank für die stillen Stündchen in der Baggensgatan, in Stakens Gränd und im Finnischen Schloß. Adieu, Bruder Bellman, du siehst mich nicht mehr wieder, ich reise bald ab in den Hafen der Ehe, mit weißem Hemd, mit Seidenmütze und Troddeln aus rotem Band. Wir sehen uns erst in zehn Jahren wieder, wenn du dich bereits darauf freuen wirst, als abgedankter Poet mit der Leier auf dem Rücken herumzutrotten, im Schlepptau einen Schwarm von kleinen Nachwuchspoeten in fleckigen Hausmänteln und mit ungekämmtem Haar, mit Masernpickeln im Gesicht und dem Geschmack von Bordeauxwein auf den Lippen. Sie singen Apollos Lob und treten in Vaters Fußstapfen, mit denselben fünfzehnmal geflickten Schuhen. Solange ich atme, werde ich Bacchi Lob singen, bis daß er eines Tages seine Pfeile überkreuzt auf die Flasche legt, die als Urne für mein Grab dienen wird. Lebe wohl!

Venus stürzt vom Himmel hernieder.

Es blitzt im Firmament.

Inzwischen hatte Lovisas Mutter zu grübeln begonnen und war zu dem Ergebnis gekommen, daß die Lebensführung des Hofsekretärs Bellman ihr mißfiel. Stundenlang hatte sie im Gebet versunken in der kalten Kirche Sta. Klara gekniet, hatte die Heilige Jungfrau angerufen und sie angefleht, sie möge sich offenbaren. Die Jungfrau tat es und nannte mich einen Höllenhund. Ich war ein Mann, der Kellerluft ausatmete, der kein Geld besaß und eine Diät gegen die Trunksucht begonnen hatte. Außerdem hatte das Aufgebot in der Kirche von Ed sie überrascht. Sie wollte der Eheschließung nicht zustimmen, kleidete sich in schwarzes Leinen mit aufgenähten Flammen, schloß sich in der Treppendiele ein und weigerte sich zu öffnen.

Vater Gabriel, der seit unserer gemeinsamen Zeit im Speicherhaus mein vertrauter Freund war und mich besser kannte, war verzweifelt, ließ sich aber nicht erweichen. Ich war ja, in Herrgotts Namen, immerhin Hofpoet! Ich war ein Schützling des Monarchen, schimpfte er durch die Tür hindurch. Von einem Bediensteten an der Hand geleitet, besuchte er mich etwa eine Woche vor der Trauung in meiner Klause. Mit krummem Rücken und ausgestreckten Händen stellte er sich an die Feuerstelle und teilte mir mit, daß sein hoher Augendruck ihn schon seit einiger Zeit nur noch vage das Licht wahrnehmen ließ und daß er nun völlig erblindet war. Dann kam, während ein hungriger Spatz draußen am Fensterkitt pickte, sein Bekenntnis. Die Familie war arm. Er hatte Schulden, die sein Einkommen überstiegen, und die Wohnung gehörte gemäß Erbrecht seiner Frau Engela. Sie ließ mir mitteilen, daß sie zwei Dinge verlangte: *Pro primo* einen Vertrag, der die Eigentumsverhältnisse abweichend vom Ehegattenrecht festlegte und mit Erklärungen gegenüber dem Pastorat und unterschriebenen Klauseln bekräftigte, daß alles, was Lovisa in die Ehe einbrachte, an ihr Elternhaus zurückfallen sollte, so es Gottes Wille wäre, sie vor mir zu sich zu rufen.

»Zum Teufel, glaubt die Alte, daß ich meine Frau ermorden will!«

»Es hat mit deinen Schulden zu tun. Sie verlangt *pro secundo* König Gustafs Erlaubnis zur Eheschließung. Wenn du es fertig bringst, Bruder, eure Ehe der wohlmeinenden Zustimmung des Königs zu unterstellen, kann die Trauung vollzogen werden.«

Die mit Schwierigkeiten verbundene Eheschließung fand in der Sakristei der Kirche Sta. Klara statt, kurz vor Weihnachten, sie wurde von Pfarrer Nensén vollzogen. Die Ringe, so erinnere ich mich, waren auf einen kleinen Stab gesteckt. Wir sprachen die üblichen Gebete. Lovisa war weiß gepudert und schwarz gekleidet. Die Friseuse Lundberg hatte eine Frisur mit weißem Schleier, roten Bändern, einer Feder und Strohperlen gestaltet. Nach der Zeremonie luden wir zu einem großen Souper mit Tafelmusik, und nach der Mahlzeit gab es Tanz im Hause Grönlund in der Drottninggatan. Der Saal war von Kerzenpyramiden und Armleuchtern erhellt. Ich tanzte vier Quadrillen, davon zwei mit Engela, der Brautmutter, die lächelte und gelegentlich sogar mit trockener Lunge lachte. Zwei fette Schafe waren geschlachtet worden. Beim Schwager Lindström, der noch bei den Schwiegereltern wohnte, trank man auf das Wohl des Brautpaares. Dazu erklangen Salutschüsse. Unten auf der Straße und in Lindströms Gewürzhandel tranken die Männer Bowle und Punsch aus Biergläsern. Die Bowleterrinen faßten je vier Kannen à zweieinhalb Liter, so daß Lovisa mich anschließend unter den Arm nehmen und mich zu Gabriel Grönlunds großem Wagen führen mußte. Der Wagen brachte uns zu unserer neuen Wohnung in der Lästmakargatan, dort waren Kerzen angezündet, ein Besen lehnte an einem Stuhl, die Kaffeemühle stand auf dem Schrank, rote Teppiche wärmten den Fußboden, und ein blauweißer Kachelofen war angeheizt worden, denn in das neue Heim zog auch eine Magd mit ein, sie hieß Lotta und hatte einen schiefen Vorderzahn und fromme Sitten.

Narrenkappe und Armut

1778–1784

Wirklich bedeutende Ereignisse, die dem Schicksal eine neue Wendung geben, treten nicht selten in einem trügerisch alltäglichen Gewand in unser Leben.

Vor einem Jahr war ich am Grabe des Dichters Dalin in der Kirche von Lovö niedergekniet, aber das Lustschloß Drottningholm auf derselben Insel hatte ich mir noch nie angesehen. Der bittere Winter in der Stadt war überstanden. Glühende Hitze herrschte, die Luft flirrte, die Schafe waren geschoren, und ich stand im Garten vor dem Schloß barfüßig im Grase, wie ein junger Pomeranzenbaum in einem warmen Treibhaus.

Die Pagen des Königs hatten ein Spektakel eingeübt, das sie im Hoftheater von Drottningholm aufführen wollten und das eine Überraschung sein sollte. Ich galt als schwer zu instruieren, und so war ich von den Proben ferngehalten worden. Ich sollte als Marktschreier auf die Bühne stolzieren und einen Auftritt improvisieren. Das Stück, das zur Aufführung kam, war *Schiffer Rolf* von Hallman. Die meisten Rollen, auch die weiblichen, waren von Pagen besetzt. Hallman selbst spielte den Schiffer. Meine Rolle beschränkte sich darauf, einfallsreiche Späße zu bringen, damit der König aus dem Lachen nicht herauskäme. Bei meinem Auftritt sollte es »von völlig verrückten Possen wimmeln«, ich sollte liebenswürdig, fröhlich, drastisch oder einfältig wie ein Dorftrottel sein.

Königin Sofia Magdalena erwartete ein Kind, und der Verdacht, daß der Stallmeister Munck der Vater war, hatte Gustaf so mitgenommen, daß nur ein besinnungsloses Gelächter ihn heilen konnte. Munck stritt natürlich alles ab. Doch die Gardegrenadiere, die vor den Gemächern der Königin Wache standen, hatten gesehen, wie er sich nachts zu ihr geschlichen hatte – mit ausgebeulter Hose. Und Gustaf litt. Auch Herzog Karl blickte finster drein. Fürchtete er, sein ererbtes Recht auf die Krone nun an einen Bastard zu verlieren? Der immer lustige Mohr Badin war hergebeten worden, doch brauchte ihn die Königinwitwe an diesem Abend bei einem Kinderball, wo er Mädchen und Knaben aus bürgerlichen Familien erschrecken sollte. Also war man mit einem Tragsessel hinter dem unglaublich fetten Kastratensänger Manzuoli hergelaufen, der mit seiner Knabenstimme Grimassen bei den peinlich berührten Zuschauern hervorlockte, wo immer er auftrat. Von dem Kastraten wollte der König sich jedoch durchaus nicht unterhalten lassen. Er empfand nur Mitleid mit diesem Exemplar und argwöhnte, daß man mit dem beschnittenen Sänger auf seine eigene Männlichkeit anspielte.

Übrig blieb der Hofdichter. Nein, nicht der Hofdichter Flintberg, der so gefällig gereimt hatte, daß der König ihm eine Zuwendung von 6000 Talern jährlich zugeteilt hatte. 6000 Taler jährlich! Dieser Reimemacher war nicht sehr lustig. Ebensowenig die Reichsplaudertasche Olof Kexel (gemeinhin Bellmans Affe genannt), der von demselben König 4000 Taler Gehaltserhöhung bekommen hatte. Nein, wenn es um das Wohlbefinden des Königs ging, taugte nur Bellman, der Anakreon des Nordens. Mit seiner ausdauernden Stärke, endlose Folgen von Späßen und Possen zu produzieren, brachte er das schier Unglaubliche zuwege. Bellman schaffte es, sozusagen mit der Affenschnute als Klistierspritze, daß die seelische Verstopfung des Königs sich in einem erst dünnfließenden und schließlich sprudelnden Lachen löste.

ALS ES AUF DEN ABEND ZUGING, strömte das Publikum, im Schwarz und Rot der Nationaltracht gekleidet, aus den Salons über den Schloßhof hinüber zum Theater und füllte den Zuschauerraum mit seinem Raunen.

Die Königsfamilie war eingetroffen.

Der Saal füllte sich.

Die Pagen spielten recht gut. Pihlman mimte die Wahrsagerin. Danach sprang ich aus den Kulissen. Mir war schwindelig vor Hunger, ich stolperte. Meine Schuhe fielen fast auseinander. Sofort kam Lachen auf. Als ich merkte, daß das Publikum löcherige Schuhe lustig fand, zeigte ich ihm die Sohlen. Das war noch lustiger. Im Nu hatte ich meinen Rock über den Kopf gezogen und sang:

Im zerschliss'nen braunen Rock
sehe ich durch dessen Risse
König, Bühne und Kulisse,
fürchte Gläubiger und Stock.
Sklaven aus Barbarenland
nähmen nicht mein karges Lager;
hungrig bin ich, krank und mager,
und was habe ich als Pfand?
Meine Miene ist erhellt
von Verzweiflung, die da lodert,
da mein Leib im Koben modert,
und ein Kellgren nimmt mein Geld.

Kellgren! Ja, dessen Namen baute ich ein, als ich ihn im Publikum entdeckte. An dem Tag, als das Oberstatthalteramt den Oberen Ständen verordnete, die Nationaltracht zu tragen, war er der erste gewesen, der sich eine solche hatte nähen lassen, aus schwarzem und rotem Seidensamt, mit Silber verbrämt und mit Pailletten bestickt. Der Finne Kellgren gehörte zwar nicht dem Hofe an, aber indem er dem König schmeichelte, versuchte er meinen Platz bei ihm einzunehmen. In der Woche zuvor hatte er in dem Blatt *Hwad Nytt? Hwad Nytt?* mit all der schweinischen Gemeinheit, deren er mächtig war, mich und mein ganzes »schmutziges« poetisches Werk verhöhnt: »Anakreon, wo ist dein Lob? / Ein andrer raubte dir die Leier, / der quick in seines Rausches Feuer / entzückte bald Priapi Hof, / der Unzucht treibet mit Chrysippen / und mit belesnen Eslein spielt, / aus Schwedens Wirtshaus-Aganippen / mit Doppelbier die Adern füllt, / dess' Musen sich im Spinnhaus nähren, / um dessen Grazien Säufer frei'n, / und den die Plat'schen Jüngferlein / des Liebesgottes Sprache lehren.« Dieser Dachs von Dozent der Schönliteratur aus dem finnischen Åbo hatte es unerhört gefunden, daß der König von Schweden einen Dichter bei sich litt, der ein Hofpoet der Bordelle war. Daß er sich bald selbst, mit all seiner geistigen Vitalität, in einem Bordell eine pestartige Ansteckung einhandelte, änderte nichts. Binnen kurzem würde er seine Wundsekret absondernden Genitalien durch die Schloßgalerien schleppen, und das auf Bein- und Gliederschmerzen beruhende trippelnde Hinken würde im Weißen Kabinett widerhallen und als »Kellgrens Hinken« bekannt sein. Denn der König würde sehr bald Opernlibretti bei ihm bestellen, die kleinen Prologe französischer Bildung für die höfischen Festlichkeiten, und eine ganze Oper.

Ich zog meine weiße Perücke vor ihm, schlug nach Fliegen, zog das Hosenfutter heraus, zeigte, wieviel Platz mein abgemagerter Körper darin hatte, zog den Bauch ein, so daß die Hosen herunterfielen und auf den grauen Strümpfen hängenblieben, und sagte:

»Dieser Herr will in meine Hosen hinein!«

Ein Gelächter ohnegleichen brach los. Der König lachte aus vollem Halse, die Königin lachte, Herzog Karl lachte. Alle lachten aus vollem Halse, prusteten und pusteten, johlten und japsten. Nur Kellgrens Lachen war etwas dünn.

So gab das Schicksal, im Gewand des Marktschreiers, meinem Leben in diesem Herbst 1778 eine neue Richtung.

Kellgren wurde Hofdichter.

Ich wurde unter dem Titel eines Notarius zum Marktschreier für den Bauernstand herabgestuft. Da hatte der Nachtfrost schon das gelbe Ahornlaub auf dem Hof verstreut. Offiziell sollte ich während des drei Herbstmonate dauernden Reichstages das Protokoll des Bauernstandes führen. Acht Foliobögen wurden mir zugeteilt, von denen ich zwei auf finnisch ausfüllte. Ich sollte an Schröderheims Seite agieren. Auch er hatte die Rolle eines Marktschreiers. Er war landesweit berühmt für seine gesellschaftlichen Talente und hatte sich nicht in Fragen wie Grund- und Bodensteuer, Todesstrafe und unerlaubten Beischlaf einzumischen, sondern sollte die Bauern bei Laune halten. Zu diesem Zweck gab Gustaf ihm 6000 Taler Bestechungsgelder. Wir beide sollten die Bauern im Wirtshaus freihalten und bei allgemeiner Festlaune den König loben und preisen. Ich war der Gaukler für das niedere Volk, ein liederlicher Mensch und Saufbruder; ich sollte von unten auf sie einwirken. Schröderheim war adelig, und auf seiner Stirn perlte der Schweiß des Schöngeistes; er sollte von oben seine Salbung auf sie gießen.

An einem Freitag abend, dem letzten Tag im Oktober, bewirteten wir die Bauern in Schröderheims Stadtwohnung am Deutschen Bäckerhaus an der Nybrogatan. Die wochenlange Schmierarbeit hatte uns einen geordneten, untadeligen Taschenspielertakt beigebracht. Schröderheim sprach mit warmen Worten über den König, schnalzte dabei mit der Zunge, als ob er auf einem rhetorischen Steak herumkaute. Nie hatte der Sprecher des Bauernstandes, der Schone Mattsson, ein solch warmes Wohlwollen dem König gegenüber empfunden wie an diesem Abend. Nach dem Genuß von Rheinwein und Vanillelikör sank sein Gesicht mit dem Ausdruck höchster Zufriedenheit auf seine Brust hinunter. Früher am Tage hatte ich die Kupplerin Madame von Plat gesehen. Weißhäutig und üppig, in ein rosenrotes *Deshabillé* gekleidet, saß sie in ihrem grünlackierten, von drei Füchsen gezogenen Wagen. Sie ließ das Fenster herunter und betrachtete mich lächelnd. Ich lüpfte den Hut, nahm eine Prise und bekreuzigte mich; das war das Zeichen, daß sie auch diese Nacht die Reichstagsbauern mit frischem Fleisch zu versorgen hatte.

Das Jüngferlein mit den rotgefärbten Brustwarzenhöfen, das pünktlich um Mitternacht bei Schröderheim hereintrippelte, kam von der Plat. Die Weidegründe bei Schröderheim waren fett. Auf der Treppe drängte ich mich an noch einigen Jungfern vorbei, die mir die Zunge herausstreckten: Bellman war nun ein verheirateter Mann und anständig geworden.

Ich ging also nach Hause. Der Kachelofen strömte noch Wärme aus, als ich neben Lovisa ins Bett kroch. Im Schlaf pustete sie zärtlich die Wörter ›lilla pytta‹ hervor, die soviel bedeuteten wie ›kleines Püppchen‹ und für eine Weile ein Lächeln auf meine Lippen zauberten. Lovisas Schwester Anna hatte eine Tochter geboren, eine Gustava.

In aller Frühe, es war noch dunkel, weckte mich Kanonendonner. Hunderte von Böllerschüssen müssen es gewesen sein! Ein Herold ritt im Pulverdampf durch die Straßen und verkündete mit lauter Stimme, daß die Königin dem Lande einen Prinzen geschenkt hatte. Ich aber stellte mir vor, daß die liebe kleine Gustava mit Salutschüssen begrüßt wurde. Doch kaum hatte ich die Beine über die Bettkante gehoben, schüttelte mich ein Hustenanfall. Blut rann mir über das Kinn den Hals hinunter. Ich legte mich zurück und verlor das Bewußtsein.

Ich lag nun mit meiner kranken Lunge zu Hause, ans Bett gefesselt bis zu der Katastrophe, die das neue Jahr einläuten sollte. In dieser Zeit begann auch der Finne Kellgren durch die Schloßgalerie zu humpeln. Mit seinem hartnäckigen geistigen Leiden, das »Verachtung der Pöbelhaftigkeit« hieß, begann dieser neu ernannte Hofdichter Kellgren mich heimzusuchen wie eine zweite Krankheit.

Während Lovisa an meinem Bett wachte und Zeit fand, einige Zoll an einer grünen Jacke zu stricken, wurde am Norrmalmstorg ein Festhaus errichtet, um die Geburt des Thronerben zu feiern. Unsere Dienstmagd Lotta hatte eine Anstellung in der Dimanderschen Tabakfabrik gefunden, für sie kam die Jungfer Anna Norberg mit ihrem achtjährigen Sohn Erik. An diesen Knaben erinnere ich mich nur schwach. Er verwahrte in einer Schachtel Kakerlaken, die er auf dem Rücken hübsch bemalt hatte. Wenn der Knabe an meinem Bett vorbeikam, schob er die Unterlippe vor zu einer hämischen Grimasse.

Bald danach war er nicht mehr da.

Wenn ich nach Luft rang, zischte meine Luftröhre wie eine hohle Schlange.

Oft lag ich bewußtlos in hitzigem Fieber.

Dicke Winterfliegen spazierten über die mageren Weideflächen meiner Backenknochen, setzten sich in meine Mundwinkel und wärmten sich an meinen heißen Atemzügen. Manchmal versuchte ich mit besinnungsloser Anstrengung die Hand zu heben, um sie wegzuwischen, aber ich konnte keinen Finger rühren. Schröderheim kam zu Besuch, mit Schnee auf dem Hut. Er schlug ein Kreuz, betete ein Ave Maria herunter, kniete kurz nieder und setzte sich dann, begann von unerquicklichen Familienszenen am königlichen Hofe zu erzählen. Tagelang wechselte die Stimmung zwischen lauter Freude, stillem Kummer und heftigem Zorn. Anlaß war der neugeborene Prinz. Die Königinwitwe hatte in einem Brief an ihren Sohn Gustaf erklärt, daß sie das Kind verfluche, da es außerehelich geboren sei. Gustaf las den Brief, rasend vor Zorn, und mußte mehrere Gläser Wasser trinken. Prinz Fredrik, der ihm den Brief der Königinwitwe aus der Hand riß, verlor beim Lesen das Bewußtsein, mit dem Finger auf der dritten Briefzeile. So hatte Gustafs Mutter den schönsten Tag im Leben des Königs vergiftet. Der Bruch war besiegelt.

Schröderheim drückte mir eine Gänsefeder in die Hand, hielt ein Papier darunter und befahl mir, sie hin und her zu bewegen; er wollte herausfinden, ob ich wieder stark genug war, eine Feder zum Rascheln zu bringen.

Zu Weihnachten stellte Jungfer Norberg Armleuchter mit Papierschmuck auf. Am anderen Ende des Korridors, vorbei an den Türen der Konstablerwitwe, des Seidenwebers, der Buchdruckergesellenwitwe und des Arsenalbediensteten, wurde eine frisch geschlagene Fichte aufgestellt und mit bunten Papiersternen geschmückt. Lovisa und ich waren beim Schwager Lindström eingeladen, der eine Stelle als Buchhalter bei der Kronenbrennerei auf Kungsholmen erhalten hatte und nun mit Sack und Pack umgezogen war in ein schönes Steinhaus mit Vierfensterfront und Dienstbotenkammer unter dem blechgedeckten Mansardendach. Wir gingen jedoch nicht hin, denn seine beiden Töchter waren erkrankt, und ich war noch zu schwach.

Am Morgen des Heiligen Abends stand an meinem Bett ein Sängerquartett: Carl Stenborg war dabei und Patric Ahlströmer, der dieser Tage von Gustaf in den Freiherrenstand erhoben worden war. Ahlströmer hielt ein tränennasses Taschentuch in der Hand. Er schenkte mir 500 Taler, zerdrückte eine Laus an meinem Ohr und flehte dann die höheren Mächte an, daß ich wieder auf die Beine kommen möge für die bevorstehenden Festlichkeiten. Er meinte die Festlichkeiten, welche die Bürgerschaft veranstalten wollte, um den neugeborenen Prinzen zu feiern.

Auf dem Platz unterhalb des Schlosses hatte man ein Festhaus errichtet. Es war so lang und breit gebaut worden, wie der verfügbare Platz es nur zuließ. Man hatte eine Tribüne aufgestellt, von der aus der Hof und der Adel auf die Menge der Armen herabschauen konnten, von denen man annahm, daß sie sich über alle Maßen freuen würden, denn es war geplant, sie an Schanktischen gratis mit Brot, Wein, Branntwein und Bier zu bewirten. Dann kam der 30. Dezember, der Tag, an dem das Fest stattfinden sollte. Musik von Klarinetten, Waldhörnern, Pauken und Trompeten lud das Volk zum Tanz. Der Adel und der Hof waren da und sahen von der Tribüne aus zu. Von allen Seiten stürmte der Pöbel durch die fünf Portale in den Saal, und es war noch nicht einmal acht Uhr, da waren 64 Personen zu Tode getrampelt. Auf der Treppe lagen die Toten in Haufen, darunter hervor drangen halberstickte Rufe um Hilfe. Die Stadtwache und die Bedienten mühten sich vergebens. Das Gedränge wurde immer ärger, auch drinnen an den Schanktischen wurden Menschen totgetrampelt, und so ging es weiter, während andere, neben den Leichen, lustig weitersoffen und tanzten.

In der starken Kälte, die in dieser Nacht herrschte, erfroren indessen noch weitere Menschen, bevor Hilfe herbeigeschafft werden konnte.

An Silvester waren 111 Tote identifiziert.

Man hatte einigen die Eingeweide aus dem Halse und drei ungeborene Kinder aus den Leibern ihrer Mütter herausgetrampelt.

Auf die Bitte hin, nicht auf die Sterbenden zu treten, hatte der Pöbel nur neue Gläser gefordert und hurra geschrien für die Leichen.

Am nächsten Tag säumte derselbe hurra schreiende Pöbel die Straßen, als Gustafs Karnevalszug durch die Stadt zog. Ein als Bacchus verkleideter Page warf mit Stroh umwickelte Weinflaschen aus einem Wagen. Eine Fruchtbarkeitsgöttin teilte von einem zweiten Wagen herunter Fleisch und Brot aus. In einem dritten Wagen, der ebenso wie die ersten beiden von acht Pferden gezogen wurde, saß der personifizierte Überfluß und streute Silbermünzen zu Ehren des neugeborenen Prinzen unter das Volk.

Etwas später im Jahr schenkte Gustaf, auf Anraten des Reichsrats Scheffer, den Familien der Toten 1000 Taler.

Die Jungfer Anna Norberg bekam fünf davon für ihren Sohn Erik mit den bemalten Kakerlaken.

KEINE TALER bekam hingegen das Ehepaar Lindström. Nachdem sie ihr erstgeborenes Kind im frühesten Kindesalter verloren hatten, wurden ihnen nun auch die beiden Töchter Sofia und Gustava plötzlich genommen.

Lovisa und ich fühlten uns elend an Leib und Seele, als wir von den Roten Buden aus auf der Holzbrücke über das Eis des Klarasjön gingen. Windstöße fegten über den Riddarfjärden. Schnee wirbelte von allen Seiten über das Lindströmsche Steinhaus, rieb wie Sand an der Fensterscheibe, hinter der Martins Gesicht erschien, verzerrt, leichenblaß, versteinert zu einer Gipsmaske. Wir versuchten nicht einmal, ihn zu trösten. Erst kürzlich hatten die Pocken sein Töchterchen Sofia hingerafft, vor einer Woche hatten wir sie auf dem Friedhof von Sta. Klara begraben, und schon hatte der Tod erneut Ernte gehalten. Die Mägde standen in schwarzen Kattunkleidern still an der Wand. Ein weißes Leinenhemd war zerschnitten und gestärkt worden, um den Fußboden reinzufegen. Myrtenblätter waren in Rauten um den kleinen Sarg gelegt worden, der aussah wie ein glasloser Guckkasten. In der Schlafkammer lag Mutter Anna. Es zerriß uns das Herz, als wir sie etwas Unverständliches hauchen hörten, etwas wie ein Gebet, aber Martin sagte, daß es der stumme Rest dessen war, was sie aus sich herausgeschrien hatte, als sie ihre Teilhabe an Christi Gnade aufkündigte.

Wir wandten uns wieder dem Sarg zu. Auf der Tafel am Fußende stand der Name Gustava Fredrica. Im Alter von sechs Wochen war sie des Hungertodes gestorben, am Soorpilz, den die Amme mit ihrer unreinen Brust auf sie übertragen hatte. Ein weißer Belag hatte sich an mehreren Stellen gebildet, war zusammengewuchert und hatte schließlich den ganzen Mund bis in die Kehle hinein mit grauweißem Pilz angefüllt.

Der König hingegen hatte einen Sohn, einen Prinzen. Mit einem kleinen Fest wurde bei Hofe schon die Genesung der Königin vom Kindbett gefeiert. Mehrere Geladene hatten jedoch Entschuldigungen vorgebracht und waren ferngeblieben.

Des Königs Gegner aus dem Adel verabscheuten ihn, versuchten ihn auf jede Weise zu diffamieren. Er sei so selbstgefällig, daß er jedes Gespräch sofort abbreche, wenn man nicht einfallsreich genug war, seinen Hochmut mit immer neuen Schmeicheleien zu bedienen. Sie warfen ihm vor, daß er mit seiner Sucht nach Magnifizenz alle Ämter erniedrigt habe, bis hin zum Reichsrat. Fehler oder Eigenheiten wurden nun in gehässigster Weise aufgebauscht: Sein Hang zur Nachlässigkeit rechtfertigte den Vorwurf »entsetzlicher Unordnung bei Hofe«. Die Tatsache, daß er mit wenig Schlaf auskam, bedeutete: »Er macht die Nacht zum Tage.« Selbst über sein Äußeres wurde hergezogen. Aufgrund einer gewissen Asymmetrie seines Gesichtes, beruhend auf einer geringfügigen Abflachung an der linken Stirnseite, war er »häßlich und sein Schädel eingedrückt«; auch waren »seine Füße mädchenhaft klein, die Beine krumm«. Wendete man ein: »Das habe ich nicht erkennen können«, so hörte man: »Nun ja, alle Kleidungsstücke sind eben so gewählt, daß sie diese Mißbildung verbergen«, und im nächsten Atemzug behauptete derselbe: »Er kleidet sich nachlässig. Oft sitzen die Hosen so schlecht, daß die nackten Knie hervorstechen.« Weiter hieß es: »Er wäscht sich nicht. Seine Zähne werden schon schwarz, und sein Atem macht jedes Gespräch mit ihm unerträglich.« Einige gingen soweit zu sagen, niemand liebe den König, und der König habe nie Liebe für jemanden empfunden. Widersprach man aber: Ist der und der etwa nicht sein Freund? so war die Antwort, die verstünden es eben, dem König zu schmeicheln. Es war Schröderheim, der mir von diesen Dingen erzählte. »Und man wirft ihm vor, daß ein Schelm oder ein Page ihm mehr bedeutet als die vornehmsten Mitglieder des Adels, wenn er nur dazu taugt, neue Vergnügungen zu erfinden.«

Mir fiel ein, was Schröderheim früher einmal über die Rolle des Schelmen gesagt hatte: Der Schelm ist ein Wesen, dem sich der König anvertrauen kann, ein Tor, der nicht seinen Argwohn weckt und der ihn ungestört seine Entscheidungen treffen läßt.

Nun geschah folgendes: Als der Bildhauer Sergel nach zwölf Jahren aus Italien nach Stockholm heimkehrte, wurde ich zum *lever* bestellt. Ich mußte mich jedoch entschuldigen, da ich Husten hatte.

Sergel kam zusammen mit dem Maler Pehr Krafft. Die beiden Künstler wurden nach dem *lever* durch die Garderobe zu den Zimmern Seiner Majestät geführt. Von einem der französischen Gasthäuser der Stadt wurden Speisen herbeigeschafft. Während des Mittagessens sprach man über Kunst. Sergel hatte aus Livorno eigene Werke mitgebracht, hatte aber auch auf Rechnung Seiner Majestät Antiquitäten, Porphyrvasen, Tische und Marmorbüsten eingekauft. Dann wandte sich der König an Krafft und kam auf die Portraits bedeutender schwedischer Männer zu sprechen, die er in Auftrag gegeben hatte. Lorens Pasch malte den Hof und den Adel. Krafft malte alle übrigen. Linné, der vor kurzem das Zeitliche gesegnet hatte, war schon fertig portraitiert, auch Onkel

Swedenborg, dessen Fachwerkhaus in der Hornsgatan übrigens gerade abgerissen wurde, weil es dort spukte. Nun erwähnte der König, daß er auch den Hofsekretär Bellman zum *lever* habe rufen lassen; der habe es jedoch vorgezogen, nicht zu erscheinen, daher bitte er ihm auszurichten, daß er bei Krafft ein Portrait von ihm bestellt habe. Er war, wie Krafft mir berichtete, spürbar verärgert über mein Fernbleiben und merkte wohl deshalb an, daß nicht meine Bedeutung als Dichter Grund für die Bestellung sei; vielmehr solle ich mit dem Portrait dafür geehrt werden, daß ich als Notarius des Bauernstandes so gut den Schelmen gespielt und die Reichsbauern in eine fügsame Haltung hineingesoffen hatte.

Ein Brustbild, keine ganze Figur. Von dem Schelm.

In Nationaltracht. So war es vom König befohlen.

Unter einem Tisch im Schornsteinfegerkrug lagen eines Morgens früh eine Ziegenhaarperücke, ein hingeworfener blauer Überrock, hastig abgestreifte schwarze Hosen und eine gelbe Lederweste mit mehreren zerdrückten Flöhen; dazu ein herabgefallenes gelbes Gehänge und graue Stiefeletten.

Der Bacchusheld Mowitz war tot.

Ein letztes Mal hatte er die Preisliste an seiner Krugtür aufgehängt, dann war er abgetreten, mit seiner Baßgeige und allem, was zu ihm gehörte. Seine Witwe Christina Zeder zeigte mir, wie er gelitten hatte, wie er an Leib und Seele verkümmert war und wie er schließlich gestorben war an den dunkelbraunen Steinen, die er ausgeschieden hatte, unglaublich harte, maulbeerfarbene knollige Steine. Sie hatte sie in einem Weinglas gesammelt, das auf dem Wandbrett stand. Fast schwarz waren sie, betonte sie. Einer war gelblichrot und abgeplattet. Mit Grimassen und hüpfenden Schritten zeigte sie dann, daß er weder habe reiten noch fahren können, da das Rütteln die Schmerzen verschlimmert hatte.

Ich schuldete dem Krug 320 Taler, davon zahlte ich nun 100 von meinem Lotteriegehalt; diese Summe war mir übriggeblieben, da der Freimaurerorden mir »in Anbetracht verschiedener

Gründe und Umstände« eine Forderung von 585 Talern erlassen hatte. Einer der »verschiedenen Gründe« war, daß ich in der Karfreitagnacht an einer mystischen Séance im Keller Kaiserkrone mitgewirkt hatte, die vom Oberzeremonienmeister bei Hofe, Carl Plommenfelt, geleitet worden war. Ein Gefühl von Unzufriedenheit und Unruhe hatte Gustaf dazu getrieben, in der Freimaurerei Trost zu suchen. Plommenfelt hatte den fünften Grad der Kapitelloge erobert. Der Orden brauchte einen Großmeister, einen Vicarius des Weisen Salomon, und um endgültig im ganzen Lande Anerkennung zu finden, hatte man diesen Posten dem König selbst angetragen. Vor der Karfreitagnacht hatten wir den ganzen Tag gefastet. Um elf Uhr abends versammelten wir uns im Keller Kaiserkrone. Der König fand sich ein, auch beide Herzöge und mehrere Höflinge. Zunächst wurde eine Aufnahmezeremonie abgehalten. Der Kandidat wurde hereingeführt, barhäuptig und mit einer blutigen Binde vor den Augen. Den Rock hatte er abgelegt und das Hemd über die Schulter heruntergezogen, so daß die linke Seite der Brust, das Herz, entblößt war. Die Fersenkappe des einen Schuhs war heruntergetreten und das linke Hosenbein bis über das Knie hochgerollt. Um den Kandidaten herum versammelten sich die Freimaurerbrüder, mit hohen Hüten, weißen Handschuhen und Degen. Der Kandidat fiel nun auf einem Teppich vor dem Thron auf die Knie und beantwortete rituelle Fragen. Nachdem er schließlich den Ordenseid abgelegt hatte, mit dem jeder Kandidat schwor, sich dem Alleinherrscher zu unterwerfen, wurde die blutige Binde abgenommen, und er fand sich mitten in einem Kreis von Freimaurern wieder, die alle ihre Degen auf sein entblößtes Herz gerichtet hatten.

In diesem Augenblick erschien Plommenfelt, er sah schreckenerregend aus mit dem Kruzifix in den Händen, dem Lederschurz und den bis zu den Achseln aufgerollten Hemdsärmeln.

Die Draperie wurde beiseite gezogen und gab den Blick auf einen Sarg frei.

Plommenfelt zog mit Kohle einen Kreis um den Sarg und vollzog nun all das Brimborium, das man von einem Betrüger erwarten kann, der einen König in den höchsten Grad des Großmeisters manövrieren will. Er benutzte bei seinen Séancen Kohle, Kreide, Blut, einen Spiegel und heiße Steine. Als die Zeremonie bei den heißen Steinen angekommen war, hörte man im Sarg einen kräftigen Schlag gegen den Deckel. Plommenfelt sagte, Geister hätten ihr Erscheinen angezeigt. Dann begann die Beschwörung. Es verhält sich bekanntlich so, daß jeder Mensch ein zweites, jenseitiges Ich hat, eine Gestalt, die ganz und gar der irdischen entspricht. Dieses zweite Ich führt ein trauriges und dunkles Dasein im Grabe, aber es besitzt die Gabe der Prophezeiung. Hatte die Hexe von Endor nicht Samuels Geist vor Saul heraufbeschworen?

Plommenfelt breitete ein blutiges Tuch über den Sargdeckel; Schatten lieben ja bekanntlich Blut. Besonders wichtig war der balsamierte Kopf eines Kindes. Mit einem solchen klopfte er dreimal an die Stelle, wo der kräftige Schlag ertönt war. Dann rief er durch den Sargdeckel hindurch das Haus der Ewigkeit an und vermeldete, daß König Gustaf anwesend sei.

Und nun ertönte Gustafs klare, helle Stimme aus dem Sarg und fragte, ob Gustaf mit seinem jenseitigen Ich im Grabe in Berührung zu kommen wünsche. Ein erschrockenes Raunen ging durch den Saal, und Herzog Fredrik, der eine leicht erregbare Seele besaß, war so erschüttert, die Stimme des Königs dort drinnen im Sarg zu vernehmen, daß er zu weinen anfing. Plommenfelt beantwortete die Frage aus dem Jenseits damit, daß König Gustaf sein Geister-Ich suche, um seine Zukunft zu erfahren. Aus dem Sarg hörte man ein schweres, rasselndes Atmen. Dann kam die Antwort:

»Ich werde Schwedens berühmtester Kriegsheld sein, desgleichen die am innigsten geliebte Gestalt in der Geschichte des schwedischen Reiches. Ich werde den höchsten Grad des Freimaurerordens bekleiden, den Grad des Vicarius des Weisen Salomon.«

Schröderheim berichtete mir, daß das Nachspiel noch wesentlich interessanter gewesen sei. Die ganze Gesellschaft hatte der Séance ihre vollkommene *dévotion* geweiht. Herzog Fredrik war immer noch frappiert, umarmte weinend alle, sobald man ins Treppenhaus hinauskam. Auch Gustaf war gerührt. Er schwor mit Tränen in den Augen, von Stund an generöser zu sein, worauf alle einander mehrmals umarmten, dort draußen in der Nachtluft in der Drottninggatan an der Ecke zur Fredsgatan, wo der Keller Kaiserkrone lag.

Natürlich war ich es gewesen, der im Sarg gelegen und nach Plommenfelts Regieanweisungen agiert hatte. Zum Glück blieb ich dabei von einem Hustenanfall verschont.

In dem trügerischen Gefühl, mit den Schatten sprechen zu können, nahm ich mir das letzte und längste meiner Ordenskapitel vor, an denen ich seit einiger Zeit arbeitete: meinen Lobgesang auf den toten Mowitz.

In diesem hingeschiedenen Bacchusbruder sah ich ja selbst mein zweites Ich, mein *alter Ego*!

Der Maler Krafft hatte sein Atelier am Skinnarviksberg. Er malte mit einem überaus schönen Kolorit, beinahe ohne Schatten. Er sagte, daß er mich nicht idealisieren wolle, er wolle aber auch keine Kopie von mir anfertigen. Ich solle in Hemdsärmeln auftreten, die knallrote Weste solle einen starken Kontrast zu dem Weiß des Hemdes und der Halskrause bilden. Er wolle meinen Geist darstellen, der ein Dasein im Dunkeln führte. Er wolle versuchen, diesen Geist mit meinen höchst lebensvollen satyrhaften Zügen zusammenzuschweißen.

Unten in der Bucht Skinnarviken lag ein Lumpenmagazin. Ich sah vom Atelier aus, wie die Lumpen von dort aus verfrachtet wurden. Die Schoner liefen durch einen Kanal zwischen dem Alby sjö und dem Tullinge sjö zu den Pressen der Papierfabrik in Tumba. In diesen Tagen, während ich bei Krafft auf einem Stuhl Modell saß, schrieb ich meine Ode über Mowitz, über den Tod, der sich in der Blume des Genusses verbirgt, ja von ihm geboren wird. Ich hatte einige Bögen Schreibpapier mit dem Stempel der Fabrik in Tumba gekauft und verwendete eine gespitzte, plattgepreßte Gänsefeder, die ich auch als Plektron für mein Cithrinchen verwendete. Ich war nun 39 Jahre alt und wollte endlich mein Debüt als Dichter geben. Mit den perfektesten Alexandrinern, die die Welt je gesehen hatte, würde ich in *Bacchi Tempel* alle großen Dichter unserer Zeit übertreffen, und ich würde etwas Größeres hervorbringen als den Prinzen, den das Königspaar gezeugt hatte: Mowitz sollte mit Ulla Winblad zusammen der Welt einen kleinen Mowitz schenken, einen Thronfolger, der in Bacchi Königreich nicht seinesgleichen haben würde.

Krafft sagte, ich hätte ein einmaliges Gesichtsoval. Er liebte den edlen Höcker oben auf dem Nasenrücken, und das braune Haar wollte er ungepudert malen, vielleicht würde er auch ein zusammengerolltes Manuskript in meine Weste stecken, wie ein Brustbukett.

Die Dichtung über den Tod des Helden Mowitz war eine unerwartet harte Kraftprobe. Mein ganzer Erfindungsreichtum war gefordert. Da ich meine Phantasie bis zur äußersten Grenze anstrengte, war das, was dabei herauskam, das einfallsreichste, üppigste und burleskeste Mysterienspiel der ganzen schwedischen Literatur. Ich nahm mein Schreibzeug mit und arbeitete im Schuppen draußen auf dem Hof. Lovisa war sehr verwundert. Mit was beschäftigte ich mich Tag und Nacht? Ich rührte aus Lampenruß, Talg, Wachs und Schellack in einem Eimer Tinte zusammen. Ich formte jedes Wort mühsam mit der Hand und schrieb das Manuskript drei- oder viermal um, bevor ich es zum Druck gab, und als ich es zurückbekam, arbeitete ich es noch einmal um, bevor ich es mit den kostspielig gravierten Noten versah und mit Radierungen der Brüder Martin ausschmückte, die nach zehnjährigen Studien in England soeben heimgekehrt waren. Um den Druck finanzieren zu können, schenkte ich dann dem Hofgraveur Suther ein handgeschriebenes Exemplar mit Widmung; dieses Exemplar war so schön, daß er es in seiner Kunstsammlung im Großen Daurerschen Haus in eine Glasvitrine legte. Es ist also ein Irrtum zu glauben, daß es leicht war, meinen Ruf als Dichter wieder aufzupolieren, den Kellgren besudelt hatte, oder daß ich aus reinem Vergnügen mit der Hofkapelle nach Drottningholm fuhr, um Ihrer Majestät der Königin an ihrem Namenstag unter ihrem Fenster eine Serenade darzubringen.

Etwas später geschah dann folgendes.

Gustaf, der seiner Mutter, der Königinwitwe, ausweichen wollte, hatte seinen Hof nach Gripsholm verlegt. In Stockholm hatte er die letzte Zeit nur mit freudlosen Pflichten zugebracht. Ratssitzungen und Kabinettskonferenzen langweilten ihn. In Gripsholm dagegen konnte er sich den ganzen Tag seinen Vergnügungen und dem Gesellschaftsleben widmen. Bei einem Besuch bei Hilleström erfuhr ich, daß der Kapitän der Garde, Graf Gyllenstolpe, beim Hofgraveur Suther Schmuck und andere hübsche Dinge eingekauft hatte, unter anderem eine mit Zinn und Gold eingelegte Pfeife. Diese Einkäufe waren auf Rechnung des Königs gegangen, sagte Hilleström, und die Pfeife war kolossal kostspielig gewesen.

Am gleichen Abend kam ein Bote und brachte mir die Einladung nach Gripsholm.

Das Portrait war fertig.

Ich begutachtete meine alte Pfeife, kam zu dem Schluß, daß der König mir endlich ein edleres Geschenk verehren wollte, und wenn ich die neue Pfeife verkaufte, sagte ich mir, konnte ich mir damit den Druck von *Bacchi Tempel* leisten.

So viele Höflinge waren nach Gripsholm mitgereist, daß der Kammerherr Ehrensvärd gezwungen gewesen war, mit den Bürgern von Mariefred wegen Unterkunft zu verhandeln. Ich wohnte in einer kleinen Schankwirtschaft in der Långgatan und wartete vier Tage darauf, bei Seiner Majestät aufzutreten. Während dieser Zeit rollten Lieferwagen mit Buttergebäck, Rindfleisch, Wildenten und Auerhühnern durch die kleine Stadt. Täglich wurden Wein und Champagner auf dem Burghof abgeladen. Ein einziger Wagen faßte Getränke für 400 Krüge.

Ich wartete vergebens.

Bei meiner Wirtin bekam ich kalte Pfannkuchen und Zwiebeln. Sogar der Magistrat machte mir die Aufwartung und sagte unter Verbeugungen, man wisse, wer »der berühmte Weinskalde Bellman« sei. Als ich endlich meine Siebensachen packte und nach

Stockholm zurückkehrte, hatte der Hausknecht die Worte »Bellmans Küche« auf ein ausrangiertes Plakat vom Buß- und Bettag gemalt. Sobald ich abgereist war, sagte er, würde er es an die Tür des Zimmers nageln, in dem ich gewohnt hatte.

MIT KOMISCHER VERZWEIFLUNG erzählte ich Lovisa meine Gripsholmgeschichte. Keine goldene Pfeife, aber an einer Tür ein Schild »Bellmans Küche«. Mit leisem Spott sagte sie:

»Das ist wahrhaftig eine Bellmangeschichte!«

Nun folgten Wochen, in denen der Alltag mit der Regelmäßigkeit eines Uhrwerks ablief. Die schlanke, lebhafte, kokette Lovisa nahm diese Tage ebenso würdevoll auf sich, wie sie zum Abendmahl ging, so als wäre sie bereit niederzuknien. Sie sagte mit einem Lächeln »verzeih mir!« und zeigte mir eine Rechnung des Gemischtwarenhändlers Planman. Für die Gattin eines Hofsekretärs, die mit »Frau« angeredet wurde, war Lohnarbeit nicht schicklich. Unsere Armut zwang sie jetzt jedoch, Näh- und Stickarbeiten anzunehmen. Sie hatte Seidengarn, Baumwollgarn, Saumband und Fischbein sowie 32 Docken Nähgarn eingekauft. Ich drehte die Rechnung um und untersuchte die Rückseite, aber die war blank. Beim Seidenwarenhändler Ek an der Norrbro hatte sie einige Ellen graues Seidenfutter gekauft.

Ich verstand nicht, wie sie mir Rechnungen zeigen und dabei einen leicht wollüstigen Ausdruck im Gesicht haben konnte. Sie zog die Augenbrauen in die Höhe, wendete die Handflächen nach oben und sah mich »wollüstig« an.

Ach ja! Wir hatten noch etwas von Haeffner zu erwarten, dem Kapellmeister von Carl Stenborgs Theater. Haeffner hatte bei uns hereingeschaut und mit Tusche einen Schattenriß von mir zu Papier gebracht. Sollte das Portrait im *Allehanda* kommen, würde Haeffner mir zehn Reichstaler zahlen. Das reichte nicht lange. Zwar konnte man bei der Assistance auf Riddarholmen Einrichtungsgegenstände verpfänden und dafür Darlehen aufnehmen – diese Pfandleihanstalt war eine staatliche Einrichtung, die den ärmeren

Klassen diente –, doch hatten wir ohnehin schon alles, was irgendeinen Wert hatte, dort in Verwahr gegeben, erinnerte mich Lovisa. Kürzlich waren auch unsere Spiegellampen dort gelandet.

Lovisa hatte sich inzwischen mit gutmütiger Resignation an den Geruch der Armut gewöhnt, der ihr und unserem Heim anhaftete.

Nach zwei Jahren in der Lästmakargatan war der Verfall nicht länger zu verheimlichen. Die Armut war hörbar. Sie dröhnte in den Ohren. Die Augen hatten den glasigen Ausdruck angenommen, den nur der Hunger verlieh.

Bruder Johan sah es sofort, als er mit der *Terra Nova* aus China zurückkehrte. Er erkannte es an den Falten in Lovisas Ellbogenbeuge. Johan hatte Zimt, Arrak und Sago mitgebracht, letzteres verschlangen wir gierig. Doch richtiges Essen war das nicht. Zwischen den Teekisten war Chinawurzel gestaut. Die konnten wir an die Apotheke verkaufen. Ich bekam von Johan auch Kartenspiele und Spielmarken.

Es ging auf den Frühling zu, aber noch war es winterlich kalt. Viele Menschen litten Not. Johan zog zu Schwager Arrhén, der seit seinem Konkurs auf Stadsholmen wohnte. Arrhén war jetzt Gutsverwalter bei Herzog Fredrik, jedoch ohne Gehalt, und seine neue Wohnung bei Fabrikant Becklin war so ärmlich ausgestattet, daß er und unsere Schwester Catharina kaum das Allernotwendigste zum Lebensunterhalt besaßen. Sie hatten vom Handelskollegium die Erlaubnis bekommen, einen Kaffeeausschank zu betreiben, aber die Einkünfte daraus waren so gering, daß Catharina zu Nadel und Faden gegriffen hatte, um sich und ihren Mann zu versorgen. Zu Ostern luden wir sie zu einem Festessen ein. Der Tisch war mit Polsterstoff gedeckt. Von unseren Weingläsern hatten wir zwei behalten, zwei von den kleinen. Bei der Nachbarin liehen wir uns ein Salzfaß aus, und da wir weder Messer noch Gabeln für uns alle hatten, brachten die Gäste ihre eigenen mit. Wir aßen Schwarte vom Schweinskopf. Auch eine Schale mit Sirup stand auf dem Tisch, und in einem Korb lagen vier kleine Brotlaibe.

Während die Armut wuchs und immer tiefer in uns eindrang, ergriff ein ungestümes, bohrendes, saugendes Sehnen von mir Besitz, wieder in den munteren Freundeskreis zurückzukehren. Die Sehnsucht hinauszukommen arbeitete in meiner Brust, schmerzte unter den Rippen, das Herz klopfte und schlug gegen das Rückgrat, wie ein Uhrwerk, das in einer Standuhr aufgehängt ist. Ich hatte in meinen Parodien, betreffend Bacchi Ordenskapitel, drei Rittergrade gestiftet, und daraus hatte Olof Kexel das Ritual für den Bacchusorden »Par Bricole« ausgearbeitet. Der Zweck des Ordens war kein anderer, als bei Wein und Musik fröhliche Gelage zu feiern. Nun wurde ich zum Ersten Skalden des Ordens berufen. Mitglieder waren Schröderheim, Oxenstierna, der Hofkapellmeister Uttini, Carl Stenborg, der Notendrucker Åhlström, der Mohr Badin und viele mehr, die Anzahl der Mitglieder wuchs rasch. Kellgren, dieser Hund, wurde am Barbaratag aufgenommen, er gab sich den Anschein, sich mit mir versöhnen zu wollen, aber wahrscheinlich wollte er aus meinen Ordensparodien nur Nutzen ziehen für neue persönliche Angriffe.

Auch der Kämmerer Johan Schagerström wurde in die Ordensbruderschaft aufgenommen. Dieser gewissenhafte Sammler meiner Gedichte war auch mein großzügigster Darlehensgeber. Wir waren mehrmals mit Zahlungen im Rückstand gewesen, aber Schagerström hatte uns oft aus der Not gerettet; inzwischen hatte er uns 1600 Taler geliehen. Ich benötigte ständig Mittel gegen Körpergeruch. Ich brauchte Puder, Pomade, Rosenwasser und venezianische Seife. All das kaufte ich beim Händler Planman. Für den Punsch, den ich in der Küche braute, kaufte ich 20 Pfund raffinierten Zucker, dazu Zimt, Rosinen und Perlengraupen. Ich kaufte auch Postpapier und zwölf Ries Regalbögen. Die Rückseiten der Haushaltsrechnungen waren eine Zeitlang das einzige Schreibpapier, das ich besaß, doch ich hatte ein neues, großes Projekt in Arbeit, das erheblich mehr Papier verlangte. Meine Gedichte waren überall verstreut, sie mußten gesammelt und niedergeschrieben werden. Die Bögen wollte ich aneinanderkleben und um eine Holzrolle wickeln, auf der Lovisas Saumbänder gewesen waren. Die leere Rolle sah aus wie eine Wagenachse mit zwei vergoldeten Radscheiben; nach zehn Wochen glich sie einem beschrifteten Nudelwalker oder einer dicken Papyrusrolle aus dem alten Ägypten.

Man brauchte eine ganze Viertelstunde, um das poetische Band aufzurollen. »Es scheint länger als die Norrbro zu sein«, donnerte Schröderheim entzückt, als ich ihm die Rolle als Freundschaftsgabe verehrte. Der Staatssekretär mit dem großen Bauch umarmte mich, ließ mich aber erschrocken wieder los, als er meinen Atem hörte. Ich zog die Luft rasselnd ein und stieß sie mit einem pfeifenden Laut wieder aus. Schröderheim wußte, daß ich lungenkrank war; er versuchte mich zu trösten, indem er den sorglosen Zyniker spielte.

Die Gedichtrolle war so lang, daß sie über die Norrbro rollte, hinauf zum Schloß, durch die Garderobe und bis hinein in die königlichen Gemächer. Zwei Wochen später ehrte mich Gustaf mit einer Gratifikation von 333 Reichstalern.

Oh, wie ich den König liebte!

Diese Arbeit war nun beendet, und ich lag, überwältigt von Kälte und Fieber, in meinem Bett. Doktor Blad wurde gerufen. Blad zog den Bettvorhang zur Seite, hob mein gemustertes Hemd in die Höhe und legte sein Ohr an meine Brust.

In ihrer Eindeutigkeit gestattete die Schwindsucht keine Vorbehalte, keine Zurückhaltung, keine Scham. Es war erstaunlich, daß ich fähig war, mit normaler Leichtigkeit einzuatmen, doch wenn ich auszuatmen versuchte, mußte ich vom Magen her pressen und schieben, so daß ich blau wurde im Gesicht und mein Kopf zuckte. Blad stellte fest, daß meine Nase verhärtet war und die Adern geschwollen. Die Zunge war weiß. Zu Lovisa gewandt, schlug er vor, daß ich es vielleicht mit Teerwasser versuchen könnte. Wie nebenbei sagte er plötzlich, daß er dem König in der Stadt begegnet sei. Mehrere Tage schon war Gustaf gesehen worden, wie er allein und deprimiert mit dem Kronprinzen auf dem Schoß durch die Straßen gefahren war. Jedoch nicht an den Ufern entlang. Nach einem ungewöhnlich harten Winter mit gewaltigem Schneefall und starker Kälte verursachte die Schneeschmelze solche Wasserfluten, daß die Stora und Lilla Nygatan überschwemmt waren, daß viele Häuser am Klarastrand im Wasser standen und daß an der Schlachthausbrücke mit all den dort angebrachten mechanischen Erfindungen der ganze Pfahlbau abgerissen wurde, nachdem er hoffnungslosen Schaden genommen hatte.

Im Gegensatz zur wirklichen Furcht ist die Todesangst eine launenhafte Plage, die merkwürdigerweise, wenn sie vorübergehend weicht, uns nicht daran hindert, närrisch und unberührt aufzutreten, als wäre der Tod trotz allem eine bloße Chimäre.

An einem frühen Sommermorgen ließen Lovisa und ich bei klarem und stillem Wetter die Lästmakargatan hinter uns und begaben uns nach Bisslinge zu den Schröderheims. Eine tiefe Stille herrschte überall, wie vor einer göttlichen Offenbarung.

Wir gingen die Stora Badstugatan entlang, aber wir hörten nicht das leiseste Knacken oder Knistern. Kein Bauer klopfte an das Rad seines Karrens, kein Rauchfangkehrer schmetterte oben auf dem Dach das Lied von der Hühnerfrau, kein Bäckerjunge stand beim Brotkorb und trällerte *Einst blies Mowitz ein Konzert.* Es war so früh, daß der Türmer der Adolf-Fredrik-Kirche unter seiner roten Filzmütze zum ersten Mal an diesem Morgen gähnend aus der Turmluke guckte und die Nase gleich wieder zurückzog; die Leichten Dragoner gingen noch in Pantoffeln, der Kupferklempner war noch nicht zwischen seinen siedenden Kesseln aufgetaucht, und kein Poet hatte den Schlaf aus seinen Augen gerieben und den Staub aus seiner Jacke geklopft.

Am Norrtull stellten wir uns unter das Dach der Zollstation und warteten auf die Kutsche. Lovisa schmiegte sich in meinen Rock und sagte, ihre Lippen dicht an meinem Kinn und fast taumelnd vor Zärtlichkeit, daß sie mich liebte und daß sie glaubte, daß nun die Zeit gekommen war. Auf Bisslinge würde sie gesegnet werden.

Als die Fähre zum Gutshof übersetzte, erklang Musik und donnerten Kanonenschüsse. Charlotta von Stapelmohr stand mit grüngefärbtem Haar auf der Veranda und sah aus wie eine mit Reliefs geschmückte Gartenurne, aus der Kresse sprießt, und über Bruder Schröderheim läßt sich eines sagen: Es hat einer ziemlich großen Menge soliden Fleisches bedurft, um ihn zu erschaffen! Fredrik Sparre war da, dann kam Zibet, dann Herzog Karl mit seiner Gemahlin Hedwig Charlotta und dem ganzen Gefolge. Nach dem Mittagessen begaben wir uns in den Wirtsgarten, der unter den alten Bäumen eingerichtet war. Das Landvolk tanzte, und Zibet legte auf dem Spieltisch *Pharaos Bank* aus für diejenigen, die Geld genug hatten, sich zu ruinieren. Am Abend wurde der ganze Strand illuminiert. Ich verkleidete mich als Türmer und tat alles, was ich konnte, um die Gäste zu unterhalten; ich schlug wilde Akkorde auf dem Cithrinchen und erschreckte das herzogliche Paar mit sprachlichen Verrenkungen.

Zur Nacht bekamen Lovisa und ich ein Zimmer im Flügelgebäude.

Ich liebte die sanfte Linie, die sich zu beiden Seiten von der Taille über die Hüften weiter und weiter öffnete, bis hinunter zu ihrem feuchten Schoß. Es brach ein Schluchzen aus ihr heraus, und als ich fragte, warum sie schluchzte, sagte sie, es sei eine Vorahnung der Geburt, sie sei ein Opfer allzu großer Freude. Und dann wollte sie nichts mehr hören, und noch ehe ich ihr meinen Samen geschenkt hatte, weinte sie wieder; es war wie ein leises Singen, als ob sie sich schon jetzt der Vorstellung hingäbe, daß ein Kind in ihr lebte, das der Entbindung harrte. Hinsichtlich der Befruchtung war sie so ganz und gar sicher, daß wir nicht auf eine Bestätigung zu warten brauchten. Am Oxtorget hatte der Schreiner Scharp seine Werkstatt. Sofort nach der Heimkehr von Bisslinge bestellte ich bei ihm eine Wiege. Ich malte sie grün an, und dann wartete ich darauf, daß die Kufen beginnen würden zu knarren.

Ich erinnere mich nicht so genau, ob es gerade in dieser Zeit war, daß der König, von Depressionen geplagt, zu den warmen Bädern in Aachen und Spa reiste. Während das übliche Heerlager auf Gärdet stattfand, hatte er zu Hause Scherereien gehabt; daraufhin hatte er sich in seine Kutsche gesetzt und Stockholm verlassen, und zwar inkognito, als Graf von Haga.

Es war Winter, als er das Schloß wiedersah. Die Karnevalszeit war glänzend gewesen, Theater, Maskenfeste und Bälle hatten einander abgelöst, und obwohl die Vergnügungen bei Hofe sonst zum Karnevalsdienstag hin abzuebben pflegten, schienen sie in diesem Jahr bis zur Mitte der Fastenzeit weiterzulaufen. Gleich nach seiner Ankunft begab Seine Majestät sich zur Oper, wo *Alceste* gegeben wurde.

Ich saß dort im Parterre.

Das Volk hatte seinen König ein halbes Jahr nicht gesehen. Der Salon war überfüllt, und man erwartete einen starken Applaus. Sparre hatte Freiwillige auf den Treppen und überall im Salon postiert, die applaudieren sollten; dennoch stieß der König auf kühle Zurückhaltung.

An seinem Geburtstag hatte er im Bett *Vin de Cap* getrunken und Ente gegessen, sich aber jede Glückwunschzeremonie verbeten. Halldin hatte Seine Majestät dann mit Erbauungsschriften von Onkel Swedenborg überhäuft. Der König sagte düster, er wolle keinen Umgang mit Geisterwesen haben. Er vermißte wirklich vertraute Freunde. Während man auf eine französische Theatergesellschaft unter der Leitung von Boutet de Mouvel wartete, nach der man geschickt hatte, sandte man einen livrierten Bediensteten mit Laterne nach Bellman. Er sollte ein Divertissement aufführen. Vor dem König als alleinigem Zuhörer rezitierte ich lange Solonummern, gekleidet in die Lappentracht aus der Kleidersammlung des königlichen Arsenals. Ich hob an:

Großer König, lasse mich
dir als Seher prophezeien
deine Zukunft hell und klar …

Einst wird es sich offenbaren,
daß dein Schweden wird bewahren
Gustafs Namen tausend Jahr …

Ich stand da als gepuderter Lappe und roch nach Rosenwasser, aber ebenso gut hätte ich ein Kindermädchen spielen können, das einen störrischen Dreijährigen bändigt. War Gustaf verärgert? Etwa weil ich ein Neujahrsgedicht für seine Feindin, die Königinwitwe, geschrieben hatte? Oder war er deprimiert? Saß etwa sein seherisches Geister-Ich neben ihm und prophezeite ihm, daß er eines fernen Tages einem Mordanschlag zum Opfer fallen würde? Gustaf gähnte. Warum trat ich nicht in schwedischer Tracht auf? wollte er wissen. Dann zog er seine Taschenuhr heraus und ließ sie an ihrer Kette durch die Luft kreisen. Bevor ich mich mit einem Kratzfuß empfahl, überreichte ich als Geschenk die erste Nummer einer neuen Zeitschrift, die allerhand Kurzweiliges und Vergnügliches enthielt, also alles mögliche, »was beliebt«; ihr Titel lautete demgemäß: *Hwad Behagas?*

Die Arbeit an der Zeitschrift führte mich etwas später im Winter, während eines Schneesturms, noch einmal ins Schloß. Mein Mitherausgeber, der Literat Kexel, war in Schuldhaft genommen worden. Ich tastete mich den langen Gang durch den Schloßwacht-Flügel entlang, vorbei an den Gefängnistüren mit den dikken Riegeln, vorbei an der Folterkammer, die nach Exkrementen stank. Der Aufseher schlug mit dem Gewehrkolben an Kexels Tür. Ich steckte eine Schale mit Kohlsuppe durch das Eisengitter in die Zelle hinein, die so dunkel war, daß Kexel mich nicht erkannte, sondern um Gnade zu wimmern begann, als wäre ich ein Gefängnisgeistlicher.

Kexel und ich hatten in diesem Jahr 1781 beim Krämer Planman 12 Ries Druckpapier gekauft, was 6000 Bögen entsprach. Lovisa würde bald unser Kind zur Welt bringen. Die Familie benötigte eine größere Wohnung, und wir brauchten zudem zwei Mägde und eine Amme.

Kexels Scherze waren so frivol, seine Parodien so unanständig und so gekonnt geschrieben, daß das Konsistorium gegen fast alles Anklage erhob. Ich konnte mir gut vorstellen, daß die Stockholmer gern unsere gesammelten Späße in einer Wochenzeitschrift kaufen würden. Das konnte sich durchaus lohnen.

Die erste Nummer, die ein biographisches Lexikon über namhafte Wirte enthielt, lag kaum in Holmbergs Buchladen, als Kexel von einem Gläubigeranwalt aufgespürt wurde. Er hatte Schulden und wurde im Schloßwacht-Flügel hinter Gitter gebracht.

Alles lastete nun auf meinen Schultern: Ich allein mußte schreiben, herausgeben, drucken und distribuieren. Ich nahm persönliche Kredite auf und steckte das Geld in das Unternehmen.

Es ging völlig daneben.

Kexels Hakennase zeichnete sich schwach im Profil gegen das dunkle Gitter der Zelle ab. Ich berichtete ihm, daß der Krämer Planman Konkurs gemacht hatte und gestorben war. Der Nachlaßverwalter würde bald die Genehmigung erhalten, auf mein Eigentum zuzugreifen.

»Die können sich dann bei mir Zutritt verschaffen und die Wiege mitnehmen.«

Kexel ließ ein weinerliches Flüstern hören:

»Und Lovisas Erbe? Ist das Erbe schon aufgebraucht?«

Das Erbe!

Ich hatte Schwager Lindström an seinem Namenstag mit einem in Verse gefaßten Rezept gegen die Gichtschmerzen aufgewartet. Lindström litt an einer plötzlich auftretenden, äußerst schmerzhaften, entzündlichen Gicht im großen Zeh, genau wie ich. Er zeigte mir die blaugefärbte Schwellung, aus der nach Urin stinkender Eiter sickerte, und erwähnte, daß das Grönlundsche Haus in der Drottninggatan repariert werden müsse. Die Reparaturen waren notwendig, aber es waren keine Mittel dafür vorhanden, und das Testament untersagte es der Familie Grönlund, selbst eine Hypothek auf das Haus aufzunehmen.

Hingegen durften Lindström und ich eine Verpfändung unterzeichnen, oder etwas dergleichen, so daß ich Lovisas Anteil am mütterlichen Erbe, mehrere hundert Reichstaler, beim Kreisgerichtspräses Fahlsten quittieren und an die Grönlunds übergeben konnte. Ich hätte einen Teil der Summe leihen und zum Einkauf des besagten Druckpapiers verwenden können, wenn die Reparaturen nicht gewesen wären. Nun war es nichts damit.

»Es ist völlig unbegreiflich«, beklagte ich mich bei Kexel durch das Türgitter hindurch, aber er hörte nicht, was ich sagte, denn ich fror im Gefängniskorridor so heftig, daß meine Zähne aufeinanderschlugen, deshalb verzichtete ich darauf zu sagen, was ich unbegreiflich fand, nämlich die Leere in den Köpfen der Menschen. Sie waren nicht mit der geringsten Neugierde begabt und nicht daran interessiert, die Buchläden aufzusuchen und *Hwad Behagas?* zu kaufen.

»Wie viele Nummern hast du herausgegeben?«

Ich klapperte mit den Zähnen in die Dunkelheit der Zelle hinein, daß sieben Nummern vorbereitet seien. Er schluckte:

»Gib den ganzen Satz geheftet heraus. Zum Preis von sieben Schilling. Dann legen wir die Sache nieder.«

Druckpapier, Pfändung, Niederlegung – das waren nur Wörter. Das waren nur Bezeichnungen für Sachen, die nicht bluteten.

Ich aber blutete.

Alles Glück beruhte auf dem Spiel der Gegensätze. Das Leben eines Dichters wäre nicht dasselbe ohne die Entsagung, aber ich hatte entsagt, und nun, da Lovisa schon mit der Hebamme und mit der Amme gesprochen hatte, wollte ich endlich die Erfüllung erleben. Ich war doch großartig! Warum sah nur ich, wie großartig ich als Dichter war? Verglichen mit dem Klapperskelett Kellgren schrieb ich den Schmerz in den Herzmuskel hinein, ließ die Verse in der Bauchhöhle rumoren und in den Gelenken knirschen. Er schrieb über Liebe, als wäre der Phallus ein Apparat, der im Rhythmus eines lateinischen Metrums tickte, um sich im Endreim zu entleeren. Er verwandelte Most in Essig, sterilisierte den Weizen. In *Hwad Behagas? Nr. 5* zeigte ich ihm, wie ein Dichter der Liebe arbeitet. Wer sah es? Ich kann die trägen Menschen nur bedauern, die das wunderbare Muster der Natur im Gedicht *Smedgats-Brunnen* nicht bemerkten, die in meinen Zeilen den göttlichen Plan der Unsterblichkeit nicht sahen.

An dem Tag, an dem Lovisa in den Wehen lag, schleppte ich mich vom Steuerkommissar zum Wirtshaus Hamburg und von da aus heimwärts zum Hof des Brauers Dubois an der Ecke Stora Badstugatan/Oxtorgsgatan. Dorthin hatten wir unsere Habe bei heftigem Regen mit Lastkarren geschleppt und uns wieder einmal neu eingerichtet. Kapitän Kempensköld hatte mir 100 Reichstaler geliehen, Wingstedt 33 Reichstaler und 16 Schilling. Diese Darlehen wurden gesichert durch Eintragung bei der Gehaltsstelle der Nummernlotterie.

Am Hötorget, dem ganz in unserer Nähe gelegenen Heumarkt, befanden sich Herbergen für die Bauern und einiges Brachland. Der Frühling kam, und über den rotgemalten Planken wölbten sich die Kronen der Obstbäume mit den allerersten rosa Blütenspitzen. An der Haustür zog ich den Hut vor dem Schreinergesellen und dem Faßbinder, die in eifrigem Gespräch miteinander zur Arbeit gingen. Bei Dubois hatten wir zum ersten Mal eine eigene Küche. Die Hebamme stand am Herd. Sie hatte ihre Hände noch nicht mit der Schutzbandage gegen das Gift des Mutterkuchens umwickelt; sie sagte, es könne noch dauern, und ich solle verschwinden und nicht wiederkommen, bevor ich nicht gerufen würde. Ich hörte Stöhnen und spürte widrige Dünste aus der Kammer dringen, stellte meinen Degen in den Korridor, hängte den Rock an einen Nagel und ging hinaus in den Garten.

Die Sonne ging auf mit mephistophelisch rotem Schein und verstärkte meine väterliche Unruhe, so daß ich mich genötigt fühlte, einen kräftigen Schluck aus der Flasche zu nehmen, woraufhin ich mich auf den kleinen steinernen Altar neben dem grüngestrichenen Pavillon setzte. Drei junge Frauen aus Dalarna, die in der Hauptstadt Arbeit gesucht hatten, begannen niedergebückt und hinternschwingend sich rückwärts über das Ackerstück zu arbeiten. Ich zündete meine Pfeife an und rechnete aus, daß eine Kanne Erbsen und drei Kannen Bohnen in die Erde gekommen waren.

Unsere neue Dienstmagd Maja-Lisa trat aus der Tür in die Sonne hinaus, verbeugte sich leicht, lächelte mir durch das Schuppenfenster zu, wo sie ihre Eimer holte, und ging zur Hofpumpe.

Genau das war es ja gewesen, was ich gemeint hatte mit meinem Gedicht an den glasfingrigen Kellgren: Das Mädchen stand am Smedgats-Brunnen mit halb entblößter Brust, mit runder Hüfte und runder Lende und füllte in der Morgensonne die Wassereimer. Der Pumpenschwengel quietschte. Ich beschrieb, wie ihr Haar über ihre Schultern wehte, wie die rundlichen Arme sich röteten, wie jedesmal, wenn sie den Fuß gegen die Planken stemmte, die Sohle ihres rosenroten Schuhs sich bog und ächzte. Sie fröstelte, löste ihr schmal gestreiftes Halstuch, legte es zuerst um ihre Schultern und knotete es dann um ihre Brust. Aber dann pumpte sie sich warm, dehnte ihren Rücken, legte die Hand in den Nacken und lachte. Ich sah zu, wie sie sich vorbeugte, wie sie von dem plätschernden Wasser trank, und ich fühlte süße Qual: Ach, der Atem stockt mir, / wehe! ich vergeh in dieser Stund, / da den schnöden Trog ich sehe, / frisch geküßt von ihrem Mund! – Und wieder pumpte sie, beugte sich vor und zurück, tat so, als ob sie seufzte, als eine kecke Brise ihr unter das leichte Baumwollkleid fuhr und es hochflattern ließ, so daß für einen Augenblick ihr Strumpfband hervorlugte, gefährlich rot auf der weißen Haut über dem Knie. Wie mein Blut wallte und schwoll, gärend wie in einem Gärbottich! Himmel, was für ein Erschauern war nicht in diesen Zeilen! Aber wer von den Lesern sah das alles? Wer – zum Teufel! – sah das?

Im Schuppen hörte ich die Mangel arbeiten. Am Düngerhaufen sah ich eine Magd Nesseln in einen Korb sammeln. Von der Frühlingswärme geweckte Bienen griffen mich an, als hätte ich intimen Umgang gepflegt und strömte starken Ziegengeruch aus. Lange strich ich in der Diele umher, legte das Ohr an die Tür und horchte, hörte dort drinnen in der Dämmerung eine tierköpfige Göttin sich blökend im Urschleim wälzen.

Als Maja-Lisa wieder in der Tür stand und mich rief, hatte sich die Dunkelheit über den Hof gesenkt. Eine Standuhr schlug, ein

Spielwerk erklang. Meine junge Frau Lovisa war von einem gesunden Knaben entbunden worden.

KEINE ERINNERUNG ist mir so lebendig geblieben wie diese.

Ich war der Vater eines kleinen Sohnes, und das berührte mich tiefer als die Religion. Ein kleiner Knabe mit runden Wänglein, runden braunen Äuglein und Haaren, so weiß und kraus wie Daunenfedern. Der kleine Körper mit seinen Falten und Speckröllchen erinnerte an ein Bündel Weißwurst, das man von der Stange unter der Küchendecke heruntergeholt hatte. Während Maja-Lisa, Jungfer Norberg, die Amme und Lovisa in der Küche über mich lachten, kleidete ich den Knaben zur Taufe an.

Er sollte Gustaf heißen. Die Ehe war dem Wohlwollen des Königs anheimgestellt worden, und dieser erwartete nun, daß der Erstgeborene in unserer Familie nach ihm benannt wurde. Ich beugte mich mit zum Kuß gespitzten Lippen über den Kleinen. Er lag auf dem Rücken, im Taufgewand. Ich hatte ihm eine Mütze aus weißer Baumwolle mit Brüsseler Spitzen aufgesetzt und gestickte Handschuhe über die runden Ärmchen gezogen. Das Wickelband war aus weißer Wolle. Ich schob es unter das kleine Hinterteil. Die Frauenzimmer in der Küche kicherten laut, denn sie erwarteten, daß Gustaf nun sofort pinkeln würde. Gustaf sah mich mit ernsthaften Augen an. Ich schob die Windel, die ich um ihn legte, in ein zurechtgeschnittenes Stück Stoff. Das Wickelband packte ich dann bis zur Brust hinauf. Zuletzt noch ein Leinenhemdchen und ein Jäckchen. Schließlich legte ich den Täufling in den Taufmantel und gab Lovisa einen Abschiedskuß.

Die ganze Drottninggatan entlang trug ich ihn im Arm, aufrecht und stolz. Alle Brunnen, an denen ich vorbeikam, begannen zu schimmern. Als ob ich eine heiße Sonne über die Norrbro trüge, sah ich Blei von den Schindeldächern herabschmelzen, sah, wie ein verdrecktes Zugpferd beschämt sein Maul im Hafersack verbarg.

Die Majestäten hatten als Taufzeugen und Paten unterschrieben. Beide befanden sich jedoch in Drottningholm. Die Erziehung des Kronprinzen sollte in diesem Sommer in die Hände von Männern gelegt werden: Hofkanzler Sparre wurde sein Gouverneur, Armfelt sein persönlicher Kavalier.

In der Hofkapelle warteten die folgenden Herrschaften: Herr Hofmarschall, Oberkammerherr und Schatzmeister des Königlichen Serafimerordens, Baron Fredric Ridderstolpe sowie Frau Gräfin und Obersthofmeisterin von Fersen (deren Gatte, dieser Satan, mich soeben hinter meinem Rücken als Trinker und allgemein mißachtetes Subjekt bezeichnet hatte). Auf gnädigsten Befehl Seiner Majestät wurde die Taufe am Altar von dem Herrn Bischof von Linköping, dem Ober-Hof- und Ordensprediger Doktor Uno von Troil höchstpersönlich vollzogen.

Triumph!

Mit einer Handbewegung nahm der Herr Bischof die Schuld und Strafe der Erbsünde hinweg, mit einem Räuspern hauchte er dem Täufling die Gnade der Rechtfertigung und der Wiedergeburt ein. Das reine, geweihte Wasser tropfte auf Gustafs Daunenhaar. Wir sangen: »Vater, der du gibst das Leben, nun in deine Hand wir geben dieses zarte Menschenkind.«

HOCHZEITSVERSE – *vierzeilige Alexandriner, mit Goldrand gedruckt für höhergestellte Bräutigame und Fräulein oder für Angehörige der vornehmeren Familien: 1 Reichstaler 32 Schillinge*
Für Handwerker oder einfachere Hochzeiter: ½ Reichstaler 16 Schillinge

Diese Anzeige ließ ich nun unter der Rubrik *Bekanntmachungen* im *Dagligt Allehanda* erscheinen. Ich fügte hinzu, daß ich Verse zu allen denkbaren Gelegenheiten verfaßte, erbot mich, allen Bürgern der Stadt, höheren wie einfacheren Standes, für Hochzeiten, Begräbnisse, Namenstage, Geburtstage usw. zu Diensten zu stehen. Wer meine Arbeiten für eigene Zwecke verwenden und sich als Urheber ausgeben wollte, wurde gebeten, sich in dem gelben

Haus der Duboisschen Brauerei anzumelden, wo innen auf dem Hof, an einem kleinen blauen Schuppen über einem zerschlagenen Fenster, das Schild des Reimeschmiedes hing. Art und Grund der Bestellung konnten auch in einem versiegelten Umschlag bei der Madame Wirtin vom Grünen Uhu abgegeben werden.

Unsere Dienstmagd Maja-Lisa war auf dem Hötorget und verkaufte Johannisbeeren. Ich saß im Garten hinter blühendem wildem Senf und machte Tinte aus Kornblumen, als plötzlich ein Schatten auf meinen Tisch fiel. Ich blickte auf. Zu meinem Entsetzen sah ich Ulla Winblad vor mir stehen, im weißen Leinenkleid. Sie war soeben, wie sie erklärte, mit der Jacht aus Norrköping am Skeppsbron angekommen. Dem Schicksal hatte es gefallen, ihren Ehemann Erik Nordström abzuberufen. Sie sagte in hartem und unbarmherzigem Ton, daß sie meine Anzeige unter den Bekanntmachungen gesehen habe. Sie war völlig mittellos und brauchte Geld.

»Erik ist tot?«

»Er hat unverzollte Eisenstangen in ein Boot von Schiffer Berglin geschmuggelt. Die Zollverwaltung gab ihm den Laufpaß. Er wurde zu einem Jahr Festungshaft in Landskrona verurteilt.«

Ulla roch streng nach Vieh. Ihr schwarzes Haar war steif wie ein Bart. Ihre Augen flackerten, als sei sie dem Wahnsinn verfallen. Sie brauchte 100 Taler. »Starb er in der Festung von Landskrona?«

»Nein, im Stadtarrest in Norrköping, am Fleckfieber. Der Gerichtsvollzieher wollte pfänden, aber es gab nichts zu holen. Die Wirte der Stadt verklagten ihn wegen unbezahlter Krugrechnungen. Er konnte nicht mehr zur Urteilsverkündung gehen, da war er schon zu schwach. Dann kam die Stadtwache und schleppte ihn ins Gefängnis. Er bekam Schüttelfrost und Fieberphantasien, erst rote, dann blauschwarze Pusteln, die schließlich seinen ganzen Körper bedeckten. Acht Tage später war er tot. Hast du 100 Taler? Ich könnte das Doppelte verlangen für all den Ärger, den ich auszuhalten habe, weil du mich in deinen Episteln das Luder hast spielen lassen!«

Ulla war immer noch schön, ihr Mund war sinnlich, und ihre

Augen funkelten. Sie steckte zwei Finger zwischen die Brüste und zupfte ein Taschentuch heraus, als verspürte sie eine seltsame Lust, mir ihre Reize zu zeigen. Ich stand auf, ging in meine Kammer und fragte sie aus dem Fenster heraus, ob sie sich wieder in Stockholm niederlassen wolle.

»Ich war zu einer Katechismusprüfung. Und ich habe das Abendmahl genommen. Pastor Lagerman in Norrköping wird mir ein Zeugnis ausstellen. Ja, ich komme nach Stockholm zurück. Ich bin 37 Jahre alt und kann wieder heiraten.«

Als ob das, was sie erzählte, von echter Trauer zeugte, die sie freilich nur in der alltäglichsten Form auszudrücken vermochte, blickte sie durch die Baumkrone zur Sonne hinauf, streckte die Hand zu mir hinüber und schnippte ungeduldig mit den Fingern. Ich reichte ihr durchs Fenster meine letzten 100 Taler. Ulla riß mir die Geldscheine aus der Hand und versprach wiederzukommen. Jedesmal, wenn jemand sie auf der Straße Luder rufen sollte oder wenn sie hörte, daß sie in meinen verfluchten Liedern vorkam, würde sie zurückkommen. Versprochen!

Habe ich schon erzählt, daß Lovisas Schwester Anna Lindström nach eifrigem und innigem Anrufen von Gottes Gnade nur wenige Wochen nach der Geburt unseres kleinen Gustaf mit einem gesunden Knaben niederkam?

Drei tote Töchter – und nun kam ein lebender Sohn, Jean Gabriel. Das war ein großer Trost nach all dem Kummer.

Einige Wochen in diesem Spätsommer waren wir zu Gast bei Lindströms. Wir wohnten nun, ohne Magd, in der ehemaligen Mühle am südlichen Hang von Kungsholmen über dem Tullingesjön, und lebten ein ruhiges Familienleben. Wir halfen, die Erbsen zu ernten. Wir halfen den Wein, der geliefert wurde, im Kellergewölbe zu stapeln. Auch ein Ruderboot war da, mit dem wir auf dem See spazierenfahren konnten. Viele Stunden verbrachten wir in inniger Stille zusammen mit den schlafenden Knaben, lange, friedliche Abende, an denen ich weder dichtete noch das Cithrinchen anrührte, sondern in meinen Stuhl zurückgelehnt ruhte und zusah, wie Lovisa Annas Haar aufsteckte, und dann, wie Anna Lovisas Haar aufsteckte.

Das Heu wurde gewendet und sollte bald eingebracht werden, als wir den Mietwagen nahmen und nordwärts durch den Kiefernwald in die Stadt zurückfuhren. Kaum hatte ich meinen Degen abgeschnallt und am Schreibpult Platz genommen, als Maja-Lisa mir sagte, daß meine Freunde mich im *Dagbladet* gesucht hätten. Sie zeigte mir die Anzeige. Ein Gedicht war eingesandt worden mit dem Titel »Über das Schweigen unseres Anakreon«. Ich las. Wirklich! Man rief nach mir, rief mich zurück ins Wirtshaus, forderte mich auf, die Leier zu ergreifen und mit meinen Brüdern zu singen. Im Kruge Güldener Friede, so hieß es, seien folgende französischen Weine eingetroffen: Champagner, Bourgogne, Frontignac, Muscat de Lyon, Pontac, Vin d'Erémitage, Piccardon, Hoglands, Médoc sowie einfacher Tischwein. »Komm, Bruder Bellman, sing von Wein und Liebe, bis zum Rausche, und mach deine Brüder wieder fröhlich.«

Eine Woche lang schloß ich mich im blauen Schuppen ein und schrieb Tag und Nacht. Die ganze Zeit hörte ich, wie Mäuse an den Äpfeln, die für den Winter gelagert waren, herumknabberten. Wenn ich mit der Feder kratzte, wurde es still. Hörte ich auf zu schreiben, begannen die Mäuse aufs neue in den Apfelregalen zu knabbern. Auch die Obstbäume waren angegriffen und schienen abzusterben, meine Finger wurden rußig, wenn ich die Blätter berührte. Als ich diese Entdeckung machte, schlüpfte ich in die Pantoffeln und ging zu Lovisa, ich erklärte ihr meine halb unterbewußten Eindrücke, meine Ahnung, daß ein Unglück auf uns zukam. Sie nahm mich in den Arm und sagte, wir hätten kein Geld, das sei Unglück genug. Aber mein Herz klopfte vor Unruhe, meine Hand zitterte. Wo war Bruder Johan? Er hatte in Erwartung einer neuerlichen Chinareise bei Schwager Arrhén seine Miete einschließlich Zimmerreinigung und Bedienung bezahlt. Als ich zu Arrhéns eilte und an seine Tür trommelte, öffnete mir Schwester Catharina. Sie küßte mich und sagte fast entschuldigend, daß Johan schon abgereist sei. Die beiden Schwäger Stiernhoff und Arrhén hatten sich ja in einem Schreiben an die Ostindische Kompanie für seine Rückkehr nach Göteborg verbürgt, und er hatte nun, ehe es Herbst und kalt wurde, den langen Ritt hinter sich bringen wollen.

Zwar kann niemand die Zukunft vorhersagen, dennoch spürte ich mit absoluter Gewißheit, daß ich meinen Bruder nicht wiedersehen würde. Ich versuchte mich zu erinnern, wie er ausgesehen hatte, als wir uns das letzte Mal getroffen hatten, und es sollte sich erweisen, daß es wirklich das letzte Mal gewesen war, denn nachdem er sich in den Sattel geschwungen und mit seinem Hengst über die Rote Schleuse geritten war, hörten wir nie wieder von ihm.

Wie viele Geschwister waren noch am Leben?

In einem Versuch, meine Kasse aufzubessern, tat ich nun dem König alles zu Willen und war dem Hofe bis zum äußersten treu und ergeben. Am Geburtstag der Prinzessin Sophia Albertina, der auf Schloß Svartsjö gefeiert wurde, ging ich mit dem Mohren Badin als Anführer der Hundemeute auf Vogeljagd und unterhielt dann in der Laube die Gesellschaft, indem ich Hundegedichte vorlas. Ein Blatt Papier flog mir durch einen Windstoß aus der Hand und fiel in den Schloßteich. Die Prinzessin in ihren Puffärmeln lachte ein klingendes Lachen. Als sie das Papier auf dem Wasser schwimmen sah, klatschte sie in die Hände und rief im Takt dazu:

»Bellman hinein, Bellman hinein!«

Der Mohr, der zum Hofstaat gehörte, schob mich nach vorne, zupfte meinen violinbraunen Hosenboden zurecht, schickte mich mit einem Tritt seines Stiefels ins Wasser und rief *apporte!*, als mein Kopf aus dem Teich auftauchte, worauf ich mit dem Gedicht im Mund zurückschwamm.

Für diese Leistung erhielt ich vom Kammerherrn eine silberne Uhrkette und vom Koch ein Steak. Als ich wieder in der Stadt war, verpfändete ich die Uhrkette und eilte zu Schwester Maria in der Regeringsgatan. Ihr Ehemann, der Arzt Johan Pihlgren, war krank, er hatte sich mit dem Faulfieber angesteckt, das in der

Stadt ausgebrochen war und unter dem viele seiner Patienten litten. Da er hoch verschuldet war, gab ich Maria das Geld, das ich für die Uhrkette bekommen hatte. Sie nahm das Geld an, stand dabei aber mit dem Rücken an die Tür der Schlafkammer gelehnt und ließ mich nicht eintreten. Die Krankheit war ansteckend. Aus seinem Körper sickerte eine Flüssigkeit, die gerann und eigentümlich roch.

Kurze Zeit später entzündete sich seine Zunge und schwoll unregelmäßig an, als wäre sie mit blauschwarzem Schrot angefüllt. Wenn er schrie, fielen Würmer aus seinem Mund wie Manna. Dann starb er.

Ja, Doktor Pihlgren war tot. Die Vermögensaufstellung ergab eine so hohe Schuldenbelastung, daß Maria nichts anderes übrigblieb, als die Eröffnung des Konkurses über den Nachlaß zu beantragen. In der Dämmerung, als der König soeben, bei Fackelschein und mit großer Feierlichkeit, wie jeden Herbst wieder ins Stadtschloß zurückkehrte, zogen Maria und ihre vier Stiefkinder mit einem Kastenwagen in eine Wohnhöhle in der Drottninggatan; von nun an wurden sie als arme Leute geführt. Das schlimmste war jedoch, daß sie angefangen hatte, Blut zu husten. Auch diese meine Schwester sollte also mit der Zeit zu Tode gequält werden von der Lungenschwindsucht, die nach dem Tode ihres Mannes aus ihr herausbellte wie ein heiserer, sabbernder Hund.

Ich sah mich im Spiegel an.

War dies das Gesicht eines Mannes, der nach Leben gierte?

War es das Gesicht eines Heiligen? Oder das eines Zechbruders? Die Wangen waren eingesunken, wachsbleich, die Stirne hoch, die Augen ruhig, tiefblau.

Noch verriet dieses Gesicht nicht, daß ich lange Zeit in dem Tollhaus verbracht hatte, wo die verarmten Menschen wohnen, die dem Untergang geweiht sind. Kurz vor Weihnachten in diesem Jahr 1781 war all unser Geld aufgebraucht. Mein Gehalt von der Nummernlotterie war gepfändet. Mehrere Zahlungsbefehle waren gegen mich beantragt. Lovisa, die ihre gesunde Farbe verloren hatte und zum Skelett abgemagert war, sprach in diskreter Art bei den Nachbarn vor und bat um »barmherzige Gaben für das Kind«. Es paßte zu den Tönen des Jammers, daß ein kichernder Schwachsinniger im Geviert herumhoppelte und mit geiferndem Mund rief, es sei Anordnung ergangen, »diesen Bellman« ins Schuldgefängnis zu setzen. In Erwartung des Gerichtsvollziehers schrieb ich in meiner Verzweiflung ein inständiges Gesuch an den König um Gehaltserhöhung. War ich nicht stets Seiner Majestät unverbrüchlich treuer Diener gewesen, sein alleruntertänigster und pflichtbewußtester Diener und Untertan? Gewiß!

Keine Antwort kam.

Bei einem Mittagessen beim Protokollsekretär af Ugglas hatte ich um diese Zeit gleichsam eine Unmenge Geldsäcke bis zur Decke gestapelt gesehen, der Fußboden war mit Pyramiden gemünzten Goldes beladen. Da af Ugglas verliebt war, aber keine Verse schreiben konnte, bat er mich, ihm mit einigen Weihnachtsversen zu helfen. Ich schrieb sie in ordentlicher Schrift auf die Rückseiten von vier unbezahlten Rechnungen. Seine Verlobte Caroline sollte Ohrringe, ein Federfutteral, Juwelen und ein Silberbesteck als Weihnachtsgeschenke bekommen. Vielleicht konnte af Ugglas, der die Eitelkeit eines Emporkömmlings besaß, sich dazu überwinden, nicht nur meine Reime zu verwenden, sondern auch meine Rechnungen zu bezahlen? Aber nein!

So zog ich mit Pauken und Trompeten von Niederlage zu Niederlage. Sollte ich nach Norwegen fliehen?

Dreimal streckte mir Johan Schagerström neue Darlehen vor, insgesamt 200 Reichstaler, aber sobald eine drohende Schuldhaft abgewehrt war, wurden bei der Schloßkanzlei neue Zahlungsbefehle gegen mich beantragt, »mit dem Ersuchen, den Schuldner in Anbetracht zögerlicher Zahlungsweise in Schuldhaft zu nehmen«.

Gleichsam als Beweis, wie richtig mein Gefühl eines drohenden Unheils war, erhielt ich auch noch ein letztes Lebenszeichen meines jüngsten Bruders Adolph Ulric. Es lautete so:

Gott segne Dich,

Mit einigen wenigen und wohl gemeinten Zeilen will ich dir sammt übrigen lieben Geschwistern meinen jetzigen Aufenthalt und Gesuntheitszustand wissen lassen. Der ist Gott sei dank gut. Was ich jetzt auch von Euch zu höhren ersehne! Ich habe mehr mals Briefe geschrieben heim zu Bruder Arrhén aber nicht mehr als einen Brief über Capten Fontin in London erhalten datiert 1779, wo rauf ich antwortete das ich die Geschwister wissen lasse das ich nach Amerika gehen wolte und auch tat, aber ich das Unglück hatte das ich nach 32 Monaten Reise in Amerika in Wirginia von Franzosen gefangen genommen alles verlohr was mir gehöhrte und ich in 32 Monaten erarbeitet habe, was mir ziehmlich hart zusetzte. Ich wurde dann heim geschickt in einem Gefangenen Schiff nach London. Kam hierher den 27 Februari mit zwei lehren Händen …

Weiter schrieb Bruder Adolph, daß er nun eine Seereise nach Westindien antreten werde, aber danach beabsichtige er nach Stockholm zurückzukehren. Da er für die letzten Jahre seiner Unmündigkeit noch nicht die Leibrente unseres seligen Vaters erhalten habe, wollte er wissen, wieviel ihm bei seiner Heimkehr ausbezahlt würde.

Armer Bruder Adolph, er segelte nun seinem Tode entgegen.

Auch ich, ausgehöhlt und ausgetrocknet wie der Rumpf einer alten Eiche, schien in der Flaute zu segeln. Mein Schreiben ans Schloß, in dem ich Seine Majestät um Gnade und Gunst für meine Person gebeten hatte, blieb unbeantwortet. Ich verfaßte einen zweiten Brief, schrieb, daß ich krank und elend war, alternd, »Opfer eines feindlichen Schicksals«, und plötzlich löste sich der Knoten. Der Rat beschloß, mein Gehalt bei der Nummernlotterie um 125 Reichstaler zu erhöhen. In derselben Stunde der Erleichterung erhielt ich von Schröderheim ein Darlehen von 1000 Talern. Es war erschütternd! Das Leben war erschütternd!

Ich konnte also wieder Bückling und Käse frühstücken und nachsehen, ob im Eckschrank ein Morgenschnaps stand; und apropos Gehaltserhöhung: Schröderheim erzählte, daß der König wieder zu seinem alten, vertraulichen Ton ihm gegenüber gefunden habe, daß er sich besser fühle, daß er fröhlich und locker sei. Die Königin war zum zweiten Mal schwanger, und nie war sie so gesprächig und freundlich gewesen, man hatte sie sogar in Rock und Bluse mit ihrem Mann soupieren sehen.

Zusammen mit Lovisa versuchte ich meine Wochentage nun gemäß den gesellschaftlichen Ereignissen in der Stadt einzuteilen. Ich hatte dort bejubelte Auftritte mit meinem Instrumentarium und meiner Zungenfertigkeit, und vor allem – dort gab es etwas zu essen. Zu diesem Zweck nähte mir Lovisa einen schwefelgelben Rock, der so lang war wie ein Mantel und innen Taschen hatte, so wie bei Frauenröcken. Die Taschen waren unterschiedlich groß, mit steifem Gewebe gefüttert und so aufgeteilt, daß die verschiedenen Gerichte, die ich fingerfertig hineingleiten ließ, nicht vermischt wurden.

Die feine Gesellschaft ging sonntags zur *Assemblée* in der Börse, dort wurde getanzt. Montags und donnerstags fanden die Opernabende statt, mittwochs und freitags spielte das französische Theater, dienstags war *Cercle*, und samstags wurden, solange das Eis hielt, Schlittenpartien nach Ulriksdal veranstaltet, wo dann bis vier Uhr getafelt wurde. Tee trank man bei Gräfin Ribbing, und dann ging es zurück zur Stadt, um Toilette zu machen für den Ball, was hin und wieder bedeuten konnte, daß ich nicht vor vier Uhr morgens mit meinen Essensportionen heimkehrte.

Mit dem Frühling kam dann das große Aufatmen. Lovisa gehört nicht zu den Menschen, die feuchte Lippen bekommen, wenn sie sprechen, aber nun sammelte sich die Feuchtigkeit in ihren Mundwinkeln zu kleinen Glücksbläschen. Hofmarschall Baron von Düben teilte mir mit, daß die Familie Bellman den ganzen Sommer kostenlos eine Zweizimmerwohnung im Ostflügel der alten Orangerie von Schloß Karlberg bewohnen dürfte.

Baron von Dübens Bescheid kam wie ein glückliches Versehen des Schicksals. Während in der Stadt die Fabrikarbeiter, die Spinnweiber und verkommenes Volk sich in immer größeren Horden bettelnd und hungernd herumtrieben, in Lebensmittelgeschäften, bei Wirten und Bäckern, in Kaffeestuben und Banken einbrachen, während Sektierer in ihrer Seelennot die Inseln überschwemmten oder sich zu Gesang und Gebet in privaten Bethäusern versammelten und dort mit schrecklichem Lärm das Sakrament feierten, wie zum Beispiel bei Englund in der Ormsaltargränd, wo der Gesang in einer Schlägerei endete, bei der viele verletzt wurden und vier Personen starben, während die Hauptstadt schon unter einer schweren Hungersnot litt und überhaupt alles auf eine Katastrophe zuzulaufen schien – ja, in dieser der Not anheimgefallenen Stadt blickt man vielleicht in diesem Augenblick beim Brauer Dubois über den Plankenzaun und sieht, ja was sieht man? Man sieht den Hofsekretär Bellman, wie er in tintenbekleckerten Hosen, einen Brief in der Hand, aus dem blauen Schuppen heraustaumelt, so daß der Faßbinder, der gerade unter dem Apfelbaum Fäßchen daubt, innehält und große Augen macht. Bellman wankt zu Lovisa hinein, die an der Wiege sitzt, und teilt ihr schlotternd vor Glück mit, daß von Düben der Familie für den Sommer die Orangerie von Karlberg zur Verfügung stellt. Jawohl! Zwei Zimmer in der Orangerie! Hinter dem Flur ein Wohnzimmer und eine Schlafkammer mit Paradebett, hoch gewölbt, mit Stuckdecke und mit Blick auf das Wirtshaus an der nahen Landstraße.

Wenn ich auf diese Zeit zurückblicke, sehe ich mich in einem goldgelb gepolsterten Ledersessel sitzen, im Schatten einer ehrwürdigen, frischgrünen Eiche. Da sitze ich in der Sommerwärme, meinen Sohn im Arm. Aus dem Eiskeller herauf kommt Lovisa, im kirschroten Umhang, und bringt auf einem Tablett Bückling, Käse und Rettiche. Wahnsinn!

Zur Orangerie gehörte sogar eine Likörkammer. Wir frühstückten. Auf dem Kaffeetisch war ein ordentliches Tischtuch ausgebreitet, weiße, chinesische Tassen standen vor uns, köstlicher Zwieback und eine volle Schale Sahne.

Die Familie Bellman war aus der großen Weltfamilie ausgebrochen und hatte sich eine eigene kleine Welt aufgebaut.

So still war es, daß wir hören konnten, wie der Glöckner von Solna den Schlüssel im Kirchenportal mit dem doppelten Schloß umdrehte, daß wir hörten, wie die Fische im Teich sprangen; und der kleine Gustaf zappelte mit den Ärmchen, als sein Öhrchen, das nicht größer war als das Ohr einer Maus und durch das die Sonne rosa hindurchleuchtete, den Laut einer Bachstelze vernahm, die den Kiesweg entlangtrippelte.

Die Tage vergingen. Wir sahen Herrschaften zu Fuß herumspazieren, mit Sonnenschirmen und ins Gesicht heruntergezogenen Hüten. Wir saßen am Waldrand, ich hatte die Beine über Kreuz geschlagen und meinen Sohn im Arm, und ich zählte die Wagen der Fuhrleute, die wie auf blauen Staubwolken zum Tor des Norrtull schwebten. Eines Abends geschah folgendes: Diese besondere Glückseligkeit in der Ehe, welche die Liebe nur fester schmiedet und in Busch und Wiese zur ehelichen Pflicht ruft, hatte mich im Klee an der steinernen Bank schwer atmend in Lovisas Arm gebettet. In diesem Moment kam ein Gärtnerbursche herbei in seiner grauen Jacke und mit seinem runden Hut und sagte mit abgewandtem Blick, daß die Königinwitwe verstorben sei. Er reichte mir die Montagsnummer der *Inrikes Tidningar*, dann bot er uns die schönsten weißen und roten Johannisbeeren an, die er in einem geflochtenen Strohkorb dabeihatte. Ich las: Nach einer Promenade am Mälaren, wo sie eine kleine Mahlzeit in einer Hütte eingenommen hatte, war die Königinwitwe Luise Ulrike ins Schloß Svartsjö zurückgekehrt; dort hatte sie einen Schüttelfrost bekommen, und dann hatten sich plötzlich quälende Schmerzen in der Brust eingestellt. Binnen kurzem wurde ihr Atem keuchend, sie begann halb erstickt zu husten und warf einen rostbraunen Schleim aus. Sie wurde bewußtlos und unruhig, dann kam das Delirium und schließlich der Tod.

Ich verstummte.

Lovisa drehte mein Gesicht zu sich. Sie wollte sehen, ob ich weinte. Unter den Johannisbeertrauben im Korb des Gärtnerburschen lagen hellgelbe Astrachanäpfel. Der verführerische Duft der Äpfel lockte bei ihr ein unanständig lustvolles Lächeln hervor. Sie grub ihre Zähne in das Fruchtfleisch und genoß den Saft.

Sehr bald schon sang man das Tedeum in allen Kirchen der Stadt. Allerdings nicht für die Königinwitwe. Jenseits des Sees, der Kohlfelder, der Zäune, der Rübenfelder und der Abtritte erklang das Tedeum, und Salutschüsse wurden abgefeuert. Sie ertönten für die geliebte Gemahlin des Königs. Sie hatte, nachdem sie sich unwohl gefühlt und sich in ihrem Gemach niedergelegt hatte, umringt von Doktoren, Hebammen, Kammerjungfrauen und Hofdamen, mit einer unglaublichen Leichtigkeit einen Sohn geboren: Prinz Karl Gustaf.

Der Sommer ging auf sein Ende zu. Wir mußten aufbrechen. Schon auf dem Heimweg machte ich einen Umweg und besuchte Schröderheim in dessen Stadtwohnung in der Nybrogatan.

Was den Tod der Königinwitwe betrifft: Schröderheim behauptete, daß der König den Tod seiner Mutter herbeigewünscht hätte. Es war gar nicht schwer, sich über den Tod seiner eigenen Mutter zu freuen und in derselben Stunde mit Jubel den eigenen Nachkömmling in dieser Welt willkommen zu heißen. So war das, meinte Schröderheim, denn er war beim Tod der Königinwitwe wie auch bei der Geburt des Prinzen zugegen gewesen. Schröderheim kleidete sich gerade um für die Oper. Er trug einen teegrünen Hausrock aus kostbarem Stoff und dazu passende Pantoffeln. Er suchte Spitzen und Hosen aus, begann sein Haar aufzurollen und zu pudern, und war dann mit seinen Gedanken wieder bei der Geburt. Er sagte, daß Reichsrat Falkenberg noch nicht eingetroffen war, als die Wehen einsetzten, so hatte er selbst den Befehl erhalten, neben dem Paravent, der um das Bett der Königin aufgestellt worden war, das Protokoll zu führen:

»Die Königin keuchte und stöhnte in ihrer dänischen Muttersprache, aber der König ging nicht zu ihr, sondern kam ständig gelaufen und sah auf mein Papier, als ob die Entbindung im Protokoll stattfinden müßte. Unaufhörlich sagte er zu mir: ›Na? Was meinst du? Glaubst du, daß es jetzt soweit ist? Sie hat ja geschrien. Aber was ist? Du schreibst ja nicht! Schreib! Sie ruft ja!‹ Dann waren plötzlich überall Hofdamen. Vom Patriotismus alarmiert und in größter Eile mitten in der Nacht herbeigerufen, nur mit Flanellnachthemd und schleierbestecktem Häubchen bekleidet, flatterten sie im Zimmer aus und ein. Als eine halbe Stunde lang nichts passiert war, stellte der König Posten an alle Türen und zog sich zurück, um sich zum Tedeum anzuziehen. Im gleichen Augenblick kam das Kind.

Das Kind kam nicht schreiend, sondern knirschend zur Welt. Der König flog mit großen Sprüngen durch die Zimmer, zu mir her, und beugte sich herunter. Ich sollte seinen Kragen zuknöpfen. Niemand durfte merken, daß er ein Freimaurerzeichen am Hals hatte. Danach sprang er weiter, streckte die Hände aus, als ob er den kleinen Herrn schon in den Armen trüge, und rief: ›Ein Knabe, ein Knabe!‹ Als der Neugeborene angekleidet war, wurde er, noch in der Wiege, mit dem Serafimerorden dekoriert.«

EINE SERIE VON DANKSAGUNGSFESTEN brach nun an. In allen Kirchen der Stadt sang man den mächtigsten, durch seine unübertreffliche, sublime Schönheit ergreifendsten Lobgesang, den wir unser eigen nennen: »Herr Gott, Dich loben wir.«

Der Lobgesang war kaum verklungen, da schlug er um in Trauergesang. Ich war bei meiner Rückkehr in die Stadt von verschiedenen Leuten an mein Werk *Bacchi Tempel* erinnert worden. Man wollte es endlich gedruckt sehen. Ich kündigte deshalb in *Stockholms Posten* an, daß das Buch binnen kurzem herauskommen werde und daß die meisten Buchhandlungen gegen einen Reichstaler Vorbestellungen entgegennähmen. Zwar hatte ich noch keine Absprache mit einem Drucker, hatte auch noch kein Druckpapier beschafft, doch rechnete ich mit genügend Vorbestellungen und hielt die Finanzierung für gesichert. Die Brüder Martin lieferten die Vignetten und Kupferstiche.

Es war ein Zufall, daß in der gleichen Nummer dieser Zeitung ein wütender Disput abgeschlossen wurde, der sich über mehrere Wochen hingezogen hatte. Ein Mann hatte eine Heiratsanzeige aufgegeben und dabei ausdrücklich gewünscht, daß die interessierten Damen nicht den besudelten Namen Ulla tragen sollten, »denn ich weiß mir keinen schändlicheren Namen unter der Sonne«.

Lovisa und ich kleideten uns gerade zum Martinsfest bei Lindströms an, als Ulla Winblad mit nichts Geringerem als einer Feuergabel an unsere Tür hämmerte. Sie trug ein Kleid aus rotem Linon und eine rote Kopfbedeckung. Bebend vor Wut schrie sie, ich hätte ihren Namen für alle Zeit in den Schandpfahl eingegraben. Sie verlangte 100 Taler, und zwar sogleich, denn sie wußte aus sicherer Quelle, daß ich Satan ihren Namen auch in *Bacchi Tempel* verwendet hätte.

Hier schritt Lovisa ein. Sie war größer als Ulla und sah drohend auf sie hinab. Völlig unerschrocken erhob sich Ulla jedoch auf die Zehen, überhäufte mich erneut mit Vorwürfen, sah mir über Lovisas Schulter hinweg fest in die Augen und zischte in einem Atemzug hervor:

»Her das Geld! Denn schon wieder stehst du da und verleumdest mich im ganzen Land mit deinen verdammten Liedern!«

Auf der Straße wartete eine grüne Karosse. Ein Bäckerkarren fuhr vorbei, als ich versuchte, Ulla zu beruhigen, und ihr versprach, sie würde Geld bekommen, sobald ich etwas vom König erhalten hätte. Und ich würde etwas vom König bekommen! Ich war ja Oberster Kanzler des Augustiordens. Aus meiner Feder würde eine Ode fließen, größer angelegt, umfassender und reicher an Perspektiven, als je ein Werk die Hand eines Dichters verlassen hätte. Zwar hatte ich noch nicht begonnen zu schreiben, aber ich war schon jetzt höchst zufrieden mit dieser Hymne, die überfloß von den reizendsten Miniaturen, von Huldigungen, die ich den Bettlern, den Kranken, den Krüppeln der Stadt in den Mund legte! Ich nahm einen Priem und fuhr fort:

»Diese Verse, aus meiner Feder ans Licht gesprungen, werden

dann im Triumphzug hinauf zu Gustaf ziehen! Das Buch wird in denkbar ausgesuchter Manier gefertigt, Schindler wird es binden, in rotes Saffianleder mit Goldschnitt. Zwei Exemplare. Das eine schenke ich Samuel af Ugglas. Da ist Geld zu holen. Das andere überreiche ich Seiner Majestät persönlich an seinem Ehrentag. Er wird mit mir Bruderschaft trinken und mich mit Gold überhäufen.«

Hier stach mir Ulla ihre Feuergabel auf die Brust, sah mich wild und wütend an und zischte:

»Verdammter Stinkstiefel!«

Über dem Schloss ging die Wintersonne auf, wie die Beleuchtung einer Bühne. Sie wurde ganz einfach aufgezogen, weil das Schauspiel begann, brannte über dem Schloßhof wie eine ansehnliche Kristallkrone mit 40 Lichtern und wurde am Ende des Schauspiels wieder herabgelassen.

Applaus!

Gustaf war selig. Ein Sohn. Ein neugeborener Akteur hatte die Bühne betreten und spielte die Rolle des Sohnes. Nun konnte der König sich wieder freuen, seine Leidenschaft für das Theater lebte auf, noch glühender als zuvor. Er lebte nur für Proben und Aufführungen. Nun wurde auch das Königliche Opernhaus am Norrmalmstorg eingeweiht, der Gipfel der Vollkommenheit des nationalen Schauspiels. Das ganze erste Obergeschoß war für den Privatgebrauch des Königs eingerichtet worden. Pauken dröhnten, Trompeten schmetterten, Raketen zischten, Feuerräder schnurrten, Sterne sprühten, Schwärmer wirbelten! Doch wie mächtig das Glück auch schien, wie groß die Pracht auch war, wie sinnreich die Maschinerie des Theaters auch arbeitete – nichts vermochte sie auszurichten gegen die Wirklichkeit außerhalb der Bühne. Dort brach eine unruhige Nacht für den kleinen Prinzen an. Seine Amme hatte zu starke Milch, dadurch bekam er acht Zähne auf einmal, er begann mit sägenden Lauten zu atmen, wurde von Zuckungen gequält, erlitt einen Schlaganfall und starb.

Die ganze Stadt trug Trauer, und die Glocken dröhnten, weitaus bedrohlicher als im Theatersalon.

Der kleine Friedensengel hatte seinen Geist aufgegeben, dieses Kind, das der Himmel gesandt hatte, um die Herzen zu versöhnen. Und wie grausam war nicht die Unruhe gewesen, die den König peinigte, während der Kleine mit dem Tode kämpfte. Während dieses Kampfes wurden sämtliche Komödien und Ballette eingestellt, die in den königlichen Privatgemächern geprobt wurden. Man zwang den König, beruhigende Opiumtropfen zu nehmen. In der Nacht erlitt er einen Hitzeanfall, man mußte ihn umbetten. Als er aufwachte, war der Todeskampf immer noch nicht überstanden, und er ließ sich nur *en matin* ankleiden. Ein Läufer traf ein und berichtete, daß der Zustand sich verschlimmert habe. Ihre Majestät die Königin saß auf einem Schemel neben dem Krankenbettchen. Der kleine Prinz Karl hustete Schaum, dann starb er, den offenen Mund gegen den Betthimmel gerichtet, als ob Blumenkohl aus seiner Kehle heraufgequollen wäre und die Mundhöhle angefüllt hätte. Ein heftiges Weinen überfiel den König. Er stattete der Königin einen langen Besuch ab. Danach verstummte das Gespräch zwischen den Ehegatten und lebte nie wieder auf.

Das Henkerbeil hieb also die Königskrone entzwei.

Der Dornenzweig der Märtyrer wurde um das Szepter geschlungen.

Meiner Ode im Prachteinband konnte der König keinen Blick widmen, ganz zu schweigen von einer Belohnung.

Was sollte er nun tun?

Vielleicht brachte ein Krieg ihm Trost?

Ein Krieg würde vom Volk mit großem Beifall begrüßt werden.

Krieg war wie Theater, das überall aufgeführt werden konnte, auf der Straße, zu Hause, im ganzen Lande. Wie auch immer, der dänisch-russische Zangengriff mußte endgültig gebrochen werden. Konnte durch einen Angriff auf Dänemark ein Krieg in

Gang kommen? In Erwartung einer *entrevue* mit der russischen Kaiserin erhielt der Hofpoet Bellman den Befehl zu singen. Das Couplet *Fifat fifat charmante Margret* entstand während der Trauerzeit. Ich schrieb es am Morgen, am Abend wurde es aufgeführt. Ich wedelte und fuchtelte mit meiner Gänsefeder im blauen Schuppen in Dubois' Hof. Ich war der hungrige Taschenspieler im Schlaraffenland, der sich mit Grinsen und Gesten verständlich machte. Ich steckte gelbe Tulpen an meinen Hut. Ich tanzte um den Brunnen herum wie ein Teufel in der Hölle. Die Leute auf dem Hof fanden das unheimlich. Eine Wasserträgerin mit grünem Joch auf den Schultern ging vorbei und schüttelte den Kopf. Ich war verrückt. Gleich darauf klopfte ein älterer Herr mit einem spanischen Rohr an das Fensterglas. Er war noch nicht ärgerlich, konnte aber nicht ausschließen, daß er bald ärgerlich würde. Vor einem halben Jahr hatte er in einer Buchhandlung an der Norrbro für Bacchi Wappen bezahlt.

»Bacchi Wappen? Meinen Sie *Bacchi Tempel*?«

»Genau! Vor einem halben Jahr.«

Er hielt eine Quittung mit rotem Siegellack, die ich unterschrieben hatte, an die Fensterscheibe. Ich erklärte, daß ich einen großen Teil hatte umschreiben müssen und das Werk erweitert worden sei. Sehr bald würde es jedoch das Tageslicht erblicken. Die Buchdruckerin Elsa Fougt verhandelte mit dem Kämmerer Fredholm, der Papier auf Lager hatte. Ich ermahnte den Herrn, auf neue Anzeigen zu achten, und verabschiedete ihn. Dann fuhr ich mit der Jacht nach Ulriksdal. Mein Ordensbruder Hallman hatte ein Singspiel in deutsch-schwedischem Kauderwelsch verfaßt, das noch vor Kriegsausbruch im kleinen Schloßtheater aufgeführt werden sollte. Ich spielte die Rolle des Marktschreiers, der einen Guckkasten vorführte.

Am Munkbro-Kai waren die Buden geöffnet. Englisches Bier wurde ausgeschenkt, es war schwarz und stark gehopft. Reisigstreu lag um die Schenke. Türen schlugen, Stühle wurden gerückt. Eine gekräuselte Bindemütze mit rosenrotem Band sah mir nach, als sie in die Kellergewölbe hinabstieg. Draußen in der Abendsonne, die auf dem Wasser lag, war deutlich zu sehen, daß meine Weste goldgelb und flaschengrün gestreift war. Hier traf ich den Freiherrn Cederhielm. Er hakte seinen Finger in meine farbenfrohe Weste, kniff mich in die Wange und schnappte erschrocken nach Luft. Ich war ja ausgezehrt vor Hunger, völlig ausgemergelt. Hatte ich schon einmal Pferdefleisch gegessen? Nein? Er forderte mich auf, Pferdesteak zu essen! Dieser Freiherr stand nämlich hier auf dem Kai zusammen mit einer Menge Knechte und einem Schlachter und machte Werbung für Pferdefleisch als Menschennahrung. Warum aß niemand Pferdefleisch? Eine große Mißernte drohte. Eine entsetzliche Hungersnot stand uns bevor, ein schlimmeres Elend als der Schwarze Tod! Er war auf ein Weinfaß gestiegen und rief:

»Aberglaube und Verblendung und schändliche Vorurteile haben die Schweden immer daran gehindert, Pferdefleisch zu essen. Stillt euren Hunger mit Pferdefleisch! Auch Hundefleisch, Katzenfleisch und Rattenfleisch sind eßbar!«

Hallmans Schauspiel war zusammengebraut aus den Motiven Bauernhochzeit, Liebesintrige und einem Jahrmarkt mit Taschenspielern. Der Marktschreier trat auf die Bühne, er deckte seinen Guckkasten auf und stellte ihn ein:

Ho ha hu!
Wer will kieke und peskåde
Schön undt prächtig Raritet,
Aproschiere diese Låde
För ein klein simplicitet,
Schtäll sein Augen durch hierin,
Sieh die schöne Printzessin!

Man war amüsiert. Der König schaukelte mit dem Kopf, schmunzelte und wippte auf seinem Stuhl. Die Herzogin Hedwig Charlotta beobachtete mich die ganze Zeit prüfend, als ob sie folgenden Eintrag für ihr Tagebuch vorbereitete: »Bei dem Schauspiel für den Kronprinzen nahm uns vor allem Herr Bellman gefangen, der seinen Guckkasten vorführte.«

»*Das ist die scheene Prinzess von grosse Mogul i sin rosenklädning orniert. Und mit pärlen och ädel steinen assuriert: Da kommt der Gemål och galopperar auf seine häst mit grosse stöflar och silbersporrar, och nimmt seinen Hut ab för sin Gemål… daß var helt richtigt, undt alle rupar med grosse stämma fifat, fifat!*

Als dann das große Souper draußen im Theatersaal aufgetischt wurde, rief man immer noch »Fifat«. Ich trat hinein, und »Fifat!« rief sogar der König, der soeben verkündet hatte, daß er nach Italien reisen werde. Ja, es war wirklich wahr. Angesichts der schweren Mißernte, die, wie alle wußten, vor der Tür stand, wollte er seine Kriegsvorbereitungen verheimlichen durch eine Reise nach Italien, in das Land, das so reich war an antiken Kunstschätzen. Und solche zu erwerben, war schon lange sein brennender Wunsch gewesen.

MEINE STIMME WAR HEISER und rauh von dem vielen Branntwein. Die Worte polterten umher wie Steine in einem Maurertrog, als ich heimkam, die Taschen des Rockes voller Speisen vom Souper. Lovisa aß wie halb verhungert, lächelte wunderbar mit fettbeschmiertem Mund, stopfte sogar Wurst in den kleinen Gustaf hinein. Aber sie war aufgebracht über einen Kammerschreiber namens Ekequist, der sich in die Küche gedrängt und von mir 111 Reichstaler verlangt hatte.

»Was für ein Ekequist?«

»Ich weiß nicht. Die 111 Taler sind dafür, daß du vor vielen Jahren bei Rittmeister von Schnell die Anleihe deines Bruders Johan unterzeichnet hast. Wenn du nicht sofort bezahlst«, berichtete Lovisa mit einer Auerhahnbrust zwischen den Zähnen, »wird der Eintreiber Zederberg dich in die Schuldhaft abführen.«

In diesem Jahr 1783 wurde in der Registratur der Hofkanzlei

eine ganze Batterie von Zahlungsbefehlen gegen mich in Stellung gebracht, die mich bis an mein Lebensende bedrohen sollten.

Sofort nach Lovisas Mitteilung setzte ich mich in den blauen Schuppen und schrieb an die Grafen, Marschälle und Kommandeure des Oberen Burggerichtes. Ich erfand die Entschuldigung, daß die Unterlagen auf der Reise nach Ulriksdal verlorengegangen seien, daß der mir unbekannte Ekequist daher ein neues Ersuchen um Anordnung einer Schuldhaft einreichen müsse:

Mit untertäniger demütiger Ehrerbietung verbleibe ich
Eurer Exzellenzen
untertäniger demütigster Diener Carl Michael Bellman

Danach floh ich mit der Familie in die Orangerie von Schloß Karlberg. Die Fenster zur Landstraße hielten wir halb geschlossen. Gustaf weinte im Kinderzimmer. Im Hof des Wirtshauses, unter braunen Wolken, schlug der Faßbinder Stäbe in den Zuberboden und zog die Faßwände in die Höhe. Am Revolutionstag, dem 19. August, saß ich verzagt da, mit dem Schreibzeug auf den Knien, und sah zu, wie derselbe Faßbinder seine rote Mütze zurechtrückte, seine leberbraune Fiedel unters Kinn hob und mein Huldigungslied *Gustafs skål* sang, alle Strophen.

Ja, es war also wieder so weit. Die Brüder des Augustiordens trafen schon ein und nahmen unter Hurrarufen im großen Saal der Orangerie Platz. Schwager Lindström hatte Neues über den König zu berichten. Kaiserin Katharina von Rußland hatte zu einer Besprechung, den Krieg betreffend, nach Finnland eingeladen. Gustaf hatte seine größten Hoffnungen in einen Angriff auf Dänemark gesetzt, aber er hatte seinen Krieg nicht bekommen. Und nun war er verletzt. Bei einer Truppenbesichtigung auf der Insel Parola war der König auf dem Pferd eingeschlafen. Man hatte *Je suis Lindor* aus dem *Barbier von Sevilla* aufgeführt. Der König war schnarchend aus dem Sattel geglitten und so unglücklich aufgeschlagen, daß er sich den Arm gebrochen hatte. Nun war er wieder im Lande, aber bei übler Laune. Nach einer geheimen

Kriegsberatung mit Trolle und Toll hatte er endlich begonnen, seine Italienreise vorzubereiten.

»Gegen wen will er nun Krieg führen?«

»Ich weiß nicht, lieber Bellman. Norwegen vielleicht.«

Ich hielt meine Rede im Augustiorden. Ich sprach über das Joch der Knechtschaft, das zerbrochen war, darüber, daß der König über fröhliche schwedische Herzen herrschte, ein Nestor an Jahren, ein Titus auf dem Thron.

Im September kamen zwei neue Zahlungsbefehle.

Wir waren wieder zurück in der Stadt.

Unsere Dienstmagd Maja-Lisa hatte den ganzen Sommer hindurch Kartoffeln gegessen und wollte wissen, ob sie bei uns im Dienst bleiben könne. Sie war von den Stadtwachen aufgegriffen, aber dann wieder freigelassen worden, da sie angegeben hatte, daß sie bei mir im Dienst stand. Alle, sagte sie, die sich auf der Straße herumtrieben oder schliefen, die ohne Beschäftigung waren und in der Nähe der Läden und der Märkte herumhingen, würden ohne Gnade ins städtische Spinnhaus gebracht. Das, sagte das Mädchen, sei eine neue Verordnung von Baron Sparre.

Die Mißernte fiel in diesem Sommer noch schlimmer aus als in den vergangenen Jahren.

Es herrschte Hungersnot.

Das Elend des Volkes wuchs ins Unbeschreibliche.

An den Ziehungen der Nummernlotterie, bei denen ich zweimal anwesend war und Protokoll führte, nahmen nicht viele Glücksuchende teil. An der Kirchenmauer saß im Regen eine Bauersfrau und bettelte, neben ihr zwei ausgemergelte Knaben mit Gesichtern wie Grashüpfer. Sie hielt mir einen Säugling entgegen, der leblos wirkte, und braun war wie Pergament. Überall schleppten sich Skelette mit Krücken an den Hauswänden entlang, die meisten waren auf ihrer verzweifelten Jagd nach etwas Eßbarem vom Lande in die Stadt gekommen. Einige lagen nur da, andere taumelten und fielen um, wo sie standen.

Stockholm war nun seit Beginn des Herbstes fast leer von Katzen und Hunden, die Hungernden hatten sie verzehrt. Auch Igel und Eichhörnchen waren eßbar, an offenen Feuern auf den Stadtplätzen konnte man das sehen. Das Brot, das zum Verkauf kam, war aus Stroh, Knochenmehl und Spelzen gebacken. In unserem Geviert, um den Hötorget herum, herrschte ein widerwärtiger Gestank von all den Vierbeinern, die einen unangenehmen Geschmack hatten und gut gekocht und in Essig eingelegt werden mußten, bevor sie genießbar waren. Möwen- und Krähenflügel lagen überall herum und wurden zusammen mit anderem Abfall eingesammelt, sogar ich begann in meinem Elend nach derartigen Essensresten Ausschau zu halten vom Fenster des Schuppens aus, in dem ich oft nächtelang saß und meine Dienste als Verfasser von Hochzeitsgedichten und Grabgesängen anbot.

Genauso eifrig, aber mit erheblich größerer Furcht hielt ich nach Rittmeister von Schnells Advokat Ekequist Ausschau. Um den Prozeß über die Bürgschaftsschuld hinauszuzögern, war juristische Hilfe vonnöten. Jede denkbare Advokatur war vonnöten. Geld war vonnöten.

Ich setzte wieder eine Annonce über das Erscheinen von *Bacchi Tempel* in die Zeitung.

Und ich schrieb an den König:

Großmächtigster Allergnädigster König!!!!!!
Nachdem mit Gottes Segen mein untertäniger Eifer und froher Gesang viel zum Absatz der guten Waren der kgl. Brennereien beigetragen sowie zu gierig hazardierenden Einsätzen in der kgl. Nummernlotterie ermuntert haben, wage ich untertänigst um eine kleine Gratifikation von 333 Reichstalern anzusuchen,
in unerschütterlicher Treue bis in die Todesstunde …

Eine knappe Woche später fand ein großartiges *Dejeuner* im neuen Opernhaus statt, gefolgt von einer Opernprobe. Schröderheim ließ mich in seiner Chaise holen, er sagte, daß der König übelster Laune gewesen sei und Szenen gemacht habe, die alles Bisherige übertrafen. Er zeige sich oft hochmütig, überschätze seine Kräfte, lasse sich zunehmend von Vorurteilen leiten und zeige häufig nur Verachtung für seine Untertanen, die »Theater spielten« und wankten und kröchen und den Anschein erweckten, als müßten sie auf der Straße sterben, und das alles nur, um ihn zu ärgern.

Beim *Dejeuner* stand der König plötzlich hinter meinem Stuhl und kitzelte mich in der Seite. Ich erhob mich hastig, wollte seine Hand küssen, aber er zog sie zurück und sagte kichernd, er wolle nach Drottningholm fahren und von dort aus seine Reise nach Italien antreten.

Am Seeufer wartete seine Schaluppe.

In einer zweiten Schaluppe, die auf Armfelts Rechnung bestellt worden war, sollte die Gesellschaft dem König folgen. Wieder zurück in meinem Zimmer bei Dubois, schrieb ich in der Kälte am Küchenherd eine Notiz in Lovisas Bibel:

Im Jahre 1783 am Samstag dem 27. September um 1 Uhr nachts reiste Seine Königliche Majestät Gustaf III. von Drottningholm ab. Er war in violette Seide gekleidet, in einen Mantel mit weißen Aufschlägen. Die Hofleute weinten verzweifelt und baten ihn flehentlich zu bleiben.

Während ich schrieb, war Lovisa aus dem Bett gekrochen. Der Geruch von Braten, der aus meinem Rock stieg, hatte sie geweckt. Als sie fragte, ob der König mir Geld gegeben habe, schüttelte ich den Kopf. Die Nation bereitete den Krieg gegen Dänemark vor. Alles Gold wurde benötigt, um die Flotte aufzurüsten, und der Geldbedarf der Armee war enorm.

Kriege und Konkurse

1784–1790

Die Tage waren weiss und schwarz. Eine kurze Weile saßen sie schnatternd an den Tischen, wie Elstern in menschlicher Gestalt, erhoben sich dann in schrill schreienden Schwärmen, schaukelten in den Baumspitzen und verschwanden.

Jungfer Norgren war noch bei uns im Dienst, aber sie war krank, und so mußten Lovisa und die Magd den Umzug vorbereiten. Den Gläubigern beliebte es nicht, länger zu warten. Ich hatte vergebens, in alleruntertänigste und pflichtschuldigste Lumpen gekleidet, beim Amtsgericht auf das Erbe hingewiesen, das mir nach dem Tod meines Onkels Jacob Bellman in Cadiz zugefallen, aber noch nicht eingetroffen war. Wenn die Gläubiger nur einen einzigen läppischen Tag abwarten wollten, so brauchte ich vielleicht Haus und Heim nicht zu verlassen. Aber niemand war bereit zu warten. Keiner, bis auf Kommerzienrat Alströmer; der bot mir sogar ein neues Darlehen an. In der Zwischenzeit packte Hofsekretär Bellman seine Habe zusammen und zog wieder in seine alte Wohnung beim Brauer Westman in der Lästmakargatan. Die Habe bestand aus 1 Paar Hackmesser, 2 Bütten, 3 Eimern, 2 Haar-Matratzen, 1 Strohmatratze, 3 Bettdecken.

Den ganzen Tag, während wir den Umzugskarren beluden, hatten die Glocken der Deutschen Kirche geläutet. Der Astronom Pehr Wargentin war unter großem Klagen aus dem Leben geschieden und im Grabchor der Adolph-Fredrik-Kirche jenseits der nördlichen Planke des Duboisschen Anwesens beigesetzt worden. Flodin hielt die Grabrede zu einem Spruch des Propheten Jesaja. Auf einem roten Samtkissen wurde der Königliche Nordsternorden dem Sarg vorausgetragen, der einzige Stern, den der Astronom persönlich vom Himmel heruntergeholt hatte. Die von *Stockholms Posten* bestellten Verse brachten mir 1 Taler 32 Schilling. 4 weitere Taler brachten mir die Gedichte über die Weihnachtsgeschenke von Oberarzt Bäck – ein Damenmantel für seine Geliebte – sowie von Frau Pagander – ein silbergesticktes Landschaftsbild für ihren Ehemann. Das waren unbedeutende Arbeiten; doch hatte ich ein halbes Jahr lang, in aufopfernder Mühe, an einem Pendant zu *Bacchi Tempel* geschrieben, das ich *Freyas Tempel* nannte und dessen Priesterin Ulla Winblad war. Die Ausstattung des Buches war teuer, und um die Gravierung der Noten bezahlen zu können, hatte ich den Mahagoni-Toilettentisch meiner Frau verpfändet. Und für *Zions Tempel* hatte ich viele Nächte gefroren und gehustet. (Um diese Betrachtungen zu den Sonn- und Feiertagen des Kirchenjahres nicht in die Nähe von *Bacchi Tempel* zu bringen und um die kirchliche Druckerlaubnis nicht zu gefährden, änderte ich den Titel in *Zions Fest.*) Als *Bacchi Tempel* endlich als passendes Weihnachtsgeschenk annonciert worden und nach einer Verzögerung von mehreren Monaten gedruckt war, was geschah da?

Kein Käufer wollte es haben.

Mein Stern war im Sinken.

An der Pumpe am Hötorget zupfte mich ein Knabe am Rockschoß. Ob ich der berühmte Bellman sei? Ich bejahte, worauf der Knabe verlegen druckste, daß er eine Bellmangeschichte kenne. Nun, laß hören! Also: Bellman traf einen Doktor und einen Admiral. Sie setzten sich auf den Abtritt im Latrinenkahn. Da die Würste zur Salpetersiederei geschafft und zu Schwarzpulver für die Kanonen des Königs veredelt werden sollten, begannen die drei einen Wettstreit darüber, wer dem König am meisten Pulver liefern konnte. Der Doktor fing an und schiß eine Wurst, so lang wie ein Unterarm. Der Admiral stöhnte, und heraus kam ein Fladen, so groß wie ein Pferdeschinken. Als Bellman schiß, flog der Kahn in die Luft.

Ich fand die Geschichte so lustig, daß ich prustend vor Lachen nach dem Pumpenstock griff und mich daran festhielt. Der Knabe staunte und wollte wissen, ob die Geschichte wahr sei.

»Ob sie wahr ist? Sie ist so wahr, wie dieser Pumpenschwengel ein Kontrafagott ist.«

Bei diesen Worten zwinkerte ich mit den Augen, legte meine Lippen an das Holz, blies seitlich daran vorbei und brachte einen melancholischen, trocken knarrenden, tiefen Klang hervor, der den Jungen in noch größeres Staunen versetzte. Jetzt blieben mehrere Leute stehen und lauschten dem Fagottspiel. Einige traten anschließend selbst an den Pumpenschwengel, bliesen in das Holz und suchten nach Tonlöchern.

Diese und andere Episoden gaben mir ein immer stärker werdendes, traumhaftes Gefühl, in zwei Personen gespalten und von der Welt in einen abseits stehenden Beobachter des berühmten Bellman verwandelt worden zu sein. Bellman war in seiner eigenen Rolle aufgegangen, und ich konnte mich fast zum Theaterpublikum gesellen, um über mich selbst zu lachen.

Zum Neujahrssouper hatte Prinz Fredric Adolf mich auf das Stockholmer Schloß bestellt. Als wäre ich eine in schwarze Seide gebundene lebende Handschrift, ging ich von Hand zu Hand und machte meine Honneurs mit Couplets an die Tischdamen.

Zwölf Taler brachte ich nach Hause, und Essen in der Rock-Speisekammer.

»Voilà Belman, cet Anacréon du Nord qui est bien supérieur à son modèle!«

Seht, wie amüsant er ist!

Seht, wie die Maîtresse des Prinzen staunt, als kämen die Worte nicht aus seinem Munde, sondern just aus der Druckerei, und flatterten in kleinen feinen Blättern durch den Festsaal, jedes einzelne in einem hellblau gebundenen Exemplar des Historischen Almanach abgeheftet. Und welche Gedanken formt Reichsrat Sparre hinter seiner Stirn? Er schildert bereits das Gehörte in einem Brief an den in Italien weilenden König: »Lieber Gustaf. Wir erwarben Bellman für das Souper. Er unterhielt uns mit Gesang und Versen.«

Die flammendgelben Strümpfe der Hausmagd lugten unter ihrem Rock hervor, als sie die violetten Seidengardinen abnahm. Wir hatten noch einen feinlackierten englischen Teetisch. Lovisa wollte wissen, ob wir ihn in die Lästmakargatan mitnehmen sollten. Sie setzte mir Gustaf auf die Knie und schlug vor, den Tisch zu verpfänden. In der neuen Wohnung gab es ja auch keinen Salon, in dem wir ihn aufstellen konnten. Außerdem waren die Zimmer schmutzig, weil andere Hausbewohner mit ihrem Brennholz, Wasser, Abfall und Dreck hindurchmußten. Ich wußte nicht recht. Wenn wir den Tisch verpfändeten, konnten wir auch gleich die Küchengeräte verpfänden, weil es keine Küche gab.

Die Magd kleidete Gustaf an.

Ich nahm den Knaben an die Hand, und wir gingen hinaus in den Winter, der früh eingesetzt hatte und ungewöhnlich lang und streng werden sollte. Schon jetzt konnte man mit dem Schlitten nach Finnland hinüberfahren. Es war also wieder Winter. Wir stapften durch den Straßenmatsch die Drottninggatan hinunter zu Schagerström. Er war verreist, so gingen wir weiter zur Svartmangatan, zum Kriegsanwalt Enoch Nobelius, der mir ein Darlehen versprochen hatte.

Nobelius stand in der Tür und wischte sich den Mund mit dem Handrücken. Er hatte Zuckerwaffeln gegessen und Nektar getrunken, aber er war gar nicht erfreut, seinen alten Arbeitskameraden vom Zoll wiederzusehen. Er zog seine Perücke in die Stirn, drehte an den doppelten Locken, sah zuerst auf den Jungen, dann auf mich und warf mir dann einen »Fahr-zur-Hölle-Blick« zu. Darlehen? Wo ich schon Schulden bei ihm hatte? Seine Ironie ging über in die schönste Verachtung. Wenn ich nicht das Kind dabeigehabt hätte, hätte er mir ins Gesicht gespuckt.

Ja, da waren viele, die mir ins Gesicht spucken wollten.

Der Kammerschreiber Quarnberg wegen eines Darlehens, das mein verschollener Bruder Johan aufgenommen und für das ich gebürgt hatte.

Der Schloßkanzleibedienstete Fredrichsson, der den Rotz herunterräusperte und mich anspuckte für 16 Silberlinge und zwei Schillinge.

Der Steuerschreiber Stenmark für fünf Reichstaler und zwei Schillinge.

Der Musterschreiber Uhrström hatte ein ganzes Maul voll Speie parat für 113 Taler und 13 Schillinge, und der Notarius Groop für sechs Heller.

EINES MORGENS FRÜH lagen Lovisa und ich auf dem Rücken unter der Bettdecke und horchten auf die Geräusche der Stadt. Kein Hahn krähte. Die Hühner waren still. Die Schweine, die sonst erbärmlich quiekend zur Schlachtbank geschleppt wurden, gaben keinen Laut von sich. Drehten sich die Mühlen?

Lovisa meinte, daß sie seit längerem hier keine Mühle mehr gehört habe, weder Stora Hampan noch Spelbomskan. Die Flügel schlugen nicht im Wind, denn es gab kein Korn zu mahlen. Keine Haustiere krakeelten, sie waren alle schon aufgegessen. Im Fenster, das auf den dunklen Hof hinausging, stand ein Tontopf. Lovisa hatte vor dem Umzug den Kern einer Eierpflaume gepflanzt, der schien nun auszuschlagen. Seltsam! Ihre Stimme bekam einen zärtlichen Klang, als sie dieses »Seltsam« in mein Ohr summte. Ein Lächeln huschte über ihr Gesicht, auch wenn ich im Morgengrauen nicht genau ausmachen konnte, ob es ein Lächeln war, aber ich nahm es an, denn sie begann meinen Arm unter dem Nachthemd zu streicheln, mit einem so raffinierten Druck, daß ich gar nicht mehr verwundert war, als sie plötzlich fragte, was ich von einem zweiten Kind hielte, ob es mir gefallen würde, ein zweites Mal Vater zu werden? Wie üblich hatte ich einige Vorbehalte auf Lager: Die Armen leben zwischen Dornen und abgrundtiefen Schründen; dort können kleine Kinderfüße nicht herumspringen. Ich erwähnte auch, daß Sergel, der mit dem König in Italien gewesen war, seine Reise vorzeitig abgebrochen hatte und heimgefahren war. Die Pest hatte sich Venedig genähert.

»Ich habe ihn in seinem Atelier am Hötorget besucht. Er arbeitete an der Gruppe Amor und Psyche. Dann holte er eine Flasche Wein hervor und saß beleibt und erschöpft in seinem purpurroten Rock im grünen Lehnstuhl und sprach über die Hungersnot in Südschweden, die so ausgedehnt ist, daß er vier Tage gebraucht hat, um sie hinter sich zu lassen. Die Bauern sind zu Skeletten abgemagert und rotten sich, mit Sensen bewaffnet, zusammen. Die Mühlen mahlen nur Kiefernrinde und Eicheln. Mitten durch diese Horden von Verhungernden zieht indessen die Armee gen Süden, auf die Küste von Schonen zu. Fünfzigtausend Mann mit schwerer Artillerie und Belagerungskanonen. Die Kriegsflotte verfügt über etwa 100 Linienschiffe, Fregatten und Transportschiffe. Der Finanzminister Liljencrantz hat eine Million Reichstaler für den Krieg eingetrieben. Vom hungernden Volk! Währenddessen reist der König in Rom herum. Rastlos eilt er von einer Zerstreuung zur anderen, zu Festen und Vergnügungen, reist nach Neapel, nach Venedig, wo er einen Konfettikrieg auskämpft, führt im Theaterkostüm einen Feldzug, geht auf Bälle und in die Oper, geht mit der Muskete auf Jagd nach Fasanen und Wildschweinen, und das nur, laut Sergel, um einen leichtsinnigen Kriegsplan geheimzuhalten, um einen Krieg zu inszenieren, der ihm selbst etwas mehr Abwechslung und Dramatik bietet als Turnierspiele und Hofspektakel. Sergel sagte, beim Fürsten von Piemont habe der König von goldenem Service gegessen. Der ganze Hof sei in Gala und der König *à l'Eroica* gekleidet gewesen: acht Federn auf dem Hut, ein ungewöhnlich langer Mantel, darunter ein Leibrock aus pfauenblauer Seide, rot gefüttert, weiße Strümpfe, goldener Degen, Diamanten als Knöpfe an Leibrock und Ärmeln, als Tautropfen auf den Schuhen und am Hut, die Schärpenrosette garniert mit Edelsteinen von unermeßlichem Wert. Der Degen, der Ring …«

Lovisa wandte sich zu mir. Die Matratze raschelte wie trockenes Ried, als sie mich mit ihren Beinen einfing. Sie beugte sich über mich, schmiegte sich mit einer Brust in meine Achselhöhle, sah mir tief in die Augen, offen und ruhig. Mit Augen, die wie in einer Vision fixiert schienen, flüsterte sie:

»Was willst du damit sagen, Mickel?«

»Nichts. Nur daß die Bauern hungern und das Stroh von den Dächern ihrer Hütten fressen. Daß es Krieg geben wird.«

Nun ging ein Aufbäumen durch Lovisas Körper, ein junges, kraftvolles, heißes Wogen, das am Becken und an den Hüften begann. Das Wogen der Muskeln lief von den Füßen zu den Knien, zu den Hüften hinauf, schlug von innen gegen das Becken, so daß der Schoß zu stoßen begann und feucht wurde. Noch bevor ich das Nachthemd über den Kopf ziehen konnte, hatte sie ihre Verwandlung durchgemacht. Sie war schon gesegnet, nahm mich entgegen mit einer Fügsamkeit und Ruhe, als wäre nicht mehr ich es, worauf es ankam; alles war bereits überstanden, das Kind war unterwegs.

Meine Schwester Maria sah fahl aus, ging mit trockenem Husten in dem kleinen Zimmer in der Drottninggatan auf und ab, geriet in Atemnot, wenn sie die Kleinen hochhob, die Brust schmerzte und fühlte sich schwer an, wenn sie den Schleim ausspuckte. Sie hatte mehrere Kuren ausprobiert: Milchdiät, Blatthüllen, in frischer Schneeluft stehen. Nun atmete sie ein wenig leichter. Lovisa hatte ihr Schmierseife und Kalk geschickt zum Reinhalten des Zimmers. Das schlimmste, sagte Lovisa mit spitzen Lippen, war, daß sie versuchte, wieder Appetit zu bekommen, wo sie doch ohnehin kaum genug zu essen hatte für die vier vaterlosen Mädchen.

Am gleichen Tag hatte ich vor der Augusti-Bruderschaft auf Sabbatsberg meine Rede zu halten. Dabei mußte ich mein ganzes Körpergewicht auf das rechte Bein legen. Der steile Weg durch die Gärten am Röda Berget hinauf zum Wirtshaus war so anstrengend gewesen, daß er eine Gichtattacke ausgelöst hatte. Der linke Fuß begann von den Zehen an heiß zu werden, und schon bei der zweiten Strophe meiner Lesung hatte die Schwellung den Vorderschuh ausgefüllt, so daß das Leder riß. Ich nahm zwischen der fünften und sechsten Strophe einen Kornschnaps als Medizin, einen zweiten zwischen der achten und neunten Strophe. Wie ein weitgespannter, prächtiger Himmel wölbte sich die Lobrede hoch und klar über den bis zum Wahnwitz angebeteten Herrscher des Reiches, den göttlichen Gustaf. Die Haushälterinnen hingen andächtig lauschend aus den Wirtshausfenstern, die Hausknechte standen stramm an ihren Harken, die Schankburschen und Mägde senkten mit nassen Augen das Haupt. Bei der zweiundzwanzigsten Strophe flossen die Worte den Berg hinab, als könne die Rede ewig vor sich hin perlen wie das heilkräftige Brunnenwasser des Kurhauses. Es waren Worte, aus Seide gewoben, mit Taft gestärkt, wie golden aufsteigende schimmernde Blasen, wie Blumen in Girlanden.

Nachdem die feierlich gekleideten Ordensbrüder meine Rede zu Ende gehört hatten, trat Schwager Lindström vor. Etwas verlegen lächelnd sagte er, daß seit einer Stunde, seit ich meinen Vortrag hielt, auf den Kegelbahnen nicht mehr gekegelt wurde, die Schaukeln nicht mehr schaukelten und danach auch der Stand mit den Süßigkeiten zugemacht hatte. Bei der letzten Strophe habe er einen Blick auf den Karpfenteich geworfen; nie zuvor habe er erlebt, daß die Karpfen mit offenen Mäulern am Ufer lauschten.

Ich humpelte mit Lindström zur Festtafel, deutete auf meinen linken Schuh und sagte, daß ich auch noch nie den König so inbrünstig gepriesen hätte, daß das Leder geplatzt sei. Lindström lachte. Die Augusti-Brüder und die Stockholmer Bürger hatten große Pläne, wie sie den König bei seiner Heimkehr empfangen wollten. Man hatte Erik Palmstedt gebeten, eine Steinbrücke zu entwerfen. Die Brücke sollte über den Kanal zwischen Stadsholmen und Riddarholmen gebaut werden, mit einer Gedenkplatte und einer lateinischen Inschrift, um die Heimkehr des Königs ins Vaterland zu verewigen. Als ich ihm meine Rede zum Druck überreichte, sagte er, daß der Augusti-Orden sie in schwarze Seide mit silbernem Aufdruck binden lassen werde, und vielleicht würde mich der König dieses Mal mit Geld belohnen. Der Krieg gegen Dänemark war abgeblasen. Katarina II. hatte versucht, Gustaf auf die Seite Rußlands zu ziehen, weg vom französischen Einfluß. Nach dem Treffen zwischen den beiden Regenten, das recht stürmisch verlief, neigte Rußland statt dessen zu einem Angriff auf Åland.

Dann kam der König. Der Reichsrat hatte gehofft, daß er sich mit seinem Gefolge in Warnemünde einschiffen würde, um den Seeweg nach Skåne zu nehmen. Nach der verschwenderischen Reise hätte er dann langsam durch die von der Hungersnot geplagten Landschaften nordwärts fahren, den Hungernden aus dem Wagenfenster Münzen zuwerfen und hier und da mit freundlichen Ansprachen den Zorn des Volkes besänftigen können. So sahen die Pläne des Reichsrats aus. Der König aber überraschte nun alle dadurch, daß er mit seiner Jacht Amadis heimlich Sandemar auf Dalarö anlief und sich von dort mit geliehener Kalesche auf kürzestem Wege zum Schloß begab.

Die Nachricht verbreitete sich, und alsbald brachen die Festlichkeiten über die Stadt herein. Zur Ehre des Königs und in Anwesenheit der ganzen königlichen Familie wurde auf dem Hof des Observatoriums das Aufsteigen der Aerostatischen Kugel vorgeführt. Die Schwachsinnigen, die Bettler und alle Hungerleidenden wurden von der Leibgarde auf Abstand gehalten. Ein Haufen wurde den Kungsbacken hinuntergescheucht, durch den ich mich hindurchdrängte, um gerade noch zu sehen, wie man die Kupferrohre an der Kugel befestigte und diese mit heißem Gas füllte, das man aus Vitriolöl hergestellt hatte. Als die Kugel wuchs, sah man, daß sie aus feinem weißem Taft bestand, der mit elastischem Harz überzogen war. Nun war zu erkennen, daß sie an ihren Nähten blau bemalt und überall mit gelben Sternen übersät war. Die obere Hälfte, die sich allmählich spannte, wirkte geradezu verschwenderisch mit ihrem weitgespannten Netz aus feinen Fäden, das mit vergoldeten Ornamenten und gemalten fliegenden Drachen bedeckt war.

Der König war seit seiner Heimkehr still und nachdenklich gewesen, vielleicht weil er gezwungen gewesen war, mit seiner freudlosen Gemahlin zusammenzusein. Nun strahlte er. Es legte sich ein fast jungenhaftes Lachen auf sein Gesicht, als eine lebendige gelbe Katze in einen viereckigen Korb gesetzt wurde, um sie zusammen mit der Kugel gen Himmel steigen zu lassen. Er durchschnitt die Halteschnur. Die Kugel stieg in die Höhe und trieb gleichmäßig über die Bäume. Sie stieg mit der Katze am Observatorium vorbei in den Himmel hinauf. Lange noch hörte man das jämmerliche Miauen, bis die Kugel ganz hinter den Wolken verschwunden war.

Als die Menschenmassen sich zerstreut hatten, kam der Kammerherr Hall auf mich zu, erwies mir seine Honneurs und befahl mir, nach Drottningholm zu reisen. Ich solle mein Cithrinchen mitnehmen. Gustafs italienische Gäste könnten es unterhaltsam finden, wenn jemand improvisierte.

An der Feuerstelle in unserer Wohnung traf ich Lovisa und ihre Schwester Anna. Die beiden hatten in der Orangerie von Karlberg Äpfel geholt und kochten Apfelmus daraus. Lovisa war zur Zärtlichkeit aufgelegt. Sie tätschelte mir liebevoll das Kinn, schmiegte sich eng an mich, in ihrem Ausschnitt schimmerte ihre Brust rosig von der Herdwärme. Wie vom Beichtfieber getrieben erzählte sie, daß auch Anna ein Kind erwartete. Auf einem Tisch standen vier Kannen konservierte Preiselbeeren. Ich sah die roten Beeren, von Grün und Violett umgeben, und spürte einen zitronengelben Hauch in der Luft, während die beiden Schwestern sich in der Stube zu schaffen machten, eifrig plaudernd und munter trällernd.

Die Wagen fuhren vor, aber der Wind kam von Osten, deshalb brachte man die Gesellschaft über Erik Palmstedts neue Riddarholmsbrücke zur Schaluppe des Königs am Wrangelschen Palast. Sie füllte sich bis zum letzten Platz mit lärmenden Soubretten, Mädchen aus den Bordellen und jungen Männern, die sich auf italienisch unterhielten. Ich stand am Bug. Die Dämmerung schimmerte weinrot zwischen der Schinderbucht und dem Rålambshof. Als wir Drottningholm schon liegen sahen, zogen trockene, blutbraune Wolken auf. Von der Anlegebrücke aus wurden Portweinflaschen in Schubkarren zum Theater geschafft. Wir übrigen wurden in einem Stallwagen transportiert. Die französische Theatertruppe gab das Stück *Athalie* von Racine. Auf die Oper folgte ein Fest für den Hof im französischen Park. Als die Nacht hereinfiel, ließ der König die Gesellschaft in die pompösen Prachtsäle holen. Ich konversierte lange mit Madame Du Pois de la Motte.

Die Uhr schlug drei, als ich plötzlich durch die Garderobe in Gustafs private Räume geführt wurde. Er lag mit einem schönen Pagen auf der Chaiselongue, lässig gekleidet in einen Umhang aus pupurfarbener Seide mit Goldstickerei. Ich verbeugte mich bis zum Boden und machte einen ausladenden Kratzfuß. Auf französisch sagte der König: »Ah, Bellman, versuchen Sie die Knaben ein wenig aufzumuntern. Ich weiß nicht, was ich mit ihnen anfangen soll, sie sind alle so liebenswert, doch ich will nur diesen einen haben.« Sein kahler, gelber Schädel runzelte sich, als er den Erwählten unter das Kinn faßte und zu seinem Mund zog. Bei dem Kuß, der nun folgte, krochen die oberen Stirnfalten unter den Rand der Perücke zurück.

Von der Seite sah er die Knabenschar lächelnd an. Ein schwarzer Zahn wurde sichtbar, und der Page zuckte zurück. Der König gab mir zu verstehen, daß alle diese jungen Männer, von denen er umgeben war, sich geschmeichelt fühlten, mit ihm *en familiarité* zu leben. Er ließ sich dann von seinem Favoriten kraulen und bis zum Bauch hinunter küssen. Sofort begann die Horde zu jaulen und zu johlen. Einige von ihnen streckten ihre Hintern empor, wippten, andere sangen unanständige Lieder. Belustigt von dem rohen Ton, schmatzte der König mit den Lippen. Er rollte seine bleiblaue Zunge aus dem Munde hervor, streckte sie heraus, so weit er vermochte, und ließ die Spitze in die Höhe züngeln, so als wolle er die verächtliche kleine Knabenhorde mit ihren lasterhaften italienischen Sitten aufspießen, sie mit entblößten Hintern in eine Reihe stellen und mit seinem königlichen Lederglied peitschen. Sie johlten noch lauter. Sie waren römische und neapolitanische Geier, doch es waren Geier im Truthahnkleid. Sie waren Pariahunde, in einer Mondnacht hereingerufen, um Schwedens

König wach zu halten. War das der König? War das wirklich der König? Ungewöhnlich feist war er, und seine Stimme klang nicht hell, sondern tief und dröhnend, und er hatte dunkle Haare und Bartstoppeln. Da erkannte ich ihn: Es war der Aga, und die italienischen Pagen waren die »Söhne« des Aga!

Als ich erwachte, saß Lovisa am Fenster und strickte. »Du hast unruhig geschlafen, Mickel. Immer wieder hast du geflüstert: Ist das der König?« Nein, es war nicht der König! Ich erzählte ihr, wie heiter der gestrige Abend begonnen und wie bedrückend er geendet hatte, nachdem ein Page in den Festsaal geeilt kam und dem König mitteilte, daß eine gelbe Katze aus den Wolken gefallen war und zerschmettert auf dem Pflaster des Schloßhofs lag. Bestürzt hatte daraufhin der König den Festsaal verlassen.

Bevor ich im Morgengrauen unter goldgerandeten Wolken in die Schaluppe gestiegen war, um in die Stadt zurückzufahren, hatte ich von Schröderheim erfahren, daß Gustaf die Nacht schlaflos und in tiefer Unruhe im Schreibkabinett zugebracht und ihn mehrmals zu sich gerufen hatte. Die Katze war ein Zeichen! Sie bestärkte seine dunkle Ahnung, daß er bald von der Höhe seines Thrones herabstürzen und eines gewaltsamen Todes sterben würde.

Im Winter 1785 begann ich wieder Blut zu husten, und zwar so heftig, daß Lovisa sich ankleidete, zum Schlachthaus ging und Schweineblut holte, das sie mir mit einem Messingtrichter einflößte. An dem Tag, als sie ihr rosarotes Kleid auftrennte und weitete, um der wachsenden Leibesfrucht mehr Platz zu schaffen, konnte ich wieder auf eigenen Füßen zur Svartmangatan gehen, um wieder einmal bei der Nummernlotterie Protokoll zu führen.

Bald wurde der Weg erheblich kürzer.

Ich bekam kurz nacheinander zwei Zahlungsbefehle, und es drohte Pfändung. So luden wir unsere Siebensachen wieder einmal auf den Umzugskarren. Die beiden Mägde, der Knabe, Lovisa und ich folgten dem Karren die ganze Drottninggatan hinunter, den Stallkanalen entlang hinüber zum Stadsholmen, bogen nach rechts in die Myntgatan, gingen vorbei an der Salviigränd, der Klockargränd und der Kolmätargränd bis zur Stenbadstugränd. Dort an der Ecke, gegenüber dem Riddarhuset, im Haus Stora Nygatan 1, mieteten wir ein großes Zimmer im 1. Stock, mit Zugang zu Trockenboden und Küche. Im Garten grub ich ein Stück Land an der südlichen Hofmauer um und pflanzte dicke Bohnen und Zuckererbsen. Von meinem Schreibpult aus sah ich, wie sie keimten, und an dem Tag, an dem Elis geboren wurde, waren sie schon ziemlich hoch gewachsen. Ich unterbrach meine Bibellesung. Die Hebamme hob das Neugeborene lachend über den Bettschirm. Die Wandleuchten flackerten. Wasser kochte im Kachelofen. Ich hob das Kind triumphierend dem Tageslicht entgegen; es krächzte von meinen hochgestreckten Armen herunter wie von einem Krähennest auf schaukelnden Zweigen. Dann nahm ich die Gänsefeder aus dem Tintenfaß und schrieb auf das Vorsatzblatt der Bibel:

Im Jahre 1785, am 2. Juli, in der Nacht zum Sonntag, auf den Glokkenschlag zwei Uhr nachts, ward meine Ehe wieder mit einem gesunden Sohn gesegnet. Daß ich in einem so innigen und zugleich abenteuerlichen Augenblick meine holde Gattin wieder in meine Arme habe schließen dürfen, dafür sei Gott, der Stifter der heiligen Ehe, von Herz und Seele gepriesen, und ich stimme ein in die Worte von Sirach, in dessen 6. Kapitel, Vers 16, und rühme mich, nach ihnen gehandelt zu haben. – Gott segne uns alle. Gott bewahre König, Volk und Heim.

Ich bat Schröderheim, bei Gustaf III. nachzufragen, ob er auch für meinen zweiten Sohn Pate zu stehen beliebe. Als ich für meinen Erstgeborenen eine Fähnrichsvollmacht zu beschaffen versucht hatte, war die Antwort des Königs gewesen, daß er keinen Fähnrich in der Wiege mache, daß er aber für sein Patenkind sorgen werde.

Dieses Versprechen wollte ich wiederholt wissen.

Schröderheim jedoch war in Ungnade gefallen und seither dem König aus dem Wege gegangen. So stand er denn selbst Pate, der Ritter des Kgl. Nordsternordens und Reichsherold Elis Schröderheim, und so wurde das Knäblein, in den Armen seiner Ersten Patin, Lovisas Mutter, auf den Namen Elis getauft. Sein Haar fühlte sich, wenn man die Hand darauf legte, wie warme, weiche, frisch gewaschene Wolle an.

Nachdem ich eine Zeitlang den Wirtshäusern ferngeblieben war, hatte ich nun als Bürger des Stadsholmen wieder Gelegenheit, die Welt durch den Flaschenboden zu betrachten. Ich glaubte, durch ihn nachgerade eine himmlische Vision zu haben, als der Kornett Mathias Völschow die Steintreppe des Börsenkellers des Wirtes Heinrich Hühner zu mir herabgestiegen kam und mir das Leben leichter machte, indem er mir in aller Stille ein paar Reichstaler lieh. Da stand er in blauen Hosen, grauer Weste und grünem Rock, klopfte mir auf den Rücken und sagte, daß es mit dem Teufel zuginge, wenn man auf Stadsholmen nüchtern bliebe, wo der Durstige allein in der Nygatan an so vielen Schenken vorüber mußte – er zählte sie an den Fingern ab: Schwedens Wappen, Vergoldeter Apfel, Londons Tavern, Drei Herde, Goldener Baum, Wet, Weißer Mond, Riga, Einigkeit und schließlich Tagundnachtgleiche mit dem Venustempel –, ehe er die Tür seines Heims aufstoßen und am heimischen Herd Ruhe finden konnte.

Um so überraschender war es also, Völschow gerade im Börsenkeller zu treffen. Der Wirt Hühner hatte mir schon preisgünstiges Essen und Freibier angeboten, wenn ich jeden Abend ein paar Stunden lang die Gäste unterhielte. Ich hatte, mit anderen Worten, nun Gelegenheit, zu essen und zu trinken und dabei meine Episteln wieder zum Leben zu erwecken, was die Wirtshausgäste mit Jubel begrüßten. Völschow, so erfuhr ich, wohnte zufällig nur wenige Fenster von mir entfernt in der Salviigränd, beim Goldzieher Widman. Er setzte sich an meinen Tisch und sah zwischen Krügen und Tellern meinen Versstab liegen. Mit einem vergnügten Pfiff ergriff er ihn, wickelte die Papierstreifen auf und begann zu lesen. Ob ich wüßte, daß er schon seit ein paar Jahren meine Lieder aufschrieb? Allein in Stockholm war er auf mehrere andere gestoßen, die nach meinen Auftritten Mitschriften anfertigten. Darunter waren Nescher, Wallen, Hjelm und Johan Schagerström, und kürzlich hatte ihn die Gräfin Dohna besucht, die behauptete, daß sie seit zehn Jahren meine überall verstreuten Gedichte sammelte und fein säuberlich niederschrieb. Ich fügte hinzu, daß Schröderheim ungefähr 50 gesammelt hatte. Schröderheim, wirklich? Das war eine gute Nachricht, geradezu sensationell! Wo Schröderheim wohnte, fragte er. Ich nannte ihm die Adresse, und Völschow schrieb sie auf: Kammeckersches Haus, Nybrogatan Nr. 9.

In *Stockholms Posten* waren eine Zeitlang wohlwollende Kritiken über meine Verse erschienen. Auch über mein *Trauerzeremoniell über den Branntweinbrenner Lundholm*. Ich galt als ein von fürstlicher Gunst umstrahlter Poet. Beim Volk jedoch stand ich in noch höheren Ehren.

Ich bestellte ein Huhn und zwei Kannen Bier für Völschow und mich. Ein Gerichtsdiener mit Holzhand bestellte ebenfalls. Gäste strömten herein und hinaus. Jedesmal, wenn die Tür aufging, konnte man hören, daß die Straße mit Feldsteinen gepflastert war. Ein Finne leerte seinen vollen Krug, er trug einen Stachelbeerzweig auf der Mütze, der im Takt der Schlücke wippte. Bei einem anderen Gast knackten die Halssehnen wie Zaumzeug, wenn er trank. Ich stopfte die Hühnerflügel in die Tasche, hob den Stuhl auf den Tisch und griff mit den Fingerspitzen in die dicke Saite aus Schweinedarm, kniff sie, bis meine Fingernägel weiß wurden, ließ sie knallen, fuhrwerkte peitschend über alle Saiten, hustete diskret, ein Stückchen Lunge blieb auf der Zarge haften, das ich mit dem Ärmel fortwischte; ich sog die Kneipenluft ein und sang mit dunkler Stimme, die einen tieferen, kraftvolleren Klang bekommen hatte, so als ob ich mit dem Daumen über das Fell einer Trommel rieb und die Schnarrsaiten zum Klingen brachte.

Plang, plong! *Fahr in die Stühle und lasse sie kullern! Hör, Teufel, am Tor welch ein Bullern!* Und dann *Glimmende Nymph! Blitzendes Auge!*

Bellman! Bellman!

Zu Hause war es still. Alles schlief. Lovisa neben einer verglommenen Kerze, ein Bild inniger Zärtlichkeit: die Hand auf der Wiege, die Augen vom Schlaf überwältigt. Jungfer Norman lag in fiebrigem Schlaf, sie würde bald an Nervenfieber sterben.

Seit diesem Abend im Börsenkeller nahm ich des öfteren meine Perücke und ging an den drei Giebelhäusern der Myntgatan vorbei in die Salviigränd hinein. Völschow war der liebenswerteste Mensch der Welt. Er wohnte zur Miete beim Goldzieher Widman, ein ebenfalls prächtiger, vermögender Mann, den man gern haben mußte. Manchmal hielt Widman auf der Straße seine Kalesche an und unterhielt sich mit mir durch das Wagenfenster; oft lud er mich zum Essen ein, bei ihm war die Nachfrage nach Gesang und Trinkliedern für alle denkbaren Anlässe enorm. Hier bei Widman kamen Völschow und ich allen Ernstes auf den Gedanken, endlich *Fredmans Episteln* herauszugeben. Das brachte es mit sich, daß wir uns nun beinahe täglich trafen, denn Völschow gab sich nicht mit den Episteln allein zufrieden, er zeichnete im Laufe einiger Jahre mit meiner Hilfe alles auf, was mir aus meinem Sprachkasten auf die Zunge purzelte. Genau so säuberlich wie Widman, im Lehnstuhl sitzend, seine Manschetten in Falten zu legen pflegte, legte Völschow meine Manuskriptblätter auf dem schwarzgebeizten Schreibtisch ordentlich aufeinander; ebenso unablässig wie Widman wieder und wieder seine Brustkrause hervorzupfte, zog auch Völschow immer neue Papierblätter aus seiner Tasche hervor, Zettel, die er irgendwo auf der Straße aufgelesen oder in den Kneipen auf Södermalm oder in den Rocktaschen von Freunden gefunden hatte. Bei Widmans gab es Bücherregale mit großen Folianten hinter grünen Taftgardinen, einen spanischgrünen Tisch mit einem Globus und eine Standuhr, an der eine Taschenuhr hing. Diese beiden Uhren absolvierten während unserer Arbeit unzählige Runden, und nur Schwager Lindström, inzwischen Vater eines Sohnes Martin, brachte es mitunter fertig, mich fortzulocken zu Mastgans und Trauben, die er gehörig preßte für mich und seine Gäste.

Ja, das Glück war zu Lindströms in der Kronenbrennerei zurückgekehrt. Der Kutscher der Brennerei war zwar kurz vor dem Martinstag mit Pferd und Wagen am Klarastrand in den See gefahren, und mit Ausnahme des Kutschers, der aus dem Wasser gerettet werden konnte, war alles untergegangen. Zwanzig Fässer Kornbranntwein! Aber selbst das konnte Lindströms Freude nicht dämpfen – er hatte zwei Söhne, und beide lebten. Wir tauschten unsere Frauen und schwangen, uns umeinander drehend, einige Menuette lang das Tanzbein. Anna begann eine *Anglaise* und bewilligte mir eine zweite, aber da kam ihr Mann dazwischen und stahl sie mir und warf sie mit einem Lachen hinauf zur Zimmerdecke; dann, bei einem Kontertanz, wurde er noch närrischer, indem er sich derart wild herumwarf und seine Arme so übermütig herumwirbelte, daß er schließlich stolperte und, lachend auf dem Boden liegend, mir die ganze Ladung Branntwein versprach – ich müßte sie nur selbst herauftauchen.

Das launische Glück hatte sich mit schelmischem Augenzwinkern wieder eingestellt.

Sogar bei mir.

Widman gab mir ein Darlehen.

Ich hatte schon vor längerer Zeit die Hoffnung aufgegeben, *Fredmans Episteln* je herauszugeben. Nun konnte ich sogar eine neue Epistel hinzufügen! Lovisa hatte mich beobachtet, während ich schlief, etwas Unheimliches lag in meinem Lächeln. Erschrokken weckte sie mich und verlangte zu wissen, was ich geträumt hatte. Aber nein! Ich hatte nicht geträumt! Ich war wach, und mir war eine neue Epistel eingefallen: *Abschied von den Matronen, besonders von Mutter Maja Myra in der Solgränd am Stortorget.* Ich zog Lovisa zu mir herunter auf die Strohmatratze, küßte sie, bis sie mich mit der Faust auf den Rücken boxte, worauf ich sie wieder zu Atem kommen ließ.

»Liebste Lovisa, ich glaube, ich bin noch nie so glücklich gewesen, wie ich sein werde, wenn diese Epistel fertig ist!«

Nun wurde auch die Genehmigung zum Druck von *Zions Fest* erteilt. *Zions Fest* schenke dem Herzen Ruhe und Trost, sagte der Erzbischof. Das Werk sollte, im Oktavformat von Hand gedruckt, zu einem kompletten Band für das gesamte Kirchenjahr erweitert werden.

Schröderheim vertraute mir an, daß eine Schwedische Akademie gestiftet werden solle. Der König hatte ihn beauftragt, die Statuten auszuarbeiten. Achtzehn Mitglieder sollten in den Vorstand gewählt werden: hohe Herren, Kritiker und – bedeutungsvoll legte er seine Hand auf meine Schulter – Autoren!

Auf der Landkarte meines Lebens mußte ich wider Willen ein kleines Brachfeld einzeichnen, auf dem Dornengestrüpp wucherte.

Das Darlehen von 50 Reichstalern, das der Fuchs Nobelius, der Kriegsfiskal, mir gegeben hatte, lief mit dem vereinbarten Zinssatz weiter. Ich zahlte es zurück, zeichnete aber gleich einen neuen Schuldschein über 16 Reichstaler, und nachdem ich diesen nicht in der vereinbarten Zeit zurückzahlen konnte, war Nobelius bereit, einen dritten auszustellen. Um so mehr kochte es in mir, als die Hofkanzlei mir aus heiterem Himmel eine Verzugsstrafe androhte: In derselben Stunde, in der er mir ein neues Darlehen gab, war der Scheißkerl also zur Hofkanzlei gerannt und reklamierte den verfallenen Wechsel.

Wieder stand ich vor dem Konkurs und bereitete mich erneut auf eine *cessio bonorum* vor, aber Schröderheim sprang mir im letzten Moment bei. Hier draußen, bei den Kneipen unterhalb der Mosebacke-Klippen, waren wir nach einem Konzert im Riddarhuset gelandet, bei dem der Oboist Salvatore Harrington und der virtuose, geniale, strahlende Kastrat Colcagni ein Gastspiel gaben. Ein Hauch von Frühling lag in der Luft. Das Eis trieb in großen Schollen von der Schleuse auf das Meer zu und führte Mengen von Dreck mit sich. Wir ließen uns in einem Lokal am Stadsgården nieder, dort, wo die Steintreppe des Luchskruges auf den Kai trifft. Mehr als einmal hatte Schröderheim mich beschworen, ihn mit der unsterblichen Ulla Winblad bekannt zu machen. Ich konnte nicht dafür geradestehen, wie sie uns empfangen würde. Ulla hatte mich ja auf offener Straße bedroht; aber andererseits war sie kürzlich wieder ins Ehebett gestiegen und war vielleicht versöhnlicher gestimmt. In der Storkyrkan war sie mit Eric Lindståhl, einem, wie es hieß, braven, ehrlichen Wachtmeister beim Hallgericht, in den Stand der Ehe getreten. Er war 14 Jahre jünger als Ulla. Bald sollte es sich jedoch herausstellen, daß er ein jämmerlicher Wicht war, feige, untauglich zu allem, der kaum zu Hause war, sondern ganze Tage beim Wirt Fuhrström zubrachte, wo er für freies Essen und jede Menge starke Getränke beim Schlachten half. Ulla selbst eröffnete einen Krug, wo sie Punsch, Wein und Bier ausschenkte, wenn andere Lokale schon geschlossen waren. Nebenbei, davor wurde gewarnt, herrschte in ihrem Lokal eine große Freizügigkeit.

Nach dem Konzert waren wir also aus dem Wagen gestiegen und über Pfähle, Mauerziegel, Kalk und Planken auf den Ladekai geklettert. Schröderheim war frisch gepudert, trug die Hofuniform mit leberroter Jacke aus Goldbrokat mit eingewebten Blumen. Wir gingen an Holzbauten vorbei, an windigen Schuppen, wo die Waren vorsortiert wurden, an einem jüdischen Gebetshaus, an Schenken, an einer Gruppe russischer Pelzhändler, die um ein Feuer herum saßen, an einem langgestreckten Lagerhaus.

Ullas Krug, der in einem in die Klippe hineingebauten Steinhaus eingerichtet war, hatte kein Wirtshausschild; an der Eisentür in dem gewölbten Eingang warf eine Lampe ihr Licht auf einen blaugekleideten Wachmann. Von innen konnte man durch den Pfeifenrauch hindurch hinter zwei grün-schwarzen, halb verrotteten Fensterbogen Schiffsmasten schaukeln sehen. Ein grüner Kachelofen war an den alten Rauchabzug angeschlossen. Der Boden war mit Kalkstein gepflastert, darauf scharrten die Stuhlbeine, knallten die Absätze, klangen die Sporen.

Ulla war in Grau und Rot gekleidet, sie trug ein Perlenhalsband. Sie grüßte nicht, sondern schickte eine Schankmamsell, und wir erhielten jeder ein Glas Kornschnaps und einen Humpen Bier. Ich rauchte. Sie stand abgewandt hinter dem Schanktisch und spülte Gläser. Dann stand sie plötzlich an unserem Tisch, einnehmend, kultiviert, wohlerzogen, feinfühlig. Schröderheim legte die Handschuhe beiseite, erhob sich, mit der Hand am Degen, und verbeugte sich tief. *Enchanté!*

In mildem Ton erzählte Ulla über ihren kleinen Erwerbsbetrieb, so als ob sie nach den Jahren der Demütigungen und des Grams nicht einen ungenehmigten Krug mit Nymphen, sondern einen einfachen Altarraum eingerichtet hätte. Sie senkte die Lider. Ihr Mieder war fest geschnürt, bis unter die Brustwarzen ausgeschnitten, die frei waren und purpurn angemalt. Sie trug Schuhe mit sehr hohen, blauen Absätzen. Sie war stärker geschminkt als Schröderheim, was sie zu bereuen schien, als er sie zu loben begann als ein in aller Augen tugendhaftes Weib, das Versuchungen hatte bestehen müssen, aber nun auf dem Wege der sittsamen Besinnung weit vorangekommen war.

Bei diesen Worten sah Ulla mich zweifelnd an. Das letzte Mal, als unsere Blicke einander begegnet waren, war die Kupplerin von Plat bei der Adolf-Fredriks-Kirche zu Grabe getragen worden. Gichtbrüchig war sie gewesen, katharrgeplagt und mit Schmerzen in den morschen Kiefern. Ulla lächelte mir nun zu mit einem schmerzlichen Grienen wie aus morschen Platschen Kiefern, so als wollte sie sagen: Komm gern wieder, Bellman, sauf bei mir, vergnüge dich mit meinen Dirnen, aber treibe keinen Spott mit mir, du Hundsfott! Mit einigen sanften Worten an Schröderheims Adresse nahm sie Abschied. Einen Humpen später standen zwei ihrer Nymphen vor uns und boten ihre Dienste an, wiesen mit einem Nicken zum Obergeschoß hinauf. Schröderheim hatte Geld.

Eine Stunde später stiegen wir die Treppe wieder hinunter und gingen zur Schleuse. Die Fenster des Kruges wurden soeben zugeschraubt. Das Licht des Mondes und die Nachtluft waren schon ein wenig frühlingshaft. Ein Thema, über das wir oft sprachen, war die Akademie. Beim Erstellen der Statuten war es zu Streitigkeiten gekommen. Das Mißtrauen gegenüber dem König saß tief. Seine Ideen über die Reinheit der schwedischen Sprache waren ebenso umstritten wie die Kriegspläne, die er hegte. Einen Platz unter den Achtzehn – den ständigen Mitgliedern der Akademie – hielt ich für gegeben. Für Schröderheim eine blanke Selbstverständlichkeit. Um meine Sache zu fördern, hatte er auf eigene Kosten ein neues Portrait von mir bei Hilleström bestellt: Der Poet an seinem Schreibtisch beim Versiegeln eines Briefes. Es ist kühl im Raum, und ich sitze da in meinem allbekannten schwefelgelben Bettelrock, vor mir auf dem Tisch einige Notenblätter, die Gänsefeder, das Tintenfaß, das Siegel, der Lack, der neben meiner nächtlichen Arbeit und dem silbernen Kerzenleuchter glimmt. Das Portrait sollte dem König vor der Wahl als Geschenk überreicht werden. Mein Rang als der erste Poet der Nation war nicht zu bestreiten. Außerdem: Bei jeder internen und öffentlichen Sitzung sollten die Mitglieder einen Silberjeton erhalten. Ich brauchte das Geld.

Wir passierten den Zaun am Lagerhaus des Rathauses, als Schröderheim mir mit einem Ausdruck von *dégoût* auf den Lippen, als böte er mir eine verdorbene Frucht, eröffnete, daß der König gegen mich sei. Kellgren hatte nach dem Erfolg der Oper Gustaf Wasa eine goldene Schnupftabaksdose erhalten, mit dem Monogramm seiner Majestät. Ich blieb zwischen den zinnoberroten Schleusentürmen stehen, starrte hinauf in die Nacht. Kellgren sollte gewählt werden, Leopold, Rosenstein, von Fersen …

»Rosenstein!«

»Rosenstein, Oxenstierna, Höpken …«

Und ich nicht. Meine Gedichte, sagte Schröderheim, ließen die Reinheit und die Hoheit der Sprache vermissen, nach der der König strebte. Meine grobschlächtigen Worte mißfielen ihm, sie verdeutlichten nicht die himmlischen Wahrheiten, nur die alltäglichen.

»Hat der König das gesagt?«

»Er sagte, daß du zu früh stehengeblieben seiest. Daß du für immer am Tor des gemeinen Volkes stehenbleiben würdest, am äußeren Burggraben.«

Ich mußte mir nun 100 Taler vom Goldzieher Widman leihen.

Auch nahm ich ein Darlehen von General Toll an.

In der Nacht nach Abbé Voglers Orgelkonzert, in dem dieser in der Kirche Sta. Maria das Jüngste Gericht darstellte und damit zugleich tiefste Bestürzung und höchste Erbauung hervorrief, wurde Lovisa wieder schwanger, und nicht lange danach rollte ein Umzugskarren zu Kauffahrteikapitän Johan Nystedts Hof hinüber. Wir stiegen etwas tiefer in den Schmutz, zogen unser Eigentum ein wenig näher zum Kornmarkt und zum Fliegentreff hin, zu einer Häuserreihe an der Ecke Stora Nygatan und Yxsmedsgränd.

Um auf die Akademie zurückzukommen – Oxenstierna hatte ja als junger Dichter Anders Lissanders Soireen am Fatburssjön besucht, um meine Vorführungen zu erleben. Mein Beschützer und geehrter Freund Lissander war nun tot. Seine Tochter Inga schloß mich beim Begräbnis lange und zärtlich in ihre Arme und sagte, daß er im Salon bewußtlos zusammengebrochen sei, sich mit verzerrtem Mund in sitzende Stellung aufgerafft habe und dann am Schleimfluß erstickt sei.

Auch für den Stadtaktuar Magnus Zettherman war die Uhr abgelaufen. Charon hatte sein Boot über den See Magelungen gesteuert, beim Landgut Fållan angelegt und in die Lure gestoßen. Als Par Bricole, der von mir gegründete Bacchusorden, zu seinem Gedenken zusammentrat, hatte die Gicht ihre Klauen wieder einmal in meinen rechten Zeh geschlagen. Der Knoten wuchs und drückte gegen das Schuhleder.

Es war Juni, genau ein Monat bevor unser dritter Sohn Carl auf die Welt kam. Ich kaufte eine kleine Tüte rotes Alaun in einem Verkaufsstand, löste die Kristalle in Wasser auf und trank sie.

Den Schluck noch im Mund, nahm ich Schwefel ein. Am Tauftag kam der Gichtknoten zurück. Ich hatte höllische Schmerzen. Das Schuhleder dehnte sich knarrend und gab den gleichen Laut von sich wie das braune Lederkissen in der Chaise, in der ich mit dem Neugeborenen im Arm Platz nahm und die mich mit ihren roten Rädern durch den Rauch, der von der Brennerei auf Kungsholmen herüberwehte, zur Taufe in der Riddarholmskirche brachte.

Der kleine Gustaf, mittlerweile sechs Jahre alt, saß festlich gekleidet zwischen mir und dem Kornett Völschow. Den zweijährigen Elis ließen wir zu Hause; er hatte die Pocken, und sein Zustand verschlimmerte sich ständig, ihm war nicht zu helfen.

Weil ich wünschte, daß mein neugeborener Sohn als Sergeant bei einem Flottengeschwader der Schwedischen Armee eingeschrieben würde, schrieb ich nun an Bruder Kempensköld, Kapitän bei der Flotte, die folgenden Zeilen auf ein Billet an die Adresse der Königl. Jachtwerft, Kungsholmen:

Mein dritter Sohn wird nun die heilge Tauf' genießen.
Vom Holmen tönt kein Laut, von Skansen dröhnt kein Schießen,
die Flagge, gelb und blau, sie züngelt froh im Wind,
und fächelnd senken sich die Wimpel für das Kind.
So still und andachtsvoll will dieser Tag sich zeigen,
und stille bin auch ich und will in Andacht schweigen,
bevor man schließlich fragt nach seinem Namen mich.
So soll er heißen: Carl. Wie der Herzog und wie ich.

Ja, Carl. Deswegen, weil Herzog Karl der Großadmiral der Flotte war. Als Paten hatte ich den Justitiar der Galeerenflotte der Königlichen Armee, Fredric Bergman, gebeten. Das Billet an Kempensköld wollte ich beim abendlichen Treffen im Kungsholmsclub, im Wirtshaus Mäster Anders, persönlich überreichen. Noch in Unkenntnis der Trauer, die mich nun lähmen sollte, kam ich von dort nach Hause, den Hut eingedrückt, den Absatz des linken Schuhs abgeschlagen, den Strumpf schief um die Wade gedreht.

Lovisa war noch kraftlos nach der Entbindung, war aber wach.

Sie lag auf den Knien neben dem Bettchen des kranken Elis und betete.

Die Pocken, die wir erst in der Kehle entdeckt und die sich dann mit starkem Jucken über Stirn und Nase verbreitet hatten, waren nun auf Brust und Rücken aufgetreten. Die neuen Blasen waren groß wie blaurote Preiselbeeren, die älteren waren weiß geworden und irisierend wie Perlmutt.

Im Morgengrauen rannte unsere Magd Maja-Stina weinend zum Armenhaus in Sabbatsberg. Doktor Blad war dort der verantwortliche Arzt, und gegen sieben Uhr, als just das Posthorn blies, hörten wir ihn die Treppe vom Hof des Vorderhauses herauf und durch den langen Korridor bis zur Kammer hasten, wo ich ihn an der Tür empfing.

Die Schmerzen und die Spannung in der Haut des Knaben waren unerträglich geworden. Blad sagte hilflos, daß die blauroten, blutenden Pocken bösartig waren. Als Elis seinen Geist aushauchte, lagen auf dem Boden die Karten, mit denen ich wenige Stunden zuvor ein Haus für ihn gebaut hatte, als er kurz aus seiner tiefen Bewußtlosigkeit aufgewacht war. Aus Papier hatte ich ein Pferd mit Wagen ausgeschnitten und weinend kleine Liedlein für meinen kleinen Augenstern gereimt. Nun sagte ich Lebewohl.

»Leb wohl, Elis, bis wir uns wiedersehen. Wir werden zusammensein und miteinander sprechen. In einem hellen Engelslicht wirst du deine Mutter wiederfinden. Und wir alle werden himmlische Freude haben.«

Hier muß ich außer mir geraten sein, denn Lovisa kam zu mir, zog mich von dem Toten weg und gab mir eine so heftige Ohrfeige, daß ich an die Wand taumelte. Wie rasend schrie sie mich an, ich solle mich zusammennehmen. Auch die Amme schrie sie an, die gekommen war, um den neugeborenen Carl zu stillen, die aber, statt ihm die Brust zu geben, angefangen hatte zu weinen, so daß ihre Milch versiegt war.

Nicht einen Bissen hatte ich gegessen in den drei Tagen zwischen Carls Taufe, die Pastor Wallquist vorgenommen hatte, und Elis' Begräbnis. Die Beisetzungszeremonie fand im Grabgewölbe statt, wo Könige ruhen. Die Kosten beliefen sich auf 32 Schillinge.

Das Wetter war beständig, heiß und schön, als kurz darauf der Seefahrerorden »Arla Coldinu« vom Munkbrokai neben dem Friedhof von Riddarholmen, wo Elis lag, eine seiner rituellen Fahrten mit dem Schiff unternahm. Die Fahrt ging zur Mälarinsel Lilla Hessingen. Dort bauten die Ordensbrüder eine kleine Festung, die sie Carthago tauften. Etwas später, bei ebenso schönem Wetter, bauten die Brüder beim Gutshof des Kgl. Goldziehers Widman in Elfvik eine militärische Anlage mit Turm, Kastell und Batterien. Wir halfen die notwendigen Kanonen hinaufzurollen, die auf dem äußeren Wall ihren Platz bekamen.

Wozu waren diese Festungen nutze? Wohl weil ein Krieg bevorstand und die Bürger ihrem König beizustehen wünschten. Dieser wollte endlich das Vertrauen seines Volkes zurückgewinnen. Er wollte sich seine Untertanen mit ehrenvollen Feldzügen gewogen machen. »Das Volk selbst« wünschte diesen Krieg, erklärte Gustaf, als er den Grundstein zur neuen Norrbro legte, und wiederholte es, als er am selben Tag die Brücke zwischen den Inseln Kärsö und Lovö einweihte. Anschließend wurde mein Divertissement »Das Wirtshaus« auf einer ländlichen Bühne am See beim Schloß Drottningholm aufgeführt. Die Vorstellung kam an. Während der Proben waren der Komponist Kraus und ich enge Freunde geworden. Kraus, der begabteste Komponist unserer Zeit, war nun zweiter Hofkapellmeister unter Uttini geworden und soeben von einer mehrjährigen Studienreise durch Europa zurückgekommen. Zusammen arbeiteten wir auch an mehreren kleinen Kantaten.

Wir saßen beide im Parterre des Bollhustheaters und sprachen über die Elegie, die ich über Elis' Tod geschrieben hatte und an deren Vertonung Kraus arbeitete; dann begann das Spektakel »Das Wirtshaus«. Der junge Hjortsberg spielte den bengalischen Mohren Ali. Wie ein Afrikaner gekleidet, ruderte er über die Bühne, in einer geschickt konstruierten Schaluppe, die mit Bändern und Blumen geschmückt war. Mit seiner einmaligen Mimik und Imitationskunst gelang es Hjortsberg, den König zu amüsieren. Unmittelbar danach wurde er bei Hofe angestellt und in den Kreis der nichtadligen *garçons bleus* des Königs aufgenommen. Er gehörte damit zum Gefolge und übernahm bei Hofe meine Rolle als Scharlatan und Narr.

In diesem letzten friedlichen Sommer befreundete ich mich auch näher mit Tobias Sergel.

Sergel war ein massiger Mann mit breiter, vorstehender Stirn, die stärker glänzte als seine kleinen, freundlichen Augen. Seine Gesichtszüge waren durch seine üppigen Lebensgewohnheiten schlaff geworden, charakteristische Nuancen waren kaum zu erkennen. Sein Lächeln war nur der Ansatz eines Lächelns, es schien zu bedeuten, daß er lieber ganz darauf verzichten und dafür dröhnend und laut lachen würde.

Sergel besaß fünf Equipagen. Zu seinem Geburtstagsfest im Frühherbst ließ er seine Gäste in einem Phaëton und einem Wiener Reisewagen holen. Kraus, Hjortsberg, Sergel und ich saßen im Phaëton mit Klappdach über dem Vordersitz und einem tiefer gelegenen Rücksitz. Das Fest wurde in dem ehemaligen Amtssitz des Vogtes von Ulriksdal gefeiert, nun Sommerwohnung des Medaillengraveurs Fehrman. Sergel hatte am Morgen beim König gearbeitet, der mit seiner Antikensammlung, die Piranesi für ihn erworben hatte, im nördlichen Schloßflügel ein Museum einrichtete. Die Zuckungen im Gesicht des Königs hatten sich sichtlich verschlimmert. Er war vorsichtig zwischen den Vasen und Bronzen herumgegangen, hatte sie ehrfürchtig berührt und von der großen Politik geredet. Er hatte Sergel anvertraut, daß die Türkei demnächst Rußland den Krieg erklären werde. Dies eröffnete viele verlockende Perspektiven. Ein kühner Feldzug gegen Rußland, ein siegreicher Krieg, würde seine Stellung stärken. Sein Volk würde ihn als Triumphator ehren und lieben.

Der Wagen rollte sachte über den Kies die Allee von Ulriksdal hinunter, als Sergel sagte: »Gustaf will ein großes Werk über seine Regierungszeit herausgeben: Die Geburt des modernen Staates Schweden, für jede Woche ein historisches Ereignis in Kupferstich, insgesamt 2000 Blatt.«

Sergel stieg aus der Equipage auf den kiesbestreuten Vorplatz.

Verwandte und Freunde begrüßten ihn jubelnd. Danach bewegte sich der Zug mit Musik hinüber in den Park oberhalb des Fasanengartens, wo einige Bäume schon zu gilben begannen. Als es dämmerte, wurde der Herr Professor von Bacchus selbst und seinem Gefolge empfangen. Das Divertissement dazu hatte ich verfaßt, das Gefolge war ein fröhlich lärmender Schwarm von Satyren, Silenen und Nymphen, angeführt von Bacchus in seiner ganzen göttlichen Herrlichkeit, und diese Rolle spielte ich. An der Spitze des Zuges, auf einem Faß reitend, saß Leonardo, der kleine Sohn des Professors, wie der Frühling des Lebens selbst in seiner üppigsten Blüte, die langen, auf die Schultern fallenden Locken von einer Mitra gebändigt. Am Thyrsusstab prangte, festgebunden mit einer Efeuranke, ein Kiefernzapfen; den nahm ich und schwenkte ihn in der Luft. Dann stieg ich auf den mit einem Pantherfell bedeckten Rücken eines Esels. Leonardo, ganze acht Jahre alt, grüßte als kleiner Bacchus seinen Vater mit einer hübschen kleinen Rede.

Der Vater lachte, so daß der ganze füllige Körper hüpfte.

Darauf sang ich die Arie »Bacchi Buddel nährt mich wohl« auf eine Melodie von Abbé Vogler.

In wildestem Tumult setzte sich der Zug in Bewegung, man trank, ritt und tanzte. Den Naturgott Silen gab der große Maler Pilo, der nun schon im fünften Jahr an seinem großen Meisterwerk, der Krönung Gustafs III., arbeitete. Pilo, in klatschmohnrotes Leinen mit Silberborte gekleidet, sah asiatisch und sinnlich aus, er schwenkte ein Weinlägel, versuchte, auf eigenen Beinen zu stehen, und wurde gestützt von Sergels Geliebter, der aus dem Erdengrund hervorwallenden Schönheit Anna Rella. Zuletzt, unter dem Schall dumpfer Pauken und geller Flöten, kam das lange Gefolge der Bacchanten, genährt und befruchtet von strahlender

Weinlaune, die sich noch prächtiger steigerte im Speisesaal des Wirtes Fehrman.

Kapitän Zachau, der im folgenden Jahr, nach der Schlacht bei Hogland, zum Obersten avancierte und geadelt wurde, trat barfuß in einen Becher und fiel auf den Rücken.

Pilo hielt eine Rede nach meinem Manuskript.

Kraus und Hjortsberg sangen bei Tische im Chor, wie zahme, junge Wildtiere.

Als die Nacht hereinfiel, wurden die Tänze im Grase wilder und wahnsinniger, Fackeln loderten, Pauken dröhnten. Anna Rella trug eine Seidentoga aus froschgrünem und lavendelblauem Taft. Sergel, gutmütig und entspannt, legte die Arme auf seinen mächtigen Bauch, der den von Schröderheim noch übertraf, und sah mit trunkenen Augen zu, wie sie ihre Toga aufknotete, nackt in den Fackelschein hinaustanzte und trippelnd zwischen ausgeleerten Pokalen und Kannen hüpfte, die um ihre Füße herumzukriechen schienen wie Tiere mit richtigen Ohren, Hälsen, Schnauzen und Schnäbeln.

Er sagte, daß er ein Medaillon von mir machen wolle.

All diese Freude, die er heute erlebte, sei mein Verdienst.

Die Bedienung brachte einen großen Schmorbraten, Butter, Käse und eine Flasche Süßwein. Während Sergel seine Zähne in das Schweinefleisch grub, hielt er einen brennenden Kienspan vor mein Gesicht. Der Ausdruck wechselte, sagte er. Er wolle aus demselben Gesicht variierende Profile herausarbeiten. Er würde mich in seinem Medaillon wie den lebendigen Bacchus selbst gestalten, aber, fügte er nach einer Minute des Nachdenkens hinzu, mit dem Lorbeer des Apoll bekränzt.

Am Morgen des 19. Oktober saß ich im Gespräch mit Sergel in dessen Wohnung. Der Diener meldete den südamerikanischen General Miranda und den Maler Elias Martin. Wir begrüßten einander mit Kratzfuß. Sergel enthüllte seine Büsten und Personengruppen, um sie den Besuchern zu zeigen. Er war voll beschäftigt, als der König in Begleitung eines Gardekapitäns unangemeldet zu Pferde eintraf. Sergel ging ihm nicht entgegen, sondern der König kam in sein Atelier und fragte, zu Miranda gewandt, was der Herr Graf von diesen Figuren halte. Er wartete nicht auf Antwort, sondern sagte stolz, er habe in Sergel den größten Bildhauer Europas. Ich stand mit Elias Martin etwas abseits in einer Ecke. Ein Tisch wurde in den Saal getragen, darauf französischer Branntwein. Eine Stunde lang dauerte die Konversation und endete, wie mir schien, nur deshalb, weil die Gesichtszuckungen für den König unerträglich wurden.

Als ich am nächsten Tag zum Kontor der Nummernlotterie ging, sah ich ihn auf der Hornsgatan, mit prächtigem Gefolge nach Süden reisend.

Er wollte in Kopenhagen ein Bündnis zwischen Schweden und Dänemark schließen.

Der Feind im Osten sollte zerschlagen werden.

Am gleichen Vormittag suchte mich Ulla Winblad im Kontor auf.

Sie prozessierte vor dem Bezirksgericht gegen ihren Ehemann Lindståhl. Der Name, durch den ich sie unsterblich gemacht hatte, wurde von ihm als Schimpfwort mißbraucht. Er behauptete vor Gericht, sie habe die Straße besudelt, sie habe ihre Magd über den Haufen gefahren und ein Fenster zerschlagen, außerdem verkaufe sie unerlaubterweise Punsch und führe ein Lotterleben.

Ulla hatte immer noch prächtige Hüften. Sie stemmte die Fäuste in diese Hüften und versuchte mich drohend anzusehen.

Das Kontor hatte ein Fenster.

Auf dem Hof lagen geschlachtete Schafe. Die Schlachtung war schlecht verrichtet worden; die Hälse der Tiere waren unordentlich durchgeschnitten und voll Blut. Mit einem traurigen Seufzer schob ich das Protokoll zur Seite und sagte zu Ulla, daß ich kein Geld hätte. Ich hielt ihr die flachen Hände hin. Völlig blank! Ulla glitt auf den Stuhl am Fenster und sah hinaus zu den geschlachteten Schafen. Sie konnte nachts nicht mehr schlafen; sie trank bitteres Seltzerwasser mit Purgiersalz, nichts half. In der Apotheke hatte sie Schulden. Sie war die Zahlung für ein Weinfaß schuldig, für eine Ruderpassage zur Stadt, für ein Brathuhn beim Wirt. Hatte ich nicht wenigstens zwei Silbertaler? Wieder zeigte ich ihr die leeren Handflächen. Sie führte ja kein liederliches Leben. Auf Djurgården war sie bei einem Prediger, dem Pietisten Tolstadius, in Tränen ausgebrochen. Sie hatte hart gearbeitet, Gott war ihr Zeuge. Geschuftet hatte sie, geschanzt und geschrubbt, sich geschunden, all die Katzbalgerei zwischen Kesseln und Tischen und Schränken. Hatte Pfannmesser geschliffen, Pfannen gescheuert. Wo ein Steak am Spieß steckte und troff, war sie nie anzutreffen. Und da saß ihr Taugenichts von Mann in Nachtrock und Schlafmütze, vollgefressen, und nickte ein überm Becher. Mit blutendem Herzen war sie früh am Morgen den Gröna Gången entlanggeeilt hin zu Dimanders Laden, hatte im Fischereihafen von Södermalm gefroren, hatte selbst den Zucker gemörsert, den Kaffee gemahlen, das Tannenreisig in einem alten Unterrock zerkleinert, Kohl gekocht, Butter gekernt, Hosen markiert, Hemden gestärkt, geklöppelt …

»Ich lebe nicht sittenlos! Ich bin keine Kupplerin!« sagte Ulla mit zitternder Stimme, als ob sie hier auf dem Stuhl ihre Maske gewechselt hätte und sich nun ein Herz faßte, um tragisch unschuldsvoll zu wirken.

Wir sahen beide aus dem Fenster auf die geschlachteten Schafe. Ich sagte ihr, daß ich auch nicht mehr der Mickel war, den sie eines Abends im Wirtshaus Wurms Mägde in der Helvetesgränd kennengelernt hatte. Ich war wie sie zu einer Figur meiner Lieder geworden. Es liegt ein Reiz in gewissen Betrübnissen, eine Wollust der Trauer; die entdeckte ich nun in Ullas Lächeln, als ich anfügte, daß ich weder Mowitz noch Fredman war, auch wenn meine Freunde mich seit langem mit diesen Namen grüßten.

Ulla ging mit mir; sie verabschiedete sich in der Svartmangatan und gab mir die Hand mit einer feinen Gleichgültigkeit, an die ich mich später beim Goldzieher Widman auf Elfvik erinnerte. Mit Reisebranntwein auf dem Schlitten über das Eis gleitend, das auf der großen Segelroute bis hinaus nach Lidingö befahrbar war, fühlte ich mich gezwungen, mich der Frage zu stellen, wer ich wirklich war. Wußte ich es überhaupt selbst? Lovisa brachte mir immer öfter den schwefelgelben, langen Rock und forderte mich auf, mich zu meinem Freundeskreis zu gesellen. Sie puderte mich kreideweiß, malte meine Lippen purpurrot, trug Ruß um meine Augen herum auf, spritzte Rosenwasser in meine Hosen. Bei Widman hieß ich schon »Elfvik-Mickel«. Wer war das? Zu Widmans 52. Geburtstag hatte ich ein kleines, in seiner Art echtes Meisterstück geschrieben, ein Tischlied zum lockeren Improvisieren mit dem Titel »So trotten wir gemach und fromm«. Ich begann es an der Salontür stehend zu singen, dann trottete ich sozusagen in eine wandernde Kapelle hinein, wo ich die Maske des »Elfvik-Mickel« mit der Maske des Türmers vertauschte, war dann in der nächsten Nummer der Totengräber, nach dem Essen der Nichtsnutz und schließlich Bacchus, »der das Unvermeidliche versüßt«.

Aus meinen Rocktaschen fischte Lovisa dann zum Familienfrühstück Tortenstücke, Schinken, ein angeknabbertes Steak und Frikadellen, die alle in das Frikadellenfach im Rock hineingetanzt waren, kaum daß ich die Hand nach ihnen ausgesteckt hatte.

Das Vorhaben des Königs in Kopenhagen war gescheitert. Er trat mit leeren Händen vor den Kriegsausschuß, aber dann wandte er sich direkt an London, überzeugt, daß eine Allianz mit England ihm den Krieg ermöglichen würde, den er suchte. Doch es war verhext. Wie der König sich auch anstrengte, niemand wollte Krieg.

Nicht lange nach seiner Rückkehr sang ich mit Hjortsberg zusammen in dem neuen Eleventheater, das Armfelt in der Oper hatte einrichten lassen, eine Huldigung auf den König. Dem aber stand der Sinn nicht nach Lobliedern.

In Haga fanden mehrere heimliche Kriegsberatungen statt.

Es war erfreulich, daß in Rußland Not und Unzufriedenheit herrschten. Mit Hilfe von außen würde das Volk sich erheben.

Es ging auf Weihnachten zu. Im Kungsholmsclub erwartete man

von mir Verse, die die Kampfbereitschaft stärkten. Von Räucheraal und eingelegter Gans bis hin zum Hummer ging das Gerücht, daß der Krieg pro Tag eine halbe Tonne Gold kosten würde. Mit entgeistert aufgesperrten Augen stießen die Männer diese schauerliche »halbe Tonne Gold« hervor. Zwischen Fenstern, Gardinen, Mänteln auf Stuhllehnen, Perücken an Haken und Spazierstöcken in den Ecken hing der Pfeifenrauch so dicht, wie der Pulverrauch das Schlachtfeld überziehen würde. Nicht anwesend bei der Besprechung: Kapitän Kempensköld. Jemand behauptete, Bruder Kempensköld sei zur Kriegswerbung nach Hudiksvall und Gävle abkommandiert. Wie ich später hörte, hatte der Polizeimeister von Stockholm, Liljensparre, ihn aus der Hauptstadt entfernt, nachdem er volltrunken den russischen Gesandten Rasumovskij aufgesucht und etwas gestammelt hatte, das so unverständlich war, daß es sich wie Landesverrat anhörte.

Für die Weihnachtsverse, die die Kungsholmsbrüder bestellt hatten – über eine Meerschaumpfeife, über ein brillantenbesetztes Portrait, über eine Déjeuner-Tasse und über einen goldenen Zahnstocher in einem Etui von der Form eines Rotauges –, erhielt ich zwölf Reichstaler und 18 Schillinge. Drei Hochzeitspoeme und ebenso viele Grabreden für Adlige mit »von« und »af« erbrachten im Dezember 21 Reichstaler und 15 Schillinge.

Es roch also nach Krieg. Längst hatte der König den Beschluß gefaßt, die Feindschaft gegen Rußland zu schüren. Ein fieberhaftes Rüsten begann, und ein wohlbekannter Geruch, den die Bürger lange Jahre nicht verspürt hatten, mischte sich nun mit dem Gestank von der Latrinenbucht, mit dem Teergeruch, dem scharfen Geruch der Gerbereien, dem Geruch von Pferdeäpfeln.

Es war der Geruch von Maische und Fusel.

Die Schnapsbrennerei für den Hausgebrauch war wieder freigegeben worden.

Den Branntwein der Kronenbrennerei hatte der König für sich selbst reserviert, denn das staubige Schießpulver mußte, um seinen Zweck zu erfüllen, nicht nur mit Urin, sondern auch mit Branntwein gemischt werden. So durfte daheim wieder gebrannt werden, denn zu Helden geboren waren die Soldaten nicht. Die Angeworbenen brauchten Schnaps, um ihre Todesangst zu betäuben. Sie mußten Mordlust eingetrichtert bekommen, sie mußten Strapazen und Verwundungen ertragen, den Schlaf vertreiben und Hunger und Durst beschwichtigen.

Als es wieder Frühling wurde und ich in den heller werdenden Nächten ohne Laterne und Stock heimgehen konnte, stand im Schuppen auf dem Hof ein Holzbehälter, in dem Kartoffeln mit Dampf erhitzt wurden. Neben einem Maischbottich stand eine Walze, mit der wir die Kartoffeln zu Mus stampften, das dann mit Malz zu einem Brei verrührt wurde. Diese Aufgabe hatte Lovisa mir übertragen: ich sollte, wenn ich nachts nach Hause kam, den Inhalt des Maischbottichs umrühren. Weil sie unser Heim sehr rein hielt und auf ihre Arbeit im Haushalt viel Sorgfalt verwandte, wollte sie mit dem Schnaps nichts falsch machen. Außerdem war diese Kartoffeldestille eine neue Erfindung, mit der man achtsam umzugehen hatte.

Ich hatte das erste Destillat gekostet und verspürte davon immer noch eine kleine Genußsensation, als ich mit unseren Söhnen zum Zirkus des Ehepaares Price am Barnhuskällaren ging. Die Stadt Ulricehamn war in Folge der Unachtsamkeit eines Kindes im steifen Nordwind niedergebrannt. Mit einem Aufruf im *Dagligt Allehanda* war es mir gelungen, über 900 Taler für die Opfer der Feuersbrunst einzusammeln. Nun stellte das Ehepaar Price seine großartigen Talente in den Dienst einer weiteren Sammelaktion.

Im Obergeschoß des rechten Hofgebäudes lag die Rosenkammer, in der mein Lehrer Rutström zu Tode gefoltert worden war. In den Jubel des Zirkuspublikums mischten sich für mich die fast tierischen Laute, die er, an einem Haken unter dem Dach hängend, ausstieß. Die Knaben hörten natürlich nichts davon. Sie waren begeistert von der Reiternummer. Eine Reitbahn aus Holz war aufgebaut worden, darüber ein Dach aus Segeltuch. Die Zirkusgesellschaft war aus Konstantinopel gekommen. Madame Price hantierte auf dem Pferderücken eine Muskete. Die Artisten ritten im Stehen, auf einem Bein! Andere führten auf einem straff gespannten Seil zwischen zwei Pyramiden Balanceakte vor.

Ich trug den kleinen Carl auf den Schultern, als wir am Skeppsbron entlang nach Hause gingen; wir führten stumme Spiele auf, hüpften in wilden Sprüngen herum, tanzten und schnitten Grimassen. Viele schwedische Regimenter und Korps waren schon am Kai versammelt, wo sie verschifft werden sollten. Der Himmel war purpurrot. Masten ragten in ihn hinein mit ihren Wimpeln und Flaschenzügen.

Seit dem Staatsstreich hatte ich hier nicht so viel pulsierendes Leben gesehen und so viele Segenswünsche über König Gustaf aussprechen hören. Tag und Nacht hatten wir Axt- und Hammerschläge von den Galeerenschuppen auf Djurgården herüberhallen hören. Den ganzen Spätwinter und Frühling waren die kriegerischen Ruderschiffe aus den dreißig überdachten Reeden zu Wasser gelassen worden, nun lagen sie in Schwadronen den ganzen Kai entlang, vom Krug Terra Nova bis zu den Schleusentürmen.

»Sieh mal, überall Rauch!« wunderte sich der kleine Gustaf.

Rauch stieg auf zwischen farbenfroh gemalten Lafetten. Wir sahen bleiblauen Rauch zwischen bronzenen Geschützrohren. Der Fackelrauch war grau, nach oben zu wurde er rußschwarz. Nußbrauner Rauch kam von offenen Strohfeuern, dazwischen zwiebelgelber Rauch von Herden und Kaminen, Rauch, der die Dächer hinabrann in die engen Gassen, wo die Fußsoldaten ihre Fahnenstangen gesenkt hielten, um hindurchzugelangen. Die Hutmacher bügelten den Filz im weißen Pulverrauch. Im Rauchfang des Kupferschlägers tanzte das Feuer im knisternden grünspanfarbenen Kleid. Aus der Esse der Schmiede stieg der Rauch wie flüssiges Glas. Ein großer Ochse kam uns in der Bancogränd entgegen, hinter ihm Reiter von Åbo Läns Regiment, dann Fußvolk mit blaurasierten Schädeln, mit Musketenkugeln im Mund, um recht mörderisch auszusehen.

Den Furzrauch mitgezählt, den der Artillerist an der Pumpe

am Järntorget abgelassen hatte, war ich mit der Hilfe der Kinder auf ganze neun Räuche gekommen, die wir Mama Lovisa dann lebhaft beschrieben. Sie lachte immer wieder. Plötzlich ergriff sie liebevoll meinen kleinen Finger. Ihr war eingefallen, daß ein gewisser Tonsetzer Olof Åhlström nach mir gefragt hatte. Er ließ mir mitteilen, daß er eine, wie er es nannte, »musikalische Druckerei« gegründet hatte.

Lovisa kredenzte Abendschnaps und Bückling.

Die Druckerei konnte Musiknoten drucken, behauptete dieser Åhlström, und sie sahen genau so aus wie in Kupfer gestochene Noten.

»Es war die Rede davon, daß man nun endlich deine Episteln mit Noten drucken könnte. Ich sagte ihm, daß du in der letzten Zeit neue Episteln geschrieben hättest, und zeigte ihm auch die letzte, *Betreffend Jungfer Sophia im Krug zum Luchs.* Er war beeindruckt und versprach wiederzukommen.«

Klang, meine Mädchen! Die Wolken glimmen,
Sterne versilbern das Wasser, das Land.
Mond aus den Wolken gießt nebligen Schimmer
auf Wäscheklopfer und Zuber am Strand.
Luchs glimmert fahlgelb, er faucht und er krallt,
Schild an der Stange, es ächzet und wimmert.
Spitze am Häubchen der Wirtin erstrahlt,
glitzert golden und flimmert.

Es war diese Epistel, die Lovisa Åhlström gezeigt hatte, und es war dieser schimmernde Nebel, in dem mich ein Ruderboot den Skinnarviken entlang zum Munkbrokai brachte, als die Truppen am Ostufer des Stadsholmen eingeschifft wurden. Der Krieg mit Rußland rückte in greifbare Nähe.

Ich war bei Björkman, dem Direktor des Spinnhauses auf Långholmen, eingeladen gewesen. Björkman, wuchtig wie ein Zuchteber, geselliger Allesfresser, war ein unnachahmlicher Opernakteur und hatte mit seinem mächtigen, ausdrucksvollen

Baß schöne Erfolge eingeheimst, so als Herkules in Glucks *Alceste*. Bei dem Festessen hatte ich ein munteres Lied improvisiert. Ich sang von Freyas Töchtern, die von Sittenwächtern eingefangen worden waren und ihre Laufbahn im Spinnhaus fortsetzten. Hier mußte ich sehen, daß meine Schwester Maria in ihrer großen Not ihre Stieftochter Christina als Hausmädchen bei Björkmans untergebracht hatte. Was mir aber den Mund offenstehen ließ, war der Anblick der Magd Greta. Dieselbe Greta, die ich zuletzt vor 30 Jahren gesehen hatte, als sie nackt im Bettstroh in der Gaffelgränd lag. Greta, die ich tot geglaubt hatte, war hier.

Hier beim Spinnhausdirektor servierte sie alle acht Gänge und erzählte mir, daß sie, noch jung an Jahren, als Herumtreiberin festgenommen und zu Strafarbeit verurteilt worden war. Viele Jahre lang hatte sie mit einer Spindel Kammwolle gesponnen und auch in der Salpetersiederei gearbeitet. Nun führte sie als Magd dem Direktor den Haushalt. Das grobe, graue Kleid war das einzige Kleidungsstück, das sie trug. Sie zupfte verlegen an den Haaren ihrer Arme, als sie sich an den jungen Burschen Mazza erinnerte und an den Gärtnersohn Erik. Als sie das Zuckergebäck und die Himbeertorte brachte, erinnerte sie, leicht errötend, auch an die rote Karosse in der Remise beim Kleinen Daurerschen Haus, und daß ich mit im Wagen gewesen war, und Erik und Mazza auch, und sie die rote Bluse mit den gelben Knöpfen für uns geöffnet hatte. Ich erzählte, daß Erik in der Haftanstalt von Norrköping gestorben war und Mazza im pommerschen Krieg verschwunden sei. Ihre Augen wirkten plötzlich wie von Kohlenstaub geändert. Sie war traurig, Mazza war ein so süßer Junge gewesen.

Am Munkbrokai angekommen, sah ich Bauernburschen von Jämtlands Regiment auf den Steinen ausgestreckt liegen. Sie lagen offenbar im Sterben. Ein Regimentsarzt war hinzugerufen worden, und ich fragte ihn, was geschehen sei. Er schrie, ich solle nicht näher kommen. Die Burschen waren zusammen mit der Bürgergarde zur Nachtwache abkommandiert und dabei plötzlich erkrankt. Jetzt konnten sie nicht mehr aufstehen. Er breitete hilflos die Arme aus: die Ruhr! Und nun waren ihre Kräfte vollends geschwunden. Ich spürte einen widrigen, faden Geruch, der, wie der Arzt sagte, von dem Blutdurchfall ausging. Viele waren erkrankt, viele bereits tot.

In der Yxsmedsgränd sah ich noch einige aus demselben Regiment, von den heftigsten Leibschmerzen geplagt, auf dem Boden liegen.

Einen Häuserblock weiter kletterte ich ins Bett und schlief ein.

Schon beim abendlichen Beichtgottesdienst mit Chorgesang, der von der Deutschen Kirche herüber durch das geöffnete Fenster des Lotteriekontors zu hören war, begannen die Straßen und die Kais sich mit Menschen zu füllen. Im Terra Nova, wo ich am Nachmittag ein weißes Bier trinken wollte, fand ich keinen Platz in dem Gedränge. Die Abfahrt der Flotte und der Truppen war beschleunigt worden, obwohl es noch gar keinen Krieg gab. Denn Katharina II. von Rußland wußte ja noch nichts davon, daß der Opernschneider Lindblad in aller Heimlichkeit Kosackenuniformen genäht hatte und daß Gustaf selbst den Frieden brechen würde mit einem bühnenreifen Angriff auf seine eigenen Truppen, bei dem sämtliche Kosackenrollen von schwedischen Untertanen gespielt wurden. Auch ich erfuhr dies erst viel später. Ich lebte wie alle anderen in dem Glauben, daß die Kaiserin Schweden schon angriff und daß die russische Flotte sich unserer Küste näherte. Die Stimmung am Kai war so aufgeheizt, daß die Soldaten, die erkrankt waren und überall sterbend herumlagen, als die ersten Opfer des Krieges galten. Die Massen riefen nach grausamer Rache, als die Toten weggeschafft und zu Hunderten in tropfenden Haufen aufgestapelt wurden, wie ertränkt in ihren eigenen Schleimausscheidungen.

Im Wasser des Saltsjön drängten sich mit leichten Kanonen ausgerüstete Kutter, Pinassen, Schleppkähne, Transportschiffe und mit schweren Geschützen bestückte Schoner, eine Schwadron großer Kriegsschiffe, Galeeren, Fregatten und Proviantschiffe. Der größte Teil der russischen Streitkräfte lag im Krieg mit den

Türken, und da Katarina II. noch immer keinen Bescheid bekommen hatte, daß sie auch mit Schweden im Krieg lag, stand ein Überraschungsangriff bevor.

Ich suchte einen Rhythmus für meine Eindrücke. Diesmal waren Heptameterverse nicht das Richtige. Diese Menschenmassen brauchten ein anderes Versmaß. Auf dem Skeppsbron rollten Troßkarren, Munitionskarren, Rüstwagen, Einspänner, Fouragewagen. Fußsoldaten zogen vorbei, Schmiede, Reiter, Dienstvolk, Wäscherinnen, Huren. Alles sollte mit. Auch schaukelnde Piken, wehende Fahnen, Standarten, Pferde, Wimpel, noch mehr Pferde, Kutschen und Kranwagen. Ich probierte ein Versmaß aus, das mehr als alle anderen das Versmaß der Massen war. Mit einem Schrei und einem Griff an meinen hungrigen Magen warf ich mich in den Lärm und packte alles, was ich sah, in sechsfüßige Jamben. Ich schrie:

Die goldnen Piken stehn, die weißen Fahnen fliegen,
Waldhörner geben Klang und Trommeln ihren Schall,
man rollt Standarten aus, bemannt das Arsenal
und wartet auf den Wink, die Russen zu besiegen …

Die Reime strömten und rissen nicht ab. Schröderheim, der erneut in Ungnade gefallen war, hatte mir erzählt, der König sei vor dem Krieg bis zur Exaltation angespannt gewesen in der Erwartung der historischen Rolle, die er nun zu spielen habe. Er würde der größte aller Heldenkönige werden. Gustafs Name würde bis nach Asien und Afrika fliegen. Er hatte ihn im inneren Schloßhof zu Pferde sitzen sehen, mit rosenroten Seidenhosen, Koller und einer riesenhaften Wehr im Stile Karls XII. Er hatte Tränen in den Augen gehabt, ergriffen von dem Gedanken an die leuchtende Bahn, die sich vor ihm auftat. Und nun standen hier die Zuschauermassen und warteten darauf, daß der König vor dem Schloß erscheinen und mit den Hellebardiers, dem Reichsrat und seiner Familie zum Kai hinunterreiten und an Bord gehen würde.

Auf dem Manövergelände waren Tausende weißer Zelte in

Rechtecken aufgestellt gewesen, in Kreuzform angeordnet, mit Gustafs Palastzelt in der Mitte. Die Zelte waren abgebrochen, die Troßwagen beladen, die Pferde vorgespannt, die Verbände aufgestellt und das Signal zum Aufsitzen geblasen worden. Der Abmarsch war zügig erfolgt, die langhalsigen Kanonen waren an Bord der Kauffahrteischiffe gehievt, und vom Zeughaus gingen die letzten Waffentransporte ab.

Alles wartete auf Gustaf.

Alles wartete auf Wind.

Ein Gewitter war vorbeigezogen mit heftigem Donner und nußgroßen Hagelkörnern. Goldverbrämte Wimpel, grüne Standarten und purpurne Fahnen hatten sachte zu wehen begonnen. Dann lösten sich die Wolken auf, und die Sonne brach mit fiebriger Hitze hervor. Wo blieb Gustaf? Ich sah Wappen, die in Gold ziseliert waren, Pferde mit Schabracken und türkisbesetztem Zaumzeug, graue Hüte mit Strohkränzen, kleine, runde, federgeschmückte Kappen, einen goldverbrämten Purpurmantel, Artilleristen in wildledernen Röcken, Offiziere in neuer Ordenskleidung, Fußvolk und noch mehr Reiterei. Da kam Smålands Reiterregiment unter seinen flammendgelben Standarten. Schwadron um Schwadron hatte sich in Bewegung gesetzt, sie donnerten über die Schleusenbrücken, die Hufe klangen auf den Pflastersteinen am Skeppsbron. Dann näherten sich die Reiter aus Östergötland mit grünen Damaststandarten, danach Värmlands Infanterieregiment in grünen Jacken und roten Hosen. Ein Wagenmeister schrie mit heiserer Stimme einen Wachtmeister an, der etwas dümmlich dem Schmiedeknecht nachblickte, der dem Feuerwerker gefolgt war und sich verlaufen hatte. Alle warteten sie auf Wind, und auf den König warteten sie, der nicht kam. Warum ließ er auf sich warten? Er ließ auf sich warten, weil er im letzten Augenblick gemerkt hatte, daß das Datum der Einschiffung ausgerechnet der 23. Juni war. Das war der gleiche Tag, an dem Gustaf II. Adolf damals seine Überfahrt nach Deutschland angetreten hatte, von wo er nicht lebend zurückkehren sollte. Sein Aberglaube sagte ihm, daß etwas Unheilvolles über diesem Datum lag.

Es war ein Tag des Schreckens.

Der Hof war schon in Tränen aufgelöst.

Gustaf hielt Rat mit sich selbst. Schließlich erwies es sich, daß nur eines maßgebend war: die Seele. Es war die Seele, die den Verlockungen der Ehre nicht widerstehen konnte. Also stieg er in die kurzen ledernen Hosen, die weißen Seidenstrümpfe und die ungarischen Schuhe mit den niedrigen roten Absätzen, ließ sich die Kriegsuniform mit den dunkelblauen gestrickten Passen anziehen und die blau-gelbe Seidenschärpe und das breite Schultergehänge mit der blauschimmernden Wehre Karls XII. anlegen. Am Hut eine blau-gelbe Kokarde und als Feldzeichen die Ährengarbe des Wasa-Wappens, erschien er, begleitet von Trommelschlägen, auf dem Slottsbacken. Stille!

Gustaf sah über seine Krieger hin, betrachtete sie alle, die bald als zahnlose Schädel zwischen anderen bleichenden Gebeinen auf dem Meeresboden ruhen würden.

Ich war hochgewachsen. Mein Kopf ragte über die anderen hinaus, aber der König sah mich nicht. Ich flüsterte in sechsfüßigen jambischen Reimen: *Hört mich, ihr Recken, an, erhebt die heilge Wehre! / Ihr, die ihr Wasa liebt, geht! wehret Joch und Mord! / Zeigt, daß der Göthen Brust noch atmet hier im Nord! / Vereinet Gustafs Tat mit Gustaf Adolfs Ehre / und schmückt mit eurem Blut des Schwedenstammes Glanz –*

An der Treppe vor dem Logården umarmte Seine Majestät die Königin und den Kronprinzen. Die Schaluppe brachte ihn noch an diesem Abend zum Achtersalon der königlichen Jacht Amphion. Darauf ruderten 28 Galeeren an ihm vorbei gen Finnland.

Es herrschte Windstille.

Die Amphion lag über Nacht gelangweilt hinter der Insel Beckholmen.

Gustaf hatte Zeit, noch einmal an Land zu steigen und die Oper zu besuchen.

Zwei Tage später war der goldene Achterspiegel der Jacht vor den Fjäderholm-Inselchen an der Ausfahrt von Stockholm zur Ostsee zu sehen, wo das Schiff noch eine halbe Woche liegenblieb. Dort an der Landspitze Biskopsudden konnte der russische Gesandte vor den Fenstern seiner Residenz die schlaffen Segel der stolzen Amphion wie zugezogene Theatergardinen herabhängen sehen.

EINIGE TAGE BEVOR DIE NACHRICHT von der Schlacht bei Hogland Stockholm erreichte, bestieg ich die Theaterjacht des Seilers Spalchaver, begleitet von der Truppe des Dramatischen Theaters, Trompetern und meinen Mitbrüdern des Augusti-Ordens. Diesen Orden hatte ich selbst mitgegründet, um den Staatsstreich Gustafs III. vom 19. August 1772 in ehrender Erinnerung zu halten. Wir segelten nach Ulriksdal bei Solna, um der Königin zu ihrem Namenstag aufzuwarten. Mit an Bord: der Schauspieler und Sänger de Broen; sein hitziges Temperament und seine witzigen Einfälle verursachten oft einigen Wirbel, einmal wies er jemanden zurecht, der seinen Namen falsch aussprach, indem er sagte: »Mein Herr, ich heiße ›de Bruhn‹, und nicht ›de Bröhn‹, so wie Sie von Melcher heißen, und nicht von Meuchel!« Zwar gehörte es sich nicht, unangemeldet bei der königlichen Familie zu einer *fête* aufzukreuzen, aber de Broen hielt es für seine Pflicht als schwedischer Untertan, sich im Krieg über die Etiketten hinwegzusetzen und dem Königshaus Mut einzuflößen.

Die Theaterjacht hatte Wein und Schießpulver geladen. Da wir keinen Einlaß ins Schloß erhielten, verbrachten wir die Nacht mit Trinken und dem Einüben von Versen. Im Morgengrauen, als de Broen ein Zeichen bekommen hatte, daß die Königin aufgewacht war, sangen wir unsere Couplets. Wir feuerten von den drei Kanonen, die auf Lafetten montiert waren, 120 Kanonenschüsse ab. Dann stellten wir uns auf die Treppe des Schlosses, erhoben den Blick zu den Fenstern der Königin und intonierten *Jauchze, Erde, deinem Herrn*. Da Ihre Majestät nicht geruhte sich zu zeigen, brüllte de Broen in seiner polternden Art:

»Eher werfe ich meine Kinder in den Norrström, eher lege ich meinen Kopf auf den Richtblock, als daß ich heimfahre, ohne die Königin in Freudentränen gesehen zu haben!«

De Broen befahl uns allen, über Nacht zu bleiben.

Ich ging dann im Morgengrauen zu Fuß zurück in die Stadt.

Doktor Blad hatte mir ein Paar prächtige Schuhe aus weichem, geschmeidigem Leder beschafft, mit elastischer Sohle und einer Lasche, in denen die Gichtknoten kaum zu spüren waren. Die Morgensonne wärmte; vom Pavillon in Sabbatsberg am anderen Ende der langen Norrtullsallee hörte man die Glocke am Brunnen zur Andacht rufen. Doch dann wurde die andächtige Stille von Kanonenschüssen unterbrochen. Der Geschützdonner hallte und rollte wie Kugeln aus heißer Luft zwischen den Häusern der Drottninggatan einher, dann im Sonnenlicht den Kungsbacken hinauf, wo er mich ereilte und ich stehenblieb.

Im Finnischen Meerbusen bei der Insel Hogland war vor einer Woche ein äußerst blutiges Seegefecht ausgetragen worden.

Nach einem harten, sechsstündigen Kampf mit der russischen Flotte unter Admiral Griegh war die schwedische Flotte unter Herzog Karl zur Reparatur in der Festung Sveaborg eingelaufen. Auf allen Marktplätzen, die ich auf meinem Weg zum Stadsholmen passierte, hörte ich die Herolde verkünden, daß die Schlacht ein strahlender schwedischer Sieg gewesen sei.

In allen Kirchen der Stadt wurden an diesem Tag begeisterte Danksagungsgottesdienste abgehalten.

Längst hätte ich mich schon in meinem Bett neben Lovisa zur Ruhe legen sollen, aber ich hielt in meinem Stuhl eine Art melancholischer Wache, ohne etwas zu tun, ohne zu schreiben.

Tage später ging das Gerücht, die dänische Flotte sei in die Ostsee ausgelaufen. Es war mitten im Sommer, die Sonne begann rot zu glühen wie die Flammen der Hölle, und in der Stadt verbreitete sich ein Gestank von Bosheit. Die Dänen hatten uns also verraten.

Ein Angriff auf Stockholm stand bevor.

Alle waffentauglichen Männer eilten zur Verteidigung ihrer Stadt, und die Bürgergarde, 3000 Mann, mußte verstärkt werden.

Ich besuchte Sergel in seinem Sommerhaus mit dem schönen Namen »Ingenting«, was soviel wie »Nichts« bedeutet. Dort traf ich Kraus. Er hatte den vom König abgesetzten Uttini als Hofkapellmeister abgelöst. Es hieß, daß Uttinis holdselige, sinnlich schmeichelnde, endlose Arien durch den Krieg unerträglich geworden waren. Unablässig das gleiche Licht ohne Schatten, der gleiche eintönige Brei ohne rhythmische Würze, die gleichen stereotypen Tonfolgen.

Fort mit Uttini!

Man feierte Kraus.

Von Sergel fuhr ich direkt zu Widmans auf Elfvik. Mein Cithrinchen hatte ich verpfänden müssen, aber Widman hatte eine Laute. Hier auf Lidingö verfaßte ich nun ein Hirtenlied auf eine wunderbare Melodie, die ich in einem Stück von Envallsson gehört hatte. Später würde ich sie für mein Lied *Schmetterling in Hagas Winden* verwenden. In der Abendsonne erschien der Adjutant des Bürgerschaftsmajors an meinem Gartentisch. Es war wie ein Schlag in den Magen, als er uns mitteilte, daß alle amtlich registrierten Bürger der Stadt sich zur Musterung auf Adolf Fredriks Torg einzufinden hätten. Das Gerücht bestätigte sich: Dänemark hatte Schweden den Krieg erklärt. Ich mußte mich in aller Hast zum Musterungsplatz begeben. Dort warteten bereits 10 000 Mann, die eilig zur Verteidigung der Stadt aufgestellt worden waren. Und das Korps brauchte einen Sprecher, einen strahlenden Gottesdienst:

Schwedens Männer, treu im Streite,
nehmt die Waffen in die Hand,
und mit Mut fürs Vaterland
eurem König steht zur Seite!

Diese und 16 weitere Strophen las ich am folgenden Tag auf der mit rotem Stoff überdachten Tribüne und spornte mit allen nötigen patriotischen Übertreibungen den Willen zur Verteidigung des Vaterlandes an. Halb sang ich, halb schrie ich, als ob ich ein

Passionsoratorium des Krieges aufführte. Auf dem Marktplatz meiner Kindheit standen die Schwadronen, Kompanien, Bataillone; alle waren ergriffen. Die Pferde scheuten, ihr Brustharnisch klirrte, sie stampften nervös wie vor einem Angriff im vollen Galopp.

In einem offenen Fenster an der Hornsgatan stand Hilleström an seiner Staffelei und verewigte das Ereignis in Öl.

Nach dem Abmarsch ging er zusammen mit Schwager Lindström und mir in den Rathauskeller. Lindström war erregt. Es hatte sich herausgestellt, daß der Sieg bei Hogland in Wirklichkeit eine Niederlage gewesen war.

»Was sagst du? Eine Niederlage?«

»Ja, eine Niederlage!«

Die Flotte war untauglich, und es fehlte an Munition. Tausende waren gefallen. Der Gedanke an einen schnellen Seesieg war zunichte geworden. Auch die Lebensmittel waren bereits aufgebraucht. Lindström begann über die offenbare Unlust der Offiziere zu sprechen. Eine Bedrohung war nicht ersichtlich gewesen, aber der König hatte sie zu diesem Angriff überredet. Nun schmähte man ihn, und die Unzufriedenheit war so groß, daß viele Offiziere um Abschied nachsuchten.

»Mein Gott, was für ein Elend! Oxenstierna schreibt in seinem Brief an Oberst Wallen, daß der König traurig ist und oft Tränen in den Augen hat. Er hat seine Ehre verloren, indem er den Feldzug mit einem Rückzug beginnen mußte. Er ist voller Verzweiflung. Sein Volk hat ihn verraten und haßt ihn. Er will die Krone niederlegen und Stockholm nie wiedersehen.«

Auf dem Tisch standen Flaschen, Krüge und Becher. Frikadellen dufteten in einer Pfanne. Lindström, der mit krampfhaften Schlücken trank, während er all das hervorstieß, sagte auch, er habe gehört, der König wolle seine Möbel und seine Diamanten mit sich nehmen und sich in der Schweiz niederlassen, um dort als einfache Privatperson zu leben. »O unser teurer König! Die Manufakturen hat er beschützt«, erinnerte sich Lindström, nachdem er etwas nachgedacht hatte, »das Geldwesen hat er in Ordnung gebracht, die schönen Künste unterstützt!« War es nicht so? Als er nun sein geliebtes Volk in den Krieg führen wollte, verriet es ihn.

EIN MANN TÜNCHTE eine Hauswand, der Laternenanzünder kletterte auf seine Leiter, und eine Gruppe elender, verhungerter, bärtiger russischer Kriegsgefangener wurde aus einem Schiff ausgeladen, das am Kai vom Saltsjön verankert war. Das beobachtete ich, als ich mit Lovisa und den Kindern auf dem Fuhrwerk saß. Tagelang hatte ich gegrübelt, war mit Tinte befleckt von einem Kreditgeber zum nächsten gehetzt. Keiner bewilligte mir ein neues Darlehen. Die Bucherbschaft, die mir nach Onkel Johan Martins Tod zugefallen war, war noch immer nicht aus Cadiz eingetroffen. Die Gläubiger wollten sich nicht länger gedulden. Es blieb mir nichts anderes übrig, als beim Rathausgericht einen Antrag zu stellen, mein Eigentum abtreten zu dürfen. Ich fügte dem Schreiben ein Verzeichnis all derer bei, denen ich, soweit ich mich erinnerte, etwas schuldete, sowie ein Verzeichnis meiner Habe:

eine Pendeluhr
ein vergoldeter Tisch
ein Mahagoni-Schreibtisch
ein Spiegel
zwei Paar Seidengardinen
ein Schreibtisch mit Marmorplatte und Inlay-Arbeit
ein französischer Sekretär
ein großes Bett mit Bettwäsche
ein Canapé
diverse Tische und Stühle
ein feines lackiertes englisches Teetablett mit schwedischen Versen
verschiedenes Küchengeschirr
eine unterwegs befindliche Bibliothek, laut übersandtem Katalog
im Werte von mindestens 300 Reichstalern
diverse andere Bücher
ein Medaillon von Professor Sergel, aus Gips

In ihrem schwarzen Kleid, mit dem Kreuz am Kettchen sah Lovisa aus wie eine Nonne. Wenn sie überhaupt mit mir sprach, so öffneten sich ihre Lippen nur zu einem klösterlichen, deutlichen Wispern. Wir verließen nun im September dieses ersten Kriegsjahres den Stadsholmen und unsere Wohnung in der Stora Nygatan, um unsere Habe in Kapitän Kirsteins Haus am Klarasjön abzuladen. Die Kinder klammerten sich an den Wagenlatten fest, das Kinn an die Knie gepreßt; sie sahen nicht hinauf zum Himmel, der sich über uns wölbte, in wunderbarem, endlosem, goldenem Getümmel, und der mit seinen Wolkengestalten in erhabenen, hohen Rundungen in immer neuen, verschwenderisch reichen Bildern alle übrigen Bauwerke zu alten, grauen, verlotterten Bruchbuden degradierte, und die Menschen, die in ihnen lebten, zu elenden, bebenden, vergrämten, verkümmerten Kriechtieren.

Lovisa und ich inspizierten, mit einer Laterne in der Hand, die neue Wohnung. Auf dem Hof lag die Werkstatt eines Handschuhmachers, vor seiner Tür ein Stoß Leisten und eine lärmendes Stanzgerät. Auch eine Färberei hatte dort ihre Indigokisten und ihre Farbkessel, Färbereiarbeiterinnen zeigten ihre blauen, grünen und gelben Arme. Ein Bürstenbinder saß da an einer Werkbank und bohrte, hinter ihm ein Regal, bis an die Decke angefüllt mit Roßhaar, Bast, Binsen, Wurzeln und Kokosfasern.

Der wohlgeborene Herr Adolph Kirstein war Kapitänmechanikus und Viceschloßbaumeister. Er bewohnte ein Steinhaus mit prächtigem Erdgeschoß, stattlichen Fenstern und einem eichenen Portal mit Säulen rechts und links. Zwischen Stall und Remise wohnten der Kutscher, die Lakaien und die Bediensteten. In den Dachkammern hausten die Küchenmägde, die Mamsellen und die Zimmermädchen.

Unsere Wohnung lag dicht am Wasser, in einem langgestreckten kasernenartigen Steinbau. Im Erdgeschoß waren in neun Räumen ungefähr fünfzig Personen untergebracht, unter ihnen, mit Zimmermädchen und Küchenmagd, der Mohr Badin. Im Dachgeschoß hausten an die dreißig Personen, zusammengepfercht in sechs Räumen. Alle diese Menschen teilten gemeinsam zwei Küchen mit Backofen und Kochstelle. Um alle Möbel unterzubringen, mußten wir sie übereinanderstapeln. Die Zimmerdecke war niedrig, und die alten Gardinen aus der Stora Nygatan, die sich über dem Schreibpult vom Tabaksrauch dunkel verfärbt hatten, waren viel zu lang; so wurde die Verfärbung nun vom Pult verdeckt.

Nach den ersten kalten Nächten dampfte das Mälarwasser wie ein Wäschebottich.

Das Rathausgericht lehnte mein Gesuch auf Abtretung meines Eigentums ab. Ich fuhr zu Bruder Schröderheim, der mir ein Darlehen gab – aus christlichem Erbarmen.

Überall war nur die Rede von Krieg. Ein großes dänisch-norwegisches Hilfskorps rückte auf der Seite der Russen in Bohuslän ein. 10 000 Mann standen an der Grenze zu Jämtland kampfbereit. Oft sprangen die Knaben ans Fenster, wenn draußen die Sporen im Takt klirrten. Brandenburgische Hüte wogten vorbei mit schwefelgelben Federn. Sie zogen zum Norrmalmstorg, zur Oper, wo in Kompanien und in Bataillonen exerziert wurde.

Wir schrieben den Herbst des Jahres 1788.

Der König hatte sich heimlich von Grisslehamn nach Ulriksdal begeben und reiste noch in derselben Nacht nach Dalarna weiter, um die störrischen Reichsbauern zum Kampf für das Vaterland anzutreiben.

Es waren keine Menschen, sondern bettelnde Gespenster, die sich draußen im Schnee um die Kupfermünzen schlugen, die man ihnen aus den herrschaftlichen Wagen zuwarf. Ich watete in den tiefen Schneewehen, zwischen diesen blaugefrorenen, zitternden Wesen hindurch und versuchte zu Hause den Schnee und den Schauder abzuschütteln, döste ein, wachte auf, von Gichtschmerzen im großen Zeh geplagt, die so heftig waren, daß Fieber einsetzte. Im Laufe des Vormittags griff die Gicht auf die Hände über. Die zahlreich bestellten Verse zu Weihnachtsgeschenken – zu einer Pfaffenpuppe, einer üppigen Perücke, einem Hut von

Harthin und Kostbarkeiten von Börsenmatadoren – schrieb ich unter der Bettdecke, mit blaugeschwollenen Fingergelenken. Da ich mich nicht ohne Hilfe bewegen konnte, trugen Lovisa und das Mädchen mich eine Zeitlang zum Pult, zum Tisch und sogar zum Abtritt.

Auch den Herzog Karl hatten sie getragen.

Der siegreiche Held von Hogland war nach Stockholm zurückgekommen und von den Bürgern bis zum Stadttor geleitet worden. Dort spannten sie die Pferde aus und zogen den Wagen die Hornsgatan entlang bis zum Schloß, dann trugen sie ihren Helden über den Schloßhof und die Treppe hinauf. Der Reichsrat hatte mir befohlen, zur Begrüßungszeremonie ein Gedicht vorzulesen, und ich las. Die Worte riefen eine Woge kriegerischer Begeisterung hervor. Mehrmals tönte es »Bellman«, dann wurde der Herzog gefeiert mit anhaltendem Händeklatschen, das in Jubelrufe überging. Nie zuvor war ich Zeuge einer derartigen Verzückung gewesen.

Ich war wieder gichtkrank. Die Beule am großen Zeh platzte, zerriß bis auf den Knochen. Eiter floß heraus und roch widerwärtig. Der Kriegsrat Åhlström, der sich mit mir in Verbindung gesetzt hatte, um mit mir den Notendruck zu den Episteln zu besprechen, mußte die Besprechung abbrechen und verließ die Kammer.

Doktor Blad, der gegenüber in der Klara Strandgata wohnte, stand am nächsten Morgen an meinem Krankenbett und wollte gerade gehen, als Åhlström zurückkam und Brot und Wurst mitbrachte. Er teilte uns mit, daß der König nach Stockholm zurückgekehrt sei. Er war durch das ganze Land gereist und hatte das Volk aufgerufen, sich zu erheben. Er hatte Dänemark zur Neutralität gezwungen. Åhlström wanderte in der Kammer auf und ab. Er beschrieb mir, wie die Offiziere der Bürgergarde bei Fackelschein in großartigen Freudenbezeigungen den Wagen des Königs zum Schloß gezogen hatten. Plötzlich ergriff er meine Hand und drückte sie mit ungewohnter Heftigkeit. Er sollte von Rittmeister Oldenburg grüßen. Dieser wünschte sich von mir eine »Siegerode«, irgend etwas Warmherziges, das man am Abend im Rathaus vorlesen konnte. Ein Treuegelöbnis. Åhlström griff in die Tasche und zog einen Vertrag heraus, bat mich, ihn durchzulesen und ihm mit meiner Unterschrift das exklusive Veröffentlichungsrecht für *Fredmans Episteln* einzuräumen. Mit langgezogener, gleichsam dunkler Orgelstimme sang ich jede Silbe meines Namens, schwang die Feder in weitem Bogen durch die Luft, tauchte die Spitze in die Tinte und schrieb auf das Blatt: Carl Michael Bellman. Als ich Åhlström nach dem »Dichterhonorar« fragte, muß es für ihn wie »Gicht und Podagra« geklungen haben, mit solch erschrockenem Widerwillen blickte er sich nach mir um, als er, schon auf der Schwelle, hastig davoneilte.

Am 24. Februar notierte ich in meinem Kalender, daß ich, auf Lovisa gestützt, auf meinen eigenen Füßen zum Goldzieher Widman in der Salviigränd gehen konnte. In meinem schwefelgelben Rock, mit Umhängemantel, Weste aus dunkelblauem, gepunktetem Taft, schmalgestreiften grauschwarzen Hosen und rundem Hut spiegelte ich mich in der Eingangstür von Widmans Juweliergeschäft. Wir stiegen zwei Treppen hinauf. Da Widman sich eine schwere Lungenkrankheit zugezogen hatte, empfing er uns in seinem Bett sitzend. In seiner nachdenklichen Sprechweise fragte er, ob es stimmte, daß der König Graf Fersen gefangengesetzt hatte und daß die Infanterie der Bürgergarde vor dem Reichssaal Wache stand. Der Lakai brachte eine geöffnete Flasche herein. Wir sagten, daß sich während des Tages große Dinge ereignet hatten und daß das, was er gehört hatte, wahrscheinlich zutraf. Gustaf hatte den Adel hinausgeworfen. Er hatte seinen zweiten Staatsstreich durchgeführt.

Bei diesen Worten wies Widman mit hängendem Finger zum Fenster hin, wo der Tisch seiner Goldziehermühen stand; dort lag ein Darlehensvertrag zur Unterschrift bereit. Durch den eigenartigen Zufall, daß Widman ein guter Mensch war und nun auch das Schicksal des Lungenkranken mit mir teilte, konnte die

Drohung der Schuldhaft abgewehrt werden, die mir diese Woche zusammen mit einem Zahlungsbefehl zugegangen war.

Ich konnte wieder leben.

Es stellte Ansprüche, dieses Leben auf Erden. Es benutzte mich, kesselte mich ein. Oben in Mummens Wirtshaus wartete Völschow, um seinen Namenstag zu feiern. Auch Lovisas Schwester Anna und ihr Mann Martin waren eingeladen. In einer Tropfschale wurde Sahne aus dem Keller geholt.

»Ich bezahle!«

»Bist du verrückt!«

»Doch, ich bezahle!«

Weizenbrötchen und Butter und Zuckerwaffeln kamen auf den Tisch im Alkoven. Lovisa stimmte ein »Bravo, bravo« an, in schöner Verzweiflung über all diesen Reichtum. Wir tranken Punsch der besten Sorte, denn ich spürte in mir einen Hunger nach Leben. Bald würde das Gericht erneut Pfändung und Schuldhaft verfügen. Aber heute, heute verfügte das Leben über mich, und es zeigte sich hungrig. Hungrig!

Die gleiche Kraft und logische Schönheit, die gleiche durchsichtige Klarheit, die den Weg nach oben kennzeichnet, begleitet auch die Tage, an denen alles zerbricht und zusammenstürzt. Der Postbauer führte sein Pferd am Zaum über das verharschte Eis. Ich sah ihn vom Fenster aus vorbeigehen, als ich im Wirtshaus *Clas på Hörnet* saß. Das Bedeutungsvollste, was ich an diesem Tag tun konnte, nur wenige Tage nach dem Fest bei Mummens, war, regungslos am Fenster zu sitzen. Das Tor war geschlossen, aber der Schnee rieselte über die Schwelle in die Diele. Jedes Scheit in der Feuerstelle zeigte, wie hart der Wind von Norden her blies, und im flackernden Schein des Feuers spiegelte sich im Fenster ein Gesicht, ein elendes, apathisches, gealtertes Gesicht. Mein Gesicht.

Ich saß bei einem Glas Branntwein, bei Käse und Brot.

Der Hofsekretär Kellgren hatte in einer Ecke am Schanktisch

gesessen, als wäre er herbestellt worden, um auf mich zu warten und seinen Platz nicht zu verlassen, bis ich in den Krug kam, und wenn es ein Jahr dauern sollte. Nun stand er auf und ließ sich an meinem Tisch nieder, in seinem grauen, warm gefütterten Leibrock, über dem er noch vier weitere Röcke in den verschiedensten Farben trug. Um seinen Hals war ein Seidentuch doppelt geschlungen. Er sah mir in die Augen, drehte seine Handflächen nach oben, einmal, ein zweites Mal, und sagte in seinem Finnlandschwedisch, daß ich krank aussähe. Er sagte dies in versöhnlichem Ton, er, dieser strenge und ungerechte höhnische Kritiker meiner Dichtkunst. Ich schob meinen Stuhl zurück, erhob mich zu meiner ganzen Länge, forderte Kellgren auf, sich ebenfalls zu erheben und zu mir zu treten. Als ich seinen Atem auf meinem Kinn spürte, diesen Atem, der nach Syphilis roch, nach verrottendem Rückenmark und nach Jodkalium, schloß ich ihn, den alten Feind, in meine Arme.

Er ließ nun holländischen Hering und eine Flasche Branntwein auftragen.

Nach seinen giftigen Versen über mich war sein Artikel »Über die Kunst, Laute nachzuahmen« wie ein Wunder erschienen, als hätte Gott auf unerklärliche Weise eingegriffen und sich ihm offenbart. Wenn Kellgren auch noch nicht soweit war, an meine Dichtkunst zu glauben, so hatte er es doch zumindest geschafft umzudenken. Kürzlich hatte ich meine Freunde mit meiner Nummer *Der Magistrat in Telje* unterhalten, wo ich jede einzelne Stimme nachahmte und sie dann alle gemeinsam und durcheinander sprechen ließ. Aus meinem Mundapparat waren viele unterschiedliche Töne zur gleichen Zeit gekommen: einer lachte, einer sang, einer weinte, einige zankten, und alles wurde untermalt von Hüsteln und Räuspern, von Absatzklappern und Magenknurren. Kellgren hatte sich unter das Publikum geschmuggelt. In *Stockholms Posten* hatte er dann geschrieben, ich hätte den Teufel im Leibe. Mein Talent des Nachahmens sei nicht Narretei, sondern höchste Kunst. Ich verdiente es, im ganzen Lande als poetischer Magier bewundert zu werden, auch in hundert Jahren noch.

Nun teilte er meinen Tisch, drehte den Ring der Akademie an seinem Finger und machte sich Gedanken um meine Gesundheit. Der Puder und die Farbe auf den Lippen konnten meine Mattigkeit und meinen Schweiß nicht verbergen. Litt ich unter Skorbut? Er schrak nicht zurück, sondern rückte neugierig näher, als wolle er herausfinden, ob das Sprachlaboratorium wirklich dort zu Hause war, unter den grünen Zähnen, hinter dem blutenden Zahnfleisch. Auf seine Frage, ob ich Medizin nähme, antwortete ich, daß der Assessor Schulzenheim von der Apotheke Kronan mir Löffelkraut und die stark laxierende Jalappawurzel verschrieben habe. Dadurch mußte ich mich aber auch übergeben und sah deshalb so ausgemergelt aus. Kellgren wollte wissen, ob ich Zitronen genommen hätte. Er würde mir Zitronen besorgen und Marmelade. Ich zeigte ihm die Risse in der Haut an den Fingerknöcheln:

»Diese Blutungen, o Gott! Oft folgen ihnen unerträgliche Schmerzen. Beim geringsten Versuch, die Finger zu bewegen, machen sie mich völlig hilflos. Es tut mir auch so leid um meine Kinder, die ihren Vater so gepeinigt und elend sehen.«

Ich merkte nun an Kellgrens Bewegungen unter den fünf Rockschichten, daß er von der französischen Krankheit erzählen wollte, an der er schon seit langem litt. Doch zuerst sprach er über den Hof und den König. Nach dem Drama *Königin Christina* hatte er zum inneren Hofkreis gehört, war aber nicht besonders davon angetan, tagein, tagaus im Stallwagen abgeholt zu werden, um mit Seiner Majestät Konversation zu machen. Diese Rolle hatte jetzt Leopold übernommen. Leopold, ja! Da hatten wir einen Mann, der es liebte, sich so tief zu verbeugen, daß Seine Majestät sein höhnisches Lächeln nicht sehen konnte. In jener Nacht, sagte Kellgren, als die verhafteten Verschwörer von Anjala mit dem Schlitten in Stockholm eingetroffen waren und die grölenden, spuckenden Pöbelhaufen sich zerstreut hatten, hatte er sich im Schloß eingefunden, um dem König seine Ansicht mitzuteilen über – »Ja, was glauben Sie, Herr Bellman?« Der König wollte seine Meinung über Offenbarungen und Weissagungen wissen. Eine Mamsell Arvedson las ihm die Zukunft aus dem Kaffeesatz und hörte darin den Lärm von ehrenhaften Feldzügen und die Reden von historischen Reichstagen.

»Vielleicht finden Sie, Bruder Bellman, daß ich einen übelriechenden Atem habe? Oh, das ist nichts gegen den Atem des Königs. Einige Zähne sind ihm schon ausgefallen, die verbliebenen bräunlich verfärbt. Und sein Schädel ist von Ungeziefer bevölkert!«

Kellgren kratzte sich unter der Perücke und tat, als wolle er den Fang genußvoll verspeisen. »Ungeniert bohrt er in der Nase. Seine Winde wehen so kräftig, daß sie die Segel seiner Fregatten flattern lassen, und so laut, daß sie bei Tischgesellschaften und bei Prozessionen Salutkanonen entbehrlich machen. Denn Seine Majestät verfügt über eigenes Schwarzpulver. Ohne Umweg über die Salpetersiederei! Mir erwies er seinen Salut, als ich ihn gerade mit Handkuß und Kniefall bewogen hatte, eine sprachliche Änderung in der Tragödie *Gustaf Wasa* zu gestatten.« O dieser Kellgren! Keiner konnte so begnadet boshaft spotten wie er. Plötzlich war seine Miene ernst.

»Ich habe nicht mehr viel Zeit. Wußten Sie, Bruder Bellman, daß ich nicht mehr lange zu leben habe? Ja, ich sterbe. Mit 38 Jahren. Meine Lymphdrüsen sind geschwollen und hart. Ich habe Ausschlag am ganzen Körper, fühle mich ständig unwohl, und meine Glieder schmerzen. Fühlen Sie, Bruder Bellman!«

Kellgren streckte mir sein Handgelenk entgegen. Die Pulsadern waren abnorm geweitet. Er lehnte sich vertraulich näher zu mir herüber.

»Das schlimmste«, flüsterte er, »sind die Wunden am Geschlechtsteil. Erst waren sie nässend, nach einigen Jahren bildeten sich Geschwülste, und schließlich wurden sie hart wie Gummi. Nichts hilft. Hart wie Gummi arabicum! Den Tempel der Venus werde ich nie mehr öffnen können. Nicht mit diesem Schlüssel.«

EIN ZIMMERMANN LAG auf dem Kajütendach und sonnte sich. Das Eis schmolz. In seinem Atelier saß Sergel in seinem grünen Lehnstuhl und schlief. Er schlief, während die Glocke hoch vom

Turme auf Skeppsholmen Mittag schlug. Dann brach auf dem Riddarhustorget Jubel und Geschrei aus. Der Pöbel hatte vom Stockholmer Polizeimeister Liljensparre Schnaps bekommen und hatte sich vollgesoffen, so daß er zu allem zu gebrauchen war. Als Gustaf III. in seiner Staatskarosse auf dem Platz ankam, rannte der Mob bereits mit wildem Geheul gegen die Saaltüren des Riddarhuset und versuchte sich Einlaß zu verschaffen, um den Adel zu lynchen.

Diesen Adel, dessen Privilegien im gleichen Takt beschnitten worden waren, in dem die Feindlichkeiten gegen den König zugenommen hatten.

Diesen Adel, der nun unter dem Druck des Pöbels dem Bewilligungsausschuß zustimmte und Gustaf die Genehmigung erteilte, mit einer neuen Armee in den Krieg zu ziehen.

Nach einem dürftig besuchten *lever*, zu dem sich nur zwei Amtsinhaber, ebenso viele Parteigänger und einige Glücksritter eingefunden hatten, reiste er nun also zurück nach Finnland, zurück in den Krieg.

In der Nacht träumte ich, daß Liljensparre mich von meinem Strohlager holte und unter dem erbosten Geschrei des Pöbels ins Schuldgefängnis des Schlosses schaffte. In der Zelle stand auf krummen Beinen Sergels grüner Lehnstuhl, aber wer darin schlief, war kein anderer als ich selbst. Lärm weckte mich. Ich blickte aus dem Fenster hinaus auf den Schloßhof und sah einen Bauernwagen vor dem Portal anhalten. Aus dem Wagen stieg Major Bellman vom Infanterieregiment Savolax. Dieser Major war ich selbst, in pulvergeschwärztem Hemd und rauchenden Kleidern, mit durchlöcherten Stiefeln und plattem Pistolenhalfter, die Hutfeder halb verbrannt, das gelbe Mantelfutter von Sprenggranaten durchlöchert; das Gesicht war das eines Teufels, beschmiert mit schwarzem Tran. Erschrocken erwachte ich aus meinem Traum, krank, fiebrig, und hustete Blut. Ich sah mich um und wunderte mich, daß die Kammer am Klara-Strand ummöbliert war. Sie hatte sich in ein großes, kreisrundes Armeezelt verwandelt, innen mit Kattun ausgekleidet und mit einem Fenster im Dach. In diesem Zelt stand mein Bett, mit grünem Damast umhängt. Hier brachte ich fast sechs Wochen zu. Als ich wieder zu Bewußtsein kam, hatte ich einen bitteren, ekelhaften, scharfen Geschmack im Mund.

Doktor Blad stand über mein Bett gebeugt und hieß mich, den ins Leben Zurückgekehrten, willkommen.

Er hatte für mein Leben gefürchtet, hatte mir kleine Dosen Opium verabreicht gegen die Atemnot und gegen die Erstikkungsanfälle.

Blad hatte mein verpfändetes Cithrinchen ausgelöst. Er erzählte, daß die Monarchie in Frankreich gestürzt sei und daß der Rebellenhaufen sein Regime, Nationalversammlung genannt, auf den Ruinen des Thrones errichten wolle.

»Wo?«

Blad öffnete das Fenster. Ich sah so verwundert aus, daß er mir die Jahreszahl 1789 nannte, bevor er sagte:

»In Paris, lieber Bruder.«

»Revolution in Paris?«

»Nun fallen bald die Orang-Utans aus Europa über uns her.«

Während Lovisa ein Paar weiße Trikothosen über meine dünnen gelben Beine streifte, hörten wir durch das geöffnete Fenster die Kirchenglocken der Stadt dröhnen. Ich war sehr krank gewesen. Nun aber herrschte wieder Tageslicht. Die Mitglieder der königlichen Familie, die daheim geblieben waren, begaben sich in einer festlichen Prozession zum Tedeum in die Storkyrkan. Lovisa sagte:

»Liebster Mickel, man will zu Feldmusik einen Lobgesang über den herrlichen Sieg bei Parkumäki anstimmen.«

Glockengeläut.

Kanonendonner.

Buumm, buumm, buumm. Die Reflektoren der Wandlampen klirrten.

Auch jenseits des Meeres, im Finnischen Meerbusen, donnerten im gleichen Augenblick die Kanonen, Zwölfpfünder, Haubitzen und Mörser. In Stockholm läuteten die Glocken, und bei

Svensksund wurde die schwedische Schärenflotte des Generaladmirals Ehrensvärd in einer vernichtenden Seeschlacht zerschossen. Der Pulverrauch war so dicht, daß die Signalflaggen nicht zu erkennen waren, auch die Anzahl der Toten war nicht festzustellen. Erst als der Pulverrauch sich gelichtet hatte, sah man zerfetzte Hirne und Eingeweide auf den sinkenden Schiffen herumliegen. Einzelne Arme und Beine schwammen auf den Fluten, Scherben von zertrümmerten Hirnschalen, von blondhaarigen, von kahlen, von schwarzgelockten Schädeln; an einigen haftete noch das Stirnbein, so daß sie eine Weile wie leere Schalen auf dem Wasser wippten, aber dann in den Wellen allmählich voll Wasser schlugen und zum Meeresboden hinabschaukelten. Gustafs schöne Schiffe, in Brand geschossen, flogen in die Luft und gingen unter. Alles war rettungslos verloren. Noch ehe das Lied *O Gott, wir loben Dich* in der Storkyrkan verklungen war, noch ehe die königliche Familie dem Herrn recht hatte danken können für den Sieg bei Parkumäki, war im Svensksund alles verlorengegangen.

Im Sommer war ich zu Besuch bei Widmans auf Elfvik. Eine knappe Woche lang genoß ich ihre Gastfreundschaft. Der Hofgoldzieher war nun so krank, daß er nur noch still und lächelnd auf der Gartenbank in der grünen Laube am ruhigen Seeufer saß, mit dem fürchterlichsten Bluthusten, den eine Hemdbrust beherbergen kann.

Von Widmans nahm ich die Chaise zu Kempenskölds und überreichte dort mein Werk *Zions Fest* in Goldschnitt. Die Herrschaften waren von ihrem Sommerhaus Tjälvesta in der Provinz Nerike zurückgekommen. Dort waren überall meine Trinklieder zu hören. Und noch mehr: Bei den Verwandten in Askersund hatte man die Kinder mit meinem Wiegenlied für meinen kleinen Sohn Carl in den Schlaf gesungen! Wehmütig, mit unsicherer Stimme, sang Frau Kempensköld:

Dort, wo eine Quelle floß,
vorbei an Roggengarben,
sah ein kleiner Gernegroß
sein Bild in schönsten Farben.
Kaum die Linien er gesehn
in der Welle, klar und schön,
als sie schon erstarben.

Es war unglaublich. Man kannte meine Lieder in Nerike und in Askersund! Der Kapitän öffnete seinen Bücherschrank und nahm ein gebundenes Heft heraus. Auf der Heimreise hatten sie in Örebro haltgemacht und es in einem Bücherladen gefunden: einen Raubdruck meines *Kämpen-Liedes über den Sieg bei Hogland*.

»Na ja, es ist möglich, daß ich in Nerike berühmt bin. Aber am Dramatischen Theater in Stockholm hat man mein Lustspiel *Der ruhmreiche Tag* verworfen. Das Stück war bei der Theaterbesprechung vorgelesen worden. Dann kam es zur Abstimmung. Die einen zählten ihr Ja und Nein an den Knöpfen ab; da ihr Rock eine gerade Anzahl von Knöpfen hatte, kamen sie zu einem Nein. Die anderen zählten an ihren Fingern ab; da sie ihre Daumen vergaßen, kamen auch sie zu einem Nein. Also war das Stück untauglich.«

Frau Kempensköld schenkte mir Kirschwein ein. Sie brachte mir eine ganze Abendmahlzeit, in eine Serviette geknotet.

Ich wanderte die Straße entlang, den Geschmack des Brotes und des Weins immer noch auf der Zunge.

Gerade als ich am Skeppsbron war, wurde ich Zeuge, wie fünf mit Kanonen bestückte Schaluppen zum Auslaufen klargemacht wurden, um mit 200 Mann in den Krieg zu segeln. Auf meine Frage, was für eine Truppe das sei, erhielt ich zur Antwort: »Das Ehrenmalmsche Freikorps«. Diese 200 Männer waren Krüppel, krank und untauglich. Man hatte sie direkt von der Straße gegriffen, aus den Festungen und aus den Gefängnissen geholt, hatte sie in Pelze gesteckt, da es keine Uniformen mehr gab, und so wurden sie also in den Krieg geschickt. Alle sahen sie zum Erschrecken aus, freilich nicht für die Feinde. Einer war blind.

Der Gedanke traf mich.

Der letzte, der an Bord ging, war blind!

Ich hatte nie darüber nachgedacht, nach welchen Gesetzen ich selbst handelte.

Seit Jahrzehnten trieb ich vorwärts im Lebensstrom von einer Rolle zur nächsten. Ich stellte mir nun den Blinden unter diesen Verbrechern und ehrlosen Gesellen vor. Ein Blinder im Ehrenmalmschen Freikorps! War das nicht meine eigene Rolle in einer Zeit, in der die gröbste Torheit das Ruder führte? Hatte ich nicht im Freikorps des Königs meine Blindheit verborgen, mit derselben Schamhaftigkeit, mit der der Nackte sein Geschlecht verbirgt?

Bald darauf wartete ich Sergel mit einem Theaterstück zum Tobiastag auf. Viele Freunde waren zu seinem Namenstag gekommen, und im Atelier herrschte drangvolle Enge. Ich trat hinaus auf die Bühne, stellte mich mit einem Fuß in den Theaterschlamm unter einem vergilbten Ahorn aus Pappe und spielte diese meine neue Rolle, den Blinden. Bellman, der blinde Spielmann. Die Perücke des Kirchenrates auf dem Kopf, den Mantel des Türmers um die Schultern, sang ich für Sergel, der von seinem grünen Lehnstuhl aus belustigt zusah. Ich beschrieb mit einer Geste zum Atelier hinüber, wie russische Kriegsgefangene im Wald bei Haga Bäume fällten und wie sie innehielten, denn ich, der blinde Orpheus des Waldes von Solna, sang und spielte verführerisch. Ich hatte die Göttin im Bade gesehen. Ich hatte dem Volk zuviel über die Ratschlüsse der Götter offenbart. Ich war endlich klarsichtig geworden, denn ich hatte die Sprache der Vögel gelernt. Die Bauern blickten auf, die Männer von Dalarna ließen ihre Schaufeln ruhen und lauschten andächtig. Der blinde Spielmann, der die Sonne nicht mehr sah, er sang. Ein großer Erfolg.

Weit bis in den Spätherbst 1789 trat ich wieder und wieder in der Rolle des Blinden auf, nun auch als blinder Soldat. Es gab Pläne, den Krieg über den Winter hinaus fortzusetzen. Die Überraschung war groß, als der König während eines Schneesturms vom Kriegsschauplatz zurückkam, in einem Bauernkarren versteckt. Noch am gleichen Tag wurde auf seinen Befehl die Niederlage von Svensksund durch ein Siegesfest im Opernhaus gefeiert. Die Rolle als Blinder war die allerletzte Rolle in all dem Theater, das ich für den König spielte. Il Signor Improvisatore und Der Marktschreier war ich gewesen, hatte die Laterna magica vorgeführt, war als Charlatan Operateur Turck, als Hofnarr, als Bauer, Leiche, Dorftrottel, Hökerin, Türmer und Singender Lappe aufgetreten. Nun war ich der blinde Soldat.

Die Rolle des Blinden im Opernhaus war so erfolgreich, daß ich in der Neujahrsnacht vor einem kleinen Hofkreis auf Haga die Rolle ausbaute und in meinem Stück *Dramatische Zusammenkunft* den blessierten Blinden spielte – den Kriegsveteranen.

Hierher nach Haga zog Seine Majestät sich gern zurück, um fern vom höfischen Leben die ländliche Abgeschiedenheit zu genießen. Das Theater bedeutete für den Monarchen einen gewissen Ersatz für all das, worauf er während des Lagerlebens hatte verzichten müssen. Nach einem großen Neujahrssouper im Schloß, an kleinen Tischen, fuhr der König zusammen mit Armfelt, Schröderheim, Claes Horn, Gyldenstolpe, Fabian Wrede, Cederström, Aminoff und einigen *garçons bleus* und Kokotten hinüber zum Türkischen Pavillon.

Der Vorhang hob sich.

Mamsell Löf betrat die Bühne; aber wie lachten die Zuschauer, als sie merkten, daß es Lars Hjortsberg war, der sie spielte! Mamsell Holmberg wurde von de Broen gespielt, de Broen von Charles Uttini, Didric Björn von Madame Remis... Jeder Schauspieler war in das Kostüm des von ihm gespielten Kollegen gekleidet und imitierte ihn in Gestik, Mimik und Stimme. Ich selbst spielte einen verwundeten Soldaten, der mit einer Binde über den Augen über das Schlachtfeld taumelte und zum Cithrinchen sang.

Beim Souper im alten Haga traf ich, ehe ich in die Stadt zurückfuhr, Kammerjunker Möllerswärd. Er kam in dem langen, überdachten Gang auf mich zu und vertraute mir mit seinem näselnden Lachen an, daß Gustaf aufs höchste verblüfft war: Wenn der Soldat in der Schlußszene nicht ein leibhaftiger Kriegsblinder gewesen wäre, hätte er schwören mögen, daß es Bellman war, der Poet der Stadt.

SEIT BEGINN DES JAHRES 1790 häuften sich die Ereignisse mit großer Geschwindigkeit. Schnitter Tod hielt reiche Ernte. Als Oberstleutnant Fries starb, flog die Rakete, die seinen Tod auf dem Stadsholmen signalisieren sollte, so niedrig, daß sie im Dach der Kirche Sta. Klara einschlug, in den Boden des Kirchhofes fuhr und in tausend Sternen krepierte, die in das Grab von Fries hinabregneten.

An einem trüben Abend, nach einwöchiger Krankheit, war Fries gestorben.

Er hinterließ sechs kleine Kinder.

In der Kirche sang der Schulchor. Die Orgel spielte. Die zwanzig Schlitten der Trauerprozession standen still in einer Reihe, als ich meine Trauer in Worte faßte: Für meinen Jugendfreund tat sich nun eine Kammer auf, er stieg hinab in ein Gewölbe zu anderen Gebeinen, wo Dunkelheit herrscht bis zum Tag des Gerichts, an dem er beim Klang der Posaunen aus der Asche geholt und zum Licht emporgetragen würde.

Mit der gleichen Unablässigkeit, mit der die Schlitten auf ihrer Fahrt zu den Begräbnissen ihre Spuren in den Schnee zogen, zog meine Feder ihre Zeilen über das Papier.

Sie formte neue Trauerworte, als Charon in derselben Woche sein Boot zu den gefrorenen Schären bei Elfvik ruderte und am Strand von Widmans Haus anlegte. Kein falscher Ton war zu hören, keine versteckte Klage, nur der Laut des unerhört schmerzhaften Erstickens, das der Körper aushalten mußte, bevor die kranke Brust still und feierlich das Irdische verließ und weggetragen wurde. Der Hofprediger Flodin leitete die Bestattung in der Storkyrkan. Ich sprach am Grab, spie zornige, traurige Wortfetzen zwischen die Ratten in der Erde.

Hofgoldzieher Widman war wirklich der prächtigste Mann gewesen, den ich je kennengelernt hatte.

Beim Leichenschmaus saß ich neben Schröderheim. Ich erzählte ihm, wieviel ich Widman schuldete. Eine große Summe. Schröderheim seufzte. Er war einer der Nachlaßgläubiger. Widmans Schulden bei ihm überstiegen meine um ein vielfaches.

Dann war der junge Ladengehilfe Gustaf Holmdorph an der Reihe. Lovisa, die mit unserem vierten Kind schwanger war, klagte laut darüber, daß mit seinem Ableben der Kredit, den er uns in seinem Viktualienladen eingeräumt hatte, fällig werde. In der Hofkanzlei häuften sich die Zahlungsbefehle. Unser Hauswirt, der wohlgeborene Kapitän Kirstein, hatte eine Forderung von 92 Reichstalern gestellt und die Pfändung unseres Familienvermögens beantragt.

Fredmans Episteln würden mir neue Einkünfte erschließen – wenn sie nur erst in Druck gingen. Johan Martin hatte eine ungemein lebendige Radierung meines Profils erstellt, die die Titelseite schmücken sollte. Ich arbeitete an der endgültigen Redaktion, aber gleichzeitig kamen neue Lieder hinzu. Von dem Zugwind, der vom Kungsholmen herüberdrang, war der kleine Fenstertisch ständig kalt und manchmal sogar bereift. Bei einem warmen Punsch aus Rotwein, Zucker und Pomeranzen schrieb ich nun die Epistel Nr. 81, *An den Stänkerer Löfberg im Sterbehaus am Danto-Zoll, gedichtet am Grabe.*

Schau, unsre Schatten, schau, Mowitz, mon frère,
zu einem Dunkel sich klumpen,
Purpur und Gold auf der Schaufel, schau her,
sind bald Staub und Lumpen.
Winkt dir Charon von dem brausenden Fluß
und der Totengräber dreimal zum Gruß,
leer ist dein Kelch dann, mein Bester.
Komm nun und hilf mir und wälze zum Schluß
Grabstein auf unsre Schwester.

Schattige Stätte, ach innig ersehnt,
unter den rauschenden Zweigen!
Garstig und Schön dort im Tode am End
sich zu Staub vereinen.
Niemand neidisch zu dir lenkt seinen Schritt;
Glück, so wendig, da es naht oder flieht,
nimmer bei Grüften hat Eile.
Feind, der gewaffnet die Stätte betritt,
bricht hier fromm seine Pfeile.

Glöckchen, es bimmelt, und Glocke, sie dröhnt,
Kantor, bekränzt in der Pforte,
segnet das Grab, und der Knabenchor tönt
schrill am heilgen Orte.
Wo der Tempel seinen Grabacker hat,
säumen Blätter welker Rosen den Pfad,
Bahren und modernde Planken.
Trauernde niedergebeugt, desperat,
stehn in Tränen und wanken.

So ging zur Ruhe von Ball und Krawall,
Stänkerer Löfberg, die Liebste!
Weine und schiele ins Gras vor dem Wall,
wo sie in der Kiste
nun vom Danto-Zoll verabschiedet sich.
Ach! mit ihr der Zecher Frohsinn verblich!
Wer soll das Glas nun befehlen?
Durstig war sie und durstig bin ich,
Durst regiert unsre Kehlen.

Kriegsmüdigkeit herrschte, und Freudendemonstrationen drohten ganz auszubleiben, als der König im frühen Frühling mit der Amphion nach Finnland aufbrach zu einem neuen Feldzug – seinem letzten. Achteraus von dem prachtvollen Salon war eine Schlafkammer eingerichtet. In dieser Schlafkammer stand ein mit Olivenholz furnierter Sekretär mit mehreren Geheimfächern. In einem dieser Fächer, vertraute Schröderheim mir an, verbarg der König einen einfachen grauen Kasten, den er immer bei sich hatte, sobald er das Schiff verließ, denn in diesem einfachen Kasten lagen unermeßliche Summen Geldes, völlig ausreichend, um mit Würde und *agrément* in Genua oder in Florenz, wo er Paläste besaß, den Rest seiner Tage zu verleben.

»Also Landesflucht«, sagte Schröderheim, »für den Fall, daß das Volk ihn im Stich läßt und von den Russen besiegt wird.«

Ich wünschte mir auch einen solchen Kasten. Für den Fall, daß die Leser mich im Stich ließen und meine Episteln nicht haben wollten, wäre ich gern aufs Land geflohen, vielleicht nach Canton, in der Nähe von Drottningholm, wo ich einmal ein passendes Haus für meine arme Familie gesehen hatte.

Ich hatte mein Divertissement, genannt *Der ruhmreiche Tag*, an den König geschickt. Es kam keine Antwort. Wir hatten Hunger. Zum Namenstag von Schwiegervater Gabriel Grönlund gratulierten Lovisa und ich mit Gesang. Die Knaben führten eine Tanznummer auf, stampften mit den Füßen, klingelten mit Glöckchen, hielten Takt mit dem zornigen Puls der Welt um ihn herum, und während sie tanzten, streichelten seine Hände ihre Köpfe, da er, der Erblindete, fühlen wollte, wie sie sich bewegten. Es gab zu essen, und es dauerte Stunden, bis wir adieu sagten. Die Kinder bekamen zum ersten Mal in ihrem Leben Schokolade zu schmecken.

Auch beim Skeppsbroadel gab es zu essen.

In meinem schwefelgelben, langen Rock zog ich vom Tisch der Großbürger zum Tisch der Stadtmajore. Elisabeth Westman, die Gattin des Brauers Abraham Westman Lorenzon, ließ sich von Herzen gern mit Versen beehren. Ich mußte durch einen dunklen Gang und dann eine kalte Steintreppe ohne Lampe hinaufgehen, um meine Gedichte zu ihrer Tür zu tragen. Dort mußte ich lange klopfen und warten und wurde immer mutloser, bis eine Dienerin die Tür einen Spalt öffnete und mich mein Ansinnen vorbringen ließ. Eine zweistrophige Gratulation zum Elisabethtag wurde belohnt mit einem Stück Brot, einem Wurstzipfel, schwedischem Hering und Hafergrütze.

Lovisa und die Knaben hatten ihr Leben schon auf meinen gelben Rock mit seinen Speisekammertaschen eingestellt.

Meine Frau, die ja wieder schwanger war, machte mir auch klar, daß ihre Liebe mich nicht davon abhalten werde, wenn ich anderen Frauenzimmern mit meinen Versen meine Aufwartung machen wolle. Wir würden bald einen Mund mehr zu stopfen haben. Wie war das mit Frau Quiding?

Als Lovisa mir diese Frage stellte, hatte die Hofkanzlei mir soeben auferlegt, die rückständige Miete zu bezahlen. Über den Habseligkeiten der Familie hing wieder einmal die Drohung einer Zwangsversteigerung, und Frau Helena Quiding war *une petite nature* in der weiblichen Welt, die sich mir wie eine geöffnete Blume entgegenstreckte. Vor einigen Jahren hatte ich zugesehen, wie Umzugshelfer kostbare Möbel in die große Etagenwohnung an der Ecke Drottninggatan-Fredsgatan hinauftrugen, hatte angeklopft und war zum Frühstück eingeladen worden. Damals hatte Frau Quidings Schwester Brita Gottleben im Salon gesessen. Die beiden Schwestern waren verbindlich gewesen, wir hatten Kaffee getrunken, aber sie mußten sich – wenn ich sie bitte entschuldigen würde – um das Nachlaßverzeichnis ihrer verstorbenen Mutter kümmern, der vermögenden Getreidehändlerswitwe Helena Berg. Mehrere Jahre lang war Frau Quiding völlig von ihrer Mutter abhängig gewesen, aber das Erbe betrug gut 11 500 Reichstaler. Das Konsistorium, fügte sie hinzu, und ihre Augen bekamen einen feuchten Glanz, hatte sie für ledig erklärt, sie war frei, eine zweite Ehe einzugehen. Ihr Ehemann war in Schwierigkeiten geraten, war in den Freihafen Marstrand geflüchtet und von dort nach Marokko gereist.

Bei meinem zweiten Besuch zeigte sie mir die Renovierungsarbeiten.

Der Salon ging ins Blaßgrüne, das Kabinett war in einem philosophischen Hellbraun gehalten, die Schlafkammer in chinesischem Lackrot. Ich fragte, in welcher Farbe ihre Herzkammer gehalten sei. In Rosa? Ihr gefiel meine spielerische Galanterie, meine Art, einen Thronhimmel auszubreiten und zeremonielle Teppiche auszurollen, so als ob ich bei jedem Besuch mit viel Poesie eine große *mise en scène* für eine wundersame Liebe vorbereitete.

»Geh zu ihnen, Mickel«, drängte Lovisa. »Aber behalte den schwefelgelben Rock an!«

Frau Quiding hatte ein Landhaus am Lilla Värtan erworben und es Heleneberg genannt. Ich hatte dort auf dem Hügel, in dem spärlichen Frühlingsgras an ein rotes Wagenrad gelehnt, die Epistel Nr. 71 verfaßt: »*Ulla, meine Ulla, sag, darf ich dir reichen / Erdbeeren, rote, in Milch und Wein?*« Zum Mittagessen fanden sich die Herrschaften Floor ein und berichteten, daß das Urteil über die Anjala-Verschwörer gefällt war. Die adligen Offiziere, die Gustafs Abdankung und Friedensverhandlungen mit Rußland gefordert hatten, sollten durch das Henkerbeil oder durch Erschießen hingerichtet werden. Insgesamt 76 Todesurteile.

Als ich später im Mai mit Frau Quiding allein war und sie in meine Arme nahm, spürte ich, daß ich Unsterblichkeit erlangen könnte, wenn meine Seele ihren jungen Körper bewohnte. Ohne sie war das Leben ein Raubtier, das nur fraß und sich selbst nicht fressen ließ, das immer nur nahm, aber nicht geben wollte. Mein altes, krankes Ich hatte ausgespielt. Sein jüngerer Nachfolger verlangte geküßt zu werden. Doch Frau Quiding fand, daß ich ungelegen kam. Ich war kläglich und unsauber. Ich sei alt, sagte sie mit einer Grimasse, als ob ich stank.

Als König Gustaf etwas später, nach der zweiten, siegreichen Schlacht im Svensksund, nach Stockholm zurückkam, hatten die Anjalamänner ihre Gnadengesuche eingereicht. Um genügend Freudengeschrei zu organisieren, hatte die Polizei ganze Regimenter von Herumtreibern und Tagedieben aufgeboten und ihnen Geld gegeben, damit sie sich in den Kneipen besaufen konnten. Ich ging die Hornsgatan entlang zu Hilleström, wir lehnten nebeneinander im Fenster. Der Krieg war vorbei. Nie zuvor aber hatte ein Heldenkönig einen so dürftigen Empfang bekommen. Als Vertreter der Bürgerschaft begrüßten ihn ein Träger des Großkreuzes und einige Kommandeure. Aber die Bürger, die ihm Beifall spendeten, taten es nur, weil Hunger und Durst sie dazu trieben.

Nach einem Krieg, der in zwei Jahren 50 000 Soldaten durch Kampf und fast 10 000 durch Flecktyphus, Ruhr, Cholera, Pocken und Skorbut dahingerafft hatte, wurden nun alle Anjalamänner begnadigt, mit Ausnahme des Obersten Hästesko, der sich allein auf den Tod vorbereiten mußte, in seiner Zelle das Abendmahl einnahm, das Haar im Nacken geschoren bekam, damit die Klinge ihr Ziel fand, und dann zum Richtplatz geführt wurde, wo das Schafott errichtet war. In dem Gedränge kletterten die Leute sogar auf die Dächer. Ein Fensterplatz kostete vier Reichstaler. Pastor Petrejus war der Pfarrer von Sta. Maria. Der aufrechte Rücken und die stolze Haltung, mit der Hästesko das Schafott bestieg, waren sein Werk. Er war der Seelsorger des Verurteilten und hatte ihn in der Zelle zu religiöser Einkehr gebracht. Nicht lange nachdem Hästesko seine goldene Uhr samt Uhrkette abgelegt, sich laut betend niedergekniet und, die Augen mit einer weißen Binde verbunden, seinen Hals auf dem Richtblock zurechtgelegt hatte, nicht lange nach diesem Tag würde Pastor Petrejus wieder als Beichtvater und Seelsorger berufen werden, diesmal für den Königsmörder Anckarström, den ich nicht in der Menschenmenge sah, der mir aber später erzählte, daß er dort gewesen sei und miterlebt habe, wie das Blut gleich einer Fontäne aus Hästeskos Hals geschossen und wie der Kopf, mit der Nasenwurzel aufschlagend, in die Leichenkiste gerollt sei.

Anckarström wohnte zu dieser Zeit in unserer Nachbarschaft, in der Klara Norra Kyrkogatan.

Ich befand mich auf dem Weg nach Hause von Hilleströms Atelier – er porträtierte mich zum zweiten Mal, nun in meiner tiefen Trauer über die Verluste der Flotte in der Bucht von Viborg –, als ein Fremder mich anhielt, sich als Bürger von Södertälje vorstellte und mich handgreiflich für mein Spottlied auf den dortigen Magistrat bestrafte. Ich war schon recht zerzaust und erschrak noch mehr, als mich jemand mit hartem Griff von hinten packte; doch schaffte er mir damit nur meinen Peiniger vom Hals. Er fragte mich nach meinem Namen. Ich antwortete: »Bellman.« Er spuckte heraus: »Anckarström.« Die tiefliegenden Augen starrten mich an. Etwas Krankhaftes lag in seinem Blick, als er mit zusammengekniffenen Lippen hervorstieß:

»Aha. Hofsekretär Bellman. Der Narr des Königs!«

Alle Zeitungen schrieben über die Hinrichtung von Hästesko. Zusammen mit dem Buchdrucker Åhlström reiste ich nach Drottningholm. Wir beteten still.

Die Erlaubnis zum Druck der Episteln, die ich vor vielen Jahren erhalten hatte, war verfallen. Durch die Beschränkung der Druckfreiheit konnten nun strenge Strafen verhängt werden über jeden, der etwas druckte, was der Obrigkeit mißfiel. Åhlström glaubte, daß *Fredmans Episteln* Unwillen wecken könnten. Wir brauchten eine neue Druckerlaubnis und mußten uns an den König wenden.

Der hatte jedoch Ohrenschmerzen. Was er hörte, klang verstimmt. Der Page, der ihm Luft zufächerte, wurde hinausgeschickt. Verschwinde! Im Theater hatte man heute *La feinte par l'amour* und *Le bourru bienfaisant* gespielt. Horribel! Im zweiten Akt hatte er sich in schnellster Fahrt zu Carl Stenborgs Theater in Stockholm begeben. Ein Läufer hatte sich das Bein gebrochen. Das Pferd des Leibwächters war unterwegs tot umgefallen. Was wollten wir? Ich brachte noch einmal unseren Antrag auf Druckgenehmigung vor. Ich erbot mich, als Probestück die kürzlich geschriebene Epistel Nr. 80 vorzutragen: *So wie eine Hirtin im Festkleid geht* … Seine Majestät wiederholte, er habe Ohrenschmerzen, starke Schmerzen, er könne im Moment nur Lustiges ertragen. Ob ich etwas vorführen könne?

Schon am folgenden Tag konnte der Buchhändler Holmberg

seinen Kunden in einem Rundschreiben mitteilen, daß die Episteln in zwei Wochen erscheinen würden.

Kellgren arbeitete an seinem Vorwort.

Die Noten waren von Åhlström aufgezeichnet und harmonisiert worden und sollten nun in die Druckplatten graviert werden.

Mit dem verflucht freigebigen Åhlström hatte ich ein Honorar von 100 Reichstalern vereinbart, aber ich mußte dankbar sein für die 50 Taler, die ich bekam, und die Dankbarkeit fiel sogar noch tiefer aus, da Kapitän Kirstein am gleichen Tag mein ganzes Gehalt bei der Nummernlotterie einstrich – als Bezahlung meiner alten Schuld.

Doch ich wollte mich nicht beklagen. An den Ziehungen der Nummernlotterie hatte ich lange nicht teilgenommen, und nun erschienen *Fredmans Episteln* wirklich. Kellgren, der dabei war, am Manuskript zu feilen, kam bis zur letzten Minute mit Änderungen. »*Kutter knarrt und ächzend geht, / Wimpel hoch am Maste weht. / Kerstin furzt und Gockel kräht.*« Kellgren änderte die letzte Zeile: »*Glocke schlägt und Gockel kräht.*« Episteln wie »*Schön Ulla lag im Bette zur Ruh*« ließ er dagegen unberührt, dieser unermüdliche Erotomane, dieser Gummipenis, der sein ganzes Leben hindurch alles bezahlte und genoß, was das weibliche Geschlecht zu bieten hatte, alles vom Serviermädchen bis zur Hofdame. Als nun der Weinpoet Bellman geschlachtet und seine Knochen aus der Bouillon gezogen und abgenagt waren, verfaßte der edle, verehrte, schöngeistige Sprachmagnetiseur ein Vorwort zu den Episteln, das Hoffnung auf Unsterblichkeit in mir aufkeimen ließ: Nie zuvor waren Dichtkunst und Tonkunst schwesterlicher vereint gewesen. Und wie feurig die Sprache der Seele, wie echt die Bilder, die Farben, die Formen der Figuren! Ich war kein schwedischer Anakreon. Ich war feuriger, heftiger, reicher. Ich war der schwedische Pindar: so kühn mein Flug, so reich meine Bildung. Ich war das wahre Genie, ein Genie von unendlicher Größe, unermeßlich. Das schrieb Kellgren!

Klang und Knall beim Maskenball

1790–1792

EINES TAGES GING ICH unter den braunen Oktoberwolken, in meinem langen, schwefelgelben Rock, den schwarzgrauen, schmalgestreiften Hosen und dem runden Hut mit der Silberkette, an der Auslage von Utters Buchladen vorbei. Mein Blick fiel auf ein Buch, das mein Bildnis trug. Ich blieb stehen, legte die Hände auf den Rücken und las: *Fredmans Episteln.* Preis: 3 Reichstaler. Eine stille Ruhe überkam mich, eine Ruhe, als hätte ich ausgekämpft. Menschen starben und wurden geboren, Unternehmen stürzten zusammen, Wechsel wurden gefälscht, Selbstmord, Flucht, Seuche, Wahnsinn und Krieg gehörten zum Alltag. Doch hier lagen *Fredmans Episteln.* Von Carl Michael Bellman. Wer sie geheftet haben wollte, zahlte vier Schillinge mehr.

Am 1. November fuhr ich mit einem Widmungsexemplar nach Drottningholm. Ich wollte um die Genehmigung ersuchen, meinen neugeborenen Sohn nach dem zwölfjährigen Kronprinzen nennen zu dürfen. Ich erhielt ein silbernes Ohrlöffelchen als Geschenk, vernahm Gesang in den Lüften, Engelsstimmen, die von Frieden und Seligkeit sangen, und als ich nach der Taufe und dem Dankgebet in der Kirche meinen Sohn Adolph Jacob Henric heimtrug, sah ich den Engel mit dem Kelch und dem weißen Gewand. Darauf schrieb ich folgendes mit Tinte, in kleiner Schrift, in die Bibel:

Am Narcissus-Tag,
dem 29. Oktober, um 6 Uhr morgens,
wurde unser vierter Sohn geboren.
Die Danksagung an Gott,
der unsere Ehe gesegnet,

wurde von mir geschrieben
und auf der Kanzel gelesen.

Am nächsten Morgen kam der Engel zurück, im weißen Gewand, mit einer Lilie.

Lovisa war nach der Geburt erkrankt.

Doktor Blad, den wir herbeigerufen hatten, befühlte die Bauchwand. Blutgerinnsel hatten die Gebärmutter verhärtet. Lovisa hatte große Schmerzen, das Kindbettfieber überfiel sie mit bräunlich trübem, übelriechendem Ausfluß, mit Schüttelfrost und hohem Fieber. Durch das Kammerfenster sah ich den Engel. War das der Himmelswächter, der die Bitten der Frommen zu Gott trug? Als es an der Tür klopfte, öffnete ich, und vor mir stand ein junges Mädchen, das vor dem Anblick, den ich bot, zurückschrak. Das Mädchen fragte klopfenden Herzens, ob ich der Herr Hofsekretär sei, ob sie die Ehre habe, mit Herrn Bellman zu sprechen. Ich war wie betäubt und fand keine Antwort. Sie sah mich an, als ob ich ein alter, ausgezehrter, siecher Greis wäre, ja, als hätte sie das Urbild des Leides und der Entbehrung vor Augen. Ich war ungepudert, in einen alten Nachtrock gehüllt, den ich enger um mich zog, als ich das engelsgleiche Geschöpf fragte, was sie wünsche. Sie antwortete, daß ihr Vater sie zur Buchhandlung geschickt habe, um die Episteln zu kaufen, aber daß sie Bellman in eigener Person habe sehen und bei dieser Gelegenheit versuchen wollen, ein Exemplar direkt beim Verfasser zu erwerben. Ich bedauerte, daß ich keine Freiexemplare besäße, und verwies sie an den Buchhandel. Das Mädchen hörte mir gar nicht mehr zu. Ängstlich sah sie an mir vorbei in die Wohnung hinein, betrachtete das einzige Zimmer mit der angrenzenden kleinen Küche, das Bett mit den schweren Vorhängen, an denen jemand von innen, in unbeherrschter Verzweiflung, herumfingerte, blickte dann erschrocken zu mir auf, als ob ich das Bett zugezogen hätte, um ein menschliches Ungeheuer zu verbergen.

Allerheiligen kam, und Lovisa war noch krank. Die Krankheit zog sich über den Martinstag hinaus und durch die ganze Adventszeit hindurch, aber am zweiten Sonntag nach Epiphanias konnte sie mit einer Kerze in der Hand wieder die Kirche betreten und Gott danken. Pastor Öhman las ein Gebet aus dem Meßbuch. Drei Monate nach der Geburt war Lovisa wieder rein und durfte am Gottesdienst teilnehmen.

Nicht wieder rein geworden war Frau Schröderheim, meine Jugendliebe Anna Charlotta von Stapelmohr. Charon rief sie, und sie stieg ins Boot, nachdem sie einer außerehelich geborenen Tochter das Leben geschenkt hatte. Seine Gnaden, der Hochwohlgeborene, edle Inspektor auf Bisslinge, mein Gönner und Freund Elis Schröderheim – nie hatte ich ihn so bitterlich weinend, so schmerzgebrochen gesehen. Der Leichenzug folgte dem Sarg in aller Stille, trat beim Fackelschein durch das Tor der Ladugårdslandskyrka. Ich trug zur Laute ein Abschiedsgedicht vor, es war eine meiner schönsten Melodien; die Trauergäste weinten in den Kirchenbänken.

In allen Kreisen der Gesellschaft redete man schon seit längerem über die Affäre zwischen der berüchtigten Anna Charlotta und dem erst 25jährigen königlichen Sekretär Carl Seele, dem Vater ihres Kindes. Dieser Stockholmer Adonis hatte sich täglich dreimal umgekleidet, um in stets veränderter Gestalt, zu Pferd, zu Wagen oder zu Fuß, seine Schönheit zu zeigen. Nun war er die erbärmlichste, verdorbenste menschliche Figur und hielt sich monatelang im Flaschenlager hinter Kiellstedts Laden versteckt.

Und Schröderheim?

Der Himmel über ihm, die Erde unter ihm – nichts hielt mehr irgendwelche Mysterien für ihn bereit. Nach dem Begräbnis sah ich ihn in seinem Wagen sitzen, einsam in seiner unerhörten purpurnen Pracht saß er da im Dunklen, im Schatten der Karosse, im innersten Heiligtum des Schmerzes. Nie konnte ich aufhören, über diesen volltönenden, gesunden, scharfsinnigen Mann zu staunen, der so selbstbewußt war, so aus einem Guß, so sprudelnd von Einfällen, und dessen Herz doch seine schönste Zier war. Wie gierig öffnete sich doch nun der Schlund der Verzweiflung dieser Welt, wie kurz war doch der Weg vom Wohlergehen zu einem Tod in Ehrlosigkeit und äußerster Armut.

Die Karussellmusik wurde wieder aus ihrem Kasten gelassen. Die Welt war ein Jahrmarkt, in ständiger Bewegung. Alles lärmte, rüttelte, rollte aufs neue. Nach seinem *lever*, nach den Ratssitzungen und Audienzen, nach dem von zahlreichen Gästen besuchten Souper, nach dem französischen Schauspiel *Le bon temps passé* und dem »kleinen Stück« im Schwedischen Theater sowie nach einem kurzen Aufenthalt mit dem inneren Hofkreis auf Haga begab sich König Gustaf zu der öffentlichen Versammlung im Börsensaal (inkognito hinter dem Balkonvorhang), wo ich Ende Januar 1791 von der Akademie den Lundblad-Preis verliehen bekam und damit 50 Reichstaler erhielt.

Die Helden des Trunkes in meinen Liedern hatten bei den ernsthaften Vertretern der Nation Gewicht bekommen. Die Themen waren zwar etwas problematisch, doch wenn es den Akademiemitgliedern gelang, in der Darstellung des Saufens und Liebens etwas »Abschreckendes« zu sehen, so hatte die Verleihung des Preises an mich nichts Abschreckendes mehr.

Kellgren stimmte für mich.

Für Leopold waren die Episteln nur Nonsens für Klavier. Seiner Meinung nach konnte man kein besseres Instrument zur Begleitung von Sauﬂiedern finden, die mit ihrer trunkenen Tollheit die niedersten Krug- und Djurgårdsitten hinausgrölten. Klaviermusik für Kneipenbrüder und eine Sprache für Raufbolde. Er begann einer Änderung der Statuten für die Preisverleihung das Wort zu reden, hatte aber den König gegen sich, woraufhin er der Abstimmung fernblieb. Und kurz darauf schrieb der gleiche Leopold, als ich gerade wieder einmal vom Krankenbett auferstanden war: *»Unsterblicher Bellman, du atmest aufs neu, / dein Blut wie dein Vers fließet lebhaft noch länger, / noch rühmet sich Schweden des Königs der Sänger / und preise ich mich deiner Freundschaft und Treu …«*

Die Akademie, die seit diesem Tage Preise austeilt, als sei auch sie von einer schweren Krankheit genesen, hatte also das Vergnügen, Herrn Carl Michael Bellman mit vollkommenster Berechtigung und als Ehrenzeugnis für verdienstvolle schönliterarische Arbeit sowie in Gegenwart des Königs höchstselbst (hinter dem Vorhang verborgen) den Lundblad-Preis und damit 50 Reichstaler zu überreichen.

Tusch!

Pfui Satan, und Gottes Zorn komme über mich, wenn ich nicht größeres Entzücken empfinde bei einem alten zerschlissenen Unterrock, bei einem Kleid, das sich in den Rundungen bauscht, bei einer ausgelatschten und schiefgetretenen Sandale, bei den roten Schuhsohlen eines im Gröna Gången eilenden Frauenzimmers, Gottes Rache, sage ich, wenn ein rauchender Punsch auf dem Tisch nicht köstlicher ist oder eine tropfende Schöpfkelle, die Schale einer geschnittenen Zitrone, wenn nicht das blakende Licht im Leuchter bemerkenswerter ist oder der gewundene Zierbast am Humpen, die schwitzenden Wände, Tische und Böden, eine eingebeulte weiße Nachtmütze, ein sabbernder Mundwinkel und die Uhr, die auf Mitternacht zeigt, Gottes Rache, wenn nicht Bruder Bredström mit seiner Pfeife mir mehr gilt, unsere Staatsschuld und der Kredit, der hickende Freund dort unter der schwarzen Perücke, der Schnarcher mit der Hand auf der Brust und der verbeulte Kahlschädel, der kopfüber gestürzt ist und herumkrakeelt, Gottes Rache, sage ich, wenn nicht ein lachender Bauch mich mehr ergötzt, ein taumelnder Tanz, ein im Lauschen ertaubtes Ohr, die Hand, die ihre Stärke auf der Leinwand zeigt, die in der Luft zappelnden Füße, der niedergetrampelte Hut, die in der Wäsche gesteifte Hemdbrust, das Hurra beim Glas, die Posaune an der Tapete, ja, Euer Hochwohlgeboren, und die Uhr, deren Zeiger soeben auf eins geschritten sind, Gottes Rache, sage ich, wenn das nicht meinen Augen mehr Leben und Wollust gegeben hat als der Lorbeer und die Medaille, mit denen die Akademie mich ehrte!

Zur Hölle mit den Gläubigern! Der Teufel hole die Wucherer mit den breiten Kiefern, den Buchhalter Tenggren, der mit seinen Klauen die Saiten von meiner Leier heruntergekratzt, Malmsten mit seinem Holzknüppel, den Winkeladvokaten Wetz, der mich bis ins Grab mit Klagen überziehen wird. Zur Hölle mit ihnen!

Ich reiste zu Gustaf von Carlson nach Mälby bei Gnesta. Die Reise hin und zurück kostete mich zwei Tage und Nächte – für ein Darlehen von 20 Reichstalern.

Und ich reiste nach Åshusby, den halben Weg nach Uppsala, zum Kämmerer des Kriegskollegiums Johan Olofson Schagerström. Nach einem prächtigen Lachs, ein paar herzerwärmenden Schnäpsen, einem Krapfen zum Kaffee setzte ich mich in Schagerströms Kontor, das vom Boden bis zur Decke angefüllt war mit braunen Folianten des Kriegskollegiums, mottenzerfressenen Aktennotizen, Hausdurchsuchungsprotokollen, Rückstandslisten, Quittungen. An einem blauen Tisch, vor mir ein schwarzes Tintenfaß und ein Glas goldgelber Punsch, begann ich ein Gesuch an die Allgemeine Witwen- und Waisenkasse zu formulieren. Ich wollte ein Erbteil, das mir nach dem Tod meines Bruders Adolf Ulric zufiel, in eine Leibrente umgewandelt bekommen. Erst kürzlich hatten meine drei verbliebenen Schwestern und ich die traurige Nachricht erhalten, daß er in Westindien von einem Segelbaum getroffen und ins Meer geschleudert worden war. Die Not trieb mich, die Feder zu ergreifen. Meinem Sohn Gustaf hatte ich einige Jahre lang Privatunterricht ermöglicht, doch nun war ich gezwungen, Magister Axelsson zu entlassen und Gustaf in der Schule von Sta. Klara unterzubringen. Auch fehlte das Geld, die Kinder gegen Pocken impfen zu lassen. Ich schrieb an Generalmajor Armfelt. Seit Kriegsende stand er in höchster Gunst beim König. Der königliche Pavillon in Haga war fertiggestellt, und der Innenarchitekt Masreliez hatte die Einrichtung des Großen Salons vollendet. Mit Lovisa hatte ich darüber gesprochen, daß sie sich dort um die Stelle einer Beschließerin bewerben könnte. Sie hatte ja schon in Bisslinge eine ähnliche Aufgabe erfüllt. Ich faßte das Stellengesuch in der Form eines Versbriefes ab, der mit der

Zeile »*Schmetterling auf Hagas Hügeln*« begann und eine Variation meines Haga-Liedes darstellte.

Meine Rolle als Blinder war ausgespielt, und dies war meine letzte Bitte an den König, mir seine Gnade zu erweisen.

Ich versuchte Seine Majestät dazu zu bewegen, mir ein Scherflein zukommen zu lassen. Sein Reichtum war ja ungeheuer und nahm immer phantastischere Ausmaße an. Er badete in Fontänen von Gold. Nun sollte ein schwedisches Pantheon errichtet werden, als ein Mausoleum des Königs, und das Schloß Haga sollte so groß werden wie Versailles. Sergel hatte den Auftrag bekommen, eine Königsstatue von gewaltigem Ausmaß zu erschaffen. Sie sollte den Monarchen in athletischer Gestalt darstellen, auf ein Galeerenruder gestützt, in der Hand einen Olivenzweig und um den Hals die Medaille, die er selbst zum Gedenken an den Sieg von Svensksund gestiftet hatte. Schon früher hatte Sergel den Auftrag erhalten, die Reiterstatue von Gustaf II. Adolf, die von dem Skulpteur l'Archevesque stammte, zu vervollständigen, und ergänzte sie durch die Podestgruppe »Oxenstierna und die Historie«. Wir waren in die schauerliche Ära der Heldenstatuen eingetreten. Gustaf Wasa war auf den Sockel gestellt worden, außerdem Germanicus, Diomedes, Mars, Jupiter, ein trauernder Achilles, und nun sollte Gustaf III. auf einer Halbinsel am Skeppsbrokai verewigt werden, als Galionslöwe, der gen Osten brüllt.

Ich erwähnte Gustaf II. Adolf. Im Mai, nach einem abgeschlossenen Hochamt, war der bronzene Held von Lützen in einem Gestellwagen auf dem Norrmalmstorg angekommen. Es war ein vier Tage langer Triumphzug der Ruhmesstatue von der Gießerei am Hötorget zur Aufstellvorrichtung am Norrmalmstorg gewesen. Der Wagen war aus Eichen- und Kiefernholz gearbeitet und rollte auf Rädern, die aus Roheisen gegossen waren. Das erläuterte mir mein Vermieter Kirstein, der Kapitän Hofmechanikus, der den schwierigen Transport durchgeführt hatte und nun die Statue auf das Podest hieven ließ. Ich war dabei und besprach mit ihm, während die Arbeiten abliefen, seine Forderung von 92 Reichstalern und die drohende Zwangsversteigerung. Kirstein war vollauf mit seinem Gestellwagen beschäftigt und erklärte mir, daß die Aufstellung der Ruhmesstatue eine nationale Zeremonie sei. Zudem standen große Summen auf dem Spiel. Allein die Transportkosten beliefen sich auf 6000 Reichstaler. Unsere Angelegenheit von 92 Talern konnte warten. Er deutete mit dem Kinn zur Opernterrasse hinüber, wo das Königspaar soeben herausgetreten war und der Zeremonie beiwohnte. An der Holzverschalung wurde eine Kette befestigt. Das Hebewerk arbeitete mit vier Blöcken. Während der Jubel des Volkes immer lauter wurde und Kirstein mit noch lauterer Stimme seine Anweisungen gab, schlug ich ihm vor, auf die Forderung zu verzichten, dafür würde ich ein besonders schönes Lied ihm ganz persönlich widmen. In *Fredmans Gesängen*, die demnächst erscheinen sollten.

Kirsteins hohe Stirn glänzte in der Nachmittagssonne. Er wurde oft melancholisch, wenn meine Schulden zur Sprache kamen. Er bat mich, den Betrag zu wiederholen. Ich antwortete: 92 Reichstaler. Das mechanische Hebewerk mit Stützen und Stangen und zweischeibigen Blöcken glich einem kolossalen Hummer, der dabei war, den Bronzekönig zu verschlingen. Kirstein zog und stieß an ihm herum wie ein Kardinal, der mit großem Besteck seine freitägliche Fastenmahlzeit lustvoll verzehrt. Als die Degenspitze des Heldenkönigs in einer Drehung vorbeischwebte, ergriff er sie mit den Fingerspitzen, so als wolle er mir zu verstehen geben, daß das äußerste Ende dieser Klinge möglicherweise 92 Reichstaler wert war, während er, der Kapitänmechanikus, die Verantwortung für ein Denkmal trug, das für die Allgemeinheit einen Wert von nicht weniger als 174 192 Reichstalern hatte.

Die Diskussion mußte aufgeschoben werden.

Eine knappe Stunde später machte Kirstein ein Handzeichen.

Die Kanonen auf Skeppsholmen gaben Feuer.

Als ich am nächsten Freitag im Wirtshaus Eriksberg meinen Auftritt zum Frühlingsfest des Bacchusordens Par Bricole beendet hatte, krachten ebenfalls Salutschüsse, und der Pulverrauch zog zum Fenster herein über die Tafel, über Schüsseln und Gläser. Nachdem sich der Rauch verzogen hatte, stand Kapitän Kirstein an meinem Tisch und verbeugte sich tief. Ich hatte das Lied *Sabbat wir feiern dem Toten zu Ehren* gesungen, eine Kantilene über die Statue Gustaf Adolfs. Kirstein wollte mir dafür seine Hochachtung bezeugen und nannte mich einen großen Künstler. Zwei Jahre lang hatte ich in seinem kleinen Rattenloch gewohnt. Jetzt ging ihm auf, daß ich ein Mann von intensiver Lebenskraft war. Ich sei ein markiger Mensch aus einem Guß. Mein Blut siedete, mein Temperament war feurig. Er werde es sich als hohe Ehre anrechnen, wenn ich ihm mit der Widmung eines Gedichtes und mit einem Exemplar von *Fredmans Gesängen* alle seine Forderungen abgelten wolle.

Kirstein sprach mit bestürzter Ehrerbietung von meiner Lebenskraft, meinem siedenden Blut.

Lovisa erlebte mich in unserem kärglichen Alltag. Sie sah den gealterten Rest eines Menschen, einen schläfrigen Mann mit zerschlissenen Schuhen und ungekämmtem Haar. Sie sah mit wachsender Sorge, wie die Krankheit an mir nagte. Ich war blaß, fast bläulich, saß in der Ecke mit pfeifendem Atem, mit dem Lorgnon über ein Buch gebeugt und vor mich hin grübelnd. Nur die Kinder konnten mich fröhlich machen.

Bei der Magisterpromotion in Uppsala im Frühjahr war ich als einer der Honoratioren eingeladen. Während der Prozession zum Dom wurde ich als der hervorragendste Dichter Schwedens gerühmt. Ich hatte von Martin Lindström einen frisch gebügelten grünen Frack mit roter Weste geliehen und schwarze Hosen, die etwas zu kurz waren. Auf dem hohen Festpodium wurde ich mit Lorbeer bekränzt. Nach dem Gottesdienst und der Predigt blieb ich zur großen Freude der Studenten zum Festmahl. Ein Redner brachte unter brausenden Huldigungsrufen ein Skål auf mich aus. Als ich mich dann erhob, um mich mit einem Trinklied zu bedanken, wurde es still im Saal. Diese Stille verwunderte mich, öffnete sich um mich herum mit einer spürbaren Tiefe. Dennoch konnten nur die Nächstsitzenden meinen Gesang hören. Ich empfand eine Art Vorahnung der endgültigen Stille, in der es keine Bühne mehr gab für meine Stimme, die aber wohltuend war auf eine fast heilige Weise.

Diese Verwunderung stellte sich im Juli erneut ein bei einem herrlichen Gottesdienst in der Kirche Sta. Klara, als mich das Glitzern und Klingen aus derselben fernen Tiefe erreichte, im Licht der brennenden Altarkerzen, im Brausen der Orgel, im Jubel des Chors.

Danach nahm ich eine Chaise nach Djurgården, zu dem Sommerhaus Lilla Skuggan, das Frau Quiding gekauft hatte. Ich brachte ihr ein Geschenk mit: Ich hatte den Protokollsekretär Heland gebeten, eine kleine Sammlung Gedichte zu binden und mit einem aquarellierten Einband zu versehen. Frau Quiding ließ sich umarmen, strömte aber Kühle aus, als hörte sie meine Stimme nicht mehr hinter dem pfeifenden Atem, als wollte sie nichts mehr mit Poesie zu tun haben. Sie mußte die Milch entrahmen, sagte sie, dann hatte sie Obst zu pflücken, dann Kaffee zu mahlen. Von der Küche aus sah sie zu mir hinaus. Wollte sie mich und meinen Krückstock als Vogelscheuche in ihrem Gemüsegarten benutzen? Kurz darauf ging sie an mir vorbei über den Hof, stieg auf ihr Pferd und ritt hinunter zum Fiskartorpet. Ich fuhr mit dem Boot zum Skeppsbron zurück.

Frau Quidings Kälte ärgerte Lovisa.

Sie gehörte schließlich zu meiner poetischen Leibgarde.

Früher sagte ich einmal, daß auch Elisabeth, die Frau des Brauereikönigs Westman, dazugehörte. Als Dank für großartige Soupers in diesem großbürgerlichen Heim übergab ich ihr Hilleströms Gemälde des Beleuchtungsspektakels im Kungsträdgården. Das Gemälde hatte mir der Künstler selbst geschenkt und bei mir an die Wand gehängt. Lovisa bemerkte, daß man ein Stück Leinwand und einen Rahmen nicht in einen Kochtopf brocken und damit die Kinder sättigen konnte, aber das Bild konnte den Weg zu den Soupers bei Westmans offenhalten. Ich verschenkte es also, und sie sorgte dafür, daß Quiding davon erfuhr. Bald kam eine Einladung. Frau Quiding ließ »den lieben Freund Bellman« grüßen, er sei in Lilla Skuggan immer willkommen. Sie fühlte sich vernachlässigt, gelangweilt und einsam, so ganz ohne Mann in dem Haus im dunklen Park.

Ich las Lovisa das Billet vor. Was sollten wir nun tun? Mehr Bilder hatten wir nicht, und mit Gedichten wagte ich nicht mehr zu kommen.

Oft hatte Hilleström mich begleitet und dann kleine Aquarell-Dokumentationen gepinselt: Bellman am Cithrinchen. Unterhaltung beim Brauer Westman. Aufwartung bei Frau Elisabeth. Auch Sergel, Bruselle und Elias Martin hatten serienweise Bilder von mir bei den unterschiedlichsten Beschäftigungen gefertigt, Federzeichnungen und Lavierungen: »Hingerissen, verzweifelt vor Anna Rella auf den Knien liegend«, »Ängstigt sich und raucht«, »Pfeife rauchend«, »Versöhnung beim Punsch«, »Morgentrunk mit Butterbrot«, »In der Mangelstube« und dergleichen.

Ich besuchte Frau Quiding mit einer kleinen Lavierung von Hilleström und kehrte mit prall gefüllten Rocktaschen nach Hause zurück.

Anfang Herbst hatte Åhlström mir das Honorar für *Fredmans Gesänge* versprochen. Die Familie rechnete mit diesem Einkommen, es wäre eine letzte Hilfe in der Not gewesen. Aber statt der 50 Taler gab er mir 25 Subskriptionsscheine, über die ich »selbst verfügen« konnte.

Ich trug mein Schicksal mit stolzer Kälte.

Immerhin kamen *Fredmans Gesänge* heraus, 65 an der Zahl, und durch die Ankündigung in *Stockholms Posten* bekam ich nun wieder Verbindung mit meinem Jugendfreund Erik Palmstedt. Er suchte mich zu Hause auf. Erschrocken über die Misere, in der er mich antraf, nahm er mich sogleich mit in seine Residenz am Deutschen Brunnen.

Eriks Gattin Gustava wurde die Dritte in meiner poetischen

Leibgarde. In diesem Herbst, ja, bis zum Frühjahr 1792 durfte ich in Palmstedts stilvoller Wohnung mit ihren Seidenmöbeln eine letzte Periode von Schaffensglück erleben. Das Cithrinchen, zusammen mit dem Portrait meines Großvaters, lag bei Doktor Blad als Zahlung für seine ärztliche Fürsorge; aber in dem musikalischen Haus am Deutschen Brunnen gab es eine Laute, deren Saiten ich nun fast täglich schlug. Der Architekt und Professor Palmstedt war auch Organist an der Riddarholmskirche, und da Gustava einen Sopran besaß, der bis in die höchste Höhe von glockenreinem Klang war, musizierten wir als Trio, das zu einem kleinen Kammerorchester anwuchs, wenn Kraus, Vogler und Wikmansson zu Gast waren. Sie alle hatten zumindest eine Ahnung von der »Wahrheit«, daß Schweden in Carl Michael Bellman ein poetisches und musikalisches Genie besaß, und sie sagten es auch. Meine Virtuosität auf der Laute inspirierte sie ständig zu neuen Einfällen. Ich selbst bin überzeugt, daß wir in Kraus einen Kapellmeister besaßen, der sich zumindest mit Cherubini messen kann. Seine c-Moll-Sinfonie stand auf der gleichen Höhe wie die Sinfonien von Haydn und Mozart. Vogler war der größte Orgelvirtuose unserer Zeit, nicht zu reden von Wikmansson, Kämmerer der Nummernlotterie und Mitglied der Musikakademie. Er machte aus meinen Episteln Streichquartette im Stile Haydns, formvollendet, spielerisch und witzig oder ernst und schwer. Zu den Gästen gehörten auch Schröderheim und die ständig malenden Künstler Hilleström und Martin. Hier entstand auch meine Kantate *Die Fischerhütte*, die aus fünf kleinen Arien, einem Duett und zwei kleinen Chören besteht.

In meinem langen Speisekammerrock ging ich in der ersten Zeit zu Fuß an meinem Krückstock in die Svartmangatan zu Palmstedts.

Als der Winter kam und meine Atemnot solche Fußwege nicht mehr zuließ, durfte ich die Chaise des Brauerkönigs Westman leihen, die mit dunkelrotem Plüsch ausgekleidet war und die sie den »Vormundkarren« nannten. An den Plüsch erinnere ich mich deshalb, weil Westman auch ein grüngestrichenes Coupé mit Kofferraum besaß, das mit rosarotem Atlas ausgekleidet war. In diesem Wagen hatte ich einen Tropfen Blut ausgehustet, den ich nicht auffangen konnte und der einen deutlichen Fleck auf dem Taft verursacht hatte.

Nun stand ich am Norrmalmstorg und wartete, daß man meiner rotgepolsterten Chaise den Weg freigab. Die Polizei bildete eine Kette, denn der Reichstag war nach Gävle einberufen worden. Nach dem *lever* reiste der König ab, in Begleitung des dreizehnjährigen Kronprinzen. Ich wartete und hörte, wie im Mälaren Löcher in die Eisdecke geschlagen wurden und das Eis auf den Wasserlachen in den Straßen krachte. Die Wagensuite wollte kein Ende nehmen. Es war das letzte Mal, daß ich den König in diesem Leben sah. Er schien düsterer Laune zu sein, hatte wäßrige Augen, der Mantelkragen war hochgeschlagen, die rechte Wange hing schlaff herab. Er fuhr an der Statue Gustaf Adolfs vorbei, vorbei an meiner Chaise und rief mit seiner hell klingenden Stimme »Fahr zu!«, um den Kutscher zur Eile anzutreiben.

Ich folgte der langen Suite, zu der als Repräsentant der Stockholmer Bürgerschaft auch der Brauerkönig Westman gehörte. Ich war längere Zeit sehr krank gewesen, doch nun war ich wieder genesen. Weil ich diesmal in der Chaise mit dem dunkelroten Plüsch saß, redete ich mir ein, daß ein eventuell herunterfallender Blutstropfen nicht darauf zu sehen sein würde und daß der hitzige Westman es nicht würde bereuen müssen, seine Chaise einem Lungenkranken geliehen zu haben.

Hinter dem Gefolge des Königs kam eine lange Reihe schwarzer Adelswagen, und hinter diesen eine kreischende Karawane Fabrikmädchen von Södermalm, die in ganzen 18 Wagen mitgeführt wurden, um die Reichstagsabgeordneten an den langen, tristen Abenden in Gävle bei Laune zu halten.

Bei Palmstedts begrüßten mich Kraus, Elias Martin und Wikmansson. Gustava feierte Geburtstag. Wir warteten ihr mit meiner Kantate *Die Fischerhütte* auf, die wir auch als teures Prachtexemplar in grüne Seide hatten binden lassen, mit Goldschnitt und mit Illustrationen von Martin. Sehr schön!

Draußen schneite es.

Während des Reichstags fiel ungewöhnlich viel Schnee. An vielen Stellen außerhalb der Stadt lag er höher als die Pfähle der Gartenzäune. In der Stadt, zwischen den baufälligen Häusern von Södermalm und Sta. Klara, türmten sich die Schneewehen, bis sie fast so hoch waren wie Bergrücken. Unsere Fensterscheibe wurde vom Mälaren her zugeweht, so daß eine Dämmerung sich auf die Möbel legte. Die Pomeranzenbäumchen hatte Lovisa gesäubert und in bemalte Töpfe umgepflanzt. Der Schnee bedeckte auch das Fenster der Speisekammer, so daß die Bäumchen dort drinnen im Dunklen standen.

Die Pomeranzentöpfe sollten bald herausgeholt werden und in eine neue, andere Dunkelheit kommen.

An Großvater Gabriels 87. Geburtstag, im Februar 1792, knieten meine Söhne nieder und segneten den Greis. 15 Jahre lang war er blind gewesen, nun erkrankte er ein letztes Mal und hinterließ bald darauf eine Wohnung ohne Wertsachen, mit Schulden belastet, die das noch vorhandene Vermögen bei weitem überstiegen.

Mein Gesuch an Armfelt, Lovisa als Verwalterin auf Haga anzustellen, hatte nichts ergeben. So konnte ich Kirstein das Haga-Lied aus *Fredmans Gesängen* widmen und damit die Dezembermiete begleichen. Allerdings war ich nicht in der Lage, die Miete für die folgenden Monate zu bezahlen, und wir mußten wieder einmal unsere Siebensachen auf einen Karren laden und die Klarabergsgatan entlangziehen zur Drottninggatan. Schräg gegenüber der Grönlundschen Wohnung besaß Baron Stierncrona ein zweigeschossiges Steinhaus. Auf dem Hof standen Holzschuppen, ein Abtritt und eine Backstube. Im zweiten Geschoß wohnten um die 30 Mieter. Hier mieteten wir ein Zimmer mit Mägdekammer. Die Speisekammer und die offene Herdstelle teilten wir mit Lehrlingen, Gesellen, Mägden, einem Stuhlmacher, einem Tapetenmaler und zwei Schreinern. Gustaf war neun Jahre alt und wurde als Eleve an der Kunstakademie eingeschrieben. Der vierjährige Carl wurde von Admiral Hielmenstierna in den Dienst des Königs und des Reiches genommen und zum Sergeanten beim Flottengeschwader der Schwedischen Armee befördert, wo er bis auf weiteres ohne Gehalt dienen sollte.

Ich schrieb gerade im Wirtshaus Drei Bütten einen Versbrief an meinen Freund Westman beim Reichstag in Gävle, als mein Jugendfreund Freiherr Ture Bielke vom Garten hereinkam und sich im Korridor den Schnee von den Schuhen klopfte. Bielke gehörte jetzt zur Kanzlei des Königs. Ich hatte ihn einige Male vorbeihasten sehen, aber selten mit ihm gesprochen, seit wir vor zwanzig Jahren bei Graf Bonde auf Hässelby mit Bordelldirnen gefeiert hatten. Nun kam er zusammen mit zwei adligen Offizieren herein. Wir begrüßten uns, und er erzählte, daß er in seiner Eigenschaft als Mitglied des Bankausschusses soeben vom Reichstag in Gävle zurückgekommen sei. Im übrigen war er recht einsilbig. Er wandte sich ab, drehte sich dann aber wieder zu mir um und fragte mich freundschaftlich, indem er mir den Arm um die Schultern legte, ob ich nicht wisse, daß ich Schnee in den Pantoffeln hätte. Als ich antwortete, meine Schuhe seien unbrauchbar, und ich hätte sie gegen Pantoffeln auswechseln müssen, wollte er mich nicht eher allein lassen, bevor er mir nicht besseres Schuhwerk beschafft hatte. Im gleichen Augenblick öffnete sich jedoch die Tür, und Kapitän Anckarström trat ein. Sofort entschuldigte sich Bielke. Zusammen gingen sie alle, ohne ein Wort zu sagen, die Treppe hinauf in den Saal des Wirtshauses.

Ich sollte meinen Jugendfreund nicht mehr wiedersehen. Einen Monat später würde das Hofgericht ihn seines adligen Namens und seiner Ehre verlustig erklären, würde der Büttel Bielkes toten Körper zum Galgenberg am Skanstull bringen und die Knechte ihn verscharren, nachdem man seinen Leib geöffnet und den Darm untersucht hatte. Bielke hatte Arsenik genommen.

Zu dieser Zeit waren viele Gerüchte im Schwange. Es hieß, ein Anschlag auf den König sei geplant. In Gävle war der Adel sehr unklug und geradezu hitzig aufgetreten; er warf dem König vor, Großmachtträume zu hegen, beschuldigte ihn, einen Krieg gegen Dänemark anzustreben, um auch Norwegens Krone zu erlangen, und stellte sich außerdem gegen eine Zwei-Kammer-Verfassung. Mir schwante nichts Gutes. Schröderheim war es, der mir davon berichtet hatte, er war bei der Unterzeichnung des Reichstagsbeschlusses zugegen gewesen. Als ich meinen Versbrief an Westman verfaßte, war meine Handschrift schlicht und schön wie Marmor. Es folgten Tage wie im Rausch. Erst als dieser vorbei war, erkannte ich: Alles war nur Selbstbetrug.

Am Morgen des 17. März dieses Jahres 1792 hinkte ich gichtgeplagt durch die Gassen von Stadsholmen zu Palmstedts in der Svartmangatan. Tränen der Bestürzung rannen über meine Wangen. Auch Erik und Gustava hatten es gehört: Kurz vor zwölf Uhr nachts, der König hatte sich gerade zum Maskenball im Opernhaus eingefunden, hatte sich eine unbekannte Maske zwischen den anderen Masken bis dicht hinter den König durchgedrängt und eine Pistole abgefeuert. Der Schuß hatte den venezianischen Dominomantel auf der linken Seite durchschlagen und war über der Hüfte, rechts vom Rückgrat, eingedrungen. Der König lag im Sterben.

Gustaf lag im Sterben.

Wir hielten es nicht mehr im Hause aus. Überall herrschte Trauer und Entsetzen. Auf den Straßen hörte man nur Seufzen und Klagen. Die beiden Schloßhöfe waren voller Menschen. Begleitet von Trommelwirbeln und eskortiert von der Schloßgarde verkündeten Ausrufer, daß eine Belohnung von 25 000 Talern ausgesetzt war »für denjenigen, der dazu beitragen kann, den Missetäter zu ergreifen«.

Fassungslos kehrten wir ins Haus zurück. Gustava begann in tiefster Trauer zu jammern, und Erik und ich fielen ein und beweinten unseren geliebten König aufs lebhafteste mit schmerzerfüllten Ausrufen. Als es dämmerte, kam auch Hjortsberg, der, als der Schuß fiel, in der Nähe gewesen war. Mit verzweifelten Gesten berichtete er, daß der König nach der Aufführung in der Oper soupiert hatte. Ein Page hatte während der Mahlzeit einen anonymen Brief gebracht, in dem der König mit großen Bleistiftbuchstaben gewarnt wurde, nicht zum Maskenball zu gehen. Er hatte die Warnung ignoriert und sich ankleiden lassen, ohne Harnisch! Nachdem er die Runde durch den Ballsaal gemacht hatte, kam er an Graf Essens Seite ins Foyer. Schon an der Tür umringten ihn schwarze Dominos mit runden Hüten. Im gleichen Augenblick hatte Hjortsberg den Schuß gehört, es hatte geklungen, als ob ein Feuerwerkskörper, ein Schwärmer, abgefeuert worden war. Essen stützte den König, und dieser rief:

»*Je suis blessé, aj aj!*«

Man legte ihn auf ein Sofa. Auf der Seite, neben dem Rücksaum, hatte die Kugel ein grobes Loch in den Rockschoß gerissen. Der Stoff war geschwärzt, versengt. Der seidene Dominomantel war bereits blutdurchtränkt. Blut sickerte aus der Wunde im Rücken, durch das weiße Unterhemd aus Nessel, durch das spitzenbesetzte Leinenhemd, durch die graue Seidenweste, in die Trikotjacke hinein. Der Sofabezug färbte sich schon rot, als der Hofchirurg Hallman ankam, um den König zur Ader zu lassen. Die Instrumente des Chirurgen zeigten, daß die Wunde von hinten zur Seite hin verlief. Hjortsberg erhob sich.

»Der Schuß ist rechts vom Rückgrat eingedrungen. Hier, direkt über der Hüfte. Ich habe mein Hemd als Kompresse verwendet.«

Der König, schmerzverzerrt und kraftlos, wurde in seinen Wagen gelegt und zum Schloß gebracht, die Treppen hinauf in sein Paradegemach getragen, wo ein ganz kleiner Page am Feuer saß und weinte. Hjortsberg erzählte und zog dabei eine Grimasse, daß der Leibmedikus Theel am Morgen fast seine ganze Hand tief in die Wunde gesteckt und grobe Nägel herausgeholt hätte. Noch am Vormittag wurde die Tür zum Vorraum heftig aufgestoßen, und der Polizeichef Liljensparre trat ein.

Der Mörder war gefunden.

Es war Anckarström.

In der Hand hielt Liljensparre zwei Gewehre und einen schweren Dolch und wiederholte mit lauter Stimme:

»Der Mörder ist gefaßt. Es ist Anckarström, Kapitän der Gelben Garde!«

Da das Wort »Mörder« fiel, der König aber noch lebte, wollte ich wissen, wie schwer die Verwundung Seiner Majestät war.

»Der Dolch sieht aus wie ein grobes Küchenmesser, das auf beiden Seiten geschliffen ist, mit Widerhaken. Theel findet kein Anzeichen, daß er verwendet wurde. Das Mordgewehr war mit Nägeln und Schrot geladen. Der König lebt und empfängt Besuche. Als ich ihn verließ, wollte er sich gerade in seinen Fauteuil setzen lassen, und er zeigte auf seinen grauen Taftmantel, den er umgelegt haben wollte. Die Wunde scheint gutartig zu sein.«

Einige Häusergevierte von unserer Wohnung entfernt, in der Klara Södra Kyrkogata, lag das Haus von General Fredric Horn. Anckarström, der eine Zeitlang der Page des jungen Königs gewesen war, was ich nicht wußte, hatte im Verhör gestanden, daß Horn am Attentat beteiligt gewesen sei und auch Ribbing. Angeführt vom Brauerkönig Westman und dem Schauspieler de Broen stürmte am Montag nachmittag eine aufgebrachte Menschenmasse dicht unter unserem Fenster die Straße entlang. Meine drei Söhne sahen hinaus, ihre Augen brannten. Der kleine Adolph weinte hinter der Gardine. Gustaf und Carl schrien »Königsmörder« im Takt mit der Menschenmenge. Diese griff das Haus des Generals in der Klara Södra Kyrkogata an. Wie von einem heftig brennenden Schmerz gepeinigt, warf die Menge Steine gegen die Fenster und beschmierte das Tor mit Pferdedreck.

Kurz danach begegnete ich an der Börse dem Hofprediger Lehnberg, und mit dem, was er mir erzählte, kam ich dann zu Palmstedts; dort traf ich auch Schröderheim.

Lehnberg war am Tag zuvor zu meinem Jugendfreund Ture Bielke gerufen worden. Dieser wollte beichten und das Abendmahl einnehmen. Als Lehnberg in Bielkes Schlafgemach kam, fand er diesen schwer krank. Er hatte Arsenik genommen und gestand unter ständigem Erbrechen, daß er und ein Haufen anderer das Land hatten befreien wollen von »dem Mann, der so absonderlich regierte«. Beim Vaterunser und auch danach, beim zweiten und dritten Gebet, spritzte aus seinem Mund eine flockige, farblose Flüssigkeit, dann kam Schleim, schaumig, blutig und widerlich stinkend, und Lehnberg glaubte, daß dies Bielkes teuflischer Geist war, daß sein ätherischer Leib zu zerfließen begann und nun, durch das Sakrament des Herrn vernichtet, aus seiner Kehle herausspritzte.

Schröderheim hörte zu, er sah aus, als ob er schlimme Magenschmerzen hätte. Nach dem Tod seiner Frau war seine Stimme schwach geworden. Nun war auch sein Gesicht eingefallen. Er hatte die letzten Tage ununterbrochen im Gemach des Königs verbracht. Kurze Augenblicke hatte dieser mit blassem Gesicht in seinem Fauteuil aufrecht sitzen können, aber das Fieber war gestiegen. Eine unbeschreibliche Kälte hatte im Zimmer geherrscht, denn die Belüftungsklappe durfte nicht geschlossen werden. Des Nachts hatte Schröderheim, in seinen Pelz gehüllt, ein wenig schlummern können. Auf einem kleinen Tisch vor dem Hautelisse-Schirm brannte mit schwachem Schein eine Papierlampe über einem Ölgefäß. Es war das einzige Licht, das Gustaf ertrug, und es verlieh dem Raum und den weißen Figuren an der Decke etwas Gespenstisches. An der Wand vor dem König, sagte Schröderheim, hing die Nachtuhr, aber trotzdem fragte er wieder und wieder, wie spät es sei. Er wollte auch, daß an seinem Bett ständig jemand sprach und erzählte, denn die Stille flößte ihm unerträgliche Angst ein. Am Ende war es schwer, noch ein Thema zu finden. Der junge Hjortsberg verbrachte, in einen Wolfspelz gekleidet, ganze Stunden damit, vorzulesen und zu singen.

Schröderheim wandte sich mir zu. Mitten in der Nacht hatte der König ein Lied gewünscht, ein Lied von Bellman, und Hjortsberg hatte, den Hals wie zugeschnürt, doch mit dem Schmelz der Wehmut »*Stolze Stadt, / schimmerst matt …*« gesungen, alle Verse. »*Klang! es schoß! / Königs Schloß, / zu Wolken entrückt / das Auge still verzückt…*«, sang Schröderheim mit tränenerstickter Stimme. Der König habe mit stechendem, bohrendem Blick gelauscht und auch die kleinste Silbe verschlungen: Mowitz, der in sein Horn stieß, der Lärm am Skeppsbron, die Jachten, die Schoner und der Spanienfahrer, der mit geblähten Segeln auslief, die lachende Ulla mit dem Sonnenhut in der Hand, mit Brustbukett und geschnürtem Rock – das alles hatte er angehört, und seine Augen waren klar gewesen und stark.

Während Schröderheim erzählte, dachte ich die ganze Zeit an das Ölgefäß mit dem brennenden Papier, sah vor mir, wie das schwache Licht das Gesicht des Königs von unten beleuchtete und der Schmerz an seinen Falten riß wie an den Saiten einer Cister, sah sein Auge, das noch nicht gebrochen war, aber begonnen hatte, mein Gedicht zu sehen! An den jungen Hjortsberg dachte ich, dessen Vater, der Bildhauer Lars Hjortsberg, sich damals meiner angenommen hatte, als ich, ein Jüngling noch, nach einer Fahrt in der Jacht von Bedinus Renhorn mich in Strängnäs wiederfand, wo ich, Gott helfe mir!, nach einem Schläfchen Mamsell Anna Maria mit lüsternem Lächeln an meinem Bett erblickte und sah, wie sie es genoß, als ich aus dem Schlaf erwachte.

Mein Puls war, so schien es mir, vom Herzen in meinen Fuß hinuntergewandert, pochte in der Ferse und tickte im großen Zeh, so daß ich mich an dem Tag, an dem Anckarström aus dem Gefängnis im Kungshuset auf Riddarholmen abgeholt und über Erik Palmstedts Brücke zum Schafott auf dem Riddarhustorget geführt wurde, nicht von meinem Lager erheben konnte. Während ich zu Hause den Gichtanfall hatte, wurde der Königsmörder ins Halseisen gespannt, ausgepeitscht und dem Hohn der Menge ausgeliefert. Einem Mörder wurde zur Strafe erst die rechte Hand abgehackt, dann der Kopf, der anschließend auf den Schandpfahl gespießt wurde. Diese Strafe konnte an Anckarström nicht vollzogen werden; er gehörte zum Adel. Das Hofgericht erklärte ihn daher zuerst seiner Adelswürde und all seines Eigentums für verlustig und verurteilte ihn dann, an drei Tagen hintereinander auf den drei größten Plätzen der Stadt jeweils zwei Stunden ins Halseisen gespannt und ausgepeitscht zu werden, über seinem Kopf ein Schild, auf dem sein Vorname und die Bezeichnung Königsmörder standen, also »Jacob Kungamördare«. Danach sollte der Büttel ihm die rechte Hand abschlagen, ihn köpfen und rädern.

Mit einer Stimme, die einer gesprungenen Trommel glich, las Lovisa mir aus der Zeitung vor. Die Kinder saßen auf der Bettkante, ängstlich aneinandergeschmiegt. Aus der Zeitungsspalte stieg ein rauher Luftzug direkt aus der Hölle herauf:

»Er ging am ersten Tag von Riddarholmen zum Riddarhustorget auf das Schafott, das über den Köpfen aller errichtet und somit recht gut zu sehen war. Er stieg ohne Furcht und mit beinahe stoischer Ruhe auf die Bretter dieses ehrlosen Theaters, hörte sein Urteil und wurde dann ins Halseisen am Pfahl gestellt. Er trug einen großen Wolfspelz über einem dunkelgrauen Surtout und einer roten Weste, und er stand da ohne Hut. Während der ganzen Zeit blickte er frei herum auf das unzählbare Volk auf dem Platz, in den Straßen und den Fenstern, denn das Schafott war genau an jenem Punkt des Platzes errichtet, der auch von der Nygatan, der Myntgatan und vom Kyrkobrinken aus sichtbar war.

Anckarström legte seine Kleider ab mit aller gebotenen Grazie und Eile, empfing die ersten Schläge schweigend, begann dann jedoch zu rufen, und so echote es auch hier und da aus dem Haufen: Feuer! Feuer! Was eine wirkungsvolle Parodie jenes Rufes beim Maskenball darstellte, den dort mehrere Masken hatten ertönen lassen, um die Aufmerksamkeit von Anckarström abzulenken. Danach gellte bei jedem Schlag der Ruf: Hurra! Hurra!«

Dunkel wie die Nacht in ihrem schwarzen Kleid, in ihrer sich verzehrenden Schönheit, mit ihrer mütterlichen Sorgfalt und ihrem kaum wahrnehmbaren Hinken, hob Lovisa Gustaf und Carl in die Chaise an jenem Tag Ende April, als ich wieder genesen war, um sie, so wie mein Vater einst mich mitgenommen hatte, zum

Richtplatz am Skansberget mitzunehmen. Mit jedem Blick, den sie mit mir wechselten, mit jeder Geste und Haltung zeigten sie mir die Qualen, die sie mit dem Verurteilten litten, Qualen, die ich sie mit mir teilen lassen wollte.

Wir stellten Pferd und Chaise in der Remise bei Inga Lissander ab. Alle Bettelkinder hörten auf zu betteln, als die Blaue Leibgarde unter dem Befehl des Grafen Schwerin vorbeimarschierte. Bald kam Anckarström die Götgatan herauf, er saß ruhig im Armesünderkarren, mit dem Rücken zum Pferd. Im Schilf des Fatburssjön hielt der Knecht, der gerade sein Köderfischnetz auswerfen wollte, mitten im Wurf inne. Der Schreiner, der an einem Treibhaus herumnagelte, hörte auf zu nageln. Hier kam Anckarström. Er las laut im Gebetbuch. In dem Wagen vor ihm fuhr Pastor Petrejus von der Kirche Sta. Maria. Matrosen und Fabrikarbeiter drängten nach vorne, durchbrachen die Reihe der Leibgarde, spuckten den Sünder an, bewarfen ihn mit Pferdeäpfeln und Ziegenmist. Carl saß auf meinen Schultern. Wir ließen uns von der Menge treiben, durch die Gärten am Postmästarbacken auf den Skanstull zu.

Die Blaue Leibgarde hatte sich zu einem Keil formiert. Neben dem Galgen stand der Schandpfahl, davor waren die vier Richträder aufgestellt. Auf einem Bündel Tannenzweige neben dem Holzstoß fiel Anckarström nieder und betete. Petrejus sprach das Vaterunser und den Segen über ihn. Anckarström stieg die Leiter, die zu der etwas erhöhten Bretterbühne führte, hinauf, sah über die Menschenmasse hinweg, in der ich den Mohren Badin erblickte, stand steif und selbstbewußt da, gleichsam um ihnen allen zu bedeuten, daß sein Leben eine größere Dimension hatte als das Leben anderer. Dann warf er seinen Mantel ab, strich sein Haar in den Nacken und zog mit einer einzigen, ruhig entschlossenen Bewegung die weiße Mütze über die Augen bis zur Kinnspitze.

Als der Büttel Anckarströms Hals auf dem Richtblock zurechtgelegt hatte, entdeckte Gustaf, daß der Hemdkragen des Verurteilten abgeschnitten war. Weinend wollte er wissen, warum der Nacken so entblößt worden war und ob das der gleiche Hals war, der zum Frühstück zwei Koteletts, Pfannkuchen, Bierkäse und Milch hinuntergeschluckt hatte, aber ehe ich antworten konnte, versteckte er sein Gesicht neben Carls Gesichtchen in meinem Rock, worauf der Büttel Anckarströms Kopf vom Körper trennte, so daß das Blut aus dem Nacken quoll wie aus einem überkochenden Kessel. Als gleich darauf der Arm abgehauen wurde, war der weiße Hemdsärmel bis in die Spitzenmanschette hinein rot gefärbt.

Meine Söhne hielten ihre Gesichter noch in meinem Rock verborgen, als der Rumpf von den Büttelknechten auf den Rükken gedreht wurde und so liegenblieb, bis das Blut ausgeronnen war und nichts mehr in die Bretterspalten sickerte. Ich hörte sie atmen an meiner Brust, als die Knechte die Leiter herunterkamen, sich unter das Podest setzten und Brot und Branntwein frühstückten, wobei sie immer wieder nachsahen, ob der Rumpf aufgehört hatte zu tropfen. Als es schließlich so weit war, öffnete der Büttel die Brust mit einem Schnitt vom Adamsapfel bis hinunter zum Glied. Einer der Knechte fuhr mit der Faust in den Schnitt, grub mit keuchendem Atem nach dem Herzen, riß es aus an seiner Wurzel und zog es heraus mitsamt den Eingeweiden, einer Schlinge, die immer länger wurde, so daß er schließlich aufstehen, zurücktreten und das Herz aus der Hand legen mußte, um erneut zuzupacken und schließlich alles herauszureißen mit einem trunkenen Schrei. Ganz unten in dem blutigen Wirrwarr hing Anckarströms Glied, das der Knecht mit herausgerissen hatte und das als erstes in den Sack fiel, den sie mit den Eingeweiden füllten und in eine Grube unter der Leiter entleerten. Nachdem sie ihm die Weste, die Hosen und die schwarzen Manschettenstiefel ausgezogen hatten, wurde Anckarströms Rumpf mit dem Beil in vier gleich große Stücke zerteilt. Die Kinder hielten ihr Gesicht noch immer in meinem Rock versteckt, als der lange Nagel in das rechte Auge durch den Kopf geschlagen wurde. Sie sahen nicht hin, als der Kopf mit dem schwarzen Bart und dem furchterweckenden Gesicht die Leiter zum Pfahl hinaufgetragen und mit vielen Hammerschlägen dort festgenagelt wurde, bevor er in

Richtung des Platzes und der Menschenmenge gedreht wurde: sie sollte gleichsam eine alle übrigen Wahrheiten übersteigende Wahrheit erkennen und in Furcht erschauern.

In dem Sommer, der nun folgte, mußte ich mich zurechtfinden in meinem verengten Dasein, in der Trennung von allem, was bisher mein Leben ausgemacht hatte, und ich fügte mich geduldig darein. Ich war ein Geschöpf, das jeden Tag aufs neue starb durch die Härte, mit der das Leben mich handhabte, eine Kreatur, die immer weniger begehrte und am Ende gar nichts bekam.

Tief ergriffen vom Tode des großen Mozart im Dezember des vorangegangenen Jahres, hatte ich bei Palmstedts ein Gedenklied mit meinen Worten auf die Melodie eines Kraus-Larghettos vorgetragen.

Kraus stellte Gustaf III. nun mit seiner Beisetzungsmusik, der Symphonie funèbre in c-Moll, und mit seiner Begräbniskantate auf eine Stufe mit Mozart und erweckte den Toten gleichsam aufs neue zum Leben.

Spät am Abend des 13. April wurde die Leiche des Königs mit allem majestätischen Prunk zur Riddarholmskirche gebracht. Fackeln begleiteten ihn. Zu beiden Seiten des Weges waren Wachslichte aufgestellt. Militärkorps standen Spalier. Verstimmte Musik mischte sich mit dem Geläut aller Kirchen der Stadt. Dann wurde der Sarg hineingetragen. Die Kirche war mit schwarzem Tuch, bedruckt mit goldenen Flammen, drapiert. Die von Kraus komponierte Beisetzungsmusik begann, in deren drittem Satz das harmonisierte Kirchenlied »Laßt uns diesen Leib begraben« erklang. Für das Begräbnis, viereinhalb Wochen nach der Beisetzung, komponierte Kraus eine großartige Trauerkantate, die mit dem Text von Leopold gewissermaßen einer eigenen heroischen Oper für Gustaf III. gleichkam. Herr Karsten und Herr Stenborg, Frau Olin und Frau Müller sowie Mademoiselle Stading traten als Solisten auf. Alle waren tief ergriffen. Mozarts Geist im Elysium muß beglückt gewesen sein.

Vorher aber stattete ich Gustaf III., zusammen mit Lovisa und unserem Sohn Gustaf, noch einen Totenbesuch ab. Der Sarg war von einer Ehrenwache von 35 Mann umgeben. Draußen in der Stadt herrschte bereits Sommerwetter. Krebse wurden verkauft, und an allen Bleichgestellen war Leinengewebe aufgespannt. Der Trauerschmuck, den wir vom Portal aus sahen, stellte einen dunklen Zypressenhain dar. Fast alleine gingen wir in den Tempel hinein. Vorn im Chor war der Katafalk auf einer dreistufigen Tribüne aufgebaut. Gekrönt war er von Sergels Kolossalbüste des Königs. Unter der Büste die trauernde Mutter Svea, zu ihren Füßen der schwedische Löwe. Vor dem Katafalk, auf der mit Hermelin bedeckten Fußbodenplatte, stand der Sarg, mit rotem Samt ausgeschlagen; aufgrund der Trauer war in der ganzen Stadt kein Purpurstoff mehr zu haben gewesen. Eine Stufe tiefer standen in einem Halbkreis vier Runensteine, auf denen in Runenschrift alle hohen Eigenschaften des Königs eingeritzt waren. All das wurde beleuchtet von blakenden Lampen, die in vier Stufen übereinander an zwei hohen Pfeilern angebracht waren, welche die Vordersteven eines Schiffes darstellten. Der Sarg war mit goldenen Kronen und mit Fransen reich geschmückt und innen mit Kissen aus weißem Atlas ausstaffiert.

Ich trat näher und sah hinein.

Dann hob ich den kleinen Gustaf hoch und ließ ihn ebenfalls hineinblicken.

Die Hosen des Königs waren aus glattem Silberstoff mit schwarzen Seidenspitzen, der Mantel aus schwarzem Atlas mit silbernem Futter und Beschlägen, die Schuhe silbern, mit gelben Rosen und Absätzen aus schwarzem Samt. Ich beugte mich vor. Die Leiche verströmte einen Geruch von Kampfer und aromatischen Düften. Schröderheim hatte mir gesagt, daß er bei Hofe eine Apothekerrechnung über zehn Reichstaler für zwei Emailleaugen erhalten habe. Ein Tumult war entstanden, als Trauernde im Riddarhuset an dem Toten mit den sehenden Augen vorbeigezogen waren. Auf diese Weise ging der letzte Ritter des Freimaurerordens zu Grabe. Da lag er, wie um nachdenklich den Tod zu betrachten, und blickte mit gemalter Iris durch das Dach hindurch, geradewegs in die Ewigkeit hinein. Sein Gesicht war dunkel, wie altes Mahagoni.

Alle drei umarmten wir einander und weinten. Lovisa machte sich plötzlich verzweifelte Sorgen um meine Stimme, sie hatte in der letzten Zeit erschrocken festgestellt, daß sie heiser geworden war und ihren Klang verloren hatte.

»Deine Stimme, Mickel«, brach es vor den Trauerlichtern aus ihr heraus, als ob sie sich nun ernsthaft fragte, wie wir die Familie weiter ernähren sollten.

Daß ich meine Stimme verloren hatte, wurde mir an dem Allgemeinen Trauertag bewußt, als die Brüder des Augustiordens zu einer Versammlung »am gewohnten Ort«, also in Carlbergs Orangerie, einberufen wurden. Zu diesem Treffen hatte ich das Trauergedicht *Auf des Königs Tod und Gedenken* verfaßt. Viele Tage und Nächte hatte ich am Schreibpult verbracht und meinen Abschied an den König mit schwarzem Siegellack niedergeschrieben. Ich schritt über schwarze Schwellen in einen Klagegesang hinein, der vor der Brüderschar in dreiunddreißig achtzeiligen Strophen den geliebten König beweinte, einen Klagegesang, dessen tiefe Trauer ich freilich nicht allzu offen zeigen durfte. Denn die Vormundschaftsregierung des reaktionären Herzogs Karl – er vertrat als Regent den noch unmündigen Kronprinzen – hatte in dieser Zeit die Ohren besonders fein gespitzt.

Lovisa war mit Recht besorgt. Ließ meine Stimme mich im Stich, würde die Huldigung zu unverhüllt und die Trauer zu tief erscheinen und mir den Unwillen des neuen Regimes eintragen.

Und ebendies geschah. Ich krächzte, hustete, schneuzte mich in die weißen Falten des Trauergewandes.

Das Poem ging wie ein Lauffeuer durch die Stadt und wurde vom Herzog mit großer Kälte aufgenommen.

Wenn Gustaf mich nur als Narr hatte bei Hofe sehen wollen, so wollte sein Bruder Karl mich vom Hof vertrieben sehen, mit Fußtritten den Slottsbacken hinuntergejagt.

Staub zu Staube

1792–1795

Den Sommer 1792 verbrachte das Ehepaar Kempensköld auf seinem Gut Tjälvesta in Nerike. Sie hatten mir ein Darlehen und Einladungen zu Festessen in Aussicht gestellt, wenn ich während ihrer Abwesenheit die Reparaturen an ihrem Wohnhaus am Kungsholmstorg, Ecke Garvaregatan, ein wenig beaufsichtigen würde.

So weit war es also gekommen. Die Rolle, die ich fortan spielte und die meine Existenz sicherte, war die traurige Rolle des Mißverstandenen, des Abgesetzten.

In dem zweigeschossigen Holzhaus befand sich im Erdgeschoß eine Speisekammer mit Butterfaß und Brot. Eine Flasche stand auch im Schrank. Eine Woche lang saß ich auf einer Bank im Garten, rauchte Pfeife und unterhielt mich mit dem Hofhund Mumma. Der Hund war der einzige, der mir zuhörte; er wollte wissen, warum ich diesen Schnaps trank, der die Menschen dumm macht, wo ich doch sonst so gelehrt und verständig war.

»Gelehrsamkeit bedeutet nur Streit, weißt du, Mumma. Und der Verstand ist zu nichts nutze. Zumindest ist ein Mensch, der säuft, für den Staat weitaus nützlicher als einer, der Verse schreibt oder auf andere Weise seine Gedanken aufeinanderstapelt.«

»Du meinst also, Bellman, daß Bücher etwas Verderbliches sind.«

Hierauf antwortete ich dem Hofhund: »Ich wünschte den Tag erleben zu dürfen, an dem man alle Bücher in den Hals schütten kann, an dem alle Buchläden in Likörschenken, alle Poeten in Krüger und alle Leser in Säufer verwandelt werden.«

Am Mittsommertag erklang überall Musik, es wurde getanzt

und gewalzt. Mich plagte wieder die Gicht. Auch die Fliegen peinigten mich, darum hatte ich einen Flor über meinen Hut gehängt. Zu Mittag stellte die Magd Catharina mir ein Rührei auf den Tisch. Wenn ich sie so ansah, nachdem sie gemolken hatte, mit ihren schlanken, sehnigen Händen und Grübchen in den Ellenbogen, bekam ich Appetit auf einen Extraschluck aus dem Flaschenschrank und auf ein ordentliches Stück von dem eingelegten Aal, auch hätte ich gern mit ihr getanzt. Die muntere Magd aber wollte nicht tanzen. Ich stank nach Fusel, und meine Nase war rot wie Mennige. Schon in aller Frühe, nach der Morgenlimonade, konnte ich die Augen nicht von der Flasche lassen und nahm heimlich einen Schluck. Den zweiten nahm ich, wenn der Hahn krähte. Wenn es auf Mittag zuging, war ich schon etwas beduselt. Um sechs Uhr, so war es ausgemacht, sollte ich mich über die Kungsholmsbrücke heimbegeben zu meinem Weib, aber die Zeiger der Uhr drehten sich so schwankend, daß es unmöglich war, ihre Position zu bestimmen. Auch Catharina war oft am Flaschenschrank und schenkte sich einen ein, aß dazu süßen Zwieback und Käse. Mit Wasser für ihren eigenen Bedarf dagegen geizte sie. Nach einer auf dem Boden des Hühnerstalls verbrachten Nacht erhielt sie von mir den Namen Königin von Kastilien, denn als ich ihr auf die Beine half, sah ich, daß die weiße Leinenunterwäsche unter dem Rock den gleichen bräunlichen Schimmer aufwies wie das Hemd, das die Fürstin Isabella nicht wechselte, bis König Ferdinand von Aragonien die belagerte Stadt Granada eingenommen hatte, und das dauerte drei Jahre.

Am Gartentisch verfaßte ich einige lustige Scherzstückchen für die Herrschaften auf Tjälvesta. Ich schickte ein paar Zeichnungen von Sergel mit, die dieser nach der Grabbüste des Königs angefertigt hatte. Bellman mit gekreuzten Beinen im kleinen Salon der Kempenskölds: Da saß ich pfeiferauchend in einem gelben Lehnstuhl und überwachte die Arbeit des Ofensetzers. Der arbeitete mehrere Wochen an einem grünglasierten Kachelofen im Saal und einem blauweißen im Salon, mit Bogen und Muscheln, die er eigenhändig formte und bemalte. Es war eine kräftezehrende Arbeit, ihn zu überwachen; auf Sergels Zeichnung kann man sehen, wie ich mit kahler Stirn, schlaffen Wangen und hängenden Mundwinkeln, die Haare vor Anstrengung gesträubt, dasitze und den heißen Rauch aus der Kreidepfeife einsauge. Er machte auch eine zweite Zeichnung von mir, wie ich beim Morgenschnaps sitze, das Butterbrot in der einen Hand und den Krückstock in der anderen, die Augen gedankenverloren auf irgend etwas gerichtet. Später, im Juli, saß der Dekorationsmaler Bruselle auf der Gartenbank und führte den Lavierpinsel, während Catharina und ich nach drei stärkenden Schnäpsen an einer monströsen Mangel arbeiteten, bei der ein Holzkasten voller Steine über die Mangelrollen hin und her gezogen werden mußte. Und auch Hilleström malte mich. Alle diese Maler suchten mich auf, als ob sie ethnologische Dokumente über Eigenschaften und Verhalten des berühmten Bellman für die Nachwelt anlegen wollten. Sie schienen Eile zu haben und malten, höchst erstaunt darüber, daß ich noch lebte: Bellman singt dem Hofhund vor. Bellman müde und mürrisch. Bellman auf einem Stuhl eingeschlafen. Der gealterte Bellman, in gelben Strümpfen, Schuhen ohne Sohlen und Hut mit Trauerflor.

Im Oktober waren Kempenskölds wieder zurück auf Kungsholmen. Ich hatte auf die Hühner aufgepaßt und dabei eine Galosche verloren. Die Vogelbauer aus geflochtenem Stahldraht hatte ich, verkatert, mit zittrigen Händen, in den warmen Saal getragen. Der Ofensetzer war fertig mit dem Mauern. Catharina hatte Fliesen und Kaminbank gescheuert. Sie hatte die Fenster geputzt, den Fußboden gebohnert und mit Fichtenreis bestreut. Was für eine Magd! Sie hatte auch ihr Haar entlaust, aber Granada war noch immer nicht eingenommen, und darum wartete sie noch damit, ihr isabellafarbenes, braungelbes Hemd zu waschen.

Der Kapitän lieh mir 100 Reichstaler.

Während der zwei Monate, die Joseph Martin Kraus noch zu leben hatte, bevor ihn die Schwindsucht in seinem 36. Lebensjahr endgültig erstickte, wuchsen meine Schulden beim Wirt Abraham

Fischer im Wirtshaus Sabbatsberg auf ebenden Betrag an, für den er mir bei der Leichenfeier eine detaillierte Rechnung präsentierte. Ich hatte folgendes verzehrt, was mich doch etwas verblüffte:

Okt. d.	23.	Diverser Verzehr	7 Schillinge	6 Heller
	26.	1 Schnaps und Käse	2 Sch.	
	28.	1 dito und Schinken	3 Sch.	
	30.	3 Schnäpse	5 Sch.	
		bar an Westman 1 Fl. Roter Bordeaux	32 Sch.	
	31.	2 Schnäpse, Käse und Brot	4 Sch.	
		2 dito	3 Sch.	
		3 dito	4 Sch.	6 Heller
Nov. d.	1.	2 dito	3 Sch.	
	6.	8 belegte Brote, 1 kl. Bier, Branntwein	18 Sch.	
		1 Fl. Pontack	16 Sch.	
		2 Schnäpse	3 Sch.	
	14.	4 dito, 1 Port. Gänsebraten	12 Sch.	
	15.	4 holl. Heringe	16 Sch.	
		1 gebr. Hecht, 5 Schnäpse, Butter	26 Sch.	
		2 bayer. Bier	8 Sch.	
	21.	2 Schnäpse	4 Sch.	

Was ich nun durchlebte, geschah bereits jenseits von Sucht und Sünde. Doch auch in dieser Welt gab es für mich überraschenderweise noch ein Motiv zu leben. Bescheiden und anspruchslos, wie ich inzwischen war, sah ich nun meine Aufgabe darin, anderen etwas zu geben, ihnen demütig das zu überlassen, was mir geblieben war. Das Cithrinchen, das ich von Doktor Blad zurückbekommen hatte, verpfändete ich mitsamt seinem Futteral beim Wirt Fischer. Der Witwe des Hofkämmerers Sandvall, die in große Schwierigkeiten geraten war und völlig mittellos die Stadt verlassen mußte, sandte ich ein Freundschaftsgeschenk mit Brief und Geld. Ich sah mich auf dem Weg zum Tode, und dies war die Wegzehrung. Für die Witwe des Poeten Lidner und ihre kleine Tochter, die dieser in äußerster Armut zurückgelassen hatte, sang ich innerhalb weniger Tage in Kneipen und Wirtshäusern 50 Reichstaler zusammen. Eines Morgens früh um fünf Uhr saß ich hinter meiner Branntweinflasche im Englischen Keller. Man beging den Leichenschmaus für den Zeitungsmann Pehr Rudin. Die Gäste, die hier Trost im Punsch suchten, waren alle Hasardspieler aus den Spiellokalen Pharao und La Belle. Ich saß abseits in einer Ecke. Die Lampe flackerte und blakte. Ich rechnete. Was hatte ich noch? Nirgends gab es Kredit. Was konnte ich geben oder verpfänden?

Einige Male hatte mich die teegrüne Chaise des Rittmeisters von Schnell zum Landgut Årsta geholt, wo ich schon bei meinem zweiten Besuch von der Gattin des Rittmeisters, Frau Märta Reenstierna, als Herr Hofsekretär Bellman begrüßt wurde, als Hofpoet von Årsta. Dort war jedesmal große Gesellschaft. Der Hofmarschall Drufva war dort mit seiner Tochter. Wie einen Nachgeschmack aus frühen Jugendtagen ließ ich mir die Wörter »Hofmarschall Drufva mit Tochter« im Munde zergehen. Ich saugte die saftigen Wortstücke aus bis auf die Knochen, biß in die Sprachkerne, spürte aber keinen Kitzel. »Drufva« war in der Kehle keineswegs wie der Saft der Traube, eher wie lauwarmes Öl, »mit Tochter« rann es hinab wie ein schleimiger Trunk. Frau Reenstierna besaß eine Laute. Ihr Sohn Hans, der Sergeant beim Regiment der Königinwitwe war, feierte seinen 13. Geburtstag. Ich ließ die Saiten kriegerisch klingen, rief »schöne Jugend, edle Sitten« und anderes mehr, was zu einer Gratulation gehört, aber der Sohn Hans betrachtete die Figur mit der Laute als ein lebendes Kuriosum, aus dem Biographischen Lexikon von Gezelius herausgepurzelt, ein Wesen, das zwar noch zu leben schien, aber bereits nach Moder und Verwesung roch. Als wir später auf der Seewiese das Erntedankfest feierten, wurden spätabends 200 Salutschüsse abgefeuert. Es war, als krachten sie bei jedem Schritt, den ich auf dem Heimweg mit meinem Krückstock tat. Man setzte mich in den grasgelben Wagen, bierselige Knechte sowie Spielleute des Leibregiments begleiteten mich mit vollem Spiel bis zum Hornskroken. Letztlich war nur noch die Maschinerie selbst von Bedeutung, war das Dasein nur noch ein Warten auf Ereignisse, die das Ganze ein wenig in Bewegung setzen und mich ein Stück näher ans Ziel bringen konnten.

Im Herbst hatte ich meinen Jugendfreund Henrik Brandel wiedergesehen. Zur Zeit des alten Königs Adolf Friedrich hatten wir uns bei den Soireen von Anders Lissander getroffen, wo ja auch Samuel Tilas auftrat. Einige Jahre bevor Tilas abreiste, um als Kommissionssekretär in Konstantinopel dem Tod zu begegnen, war Brandel nach Algier verschwunden, wo er eine Stelle als Konsulatssekretär antrat. Als ich hörte, daß er nach Södermalm zurückgekehrt sei, stattete ich ihm einen ersten Besuch ab. Er wollte mich sofort in meiner alten Rolle als Unterhalter wiedererleben. Daraus wurden mehrere Abende. Ratsherr Ahlégren war da, derselbe Ahlégren, der vor vielen Jahren mit mir und Ulla zusammen mit dem Kahn nach Hessingen gefahren war; er hatte nun wegen des Komplotts gegen Gustaf im Gefängnis gesessen, war aber von der Vormundschaftsregierung begnadigt worden. Auch der Ostindienfahrer Ebbe Bauman war anwesend und der Ratsherr Anders Reimers.

Dort traf ich auch August Nordenskiöld wieder. Er war der Alchimist Gustafs III. gewesen, für den er aus Gold den »Stein des Weisen« herstellen sollte. Nordenskiöld wollte nun durch die Verwandlung von Eisen in Gold die Tyrannei des Geldes beenden. Aller Reichtum würde dadurch aus der Welt geschafft und der Weg nach Jerusalem geöffnet werden. Auf Drottningholm hatte er auf Gustafs Kosten in aller Heimlichkeit eine alchimistische Werkstatt eingerichtet, wo auch ich hin und wieder gesessen und wo das Feuer Tag und Nacht gebrannt hatte. Als Anhänger von Onkel Swedenborgs Lehre plante er, im Winter nach Sierra Leone zu segeln. Im Inneren Afrikas, erklärte er, nachdem ich die Tafelrunde mit sprachlichen Lustbarkeiten unterhalten und zur Laute gesungen hatte, im Inneren Afrikas stand eine ihm von Engeln geoffenbarte Swedenborgianische Kirche. Er mußte sie finden. Gelang ihm das, so würde er im Dschungel einen Swedenborgianischen Idealstaat gründen. Doch er fürchtete die Neger. Das waren schwarze Teufel, sie würden nicht zögern, ihn schlimm, sehr schlimm zu mißhandeln.

In der Wadströmschen Kolonie stieg Nordenskiöld im Frühling des folgenden Jahres in ein Kanu und kam auf dem Wege ins Innere des Landes ums Leben.

Das Leben mit seiner verzweifelten Geste. Das Leben mit seinem wunderbaren Gebaren, so übernatürlich großzügig und groß.

So stellte ich mir die Reise des Hofsekretärs Bellman in Charons Boot als eine Reise zu dem von Engeln offenbarten Idealstaat irgendwo im Kräftriket vor, dem Reich der Krebse im Inneren der Insel Djurgården. Ich saß eines frühen Morgens in einem Winkel im Englischen Keller und stellte mir vor, daß meine Stunde gekommen war, daß der Mann am Ecktisch, der mit allen wunderbaren Eigenschaften ausgestattete Bellman, der Mann, der die Verkörperung des Lebensprinzips aller Lebewesen und Dinge der Schöpfung war, daß dieser Mann in ein Boot stieg und zur Quelle seiner ursprünglichen Reinheit zurückkehrte.

Im Unterschied zum Ungeziefer in den Tischritzen, das ja ewig lebte, würde ich, das Erdengeschöpf, hinter meiner Flasche mein Leben beenden. Mit leeren Augenhöhlen würde mein ergrauter Schädel auf den Teller sinken. Fahlgelber Seim würde aus meinem Munde sickern. In meinem Heim würde es einen Leichenschmaus bei Saffranbretzeln und Talglichtern geben. Ich würde im Gewölbe aufgebettet und dann in die Erde hinabgelassen werden.

Leichenprozession
Erstes Glied
Zuvörderst der Herold, Bruder Nyström mit dem Stab
Dahinter
Frau Elisabeth Westman, Frau Bellman, Mamsell Lissander

Zweites Glied
Frau Quiding, Frau Palmstedt, Frau Billmark
Ein Herold
Bruder Roth mit dem Stab
Bruder Fjällman
im langen Hausmantel mit Flor am Hut

Hinter ihm
sechs Büttel mit Fackeln
Teresia mit den Brezeln für den Leichenschmaus

Ihr folgen
drei Bacchi Männer
jeder mit einem Fäßchen auf dem Kopf

Hinter ihnen
Bruder Wetz mit dem Leichenkranz
ein Herold
Bruder Blixt mit der Totenrede
auf dem Teller

Endlich
Bruder Hilleström mit meinem Portrait

Schließlich
vier Bacchi Kommandeure
den Sarg mit dem Boden nach oben tragend

Schlußendlich
Hunde und Schweine

Die Tempelglocken läuten. Mit Trauben und Kantaten wird meine Gruft geehrt. Die Trauernden lesen auf dem Sarg den Namenszug des Toten und blicken auf mich nieder. Dies ist, was sie erblikken:

Mein Schädel spröd und gelb, mein Mund geschwollen, dick,
wo hinter Zähnen weiß vor schwarzen Schlundes Tiefe
die feiste Ratte speist in meinem morschen Kiefer,
und um mein Augenlid ihr Schwanz kreist keck und quick.

Gemäß meinem Letzten Willen würden die Trauernden dann mit einem Floß vom Skeppsbron auf die Insel Djurgården verbracht und bewirtet werden, in dem von den Engeln offenbarten Idealstaat Kräftriket. Danach würde ein Ball stattfinden, und vier mit Portweinflaschen vollbeladene Schubkarren würden heranmanövriert werden.

Eines Nachts im Spätherbst, verzweifelt vor Atemnot und Schlaflosigkeit, weckte ich Lovisa und sagte, daß ich den Türmer nicht mehr seinen Stundenruf ausrufen hörte, daß ich schon seit einiger Zeit nicht mehr die Pumpe auf dem Hof hatte knirschen hören. Lovisa versuchte mir noch einmal mit geduldiger Zärtlichkeit klarzumachen, daß wir nicht mehr an der Ecke der Drottninggatan wohnten, sondern eine Wohnung in Mäster Samuels gränd, näher am Klarasjön, bezogen hatten. Darum konnte ich den Türmer und die Pumpe auf dem Hof nicht mehr hören. Ich erinnerte mich. Wir hatten kein Geld mehr gehabt, die Miete zu bezahlen, und die Städtische Nothilfe für bedürftige Standespersonen hatte uns ein erbärmliches Zimmer in einem Steinhaus angewiesen, wo wir die Küche und andere Notwendigkeiten mit einer Soldatenwitwe, einer Amtmannswitwe, einer Hilfspastorswitwe, einem Spenglerlehrling und einem Maurergehilfen teilten. Unsere Magd hatten wir noch, auch sie mußte versorgt werden; aber Gustaf war der hungrigste von uns, und wir versuchten, ihn bei der neueröffneten Kriegsakademie auf Schloß Karlberg unterzubringen. Schon bevor Lovisas Bewerbung als Verwalterin auf Haga abgelehnt war, hatte ich beim Rathausgericht selbst Antrag auf Konkurs gestellt, den der Brauer Westman noch abwenden konnte. Nach einem höllischen Winter jedoch, in dem mich meine Krankheit wochenlang ans Bett gefesselt hatte, gab es keinen Ausweg mehr. Ich mußte ins Schuldgefängnis.

Der Weg zum Gefängnis führte mich im Dunkel des frühen Frühlingsmorgens, nachdem ich von dem Polizeiwachtmeister gemäß geltendem Konkursrecht von der mit Haar gestopften Matratze und dem verschlissenen Kopfkissen heruntergerissen worden war, zwischen den alten Bettgestellen hindurch, in denen die Kinder noch schliefen, an dem braun gestrichenen Schrank mit der Schublade und am Schreibpult vorbei; ich stolperte schlaftrunken in meinen Pantoffeln gegen den runden Nähtisch und gegen das Sofa, stieß an die Kommode, gegen die Herdgabeln in der Küche, tappte durch den Dunst der Kohlsuppe vom Sonntag im Schein der Lampe auf den langgestreckten Hof hinaus, wo die Abtrittbaracke nur durch ihren scharfen Gestank vom Gewächshaus zu unterscheiden war, gab Lovisa einen Abschiedskuß und wurde die Mäster Samuels gränd hinaufgestoßen, auf den Hötorget zu, dann rechts vorbei an den Verkaufsständen am Brunkeberget, über die mit Fichtenreisig bestreute Norrbro, vorbei an der Münze, die Steintreppe des Lejonbacken hinauf, bekam dort, gerade als ich die Treppe zum Flügel der Schloßwache hinaufging, einen heftigen Hustenanfall und stieg schließlich, noch keuchend vor Atemnot, die Treppe zu den Arrestzellen hinauf, die unsauber und ungesund waren und gräßlich düster und kalt; und als der Schlüssel sich im Schloß gedreht hatte und ich in meinem gelben Mantel, vor Kälte zitternd, alleingelassen in der grauenvollen Dunkelheit, auf einem Schemel saß, hörte ich nur die Flöhe im Bettstroh rascheln und knistern, hörte meinen eigenen Atem wie ein Sägeblatt meine Brust durchschneiden, hörte das langsame Knarren der Lederstiefel des Wächters, das sich jedesmal, wenn er seine Runde machte, zu den übrigen Geräuschen gesellte.

DIE SCHULDHAFT war ein übles Spiel, entstanden aus Trug und Verschlagenheit. Ich war in Haft genommen worden wegen der lumpigen Summe von 102 Reichstalern, die ich meinem »Freund«

Enoch Nobelius vom Zoll schuldete. Ich hatte unter aufopfernden Mühen die *Fabeln und Erzählungen* von Christian Fürchtegott Gellert übersetzt, Deutschlands volkstümlichstem Dichter. Es war ein schönes Werk geworden, und da es just in diesen Tagen erscheinen sollte, bot ich Nobelius ein mit persönlicher Widmung versehenes Exemplar an. Er lehnte ab. Ich machte eine hilflose Geste und sagte in bitterem Scherz, meine einzige verbliebene Habe sei meine junge Frau. Bei dieser Bemerkung loderte in Nobelius' Augen plötzlich ein Feuer, das ich schon früher einmal hatte flackern sehen, als er in Lovisas Nähe gekommen war und ihre schlanken Körperformen betrachtet hatte. Er war ein notorischer Junggeselle, aber ich hätte nie geglaubt, daß er meine Worte anders auffassen könnte als einen verzweifelten Scherz. Seine Stimme zischte hervor wie aus einem Flaschenhals, als er sich zu mir beugte, mich am Rockkragen faßte und sagte, daß wir diese Frage durchaus erörtern könnten.

Als ich mich voller Abscheu jäh von ihm abwandte, sagte Nobelius, ich würde so oder so sterben. Es war klar und unausweichlich – meine Lungenkrankheit würde mir bald ein Ende bereiten. Da halfen keine Beteuerungen, die Schuld abzutragen oder das Gehalt zu verpfänden. Er sog die Luft ein mit dem aufgerissenen gierigen Rachen des Wucherers. An dem Tag, an dem ich starb, würde die Schuld verfallen. Wenn ich tot war, würde Lovisa nicht für meine Schulden zur Rechenschaft gezogen werden können. So, erklärte Nobelius, stand es im Handelsgesetz, Kapitel XIV, § 3. Wenn er mich hingegen in Schuldhaft werfen ließ – nun zitierte er, mit leerem Blick, den Zeigefinger gegen mein Brustbein gedrückt, »vermindert sich die Schuld um 24 Öre pro Tag«.

»Sitz du deine Öre im Gefängnis ab, Herr Hofsekretär, wir werden sehen, ob deine junge Frau nicht ein paar Taler auf mir absitzen will!«

DAS EINZIGE FENSTER meines Arrests befand sich in Kniehöhe, ganz nahe am Fußboden; ich konnte mit dem Rockärmel den

Schmutz wegwischen und bekam so Ausblick auf den Stallkanal, bis zu den Fischerkuttern bei den Roten Buden am Ufer vom Klarasjön. Links konnte ich die Silhouette der Storkyrkan erahnen, von wo Notkers Statue des Heiligen Georg zu mir herüberglotzte. Ich sah einen Spalt vom Storkyrkobrinken und auch von der engen Gasse Trångsund, wo die Hausbewohner auf beiden Seiten einander durchs Fenster die Hand schütteln und sich Kinder und Kochtöpfe zureichen konnten.

Meine Übersetzung von Gellerts *Fabeln* schickte mir der Drukker durch einen Laufburschen. Der Bote war in Eile, denn an diesem Mittwoch sollte am Skansbacken ein Mörder enthauptet und aufs Rad geflochten werden. Das wollte er sehen. An den Namen erinnerte er sich nicht, aber es würde eng werden dort, und viele Leute würden vor ihm stehen. Am Gedenktag des Königsmordes, einem der ersten Tage im April, kam Freund Hjortsberg mit einem Topf Suppe. Er beteuerte, daß er bis zu seinem eigenen Tode an jedem Tag des Gedenkens an seinen hohen Beschützer Trauer tragen würde. Hjortsberg sah sich entsetzt in meiner Zelle um. Sie erinnerte ihn an seinen alten Vater in Strängnäs, der Steinmetz gewesen, am Neubau des Schlosses mitgearbeitet und auch diese Arresträume aus Steinen gemauert hatte. Er hockte sich nieder, drückte die Handfläche gegen den Fußboden und hob sie mit erschrockenem Atemholen: Kalt und feucht wie die Theke eines Fischhändlers. Er sorgte nun dafür, daß Holz herbeigebracht und der Kachelofen angeheizt wurde.

Mit 102 Reichstalern hätte ich in die Freiheit gerettet werden können, aber meine Freunde wollten offenbar, daß ich mich im Arrest so recht zu Hause fühlte.

Von Märta Reenstierna bekam ich eine Flasche Kirschbranntwein, nachdem ich ihr, als ihr Ehemann von Schnell mich besuchte, zur Abgeltung einer Restschuld Gellerts *Fabeln* geschickt hatte. Die Flasche stellte ich auf einen Tisch, den von Schnell mir zusammen mit einem leeren Bettgestell hereinstellen ließ. Wo waren die großmütigen Ordensbrüder? Frau Quiding auf Heleneberg schickte ich eine ziemlich große Zeichnung, ein Selbstprotrait, das ich mit *Mowitz* signiert hatte. Während ich wartete, warf die Frühlingssonne ihr eigentümliches Licht über den Flügel der Schloßwache, es war, als ob sie über einen Schloßwacht-Altar schiene, von dem ich meine Gebete in alle Himmelsrichtungen sandte. Frau Quiding ließ nichts von sich hören, aber Leutnant Croix wurde wegen einer Schuld arrestiert, und die Türen unserer Zellen standen manchmal offen, so daß wir einander besuchen, miteinander französisch sprechen und gezierte Höflichkeiten austauschen konnten, als wären wir auf Visite in der Hölle.

Etwas später wurde ich ziemlich krank. Die Kinder und Lovisa waren oft bei mir, und auch Kock, unser Hauseigentümer. Ich aß wortlos. Sie standen um mich herum und hörten mir zu, wie ich die Suppe löffelte. Sie spürten den pestilenzartigen Gestank der Zelle. Der Kachelofen qualmte. Lovisa hatte Papier und Tinte mitgebracht, aber der Rauch lag mir auf der Lunge, so daß ich nur zu schreiben vermochte, wenn das Feuer erloschen war. Eines Tages hörte ich den Gardesoldaten draußen sein »Habt acht!« rufen, und Henrik Brandel trat ein, gefolgt von seinem Sohn, der Leutnant bei der Schloßwache war. Der war neugierig gewesen auf diesen Bellman. Brandel, der ein stattliches Vermögen besaß, berichtete mir von der Entscheidung der Hofkanzlei, für einen 13 Jahre alten Schuldschein des Landvermessers Wingstedt mein Gehalt bei der Nummernlotterie zu pfänden. Er bedauerte mein Elend zutiefst und trug mit Hilfe seines Sohnes im Triumph eine alte, graugrüne Chaiselongue in die Zelle. Er erklärte, dies sei das Ruhebett von König Friedrich I. gewesen. Da sie erwarteten, daß ich große Augen machen würde, tat ich ihnen diesen Gefallen und lehnte wie zur Probe meinen Rücken gegen die Armlehne. Einmalig! schwärmte ich. Friedrichs ehemaliges Ruhebett! Aus meiner Kehle, die trocken und vor Einsamkeit zugeschnürt war, brach im gleichen Augenblick ein Husten hervor, der wie mit einer Schöpfkelle Blut auf meinen Rock schleuderte. Doktor Blad wurde gerufen, und während mein Leibmedikus sein Ohr an meinen rechten Lungenflügel drückte, sah ich durch das Fenster, wie Edelcrantz' optischer Telegraf Signale vom Götischen Turm auf Drottningholm zum Kirchturm von Sta. Maria aussandte. Als ich ihm diese Beobachtung mitteilte, lächelte Blad steif und erklärte mir, daß der Telegraf noch nicht in Gebrauch genommen sei, daß ich Himmelsphänomene sähe, daß ich dem Tode immer näher käme, wenn ich nicht auf meine Gesundheit achtete; darauf bot er mir ohne Umschweife an, er werde mir einen Dukaten pro Bogen zahlen, wenn ich meine Lebensbeschreibung verfaßte. In Prosa.

NUN QUÄLTEN MICH Angst und Zweifel, ob mir noch Zeit blieb, mein Leben, alle Fügungen und Taten, in der Mannigfaltigkeit persönlicher Dokumente und Erinnerungen schriftlich zu schildern. Als ich wieder zu Kräften gekommen war, ging ich lange in meiner Zelle auf und ab und kaute an der Gänsefeder. Ich lag bebend vor Kälte auf den Knien und sah aus dem Fenster, um einen Schimmer vom Mälaren zu erhaschen, einen Blick vom Stadsholmen mit seinen Kneipen und Gassen, wo so viele Kapitel meines Lebens sich abgespielt hatten. Wie ich da an meinem Gitterfenster kniete, sah ich eine große Prozession vorüberziehen. Ich sah Hunderte von singenden Waisenkindern. Verblüfft zählte ich 86 Wagen mit livrierten Bediensteten, denen ein Leichenwagen folgte, der mit sechs weißen Pferden bespannt war. Die ganze Garde paradierte vorbei, und auch ein Bataillon des Leibregiments.

Reichsrat von Fersen wurde zu Grabe getragen.

Hunderte von Kanonenschüssen begleiteten ihn und dazu Trauermusik.

Zu dieser verstimmten Musik der Pauken und Trompeten zog ich weiter meine beengten Kreise um den Schreibtisch, tauchte die Feder in das Tintenglas, doch als ich zu schreiben begann, erwies es sich, daß daraus nicht meine Lebensbeschreibung wurde, sondern ein Brief an den Brauerkönig Westman. Ich lachte wie ein Verrückter und brachte zu meiner eigenen Verwunderung Ausführungen zu einer Überflußverordnung zu Papier, die den Gebrauch von Sackpfeifen und das Zufrieren des Mälaren im nächsten Frühjahr einschränkte; dann schrieb ich eine Arie für Schlittschuhe. Am Abend kam Märta Reenstierna mit einer Schachtel frischer Butter, und Frau de Broen brachte mir ein dunkelbraunes Stück Braten vom Kaffeeausschank am Storkyrkobrinken.

Ich aß, ich schlief.

Endlich erwachte ich, und es begann ein neuer Tag.

Mit einem Dukaten pro Blatt konnte ich mich schnell aus der Haft herausschreiben. Noch eiliger war es jedoch, Freiherrn Claes Rålamb und Hoffräulein von Düben zu gratulieren, die gerade ihre Hochzeit feierten, einige Zimmer weiter östlich in diesem Königsschloß. Außerdem mußte ich der Herzogin Hedwig Charlotta die *Fabeln* von Gellert schicken. Lovisa hatte mich besucht, fieberhaft hatte sie gesprochen, höchst beunruhigt über mich und die Kinder, voller Angst, daß ihre Worte mit ihren Gedanken nicht Schritt halten könnten. Sie fürchtete, daß wir durch den Konkurs bald auf der Straße stehen würden. Da erinnerte ich mich plötzlich an ein kleines Haus bei Canton auf Drottningholm. Ich mußte sogleich die Herzogin bitten, gnädigst bei Herzog Karl ein gutes Wort einzulegen, mir dieses Häuschen als Sommerwohnung für meine Familie zu überlassen. Diesen Brief gab ich dem Brauer Westman mit, der vorbeikam und mich daran erinnerte, daß Herzog Karl mich als wenig zuverlässig beurteilte. Ich solle mir keine Hoffnungen machen, was das Häuschen bei Canton betraf. Westman kam von einem Verhör anläßlich des Prozesses gegen Armfelt. Spione hatten berichtet, daß dieser mit dem verhafteten Ehrenström zusammenstecke und an den Umsturzplänen gegen die Regierung beteiligt sei. Mit knapper Not war er der Verhaftung entkommen und nach Rußland geflohen. Ob ich wohl wisse, daß man ihm den Adel aberkannt hatte? Sein Name hing am Schandpfahl.

Aber – und das war ein Lichtschimmer – meine Freilassung wurde vorbereitet. Die Brüder von Par Bricole hatten beim Frühlingsfest eine kleine Sammlung veranstaltet. Hier nahm Westman mein Gesicht in seine Hände, legte meine Meerschaumpfeife auf die Seite und sagte mit brüchiger Stimme, daß er sich mit zwei treuen Freunden beraten habe: mit Kempensköld und Schwager Lindström. Und nun aufgepaßt! Wenn ich mich unter deren Vormundschaft begäbe, wäre es denkbar, daß sie mich von meinen Schulden befreien könnten. Ich sollte also unter *Vormundschaft* gestellt werden.

Frau de Broen schickte etwas zu essen, frische Rote Bete und eine Suppe, die so fett war, daß ich das Schmalz mit dem Löffel abschöpfen konnte. Ich ging mit der Feder in der Hand im Zimmer umher und blickte hinaus durch das Fenstergitter. In der Dämmerung sah ich Frauenzimmer mit Garn zur Bleiche am Klarasjön hinüberrudern. Dann setzte ich die Spitze meiner Gänsefeder auf das Papier und begann meine Lebensbeschreibung:

Ich bin nur ein Herr von sehr wenig Tiefsinn und frage nicht danach, ob die Sonne geht oder die Erde sich dreht. Was ich beteuern kann, ist, daß ich keinem Wesen in der Natur Böses will, ich liebe unendlich edle Männer, kleine wohlerzogene Kinder, und mit unaufhörlichem Feuer die Frauenzimmer, esse nach Appetit, wenig und gut, Sonntag Weißkohl, Donnerstag Erbsen, Samstag Hering.

Wie es für einen Lebenslauf nötig erscheint, das Todesjahr zu nennen, oder richtiger gesagt das Geburtsjahr, so finde ich mich befugt, dasselbe gemäß dem Kirchenbuch von Sankta Maria Magdalena – obgleich es beim Brand von 1758 durch Feuer verzehrt wurde – als den 4. Februar 1740 anzugeben. Paten waren meine Großmutter, Frau Elisabeth Daurer, und Reichsrat Graf Gyllenborg. Getauft hat mich, soviel ich weiß, Bischof Rhyzelius – bene.

Marschälle auf der Hochzeit meiner Eltern: der noch lebende Präsident Graf Lilljenberg, der damalige Landrat und Kammerrat Wulfvenstierna. Das Aufgebot für meine Eltern verlasen im Jahr 1739: das erste Mal Bischof Rhyzelius, das zweite Mal Lagerlöf, das dritte Mal Kalsenius. Zur Ehe geweiht wurden sie vom Erzbischof Steuch. In Stockholm war damals Reichstag. –

Wie meine Eltern sich abrackerten! Ich wurde ich geboren am 4. Februar 1740. – Meine Mutter war schön wie der Tag, unendlich liebenswert, charmant in ihrer Art, sich zu kleiden, gut gegen alle Menschen, angenehm im Umgang, besaß eine vortreffliche Stimme und hatte sich daran gewöhnt, 21mal im Kindbett zu liegen – honni soit qui mal y pense –, aber dieses Kinderspiel war des Hauses Ruin. Mit sechs Jahren kam ich unter Information in Sta. Maria. Mein Großvater Magister Hermonius war dort Pfarrer und verheiratet mit meiner Großmutter, die aus dem alten Arås stammte, weshalb sie Arroselle genannt wurde.

Mein erster Informator war, so wie für meinen seligen Vater der berühmte Hübner, ein Doktor Rutström, der mich sehr liebte. Von ihm habe ich lesen und buchstabieren gelernt mit einem kleinen Stab – wie er damals gebraucht wurde –, auf dem ein kleiner Pferdekopf war – und ich las fleißig. Einer meiner Schulkameraden lebt heute noch, es ist der Kgl. Sekretär Brysell, der exzellent Klavier spielt. Dann bekam ich als Informator den Pfarrer Norman, der auch noch lebt, und nach ihm einen weiteren, der Swaljung hieß, den keiner respektierte und den ich wie auch der noch lebende Getreidehändler oder Grossist Kellbeck an der Nase herumführte. Schließlich bekam ich einen Informator, der Höckert hieß und später zum Zoll kam. Er schlug mir mit dem Lineal auf die Fingerspitzen, weil ich den Euklid und die Collegia Metaphysica oder Physica nicht begreifen wollte.

Heute noch mein Hirn verzieht sich,
denke jemals an Euklid ich
und an die Triangula
– a b c und c d a –
von der Stirn der Schweiß ergießt sich
ärger als auf Golgatha.

Endlich wurde es Tag! Als ich einmal krank zu Bett lag, hörten meine Eltern, wie ich in Fieberphantasien in Reimen sprach und meiner Mutter vorsang, so daß sie von einer Verwunderung in die andere fielen. Damals verkehrten in meinem Elternhaus der noch lebende Präsident Rosenadler, Präsident Carleson, Kanzleirat Rab-

be, Kanzleirat Nordenflycht und der damalige Sekretär und spätere Vizepräsident im Kommerzkollegium, Silfverskiöld, sowie der Kgl. Sekretär Abraham Sahlstedt. Man wählte für mich als Lehrer ein Genie namens Clas Ludvig Ennes, welcher durch meine Fürsprache unter dem seligen König das Pastorat in Skåne und Östra Herrestad bekommen sollte. Von ihm lernte ich, Apollos Leier zu schlagen. Unter seiner Anleitung verfaßte ich mehrere Briefe und Poesien, darunter im Jahre 1755 die Übersetzungen und Kirchenlieder im Hallischen Gesangbuch. Diese sowie mehrere Briefe auf deutsch, englisch, italienisch und französisch sollen zu Hause bei Präsident Rosenadler in dessen Bibliothek verwahrt sein. Damals wurde ich wie auch Professor Palmstedt und der damalige Graveur Elias Martin unter dem Vorsitz von Präsident Rosenadler Eleve in der Königlichen Wissenschaftsakademie und, wie seinerzeit üblich, im Ritterhaus im Saal der Akademie empfangen und von zwei Mitgliedern eingeführt, der eine war der Bergrat Adlerheim – den anderen habe ich vergessen.

In dieser Zeit brachte ich »Eines Vaters Ermahnung an den Sohn vor dessen Reise ins Ausland« ins Schwedische, gedruckt bei Wilde. Präsident Carleson hatte das Original in Aleppo gefunden. Außerdem übersetzte ich Auszüge aus Scrivers »Seelenschatz«, gedruckt in Norrköping bei Edman. Zur gleichen Zeit übersetzte ich – und dedizierte meiner Mutter – Schweidnitz' »Todesbetrachtungen«, passend zu den Evangelien, und übersetzte in Versform die dort vorhandenen deutschen Sonette.

Auch verfaßte ich in dieser Zeit ein kaum mehr bekanntes Poem, »Der Mond«, in dem der große Dalin nur ein einziges Wort änderte. Die späteren Arbeiten kennt man wohl. Eine Zeitschrift, genannt »Hwad Behagas?«, sehr rar geworden, ist eine Satire auf Biographien und stammt von meiner Hand.

Die bacchanalischen Sachen sind wohlbekannt.

1759 war ich zum ersten Mal vollgeladen und ordentlich bezecht, schlafend auf Mutters Knien, nachdem ich mir bei dem holländischen Minister Martewill im Stadtteil Söder in der Nachbarschaft meiner Eltern einen Pontac-Rausch angetrunken hatte.

Ich kam selig heim schon spät
nachmittags so gegen viere,
als zu abendlich Gebet
man die Leute sah spazieren,
und in Spitzenhäubchen sah
meine Schwestern sich verneigen,
aber mich gerötet steigen
zu den Röcken von Mama.
Mein Carl Mickel, sie mir spricht,
sag mir, wo du warst, mein Knabe?
Mutter, ach, erfahrn ich habe
'ne Portion zu groß für mich.
Ja, mein Calle – ja, ich sehe,
lehn den Kopf, der dir ist schwer,
auf mein Knie und leg dich her!
Mutter will dir niemals wehe.

Ist es da verwunderlich, daß mein ganzes Wesen, jeder kleinste Gedanke, jeder Atemzug mein unglückliches Dasein ermuntert, von ganzer Seele die Frauen zu lieben? Gottes Zorn komme über mich, wenn ich nicht entzückt bin von einem alten zerrissenen Unterrock mit all seinen Fetzen auf dem Abfallhaufen am Packartorg.

Continuation demnächst über Schelmenstücke,
Liebe und mehr – pro sit Bruder Blad!

Es war kurz nach Mittsommer, als ich zu einer Magistratssitzung bestellt wurde, ich lag jedoch mit einem Gichtanfall zu Bett und konnte nicht erscheinen. In meiner Abwesenheit erklärten der Brauer Westman und Inspektor Lindström sich für ermächtigt, über mein Gehalt und meine Pension zu verfügen. Sie sollten sich als gesetzmäßige Kuratoren um meine und Lovisas Angelegenheiten kümmern; wir verloren dafür unter anderem das Recht, selbst Geldgeschäfte abzuschließen. Dies wurde kurz darauf auch in der Zeitung *Posttidningar* bekanntgegeben. Ein öffentliches

Verfahren wurde beantragt. Jedermann, der Forderungen an mich zu haben glaubte, war nun berechtigt, sich an unserem beweglichen Eigentum schadlos zu halten. Viel war uns nicht verblieben: ein Mahagoni-Toilettentisch, mein Schreibpult, der Teetisch, Lehnstühle, Kessel, eine Bratpfanne, Becher, eine Feuerzange und verschlissene Laken.

Die trüben, düsteren Tage umschlossen mich wie die Rinde den Baum. Ich fragte mich, wie weit die Schraube des Schreckens sich noch drehen ließ, wie viele verschlungene Wege des Elends ich noch würde wandern müsse.

Mit einem fröhlichen, etwas herablassenden Lachen begrüßte mich Frau Märta Reenstierna zum Erntedankfest auf Hof Årsta. Sie kaute Erbsenschoten und hielt einen zerbrechlichen chinesischen Sonnenschirm aus rotem Papier über ihre aufgetürmte Haarfrisur, zwitscherte laut aus diesem Lerchenbauer heraus und fand, daß Freund Mowitz so blaß, so eingefallen aussah, fast wie die Wachsfiguren der französischen Königsfamilie, die man jetzt guillotiniert hatte unter Robespierres *grande terreur*, die aber im Keller Güldener Frieden zu sehen waren, noch wie lebendig, mit dem Kopf auf den Schultern.

Lovisa und der 13jährige Gustaf waren mit eingeladen. Arrhén von Kapfelman und Schwester Catharina hatten wir lange nicht gesehen. Wir machten gemeinsam einen Spaziergang über die Felder. Es klang wie ein von vornherein vergeblicher Hilferuf an den Juristen Arrhén, als Lovisa bekannte, daß uns ein öffentliches Verfahren bevorstand. Daß wir gerade noch das besaßen, was wir auf dem Leibe trugen. Arrhén atmete tief. Eine Zeitlang hatte er sich damit durchgeschlagen, Grabinschriften zu verkaufen. Er hatte dem Ehepaar von Schnell zwei Vorschläge für Grabsteine unterbreitet. Sie wollten sie ja vielleicht selbst sehen, ehe sie starben? Ich muß sterbenselend ausgesehen haben, denn nun beantwortete er Lovisas Hilferuf mit der Frage, ob er auch mir eine solche Grabinschrift zeigen solle. Damit ich sie sehen könne, solange ich noch am Leben war. Catharina, die ihrem Gatten als Kompagnon zur Seite stand, machte mir nun die schreckliche

Mitteilung, daß nicht nur ich an den Grabstein zu denken hätte. Die Schwindsucht hatte auch unserer jüngsten Schwester Maria hart zugesetzt, auch bei ihr war sie gewesen und hatte ihr Inschriften gezeigt. Ich wagte kaum zu lächeln und dabei vielleicht mein blutiges Zahnfleisch zu zeigen. Der Skorbut hatte mich wieder überfallen. Meine Zähne waren locker und schmerzten, ich fürchtete jetzt schon das Essen, das mit einer Chaise über die Wiese zu den festlich gedeckten Tischen gebracht wurde: Ochsenbrust, Zunge, Dillfleisch, Lammbrust.

Kürbisbrei konnte mein Mund gerade noch verkraften.

Später war Arrhén so betrunken vom Kornbranntwein, daß er ins Gras fiel. Beim Essen spielten die Gardemusikanten auf, mit türkischem Glockenspiel und Rumtata. Ich ließ mich überreden, ein Tischlied zu singen, schlug den Takt mit dem Löffel und horchte verblüfft auf meine eigene Stimme, als ich *Trink aus dein Glas* anstimmte. War das Bellman? Eine brüchige, leise Stimme erklang, unter der noch der alte Wohllaut lag, so rührend, daß Lovisa weinte. Und als sie mir den Löffel aus der Hand nahm, hatten auch die anderen Gäste Tränen in den Augen.

Am 8. Oktober, während der Prozess gegen Armfelt noch hohe Wellen schlug, wurde Ehrenström zum Richtplatz auf dem Nytorget geführt, dort aber zu lebenslanger Haft begnadigt, die alsbald ausgesetzt wurde. Mein Theaterstück *Die Steuererfassung*, das ich mehrmals umgearbeitet hatte und das die ergebensten Gefühle für den König von Schweden ausdrückte, sollte an demselben Tag endlich bei Hofe aufgeführt werden. König Gustaf IV. Adolf stand noch unter der Vormundschaft von Herzog Karl. Er war 16 Jahre alt, war halsstarrig geworden, mißtrauisch und düster. Bei der Generalprobe befand er mein Stück »unangenehm derb«. Nach dem Theaterbesuch, nach Souper und Ball wurde es aus dem Journal des Zeremonienmeisters gestrichen.

In ebendieser Woche wurden wir auf die unterste Stufe des Wohnens hinuntergestoßen. Ein letztes Mal wurde unsere Habe in Kisten verpackt und auf einen Umzugswagen geladen. Das Haus des Hofuhrmachers Bourdillon war an die Ärmsten der Stadt vermietet. Es hatte keinen Hof; die steinerne Mauer zur Munklägersgatan diente als Wand für einen großen Lagerplatz von Exkrementen und Abfall. Das Wasser des Brunnens war unsauber und vergiftet. Da unser Zimmerfenster auf die Bucht des Klarasjön ging, drang der Gestank des schlammigen Seewassers und des Schmutzes unter der Blekholmsbron herein. Die Teerhütten stanken. Geruch stieg auf von verwesenden Fischresten aus den großen, auf dem Seegrund angebrachten Gitterreusen. Auf der Straße floß träge ein schmales Rinnsal von Fäkalien. In den Zimmern, die nicht größer waren als das Beinhaus von Sta. Maria, hausten Hilfsarbeiter, Tabakarbeiter und Huren. Lange konnte ich nicht einschlafen, denn die schwarzen Hausratten klopften mit ihrem Hinterteil und ihrem schuppigen Schwanz an die Tür der Speisekammer, als ob sie in Holzkäfigen lebten und sich um ihren Platz schlügen. Ich konnte nicht einschlafen, weil die Wanzen aus den Spalten der Tapeten wie Hagelkörner herunterrieselten. Ich wurde auch hellwach gehalten von den Uhren des Uhrmachers Bourdillon, von den Taschenuhren, Tischuhren, Pendeluhren, Wanduhren, Standuhren, deren Ticken sich auf alle Wände übertrug und deren Zeiger immer schneller rotierten und mein Leben schnell zu Ende drehen wollten, um schließlich ihren tickenden Tumult über mich hereinbrechen zu lassen.

Ein letztes Mal besuchte ich, in meinen schwefelgelben Rock gekleidet, Helena Quiding in ihrem Hause Stora Skuggan. Sie erschrak. Ihre Augen füllten sich mit Tränen. Das, was meine Hülle gewesen war, stand vor ihr wie ein Häufchen Elend, ich selbst steckte nicht mehr darin.

Ich wollte die Verbindung mit Schröderheim wieder aufnehmen, aber ich erfuhr, daß er sich nach dem Hochverratsprozeß gegen Armfelt zurückgezogen hatte und nun in unbeschreiblicher Armut auf dem kleinen Hof Järva im Sterben lag. Und Kellgren, der große Raubvogel, der über meinem Schaffen geschwebt und gewaltige, sägeblattartige Schatten über meine Dichtung geworfen hatte, Kellgren, so sagte der Bedienstete an der Haustür, lag ebenfalls im Sterben. Die Syphilis hatte auf das Gehirn und die Blutgefäße übergegriffen und das Rückenmark vollends zersetzt.

Meine Gedanken kochten, meine Stimmung wechselte wie das Herbstwetter, und als es schließlich Winter wurde, stand Doktor Blad mit Chloroformkompressen an meinem Bett und verordnete Ruhe und gleichmäßiges, ruhiges Atmen. Er fühlte meinen Puls. Die Blutgefäße waren verhärtet. Die Arme wirkten wie Holz. Da die Lungenblutungen nicht aufhörten, wurde Eis auf meine Brust gelegt. Einen Teelöffel Kochsalz sollte ich zweimal täglich langsam im Mund zergehen lassen. Um den Husten zu lindern, bekam ich Opium in die Brustmedizin gemischt. Es machte mich schläfrig. Die Matratze war eine Wolke, auf der ich sanft benommen lag, wunschlos, schmerzfrei. Was bisher absoluten Wirklichkeitscharakter gehabt hatte, löste sich auf in schnell wieder verschwindenden Gesichten. Ich sah meinen Körper von Fliegen bedeckt, während eine große Menschenmenge am Fenster stand und mir als ihrem König huldigte. Gleichzeitig hörte ich Stimmen an meinem Bett, daß ich verdammt sei. Lovisa weinte über mich, ihre Kiefer schlugen aufeinander wie bei einem Hund. Die Gesichte wechselten lebhaft und schnell. Von meinem Krankenbett wurde ich in Westmans Brauereikontor versetzt. Der Hofkämmerer Elfman hatte sich gerade verabschiedet und versehentlich meinen gelben Rock mitgenommen. Am Nagel hing statt dessen ein ebenso langer Überrock, nußbraun mit schwarzem Kragen. Noch bevor ich ihn zuknöpfen konnte, begann es mich am ganzen Körper zu jucken, denn in allen Säumen und Falten saß Ungeziefer. Theaterchef Baron Rålamb, zu dem ich mich in diesem braunen Rock zum Souper begab, war ein sehr gastfreundlicher Mann. Jubelnde Menschen strömten herbei, drängten sich vor, um einen Blick von mir zu erhaschen. Auf dem Weg über die Vedgårdsbron wurde zu meinen Ehren ein Feuerwerk abgebrannt. Oben auf dem Dach des Schlachthauses stand der Zauberkünstler Herr

Philadelfia, schrie meinen Namen und zeigte seine Zauberkünste. Ich verbeugte mich und winkte.

Auch bei Rålambs waren viele Leute. Alle waren gekommen, um den wundersamen Bellman zu sehen. Man starrte mich an, als ob ich eine besondere Art Künstler sei, und ich war ja auch ziemlich absonderlich gekleidet. Als ich am Spiegel in der Eingangshalle vorbeiging, sah ich mich in voller Größe. Ich trug einen Frack aus grünlichem Tuch, eine scharlachrote Weste, schwarze, etwas abgewetzte Samthosen, alte schwarze Seidenstrümpfe, Schuhe mit Silberschnallen; der Hemdkragen war umgeschlagen, das Halstuch aus grobem, schwarzem Krepp. Woher hatte ich die Manschetten und die Hemdbrust, das hochgebürstete Toupet, den starken Puder, die rußgeschwärzten Augenhöhlen, die rotgemalten Lippen? Als ich noch am Spiegel stand, kam Rålambs Frau, die geborene Gräfin von Düben, auf mich zu, lächelte mich freundlich an, so wie man ein kleines Kind anlächelt. Sie hieß den Herrn Hofsekretär herzlich willkommen. Ich verneigte mich, fühlte mich schwindelig und wollte den Türrahmen nicht loslassen. Die Gräfin stützte mich, machte mir ein Kompliment, daß ich mir die Mühe gemacht hatte, den ganzen langen Weg über die Brücke allein zu Fuß zu gehen. Ich erwiderte ihre Höflichkeiten kaum vernehmbar, bekam einen Stuhl angeboten, und da eine feierliche Stille um den Tisch herum entstand, ging die Gräfin verlegen im Salon herum, schluckte ihre Seufzer hinunter und meinte bedauernd, daß Bellman seinen berühmten »Sprechkasten« nicht öffnen wolle, und sie hätte doch allen ein großes Vergnügen versprochen. Um den Abend zu retten, wurde Oberst Gyllengranat neben mich gesetzt. Dieser hatte das Attentat gegen Gustaf unterstützt, war freigesprochen worden und ließ nun vor mir auf dem Tisch eine Batterie starker Weine in Stellung bringen. Ich sah mich im Saale um. Alle waren sehr gespannt. Wir speisten schweigend einige Gänge. Ich hatte noch nicht einmal den Mund aufgemacht. Gyllengranat begann nun immer verzweifelter, mir zuzutrinken. Nachdem wir zwei Flaschen geleert hatten, sprang ich auf, mein Stuhl fiel um. Ich sang das Lied von der *Schlacht bei Savitaipale.*

Fräulein Posse, deren Verlobter in dieser Schlacht gefallen war, brach in krampfhaftes Weinen aus und lief schluchzend aus dem Saal. Meine Worte und die Stimmen, die ich hervorbrachte, waren offenbar so ergreifend, daß viele sich an den Hals griffen, daß ihre Gesichter zuckten, daß ihnen die Tränen in die Augen traten, bis Gyllengranat in mildem Tadel sagte, nun sei es genug der Grablieder. Sogleich schob ich mit den Armen die Flaschen zur Seite und begann auf der Tischplatte zu spielen, ich trommelte mit den Fingerknöcheln, schlug mit den Daumengelenken. Ich ließ die Blasebälge knarren wie der Glöckner von Solna. Die Orgelpfeifen ließ ich ungestimmt und sang mit geller Stimme: *Wie Vöglein klein, wenn der Donner grollt.* Nun verbreitete sich überall gute Laune. Ich war ein Zauberer. Ich trank fleißig und sang mein Lied betreffend den *Ball im Krug Drei Bütten.* Ich blies die *Filtzschen Duette*, sang von Ulla Winblad und was mir an Verrücktheiten sonst noch in den Sinn kam, wobei ich mich mit allen Blasinstrumenten begleitete. Mein Hals war ein Waldhorn, meine Nase eine Klarinette, mein Hintern eine Oboe.

Auf dem Heimweg verirrte ich mich an der Schlachthausbrücke bei Wind und Schneetreiben im endlosen Weiß. Ich tastete mich an den Hauswänden entlang und kam zum Riddarhustorget. Es war ein Höhepunkt in meinem Leben, eine großartige, mutige Handlung der Musikalischen Akademie, die mich in geschlossener Abstimmung zu ihrem Mitglied ernannt hatte. So trete ich nun in den großen Saal, in das Auditorium Illustre. Reden werden gehalten zu meiner Ehre. Der Erste Vorsitzende der Akademie, Ferdinand Zellbell, präsentiert mich dem Publikum als ein lebendes Ehrenmal, als ein wundersames Instrument aus Fleisch und Knochen. Er klopft mit dem Stock an einzelne Skeletteile. Meine Schuhe nennt er Pedale. Er klopft an die Kehle und sagt:

»Was wir hier oben sehen, ist der Windkanal. Des weiteren das Register mit seinen Pfeifen, die Windlade, die Bälge, die Ventile, das Regierwerk. Alles, was musikalische Eigenschaften ausmacht, in der Ausführung der Dichtkunst wie der vokalen Musik, ist vereint in diesem Organon namens Bellman.«

Das Riddarhuset war dekoriert mit Prachtgirlanden und Lampen. Von meinem einfachen Heim beim Hofuhrmacher Bourdillon aus sahen wir ein großartiges Feuerwerk mit Sternraketen, Sonnenrädern und Wasserfeuern. Vom Bett her hörte ich immer noch Musik von Pauken und Trompeten und eine prächtige Kanonade von den Schiffen, die im Klarasjön vor Anker lagen.

Lovisa weckte mich, sie mußte nach Doktor Blads Ordination meine »Luftröhre entrußen«. Während der Nacht verstopften Lungenabsonderungen die Atemröhre. Ich bekam kleine Dosen Brechwein. Gegen den Nachtschweiß wurde ich mit kaltem Salbeitee abgewaschen. Auch meine drei Söhne kamen an mein Bett. Sie konnten, ohne ein Wort zu sagen, stundenlang auf meiner Bettkante sitzen, mir die Wangen streicheln und die Kissen im Nacken zurechtrücken. Sie gaben mir Hafersuppe und abends Milch. Je nachdem wie das Fieber stieg und die Atemnot sich verschlimmerte, probierte Doktor Blad höhere Dosen von Arsenik und Spanischer Fliege aus. Nun saß ich Tag und Nacht aufrecht in meinem Bett. Ich legte meine Stirn in ein Kissen auf dem Schreibpult, sog die Atemluft ein wie durch ein enges Schilfrohr, spürte im Rücken, wie der Sauerstoff gleich einer gefüllten Schweinsblase in die Lunge hinunterwanderte, mich aber nicht sättigte, und ich konnte nur mit wild verzerrtem Gesicht die Luft wieder durch das Rohr hinauspressen.

Blad brachte Steinkohlenteer in Kapseln mit und Opium.

Mit unbeschreiblicher Grausamkeit begann die Winterkälte in der Stadt zu wüten. Menschen erfroren auf den Straßen und lagen wie umgekippte kleine Eisskulpturen neben den Königsstatuen. Das Vieh stöhnte matt in den Ställen und schlug mit den Hörnern. An dem Tag, als Lovisa dem Laternenanzünder und dem Brandwächter an der Tür ihr Neujahrsgeld gab, froren auf dem Fensterbrett in meinem Zimmer die beiden gelben Blumentöpfe an ihrem Unterteller fest. Sie standen nur eine Armeslänge von meinem Kopfkissen entfernt. Wir zündeten ein doppelt starkes Feuer an, aber das Fenster taute nur zur Hälfte auf. Auch klopften ständig bedauernswerte Bettler an unsere Tür, völlig unzureichend gekleidet, das Haar mit Eis bereift wie mit weißem Schaffell.

Bei diesem Wetter, hinter der eisbedeckten Scheibe des Fensters zum Klarasjön, sammelte ich meine Kräfte zu einer letzten Bittschrift an König Gustaf IV. Adolf. Schwager Lindström legte sein Ohr an meine Lippen. Er schrieb folgendes:

Großmächtigster Allergnädigster König

In meinem jammervollen Leben genieße ich noch eine frohe Stunde, da ich mich in meinen Gedanken dem Throne nähere, der die Zuflucht für die Menschlichkeit ist und von dem ich so oft mit Segnungen bedacht und voller Freude zurückgekehrt bin.

Allergnädigster König

In meiner Erinnerung erfüllt und in meinem Herzen durchdrungen von der Gnade, die mich Euer Unsterblicher Vater erfahren ließ, lasse ich zu dessen Erben einen hoffnungsvollen Seufzer emporsteigen, vermutlich den letzten, den ich zu der irdischen Hoheit erhebe. O König, habt die Gnade, ihn zu hören.

Meine Hütte, von Stürmen lange geschüttelt, nunmehr vom Wasser untergraben, droht zu fallen. Ich nähere mich dem Ziel meiner Lebensbahn und werde bis an die Todespforte von dem furchtbaren Gedanken gequält, daß eine geliebte Gattin und drei unschuldige Kinder bald kein Brot mehr haben werden, ja nur noch ihre Armut und ihre Tränen.

Eure Königl. Maj:t kann mit einem Hauch von Milde diesen Gedanken ersticken, der der grimmigste für eine sorgende Brust ist, indem Ihr mir erlaubt, meine Bestallung als Sekretär der Nummernlotterie so zu akkordieren, daß der Verdienst meiner Familie zufällt. Wird mir diese Gnade bewilligt, werde ich vergnügt dem Tod begegnen.

Mit tiefster, gehorsamster Ehrerbietung sowie Eifer und Treue bis in den Tod

Euer Maj:t

Alleruntertänigster und pflichtgetreuester Untertan und Diener

C. M. Bellman

In den ersten Februartagen blühten in der strengen Kälte Eisblumen auf der Fensterscheibe, wie Blumen auf einer Wiese aus Glas. Schattenhaft sah ich Rittmeister von Schnell herantreten, sich zu mir herunterbeugen, parfümiert und gekleidet für einen Besuch bei Fräulein Lagerbielke. Ich gewahrte Sergel, spürte, wie er vorsichtig in mein Haar griff, wie er meine Stirn vom Kissen hob, sah, wie er mein Gesicht von der Seite und von unten betrachtete, wie er mit dem Finger meinen Geifer trocknete, mich in die Lippe kniff, als wolle er mir schon die Totenmaske abnehmen, um gleich zum Atelier zu eilen und sie zu formen. Im Übergang zwischen einem schwachen Schatten und einem langsam sich auftuenden Lichtschein konnte ich in einer entfernten Ecke des Zimmers den sehr klein erscheinenden Major Kempensköld erkennen, neben ihm den ebenso kleinen Schwager Lindström. Ich hörte sie mit Lovisa sprechen, sachlich mit Vogelstimmen alles Silbe für Silbe erklären, als ob sie schon meine Todesanzeige verfaßten mit dem tröstlichen Wortlaut: »Hiermit wird kundgemacht, etc., daß der treue Diener des Königs, etc., hingeschieden ist, etc. Es wird gebeten, von Beileidsbesuchen abzusehen.«

Nach einem Atemzug, der mich wie ein heißer Draht durchfuhr und durch meine Kehle in alle Unendlichkeit zu dringen schien, sah ich schließlich Lovisas Gesicht zu mir herunterschwanken. Es war ein Gesicht, bebend und vage, nicht schön, sondern ein Bild des Schmerzes, das von einem immer heller werdenden Licht nun aus der Mitte meines Gesichtsfeldes verdrängt wurde.

Dann sah ich, von einem Platz in der Krone der kahlen Linde, den Friedhof von Sta. Klara.

Hier war ich also, hoch oben in der Krone der Linde.

Die Sonne schien von einem Himmel herab, der so grün war wie ein Beryll.

Der Wind hatte sich gelegt, und in der Luft war es vollkommen still.

Tief unter mir sah ich die Trauergesellschaft und den singenden Schulknabenchor, sah, wie sie miteinander auf dem vom Schnee freigeräumten Weg zur Kirchenpforte schritten. In der ersten Reihe sah ich meine Söhne, sie hatten schwarze Röcke an und trugen Buchsbaumzweige in den Händen und Trauerbänder an den Hemdkragen. Ich sah Gustaf zur rechten Seite, Carl zur linken, und zwischen ihnen den kleinen Adolph. Es war ein langer Trauerzug. In der Kirche waren viel Pomp und Solennität.

An der Orgel saß Åhlström und spielte Bellman.